btb

Buch

Ungarn im Jahr 1666: Am Ende ihres Lebens bringt Ursula Lehmann ihre Erinnerungen zu Papier. Es ist die Geschichte einer leidenschaftlichen Frau, die versuchte ihr Glück zu finden in den Wirren einer Zeit, die geprägt ist von Gewalt und Aberglauben. Ursula wird in liebloses Elternhaus hineingeboren, die Mutter stirbt schließlich an der Pest. Beim Vater, der Apotheker ist, lernt sie alles über Kräuter und Medikamente. Bald wird sie selbst Menschen heilen können. Aber der Vater ist ein unberechenbarer, grausamer Mann, der seine Tochter benutzt und quält. Als er sich erneut verheiratet, beginnt ein Martyrium für die junge Frau, dem sie verzweifelt zu entrinnen versucht. Als sie sich schließlich verliebt, trifft sie eine folgenschwere Entscheidung, die sie das Leben kosten kann …

Autorin

Zsuzsa Rakovszky wurde 1950 in Sopron (Ödenburg), Ungarn geboren. Sie studierte Literatur und Anglistik in Budapest. Mit ihrem Gedichtband »Stimmen« avancierte Zsuzsa Rakovszky 1991 zu einer der bedeutendsten ungarischen Lyrikerinnen. Für den Roman »Im Schatten der Schlange«, der sofort zum Bestseller wurde, erhielt sie 2003 den bedeutenden Ungarischen Literaturpreis.

Zsuzsa Rakovszky

Im Schatten der Schlange

Roman

Aus dem Ungarischen
von Ernö Zeltner

btb

Die ungarische Originalausgabe erschien 2002 unter dem Titel »A Kígyó Árnyéka« bei Magvető, Budapest.

Der btb Verlag dankt der Hungarian Book Foundation, die die Übersetzung des vorliegenden Romans unterstützte.

FSC
Mix
Produktgruppe aus vorbildlich bewirtschafteten Wäldern und anderen kontrollierten Herkünften

Zert.-Nr. GFA-COC-1223
www.fsc.org
© 1996 Forest Stewardship Council

Verlagsgruppe Random House FSC-DEU-100
Das für dieses Buch verwendete FSC-zertifizierte Papier *Munken Print* liefert Arctic Paper Munkedals AB, Schweden.

1. Auflage
Genehmigte Taschenbuchausgabe Oktober 2008,
btb Verlag in der Verlagsgruppe Random House GmbH, München

Umschlaggestaltung: Design Team München
Umschlagmotiv: Corbis / Archivs Iconsgratico
Satz: Uhl + Massopust, Aalen
Druck und Einband: CPI – Clausen & Bosse, Leck
SL · Herstellung: BB
Printed in Germany
ISBN 978-3-442-73811-3

www.btb-verlag.de

I

Geschrieben von eigener Hand und nach bestem Gewissen von Ursula Binder, geborene Lehmann, hoch betagt in den Tagen des Elends im Jahre des Herrn 1666, über ihr verflossenes Leben, vornehmlich die ihre Kindheit und Jugend betreffenden Vorkommnisse.

Ich entsinne mich, dass ich seit jeher gern ins Feuer geschaut habe. Rufe ich mir den Anfang meines Lebens ins Gedächtnis, so erscheint als erstes das Bild vor mir, wie ich als kleines Mädchen von zwei oder drei Jahren auf dem Steinboden in der Küche rutschend den Scherben eines zerbrochenen irdenen Topfes oder sonst ein simples Spielzeug an einem um den Henkel geschlungenen Schnürchen hinter mir herschleife, während der Schein des immer wieder aufflackernden Feuers unter der Herdplatte meinen Blick fesselt. Stundenlang schaute ich zu, wie das Feuer durch den über den Rauchfang eindringenden Wind angefacht oder gedämpft wurde und wie sich die Flammen zur rußgeschwärzten Unterseite des darüberhängenden Kessels hin aufbäumten. Und ganz verzaubert beobachtete ich ein andermal, wie deutlich die Lichtkleckse auf den Zinntellern und -schöpfern an der Wand jeder Regung des auflodernden, erlöschenden und dumpf dahindämmernden Feuers folgten, wenn ich, schon zu früher Morgenstunde in der Küche herumkriechend, sah, wie beim Öffnen der Backofentür und beim behutsamen Herausheben des frischgebackenen Brotes der gelbe Schein wie ein nachlässig aufgesteckter schwerer Haarzopf durch die Ofenöffnung herausquoll und auf dem Küchenboden auseinanderfloss.

Vage empfand ich das Feuer als ein aus fremden Welten herrührendes, auf uns gekommenes mächtiges Wesen, das sich nur zum Schein in Demut übt und uns für kurze Zeit vortäuscht, zu dienen, um uns die Suppe zu brühen, das Brot zu backen, sich aber jeden Augenblick eines anderen besinnen und sein wahres Gesicht zeigen könnte. In meinem Versteck unter dem Tisch habe ich öfter gehört, wie die in der Küche beschäftigten Frauen darüber redeten, dass in der Langen Zeile wieder ein Haus abgebrannt oder in den Stadel von diesem oder jenem der Blitz eingeschlagen habe, dass Türken oder Ungarn eine Meierei der Umgebung in Brand gesteckt hätten, so schien mir auch in unserem harmlos scheinenden häuslichen Herd eine eingesperrte Bestie nur auf eine Gelegenheit zu warten, ihre Fesseln abzuschütteln und alles zu verschlingen, was ihr in den Weg kam. Ich erinnere mich, dass ich manchmal darüber nachsann, ob denn nur das Feuer eine so zwiespältige Natur hat und nicht vielleicht alles, was ich sehe, die Zinnteller, die Schöpfer, der Küchentisch mit den Bocksbeinen, ein heimliches, verborgenes Gesicht hat, und ich überlegte mir, wie die wahren Gesichter dieser Dinge wohl erscheinen würden…

Einmal, ja, ich habe es mit eigenen Augen gesehen, zeigte die gelbe Bestie ihre Fratze. Ich erinnere mich nicht mehr genau, ob ich durch das prasselnde Geräusch oder wegen eines bösen Traums hochgeschreckt bin, was mir als Kind oft widerfahren ist, aber ich weiß, dass ich noch eine Weile benommen vor mich hinstarrte und glaubte, es wäre noch der Traum, der sich fortsetzte, weil ich nicht verstand, was dieser sich mal verstärkende, dann wieder abschwächende gelbe Schein bedeutete, der durchs Fenster drang, und ich sah auch einen kurzen Augenblick lang verwirrt auf die Mutter, als die Tür aufflog und sie mich aus dem Bett an sich riss und in ihrem Nachtgewand, über das sie nur ein Tuch geworfen, barhäuptig mit mir ins Freie rannte. Könnte sein, denke ich, dass ich schreiend aufbegehrt habe, wie es Kinder tun, wenn sie unvermittelt aus dem Schlaf gerissen werden, aber die Mutter versuchte jetzt nicht einmal, mich zu beruhigen, doch auch ich vergaß sogleich mein Unbehagen und starrte verzückt auf die Quelle dieser ungewohnten Helligkeit, die auf dem hinteren Gebäude wütenden gelbroten Flammen, und wie aus dem Feuer von Zeit zu Zeit eine Flut aus rötlichen Funken hochstob, als hätte jemand aus seiner Hand glitzernde Wespen in den finsteren Nachthimmel schwirren lassen.

Ob es durch Blitzschlag oder Unachtsamkeit entstanden war, weiß ich nicht mehr, doch erinnere ich mich, dass sich das Feuer vom Rückgebäude zum Vorderhaus hin ausbreitete, worauf mein Vater, mit Männern aus der Nachbarschaft auf einer Leiter stehend, mit Wassereimern, die sie von Hand zu Hand reichten, das Dach des Wohnhauses übergoss, damit die Flammen nicht übergreifen sollten. Die Hühner hatte inzwischen schon irgendeiner aus dem Stall gelassen, jetzt jagten sie drängelnd und mit entsetztem Gackern vom Feuer weg, und weil sie gerade den Männern mit den Wassereimern entgegenrannten, schien es, als wateten diese geradewegs durch eine kreischende Federflut hindurch. Auf die in Verzweiflung fliehenden Tiere regnete es Funken, zwischendurch fiel auch das eine oder andere Strohbüschel brennend auf sie herab, und Flammen erfassten ihr Federkleid; die Mehrzahl von ihnen wäre wahrscheinlich doch noch der gefährlichen Nähe des Feuers entkommen, hätten die Tiere nicht ihre schon brennenden Artgenossen mitgerissen, so aber konnte sich das Feuer bei jedem Windstoß wie eine sich blitzartig ausbreitende Pest fortpflanzen. Manches Huhn, dessen Federkleid schon Feuer gefangen hatte, rannte brennend noch ein Stück weit und überschlug sich dann versengt und angeröstet. Die Glücklicheren jagten, der Gefahrenzone entronnen, in wilder Panik verängstigt kreischend weiter. Ich erinnere mich, wie ich, an den Hals der Mutter geklammert, zum Himmel emporschaute, denn alle um mich her beteten jammernd um Regen, und ich sah verwundert, wie das Himmelsdach da oben, bis zu dem weder der lodernde gelbe Schein noch das laute Getöse von hier unten hinaufreichte, dunkel und reglos blieb und kein einziges Wölkchen die nadelspitzfeinen, spröde funkelnden Sterne verdeckte.

Mit den Hühnern verloren wir auch unseren großen, prachtvoll gefiederten Gockelhahn. Dieser Hahn war mir seit langem ein Feind, warum und wieso, vielleicht weil mein Scheitel noch kaum über seinen stolzen Kamm hinausreichte und er mich als Eindringling empfand, sobald ich mich im Hof, seinem Revier, sehnsüchtig nach einem Spielkameraden Ausschau haltend, sehen ließ; er hat mich öfter am Rand des langen Hofes entlanggehetzt, bis hin zum Bretterzaun, der den zum Rückgebäude gehörenden Geflügelhof vom kleinen, in den gewölbten Torgang mündenden Hof beim Vorderhaus trennte. Jenseits des Zauns verfolgte er mich nie, das ist wahr, vielmehr machte er kehrt und schritt in gespreizter Siegerpose von dannen, augenscheinlich sehr zufrieden mit sich, war es ihm doch gelungen, den Feind in die Flucht zu schlagen. Dann und wann geschah es, dass er mich noch diesseits des Bretterzauns einholte und mir im Laufen mit seinen beachtlichen Sporen die Waden gehörig zerkratzte. In meiner ehrlichen Bewunderung für den Hahn und mit einer Mischung aus Angst und Zorn versuchte ich eine Zeit lang sogar, ihn friedlich zu stimmen. Habe ihm von meinem Brot ein Stückchen verkrümelt und es aus respektvoller Entfernung hingeworfen. Die Gabe nahm er gnädig an: hackte mit dem Schnabel mehrmals nach den Krümeln, hat mich aber mit seinen gelbgeränderten, kreisrunden, eitlen und überheblichen Augen genauso abschätzig gemustert, als hätte ich sein Wohlwollen gar nicht gesucht. Vielleicht hält er mich für feige, dachte ich, und mustert mich deshalb so herablassend, und von nun an bekam auch in mir der Zorn die Oberhand. Mehrfach versuchte ich, Susanna, die schon meine Mutter einst an der Brust gehabt hatte, davon zu überzeugen, dass sie den großen Hahn in den Topf stecken sollte, wenn sie sich anschickte, ein Huhn für die sonntägliche Suppe auszuwählen, habe mir abends vor dem Einschlafen ausgemalt, was ich mit ihm anstellen würde, wenn ich ihn, mit einem starken Bindfaden zusammengebunden, erst in die Finger bekäme und nach meinem Belieben mit ihm verfahren könnte. Ich stellte mir vor, wie gefügig er von Stund an wäre, meinen Rufen und Befehlen Folge leisten würde, denn dass er die Sprache von uns Menschen verstand, sie nur wegen seines maßlosen Hochmuts nicht zur Kenntnis nahm, davon war ich überzeugt. In der Nacht, da das hintere Haus niedergebrannt ist, drängte sich auch der Hahn in den Pulk der Hühner und ging vor meinen Augen, von einem brennenden Strohbüschel getroffen, in Flammen auf. Weit riss er den Schnabel auf, doch statt irgendwelcher Laute quoll dunkler Rauch aus ihm hervor, und mir schien, er starrte mich, bevor er zusammenbrach, mit seinen gelbgeränderten schwarzen Augen noch ein letztes Mal an, und erschaudernd vor schlechtem Gewissen dachte ich mir, ihm müsse irgendwie zu Ohren gekommen sein, dass ich ihn gern eingefangen und gepeinigt hätte, und er glaubte nun, dass diese schreckliche Pein irgendwie durch mich verursacht sein könnte. Noch viele Monate nach dem Brand bin ich schreiend aus dem Schlaf hochgeschreckt, doch nur Susanna gestand ich, dass ich mich in Wahrheit nicht vor dem Feuer fürchtete, sondern vor der rachsüchtigen Seele des Hahns. Verständnislos sah mich Susanna an, konnte sie doch von den grausamen und schändlichen Plänen, die ich gegen den Gockel geschmiedet hatte, gar nichts wissen; sie nahm meine Worte für kindliches Spintisieren, wollte mich damit beruhigen, dass Tiere gar keine Seele haben. Susanna war zwar in allem, was die Gewohnheiten und das Treiben von Geistern und Hexen anging, sachverständig, zumindest behauptete sie das von sich, und ich betrachtete sie in sämtlichen Fragen, die mit solch bösartigen Kräften zu tun hatten, auch immer als unzweifelhafte Autorität, doch dass Tiere keine Seele haben sollten, das konnte ich ihr nicht glauben, umso weniger, als sie selbst mir früher eine lange Geschichte über die als Gespenst umgehende Seele eines schwarzen Hundes erzählt hatte; die habe durch Gewinsel die Aufmerksamkeit der Dorfbewohner auf das Versteck der Räuber gelenkt, die den Herrn dieses Hundes erschlagen hatten.

Ja, dunkel habe auch ich es so empfunden: Selbst wenn Tiere eine Seele hätten, wäre diese nicht von derselben Art wie die unsere, ja sie könnte nicht einmal so beschaffen sein, wie wir Menschen sie uns vorzustellen pflegen. Oft beobachtete ich unseren schwarzen Kater, wie er jeden Muskel anspannte, während er den auf einem Ast vor ihm sitzenden Vogel beobachtete: Es kam vor, dass er dabei mit den Zähnen klapperte, als zermalmte er die dünnen Knöchelchen seines Opfers bereits zwischen ihnen. »Schämst du dich gar nicht, Kater!«, schimpfte ich dann, aber offenbar lag dem schwarzen Teufel nichts ferner als Scham. Er zeigte auch keinerlei Reue, wenn er von seinen heimlichen nächtlichen Ausflügen oder tagelangem Herumstreunen heimkam und lautlos weich durchs Küchenfenster sprang, vielmehr richtete er seine großen gelben Augen auf mich und miaute fordernd, da er sein Schüsselchen leer fand. Und schaudernd entnahm ich dem Geplauder von Susanna und den anderen Mägden, dass die weißbunte Mutterkatze, die auf unserem Dachboden gejungt hatte, ihre Kleinen in der Schnauze auf den Nachbarboden schleppte, weil der Vater, unser schwarzer Kater, die blinden Kätzchen sonst erbarmungslos umgebracht hätte, wenn er ihnen begegnet wäre. Einmal habe ich auch meine Patin gefragt – sie war mit Angelegenheiten des Himmels und mit dem lieben Gott ebenso vertraut wie Susanna mit den bösen Geistern –, ob der Himmelsvater den schwarzen Kater dafür und wegen seiner anderen üblen Missetaten nicht bestrafen würde, doch die Patin antwortete: Nein, Gott hat die Tiere nicht wie uns mit dem Wissen von gut und böse ausgestattet und ihnen auch keine unsterbliche Seele gegeben. Ich gab mich nicht zufrieden und bohrte weiter, wieso sie sich dann trotzdem bewegen und Laut geben, sich gegenseitig und auch von dem, was wir ihnen sagen, das eine oder andere verstehen könnten, wenn sie gar keine Seele hätten. Denn einmal konnte ich selbst beobachten, wie die lächerlich langen, dünnen, sehnigen, nervösen gefleckten Hunde auf Befehl der Jäger losgerannt sind, um das erlegte Wild mit den Zähnen aus dem Gestrüpp oder dem Sumpf zu holen, und es ihren Herren vorsichtig vor die Füße legten.

Tiere haben nur so eine Art Tierseele, erklärte mir meine Patin geduldig, sie würden wegen ihrer Sünden zwar nicht verdammt, seien aber auch nicht würdig, die himmlischen Wonnen, also das ewige Leben, zu erlangen, denn sie seien nicht wie wir mit der Gabe des freien Willens ausgestattet, folgten vielmehr allein den Eingebungen ihrer tierischen Natur. Diese Erklärung meiner Patin habe ich zwar nicht in Zweifel gezogen, konnte daraus jedoch bezüglich des weiteren Schicksals unseres Katers kaum Beruhigung schöpfen: Damals, als außer den üblichen kindlichen Vergehen noch keine schweren Sünden auf mir lasteten, erschien mir das auf ihn wartende Verderben weit schlimmer als Gottes Strafgericht und selbst die Verdammnis. Von da an versuchte ich mir oft vorzustellen – vor allem wenn ich sah, wie Susanna, unsere Dienstmagd, dem für das Sonntagsessen vorgesehenen Suppenhuhn den Hals umdrehte oder wenn ich mit der Mutter im Wald das jämmerliche Geheul eines vom Fuchs erbeuteten Hasen hörte –, dass das gerade noch lebendige, empfindende und ängstliche Wesen von einem Augenblick zum nächsten zu Nichts wurde, wie eine ausgelöschte Flamme, wie eine Schaumkrone auf dem Wasser, und ich dankte dem Herrgott, dass er mir ein solches Schicksal ersparte. Jetzt, im Alter, wenn ich die schweren Sünden, die ich in meinem Leben begangen habe und die mutmaßlich vor den irdischen Richtern für immer verborgen bleiben, in mir wach rufe, wenn ich darüber nachdenke, was ich mir gegen andere, insbesondere gegen meinen armen guten Mann, zuschulden kommen ließ, dem ich nichts als Unglück und Elend beschert habe, wie andere auch mir, so wäre es für mich eine große Erleichterung, glauben zu können, dass ich nicht werde hintreten müssen vor den allerhöchsten Richter, und zwar bald, sondern dass meine arme Seele auf einen Schlag zunichte wird wie der zerfließende Schaum oder die erlöschende Flamme und sich damit auch die Erinnerung an alle meine Sünden in Nichts auflöst, als wären sie nie geschehen.

Doch hat diese Art Tierseele, wie meine Patin sie nannte, meine kindliche Phantasie lange beschäftigt: Es wurde mir zur Gewohnheit, einem Huhn, einer Katze oder einem anderen Haustier minutenlang starr in die Augen zu schauen, darauf hoffend, dass es mir vielleicht auf diese Weise gelingen könnte, in die von der unseren so verschiedene Seele zu blicken. In den runden Augen der Hühner, die bei jedem Blinzeln ein durchscheinendes Häutchen darüberklappten, war außer ängstlichem Stumpfsinn kaum etwas zu lesen. Und in den zeitweise zum dunklen Vollmond geweiteten, sich dann wieder nur apfelkerngroßen Augen unseres Katers schien mir in der Tat gelegentlich menschlicher oder vielmehr weiblicher Spott entgegenzublitzen. Dann wieder, wenn er es sich abends beim Ofen behaglich machte, leuchteten die harzgelben Augen des schwarzen Katers plötzlich grün auf, als wäre es überhaupt nicht der Blick irgendeines Lebewesens, sondern moderndes Holz oder ein Irrlicht, das ahnungslose Passanten ins Moor lockt, oder glimmendes Mineralerz in der Tiefe der Erde. In solchen Fällen konnte ich fast glauben, dass die Katzenseele nicht mit der unsrigen verwandt ist, sondern eher mit der von in Mooren, modernden Baumstümpfen und Höhlen hausenden Alben, Erdgeistern, bösen Feen und Gespenstern, über die Susanna mir abends, bevor wir schlafen gingen, Geschichten erzählte.

Mich haben diese Märchen sehr gefesselt, so quengelte ich ständig, Susanna solle die Arbeit aus der Hand legen und mir etwas erzählen. Meine Mutter war deswegen entrüstet, und sie hat den Geschichten die Schuld daran gegeben, dass ich damals so furchtsam wurde und mich nach Sonnenuntergang nicht einmal mehr auf den Hof hinaus traute. Tatsächlich sah ich in dieser Zeit überall Gespenster, vermutete böse Geister, nicht nur in den Tieren, auch in leblosen Dingen, in Steinen, im Wasser. Einmal, erinnere ich mich, nahm mich die Mutter zu der alten Frau mit, bei der mein Vater immer seltene Pflanzen für verschiedene Tinkturen und Abkochungen kaufte, Gewächse, die nur an schwer zugänglichen, gefährlichen oder versteckten Plätzen wuchsen, tief im Wald drinnen, im ausgetrockneten Bachbett, wie das Pulverholz, oder die in sumpfigen, moorigen Waldstücken gediehen, wie Blutwurz oder Beinwell. Zu dieser Alten also, die im Wald in einer Hütte am Bach allein lebte und wohl auch deshalb in dem Ruch stand, eine Hexe zu sein: vielleicht weil sie selbst auch allerlei Mittelchen herstellte, wahrscheinlich aus den Resten der Kräuter, die sie regelmäßig meinem Vater und anderen Apothekern verkaufte; das alles zu wissen, war mir Anlass genug, mich fest an die Hand meiner Mutter zu klammern. Einmal fragte ich Mutter, ob diese Frau, zu der wir gingen, tatsächlich eine Hexe sei, hoffte aber zugleich, sie würde über meine kindliche Einfalt nur lächeln. Mir ist in Erinnerung geblieben, dass ich sogar zweimal fragen musste, zuerst leise, dann mit mehr Nachdruck, weil meine Mutter mit den Gedanken ganz woanders war, beim zweiten Mal, sich mir zuwendend, aber immer noch mit etwas anderem beschäftigt, antwortete sie: »Ach geh, warum sollte sie eine Hexe sein? Eine alte Frau ist sie …« Weil ich spürte, dass sie gar nicht richtig zugehört hatte und ihre Gedanken weit weg von mir umherschweiften, haben mich ihre Worte nicht beruhigt, eher noch furchtsamer werden lassen, und meine Angst steigerte sich noch; als es langsam dämmrig wurde, legte sich das Unbehagen der in immer tiefere Düsternis gehüllten Landschaft auf meine alleingebliebene Seele. Und als Beweis dafür, dass wir uns in gefährlichen und gespenstischen Gefilden bewegten, sah ich unter den Sträuchern und im Gras glimmende Glutbröckchen: anfangs nur eins, zwei, dann immer mehr dieser schwärmenden Lichtpünktchen, wie sie blassgrün flimmerten. Vielleicht sind es die Seelen früh verstorbener kleiner Kinder, dachte ich schaudernd, oder gar halb verrottete Überreste fremder Existenzen, von Wichtelmännchen, Feen; oder könnten es die Seelen verendeter Tiere sein, die auf diese Weise in irgendeinem irdischen Jenseits fortleben? »Glühwürmchen«, sagte meine Mutter, als ich sie am Rockzipfel zog und stumm in die Richtung der wimmelnden Lichtlein deutete, »zu dieser Zeit, um den Herbstanfang, gibt es sie in Mengen.« Was sie sagte, habe ich geglaubt oder auch nicht, war bestrebt, mich ganz eng an sie zu schmiegen, um aus der Nähe ihres Körpers Beruhigung zu schöpfen in dieser dunklen, mich erschreckenden Welt.

Den Geschichten von Susanna lauschte nicht nur ich mit größter Aufmerksamkeit, sondern auch die Mägde aus der Nachbarschaft saßen, immer wenn es ihnen möglich war, nur zu gern in unserer Küche und hörten ihren Erzählungen zu. Ich beobachtete, dass auch diese meist stattlichen, derben, rotwangigen Mädchen gebannt und schaudernd zuhörten, um danach aneinandergeschmiegt mit hektisch ängstlichem Gekicher und Gequieke, eine die andere um keinen Preis der Welt loslassend, in der Dunkelheit heimwärts zu stolpern. Am liebsten hörten sie Geschichten, die nicht von Märchenprinzen und Königstöchtern handelten, sondern von Personen und Vorkommnissen in unserer Stadt. Vom Sehen kannte ich den Metzgergesellen, der nach Susannas Bericht, als er zu nachtschlafender Zeit auf dem Heimweg durchs Michaelis-Tor in die Stadt kam, von den Hexen Früchte gekauft hat. Der Bursche erzählte, die Hexen hätten wie Marktweiber, die geflochtenen Körbe zu ihren Füßen, beiderseits der Michaelis-Gasse gehockt und allerlei Obst feilgeboten, Kirschen, Erdbeeren, und das mitten im Monat des Heiligen Andreas, sogar Wassermelonen und Weintrauben gab es, am eifrigsten aber wurden von den Hexen im Dunkel der Nacht die Äpfel angepriesen. Mit ihren zu Krallen verlängerten Fingernägeln grapschten sie zudringlich nach dem Wams des Metzgergesellen und schmähten ihn mit zotigen Worten, weil er zögerte, bei ihnen zu kaufen, bis er schließlich, um loszukommen, von der Letzten in der Reihe, einer verhutzelten Alten mit weißem Häubchen, aus deren zu Faustgröße geschrumpeltem Gesicht ein junges, blaues Augenpaar leuchtete, einen Korb Äpfel kaufte – oder eine gewaltig große Melone, Susanna erzählte die Geschichte einmal so, dann wieder anders –, die grässliche Alte aber zischte ihm, als er sich zu ihr hinunterbeugte, um ihr das Geld in die Hand zu zählen, unzüchtige Sprüche ins Ohr, und dabei hätten aus dem faltig geschrumpelten Gesicht neckisch die jungen blauen Augen gefunkelt. Der Metzgergeselle habe seinen Korb mit Äpfeln genommen und sei atemlos bis nach Hause gerannt, hinter sich noch lange das schadenfrohe Gelächter der Hexen vernehmend. Anderntags, als er aus Neugier die Hexenfrüchte probieren wollte – die Äpfel oder die Wassermelone –, zerfiel der rote Apfel in seinem Mund zu Asche, oder aus der Wassermelone sprang, als er sie aufschneiden wollte, eine große Ratte, oder unter der grünen Schale sickerte an der Schnittstelle Menschenblut hervor, oder beim Einschneiden entwich zischend stinkende Luft, und die Melonenschale fiel in den Händen des Metzgergesellen wie ein leerer Sack in sich zusammen. Ein andermal war es der Lebzelter Kornstein, ein tüchtiger, besonnener Mann und Mitglied des Rats der Stadt; gerade auf dem Weg von einer langwierigen Ratssitzung zu seinem am Hauptplatz gelegenen Haus, sah er am Stadtbrunnen allerlei Weibervolk in höchst anstößiger Aufmachung. Alle diese Weibspersonen machten sich barhäuptig und mit wallendem Haar sowie in Hausschuhen eifrig zu schaffen: Ihre Rocksäume hochgegürtet, entblößten sie schamlos die Waden. Der Lebzelter ging auf sie zu, um sie zu tadeln, weil sie sich zu später Nachtstunde außer Haus herumtrieben, und fragte sie streng, was sie zu so unschicklicher Zeit auf der Gasse zu tun hätten.

»Waschen, Mátyás, wir waschen!« – kreischte eines der unsittlich gewandeten, nacktbeinigen Weiber, in dem Lebzelter Kornstein die junge Frau seines Nachbarn, des Bäckermeisters, erkannte. »Gut, dass du kommst! Uns geht nämlich das Klöppelholz ab!«

Und schon umringten die schandbaren Weiber das Mannsbild, und da er ihnen auf keine Weise zu Willen sein wollte, rissen sie ihn mit sich unter die Brücke bis hin zu dem sich am Rande der Stadt dahinschlängelnden kleinen Bach ins seichte, schmutzige Rinnsal und rollten ihn darin herum. Später konnte sich der Lebzelter nicht mehr recht erinnern, was sie sonst noch mit ihm angestellt haben, nur daran, dass er gegen Morgen verdreckt und mit Schlamm verschmiert heimgekommen ist. Sein Eheweib wollte der Geschichte anfangs nicht trauen und glaubte, ihr Mátyás habe entgegen seiner Gewohnheit einen über den Durst getrunken, schließlich aber musste sie ihm doch Glauben schenken, einerseits weil sein Atem nicht eine Spur von Weingeruch aufwies, andererseits weil über einige der verabscheuungswürdigen Weibsbilder, die ihr Mann in der betreffenden Nacht erkannt zu haben glaubte, schon seit geraumer Zeit von den Nachbarn gemunkelt wurde, dass sie mit dem

Leibhaftigen paktierten. Sein Eheweib und die Nachbarn, denen der Lebzelter von dem Vorfall berichtete, konnten nicht verstehen, warum er die Frauen, deren Schuld er bezeugen hätte können, nicht pflichtgemäß beim Rat der Stadt zur Anzeige bringen wollte, und mit Unverständnis und Verärgerung hörten sie die Ausrede, mit der er ihre Aufforderung zurückwies, nämlich dass er sich doch nicht ganz sicher sei, ob es tatsächlich die genannten Frauen gewesen waren. Wie denn, hatte er sie gar nicht wirklich gesehen? Wollte er nicht gerade noch behaupten, es sei mondhell gewesen und man habe die Gesichter deutlich wahrnehmen können, so widersprachen die Nachbarn, worauf der Lebzeltbäcker verzweifelt zu beteuern begann, er habe sie sehr wohl und ganz genau gesehen, doch umsonst seien ihm ihre Gesichter vertraut erschienen, es habe sich doch um ihm ganz fremde Menschen gehandelt und keineswegs um die Frauen, die einem in der Stadt tagtäglich über den Weg liefen. Besser gesagt, sie sahen aus, so erklärte er den überraschten und immer verständnisloser dreinblickenden Nachbarn, als wären sie ihre eigenen irren, hintersinnigen Schwestern oder besser noch spukende Seelen aus der Schattenwelt. Am ehesten gemahnten sie den Lebzelter an die verwirrte Frau, die er einst im Hospital gesehen und mit deren Beaufsichtigung ihn der Rat der Stadt betraut hatte. Damals hatte er eine solche unglückliche, geknebelte Kreatur gesehen, unentwegt schreiend und Laute von sich gebend, die eher an Wolfsgeheul als an eine menschliche Stimme erinnerten, und als der Lebzelter aus lauter Mitleid und voll schaudernder Neugier an sie herangetreten war, hatte sie für Augenblicke das Geschrei unterbrochen, ihm ihre mit weißlichem Belag bedeckte Zunge herausgestreckt; während in ihren Augen, die eben noch glasig waren vom unbeschreiblichen Schrecken, plötzlich Vernunft aufblitzte, hatte sie ihn, Mátyás Kornstein, fixiert, mit einem so bösartigen Allwissen, als wäre er bei weiß Gott welcher ihrer frevelhaften und schändlichen Taten Zeuge oder gar Helfershelfer gewesen… und eben diesen Wahn, den gleichen Hohn hatte der Lebzelter in den Augen der Hexen in jener Nacht gesehen, während sie ihn zischelnd mancherlei finsterer, unbeschreiblicher Taten bezichtigten, und was das Schlimmste war, er wusste zwar, in den Anschuldigungen war nicht ein Fünkchen Wahrheit, doch schien er seiner Sache nicht gänzlich sicher zu sein, auch dämmerten ihm in der Erinnerung da und dort ebensolche schändlichen und abscheulichen Geschehnisse auf, wie sie ihm diese ungeheuerlichen Weiber vorhielten, ganz so, als hätte er sie wirklich begangen. Vermutlich war es die Schuld der greulichen Hexen, dass er nach diesem Vorfall nicht mehr, zumindest sehr lange nicht mehr, den eigenen Augen traute, noch seinem Gedächtnis, und, was das Schlimmste war, er hatte eine Zeit lang das Gefühl, er könne nicht mehr mit ganzer Sicherheit darauf vertrauen, dass er wirklich Mátyás Kornstein, der allseitige Wertschätzung genießende Lebzeltbäckermeister sei; aus dem Schlaf hochschreckend grübelte er verzweifelt, ob er nicht etwa doch seinen Plan von dazumal verwirklicht habe, den er noch als Gehilfe wegen der Grobheit seines Meisters oft gehegt, sich nämlich auf und davon zu machen und sein Leben als wandernder Gesell zu fristen. Von Zeit zu Zeit fuhr er aus einem Traum hoch und musste sich stets von neuem davon überzeugen, dass er im eigenen Haus in seinem bequemen Bett die Nacht verbrachte und nicht etwa sein Lager im kalten, vom Morgentau noch feuchten Gras bei einem Heuschober aufgeschlagen hatte.

Die Mägde, die solche Geschichten mit aufgesperrten Mäulern verfolgten, hätten natürlich am liebsten erfahren, wer diese Bürgersfrauen denn waren, die Mátyás Kornstein gesehen hatte. Susanna, die sich immer gern bitten ließ, beteuerte dann hoch und heilig, die Geschichte sei gar nicht dem nunmehrigen Lebzelter passiert, dessen gedrungene Gestalt häufig in der Stadt anzutreffen war, sondern schon seinem Vater oder gar dem Großvater, und die er damals bei der Zusammenkunft der Hexen angetroffen hatte, vermoderten längst in der Erde. War sie aber ein wenig zugänglicher, winkte sie mit ihrem hakenartig gekrümmten Finger die gierig lauschenden Mädchen zu sich heran und flüsterte ihnen, dabei die Brauen bedeutungsvoll hochziehend, verschwörerisch ein paar Namen ins Ohr, meist auch den der hochgeachteten Witwe oder Ehegattin eines gegenwärtigen Ratsmitglieds, was dann die Mägde mit ungläubigem Staunen und glücklich entsetztem, unterdrücktem Kichern aufnahmen, vor allem wenn Susanna, aus irgendeinem Grund besonders heiter gestimmt, unter den vom damaligen Lebzelter in der Hexenschar Wahrgenommenen auch die Herrin einer der anwesenden Mägde nannte. Ihre dunklen Glotzaugen leuchteten dann bedeutungsvoll auf, und sie richteten den stechenden Blick auf die Zuhörerinnen. Ihre eisgrauen Strähnen quollen dreist unter dem Kopftuch hervor, wenn dann der Schein des Herdfeuers von unten auf ihr zerfurchtes Gesicht fiel, erschien sie mit den zerzausten Haaren, der ausgeprägten Hakennase und den tiefen Schatten in den Augenhöhlen selbst wie eine jener Hexen, die dem armen Lebzeltbäckermeister so übel mitgespielt hatten.

»Aus lauter Dummheit wird sie sich noch ins Unglück stürzen, die Arme!«, sagte mein Vater ärgerlich, wenn ich ihm plappernd berichtete, was ich bei Susanna in der Küche gehört hatte. Und wirklich, unsere Magd Susanna schien tatsächlich bestrebt, in uns den Verdacht zu nähren, dass sie mit geheimnisvollen Mächten im Bunde und im Besitz von allerlei Geheimwissen sei.

Dann und wann wurde sie heimlich von der einen oder anderen Dienstmagd der Gegend allein aufgesucht. Bei solchen Gelegenheiten verhielten sich die Mädchen ihr gegenüber viel braver und sittsamer als sonst, zupften verlegen am Saum ihrer Schürzen, redeten wie kleine Mädchen, wenn sie mit Erwachsenen sprechen, in singendem Tonfall, und rückten nur zögernd mit dem heraus, was sie auf dem Herzen hatten. Und wie sehr ich auch die Ohren spitzte, mehr als ein paar Brocken von ihrem Geflüster zu erhaschen ist mir fast nie gelungen, mal dies: »und in den Teig backst du ihm einen Nagel von deinem kleinen Finger«, mal das: »genau fünf Tropfen rotes Blut, wenn du gerade die Tage hast«. Die Wangen der Mädchen glühten vor Aufregung, sie rangen die Hände, saßen und rieben die Knie aneinander. Schließlich schlichen sie gebückt und mit gesenktem Blick davon, als hofften sie, so niemandem aufzufallen.

An eine der Mägde, die regelmäßig zu Susanna kamen, kann ich mich besonders gut erinnern, ein rundgesichtiges kindliches Mädchen mit strohgelben Haaren, das den wirren Blick seiner grünlichen Augen so verschreckt und angespannt auf jeden richtete, der sie anredete, oder in der Küche schweifen ließ, wie es nicht sehr schlaue Kinder tun, denen man eine ihre Fähigkeiten übersteigende Frage stellt. Offenbar verstand sie wenig von der sie umgebenden Welt und suchte darin irgendwas oder irgendwen, das oder der ihr Halt gab. Sie muss sich in ihrer Hilflosigkeit an unsere Susanna gewandt haben, die ihr mit matronenhafter Herablassung beistand und ihr Ratschläge gab in allerlei alltäglichen Dingen wie Kleidung, Einkaufen, städtischen Gebräuchen. Das Mädchen hörte ihr mit angestrengter Aufmerksamkeit und gespannter Miene zu, vergaß meist, den Mund zuzumachen, der immer verschorft oder in den Winkeln unappetitlich entzündet war, deshalb habe ich mich auch ein wenig geekelt und sie unwillig weggeschoben, wenn sie sich mir liebkosend zu nähern versuchte. An jenem Nachmittag im Herbst, der sich mir besonders tief eingeprägt hat, muss sie etwas sehr Vertrauliches zu besprechen gehabt haben, weil sie noch ungeschickter und zerfahrener als gewöhnlich den frühen Schnee von ihrem großen dunklen Umhängetuch schüttelte und es zusammengefaltet auf die Ofenbank legte; und sie flüsterte mit vor Aufregung fieberrot angelaufenem Gesicht Susanna ihre Sache ins Ohr, die – so schien es mir – mit der betreffenden Angelegenheit schon vertraut sein musste. Denn sie nickte von Zeit zu Zeit zustimmend und von oben herab dazu. Die Kata oder die Annók, ich weiß nicht mehr genau, wie sie hieß, so irgendwie, hat sich, wie ich glaube, in dieser Sache besser ausgekannt als mit anderen Dingen der Welt, weil sie auffallend lange und eindringlich darüber reden konnte, wo doch sonst ihre Aufmerksamkeit schon zwischen zwei Wörtern abschweifte, und ihr war eine fiebernde, nebelhafte, stupide Erregung anzumerken und auch etwas wie Panik, als hätte dieses ungewohnte Aufgewühltsein ihrer sonst so behäbigen, schwerfälligen, dumpfen Seele einen gehörigen Schrecken eingejagt. Ich hörte, wie diese Kata –

ich glaube doch, so hieß sie – verschämt kichernd fragte: »Und schaden wird ihm das nicht?« Nicht mehr hören konnte ich, mit welchen Worten Susanna sie abgefertigt hat, erinnere mich nur daran – sie brach bald danach auf –, dass ihr, während sie ihr Tuch mit vor Aufregung sich verhaspelnden Fingern an der Brust ordnete, irgendein Päckchen aus der Hand glitt und auf den Küchenboden fiel, und als sie sich danach bückte, ihr gelbes Haar aufglühte, als hätte es Feuer gefangen, als umglänzte es ihre niedere Stirn gleich einem Heiligenschein, wie ich ihn einmal auf den Bildern in einer papistischen Kirche gesehen habe, wo er die Köpfe der Heiligen umgab…

Vielleicht erinnere ich mich auch deshalb so lebhaft an das Mädchen, weil ihre Geschichte die Menschen unserer Gegend für eine ganze Weile in höchste Aufregung versetzen sollte. Zum ersten Mal hörte ich über die Sache von der Frau des Schneiders, sie kam eigentlich selten zu uns, jetzt aber klopfte sie bei uns an, um meiner Mutter Mitteilung zu machen, irgendein Barchentstoff sei eingetroffen, von dem Mutter angeblich früher einmal gesagt habe, sie möchte sich daraus ein Kleid schneidern lassen, wenn sie davon wieder einmal etwas bekäme. Ich aber glaube, es war ein vorgeschobener Grund, und die Schneidersfrau wollte nur hören, was meine Mutter zu der Neuigkeit sagte, oder sie hoffte, von uns Einzelheiten zu erfahren. Sonst kamen uns nie Frauen aus der Nachbarschaft besuchen, denn sie deuteten die Zurückhaltung und Verschlossenheit meiner Mutter als Hoffart, vermuteten, dass die »Edelfrau« auf sie herabsah, und das, obwohl sie im ersten Jahr, nachdem sie in die Stadt gekommen war, also noch bevor mein Vater sie heiratete, in der ziemlich übel beleumdeten Lokalität, die ihrem Onkel, nämlich dem Mann der Schwester ihrer Mutter, gehörte, beim Auftragen der Speisen geholfen hatte, auch wenn sie auf dem Gut ihres Vaters als adeliges Fräulein aufgewachsen war. So ließ sich eben nur schwer unterscheiden, wer auf wen herabschauen konnte, und demzufolge suchte man nur im äußersten Falle ihre Gesellschaft. Demnach hat die Neugier die Frau des Schneiders zu uns herübergetrieben, und als sie mit dem offensichtlich vorgeschobenen Sprüchlein vom gerade eingetroffenen Barchentstoff zu Ende war, kam sie nach kurzem Drumherumreden auf die Geschichte der unglückseligen Kata. »Man hört, sie soll viel zu Susanna gegangen sein«, sie sah meine Mutter scharf an, »und die Leute sagen auch, Susanna hätte ihr geraten, wie sie sich dem Langfeld-Buben andienen soll, der sie geschwängert hat!« »Ich glaube nicht, dass man so etwas irgendjemand raten muss«, gab meine Mutter zur Antwort und warf der Frau einen strengen Blick zu. Vielleicht wusste sie auch etwas darüber, denn sie wurde auffallend oft rot. »Sie müssen es ja wissen, meine Liebe!«, antwortete die Schneidersfrau verstimmt, worauf meine Mutter nur noch kurz erwiderte: »Es tut mir leid, Frau Nachbarin, im heurigen Jahr will ich mir kein neues Kleid nähen lassen!«, oder so ähnlich sagte sie es. Gern hätte ich Susanna entlockt, was dieses Mädchen denn getan hatte, doch die schüttelte immer nur den Kopf: »Die Unglückselige hat auch nicht mehr Verstand als eine Kuh!«

Mehr war nicht aus ihr herauszuholen, doch dann belauschte ich, wie sie mit den anderen Mägden in der Küche redete, und da konnte ich mir zusammenreimen, was tatsächlich geschehen war. Der in den Teig eingebackene Fingernagel oder andere Zaubermittel hatten offenbar doch ihre Wirkung getan, denn das Mädchen wurde schwanger, und nachdem sie nachts in der Scheune das Kind allein zur Welt gebracht, wickelte sie das Neugeborene in ihre Schürze und schleppte es gleich zum Kanal am Ende der Gasse. Sie warf das Kind ins Wasser und wankte zurück in ihre Kammer, dort fiel sie in tiefen Schlaf.

Am Morgen darauf fanden zwei Frauen den in die Schürze eingedrehten toten Säugling, und bei Tage waren die von der Scheune zum Wasser und auch zurück zur Kammer des Mädchens führenden Blutspuren so deutlich zu verfolgen wie in der Geschichte von Hänsel und Gretel die Kiesel im Mondlicht…

Zufällig bin ich dann beinahe Zeuge geworden, wie man dem unseligen Geschöpf den Kopf abgeschlagen hat, denn sie wurde zum Tod durch Enthaupten verurteilt und dazu, dass sie vor ihrer Hinrichtung noch eine Stunde am Pranger der Öffentlichkeit zur Schau gestellt werden sollte. Meine Patin, selbst kinderlos, nahm mich mit Einwilligung der Mutter öfter für den Nachmittag mit zu sich. Auch an diesem Tag waren wir auf dem Weg zu ihrem Haus in der Mitte der Stadt, wollten gerade die Abkürzung über den Kaltwinkel nehmen, wo zur damaligen Zeit der Pranger stand. Wegen der zusammengelaufenen Menge kamen wir diesmal nur langsam voran: Die Menschen waren bestrebt, einander stoßend und rempelnd, näher an den Pranger heranzukommen, und alle drängten, den Kopf in den Nacken gelegt, nach vorn. Ihren Blicken folgend, schaute auch ich in die Richtung und sah, wie städtische Büttel ziehend und stoßend das unglückliche Geschöpf wie eine willenlose Stoffpuppe auf das gezimmerte Podest hinaufbugsierten, ihr versagten die Beine augenscheinlich immer wieder, aber sie weinte nicht, schrie und jammerte auch nicht, wie ich es an ihrer statt gewiss getan, wenn ich gewusst hätte, dass man mich innerhalb der nächsten Stunde gnadenlos umbringen würde, sie starrte nur ins Nichts mit den vor Angst glasigen Augen, die mich an die Augen eines zu Tode erschrockenen Huhns erinnerten. »Man gibt ihnen vorher genügend zu trinken«, bemerkte ein untersetzter, besserwisserisch aussehender Mann mit krummem Rücken in der Menge neben mir fachmännisch, und ich hörte auch noch, wie ein hageres, spitznasiges Weibsbild, vermutlich eine Handwerksmeistersgattin, antwortete: »Gar nichts würde ich ihr geben, der Hure! So eine ist doch schlechter als ein Stück Vieh!« Indessen presste die Patin mein Gesicht an ihren Rock, sie zog mich energisch mit und bahnte sich, wiewohl dies gar nicht ihre Art war, mit den Ellenbogen rücksichtslos ihren Weg durch die Menge; zornige und empörte Flüche schickte man uns hinterher, während wir uns in Gegenrichtung zur Menge in die stillere innere Stadt vorarbeiteten.

Es geschah – nicht viel später, wie ich glaube –, dass eine Spielkameradin von mir, Lieschen, die Tochter dieser gewissen Schneidermeistersgattin, mich einmal so anging: »Die Leute sagen, eure Susanna ist eine Hexe!« Ich erinnere mich genau, wir hüpften gerade das Spiel Hinkefuß, und Lieschen war an der Reihe, die in den Staub gezogenen Quadrate auf einem Bein zu durchhüpfen, und sie war so hingebungsvoll bei der Sache, dass sie im Eifer die Zunge herausstreckte und sie selbstvergessen auf der Oberlippe hin- und herschob, dann sprang sie mit beiden Beinen in das zum Ausruhen vorgesehene Quadrat in der Mitte, und von dort schleuderte sie mir diese wenigen Wörter hin, lächelte heimtückisch, wie sie es zu tun pflegte, wenn sie wusste, dass sie mich mit irgendetwas besonders wütend machen konnte. Dieses Lieschen mit seiner spitzen Nase war recht hässlich, und, vielleicht aus Neid, vielleicht aus einer angeborenen Neigung zum Verleumden, bemühte sie sich ständig, alles herabzusetzen, von dem sie glaubte, dass es mir lieb sei, ob es um meine Stoffpuppe, ein neues Kleidchen oder auch das herrenlose Kätzchen ging, das anzulocken und an mich zu gewöhnen mir gelungen war. Lieschen, übrigens fast zwei Jahre älter als ich, gab gern damit an, um wie viel mehr sie von den Dingen der Welt wusste als ich.

»Das ist nicht wahr!«, schlug ich aufgebracht zurück, obwohl auch mir schon so etwas durch den Kopf gegangen war, wenn ich, irgendwo in der Küche kauernd, das heimliche Munkeln verfolgte und mein Blick an der gespenstisch-gruseligen Ansicht ihrer vom Feuerschein geröteten Hakennase und der schweißverklebten Haarsträhne hängen blieb. »Und außerdem hab ich es mit eigenen Augen gesehen, dass sie in der Nacht auf Martini in ihrem Bett geschlafen hat, wo der doch auf einen Freitag den Dreizehnten gefallen ist!«, gab ich ihr triumphierend zu verstehen und hoffte, damit für diesmal Oberwasser in dem Streit zu bekommen. »Wenn sie eine Hexe wäre, hätte sie doch um Mitternacht zum Blocksberg fliegen müssen!«, schickte ich noch hinterher. Doch ganz sicher war ich mir nicht, ob es tatsächlich ein Freitag gewesen ist, damals als ich mit einem Fieber im Bett lag und mitten in der Nacht von Susanna etwas zu trinken verlangte, als sie mir dann im Schlafgewand, an dem sich das in der Nacht offene, lange graue Zopfhaar hinunterschlängelte, in meinem Häferl Wasser brachte und mir ihre raue Hand mit den krummen Fingern auf die Stirn legte und meiner verschlafen herbeischwankenden Mutter beruhigend und in so vertraulichem, leisem Ton, wie sie auch sonst miteinander redeten, etwas zuflüsterte, und Mutter erwiderte ebenso ruhig und leise. Vielleicht hat sie Susanna schlafen geschickt, denn danach saß sie selbst noch eine Weile an meinem Bett, und bei mir mischte sich das fiebrige Frösteln mit dem innigen Wohlbehagen, das ihre Nähe mir gab, das mir aber seit einiger Zeit seltener zuteil wurde, weshalb ich mir dieses harmlose Kranksein dann immer umso sehnlicher herbeigewünscht habe.

»Woher willst du überhaupt wissen, ob sie es wirklich war! Für solche ist es doch ein Kinderspiel, an ihrer statt einen Besen ins Bett zu legen und ihn so zu verzaubern, dass er ihr gleicht, solange sie weg ist! Und der antwortet sogar für sie, wenn er gefragt wird!«, fertigte mich meine boshafte Freundin spöttisch ab, und als hätte sie meine Gedanken erraten, fuhr sie fort: »Man erzählt sich, auch deiner Mutter, als die noch ein Mädchen war, hat sie etwas gegeben, damit sie es deinem Vater ins Glas mischt, sonst hätte der das arme Ding gar nicht geheiratet! In seinen Wein wird sie es geschüttet haben«, setzte sie noch wichtigtuerisch hinzu, wollte mir damit zu verstehen geben, sie wisse längst, dass mein Vater die Mutter im Gasthof kennengelernt hat, und, wer weiß, vielleicht war es gerade sie, die ihm den Wein an den Tisch brachte. Ach wie gern hätte ich ihr eine bissige Antwort an den Kopf geworfen, doch fiel mir keine ein, und Lieschen hatte das alles auch schon wieder vergessen und setzte eifrig ihr Hüpfspiel fort.

Auch ich ließ es dabei bewenden, obwohl der Stachel in meiner Seele zurückgeblieben war, denn ich kann mich bis auf den heutigen Tag an einen Traum aus dieser Zeit erinnern. Wieder stand ich am Kaltwinkel, unterhalb des Prangers, und wie ich dem Flüstern der gesichtslosen Masse entnehmen konnte – mir war nämlich, als sei ich von einer großen Menschenmenge umgeben, obwohl ich sie nicht gesehen habe –, schickte man sich gerade an, eine Hexe zu verbrennen. Als ich aufsah, erblickte ich vor mir auch den Holzstoß, dessen ganzes Astwerk aus alten, vertrockneten Prügeln bestand, ohne jedes beblätterte Geäst dazwischen, das manchmal aus Mitleid obenauf geschichtet wurde, damit der würgende Rauch den Sünder bereits erstickte, bevor ihn die Flammen erreichen. Dann sah ich, dass große Männer mit Kapuzen irgendeine weibliche Gestalt vor sich herstoßend auf den Scheiterhaufen hinaufdrängen, ihre Arme nach hinten drehen und sie an den Pfahl binden. Bald darauf glaubte ich schon das Prasseln und Knacken zu hören und sah auch das Flackern des Feuers, ähnlich dem, das mich in der Nacht der Feuersbrunst hatte aufschrecken lassen. Dann warf die an den Pfahl gebundene Frauensperson den Kopf zurück: Das lange, dunkle Haar, das bisher das Gesicht verdeckte, fiel zur Seite und entblößte ihre Züge; im Licht der Flammen sah ich, dass es meine Mutter war, die dort in der Wolke von dichtem, schwarzem Rauch und der sich rasend nähernden, knackenden Flammen stand. Den Kopf straff nach hinten gedrückt, versuchte sie vergeblich, ihr stolzes, zur schmerzhaften Grimasse verzerrtes Gesicht von der gaffenden Menge wegzudrehen. Auch im Wachzustand habe ich gelegentlich einen solchen Ausdruck bei ihr gesehen, etwa wenn sie Zahnweh quälte oder sie mit hochgekrempelten Ärmeln am Herd stand und ein aus der Pfanne hochspritzendes Tröpfchen Fett ihren entblößten Arm traf, dann erfasste mich derselbe tief ins Mark dringende Schauer, als wäre ich auf irgendeine Weise, ich weiß nicht warum und wodurch, selbst schuld an dem, was da geschah. Und auch jetzt, im Traum, wie ich meine Mutter dort stehen sah, hilflos den Flammen ausgeliefert, mischten sich in das tiefempfundene Mitleid quälende Gewissensbisse, und es drängte mich, zu ihr hinzustürzen und sie unter Einsatz meines Lebens zu retten oder mit ihr zu sterben. Doch vergeblich mühte ich mich, an den Marterpfahl heranzukommen, um ihr die Fesseln mit Zähnen und Klauen zu lösen oder wenigstens ihr Schicksal zu teilen, aber immer wenn ich schon ganz nah bei ihr war, erfasste mich eine gesichtslose, dunkle Kraft, vielleicht die gaffende, auf das Marterspektakel versessene Menge oder sonst etwas, und stieß mich jedes Mal dorthin zurück, von wo ich das Gesicht der Mutter durch den dichten Rauch- und Flammenschleier noch klar sehen, sie aber mit meinen Händen nicht erreichen konnte, es war mir nicht einmal vergönnt, ihr Kenntnis zu geben von meiner Gegenwart, von dem hilflosen Mitgefühl ihres Kindes.

Ob es dieser Traum war oder die Alpträume oder die Geschichten, die Susanna erzählte, ich weiß es nicht, sicher ist, dass ich für längere Zeit auffallend schreckhaft wurde und mich wegen mancherlei fürchtete, das mich bis dahin überhaupt nicht berührt hatte. So war ich zum Beispiel weder durch Zureden noch durch Spott dazu zu bewegen, nach Eintritt der Dunkelheit auch nur einen Schritt aus dem Haus zu tun. Wenn sie mich in den Keller oder in die Grünzeugmiete schickten, um Äpfel oder Petersilienwurzeln zu holen – denn ich war damals schon ein größeres Mädchen, dem man solche Botengänge auftragen konnte –, so stieg ich mit schlotternden Knien die Treppe oder die Leiter hinab, und als ich einmal unten im spinnwebverhangenen Gewölbe, wo es nach Wein und Äpfeln roch, Obst in meine Schürze sammelte, tauchte hinter einem Fass plötzlich ein leuchtendes Augenpaar auf. Kreischend schlug ich mir die Hände vors Gesicht, die Äpfel kullerten zu Boden, ich selbst stürzte nieder. Ich schrie noch immer jämmerlich, als die Mutter, ungeduldig geworden oder besorgt, weil sie nicht wusste, wo ich so lange blieb, nach mir sehen kam. Ich weiß mich nur noch zu erinnern, dass ich danach auf dem Bett liege, die Mutter mir mit irgendeiner Lösung die Füße einreibt und mein Vater versucht, mir einen Löffel schwarzen Kirschsaft zwischen die Lippen zu schieben, ich mich mühe, ihn abzuwehren, bis der Kirschsaft über mein Kleidchen rinnt, ich zitternd etwas über einen im Keller hausenden Geist oder Teufel mit glimmenden Augen stammle und ihnen das Versprechen abzuringen versuche, dass ich nie mehr allein in den Keller gehen muss, wiewohl ich tief in meinem Innern doch geneigt bin, der Mutter Glauben zu schenken, die, an den Vater gewendet, sagt: »Die Katze wird sie erschreckt haben.« Plötzlich schoss es mir durch den Kopf, dass ich vor kurzem tatsächlich beobachtet hatte, dass eine fremde Katze hervorschlich, als unsere Magd Susanna die Kellertür öffnete, wie ein Pfeil in den Hof schnellte, mit einem Sprung auf dem Zaun landete und entschwand. Nur – und das konnte ich später noch oft feststellen – das am helllichten Tag gewonnene Wissen nützt zuweilen wenig oder gar nicht gegen die Ängste, wie sie die unheimliche Dunkelheit in uns eingepflanzt hat und ständig nährt, ja, die Ängste formen dieses Wissen ganz nach ihrem Belieben. Und so hat es mir nicht geholfen, dass ich den fremden Kater mit den schwärigen Augen und ausgefransten Ohren häufig um unser Haus schleichen sah, der rabiate, ans Jagen gewohnte Streuner schnappte unserer weniger gewitzten Hauskatze die hingeworfenen Hühnerknochen und Fleischabfälle geschickt weg. Ich war mir dennoch nicht ganz sicher, ob es nicht doch ein böser Geist war, den ich im Keller wahrgenommen hatte oder gar eine Hexe in Gestalt des Katers, die meine Aufmerksamkeit täuschen und sich in dieser harmlosen Weise an mich heranmachen wollte, weil sie wer weiß welchen hinterhältigen Plan gegen mich verfolgte.

Übrigens habe ich meinen Vater und die Mutter nur noch ganz selten und vielleicht nie mehr in solcher Eintracht miteinander reden gesehen wie damals, als beide an meinem Krankenlager standen. Ich weiß nicht, ob in der Zeit vor meiner Geburt oder in meinen ersten Lebensjahren, die für die Erinnerung völlig verloren sind, Einvernehmen zwischen beiden herrschte und wenn ja, wie groß ihre Liebe war, und ob sie erst später, im Laufe des Zusammenlebens zerbrochen ist oder vielleicht durch die von Sorgen verursachten Reibereien aufgezehrt wurde … Möglich, dass meine Mutter schon von Anfang an nicht das für den Vater empfunden hat, was Frauen gemeinhin mit Männern verbindet, dass sie nur zu ihm ging, weil sie eine Waise und hilflos war, und es später bitter bereut hat – ich weiß es nicht. Über all das habe ich lange gegrübelt, doch konnte ich Sicheres darüber nie in Erfahrung bringen. Aber ich könnte nicht sagen, dass mein Vater, wie das in den meisten Häusern gang und gäbe war, öfter die Hand gegen sie erhoben hätte, und ich musste auch nur selten erleben, dass die Mutter einmal laut hadernd mit ihm sprach und hässliche Wörter gebrauchte, was die

Frauen doch oft tun, mir schien, sie sah ihn eher mit stummer, hämischer Verachtung an; bei meinem Vater hatte es wiederum den Anschein, als löste die Nähe der Mutter bei ihm eine Mischung aus Übellaunigkeit und Furcht aus und als brächten diese Furcht und noch mehr die durch sie verursachte Scham ihn dazu, die Mutter aus verschiedensten Anlässen, aber vor allem wegen ihrer Schlampigkeit im Haushalt und ihrer Verschwendungssucht immerfort mit schweren Vorwürfen zu überschütten. Mutter entgegnete auf seine Schmähungen kaum etwas, doch ihre düstere Miene verriet, dass sie ihre Erregung kaum noch beherrschen konnte, wenn Vater, wie er es häufig tat, Anspielungen darüber machte, dass er an der Seite einer anderen, die es verstanden hätte, die Heller zusammenzuhalten, anders dastehen würde: Damals wäre die Apotheke im Zentrum der Stadt zur Übernahme frei geworden, die nur wohlhabende und vernünftige Bürger aufsuchten, während zu uns das Landvolk der Umgebung allzu selten und dann auch nur um wohlfeile Mittelchen kam, weil es seine Krankheiten und Gebrechen lieber mit den auf Wiesen und Weiden wachsenden Kräutern kurierte und statt zum Doktor oder Apotheker lieber zu Kurpfuscherinnen und Quacksalbern ging. Mein Vater litt sehr darunter und lamentierte immerfort, wie günstig gelegen und ertragreich doch die Apotheke in seiner Heimatstadt wäre, die sein Bruder als der Ältere geerbt hatte, den er aber für gänzlich ungeeignet hielt, in einem so viel Genauigkeit und Sorgfalt verlangenden Beruf zu wirken, der auch sonst von ihm als liederlich und unzuverlässig gescholten wurde und, so sagte er oft, früher oder später dank seiner Fahrlässigkeit die ganze Stadt vergiften würde. Diese Ungerechtigkeit des Schicksals hatte meinen Vater sehr verbittert, am meisten, dass er als der Zweitgeborene lange genötigt war, an der Seite des früheren Besitzers unserer Apotheke als Lehrbursche zu dienen und er schließlich nur zu einer eigenen Apotheke kam, indem er die Witwe des einstigen Lehrherrn ehelichte – eine kränkelnde, ewig jammernde und mit ihren Nörgeleien jedermann quälende Frau, zumindest haben sie die Mägde, die schon damals hier dienten, der Susanna so beschrieben, denn von meinem Vater hörte ich zwar ständiges Gejammere über all das Unrecht, das ihm das Leben aufgebürdet habe, von der Witwe, seiner ersten Frau, aber berichtete er nie etwas, nicht Gutes und nicht Schlechtes; ich weiß nicht, ob er sich genierte, dass er dank ihrer Gunst für einige Zeit zu bescheidenem Wohlstand gelangt oder – später, mit reifer gewordenem Kopf vermutete ich so etwas – weil er trotz ihrer unangenehmen Natur, wegen des fortgeschrittenen Alters dieser Frau und ihrer Krankheit ihr gegenüber eine gewisse Ergebenheit und Achtung empfand, während er angesichts der jugendlichen Schönheit meiner Mutter, wiewohl ihrer Verführungskraft erlegen oder vielleicht gerade deshalb, voller Argwohn und sogar Feindseligkeit war.

Die erste Ehe meines Vaters hat nicht länger als zwei, drei Jahre gedauert, darauf nahm er, nach kurzer Witwerschaft, meine Mutter zur Frau, und dazu kann ihn nichts anderes veranlasst haben als ihre Schönheit, Jugend und Hilflosigkeit, denn sie war eine mittellose Waise, die ihre Eltern früh verloren hatte. In ihrem Blut liegend hatte man die Eltern gefunden im verwüsteten Herrenhaus, das versprengt umherstreifende Landsknechte, man wusste nicht, ob Türken oder Ungarn, verheert und geplündert hatten. Sie selbst war nur mit dem Leben davongekommen, weil sie sich gerade bei der Familie einer Freundin im Nachbardorf aufhielt, so büßte sie an einem einzigen Tag beide Eltern und all ihre irdische Habe ein und wurde heimatlos; unter welchen Widrigkeiten sie schließlich nach Leutschau gelangt war, zur Tante und deren Ehemann, dem Wirt, die sie zu sich nahmen, ist mir nicht bekannt. So kam es, dass sie gelegentlich auch mit anpacken und bei der Bedienung der Gäste helfen musste, und bei einer solchen Gelegenheit hat sie, so behaupten böse Zungen, meinem Vater, der als Witwer häufig zum Abendessen in den Gasthof ging, ein Zaubermittel in den Wein geschüttet. Was meine Mutter zu dieser Heirat bewogen hat, weiß ich bis heute nicht, doch kann ich mir wohl vorstellen, dass sie inmitten von Saufbrüdern, die mit breiig lallenden Stimmen schamlose Bemerkungen hinter ihr herriefen und nach ihrem

Rock langten oder ihr, wenn sie ihnen die Weinkrüge hinstellte, mit stolpernder Zunge unverschämte Anträge ins Ohr stammelten, vielleicht Schutz und Zuflucht bei meinem Vater zu finden hoffte, der damals noch ein solides, ernstes Leben führte und wohl nie mehr als ein Glas Wein trank, von dem sie auch zu keiner Zeit anstößige Redensarten zu hören bekam.

Wie meine Großeltern geendet haben, hat mir Susanna heimlich berichtet, denn meine Mutter erwähnte sie so gut wie nie. Von der Magd aber erfuhr ich, dass mein Großvater ein ruhiger, wortkarger Mensch gewesen ist, den die Jagd und andere raue Passionen – vielleicht aufgrund seines fortgeschrittenen Alters, vielleicht wegen seiner sanftmütigen Natur – wenig kümmerten, doch die Musik stand unter seinen stillen Vergnügungen ganz oben. Oft veranlasste er seine Gattin und auch die Tochter, sie möchten sich ans Virginal setzen und ihm eines seiner Lieblingslieder vortragen. Meine Mutter, sein einziges Kind, mit dem ihn der Herrgott trotz seines fortgeschrittenen Alters beschenkt hatte, liebte und behütete er vom Kleinkindalter an mit besonderer Zärtlichkeit, und auch meine Mutter war ihm mit großer Anhänglichkeit zugetan, vielleicht noch mehr als ihrer lauten, stets fröhlichen, Geselligkeiten und Vergnügen liebenden Mutter, von der sie das dunkle, gekrauste Haar geerbt hatte, jedoch nicht die stattliche, volle Gestalt, denn meine Mutter war recht klein und schlank wie ein junges Reh.

Mein Großvater kränkelte, zumindest hat Susanna dies berichtet, und ob er sich aus diesem oder einem anderen Grund – etwa weil er sich nur schwer von seinem Vaterhaus und dem Garten zu trennen vermochte, in dem er die selbstgepflanzten Apfelbäume hegte – erst so spät zur Flucht entschließen konnte, während die anderen Adelsfamilien der Gegend ihr Hab und Gut schon auf die bereitstehenden Planwagen geladen hatten und nur noch auf weitere Nachrichten über die Richtung warteten, die das türkische Heer nun einschlug, ist mir nicht bekannt. Auch die Familie, bei der meine Mutter zu Besuch weilte, war gerüstet, und man wollte sie auf die Flucht mitnehmen. Mutter aber war um keinen Preis bereit, ohne die Eltern fortzugehen, und so wurde in der Not beschlossen, einen Mann mit leichtem Gespann auf den Weg zu meinem Großvater und der Großmutter auszuschicken, in der Hoffnung, sie seien ebenfalls schon auf der Flucht und man würde sich möglicherweise auf halbem Weg begegnen. Der Fuhrmann brachte dann auch die Nachricht, dass ein tatarischer Hilfstrupp des türkischen Heeres – diese waren stets die schlimmsten – oder marodierende ungarische Söldner aus der nahegelegenen Burg Güns auf Beutezug im Dorf, dessen Bewohner großteils schon geflohen waren, eingefallen seien und alles geplündert und verwüstet hätten. Großvater und Großmutter wurden noch daheim überrascht und ohne Erbarmen abgeschlachtet. Großvater habe man, so berichtete der Fuhrmann, der sie abholen sollte, mit gespaltenem Schädel im Entree gefunden, neben sich die alte Jagdflinte, die seit Jahrzehnten unbenutzt als Zierrat an der Wand hing und die sich der Arme in seiner Not gegriffen haben musste, um das Haus und sein Eheweib zu verteidigen. Doch das vom Rost angenagte Schießeisen dürfte den Dienst versagt haben, denn selbst die Plünderer, die sonst alles Bewegliche mit sich nahmen, hatten es verschmäht. Was zu unförmig war, um weggeschleppt zu werden, wurde von den betrunkenen Mordbuben in ihrer Wut zertrümmert, die Betten haben sie mit Erbrochenem und Exkrementen besudelt, bei dem sinnlosen Treiben zerhackten sie sogar das Virginal, auf dem meine Mutter so gern und oft gespielt hat. Die Großmutter fand man in einer Blutlache in der inneren Stube, und ich musste, immer wenn Susanna davon erzählte, lange darüber nachsinnen, ob sie ihre letzten Augenblicke wohl mit Beten zugebracht oder vielleicht vergeblich versucht hat, die schwere Truhe vor die Tür zu zerren, um das Eindringen der Frevler zu verhindern, ob sie bei den Missetätern Mitleid erflehte oder sich – sie war eine stolze und jähzornige Frau – der Übermacht, gleich einer Katze, die ihr Junges verteidigt, entgegenwarf und ob ihr unerwarteter Mut diese für einen Augenblick innehalten ließ.

Meine Mutter wurde, nachdem der Mann mit dem Fuhrwerk und der traurigen Nachricht zurückgekehrt war, von der Familie aus dem Nachbardorf ein Stück Weges mitgenommen, man war zu irgendwelchen Verwandten unterwegs, in deren Stadthaus ohnehin schon mehrere andere Familien Unterschlupf gefunden hatten. Ob sie die Sorgen und Belastungen der ihr kaum bekannten Menschen nicht noch vergrößern wollte oder andere Beweggründe hatte, ich weiß es nicht, jedenfalls sind meine Mutter und Susanna schließlich zu zweit aufgebrochen und haben den vor ihnen liegenden Weg nach Leutschau zu Fuß oder auf Fuhrwerken anderer Flüchtlinge zurückgelegt, indem sie sich auf die Wagen hinaufverlangten. In dieser Stadt lebte die Tante, die schon vor langer Zeit, vielleicht noch bevor meine Mutter geboren wurde, dorthin geheiratet hatte und der sie zuvor wohl nur ein einziges Mal begegnet war. Wie und nach wie langer Zeit die beiden unerfahrenen Frauen auf dem von plündernden Landsknechten immer wieder verunsicherten Weg nach Leutschau gelangt sind, darüber haben mir weder meine Mutter, noch die redselige Susanna viel berichtet, und ich glaube auch nicht, dass sie miteinander darüber geredet haben, nur ganz selten ist ihnen eine Bemerkung entschlüpft, wenn sie unvermutet etwas an das erinnerte, was ihnen unterwegs widerfahren war. Als einmal zum Beispiel Susanna sich mit Magenweh quälte, hörte ich, wie sie meiner Mutter klagte: »Zum letzten Mal war mir so elend, als wir in Neckenmarkt aus dem verfallenen Brunnen getrunken hatten«, ein andermal, ich weiß nicht mehr, bei welcher Gelegenheit, war die stolze und beleibte Frau des Stadtschreibers bei meiner Mutter, und als sie schnaufend gegangen war und das Tor hinter sich geschlossen hatte, wandte sich meine Mutter mit schelmischem Lächeln Susanna zu: »Erinnerst du dich noch an die Baronin?«, fragte sie sie, und beide lachten herzlich, wie es junge Mädchen zu tun pflegen, wenn sie sich irgendein Liebesabenteuer zuflüstern. Ich ahnte, dass sie mit dieser Baronin vermutlich auch auf der Flucht zu schaffen hatten, und so, denke ich, hat es trotz aller Gefahren und Heimsuchungen auf ihrem Weg wohl auch heitere Stunden gegeben.

Doch später, also zu Zeiten, über die ich jetzt berichte: Nicht nur, dass sie nicht lachte, selbst lächeln habe ich meine Mutter damals nur noch ganz selten gesehen, umso öfter erblickte ich die eisige Maske des Zorns oder der Niedergeschlagenheit auf ihrem Gesicht, zupfte und zog ich, durch ihren kalten, abwesenden Blick verängstigt, nicht selten weinend und schluchzend, an ihrem Rock, erbettelte ich mir ein Schälchen Milchbrei oder eine andersfarbige Schleife ins Haar, obwohl ich mir in Wahrheit nichts anderes ersehnte, als dass sie mich anlächelte oder mir zärtlich übers Haar strich. Mit meiner Quengelei erreichte ich aber nichts weiter als dieses ungeduldige, nervöse Zucken auf ihrer Wange und die heisere Zurechtweisung, endlich Ruhe zu geben. Doch ich konnte nicht nachgeben, wohl wissend, dass ich sie mit meinem Drängeln nur noch weiter von mir wegtrieb, bis sie mich mit vor Zorn verzerrtem Gesicht und rauer Stimme anschrie, was mich stets zu Tode erschreckt hat, weil es mich jedes Mal an die Geschichte einer Frau erinnerte, in deren Leib sich irgendein Höllengeist eingenistet haben soll, der sie dann allmählich zur bösen Hexe machte, die schließlich ihre eigenen Kinder gesotten und aufgefressen hat. Ich befürchtete, auch in den Körper meiner Mutter sei ein solcher Geist gefahren und habe ihre Stimme und ihren Blick verändert, während die wahre, mütterliche Seele in wer weiß welch tiefem Erdverlies oder Käfig schmachtete. Dass meine Mutter mit der Zeit vollständig von bitterem Trotz erfasst zu werden schien, hat diesen Verdacht in mir genährt, es war, als hege sie einen finsteren, unversöhnlichen Grimm gegen die ganze Weltordnung, mit der Zeit genügte schon eine harmlose Kleinigkeit, damit dieser hasserfüllte, heisere Hexenton aus ihr hervorbrach, vor dem ich mich so fürchtete. Manchmal ist sie sogar über Susanna hergefallen, obwohl ihre alte Amme sonst das einzige Lebewesen war, das sie nicht mit ihrer bitteren Unduldsamkeit antrieb. Einmal, erinnere ich mich, kam Susanna mit irgendeiner schlechten Nachricht herein, vielleicht war es die von ihr schon vermutete Hühnerpest im Stall, oder sie hatte an den vorsorglich weggehängten Festtagskleidern Spuren von Mottenfraß entdeckt, da fuhr die Mutter mit so erschreckend zorniger Verbitterung hoch, man möge sie doch endlich in Frieden lassen und nicht mit derlei blödsinnigen Nichtigkeiten quälen, dass meine gerade anwesende Patin ihr mahnend die Hand auf die Schulter legte und sie dort auch eine Weile liegen ließ, als wollte sie der Mutter zu verstehen geben, sie möge, was ihr beschieden sei, mit Geduld ertragen und den Ihren mit mehr Verständnis und Zuneigung begegnen. Die Mutter achtete meine Patin, die eine gebildete und angesehene Frau war, deshalb stieß sie auch ihre Hand nicht weg, wie sie es bei mir oder meinem Vater getan hätte, vielmehr stand sie reglos, erstarrt in bitterem Trotz, als wollte sie sich vor der Berührung in sich selbst, ihr tiefstes Inneres zurückziehen, und sie starrte verstockt zu Boden, um dem bittenden Blick dieser Frau nicht begegnen zu müssen. Die Patin wartete noch eine kleine Weile, dann drehte sie sich weg, legte sich seufzend ihr Umhängetuch über die Schultern und hielt mir ihre weiche, weiße Hand mit den etwas stumpf geratenen Fingern hin – sie benutzte seit je eine gewisse Salbe, die machte die Haut ihrer Hände angenehm zart –, ich griff folgsam danach und ging mit ihr. Während dieser Zeit schlug sie meiner Mutter immer öfter vor, ich solle mit ihr gehen und die Nachmittage bei ihr verbringen, vielleicht weil sie meine zunehmende Verwilderung und wachsende Furchtsamkeit sah und ich ihr leid tat, vielleicht aber auch, weil sie selbst keine Kinder hatte und ganz allein in der inneren Stadt in zwei gemieteten Zimmern im Haus eines reichen Goldschmieds lebte. Sie wäre eine begüterte Frau gewesen, sie war die Tochter und auch Witwe eines wohlhabenden Gutsbesitzers, doch ihre Güter lagen in dem von Türken beherrschten Teil des Landes, und so konnte sie keinerlei Nutzen daraus ziehen; gewiss hätte sie mit der Zeit auch die wenige ihr verbliebene Habe veräußern und so in völlige Armut fallen müssen, hätte nicht ihr in Wien lebender Bruder, der bei Hof irgendein höheres Amt bekleidete, regelmäßig einen bescheidenen Geldbetrag geschickt, und diese kleine Unterstützung musste sie peinlich genau einteilen, um ihre geringen Auslagen davon zu bestreiten. In Wahrheit war sie eine entfernte Verwandte des Vaters, wenn auch nur durch Heirat, doch sprach er stets verärgert und sogar mit einer gewissen Verächtlichkeit über sie, obwohl er sonst gesellschaftlich über ihm stehenden Personen die gebührende Ehrerbietung zollte. Sicher, die Patin war Papistin, und das kam dem »Glauben eines Heiden« gleich, wie Vater zu sagen pflegte, der nicht lang nach meiner Geburt zusammen mit einem beträchtlichen Teil der angesehenen Bürger dieser Stadt zum reformierten evangelischen Glauben übergetreten war. Hinzu kam noch, dass die Papisten, so behaupteten mein Vater und die anderen Neugläubigen, »ständig nach Wien laufen, um gegen uns zu intrigieren«, wo doch die Patin niemals nach Wien, ja selbst in die Nachbargasse nur selten gekommen ist, sie rührte sich kaum aus dem Haus, meist schickte sie ihre kleine Magd zum Einkaufen auf den Markt, war also nicht so wie die Bürgerfrauen der Stadt, für die der Weg zum Markt, das Umschauhalten, der Tratsch und das Feilschen um den Preis eine Lieblingsbeschäftigung war. Nur sonntags ging sie regelmäßig in die den Katholiken verbliebene Kirche, doch das fiel ihr nicht schwer, lag doch das Gotteshaus beinahe dem Hause gegenüber, in dem sie wohnte.

Möglich, dass auch Vater, wie die übrigen Stadtbürger, eine gewisse Abneigung empfand gegenüber den Unterschlupf suchenden, landesflüchtigen Adligen, die bei uns Zuflucht fanden, denen aber nicht der Sinn danach stand, die Gesetze dieser Stadt zu achten und ihre Lasten mitzutragen; immer wieder war von ihnen zu hören, sie ließen sich nicht von irgendwelchen Schustern und Stiefelmachern kommandieren. Hätte mein Vater der Patin aus diesem Grund sein Wohlwollen verweigert, so hätte er ihr Unrecht getan, denn sie forderte für sich gewiss keinerlei Vorrechte, sondern trug ohne Murren die ihr auferlegte Bürde, zudem war sie bestrebt, mich geduldig und liebevoll Dinge zu lehren, von denen sie hoffte, sie würden mein dürstendes Gemüt, den unruhigen Geist in eine tugendhafte Richtung lenken. Ich erinnere mich, sie sprach mit mir darüber – vielleicht weil die trotzige Härte meiner Mutter auch sie quälte und sie die Absicht hatte, wenigstens aus meinem kindlichen Herzen den Keim des Aufbegehrens gegen Gott zu tilgen –, dass wir die Prüfungen des Lebens mit starkem Herzen und in Gottes Namen anzunehmen und zu tragen hätten und unsere Seele vor Verbitterung und Zorn, vor allem aber vor der wütenden Verzweiflung bewahren müssten, denn damit würden wir Gott selbst beleidigen, der uns doch die von ihm erschaffene Welt zum Geschenk gemacht habe. Oft saßen wir, mit unseren Stickereien beschäftigt, nebeneinander, von ihr habe ich verschiedene komplizierte Stickmuster gelernt, die meine Mutter nicht Zeit oder vielleicht auch gar keine Geduld gehabt hätte mich zu lehren. Ich gestehe, dass ich oft mit den Tränen kämpfend den hoffnungslos verknoteten Faden abgebissen habe und das von den vielen ungeschickten Versuchen verknitterte und verschmutzte Leinen am liebsten zerrissen und die Stücke ins Feuer geworfen hätte, statt die falschen, unförmigen Stiche immer wieder aufzutrennen und zu versuchen, es schöner zu machen. Wenn die Patin meine wachsende Ungeduld sah, ermahnte sie mich sanft und meinte, wir müssten in kleinen wie in großen Dingen gleich beharrlich sein und dass Geduld im Kleinen die beste Schule sei für die Beständigkeit bei wichtigen Angelegenheiten.

Viele Herbst- und Wintertage verbrachten wir so in stiller Geschäftigkeit. Ich kauerte meist in der Fensternische und drückte mich immer dichter ans Fenster, um noch einen Schimmer der schnell schwindenden Helligkeit zu erhaschen, denn die Patin musste mit Kerzen sparen, und ich lauschte ihren Erzählungen, obwohl, ich muss es gestehen, meine Gedanken nicht selten abschweiften. Mal überlegte ich, wann meine Patin wohl ihrer kleinen Dienstmagd klingeln würde, damit sie uns die Dörrzwetschgen, meine Lieblingsnäscherei, hereinbrachte, für die auch sie eine Schwäche hatte, ein andermal zerbrach ich mir den Kopf, wer die mürrisch dreinschauenden Männer mit ihren Ehrensäbeln und in den mit Goldschnüren besetzten Überwürfen sein könnten, deren Porträts an der Wand hingen, oder auch die schmallippigen Frauen in dunklem oder rotem Samt mit Perlen im geflochtenen Haar, oder ich fragte mich, welche dieser auf die glänzenden grünen Kacheln des Ofens modellierten Figuren welche Apostel darstellen sollten und wer wohl jene Frauengestalt mit der kleinen Krone im Haar und dem Apfel in der Hand sein könnte. Nie bemerkte ich, dass mir meine Patin zürnte, wenn sie mich dabei ertappte, dass ich nicht bei der Sache war, sondern mit meinen Gedanken abschweifte, vielmehr bemühte sie sich, mein zartes Alter geltend machend, die flatterhafte Phantasie mit Geschichtenerzählen einzufangen, mir erschienen aber diese Erzählungen über brave, in kalter Winterszeit holzsammelnde und die kranke Mutter pflegende Kinder oder vom edlen Ritter, der mit dem beim Burggraben kauernden Bettler seinen Mantel teilt, und ähnliche Geschichten weit weniger aufregend als Susannas Märchen von Wassernymphen, Gespenstererscheinungen und bösen Feen. Ich entsinne mich, dass mir schon als Kind manchmal der Gedanke durch den Kopf schoss, warum wohl das Böse, Schauerliche und Gefährliche unsere Phantasie so stark beschäftigen kann, das Gute dagegen so viel weniger.

Ich muss gestehen, dass die wohlmeinenden, erhebenden Belehrungen und gelegentlichen Ermahnungen der Patin mit der Zeit sogar Widerwillen in mir hervorgerufen haben. Das viele Entsagen, die oft beschworene Geduld und die Demut, mit denen sie mich traktierte, all das kam mir mit der Zeit vor, als wollte hier eine nüchterne, unsichere, bedrängte Seele, die bar jeder Leidenschaft war, ein wenig selbstgefällig ihre Mängel als Güte und Sanftmut erscheinen lassen. Sooft einer ihrer Pläne fehlschlug, hatte sie diesen Spruch auf den Lippen: »Es scheint, der liebe Gott verfolgt hier andere Absichten.« Ich, die ich vor lauter Enttäuschung schon hätte heulen und toben mögen, weil das Dienstmädchen mit der Entschuldigung zurückkam, es seien keine Dörrzwetschgen mehr da, und ich mit einem Apfel zufrieden sein musste, ich habe, wenn ich ihren sanften Gleichmut sah, in meinem Herzen die Patin der Heuchelei verdächtigt oder bei mir gedacht, dass sie es wahrscheinlich nicht so gelassen aufnähme, würde ihr das Schicksal etwas vorenthalten, an dem sie mit so leidenschaftlichem Verlangen und mit ganzer Seele hinge wie ich an den Zwetschgen. Und wenn ich dann zu ihrem runden, von grauen Locken umrahmten Gesicht aufblickte, fand ich, dass ihre Züge zwar trotz des Alters immer noch die einstige Schönheit verrieten, die etwas hervortretenden blassblauen Augen aber an eine große, alte Kröte erinnerten…

Obwohl die Nachmittage bei der Patin recht eintönig verliefen, ging ich gern zu ihr, weil es dort ruhig und friedlich war. Nicht einmal die kleine, ungeschickte Magd wurde streng zurechtgewiesen, zumindest nicht in meiner Gegenwart, und mit mir hat die Patin stets sanft gesprochen, meine Fragen, auch wenn ich ihre Sprüche mit irgendeiner Rechthaberei unterbrach, geduldig beantwortet. Daheim aber litt ich zunehmend unter der eisigen Gleichgültigkeit meiner Mutter, noch mehr unter ihrem sich wie kochende Lava ergießenden Zorn, der oft ganz unerwartet aus ihr hervorbrach. Seit einiger Zeit schalt sie mich vor allem wegen meiner Trägheit und Ungeschicklichkeit, hielt mir immerzu vor, was ich ihr alles hätte abnehmen können, wenn ich nicht so faul, schlafmützig und bei der Hausarbeit unwillig und ungeübt wäre. Ich aber, die alles getan hätte, wenn sie nur wieder freundlich mit mir spräche, mich streichelte wie früher, als ich ein kleines Mädchen war, fand ihre Beschuldigungen gänzlich ungerecht, und so wandte sich mein nach Zärtlichkeit dürstendes Herz langsam von ihr ab, sah sich nach anderen Quellen der Liebe um. Allmählich begann ich, wie Kinder das oft tun, ganz ohne jeden stichhaltigen Beweis und Anhaltspunkt, zu glauben, sie, die ich bislang für meine Mutter gehalten, sei gar nicht meine Mutter, vielmehr wäre ich wohl ein angenommenes oder ein Findelkind. Es kam vor, dass ich tagelang in meiner Phantasie einen liebevollen Blick hätschelte, den mir irgendeine fremde Frau auf der Straße oder auf dem Markt zugeworfen hatte. Mit der Zeit wurde es mir zur Gewohnheit, auf Schritt und Tritt in den Gesichtern fremder Frauen zu forschen, und wenn ich unter ihnen eine mit sanftem, freundlichem Antlitz entdeckte, dachte ich, sie ist's, sie könnte meine wirkliche Mutter sein. Ich ließ mir lange Geschichten einfallen, wie ich meinen wirklichen Eltern einst als Säugling verlorengegangen sein könnte, schmiedete Pläne, auf welche Weise vielleicht meine leibliche Mutter wiederzufinden wäre, stellte mir vor, wie eines Tages eine der fremden Frauen mit freundlichem Gesicht, sobald sie des roten, himbeergroßen Mals auf meiner Hand ansichtig geworden, in mir ihr ehedem verlorenes Kind entdecken, erbleichend aufschreien und mich freudig an ihren Busen drücken würde (ähnliche Geschichten hatte mir früher Susanna erzählt). Immer wenn mich Mutter zornig rügte, weil ich in meiner Unaufmerksamkeit einen irdenen Teller zerschlug oder Milch über meinen Rock goss, biss ich mir trotzig auf die Lippe und dachte, diese Frau sei wahrscheinlich doch nur meine Stiefmutter, und eines Tages würde meine wahre Mutter kommen und mich mit sich fort nehmen.

Einmal versuchte ich auch, bei meiner Patin vorsichtig vorzufühlen, ob Vater und Mutter wirklich meine leiblichen Eltern wären. Ich hatte Angst, sie würde mich auslachen, stattdessen warf sie mir, errötend, einen scharfen, forschenden Blick zu, drehte sich dann weg und begann – offensichtlich leicht verwirrt – darüber zu sprechen, dass Kinder manchmal auch vor der Zeit zur Welt kommen, etwa wenn die werdende Mutter einen großen Schreck oder eine seelische Erschütterung erlebt, böse Zungen redeten dann selbst den tugendhaftesten Frauen allerlei Übles nach, ich aber sollte so etwas einfach überhören… Staunend sah ich sie an, konnte überhaupt nicht verstehen, was das alles mit meiner Frage zu tun haben sollte, doch dann erinnerte ich mich an etwas, das ich früher einmal gehört hatte: dass man eine Nachbarin von uns, die junge Frau des Bäckermeisters, in den Kerker warf und später aus der Stadt vertrieb, weil sie zu der Zeit, als der Bäckermeister sie zur Frau nahm, schon von einem Metzgergesellen geschwängert worden war und das Kind bereits weniger als sechs Monate nach der Eheschließung zur Welt kam. Mir fiel auch ein, was ich von Susanna, unserer Magd, über die Umstände meiner Geburt erfahren hatte: dass meine Mutter die Geburtswehen ganz unerwartet auf der

Gasse überfielen und sie nur noch mit größter Mühe aus dem Trubel der Menge nach Hause gelangte.

Meine Mutter, so berichtete Susanna, war nur kurz vor das Haus gelaufen, weil sie jene wundersame und beängstigende Erscheinung zu sehen wünschte, über die alle, die sie erlebten, noch Jahrzehnte später tief bewegt erzählten und die demzufolge gerade auf den Tag meiner Geburt gefallen war, wie nämlich am helllichten Tag die Sonne für mehrere Minuten vom Himmel schwand und sich über die Stadt nächtliche Dunkelheit breitete. Man sagte, die Ankunft dieser wundersamen Erscheinung habe ein alter Sterndeuter und Prophet schon Jahrhunderte vorher angekündigt und nicht nur den genauen Zeitpunkt des Ereignisses prophezeit, sondern auch, dass in der Reihe der großen Naturerscheinungen, die das bevorstehende Ende der Welt ankündigten, dies die letzte sei. Kurz vor dem so beschworenen Eintreffen dieses Himmelsphänomens waren da und dort in den Gassen der Stadt unordentlich gekleidete Männer und Frauen mit stechendem Blick aufgetaucht. Sie gingen barfuß und barhäuptig, und ihnen klebten, als hätten sie auf freiem Feld genächtigt, Disteln am Rock und Vogelflaum in den struppigen Haaren. Allerorts, wo sich Menschen versammelten, waren sie gegenwärtig, drängten sich in die Menge oder stiegen irgendwo hinauf, um von dort ihre Botschaft zu verkünden: Die Zeit der Reue und der Buße sei gekommen, in Kürze würden die Mächtigen und Reichen dieser Welt gedemütigt in den Staub sinken, die Wahren aber sollten erhoben werden, denn der Tag des Weltgerichts sei nahe, ein Engel würde mit dem Siegel erscheinen, um die Stirn der Ehrbaren zu zeichnen, sie allein vermöchten dem vernichtenden Zorn Gottes zu entgehen. Die meisten Bürger verscheuchten die Besessenen von ihrem Weg oder drohten ihnen, sie durch die Stadtwache vertreiben zu lassen, doch unter den Ärmeren fanden sie nicht wenige Anhänger, und in der Vorstadt war jegliche Ordnung aufgelöst: Die Frauen verließen ihre Küchen, Handwerksburschen die Werkstätten, allesamt in der Meinung, Arbeit jedweder Art würde sich für die kurze verbleibende Zeit nicht mehr lohnen, und so irrten sie den ganzen Tag in der Stadt umher oder fanden sich im Haus des einen oder anderen ein, um Buße zu tun und den Tag mit Beten zu verbringen, andere hingegen, um sich zu besaufen und allerlei Unzucht zu treiben. Auch wurde berichtet, ein Ackerbauer habe auf dem Feld eine sonderbare Heuschrecke gesehen, eine solche, wie sie die Schrift prophezeit hat: Das Insekt hatte ein menschenähnliches Angesicht und trug auf dem Haupt eine kleine güldene Krone, und in Pressburg brachte eine Frau ein Kind mit dem Kopf eines Hundes zur Welt.

Am späteren Vormittag jenes Tages, da das Weltgericht seinen Anfang nehmen sollte, machte sich meine Mutter gerade in der Küche zu schaffen, als sie bemerkte, wie ihr auf den Boden fallender eigener Schatten sich lang zu strecken begann wie sonst um die Zeit der Abenddämmerung, und sie vernahm, dass die Hühner draußen wie verrückt zu gackern begannen. Als sie in den Hof hinauseilte, um nach dem Rechten zu sehen, merkte sie, dass sich der Schatten des zwischen den Steinen aufsprießenden jungen Maulbeerbäumchens ungewöhnlich klar auf dem Boden abzeichnete und das schüttere Gras wie auch das versickernde Schmutzwasser in dem den Hof teilenden Graben in seltsam starken Farben schimmerten, fast so, wie es sonst kurz vor Sonnenuntergang ist, und doch ein wenig anders: ganz so, als erhelle die Dinge statt einer von außen kommenden Lichtquelle ein Schimmern ganz von innen heraus, ganz so, als wären sie durchsichtig wie Kristall, als ströme aus ihrem Innern eine zartglühende Helligkeit. Dieses Licht begann jedoch in dem Augenblick, als der Blick meiner Mutter darauf fiel, zu verblassen. Und auf die Welt legte sich unversehens ein seltsames Zwielicht. Die Mutter schaute zum Himmel auf und sah, dass ein ganzes Stück von der blendenden Sonnenscheibe fehlte: Nur eine gleißende Mondsichel, aber mit schärferem Schein, war übrig geblieben, und auch die war jetzt im Schwinden. Vielleicht ist meine Mutter – geleitet von dem Instinkt, der uns in unseren Ängsten veranlasst, die Nähe anderer Menschen zu suchen, auch wenn wir uns von ihnen keinerlei Beistand erwarten können – hinaus auf die Straße gerannt, wo sie sogleich der

Strom der Menschen mit sich riss, die aus ähnlichem Beweggrund, also getrieben von Neugier und Angst, auf die Straße gelaufen waren und dem Hauptplatz zustrebten – ich weiß nicht, ob in der Hoffnung, von dort das Himmelsspektakel besser zu sehen, oder weil sie sich in Gemeinschaft mit anderen sicherer wähnten als in den engen Gassen zwischen den Häusern. Vergeblich versuchte die Mutter umzukehren und ins Haus zurück zu gehen, sie wurde gegen ihren Willen mitgezogen, immer weiter dem Platz zu, wo sich schon eine solche Menschenmenge drängte, dass die Hinzukommenden sich nur noch mit Schultern und Ellbogen einen Weg bis zur Mitte bahnen konnten, wo in dem sich stetig verdichtenden Zwielicht gerade einer dieser Besessenen mit wirrem Haar auf einem Podest, vielleicht einem umgekippten Weinfass, stehend, gestikulierte, seine Stimme reichte nicht bis zum Standort meiner Mutter am Rand des Platzes, weil sie vom Jammern und Fluchen der zusammengedrängten Menge übertönt wurde. Mutter, der es gelungen war, an der Einmündung der Gasse festen Boden unter die Füße zu bekommen, klammerte sich an dem löwenförmigen Türklopfer des letzten Hauses der Gasse fest und sah von dort, wie der Besessene seine nackte, magere Rechte hochriss und mit den krallenartig gekrümmten Fingern zum Himmel deutete. Als sich, seiner Bewegung folgend, alle Blicke nach oben richteten, trat plötzlich tiefe Stille ein, nur eine einsame Stimme, das Wehklagen einer Frau, war von einem entfernten Punkt des Platzes zu vernehmen. Auch meine Mutter blickte zum Himmel auf und sah, dass anstelle der Sonne eine tiefschwarze Scheibe stand, von einem blendenden, diamanten glänzenden Kranz umgeben. Nur wenige Augenblicke lang hielt sich die Stille, dann schlug eine Welle von wildem Angstgeschrei und klagendem Geheul aus der Menge empor, und in der fast vollkommenen nächtlichen Finsternis drängten die Menschen weinend und sich die Haare raufend, einander beiseite stoßend, aus den engen Gassen zur Platzmitte hin, während sich all jene, die schon auf dem Platz waren, in Richtung der Seitengassen in Bewegung setzten, als suchten beide Gruppen ihr Heil an der Stelle der anderen.

Meine Mutter, die schon eine Zeit lang leichte Wehen verspürte, dieser aber aus Angst vor dem bevorstehenden Weltgericht und vor dem Hinfallen und Niedergetretenwerden nicht geachtet hatte, merkte plötzlich, dass etwas an ihren Beinen entlangfloss, ihr Unterkleid durchnässte, während ihr gleichzeitig ein furchtbarer Schmerz in Hüfte und Becken schoss, als wollte er ihr den Körper entzweisprengen. Sich an den Türklopfer klammernd, flehte sie die Nachdrängenden an, sie durchzulassen, damit sie noch rechtzeitig in ihr Haus gelangen konnte, von dem sie gerade einmal hundert Meter trennten, doch niemand hörte auf sie, die Menschen schoben und drängten, die einen zur Platzmitte hin, die anderen in die Gegenrichtung. Die gegeneinander gerichteten Menschenströme stießen meine Mutter hin und her, man hätte sie wohl rücksichtslos niedergetrampelt und meinem noch gar nicht begonnenen Leben ein Ende gesetzt, ohne dass ich die Erdenwelt auch nur für einen Augenblick zu Gesicht bekommen hätte – ob das für mich ein Verlust gewesen wäre oder vielmehr mein Glück, kann ich selbst heute noch nicht entscheiden –, wenn sich nicht unsere Magd Susanna, die Mutter entdeckte und sogleich ahnte, in welcher Not sie sein könnte, nach Frauenart mit einem Nudelholz bewaffnet, in der anderen Hand die Laterne, mit der sie den Entgegendrängenden in die angstvollen Gesichter leuchtete, wie eine Furie dem einen oder anderen kräftig auf Schulter oder Kopf klopfend, ins Getümmel gestürzt hätte, und zwar rechtzeitig, damit ich daheim im Haus und unter Mithilfe Susannas geboren werden konnte.

Später erfuhr ich, dass infolge dieses wundersamen Himmelsspektakels – welches, wie sich später zeigte, doch kein Vorbote vom Ende der Welt war, denn die Finsternis schwand bald, und die Sonne leuchtete wieder in makelloser Unversehrtheit – bei vielen Frauen die Geburt vor der Zeit eingesetzt hatte, und weil es außer meiner Mutter noch zwei oder drei gab, die kaum sechs oder sieben Monate nach der Hochzeit niedergekommen waren, lud der Rat der Stadt die Hebammen von Leutschau vor und befragte sie, ob dieses Himmelsphänomen tatsächlich solche Folgen zeitigen könnte. Übereinstimmend bezeugten die

Wehmütter, dass dergleichen Fälle auch aus der Vergangenheit bekannt geworden seien, und als Beweis diente der Sachverhalt, dass Pferde und Rinder, Katzen und andere nicht vernunftbegabte Lebewesen ihre Jungen vor der Zeit geworfen hatten, da dieses ungewöhnliche Ereignis die Ordnung der Natur vollständig durcheinandergebracht. So sah denn der Rat der Stadt davon ab, im Einzelnen zu prüfen, ob vielleicht im einen oder anderen Fall nicht allein die Himmelskörper die Schuld daran traf, dass ein Kind so viel zu früh zur Welt gekommen, und dies bewirkte, dass die Menschenkinder, die an diesem Tag vorzeitig geboren worden waren, und ich gehörte zu ihnen, nicht als unehelich zu gelten hatten, obwohl das Gesetz dies für derlei früh Geborene eigentlich vorsah. So geschah es, dass, falls meine Mutter doch ein sündiges Geheimnis hegte, dies niemals an den Tag gekommen ist, sie sich aber von dem Verdacht auch nie ganz reinwaschen konnte.

Ich aber beschloss bei mir, wenn auch ohne jeglichen Beweis, dass sie ein solches Geheimnis haben müsste, und von dem Tage an, da mir die Worte meiner Patin all das, was ich über die Umstände meiner Geburt wusste oder zu wissen glaubte, beigebracht hatten, begann ich, mir das Bild meines unbekannten Vaters auszumalen. Vielleicht ist er ein angesehener, hochgestellter Herr, dachte ich, der sich auf der Durchreise in meine Mutter verliebte. Und er weiß vielleicht gar nichts von meiner Existenz. Und selbst wenn er davon weiß, so spann ich die Geschichte fort, wurde er sicher gezwungen, ein seiner gesellschaftlichen Stellung angemessenes Mädchen zu heiraten, und nachdem diese Ehe bislang kinderlos geblieben war, entschloss er sich, das einst seinem Schicksal überlassene Kind zu suchen. Eines Tages, als ich mit Kohlköpfen in der Schürze von der Kohlmiete zum Haus ging, malte ich mir aus, wie ich gerade auf Mutters Geheiß mit meinen vom Laugenwasser rotgebissenen Händen einen Kessel scheuere, als ein Sechsspänner vor unserem Haus anhält und ein prächtig gekleideter Mann aussteigt, die ganze Gasse läuft zusammen, flüsternd fragt man sich, wer der vornehme Unbekannte sein könnte, er tritt ins Haus, den Kopf leicht geneigt, damit er durch die Tür passt und verlangt mit fester, Achtung gebietender Stimme von meiner Mutter und vom Vater sein Kind. Stumm deutet die Mutter auf mich, wie ich über den schmutzigen Kessel gebeugt verharre, mein wahrer Vater spricht kein weiteres Wort, sondern misst meine Mutter mit blitzendem Auge, dann nimmt er mich, verschmiert und zerrauft, in seine Arme, trägt mich vors Haus und hebt mich in die schmucke Kutsche. Und während mir ständig solche Gedanken durch den Kopf gingen, sann ich auch darüber nach: Was wird mein Vater dazu sagen? Der Mensch, den ich bislang für meinen Vater gehalten habe, wie wird er reagieren, wenn eintrifft, worauf ich so sehr hoffe. Solange ich mit ganzem Herzen an meiner Mutter hing, sah ich in meinem Vater eine feindliche Macht, vor der man jegliche Unterlassung und Verschwendung möglichst geheimhalten musste. Später, als sich mein Herz von der Mutter abwandte oder doch stetiger Trotz und Zorn gegen sie in mir loderte, verschmolz ich die beiden in meinen Gefühlen zu einem einzigen Wesen, und ohne mich davon überzeugt zu haben, ging ich davon aus, dass mein Vater ebenso hartherzig war wie die Mutter und mich ebenso verachtete wie sie. Aus diesem Grund malte ich mir frohlockend aus, wie er sich eingeschüchtert demütigen und vor dem funkelnden Blick meines wahren Vaters für die schlechte Behandlung, die mir zuteil geworden, stotternd rechtfertigen würde. Doch kann es auch sein, dachte ich mit befriedigter Schadenfreude, dass er versucht, mich zurückzuhalten, vielleicht widersetzt er sich dem vornehmen Herrn sogar mir zuliebe, doch vergeblich: Ein einziger vernichtender Blick meines wahren Vaters raubt ihm den Mut, und er wird ängstlich zur Seite treten. Und wie ich mir dies vorstellte, tat mir der Vater gleich so leid, dass mir die Tränen kamen.

Einmal, als mich Mutter aus der Küche, ich weiß nicht mehr mit welchem Auftrag, in die Stube hinüberschickte, fand ich dort meinen Vater in seinem ledernen Lieblingslehnstuhl am Kamin sitzend, den rechten Arm auf den neben ihm stehenden kleinen Tisch aus Kirschenholz gestützt. Dieses Möbelstück hatte er sich nach eigenem Plan von einem Tischler aus Pressburg anfertigen lassen, und es beschäftigte meine Phantasie sehr, denn Vater hatte mir einmal verraten, dass es ein Geheimfach besitze, von dem er allein wisse, wo und wie es zu öffnen sei. Auf dieses Tischchen aufgestützt, saß er jetzt da, vor sich das Buch, in das er Einnahmen und Ausgaben einzutragen pflegte, oder vielleicht auch das Kräuterbuch, das er sich vor kurzem aus Pressburg hatte kommen lassen, doch sah er nicht ins Buch, sondern starr vor sich hin, das Gesicht in seiner rechten Handfläche, und er kam mir ebenso traurig und hilflos vor, wie ich ihn oft in den von mir erfundenen Geschichten gesehen hatte. Ob aus diesem Grund oder weil ich dachte, er habe wie ich unter Mutters Hartherzigkeit zu leiden, wallte in mir das Mitleid mit solcher Heftigkeit auf, dass ich – was ich vormals nie getan – zu ihm hinschlich, ungeschickt und scheu seine Stirn streichelte und ihn mit vor Aufregung stolpernder Zunge flüsternd fragte, ob ihm nicht wohl sei, denn mir war eingefallen, dass er früher, ich hatte es oft gehört, über Kopf- und Magenschmerzen klagte.

Überrascht blickte Vater zu mir auf, und ich fürchtete schon, er würde mich rügen, wie er es früher zu tun pflegte, wenn ich ihn mit meinem Lärmen bei der Arbeit oder beim Studium der Bücher gestört hatte. Doch sagte er nichts, aber seine Augen verschleierten sich, als kämpfe er mit den Tränen, dann sah er mir bestimmt und forschend ins Gesicht, als wollte er ergründen, ob mit der Zärtlichkeit vielleicht ein Hintergedanke verbunden sei, dann drückte er mich plötzlich an sich, so heftig, dass es fast weh tat. Er flüsterte mir etwas ins Ohr, von dem ich aber nur die Worte »mein liebes kleines Mädchen!« deutlich verstand. Im nächsten Augenblick schob er mich auch schon sanft von sich, und als ich mit aufgewühltem Herzen aus der Stube rannte, sah ich oder glaubte ich noch zu sehen, dass er sich eine Träne aus dem Augenwinkel wischte.

Seither haben bestimmte Umstände das plötzlich aufgeflammte Mitleid und eine Anhänglichkeit in meinem Herzen weitergenährt, die schon jene Phantasien, von denen ich zuvor gesprochen, in mir geweckt hatten. Vor allem aber war es der Vater selbst, der mir in den seltenen Augenblicken, die wir in der plötzlich aufgekommenen Vertraulichkeit miteinander verbrachten und auf die ich seither unentwegt lauerte, viel über sich berichtete.

In solchen vertraulichen Gesprächen erfuhr ich von ihm, wie sehr sein grob und gewalttätig veranlagter Vater, aber auch der leichtfertige und hinterhältige ältere Bruder ihm schon in Kindertagen das Leben vergällt hatten, und nicht nur das seine, sondern auch das Dasein der zartfühlenden, kultivierten, frommen Mutter, die unter der Hartherzigkeit der beiden litt; er, der Lieblingssohn, musste hilflos dem Leid der Mutter zusehen. Vater berichtete, wie schwer es ihm gefallen sei, sich von ihr zu trennen, als er ausziehen musste um seiner Studien willen, die fortzusetzen ihm gar nicht möglich gewesen wäre ohne die von der inzwischen verwitweten Mutter bei den Ratsherren seiner Vaterstadt erbettelte Beihilfe. Er erzählte, wie armselig er in diesen Jahren von der kargen Unterstützung sein Leben fristen musste, da sein leiblicher Bruder, der inzwischen die väterliche Apotheke weiterführte, der Mutter verboten hatte, ihm auch nur den kleinsten Zuschuss zu gewähren, so dass er sich durch härteste Arbeit das Nötigste hinzuverdiente, während die anderen Studenten ihr fideles Studentenleben genossen. Die vielen Entbehrungen und Plagen, so sagte er, hätten seinen Körper so stark geschwächt, dass er die Auswirkungen bis heute spüre, mehrmals erwähnte er auch, wie sehr er immer noch darunter leide, in ihren letzten Stunden nicht bei seiner Mutter gewesen zu sein, denn bis ihn die Nachricht von ihrem bevorstehenden Ende erreichte und er zu ihr eilen konnte, lag sie schon im Grab, und der Bruder und seine Familie hatten ihn inzwischen auch um die Erbschaft gebracht…

Als die Mutter gespürt hatte, wie nah ihre letzte Stunde war, als sie nicht mehr damit rechnen konnte, ihren Jüngsten hier auf Erden noch einmal zu sehen, hatte sie sich von einem Wanderkünstler malen lassen und ihm dieses Bild als Erinnerungsstück vererbt. Es sei das Einzige gewesen, das er aus ihrem Haus in

Ödenburg mitgebracht habe, sagte Vater, trat an den Tisch aus Kirschenholz, klickte das Schloss des Geheimfachs auf und holte ein kaum handtellergroßes, eiförmig gerahmtes Bildchen heraus, das er mir hinhielt. Das Bild zeigte eine ältere Frau mit Spitzenhäubchen und einem Spitzenkragen; ihre Hände waren unter der Brust gefaltet, die schmalen Lippen zusammengepresst, ihre großen dunklen Augen blickten mit gekränktem Stolz in die Welt. Mein Vater betrachtete das Bild ein paar Augenblicke mit verschleierten Augen und ließ es dann wieder in das Schubfach gleiten; nun begann er darüber zu sprechen, welch sanfte, aufopfernde Frau seine Mutter gewesen sei und wie sie ihn, der in seinen frühen Jahren ein schwächliches, kränkelndes Kind gewesen sei, so liebevoll umsorgt habe. Nie erlaubte sie der Magd, ihm die Mahlzeiten zu bereiten, erzählte er, sondern sie kochte immer selbst für ihn, und später, in seiner Schulzeit, war sie bemüht, ihn zu schonen, um ihn vor Überforderung und Erschöpfung zu bewahren, immer wieder mischte sie sich ein und nahm ihn in Schutz vor den Grobheiten des Vaters und auch dem herzlosen Spott des Bruders. Meine Großmutter, so berichtete der Vater, sei eine vorbildlich tugendhafte und sogar gebildete Frau gewesen, die sich, wenn es ihre Zeit erlaubte, gern mit einem Buch, das der Erbauung des Herzens oder des Geistes diente, zurückzog. Ich sei ihr übrigens in vieler Hinsicht nachgeraten, behauptete mein Vater, vor allem mit meinem scharfen Verstand und der guten Erinnerungsgabe. Ihm war nämlich aufgefallen, dass ich ihm stets aufmerksam zuhörte und mir alles einprägte; und wenn er mich einmal abfragte, konnte ich ihm noch nach Monaten genaue Antwort geben.

Deshalb, so dachte Vater, wäre es wohl angebracht, dass er mich in das eine oder andere Geheimnis der Wissenschaft von den Heilmitteln einweihte. Er holte die Kräuterfibel hervor, um mir zu zeigen, welche Pflanzen bei welchen Leiden heilsam oder wohltuend wirken: mit welchem Kraut sich das Blut reinigen lässt, welches bei Kopfschmerz und Schwindel gute Dienste leistet und welches bei Gebrechlichkeit der Gliedmaßen. Manche Abkochung wirke, so erklärte er, bei Vollmond stärker, eine andere wieder bei abnehmendem Mond, weil nämlich der Mond ein kalter Himmelskörper sei, dessen Zu- und Abnahme sich auf die im Kopf ansteigende kalte Flüssigkeit auswirke. Auch lehrte er mich, gegen welche Krankheit die Misteln vom Eichenbaum, bei welchen Leiden Pfeffer- und Senfkörner helfen könnten, wozu die Stängel der Gemeinen Pfingstrose und des Gelben Enzians zu gebrauchen seien.

Mein Vater wendete sie, da er häufig unter Kopfschmerz und Schwindel zu leiden hatte, auch selber an, besonders wenn das Wetter umschlug. Auch Magenschmerzen haben ihn oft geplagt. Immer wieder jammerte er, dass ihm die Speisen, die meine Mutter für ihn zubereitete, nicht wohl bekämen, beschwerte sich darüber, wie wenig Rücksicht sie auf seine schwache Gesundheit nähme und Susanna die Gerichte so kochen ließ, wie sie es aus ihrer eigenen Mädchenzeit gewohnt war, dabei würde es nur wenig Mühe machen, sich auch einmal nach seinen Wünschen zu richten. Ich hatte zu jener Zeit schon die Gewohnheit angenommen, in allem dem Vater gefällig zu sein, und wenn ich Mutter oder Susanna dabei ertappte, dass sie aus Gleichgültigkeit oder aus beabsichtigter Bosheit seinen Wünschen nicht entsprachen, wies ich sie darauf hin, dass »Vater dies nicht mag«, oder ich mahnte: »Gebt keine Pfefferkörner hinein, sie schaden Vater.« Solche Einwände tat Susanna einfach ab, oder sie gab vor, mich nicht gehört zu haben, Mutter lächelte voller Spott und Verachtung, äußerte sich aber nicht, sie richtete auch sonst nicht oft das Wort an mich, seit sie bemerkt hatte, wie eifrig ich mich um die Gunst des Vaters bemühte. Es geschah auch, dass sie in solchen Fällen den Kochlöffel oder was sie gerade in der Hand hatte weglegte, sich mir zuwandte und mich eine Weile ernst und durchdringend ansah. Dann konnte ich weder Zorn noch Verachtung in ihren Augen entdecken, nur Besorgnis und Mitleid, ich verstand das nicht, und es hat mir ein wenig Angst gemacht. Sie sagte aber auch in diesen Augenblicken nichts, wandte sich stumm wieder ab und fuhr mit der Arbeit, die sie unterbrochen hatte, fort.

Übrigens machte mein Vater trotz seiner häufigen Unpässlichkeiten nicht den Eindruck eines Leidenden, er sah gut aus und hielt sich, obwohl er nicht mehr ganz jung war, straff und aufrecht. Er war eher sehnig und hager als beleibt, allerdings wirkte sein Gesicht ziemlich fahl, was aber bei flachsblonden Typen mit hellen Augen nicht selten ist, dennoch konnte man ihn sich, angesichts seiner Haltung und Statur, leichter zu Pferd mit der Flinte über der Schulter als siechend und bettlägerig vorstellen. In seinen Jugendjahren muss er auffallend gut ausgesehen haben, und oft erwähnte er schmunzelnd, wie sich seinerzeit manche Mädchen oder Witwen um ihn bemüht und ihn auch später, als jungen Witwer, noch einzufangen versucht hätten. Gelegentlich fügte er auch seufzend hinzu, wie gut er mit der einen oder anderen gefahren wäre, meine Mutter quittierte solche versteckten Klagen, wenn sie in ihrem Beisein geäußert wurden, mit finsterem Blick und verächtlichem Lächeln, nie aber mit einer Bemerkung.

Auch über seine Heimatstadt hat mir Vater oft erzählt, und er schimpfte über die geographische Lage und das Klima von Leutschau, denn er nahm an, dass dessen miasmatische Luft an seinen häufigen Kopfschmerzen schuld sei, während an den mit Tannen begrünten Hängen seiner Heimatstadt von Fieber und Katarrhen geplagte Patienten ganz ohne Arzneien Genesung fänden. Immer wieder erwähnte er, wie oft und gern er als Schulbub durch die Wälder gestreift sei und sich dabei den Hunger mit wildwachsenden Himbeeren und Schlehen gestillt, seinen Durst aus den unter Bäumen dahinplätschernden Bächen gelöscht und sich die Taschen mit Esskastanien vollgestopft habe. Einmal, als er länger unterwegs gewesen sei als sonst, habe er auf einem Hang drei Füchslein gesehen, wie sie sich in der frühsommerlichen Sonne räkelten, und diese kleinen Geschöpfe seien so zahm und zutraulich gewesen, dass sie ihn ganz nahe an sich herankommen ließen, erst als er versucht habe, den rostroten Pelz des einen zu streicheln, seien sie hochgeschreckt und blitzartig im Dickicht verschwunden. So wurde in meiner Vorstellung das unbekannte Ödenburg nach und nach zu einer

Art Garten Eden, und ich hatte das Gefühl, dass eigentlich auch ich dort zu Hause wäre; sollte ich einmal hinkommen, würden mich die Bewohner gewiss als ihre wieder heimgekehrte kleine Schwester bei sich aufnehmen.

Dabei kannte ich, außer meinem Vater, nur einen einzigen von dort stammenden Menschen, und der war nicht dazu angetan, mich in meinen phantastischen Vorstellungen von der Einzigartigkeit der Ödenburger zu bestärken. Dieser Mensch war ein Lehrer namens Mátyás Lang, der im hinteren Teil unseres Hauses ein Zimmer gemietet hatte. Er muss damals noch ein junger Mann gewesen sein, obwohl ich ihn weder damals noch später für jung gehalten habe, weil mir sein Aussehen kindlich und greisenhaft zugleich erschien. Er hatte eine Hakennase wie ein altes Weib, sein Mund aber war der eines Kindes oder eines jungen Mädchens, dabei vielleicht etwas zu stark aufgeworfen, wie bei den Mohren, die ich schon einmal geschnitzt an den Stützpfosten eines Bettes gesehen hatte. Seine runden blauen Augen sahen eher jugendlich aus, die buschigen Brauen waren wiederum die eines alten Mannes, erdfarbene Locken rahmten seine Stirn so dicht ein wie bei jenen hölzernen Mohrenköpfen, und wenn sein Gesicht noch so tadellos und ebenmäßig gewesen wäre, so wäre er den Frauen doch kaum ins Auge gestochen, zwar waren seine Schultern männlich breit, doch insgesamt erschien er klein gewachsen, hatte einen krummen Rücken, kurze Beine und Füße, so unverhältnismäßig klein wie die eines Kindes. Der Bedauernswerte neigte dazu, die Mängel seiner Erscheinung ständig durch irgendwelche Späße vergessen zu machen, doch sein sich schnell verdüsternder Blick verriet die große Empfindsamkeit einer Seele, die jede kleine Spitze als tödlichen Stich empfindet. Er suchte oft die Gesellschaft meines Vaters und erachtete diese gewissermaßen als sein Recht, einerseits weil sie beide aus Ödenburg stammten, andererseits als ein Mensch, der zwar nicht die Möglichkeit gehabt hatte, im Ausland zu studieren, und demzufolge nur Kleinkinder im Lesen und Schreiben, allenfalls noch ein wenig in Syntax und Logik unterweisen konnte, der sich aber dennoch zu den Wissenschaften hingezogen fühlte und dem vielleicht für derlei Tätigkeiten eine viel größere Begabung zuteil geworden war als so manchem, dem das Schicksal gnädiger gewesen. In jeder freien Minute saß er über den Büchern, und am Abend klopfte er, sich hundertmal entschuldigend, häufig bei uns an, um Vaters Ansicht über irgendwelche Kuriositäten einzuholen. So wollte er wissen, ob auch Vater meine, dass die Sterne Einfluss auf Kriege hätten und auf allerlei Geschicke und Wendungen des menschlichen Schicksals, wie er es im Buch dieses oder jenes Gelehrten gelesen habe. Ob auch der Vater glaube, dass es ein Meerestier gebe, welches sich am Klang der Musik ergötze und aus dem Wasser hochschnelle, wenn es Klänge vernehme? Ob es wohl sein könne, dass im glücklichen Arabien ein Phönix genannter Vogel existiert, der an die sechshundert Jahre alt ist und sich immer, wenn er den Tod nahen fühlt, ins Feuer stürzt, um aus der eigenen Asche wieder aufzuerstehen. Ob er auch glaube, dass der Bär durch ein weißes Leintuch oder die Schlange beim Anblick ihres eigenen Schattens ohne sonstigen Grund stark erregt würden. Ich betrachtete den unglücklichen Lang mit dem unbarmherzigen Spott eines Kindes, obwohl er bestrebt war, mich zu fesseln, und ihm das auch manchmal für kurze Zeit mit einer sonderbaren Geschichte, die meine Phantasie gefangennahm, gelang. Einmal zeigte er mir beispielsweise ein rundes, in Messing gefasstes Glas, das er sich weiß Gott woher besorgt hatte, und als ich hindurchsah, erblickte ich zu meinem großen Schreck die Haut meiner eigenen Hand wie ein durchlöchertes Netz, der Teppich an der Wand gegenüber sprang mir geradewegs vors Gesicht, so nah kam er mir vor, und ich begriff nicht, warum ich ihn dennoch nicht anfassen konnte. Als ich Lang ganz verwirrt ausfragte, wie es geschehen könne, dass dieses Ding die Gegenstände ganz anders zeige, als sie in Wirklichkeit sind, begann der unglückliche Lang mit neunmalklugen Erklärungen von Lichtstrahlen, und beim Wort »Wirklichkeit« lächelte er selbstgerecht, und dann sprach er wichtigtuerisch darüber, dass keine sichtbare Erscheinung wirklicher sei als eine andere, besser gesagt, dieses eigenartige Glas zeige uns eben auch das von der Wirklichkeit, was uns sonst verborgen bleibt, unser Auge sei ebenfalls ein derartiges Instrument, das nachzumachen den Meistern der Optik in noch vollkommenerer Form gelungen sei. Ein andermal nötigte er mich, durch ein Stück geschliffenes Glas, vielleicht den Stöpsel einer Weinkaraffe, hindurchzuschauen. Als ich das, nach einigem Zaudern, schließlich tat, schrie ich vor Überraschung auf, denn mir war, als erblickte ich im Innern des Kristalls das Feenreich selbst, dabei glich das Bild irgendwie auch unserer Stube, nur waren in dieser Welt alle Gegenstände vom Schein eines Regenbogens eingerahmt, und ich spürte das Verlangen, in diese andere Welt hinüberzutreten und dort statt in meiner alltäglichen Umgebung zu bleiben.

Mein Vater mochte übrigens den Lang nicht sonderlich, bedauerte ihn aber zugleich ein wenig, möglicherweise machte es ihm auch Spaß, dem Gerede des Landsmannes zuzuhören, und sicherlich tat es ihm wohl, dass der Unglücksvogel mit so viel Respekt zu ihm aufschaute. Ich weiß nicht, ob er ihn nur aus diesem Grund oder aus Mitleid öfter einlud, zum Nachtmahl bei uns zu bleiben, und der gute Mátyás schwätzte, wenn ihm der Wein die Zunge löste, noch mehr als sonst. Wenn ihm der Alkohol Mut gemacht hatte, kam er gelegentlich auch auf Gott und auf Glaubensfragen zu sprechen. Als ein in Herz und Geist stets ruheloser Mensch grübelte er in den Stunden der Einsamkeit offenbar ständig über solche Dinge nach und hätte gern herausbekommen, wie mein Vater darüber dachte. Besonders die Frage, warum Gott wohl das Böse in der Welt zulasse, beschäftigte ihn. Und weshalb er den Menschen nicht frei von all der Wut und Leidenschaft erschaffen habe, die so viele Übel nährten, oder warum er, wenn er uns schon diese Leidenschaft einpflanzen musste, nicht auch dafür Sorge trage, dass diese weniger heftig, beherrschbar und mit etwas gutem Willen leichter zu beschwichtigen sei. Oder ob es denn angebracht und gerecht wäre, uns zur ewigen Verdammnis zu verurteilen, wenn unser schwacher Wille selbst so wenig gegen die sündigen Neigungen ausrichten kann, wenn wir uns im Kampf gegen die Sünde so oft als zu schwach erweisen. Auch beschäftigten seinen Geist die ungleichen Umlaufbahnen von Sonne und Mond und demzufolge etwa die Frage, warum man das Jahr nicht in zwölf gleiche Mond-Monate aufteilen konnte, warum der eine Monat dreißig, der andere einunddreißig Tage, der Fastenmonat gar nur achtundzwanzig Tage hat. Und wieso das Jahr nicht aus genau dreihundertfünfundsechzig Tagen, sondern aus dreihundertfünfundsechzig Tagen und sechs Stunden besteht. Warum musste Gott uns das alles so ungleich einrichten? Oder zu welchem Zweck hat Gott allerlei sonderbare Ungeheuer erschaffen, und noch dazu wie vielerlei, von denen der Mensch keinerlei Nutzen hat? Den Salamander, der im Feuer lebt und sich's wohl sein lässt, die kopflose Meeresschnecke und den Stockfisch, der sein Herz im Bauche trägt? Ich erinnere mich noch daran, dass meine Mutter einmal bei einem solchen Anlass den Kochlöffel, mit dem sie dem Gast gerade eine weitere Portion Brei auf den Teller schöpfen wollte – Lang hat sie mit seinen ewigen Klugschwätzereien, glaube ich, eher belustigt als geärgert – in der Luft verharren ließ, neckisch wie ein junges Mädchen lächelte und ihn fragte, woraus er, Lang, denn schließe, dass der liebe Gott nicht vielleicht mehr Spaß an dem Stockfisch und einer kopflosen Schnecke habe als an manch einem Menschen. Meine Mutter hat, auch wenn sie diesem Gast nicht gerade wohlgesonnen war, das ganz spontan aus heiterer Laune dahingesagt, und ich glaube, es reute sie dann auch gleich, denn das Gesicht des Angesprochenen verdüsterte sich auf der Stelle, er hatte es wohl so verstanden, dass meine Mutter auf sein wenig gewinnendes Äußeres anspielen wollte.

Sicher, auch Vater zog bei den Worten der Mutter die Augenbrauen hoch, aber aus einem ganz anderen Grund, war er doch der Meinung, es zieme sich nicht, mit dem Gottvertrauen Scherz zu treiben. Oft hat er Lang gegenüber sein Missfallen zum Ausdruck gebracht, wenn der auf Glaubensfragen zu sprechen kam; nach seiner Überzeugung sollte man in Zeiten, da die Gemeinschaft der Lutheraner ohnedies so großer Bedrängnis ausgesetzt war, nicht auch noch mit wichtigtuerischem Klugschwätzen an den Fundamenten des Glaubens rütteln und durch rechthaberische Behauptungen glaubensschwächere Gemüter verunsichern. Doch einmal hat auch er, wohl unter dem Einfluss des Weins, Unverständnis geäußert und gesagt, dass ihm diese gewissen sechs Stunden, die so liederlich am Ende eines Jahres hängen, ebenfalls zu denken gäben.

Die Ursachen für die Strenge meines Vaters lagen auch darin begründet, dass man damals in Leutschau die Evangelischen zu drangsalieren begann. Einmal kam er höchst erregt aus einer Sitzung heim, und als ich ihn auszufragen versuchte, winkte er zuerst unmutig ab, wollte es dann aber doch loswerden, und er berichtete, dass der Bischof von Raab, dieser Legat des Teufels, in Begleitung einer abtrünnigen Person aus dem Hochadel mit dem gestrengen Erlass Seiner Majestät in die Stadt gekommen sei, nach dem all unsere Kirchen, Schulen, das Hospital und das gesamte Kirchenvermögen zu konfiszieren seien. Unser Stadtschulze, der in so wichtigen Angelegenheiten nicht allein entscheiden kann, hat, damit die Verantwortung nicht allein auf seinen und den Schultern der Ratsmitglieder ruhte, für den nächsten Tag das Presbyterium und die gesamte Bürgerschaft einberufen, um zu entscheiden, welche Antwort dem Prälaten erteilt werden sollte. Von der Sitzung am Tag darauf kamen Vater und Mátyás Lang dann noch aufgebrachter heim. Wie ich ihren Reden entnehmen konnte, haben das Presbyterium wie auch die Bürgerschaft einen Eid auf das reine Wort Gottes und auf das Augsburger Bekenntnis geschworen und sich mit Leib und Seele, mit ihrer Ehre und mit ihrem Hab und Gut dafür verbürgt; in diesem Sinne ist auch ihre Antwort an den Bischof ausgefallen, der, als er sie vernommen, in Zorn geriet und ihnen zu drohen begann. Ob wir nicht wüssten, so fragte er, dass er der Statthalter Seiner Majestät sei, also tun und verfügen könne, was er für richtig erachte. Und ob wir uns überhaupt darüber im Klaren seien, welche Schuld wir mit so viel Ungehorsam und solcher Treulosigkeit auf uns lüden. Worauf der Stadtschulze erwiderte, dass wir allzeit getreue Untertanen Seiner Majestät seien und dass wir, so es von uns verlangt würde, im Kampf gegen den Erzfeind, die Türken, und bei der Verteidigung der

Christenheit unser Gut und Leben zu opfern bereit wären, wenn aber seine Majestät fordere, dass wir unsere Schulen, Klöster und Kirchen übergäben, unsere Pastoren verjagten, dass wir dem alleinseligmachenden Gotteswort nach unserem Augsburger Bekenntnis entsagen sollten, so sähen wir uns zu unserem großen Bedauern nicht in der Lage, auch nur die geringsten Konzessionen zu machen. Das brachte den Bischof noch mehr in Rage, er wollte die Namen des Stadtschulzen und der Deputierten wissen, um sie durch einen Geistlichen des Domkapitels protokollieren zu lassen, und einige von ihnen wurden auch aufgeschrieben. Darauf gab der Schulze zur Antwort, wenn dies irgendwelche Folgen zeitigen sollte, so würden er und der Rat der Stadt vor Gott und dem ganzen Land jeglicher Verantwortung enthoben. Der Bischof tobte und wollte die Abgesandten nicht entlassen, er erklärte, sie würden sich vor Seiner Majestät für ihren Ungehorsam zu verantworten haben. Inzwischen war die Kunde von den Vorgängen hinausgedrungen und hatte sich in der ganzen Stadt verbreitet: Vor dem Rathaus kam es zu einem großen Volksauflauf, die aufgebrachten Bürger drohten, den Bischof samt Anhang totzuschlagen. Und sie hätten ihre Drohung wohl auch in die Tat umgesetzt, wären die bischöflichen Begleiter nicht im Abtritt verschwunden und hätte sich der Bischof nicht unter Beschimpfungen und Drohungen in den Keller verfrachten lassen, um dort auszuharren, bis es dem Stadtschulzen gelungen war, das empörte Volk zu besänftigen und den Tumult zu beenden.

Den größten Teil dieser Geschichte habe ich von Mátyás Lang erfahren, der in seiner Anhänglichkeit meinem Vater stets nachlief wie ein kleiner, gedrungener, kraushaariger Vierbeiner einem gemessen schreitenden, langbeinig edlen Tier. Lang ließ sich zwar, wie es seine Art war, zu Übertreibungen hinreißen, berichtete von den Geschehnissen mit überschäumender Begeisterung (durch seine aufgeworfenen Lippen sprühte beim hastigen Reden der Speichel), während Vater nur brummige Hm-s von sich gab und lediglich einmal schlecht gelaunt bemerkte, es wäre nicht nötig gewesen, dass sich der Stadtschulze coram publico mit dem Bischof und so zugleich mit dem Hof anlegte und dank seiner Unnachgiebigkeit Sicherheit und Vermögen aller Bürger aufs Spiel setzte. Als meine Mutter fragte, warum er das dem Schulzen nicht gleich an Ort und Stelle vorgeworfen habe, antwortete er gereizt, er würde es ihm noch unter vier Augen sagen, denn der aufgebrachte Pöbel, der den Bischof beinahe umgebracht hätte, wäre auch mit jenen nicht zimperlich umgegangen, die zur Zurückhaltung ermahnt hätten, die wenigen Bürger, die zu bedenken gaben, dass man wenigstens einem Teil der Forderungen Seiner Majestät nachkommen sollte, wären um ein Haar an Ort und Stelle massakriert worden. Die Unglücklichen mussten sich aus der Sitzung davonstehlen und auf Schleichwegen heimgehen, um dem Zorn der Heißsporne zu entkommen.

Am nächsten Tag brachte Lang triumphierend die Nachricht, der Bischof habe sich in der Nacht samt Gefolge aus unserer Stadt davongemacht, nachdem ihm zu Ohren gekommen war, das Botschkai, der Großfürst von Siebenbürgen, mit seinen Heiducken das Lager der Deutschen überfallen und das Regiment des Herrn Petz niedergemetzelt habe. Die Bürger feierten noch eine Zeit lang im Siegestaumel den Triumph des wahren Glaubens, und auf Schritt und Tritt war zu hören, dass Gott die Seinen schon beschützen werde. Zwar wurde die Stadt bald darauf erneut von schlimmen Ereignissen betroffen, doch verlebten wir die Wochen nach dem Abzug des Bischofs einigermaßen in Ruhe, und statt der Sorgen um das Gemeinwohl plagte uns nur familiäres Ungemach. Zu der Zeit geschah es, dass Vater mit mir zu einem Besuch bei entfernten Verwandten aufbrach, die zwei Wegstunden von uns, also in nicht allzu großer Entfernung, aber auch nicht gerade nahe, in einem Lehnbauerndorf der Stadt lebten. Vor unserem Tor stand schon der Wagen, als ich wegen einer vergessenen Kleinigkeit, ich glaube, es war mein Seidentüchlein, das ich vor einiger Zeit geschenkt bekommen hatte und von dem ich mich nicht trennen wollte, ins Haus zurücklief und Mutter am Fenster sitzend antraf. Sie hatte ihre Näherei in den Schoß gelegt und ihr Gesicht dem Fenster zugewandt, sie sah vor sich hin, ohne etwas wahrzunehmen. Mit meinem Tüchlein in der Hand und auf dem Weg hinaus sah ich, dass ihr eine Träne über die Wange rollte, obwohl ihre Gesichtszüge sonst ganz ungerührt waren. Ich hatte mich schon vorher von ihr verabschiedet und wollte so bald wie möglich neben Vater im Wagen sitzen, denn ich freute mich auf die Fahrt mit ihm, doch ließen mich die Tränen meiner Mutter innehalten. Als wäre meine frühere Anhänglichkeit neu erwacht, überkam mich beim Anblick ihrer Tränen tiefes Mitleid. Ich zögerte einen Augenblick, ob ich mich nicht an ihre Brust werfen und die Arme um sie schlingen sollte, wie ich es als kleines Mädchen getan, ob ich nicht versuchen müsste, sie so gut ich konnte zu trösten und aufzuheitern. Doch dann überlegte ich es mir anders: Ich hatte Angst davor, von ihr auch jetzt wieder gereizt und hämisch weggescheucht zu werden, wie sie das in letzter Zeit immer tat, und so fragte ich sie nur, ob ihr nicht gut sei, worauf sie stumm den Kopf schüttelte und mir bedeutete, ich solle nur gehen. Einen Augenblick lang stand ich noch unschlüssig auf der Schwelle, wandte mich, da Pferde und Kutscher wahrscheinlich schon ungeduldig warteten, um, rannte hinaus und kletterte auf den Wagen zu meinem Vater hinauf.

Ich könnte nicht behaupten, dass ich mich zu diesen Verwandten meines Vaters, die wir besuchen wollten, besonders hingezogen fühlte: Der Hausherr, ich glaube ein Bruder oder vielleicht der Bruderssohn meiner Großmutter, ein kleingewachsenes, blasses Männlein, das meist nur stumm um sich blickte, hatte, obwohl es erst auf Mittag zuging, als wir ankamen, schon einen oder mehrere über den Durst getrunken. Mühsam erhob er sich zu unserer Begrüßung, brabbelte etwas vom »lieben Jungen« und von der »Kleinen«, die ja »schon so gewachsen« sei, dabei klopfte er dem Vater vertraulich auf den Arm, sackte aber kurz darauf wieder in seine stumme Gleichgültigkeit zurück, starrte vor sich hin und murmelte nur dann und wann etwas, wenn mein Vater das Wort an ihn richtete. Seine Ehefrau beteuerte mehrmals laut, wie sehr er schon auf uns gewartet habe und wie oft er von uns spreche, doch das schien mir ziemlich unglaubhaft. Ich muss betonen, wie zuwider mir diese Frau schon seit meiner frühen Kindheit gewesen ist, immer, wenn sich die Möglichkeit dazu ergab, versteckte ich mich hinter dem Rücken meines Vaters, damit sie mich nicht streicheln oder abküssen konnte, ich hasste das honigsüße Getue, die schmuddeligen Kleider, die sie trug, ihr zerzaustes, graues Haar, das unter dem Kopftuch hervorhing, vor allem aber ihre Augen, die, während sie uns schöntat, lauernd, argwöhnisch und gehässig auf uns gerichtet waren, als warte sie nur darauf, dass wir uns verrieten und mit irgendeinem Wort das schreckliche, beschämende Geheimnis preisgäben. Sicher, meinen Vater schätzten sie als gebildeten und wohlhabenden Verwandten, der ihnen wohl hin und wieder etwas zugesteckt hat, sie suchten ihm zu gefallen, miteinander aber redeten sie gemein und hässlich, und wenn mich mein Vater gelegentlich einmal allein bei ihnen zurückließ, weil er etwas zu erledigen hatte – ich glaube, er hatte die Absicht, ein Grundstück oder einen Weinberg in dieser Gegend zu kaufen –, hörte ich, wie die Frau ihren Mann einen dämlichen alten Nichtsnutz nannte und er sie mit breiig dumpfer Stimme als verrufene alte Hure und üble Hexe beschimpfte. Auf der Ofenbank hockte auch noch eine verhutzelte Alte, die aussah wie eine abgerissene Stoffpuppe. Ihre Beine hingen so schlaff wie bei einem leblosen Hampelmann, und die vom Star getrübten blauen Augen starrten ausdruckslos und einfältig in die Welt. Dass überhaupt noch Leben in ihr war, wusste man erst, wenn sich von Zeit zu Zeit aus ihrem zahnlosen Mund ein Redefluss ergoss und sie mit piepsend schwacher Stimme einen »gemeinen Räuber« beschimpfte. »Pfui, du gemeiner Räuber, willst du wohl die Truhe in Ruh lassen, der liebe Gott wird dich strafen, ich weiß es!«, krächzte sie, vielleicht in Erinnerung an irgendeinen Raubüberfall aus ihren jungen Jahren, vielleicht existierte der gemeine Räuber aber auch nur in ihrem dahindämmernden Gehirn.

Fast zwei Tage weilten wir schon in Eisdorf, so hieß dieser Ort, als die Kunde kam, dass man in einem Maierhof bei Leutschau die Bäuerin und bald danach auch ihre ganze Familie tot aufgefunden hätte. Dann hörten wir von Fuhrleuten, die aus der Stadt kamen, dass sich die Landseuche dort ihre Opfer hole, allerdings bislang nur in der Vorstadt, und vielleicht sei es bei gebotener Vorsicht noch zu verhindern, dass sie sich bis in die Innenstadt ausbreite. Ich bemerkte, dass diese Nachricht den Vater sehr beunruhigte, weiß aber nicht, ob er sich mehr um das Leben der Mutter sorgte oder vor allem fürchtete, dass auch diesmal wie bei der letzten Epidemie der vor nichts und niemand zurückschreckende Pöbel, der sich wie ein Trupp Aasgeier am Schauplatz jedes Unglücks einzustellen pflegt, die verlassenen Häuser oder solche, deren Bewohner von der Pest dahingerafft worden waren, plündern würde und dies auch unbesorgt tun könnte, da die Stadtwächter nur ganz selten oder überhaupt nicht in den verseuchten Stadtteilen auftauchten. In großer Eile verabschiedete er sich von den Hausleuten und wurde mit einem Fuhrmann, der selbst in die Stadt wollte, bald einig, dass dieser ihn mitnehmen sollte. Mich wollte er zunächst noch in Eisdorf zurücklassen, weil ich dort sicherer sei als in Leutschau, doch hat er schließlich mein Flehen erhört und eingewilligt, dass ich mit ihm zurückfuhr.

Einmal, ich war noch ganz klein, höchstens drei oder vier Jahre alt, hatte ich schon einen Pestangriff auf die Stadt erlebt. Wir mussten viele Wochen eingeschlossen im Haus verbringen, brannten Kiefernpech und allerlei Kräuter ab, und nur Susanna, unsere Magd, ging in die Stadt, um Verpflegung zu besorgen. Sie trug ein Säckchen mit zauberkräftigen Kräutern um den Hals, weil sie glaubte, die würden sie vor der tödlichen Seuche schützen; alle Lebensmittel, die sie herbeischaffte, mussten nach einer strengen Anordnung meines Vaters gründlich beräuchert werden. Wahrscheinlich erinnere ich mich deshalb so gut an diese Wochen, weil ich die ganze Zeit in unmittelbarer Nähe meiner Mutter zugebracht habe, sozusagen in ihren Armen, glücklich und zugleich von grässlicher Angst geplagt, denn zu der Zeit, da die Pest noch nicht bis in unseren Stadtteil vorgedrungen war und die Mägde der Nachbarschaft sich noch besuchten, um zu berichten, welche neuen Schreckensnachrichten sie erfahren hatten, hörte ich oft, dass in manchen Häusern die Gesunden diejenigen Familienmitglieder, bei denen sich schon Anzeichen der Seuche zeigten, einfach ihrem Schicksal überließen. Sie erzählten von einer Frau, die ihr dreijähriges Kind gewaltsam von sich stieß und auch noch die Tür verriegelte, damit es sich nicht an sie klammern oder ihr nachlaufen konnte und sie mit der grauenvollen Krankheit ansteckte. Als die Pest sich bereits ausgetobt hatte und das Leben wieder in normalen Bahnen verlief, musste ich immer noch oft an dieses Kind denken: ob es sich wohl, alleingelassen im Haus, sehr gefürchtet hat, ob es überhaupt verstand, warum man es sich selbst überließ, oder dachte es vielleicht, man habe es zur Strafe für irgendwelche Übeltaten verstoßen, und es grübelte und forschte vergeblich in seiner Erinnerung nach einer Sünde, deretwegen man ihm eine so fürchterliche Strafe auferlegt hat...

Nach einiger Überlegung beschloss mein Vater, dass wir nur für ganz kurze Zeit heimfahren würden, um die Mutter und vielleicht ein paar wertvollere Sachen zu holen und umgehend nach Eisdorf zurückzukehren. Sowie wir zum nördlichen Stadttor kamen, warnten uns die Wachen weiterzufahren, denn in der Stadt wüte die Pest ganz fürchterlich. Als der Fuhrmann das hörte, wollte er auf der Stelle umkehren, aber Vater versprach, den Fuhrlohn zu verdoppeln, und gab ihm sein Wort, dass wir nur ganz kurz in der Stadt verweilen würden.

Wir waren erst im Fastenmonat, doch das Wetter zeigte sich schon frühlingshaft mild; später konnte man hören, dass solche milden Wetterlagen den Ausbruch von Seuchen begünstigten. Es war später Nachmittag, der rote Himmel im Westen verhieß Wind, er glühte in einer seltsam malvenartigen Farbe, wie ich es seither nicht mehr gesehen habe, und vor dem glühenden Himmel erblickten wir, als wir beim Kaltwinkel in die Gasse der Metzger einbogen, den sich düster abzeichnenden Turm der Minoritenkirche.

Anfangs schien es uns, als seien die Gassen menschenleer, doch dann sahen wir da und dort auf die Schwellen der Häuser hingesunkene, in Lumpen gehüllte menschliche Leiber, die ich im ersten Schreck für Tote hielt, doch aus der Nähe erkannte ich, dass sie mit weit gespreizten Beinen oder eingerollt nur ihre Räusche ausschliefen. Bald erblickten wir in einiger Entfernung schwankende Gestalten, die aus einer Weinkneipe in die nächste torkelten. Auch Frauen sah ich unter den Saufkumpanen, eines dieser Weibsbilder taumelte ganz in unserer Nähe vorbei, zu beiden Seiten gestützt von Uniformierten, sie zerrten sie mit sich, auf eine dunkle Gassenschlucht zu. Die Person war noch ganz jung, aber ziemlich beleibt, das strohblonde Haar hing ihr in Strähnen über die Schultern, ihre Wangen waren rot angemalt, die Lippen zu einem breiten, trunkenen Lächeln auseinandergezogen, so als wäre sie mit sich und ihrer Gesellschaft vollauf zufrieden und das alles ein toller Spaß. Ich sah, wie einer der Landsknechte, dem Kameraden zublinzelnd, der jungen Frau eine Flasche an die Lippen schob und sie gierig danach griff, wie ein Kind, dem man Näschereien hinhält, und ich hörte das selbstgefällig-rohe Gelächter der Soldaten, wie sie sie in das enge Gässchen bugsierten. In der Tür eines Hauses kauerte ein zitterndes, ausgemergeltes Weib, den Kopf in ein schwarzes Tuch gehüllt, zärtlich umfing sie einen Säugling, ob lebend oder tot, ich könnte es nicht sagen, weil unser Wagen schnell an ihnen vorüberrollte, bevor wir kurze Zeit darauf gezwungen waren, in eine Nebengasse auszuweichen, um einem anderen Fuhrwerk Platz zu machen, das auf dem Weg hinaus aus der Stadt war. Zwei dürre, sichtlich ausgemergelte Gäule zogen die Fuhre, der gramgebeugte Kutscher hatte seine schwarze Kappe tief ins Gesicht gezogen. Seine Ladung war mit einer großen Plane abgedeckt, und ich überlegte einen Augenblick lang, ob er wohl Ofenholz oder Kohlköpfe geladen hatte und warum er die Güter zur Stadt hinausbrachte, statt sie hereinzufahren, als der Wagen auf der holperigen Gasse über ein Schlagloch rumpelte und ich, zu Tode erschrocken, gewahrte, wie unter der Plane eine Hand mit im Krampf gekrümmten Fingern und blau verfärbten Nägeln hervorglitt, als wollte sie nach Luft greifen in ihrem Schmerz, und bei jedem Holperer schlug sie an der Wagenwand an. Und als ich dem vorbeigefahrenen Gefährt nachblickte, sah ich, dass schwarzes Frauenhaar vom Wagen herunterhing und sich die Strähnen um die Radspeichen wickelten.

»Sie werden draußen auf den Feldern verscharrt. Es sind zu viele, auf dem Kirchhof ist nicht Platz genug«, klagte der Fuhrmann.

Ganz nah bei unserem Haus, vor der Werkstatt des Schneiders, gab es einen Auflauf von Frauen, und im Näherkommen sahen wir, dass sich mal hier, mal dort eine aus der Menge löste und sich, uns entgegen, mit einem Stück Barchent, Fajlondis-Zeug oder Taffet unterm Arm davonmachte. (Später erfuhr ich, dass die Pest den Schneider und seine ganze Familie, darunter meine frühere Spielkameradin, dahingerafft hatte.) Vater gebot dem Fuhrmann anzuhalten, jede Vorsichtsmaßnahme in den Wind schlagend, wollte er schon dazwischenfahren, die dreisten Weiber auseinandertreiben, doch der Kutscher entgegnete, keine Macht der Welt würde ihn zum Halten bewegen, zudem seien die Stoffe, die das Weibervolk wegschleppe, ohnehin verseucht, und sie trügen ihr Todesurteil wie das ihrer Hausleute freudig heim. Vater wollte zu einer Antwort ansetzen, doch winkte er schließlich ab, weil wir schon fast angekommen waren, kurz darauf hielt der Wagen vor unserem Haus.

»Du bleibst hier draußen, ich bin gleich zurück!«, befahl mir Vater, doch ich klammerte mich, wer weiß warum, krampfhaft an ihn und flehte, wohl unter dem Schock des Erlebten, inständig, mich mitzunehmen. In unserem Eingangstor lag zum Glück kein Betrunkener noch ein Kranker, hier kauerte auch kein zitterndes Weib, und für einen Augenblick kam es mir vor, als wären solche die Außenwelt erschütternden Ereignisse von der Schwelle unseres Hauses gebannt. Vater stieß die Eingangstür auf, trat dann auch in die Apotheke ein, wo die Fläschchen und Tiegelchen in gewohnter Ordnung beim einfallenden schwachen Licht dahindämmerten, auch das düstere Bild der Heiligen Apollonia hing an der Wand, darauf die Trabanten des römischen Kaisers, die der Jungfrau mit Eisenzangen die Zähne herausrissen, mein Vater führte nämlich auch lindernde Mittel gegen Zahnschmerzen. Vater schritt die Treppe hinauf, ich dicht hinter ihm, und wir waren noch immer keiner Menschenseele begegnet. Als wir in die Stube traten, ging er mit schnellen Schritten zu dem Tischchen aus Kirschenholz, ließ das geheime Lädchen aufschnappen und griff in dem sich auftuenden Versteck zuerst nach dem Bild seiner Mutter, zog dann eine Schatulle hervor und nahm auch die an sich. Danach schaute er sich um, suchte meine Mutter und trat, als er sie nicht entdecken konnte, in die innere Stube ein. Im ersten Moment glaubte ich, die Mutter sei gerade dabei, sich schön zu machen, denn sie stand vor dem Spiegel, den sie offenbar von seinem Platz an der gegenüberliegenden Wand abgenommen und auf die Kleidertruhe gestellt hatte, wo sie sich bei dem durchs Fenster einströmenden Licht genauer mustern konnte. Sie hatte sich das Unterkleid von der Brust gestreift und entblößte dabei ihren Busen, der in seiner rosigen Jugendfrische die Zeichen des Alters, die sich in ihrem hübschen Gesicht nicht mehr ganz verleugnen ließen, Lügen strafte. Man hätte glauben können, sie ergötze sich heimlich und still an den Relikten ihrer Jugend, wäre sie nicht beim Öffnen der Tür so erschrocken gewesen, hätte sie uns nicht mit einem so verschämten, Vergebung heischenden, eigentümlichen Lächeln angesehen, wie ich es nie zuvor auf ihrem schönen, stolzen Gesicht liegen sah. Vater erkannte gewiss viel schneller als ich die Bedeutung des Bildes, das sich uns darbot, denn als Apotheker musste er wissen, an welcher Stelle des menschlichen Körpers die Anzeichen der tödlichen Seuche zuerst erschienen. Noch bevor ich in die innere Stube hätte eintreten können, packte er mich am Handgelenk, schob mich zurück und schlug die Tür hinter uns zu. Mich die ganze Zeit fest im Griff haltend wie einen ertappten Dieb, zog er mich die Stufen hinunter, zur Eingangstür hinaus, durch die gewölbte Toreinfahrt, riss das Tor auf und zerrte mich auf die Straße hinaus, dort drängte er mich mit heftiger Bewegung auf den Wagen; sprang dann selbst hinterher und rief dem Fuhrmann zu, er solle losfahren. Ich reckte mich hoch, um zurückzuschauen, als hätte mir eine geheimnisvolle Stimme eingeflüstert, dass ich unser Haus nun zum letzten Male sah, doch Vater riss mich zu sich hinunter, wie wenn er fürchtete, schon beim bloßen Anschauen gehe von dem Haus Ansteckungsgefahr aus. Der Fuhrmann, der selbst möglichst schnell das Stadttor hinter sich haben wollte, trieb seine sonst an bequemes Dahintrotten gewohnten Rösser zu so scharfem Galopp an, dass die vertrauten Gassen ineinanderflossen, während wir durch sie dahinjagten. Bis die letzten Strahlen der Abenddämmerung verloschen waren, lag die Stadt schon hinter uns.

II

In jener Nacht, da man mir in der inneren Stube des Hauses in Eisdorf eine Schlafstelle bereitet hatte, quälten mich unheimliche Träume. Auf dem ganzen Rückweg nach Eisdorf war ich in einem Zustand leichter Betäubung gewesen, meine Gefühle und Gedanken schienen wie abgestorben und gänzlich geschwunden zu sein, doch im Innersten fühlte ich mich hellwach, war mein Sehvermögen aufs Höchste gesteigert: Noch heute könnte ich mir in allen Einzelheiten vorstellen, wie die dürren Winterstängel aus dem zusammenfallenden Schnee am Rand des Grabens hervorstachen, wie die Risse in der trockenen, pergamentfarbenen Erde zu beiden Seiten des tief eingeschnittenen Hohlweges sich dunkel abzeichneten und die blassen, knotigen Wurzeln an den senkrecht aufragenden Erdwänden im Halbdunkel der untergehenden Sonne herausgestülpt wurden, wie an einer Wegbiegung plötzlich der große, weiße, milchige Mond vor unseren Augen am grauen Himmel erschien und vor dem sich veilchenblau verfärbenden Firmament immer blendender schien. Wie wir ihn, während wir dahinfuhren, als einen mit großer Geschwindigkeit über unsere Köpfe geschleuderten, dahinjagenden Ball ziehen sahen und ich schon fürchtete, er könnte im nächsten Augenblick direkt vor uns in dem von Wagenspuren durchzogenen, steifgefrorenen Straßenkot aufprallen, die Pferde würden vor dem dahinrollenden Feuerball scheuen, den Wagen mit sich reißen über Stock und Stein und wer weiß wohin mit uns davongaloppieren… Und wie später, als die Dunkelheit über uns hereinbrach, die hellen Flecken des übrig gebliebenen Schnees umherirrenden, heimatlosen Seelen gleich zwischen den schwarzen Erdschollen der Äcker oder auf den Hausdächern leuchteten. Und wie, wenn wir durch ein Dorf fuhren, in der einen oder anderen Hofecke die Strohspreu funkelte und mit dem Fortschreiten des Abends und der immer grimmiger werdenden Kälte zwischen den Kotfurchen die splitternden Eispfützen im Mondschein blinkten. Die strohgedeckten Häuser blickten uns aus der Dunkelheit finster und mit bösartigem Misstrauen an, ganz klein machte ich mich im Sitzen, denn mir war, als hätte ich eine furchtbare Sünde begangen, und nur, wenn es mir gelänge, unbemerkt dorthin zurückzukehren, von wo ich aufgebrochen war, könnte ich der schrecklichen Strafe entgehen.

In Eisdorf empfing uns Frau Anna mit sorgenvollem Wehklagen. Aus unserer raschen Rückkehr schloss sie, dass wir gar nicht mehr in die Stadt hatten hineinfahren dürfen, und Vater ließ sie in diesem Irrtum. Es war, als wollte mein Vater alles aus seinem Gedächtnis tilgen, was mit uns geschehen war, seit unser Wagen durchs Stadttor gerollt war bis zu dem Augenblick, da es sich wieder hinter uns schloss. Weil er auch gegenüber dem Fuhrmann mit keinem Wort erwähnt hatte, dass wir das Haus nicht geplündert und leer vorgefunden, wusste kein anderer außer uns beiden etwas von dem, was wir drinnen gesehen, und ohne dass wir uns mit einem Wort abgesprochen hätten, waren wir uns einig, es niemals zur Sprache zu bringen, vielleicht in der Hoffnung, wir könnten früher oder später selbst daran glauben, dass es in Wahrheit gar nicht geschehen war.

Wir gingen so eilig zu Bett, als hofften wir, durchs Überschlafen würde unsere stumm geschlossene Vereinbarung erst besiegelt, und wenn die Nacht überstanden wäre, könnte es uns leichter fallen, als Phantasiegebilde abzutun, was wir am diesseitigen Ufer der Nacht zurückgelassen. Ich erinnere mich, dass ich auf dem harten Lager lange wach lag und mich herumwälzte und die sich im schwachen Licht kaum abzeichnenden Dachbalken über meinem Kopf betrachtete; immer wenn mich der Schlaf schon fast übermannte, schreckte ich durch irgendein

Geräusch, den Wind oder Hundegebell, wieder hoch. Einmal schritt ich durch ein weites, düsteres Haus, ging von einem leeren Saal in den nächsten: Keine Bewegung, nirgends Leben, nur in den Spiegeln an den Wänden, auf den Quadraten der marmornen Bodenplatten und auf dem glänzend polierten Holz der schweren, geschnitzten Möbel spiegelten sich die Lichter von unzähligen Wandkandelabern. Obwohl in allen Räumen, die ich bisher durchschritten hatte, die Fenster geschlossen und sogar mit schweren Stoffen verhängt waren, musste von irgendwo ein Luftzug ins Haus dringen, denn die Flammen der Kerzen flackerten so wild, als ob sie ein Windstoß bewegte. Mit wie schwerem Herzen und welch schlimmer Vorahnung kommenden Unheils ich mich auch vorwärts tastete und die nächste der schweren Flügeltüren öffnete, jeder weitere Saal war so leer wie die vorangegangenen. Vor einer weißen Flügeltür zögerte ich lange, ehe ich sie aufmachte; obwohl ich lieber meinem Herzen nachgegeben hätte und fortgerannt wäre, zog mich irgendeine unwiderstehliche Kraft an, ich drückte die Messingklinke nieder und trat in diesen letzten Raum der Zimmerflucht ein. Von hier kommt also der Luftzug, dachte ich, nachdem ich im Saale stand, er war groß, und eines der bis zum Boden reichenden Fenster stand in der Tat offen, und der leichte weiße Vorhang bauschte sich und wehte, im einströmenden Luftzug zur Seite gerollt, immer wieder an die Wand. Auch hier flackerte Kerzenlicht in zweiarmigen Kandelabern an den Wänden, in der Mitte des Raums stand ein erhöhter Katafalk, auf dem eine junge Frau lag, in festlichem Kleid, dessen glänzender weißer Schleier zu beiden Seiten über die Decke des Ehrenbetts herabfloss. Das Antlitz der Aufgebahrten konnte ich nicht genau sehen, nur die Lockenpracht ihrer dunklen Haare und die über der Brust gefalteten schmalen Hände. Und während ich betroffen und staunend dastand, kam draußen wieder Wind auf, und durchs offene Fenster wehte eine kräftige Brise herein, sie nahm den weißen Vorhang weit ins Innere des Saales mit, und als er gegen die Wand schlug, erfasste die Flamme einer Kerze im Kandelaber den leichten Stoff, und von dem umherwehenden

Vorhang griffen die Flammen auf Haar und Festkleid der auf dem Katafalk ruhenden Leiche über. In Windeseile stand das ganze Leichengerüst in Flammen, und die daraufliegende Gestalt erwachte in den Flammen wie ein wundersamer Phönix zum Leben, setzte sich auf, um brennend vom Katafalk herabzusteigen und auf mich zuzugehen, schreiend und schweißgebadet fuhr ich aus dem Schlaf hoch. Dann wieder war mir, als irrte ich nachts auf dem Friedhof umher, in einer Hand das Nachtlicht, in der anderen einen abgebrochenen Zweig vom Apfelbaum oder vom Haselnussstrauch, um ein bestimmtes Grab zu suchen, wessen Grab weiß ich nicht, um das Zweiglein darauf zu pflanzen. Lange ging ich zwischen den verfallenden Grabkreuzen hin und her, gab die Hoffnung schon beinahe auf, als mich plötzlich die Gewissheit überkam, dass dieses Grab, vor dem ich stehen geblieben war, das gesuchte sein müsste, obwohl der Name auf dem hölzernen Grabkreuz kaum noch zu lesen und der Grabhügel von heudürrem Gras überwuchert war. Ich stellte das Öllicht aufs Grab und scharrte bei seinem Schein mit einem Topfscherben ein Loch in die Erde, um das Zweiglein hineinzusetzen. Nachdem ich es mit dem Ende, an dem weiße Wurzelfäden sprossen, in die kleine Pflanzgrube gestellt und die wenige herausgescharrte Erde angedrückt hatte, ging ich mit dem Krug, der, wie es nur im Traum möglich ist, schon bereit stand, um Wasser zu holen und das eingesetzte Zweiglein zu gießen. Das Licht ließ ich auf dem Grabhügel zurück, damit es mir den Rückweg wiese, und so suchte ich, mich halbblind im nächtlichen Dämmerlicht vortastend, den Brunnen, denn ich war sicher, es müsste in der Nähe einen geben. Tatsächlich stieß ich bald auf eine niedrige Steinmauer, und wie ich mich am Rand des Mäuerchens entlang tastete, merkte ich, dass es rundum verlief, also der Brunnenkranz sein könnte, beugte mich darüber und sah drinnen blass das schwarze Wasser schimmern. Ich stellte mich auf die Zehenspitzen und lehnte mich über die Einfassung, um mit dem Krug Wasser zu schöpfen, als hinter mir plötzlich grelles Licht aufkam. Bei dieser starken Helligkeit konnte ich im Brunnen die bemoosten Steine erkennen und sah tief unten das kümmerliche schmutzige Wasser mit darauf schwimmenden fauligen Blättern. Ich drehte mich um, suchte die Lichtquelle und sah, dass die Flamme des zurückgelassenen Öllämpchens das dürre Gras des Grabhügels entzündet haben musste, denn es brannte lichterloh und tauchte den ganzen Gottesacker in gelbes Licht. Beim Blick auf das erleuchtete Gräberfeld überkam mich die schauerliche Vorahnung, dass ich in diesem plötzlichen Feuerschein sogleich wieder die Erscheinung haben würde, deren Anblick weder das menschliche Auge noch das Herz ertragen kann. Wieder wachte ich auf und presste die Hand auf mein wild hämmerndes Herz.

Noch ein weiterer Traum ließ mir in jener Nacht das Blut in den Adern stocken: Ich lag in meinem Bett in unserm Haus zu Leutschau und hörte, dass in der Dunkelheit draußen jemand herumging. Darauf zog ich den Bettvorhang zurück und sah, wie die Tür sich öffnete und meine Mutter eintrat. Sie trug das brombeerfarbene Kleid, das ich als Kind so oft an ihr gesehen hatte. Mit langsamem, unsicherem Schritt kam sie an mein Bett und bat mich, zur Wand zu rücken, sie habe Kopfschmerzen und wollte sich ein wenig neben mich legen.

»Das geht nicht, Mutter«, antwortete ich, »da liegt ja schon das Kind.«

Und tatsächlich lag im Bett neben mir ein Säugling, in alte, abgetragene Unterkleider gehüllt, körperlich allerdings recht entwickelt, fast schon ein Schoßkind. Mutter gab keine Antwort, wendete sich ab, und ein wenig später hörte ich, wie sich die Tür hinter ihr schloss. Ich griff nach dem Säugling, um ihn hochzunehmen und zu sehen, welches Kind da neben mir im Bett lag und ob es wirklich ein lebendiges Menschenkind war oder vielleicht nur eine Puppe, doch dann überkam mich erneut diese schreckliche Angst, dass ich gleich wieder etwas zu sehen bekäme, was ich nicht sehen dürfte, und ich schreckte hoch, doch selbst im Wachen spürte ich noch die bleischwere Last des Traumes.

Diesen Traum träumte ich später noch oft, fast jede Nacht, die wir in Eisdorf verbracht haben, also mehrere Wochen lang, denn diesmal blieben wir länger dort, wir warteten auf Nachricht, dass die Pestseuche in der Stadt abgeflaut wäre. Schließlich kam die Botschaft, dass in Leutschau schon seit drei Wochen kein einziger Pesttoter mehr gemeldet worden sei und die Bauern der Umgebung schon wieder Fleisch, Geflügel, Ofenholz und dergleichen auf den Markt der Stadt brächten, wo all das, woran man wochenlang Mangel gelitten, jetzt einen guten Preis habe. Diesmal verließ ich das kleine Haus, das auch für Nachbarn immer eine offene Tür hatte, nur zögernd, weil ich nicht wusste, besser gesagt, mir nur zu gut vorstellen konnte, was uns daheim erwarten würde. Als Vater eines Morgens aus dem Dorf zurückkam, wo er die neuesten Nachrichten aus der Stadt in Erfahrung bringen wollte, meinte er, alles spräche dafür, dass die Epidemie abgeklungen und es für uns an der Zeit sei, aufzubrechen und heimzukehren; ich bekam heftiges Herzklopfen, und als ich nur zögernd daran ging, meine wenigen Habseligkeiten zusammenzusuchen, sah Vater sich genötigt, mich mehrmals zur Eile anzuhalten, weil der Bauer, den er gut kannte und der sich bereit gefunden hatte, uns auf seinem Wagen mitzunehmen, schon ungeduldig war und längst abfahren wollte.

In Leutschau angekommen, ließ Vater zu meiner Erleichterung den Wagen vor dem Goldenen Anker Halt machen und meinte, wir würden hier für ein paar Tage Logis nehmen, bis er Klarheit habe, in welchem Zustand sich unser Haus befinde, und wenn nötig, wolle er die ansteckenden Keime mit Kienbaumharz oder anderen Mitteln ausräuchern. Am Nachmittag ließ er mich in unserer Herberge zurück, ich kauerte in der Fensternische und versuchte die Zeit totzuschlagen, ließ meinen Blick über die wurmzerfressenen Deckenbalken, die zusammengewürfelten Möbelstücke und den mausverdreckten Fußboden gleiten, immer wieder spähte ich durch das schräge Fenster hinaus, weil ich sehen wollte, wann der Vater endlich zurückkam. Es war schon Abend geworden, bevor er mit der Nachricht wiederkehrte, dass er unser Haus verschlossen und mit einem amtlichen Siegel am Tor vorgefunden habe, dass auch die Nachbarn, die wie wir vor der Pest aufs Land geflohen, aber schon vor uns zurückgekehrt seien, nichts darüber wussten, was aus dem von uns Zurückgelassenen geworden war. Die Nacht verbrachte ich auf dem ungewohnt harten, schmalen Nachtlager: lauschte dem Grölen und Lachen, das aus der Schenke heraufdrang, auf das Fiedeln und Pfeifen, das Aufstampfen der Stiefel, und als sich der Lärm dann endlich legte, hörte ich die Mäuse in der Wand neben mir nagen und rascheln, doch war ich bemüht, nicht daran zu denken, welcher Anblick uns hinter dem versiegelten Tor erwarten würde.

Am nächsten Tag erschien, als mein Vater sich gerade zum Rathaus aufmachen wollte, um sich nach dem Zustand des Hauses zu erkundigen und wenn möglich das Öffnen des amtlich versiegelten Tores in die Wege zu leiten, Mátyás Lang bei uns im Gasthof. Er wusste von den Nachbarn, dass Vater tags zuvor bei unserem Haus gewesen war; Vater hatte hinterlassen, wo wir wohnten und dass Lang uns dort aufsuchen sollte. Er kam nun, um eine bestimmte traurige Nachricht zu überbringen, von der er noch vor uns erfahren hatte, da er schon früher als wir aus einem Dörfchen zurückgekehrt war, in das er sich vor der Pest geflüchtet hatte. Er zog meinen Vater zur Seite, ich stand in der Fensternische und tat, als schaute ich hinaus, doch verstohlen warf ich immer wieder einen Blick zu den beiden hinüber, und ich sah, wie Lang mit trauriger, teilnahmsvoller Miene ein wenig wichtigtuerisch etwas erklärte und Vater düster dazu nickte. Als sich Lang nach einer Weile verabschiedete, sagte Vater mit belegter Stimme:

»Man hat sie mit den anderen begraben …«

Als ich diese Worte vernahm, hatte ich wieder den Wagen vor Augen, dem wir damals auf dem Heimweg begegnet sind, mit den in Decken gewickelten Leichen unter der Plane und herunterhängend die wächserne Hand. Später erfuhr ich nach und nach, was tatsächlich geschehen war: Der zurückgekehrte Lang hatte das Tor des Hauses offen gefunden – vermutlich hatten wir es bei unserer Flucht nicht geschlossen –, und als er eintrat, hoffte er, uns gesund und wohlauf vorzufinden, doch schon in der vorderen Stube stieß er auf zwei Leichen (in welchem Zustand, darüber schwieg Vater sich aus, möglicherweise hatte Lang ihn mit Einzelheiten verschont). Lang informierte die Behörde, die, nachdem Amtsdiener die Leichen weggeschafft hatten, das Haus versiegeln ließ. Lang behauptete, er habe einen der Büttel mit einer Geldsumme zu überreden versucht, Mutter in einem gekennzeichneten Einzelgrab zu bestatten, doch sei der Mann darauf nicht eingegangen, entweder weil er Weisung hatte, sich strikt an die Anordnung zu halten, oder weil er bestrebt war, jede über das gebotene Maß hinausgehende Berührung mit den Pestleichen zu vermeiden, und so werden wir nie mehr Gewissheit darüber bekommen, in welcher der mehr als zehn Gruben, in deren jede man mehrere hundert an der Seuche Gestorbene geworfen hat, meine Mutter liegt.

Wir wohnten noch mehrere Tage im Gasthof, während Vater und Lang veranlassten, dass die Keime der Krankheit im ganzen Haus gründlich ausgeräuchert und als gefährlich angesehene Gegenstände verbrannt wurden. Die Kleider der Mutter und die bescheidene Habe von Susanna haben sicher dazugehört, denn als ich endlich wieder ins Haus kam, waren sämtliche Spuren ihrer Existenz getilgt, als hätten sie niemals hier auf Erden gelebt. Weil ich meine Mutter nicht als Tote gesehen habe und auch ihr Grab nicht besuchen konnte, ertappe ich mich noch manchmal dabei, dass ich auf sie warte, glaube, hinter der halboffenen Tür ihre Stimme zu hören. Dann wieder habe ich das Gefühl, alles, was vor dem Ausbruch der Pest und vor Mutters Tod geschah, habe sich irgendwann vor vielen vielen Jahren und in einer anderen Welt zugetragen. Im Verlaufe der Zeit hat dieses Gefühl jenes andere allmählich verdrängt, und ich schreckte nur noch selten zusammen, wenn es draußen Abend und düster wurde, mein Herz begann zu jagen, wenn ich im Dämmerlicht das Rauschen von Kleidern oder leichte Schritte zu hören glaubte. Kaum waren ein paar Monate vergangen, dachte ich nur noch selten an meine Mutter und die arme Susanna, zumindest im Wachen, denn im Traum bin ich ihnen noch jahrelang begegnet.

Von den Nachbarn, die später als wir die Stadt verlassen hatten, erfuhren wir, dass zu einer Zeit, als die Seuche bereits überall ihre Opfer forderte, Susanna noch immer ohne jede Vorsichtsmaßnahme, vermutlich fest auf ihr Säckchen mit den Zauberkräutern vertrauend, in die Stadt gegangen sei, um Besorgungen zu machen. Ob sie die Verderben bringende Krankheit einschleppte oder die Pestilenz auf anderen Wegen ins Haus eindrang und wer von den beiden die Anzeichen zuerst an sich entdeckte, das wussten auch die Nachbarn nicht zu sagen, obwohl sich einige zu erinnern glaubten, dass sie Mutter auch später noch einmal, zweimal herauskommen und weggehen sahen, während die Magd sich nicht mehr zeigte; also wird die Seuche zuerst die alte Frau niedergeworfen haben, so dass Mutter gezwungen war, für Essen zu sorgen. Wer weiß, vielleicht hatte sie sogar versucht, ihre alte Amme zu pflegen, ob aus Zuneigung oder als eine vermessene Herausforderung an das Schicksal oder weil sie meinte, das Leben sei für sie ohnehin nur noch eine bittere Last, all das werde ich nun nie mehr erfahren, und auch nicht, ob die Krankheit langsam oder schnell ein Ende mit ihnen machte und welche von beiden der anderen in den Tod vorausgehen musste. Mir vorzustellen, wie ihre letzten Stunden gewesen sind, dazu hatte ich nicht genug Kraft und habe sie bis heute nicht.

Während sich der Ablauf unserer Tage ohne die Mutter allmählich einzuspielen begann und langsam zur Gewohnheit wurde, kam für mich eine ruhige und auch heitere Zeit, vielleicht die einzige in meinem ganzen Leben. Nicht lange nachdem wir wieder in unser Haus eingezogen waren, ließ Vater durch einen Bauern aus Eisdorf Frau Anna, unserer Verwandten, eine Nachricht zukommen, sie möge uns eine Person empfehlen, die unseren verwaisten Haushalt führen könnte, weil ich noch zu jung wäre, um allein damit zurechtzukommen. Bald darauf klopfte eine Frau bei uns an, die Witwe eines Handwerkers, die offenbar einmal bessere Zeiten gesehen hatte, sie klagte gern, ihr trübes Witwenschicksal zwänge sie dazu, ihr Leben als Dienstbote zu fristen. Sie war eine stattliche Frauensperson, nicht mehr jung, aber auch noch nicht alt, ihr recht ansehnliches und aufgeschlossenes Gesicht ließ auf eine gelassene Natur schließen. Das flachsblonde Haar, die blauen Augen mit den hellen Wimpern erinnerten ein wenig an Frauen, wie man sie auf Heiligenbildern in den Gotteshäusern der Papisten sehen konnte, bevor man diese hinausgeworfen hat. Die Frau gewann mit ihrer bescheidenen und doch die Würde wahrenden Art und dem wohl ehrlich gemeinten Versprechen, sie wolle für den Haushalt und die »arme, mutterlose Waise« mit ganzem Herzen Sorge tragen, die Sympathie meines Vaters, und er stellte sie sogleich ein. Ich trug ihr ein wenig nach, dass sie von mir wie von einem Schoßkindchen sprach, war aber doch auch froh, dass ich die ganze Verantwortung für den Haushalt nicht auf mich nehmen musste. Und diese Helena hat sich dann wirklich als eine sehr geschickte und praktisch veranlagte Person erwiesen, auch wenn sie nicht in allem gleich gewissenhaft und anstellig war. Ich gewann sie bald lieb, weil sie mir so gut wie alle unangenehmen Hausarbeiten abnahm, und packte ich dann, um meinen guten Willen zu zeigen, doch einmal irgendwo an, so war sie gleich zur Stelle und nahm mir die Arbeit ab, damit ich mir das schöne Kleid nicht beschmutzte. »Geht lieber zu Eurem armen Vater, Orsolya, und macht ihm eine Freude, er hat ja außer Euch nichts auf der Welt!«, so etwas äußerte sie natürlich am liebsten dann, wenn auch Vater es hören konnte; und ich nahm es nur zu gern an, dass mir dank der guten Helena die glückliche Sorglosigkeit meiner Kleinkindjahre noch einmal zuteil wurde. Eigentlich hat sie aber auch Vater wie ein übellauniges Kind verwöhnt: Jeder seiner Wünsche wurde fürsorglich aufgegriffen, die Mahlzeiten für ihn mit Sorgfalt zubereitet, klagte er über Kopfschmerz oder sonst eine Unpässlichkeit, war Helena bemüht, sich auf jede erdenkliche Weise um sein Wohl zu kümmern. Bei solchen Gelegenheiten war sie besonders rücksichtsvoll, bewegte sich besonders leise im Haus, öffnete und schloss die Türen fast geräuschlos, und immer wieder hörte ich, wie sie in Hausnähe spielende lärmende Kinder wegjagte, damit sie Vaters Ruhe nicht störten. Damit erreichte sie, von Vater als tatkräftige, zuverlässige Frau geschätzt zu werden, dabei ist es ihm, glaube ich, nie in den Sinn gekommen, sie könnte mit solchem Verhalten Absichten verfolgen, mir aber war es sonnenklar, doch machte ich mir deshalb keine weiteren Gedanken; schließlich war ich noch in einem Alter, in dem man Frauen in diesen Jahren für alte Weiber hielt, und so glaubte ich keine Minute, dass sich Vater auf diese Weise einfangen lassen würde. Später habe ich manchmal darüber nachgedacht, wie mein Leben wohl abgelaufen wäre, wenn Vater Helena geheiratet hätte, und ich bin zu dem Schluss gekommen, dass es mir dann gar nicht so schlecht ergangen wäre. Ich glaube, sie war ein Mensch ohne Leidenschaft, aber auch ohne Gehässigkeit gegen andere, eine Frau, die sich einrichten will, ohne dabei anderen zu schaden, zumindest solange diese ihre Absichten nicht durchkreuzten.

Heute denke ich, ihre harmlosen Machenschaften hätten durchaus Erfolg haben können, wenn diese Helena trotz aller weiblichen Erfahrungen – denn die hatte sie im Laufe ihres Lebens reichlich gesammelt, wie ich aus mancher ihrer Bemerkungen mit Gewissheit schließen konnte – meinen Vater nicht falsch eingeschätzt hätte oder ungeduldig geworden wäre, weil sich die Dinge nicht in der von ihr erhofften Richtung entwickelten, und sie sie daher mit sanfter Gewalt zu lenken versuchte. Ihre Nüchternheit und Vorsicht haben sie, meine ich, davor bewahrt, in dieser Sache zu weit zu gehen, so dass sie sich, ohne das Gesicht zu verlieren, zurückziehen konnte; später war sie bemüht, so zu tun, als wäre da nichts gewesen, als habe es sich um ein Missverständnis gehandelt. Es ist auch zwischen Vater und Helena nicht zum Bruch gekommen, sie war klug genug, wegen dieser Kränkung ihrer weiblichen Eitelkeit ihre Stellung bei uns nicht aufs Spiel zu setzen, konnte sie doch im Haus schalten und walten, wie sie es für richtig hielt. Vater gab sich, das war nicht zu übersehen, zuerst etwas befangen und wich eine Zeit lang Helenas Blicken aus, die aber musterte, wenn sie glaubte, wir merkten es nicht, Vater und auch mich auf seltsame Weise, beobachtete uns mit merkwürdiger Betroffenheit, als hätte sich Verdacht in ihr eingenistet.

Vielleicht hatte sie tatsächlich Grund, sich darüber zu wundern, dass Vater und ich damals jede freie Minute miteinander verbrachten. Die Apotheke war, wie schon früher, kein gutes Geschäft, brachte nicht viel ein, jedenfalls nicht so viel, dass Vater zu seiner Entlastung wenigstens einen Gehilfen hätte einstellen können, so eignete ich mir allmählich dies und jenes an, um mich nützlich zu machen. Half beim Bündeln der Heilkräuter und trug sie auf den Dachboden, wo sie getrocknet wurden: im zeitigen Frühling Duftveilchen und die rötliche Nieswurz, die violette Gemeine Pestwurz und die Büschel der Leberblümchen, später Maiglöckchen, die roten Beeren des Sauerdorns, die im Laubwald wachsende Nelkenwurz, den Storchschnabel und die starkriechenden Blüten des Schwarzen Holunders, im Sommer Lindenblüten und Wurmfarn, Faulbaumrinde und das Echte Tausendgüldenkraut, im Herbst Blüten und Wurzeln von Wermut und Dost. Wenn alles gut getrocknet war, half ich, die Kräuter herunterzuholen und in der Zerkleinerungspresse zu bearbeiten, dann im Mörser zu zerstoßen oder sie, je nachdem, ob daraus Salben, Tinkturen oder Abkochungen gemacht wurden, entsprechend aufzukochen. Vater hat mir aufgezählt, was zur Wundreinigung oder gegen Katarrhe wirksam oder harntreibend ist, welches Kraut der Leber wohltut, welches das Blut reinigt oder bei Verschleimung der Lunge eine gute Wirkung hat. Er lehrte mich auch, wo diese oder jene Pflanzen wachsen: dass sich die Gemeine Pestwurz entlang der Bergbäche ansiedelt, während das Duftveilchen waldiges und buschiges Gelände bevorzugt, die Nieswurz und das Lungenkraut vor allem in Buchenwäldern zu finden sind. Häufig durchstreiften wir zusammen die Wälder, und Vater gab mir dabei regelmäßig Unterweisungen: Dieses dunkelgrüne lanzettliche Blatt gehört dem Maiglöckchen, das glanzlose graue aber dem Salomonssiegel. Er zeigte mir, woran ich das Leberblümchen erkenne und wodurch sich Windröschen und Kuhschelle voneinander unterscheiden. Noch heute kann ich mich lebhaft an unsere Märsche durch den Wald erinnern: an die rötlich borstige Rinde der Fichten, ihre unten vertrockneten, brüchigen Äste, die sich gegen die schräg einfallenden grellen Lichtstrahlen abzeichnen, rund um die Stämme am Boden die abgefallenen rostbraunen Nadeln. Wie die zitternden Ähren des Pfeifengrases neben dem Pfad am Waldrand silbrig glänzen, wie die glatten Wucherungen der leblosen Zunderschwämme die Stämme mancher Bäume überwuchern, an den bösen Zauber gemahnend, der den verwunschenen Königssohn zuerst nur bis ans Knie, dann bis zur Hüfte und schließlich bis zum Scheitel versteinern ließ, oder wie sich in den Kronen der Bäume die wirren Hexenbesen der weißen Mistel einnisten.

Zur Mittagszeit auf einer Lichtung angekommen, setzten wir uns ins Gras und packten aus, was uns Helena als Wegzehrung mitgegeben hatte. Zur Walderdbeerzeit zeigte mir Vater, wo ich eine Hand voll dieser kleinen köstlichen Beeren als Nachspeise sammeln konnte, von denen schon eine einzige Duft und Süße von tausend anderen Früchten enthält, ich hatte sie so gern, dass ich selbst dann, wenn ihre Zeit schon längst abgelaufen war, noch immer nach wenigstens einer einzigen, allerletzten Beere zwischen den eiförmigen, gezähnten Blättern gesucht habe; Vater schüttelte lächelnd den Kopf, wenn ich enttäuscht ohne Erdbeeren zurückkam und er mein betrübtes Gesicht sah.

Auf unseren Waldausflügen brachte Vater auch einige Male die Rede darauf: Wenn die Apotheke nach seinem Tod in meine Hände überginge – er klagte damals schon über allerlei Leiden und glaubte nicht, obwohl er äußerlich gesund aussah, dass ihm ein langes Leben beschert sein würde, manchmal sprach er sogar von seinem sicher kurz bevorstehenden Tod –, könnte ich mit etwas Unterstützung gewiss das Geschäft führen, auch der Rat der Stadt würde keine Einwände haben, wenn ich den Beweis erbrächte, dass er das erforderliche Wissen an mich weitergegeben hatte. Sooft er darüber sprach, war ich ein wenig erstaunt, weil seine Rede darauf schließen ließ, dass er nicht mit meiner Verheiratung rechnete, sondern vielmehr davon ausging, dass ich bis zu seinem Tod bei ihm bleiben würde. Doch ernstlich habe ich nie darüber nachgesonnen.

Auch kam es vor, dass wir zusammen weitere Wege gingen.

Einmal fuhren wir, ich kann mich gut daran erinnern, zur Zeit der Lindenblüte mit dem Wagen in ein Nachbardorf, wo einer von Vaters bewährten Helfern die Blüten von den Bäumen sammelte; eine Abkochung daraus galt als wirksames Mittel gegen Katarrhe. Dieser Mann wollte uns, nachdem ihm Vater seinen Lohn gezahlt hatte, partout nicht gehen lassen, ohne dass wir seinen Wein probiert hatten. Vater und ich setzten uns im Hof auf eine Bank, und er stellte einen Zinnkrug mit Deckel, gefüllt mit dem selbstgekelterten Wein, vor uns auf den Bockstisch, ließ nicht locker, bevor auch ich davon gekostet hatte, »einer so stattlichen Dirn, die nun bald ins heiratsfähige Alter kommt, kann der Wein keinen Schaden mehr tun...« »Sie ist noch ein Kind«, antwortete Vater recht mürrisch, aber er verbot mir nicht, auch ein Gläschen von dem Wein zu schlürfen, während die beiden Männer über die Ernte und das Wetter sprachen und auch darüber, ob die Türken, die Besatzungen der Grenzburgen oder die Söldner des Kaisers größeren Schaden in den Dörfern der Umgebung angerichtet hätten. Ich hörte nur mit halbem Ohr zu, sah träge vor mich hin, ein wenig stumpfsinnig von der Hitze, dem Wein und dem Blütenduft, denn ein mächtiger Lindenbaum breitete seine blütenbeladenen Äste über dem Tisch aus, und von den weißen Blüten mit den langen Wimpern fielen sogar ein paar in mein Glas. Ich beobachtete, wie die aufgeheizte Luft, die über den fernen Weinbergen stand, vibrierte und wie hoch darüber der Himmel gleißte, weiß wie Perlmuscheln, und plötzlich kam es mir vor, als habe alles, was in meinem Blickfeld lag, was ich vor mir sah, eine geheimnisvolle Bedeutung – die in meinem Glas schwimmende Lindenblüte, der sich im Wein spiegelnde, blass bernsteinfarben schimmernde Himmelsausschnitt, die im Schmutz scharrenden Hühner und die lautlos über den Hof huschende große rotbraune Katze, die, als sie an den Bretterzaun kommt, für den Bruchteil eines Augenblicks anhält, die Höhe abschätzt und aus dem Stand weich hochspringt, oben auf dem Zaun entlangläuft und auf der anderen Seite verschwindet, die blassen Kelche des hochrankenden Windenknöterichs, die in der Hitze geschlossen und schlaff herabhängen, die blasigen, gefältelten, feuerroten und lila Blüten glühen im Licht wie das farbige Glas der Kirchenfenster bei den Papisten, der Holzklotz in der Hofecke mit der darin versenkten Axt, die Tischplatte mit den runden Astknoten des einstigen Baumes darin, Vaters linke Hand, die leicht zur Faust geballt auf dem Tische ruht, während er mit der Rechten das soeben gefüllte Glas an die Lippen führt –, und ich spürte aus all dem einen gewissen Zwang auf mich einwirken, es war, als ob dieses große Bild direkt an mich gerichtet sei, etwas an mich weitergeben wolle oder eher noch eine Antwort von mir erwarte, ein Wort, eine Geste, aber was das sein sollte, vermochte mein schwirrender Kopf nicht herauszufinden.

Und dieser glücklich machende und beängstigende Taumel hielt auch dann noch an, als es uns gelungenen war, von dem redseligen Hausherrn loszukommen. Auf dem Wagen zwischen den mit Lindenblüten vollgestopften Säcken sitzend, fuhren wir heim, während hinter uns das goldene Feuer des Sonnenuntergangs verglühte, in der immer dichter werdenden Dunkelheit schrammte der Wagen zuerst an den belaubten Ästen vorbei, dann polterten wir über einen holprigen Waldweg, bald darauf sah ich über Weizen- und Gerstenfeldern unheilverkündend den großen, rötlich leuchtenden Mond schweben, der immer höher stieg, immer kleiner und blasser wurde; quengelnd den Hals meines Vaters umklammernd, wie ich es als kleines Mädchen getan, forderte ich von ihm, er solle diesen grinsenden Knochenmann dort oben verschwinden lassen, weil ich mich vor ihm fürchtete, und ich könnte es nicht leiden, dass er uns mit seinen Blicken verfolgte. »Eine schöne Bescherung, das Fräulein hat einen Schwips!«, murmelte er mit gespielter Verärgerung und legte seinen Überrock um meine Schultern, denn es begann kühl zu werden.

In dieser Nacht hatte ich einen Traum: Ich suche in der Schlafkammer irgendetwas von meinen Sachen, als ich plötzlich merke, dass in der Ecke, gegenüber meinem Bett, dort, wo bisher die nackte Wand war, nun ein Vorhang ist. Wie kommt der nur hierher, und was kann sich dahinter verbergen, frage ich mich besorgt, und als ich nach kurzem Zögern den Stoff zur Seite ziehe, sehe ich in der Wand eine kleine Tür, von deren Existenz ich bislang keine Ahnung gehabt und deren Anblick mein Herz, ich weiß nicht warum, als triumphierendes Glücksgefühl und zugleich als heftiger Schreck überfällt. Die Hand auf der Klinke stehe ich vor der kleinen Tür, schwankend zwischen Sehnsucht und Verbot, bis schließlich die Sehnsucht die Oberhand gewinnt; ich drücke die Klinke nieder und trete durch die kleine Tür.

Wie ist es nur möglich, dass es im Haus noch ein weiteres Zimmer gibt, staune ich, ein Raum, der mir bislang verborgen geblieben ist? Denn ich bin mir ganz sicher, dass ich niemals zuvor herinnen gewesen bin, und doch fühle ich mich nicht fremd hier; vielleicht erinnert mich der Raum an die Stube meiner Patin, doch kommen mir die geschnitzten Möbel ganz neu vor, die Farben der Bilder sind lebhaft, Wände, Fußboden und sogar den Plafond bedecken dicke Teppiche. »Hier werde ich von nun an wohnen!«, freue ich mich, aber dann spüre ich über die Füße, dann an den Knöcheln eine Kälte hochkriechen, als wären meine Schuhe nass geworden. Ich blicke hinunter und gewahre, dass sich an der Wand gegenüber ein breiter Riss auftut und durch diesen Spalt mit starkem Strahl Wasser hereinschießt: zuerst reicht es mir nur bis an die Knöchel, bald darauf schon bis zu den Knien, dann bis zur Hüfte, und es steigt weiter. Meine Augen suchen verzweifelt nach einem höheren Standort, Tisch oder Truhe, damit ich hinaufklettern kann, doch im Zimmer gibt es das alles nicht, und das hereinströmende Wasser steht mir schon bis zum Hals. »Vater!«, schreie ich so laut ich kann, und durch das Rauschen des eindringenden Wassers glaube ich von jenseits der Wand die Antwort des Vaters zu hören.

Der Taumel, den ich zum ersten Mal an dem Bockstisch sitzend und dann auf dem mit Lindenblüten vollgepackten Wagen gespürt hatte, überfiel mich auch später manchmal, und das ohne besonderen Grund: Einmal, so erinnere ich mich, musste ich in der halbdunklen Kammer Äpfel verlesen, den angeschlagenen Früchten, deren rote Schale schon braune Flecken aufwies, schnitt ich das bräunliche, weiche Fruchtfleisch heraus, die ausgeschnittenen Äpfel, aus denen Marmelade oder Apfelwein werden sollte, kamen in einen Sack. Bei dem süßlichen, gärenden Faulgeruch der Äpfel überkam mich plötzlich wieder dieser glücklich machende Schwindel. Ich unterbrach das Ausschneiden, stand eine Weile da und presste die Hand auf mein heftig pochendes Herz. Ein andermal nahm ich, mich reckend und auf Zehenspitzen stehend, Wäsche von der Leine, als dieses Gefühl über mich hereinbrach, ich weiß nicht, ob durch das Strecken oder dadurch ausgelöst, dass mir der Wind den frischgewaschenen Rock, in dem noch der Duft der Nachmittagssonne hing, ins Gesicht schlug, während oben am tiefblauen Himmel schon Sterne blinkten, als hätte jemand mit einer Nadelspitze das dunkle Himmelsdach durchlöchert und der helle Schein käme aus der dahinterliegenden Welt. Und während ich noch die gewaschenen Hemden in den Waschkorb legte, bin ich hineingetaumelt ins Nachdenken darüber, wie seltsam es doch ist, dass ich hier auf dieser Welt bin. Denn was wäre eigentlich, so schoss es mir durch den Kopf, wenn es mich gar nicht gäbe? Wenn Vater damals in einem anderen Gasthaus zu Abend gegessen hätte, wenn Mutters Tante in eine andere Stadt und nicht hierher nach Leutschau geheiratet hätte, dann gäbe es mich nicht, oder ich wäre eine ganz andere, sann ich erstaunt, und bei diesem Gedanken war mir, als schaute ich in einen Strudel und die Tiefe begänne mich anzuziehen, abgrundtief. Eilig warf ich das letzte Hemd von der Leine auf den Wäscheberg, griff nach dem Korb und rannte ins Haus, um bei Vater und Helena zu sein und in ihrer Nähe Sicherheit zu finden.

Oft saßen wir an den langen Herbstabenden zu zweit in der Stube, Vater und ich, nahe beim Feuer, spielten Karten oder würfelten. Nicht selten gesellte sich Mátyás Lang zu uns, allmählich wurde er wieder unser täglicher Gast, gelegentlich ließ sich auch Helena überreden, kam aus der Küche, legte die Schürze ab und sah uns beim Spielen zu. Es kam sogar vor, dass sie auch selbst einmal schmunzelnd die vier Würfel über den Tisch rollte und dann vor Freude in die Hände klatschte, wenn es ihr gelang, die höchste Punktzahl zu werfen. Sonst aber verliefen solche Abende so, dass Lang, der täglich zum Rathaus ging und die Kundmachungen mit den neuesten Nachrichten eingehend studierte, erregt hereinstürzte, um zu melden, was in der Welt vorgefallen war, meist berichtete er nur mündlich, manchmal schwenkte er aber auch ein Blatt Papier, auf dem er mit schönen, rundlich verschnörkelten Buchstaben die wichtigeren Ereignisse notiert hatte. Besonders erregten ihn die häufigen Belästigungen und Benachteiligungen der Lutheraner: Er wurde nicht müde aufzuzählen, aus welchem Dorf die Kaiserlichen diesmal den Prediger und Lehrer verjagt hatten, wo den Unsrigen wieder mit Gewalt die Kirchenschlüssel abgenommen worden waren, um sie den Papisten zurückzugeben, und als im Jänner die Kunde kam, der Hauptmann der kaiserlichen Truppen habe den Dom zu Kaschau mit Kanonen von den Lutheranern zurückerobert, geriet der gute Mátyás in seiner maßlosen Empörung über diese Ungerechtigkeit nachgerade in Raserei. Vater quittierte das Gehörte meist nur mit missbilligendem Brummen, und manchmal, wenn wir wieder unter uns waren, bemerkte er, dieser Lang täte sich leicht, einem Habenichts wie ihm würde solche Hitzköpfigkeit nicht schaden, hätte er etwas zu verlieren, so müsste er sich zweimal überlegen, ob es nicht klüger sei, sich in Duldsamkeit zu üben und den Ausgleich zu suchen, statt mit aller Gewalt auf Widerspruch und am Ende gar ein Martyrium zu sinnen.

So ging es eine ganze Weile: Lang tat sich wichtig und schwärmte. Vater brummte beifällig oder um Widerspruch kundzutun, und gelegentlich mahnte er mit einem hingeworfenen Wort zu mehr Vorsicht. Auch Helena bat, eintreten zu dürfen, wenn sie Mátyás Lang kommen sah, weil sie hoffte, die neuesten Nachrichten zu erfahren. Zum Zeichen, dass es tatsächlich nur die Sorge um unsere Kirche war und nicht Trägheit, die sie in unsere Gesellschaft drängte, hatte sie ihre Stickereien zur Hand, und sie legte die Handarbeit nur für kurze Augenblicke in den Schoß, um Gott anzuflehen, er möge die Stadt und ihre Bürger vor Zwist und Blutvergießen bewahren;

ich habe auch stets zugehört und abgewartet, bis man auf etwas zu sprechen kam, das mich interessierte. Meist brauchte ich nicht lange zu warten: Sobald sich Langs Feuereifer gelegt hatte, begann er mit devotem Blick, meine Augen zu suchen. »Gut, lassen wir das, Orselchen stirbt sonst noch vor Langeweile…«, unterbrach er seinen Redefluss, wandte sich mir zu und sprach behutsam und zugleich schmeichlerisch etwas an, von dem er glaubte, es könnte auch mein Interesse finden und ich würde es vielleicht selbst zur Sprache bringen wollen. Einmal zum Beispiel, noch in jenem Sommer, als mir Vater viel über die Eigenschaften verschiedener Pflanzen erzählt und erklärt hatte, bei welchem Leiden sie heilkräftig wären, entgegnete ich, es sei doch seltsam, dass uns ein Quentchen eines bestimmten Pflanzenmaterials von einer Krankheit heilen könne, die zweifache Dosis aber keineswegs doppelt so heilkräftig sei, sondern geradezu als Gift wirke und unter Umständen sogar tödliche Wirkung habe könnte, und dass auch ein und dasselbe Heilmittel nicht jedes Mal auf die gleiche Weise wirke, etwa bei zunehmendem Mond zu ganz anderen Folgen führen könne als bei Vollmond oder abnehmendem Mond. Nachdem er diese meine Überlegungen zum ersten Mal gehört hatte, stammelte Lang zuerst unterwürfig ein paar Sätze, hob dann aber zu weitschweifigen Erklärungen an, über Maße, Verhältnisse, Konstellationen, über die Harmonie des Weltalls und Ähnliches. Von dem, was er redete, verstand ich nicht viel, doch kam er ein paar Tage darauf mit einem hübsch illustrierten Heftchen, in dem die sauber ausgemalten Abbildungen verschiedener Wiesen- und Waldblumen zu sehen waren, er wisse ja, dass mich derlei beschäftige, deshalb bringe er mir das Büchlein, das er sich einmal für seine botanischen Studien besorgt habe. Ich sah ihn erstaunt an, erklärte mir das Geschenk mit der für ihn bezeichnenden Schüchternheit und Unterwürfigkeit, denn sein Charakter war so beschaffen, dass er stets bestrebt war, anderen gefällig zu sein. Fast missmutig dankte ich für das Buch, beobachtete aber aus den Augenwinkeln, dass Helena spähend ihre Blicke über uns gleiten ließ. Beim nächsten Mal brachte mir Lang ein anderes Buch mit, überreichte es mit geniertem Lächeln und sagte: »Darin sind etwas andere Blumen enthalten«, und: »Hoffentlich ist der Herr Papa darüber nicht böse, oder sollen wir es ihm gar nicht zeigen?« Jetzt sah ich ihn schon mit unverhohlenem Staunen an und nahm das Büchlein nur zögernd entgegen, es weit von mir haltend, als handele es sich um ein ekliges Getier. Als ich mich nach gutem Zureden doch entschloss hineinzublättern, stellte ich fest, dass es irgendwelche galanten Romanzen und Liebeslieder enthielt, in Langs verschnörkelter Handschrift abgeschrieben, im Überfliegen fand ich das eine oder andere wirklich recht ansprechend und poetisch, dachte mir aber weiter nichts dabei, außer, dass der Arme offenbar glaubte, man könnte junge Mädchen mit so etwas erfreuen.

»Du, Orsolya«, sagte meine Freundin Sofi eines Tages zu meiner Verblüffung, »dieser Lang könnte dich doch endlich heiraten, nachdem er jetzt von seiner Tante geerbt hat!« Wir beide waren damals oft zusammen, gingen spazieren und tuschelten miteinander, wann immer sie ihrer verwitweten, sehr strengen Mutter entwischen konnte.

»Was du daherredest!«, antwortete ich und sah sie betroffen an, Sofi hatte kaum anderes im Kopf als schneidige Handwerksburschen, und sooft ich meine Patin besuchte, machte ich einen kleinen Umweg, nachdem wir schon vorher ausgemacht hatten, wo wir uns treffen wollten und mit welchem Vorwand sich meine Freundin daheim losmachen könnte. Sofi hakte mich unter und zerrte mich dann stets in eine Richtung, wo sie früher oder später einem der Bäcker- oder Schusterburschen über den Weg zu laufen hoffte, die sie gerade anhimmelte, mit ihrer schnatternden Stimme plauderte sie dabei in einem fort, ganz so, als nähme sie die Vorbeigehenden gar nicht zur Kenntnis, doch gingen ihre Blicke während des Redeschwalls hierhin und dorthin, und von Zeit zu Zeit stieß sie mich mit dem Ellenbogen in die Seite, um meine Aufmerksamkeit auf einen gut aussehenden Burschen zu lenken, der uns neugierig gemustert hatte. Ich tat, als wüsste ich nicht, was sie meinte, doch hat es auch mich nicht gerade gestört, wenn einer der hübscheren

Lehrbuben hinter uns herlief und meinte, wir sollten uns doch nicht gar so beeilen. In solchen Fällen ging ich mit hoch erhobenem Kopf weiter und zog die Sofi mit, die gern für einen Augenblick angehalten hätte, doch will ich nicht verhehlen, dass es auch Burschen gab, deren einschmeichelnde Stimme oder anzügliches Lächeln ich mir später gern in Erinnerung rief, ja von einem Buchbinderlehrling, der uns mit seinen grauen, von langen, dunklen Wimpern gesäumten Augen herausfordernd anstarrte, habe ich sogar mehrmals verworren Angenehmes geträumt.

»Ich wusste gar nichts von seiner Erbschaft!«, entgegnete ich Sofi, wusste aber im selben Augenblick, dass es nicht stimmte, denn ich war vor ein paar Wochen doch dabei gewesen, als Vater zur Feier der glücklichen Wendung, wie er sich ausdrückte, einen großen Krug von dem besseren Fass aus dem Keller holte und Langs Glas bis zum Überlaufen füllte; er verband seinen Glückwunsch mit der Hoffnung, dass aus dem Eiferer nun ein ernst zu nehmender Bürger würde, und jener hatte lachend beteuert, er wolle sich bemühen. Ja, sogar von der armen Tante war die Rede gewesen, fiel mir plötzlich ein, die er, damals noch ein kleiner Schulbub und armer Verwandter, zum letzten Mal gesehen habe, als er in den Sommerferien bei ihnen war – als Spielkamerad ihres einzigen Sohnes. »Er war ein richtiger Raufbold. Gott gebe ihm seinen Frieden!«, setzte er sinnend hinzu und lächelte dabei mit Behagen: Offenbar empfand er, das Schicksal habe etwas von der Ungerechtigkeit, die ihm widerfahren war, wieder gutgemacht, als es die Dinge so einrichtete, dass der boshafte Knabe, inzwischen herangewachsen zum Mann, in der Blüte seines Lebens dank irgendeiner Affäre ins Gras beißen musste, womit nun ihm das ganze Vermögen dieser Tante zugefallen war.

»Wieso, würdest du ihn denn heiraten?«, sah ich Sofi an und dachte bei mir, du Arme könntest ihn ja nehmen. Sie war nämlich ein ziemlich klein geratenes, schmächtiges Geschöpf mit strohblondem Haar, hellen, fahlen Brauen und Wimpern und dazu noch mit Sommersprossen um die Nase. Ich nahm an, dass sie nur deshalb gern mit mir flanierte, weil sie so gut wie ich wusste, meine ranke Gestalt, mein ins Rötlichgoldene spielendes Haar würden die Blicke der Burschen eher auf sich ziehen als ihre Erscheinung, und sie hoffte, ein Teil der mir geltenden Aufmerksamkeit könnte auch auf sie fallen. Sofi beantwortete meine Frage aber keineswegs mit der einem Mädchen ihres Aussehens zukommenden Bescheidenheit, sondern erwiderte:

»Ich finde mir sicher etwas Besseres, meine Mutter ist ja schon eine ältere Frau, und ich bekomme gewiss keine Geschwister mehr, so werde ich die einzige Erbin von Putzmacherwerkstatt und Haus sein. Wer mich heiratet, tut einen guten Griff…«, setzte sie selbstzufrieden hinzu.

»Und mir fallen eines Tages Haus und Apotheke zu!«, gab ich umgehend zurück, verärgert über die Ungebührlichkeit, mit der dieses hässliche, sommersprossige Persönchen sich über mich stellte.

»Nur dass dein Vater noch reichlich jung ist. Sollte er wieder heiraten, bekommst du vielleicht ein halbes Dutzend Geschwister«, erklärte sie mir gar nicht bösartig, sondern wohlmeinend, als sei ich ein ahnungsloses Kind, und mir kam der Gedanke, dass sie sich das gewiss nicht selbst ausgedacht, sondern es zu Hause von der Mutter gehört hatte. Und was wohl noch alles? In wie vielen anderen Häusern mochte man Überlegungen anstellen, was jede von uns in Gulden, Denar oder Weinbergen wert wäre.

»Mein Vater wird sicher nicht mehr heiraten! Das hat er mir selbst gesagt!«, trumpfte ich verärgert auf, und tatsächlich hatte er wiederholt geäußert, er wolle sich nicht mehr verehelichen, weil er mir keine Stiefmutter zumuten und auch mein Erbteil nicht aufsplittern wolle. Jetzt fiel mir auch ein, dass er jedes Mal, wenn er mir das versicherte, seinen Blick bedeutungsvoll und düster auf mich richtete, als wollte er ergründen, ob ich auch die volle Tragweite dieses Versprechens erkannt hatte, als würde er von mir, über eine paar Worte der Dankbarkeit hinaus, auch sonst noch etwas erwarten, doch konnte ich nicht ergründen, was es denn sein könnte.

»Warum sollte er sich nicht mehr verheiraten! Männer heiraten immer wieder!«, erklärte Sofi mit einer gewissen Überlegenheit und verabschiedete sich eilig, denn wir waren gerade vor ihrem Haus angelangt; sie hoffte, es würde ihr gelingen, ihrer Mutter, der verwitweten Putzmacherin, das längere Ausbleiben mit einer harmlosen Erklärung plausibel zu machen.

Sofis Äußerungen nährten in mir, auch wenn ich nicht allzu viel von ihr hielt, doch gewisse Befürchtungen. Bisher wäre mir, ich kann selbst nicht sagen, warum, gar nicht eingefallen, daran zu zweifeln, dass auch in Zukunft und bis ans Ende der Zeit alles so weitergehen würde wie jetzt: die Waldspaziergänge, Wagenfahrten, die Würfelspiele und die abendlichen Gespräche, zu dritt oder zu viert, nichts würde sich ändern, allein die Jahreszeiten würden in der gewohnten Reihenfolge wechseln, aber auch nur, um schließlich wiederzukehren. Von nun an begann ich, Vater etwas genauer zu beobachten, und ich konnte tatsächlich eine gewisse Unruhe an ihm bemerken, obwohl das an sich nichts Ungewöhnliches war, denn von jeher hatte es ihn aufgeregt, wenn er auf Druck von außen – selbst wenn es sich um eine noch so geringfügige Sache handelte – eine Entscheidung treffen musste, bevor er in dieser Angelegenheit mit sich im Reinen war. Auch zu anderen Zeiten hatte ich ihn schon unentschlossen gesehen, etwa wenn er sich partout nicht festlegen konnte, ob er eine Lieferung kaufen sollte, die ihm ein bis dahin unbekannter Mensch preiswert angeboten hatte, oder wenn es um die Entscheidung ging, ob er von einem Mittel, das in Mode kam, mehr bestellen sollte oder nicht, denn allzu schnell waren solche Modemittelchen dann nicht mehr gefragt, und es hätte sein können, dass er schon auf der zweiten Lieferung sitzen blieb. Ich nahm an, auch diesmal bedrücke ihn wohl ein solches Problem, obwohl mir schien, dass diese Niedergeschlagenheit jetzt schon länger anhielt als sonst. Mehrmals verreiste er für ein, zwei Tage, mir sagte er, dass er nach Eisdorf fahre und mich nur deshalb nicht mitnehmen wolle, weil ich ja nicht gern dort sei, wie er wisse. Das stimmte tatsächlich, und so hatte ich mir bislang darüber nicht den Kopf zerbrochen, doch jetzt kamen mir Zweifel, ob hinter diesen Fahrten nicht doch etwas Ernsthaftes steckte. An einem Vormittag kam Vater in die Küche, wo Helena und ich gerade gemeinsam Karotten und anderes Wurzelgemüse für die Suppe putzten. Helena nahm mir in letzter Zeit nicht mehr die Arbeit ab, wenn ich mich zu beschäftigen suchte und dabei ungeschickt war, vielmehr war sie jetzt bemüht, mir etwas beizubringen und meinte, »ein so großes Mädchen, das vielleicht schon bald heiraten wird, muss das können«. Als ich Vater sah, legte ich erschrocken das Messer weg, wischte die Hände in die Schürze und folgte ihm in die Stube, neugierig, was für eine eilige Nachricht es war, die nicht Zeit hatte, bis er am Nachmittag mit seiner Arbeit in der Apotheke fertig war.

Vater bedeutete mir, Platz zu nehmen, er selbst aber blieb stehen.

»Vorhin war Lang bei mir in der Apotheke …«, so begann er, und als ich nichts darauf sagte, sondern ihn staunend ansah – denn warum sollte Lang nicht bei ihm in der Apotheke gewesen sein, er kam schließlich oft genug –, blickte mir Vater erneut ernst und forschend ins Gesicht, wie er das manchmal tat, und er fuhr fort: »Sein Anliegen war, um deine Hand anzuhalten. Deshalb ist er gekommen. Wusstest du davon?«

»Ich? Woher denn!«, rief ich abschätzig und verzog angewidert den Mund, bei mir dachte ich, sieh da, in dieser Sache hat Sofi recht gehabt, vielleicht auch in der anderen … »Da kann ich mich nur wundern, wie kommt er denn auf so eine Idee …«

»Du musst wissen, dass er ein ganz hübsches Vermögen geerbt hat. An seiner Seite könntest du im Wohlstand leben, vielleicht besser als hier daheim. Ich habe zur Zeit große Sorgen«, fuhr Vater fort und sah jetzt auf den Teppich, damit sich unsere Blicke nicht begegneten. »Jetzt würde man ihm in so manchem Haus den Teppich ausrollen, in dem er bislang nicht den Fuß über die Schwelle setzen durfte … Du weißt noch nicht, wie die Menschen sind«, fügte er betrübt hinzu, sah mich dabei aber noch immer nicht an.

»Sollen sie ihn doch ausrollen! Ich brauche ihn bestimmt

nicht!«, erwiderte ich missmutig. »Was habt Ihr ihm geantwortet, Vater?«, fragte ich besorgt, war es doch nicht mehr ausgeschlossen, dass auch Vater diese Heirat für vorteilhaft halten könnte.

»Ich hatte ihm gesagt, dass du noch sehr jung bist... In ein paar Jahren, wenn er dann immer noch bei seiner Absicht bliebe, könnte man darüber reden«, antwortete Vater und sah immer noch über mich hinweg, ich aber sprang erleichtert von meinem Stuhl hoch, schlang meine Arme um seinen Hals und versicherte ihm, dass ich überhaupt nicht heiraten und ihn niemals, solange er lebe, verlassen wolle. Indessen hatte ich, das muss ich zugeben, doch irgendwie ein schlechtes Gewissen, mir kam der Junge mit den dunklen Wimpern und den grauen Augen in den Sinn, der mich schon öfter im Traum versucht hatte, und noch andere, auch war ich mir überhaupt nicht sicher, ob ich ebenso geantwortet hätte, wäre es nicht Lang gewesen, der um meine Hand anhielt. Vater aber nahm meine Beteuerungen für bare Münze.

»Wir wollen sehen, werden dann schon weitersehen«, sagte Vater beschwichtigend und klopfte mir sanft auf den Rücken, doch ich bemerkte, dass ihn etwas sehr beschäftigte.

In der nächsten Zeit war er sehr angespannt und unruhig, allmählich griff seine Unruhe auch auf mich über. Manchmal sprang er während einer Mahlzeit oder von einer Beschäftigung plötzlich auf und eilte ohne jede Erklärung für dieses seltsame Verhalten in die Apotheke hinüber, manchmal ging er plötzlich aus. Am Abend saß er oft in seinem Lehnstuhl am Feuer und blätterte in seinen Rechnungsbüchern. Wie zu Lebzeiten meiner Mutter hörte ich wieder häufig von ihm, wie teuer alles geworden sei und dass auch wir die Groschen zusammenhalten müssten.

Zunächst ließ er nur Helena genauer als sonst abrechnen, bald aber wachte er mit Argusaugen darüber, wie viel von allem im Haushalt verbraucht wurde, und wenn er meinte, der Vorrat von diesem oder jenem werde viel zu schnell wieder aufgefüllt, tadelte er nicht nur Helena, sondern auch mich wegen meines

Leichtsinns und meiner Naschhaftigkeit. Mit der Zeit bekam ich das Gefühl, ich sei für ihn nur noch Last und Bürde, dabei hätte ich früher seine ehrliche Zuneigung zu mir keinen Augenblick in Zweifel gezogen, setzte geradezu blindes Vertrauen in ihn. Bald kam mir der Verdacht, er wolle mir zu verstehen geben, dass ich ihn wegen meines Benehmens oder auch nur meiner bloßen Existenz irgendwie daran hinderte, sich in einer schwierigen Angelegenheit zu entscheiden oder sich aus einer peinlichen Lage zu befreien, an der aber eigentlich ich die Schuld trüge; das sagte er mir zwar nicht, vielleicht weil er meinte, ich müsste es selbst bemerken, oder weil er einsah, dass er mir meine Existenz ja nicht zum Vorwurf machen konnte, obwohl er das am liebsten getan hätte. Mir ging auch durch den Kopf, er könnte mir böse sein, weil ich Langs Antrag so schroff zurückgewiesen hatte, möglicherweise glaubte er, ich hätte selbst erkennen müssen, wie sehr ich ihm durch eine günstige Heirat helfen würde. Schließlich brachte mich die stumme Anklage meines Vaters, die ich von seinem Gesicht und seinem Verhalten glaubte ablesen zu können, so zur Verzweiflung, dass ich mich ernsthaft fragte, ob ich mich nicht doch an den Gedanken gewöhnen könnte, Langs Frau zu werden, doch es half nichts, diese Vorstellung ließ mich zurückschrecken und erschien mir zugleich lächerlich. Ich verwarf eine solche Lösung ein für allemal und hoffte stattdessen auf irgendein Wunder, das die früher so herzliche Liebe meines Vaters zurückbringen würde.

Eines Abends, eines Nachts quälten mich Angst und Unruhe so sehr, dass ich vergeblich versuchte, in den Schlaf zu finden. Längst war des Nachtwächters Horn verklungen, das die Mitternacht verkündete, und ich wälzte mich noch immer schlaflos hinter meinem Bettvorhang. Vielleicht ist es der Vollmond, dachte ich, denn zwischen den halb offen stehenden Läden lag auf dem Fenster helles Dämmerlicht und zeigte an, dass draußen am spätwinterlichen Himmel die Mondscheibe in glänzendem Elfenbeinlicht schimmernd dahintrieb, der Mond hatte mir auch früher schon manchmal den Schlaf geraubt. Es musste gerade ein Jahr her sein, dass die Mutter starb, so kam es mir, ich weiß nicht warum, in den Sinn, ich warf mich auf meinem Bett hin und her, das zerwühlte Laken zwischen die Beine geknüllt, ohne Hoffnung, noch Schlaf zu finden. Beinahe wäre ich doch eingenickt, als ich durch ein Geräusch von draußen oder ein Knacken des Schranks wieder hochschreckte und mich im selben Augenblick wacher fühlte als am helllichten Tag. Mein ganzer Leib brannte, und sowie das Bettzeug oder das Nachtkleid meine Haut streifte, war mir, als trüge ich das Nesselhemd, das die Königin im Märchen eigenhändig für ihre zu Schwänen verzauberten Brüder gewebt hat. Mir fiel dann ein, dass ich auch Helena hatte über Schlaflosigkeit klagen hören und dass mein Vater ihr empfohlen hatte, zum Einschlafen ein Glas warme Milch zu trinken. Also machte ich mich auf und marschierte los, in der dunklen Stube warf der einfallende Mondschein durch den einen geöffneten Fensterladen ein leicht verzerrtes, bläulich schimmerndes Viereck auf die Dielen. In diesem schwachen Licht waren gerade nur die dunklen Umrisse der Möbel wahrzunehmen, ich bewegte mich mit langsamen, vorsichtigen Schritten, um nicht an einen Stuhl oder eine Truhe zu stoßen und ja keinen Lärm zu machen und damit Vater oder Helena aus dem Schlaf zu schrecken und vielleicht aufschreien zu lassen: »Diebe!«.

Ich war bereits bis zur Mitte der Stube gekommen, als ich, zu Tode erschrocken, stockte, mein Herzschlag setzte für einen Augenblick aus, jemand saß am Fenster im Armstuhl, ein Geist, dachte ich, denn wer sonst sollte um diese nächtliche Stunde reglos hier in der Stube sitzen? Ich wollte zu meinem Bett zurückeilen und mir die Decke über den Kopf ziehen, aber meine Füße waren wie angewachsen, ich konnte mich nicht rühren. So versuchte ich, mir Kraft einzureden, um nicht beim Anblick der von jenseits des Grabes gekommenen Erscheinung tot umzufallen, als ich aus der Ecke, in der ich das Gespenst ahnte, Vaters Stimme vernahm.

»Kannst du auch nicht schlafen?«, fragte er.

»Es ist gewiss wegen des Mondscheins«, antwortete ich, durch die Erleichterung wie betäubt, und trat zu ihm hin.

»Schon als kleines Mädchen hast du dich vor dem Mond gefürchtet«, antwortete mein Vater. »Und eigentlich bist du ja auch jetzt noch ein kleines Mädchen… Mein einziges kleines Mädchen…«, flüsterte er und streckte im Sitzen seine Arme nach mir aus, um mich auf seinen Schoß zu ziehen.

Als ich mich in seinen Schoß schmiegte und seinen Hals umklammerte, überströmte mich ein Gefühl der Erleichterung und Dankbarkeit. Er mag mich doch noch, und ich fand nach der gerade überstandenen Angst und all den Grübeleien und Qualen der vorangegangenen Tage in diesem Gedanken Freude und Beruhigung. Ich weiß gar nicht, ob ich jemals im Laufe meines früheren oder späteren Lebens ein ähnliches Glücksgefühl wie in diesen Minuten erlebt habe, auf dem Schoß meines Vaters kauernd, mein Gesicht an das seine geschmiegt, in der im blassen Mondschein dämmernden Stube wohlig von seinen Armen umfangen, während draußen der kalte Winterwind an den locker gewordenen Dachschindeln rüttelte und des Nachtwächters Horn die Stunde eins nach Mitternacht verkündete. Als wäre ich wieder ein Kind geworden, das in den Armen der Eltern Geborgenheit findet: Die Unruhe, die mich nicht in den Schlaf hatte kommen lassen, war mit einem Mal geschwunden, und zugleich überkam mich eine so süße Benommenheit, dass mein Körper weich und nachgiebig wurde.

So saßen wir eine Weile stumm, dann begann mein Vater leise zu sprechen. Er flüsterte, dass er seit dem Tod seiner eigenen Mutter niemanden so geliebt habe wie mich und dass auch ihn keiner geliebt außer seiner Mutter und mir. Ich solle ihm nicht böse sein, wenn er manchmal schroff und ungeduldig zu mir sei, denn er habe viel von den Menschen zu erdulden gehabt und erdulde es bis heute, und eigentlich gehöre niemand auf der ganzen Welt zu ihm außer mir.

»Ich dachte, Ihr hättet Sorgen«, murmelte ich glücklich, nachdem er sich für seine früheren harten Worte förmlich entschuldigt hatte. Dann ist er mir also nicht böse, dachte ich erleichtert, und welche Sorgen ihn auch quälen, er gibt nicht mir die Schuld daran.

»Wenn ich Sorgen habe, werde ich schon einen Weg finden, mit ihnen fertig zu werden. Du brauchst dir darüber keine Gedanken zu machen! Hab du mich einfach nur lieb!«, antwortete er mit belegter Stimme und begann, meinen Arm zu streicheln, dabei redete er davon, dass er neben der Mutter sehr einsam gewesen sei, sie habe ihn nie wirklich geliebt, ihn nur geheiratet, weil sie heimatlos war und keine Möglichkeit sah, aus ihrer unwürdigen Lage herauszukommen, und vielleicht auch noch aus einem anderen Grund... Da ich mich früher schon mit ähnlichen Gedanken herumgeschlagen hatte, tat mir jetzt aus Mitleid fast das Herz weh, ich bedauerte ihn und drückte mich noch enger an ihn, als müsste ich das Leid, das er erlitten, auf diese Weise wieder gutmachen. Durch meine Anschmiegsamkeit ermutigt, presste er mich noch fester an sich und begann erneut zu sprechen. Dass er bislang das Gefühl kindlicher Ehrfurcht in mir nicht zerstören, in meiner Seele die Erinnerung an meine Mutter nicht beflecken wollte, sagte er, doch nun wolle er mir nicht mehr verschweigen, dass meine Mutter schlecht, ein verdorbenes Subjekt gewesen und sicher nicht erst als Gattin gegen die eheliche Treue verstoßen habe, obwohl sich darüber eine letzte Gewissheit nicht erlangen ließe, aber vielleicht wünsche er die auch gar nicht, weil er mich vor der Schande bewahren wolle, dass ich die Tochter einer solchen Weibsperson sei. In einem aber habe er keinen Zweifel, dass sie schon vor der Verheiratung mit ihm ein unkeusches Leben geführt habe; weil zwischen ihrer Hochzeit und meiner Geburt nicht so viel Zeit lag, wie zum Austragen eines Kindes erforderlich gewesen wäre, und er, so versicherte er hoch und heilig, vor der Verehelichung keinen Verkehr mit meiner Mutter gepflogen habe, so könne er ganz sicher sein, dass sie schon schwanger war, als er sie zur Frau genommen und ich demzufolge gar nicht seine Tochter sein könne...

»Und doch habe ich dich immer wie mein eigenes Kind geliebt. Und du kannst nicht behaupten, ich hätte dich anders behandelt als ein leibliches Kind!«, sagte er mit düsterer Stimme und setzte hinzu, nachdem er so schändlich in die Irre geführt und ausgenutzt worden sei, könne das Schicksal die erlittene Ungerechtigkeit nicht damit krönen, dass er von dem einzigen Wesen getrennt würde, das er liebe und außer dem er niemanden auf der Welt habe.

»Aber Vater, seid Ihr da ganz sicher?«, stammelte ich, und als hätten mir die in meinem Kopf herumschwirrenden Gedanken – etwa die Frage, ob ich ihn vielleicht gar nicht mehr Vater nennen dürfte – auch mein Herz gelähmt: Ich fühlte überhaupt nichts. Ich solle mich nur beruhigen, er könne es nicht sein, murmelte er heiser und griff im nächsten Augenblick mit beiden Händen nach meinem Gesicht, zog mich zu sich und presste seinen Mund auf den meinen.

»Siehst du, das war ein ehelicher Kuss … könnte ich denn so küssen, wenn ich dich für meine leibliche Tochter halten würde?«, fragte er mit rauer Stimme. Meinen ganzen Körper aber überlief, als ich auf meinen Lippen die seinen spürte, also die eines Menschen, den ich immer für meinen Vater gehalten hatte, ein eisiges Schaudern, und zugleich überkam mich ein unbeschreibliches Schamgefühl, weil ich irgendwie, wenn auch ohne Absicht, mit meiner übertriebenen Anhänglichkeit Vater unvorsichtigerweise über meine Gefühle getäuscht, ihn in die Irre geführt und zu dem ermutigt haben könnte, was eben geschehen war – in meinen Gedanken musste ich ihn ja immer noch Vater nennen. Diese Scham hat mich schlagartig so gelähmt, dass ich seine immer ungestümer werdenden Zärtlichkeiten wehrlos erduldete, dann aber gewann doch ein Gefühl des Abscheus die Oberhand. Und sobald ich den Griff um meine Taille lockerer werden spürte, riss ich mich aus seinen Armen los, sprang auf, dabei den kleinen Kirschbaumtisch umstoßend, und begann blindlings zu laufen. Ich sah noch, wie Vater mit verzerrtem Gesicht nach mir griff und hörte auch, dass er mir etwas zurief, doch verstehen konnte ich es nicht. Ich weiß nicht, warum ich zur Küche rannte, vielleicht weil mich der Gedanke, in mein Bett zurückzukehren, erschreckte. Ich rannte durch die Küche, riss die Tür zur Vorratskammer auf, zog aber zuvor noch blitzschnell den verschnörkelten Schlüssel aus dem Schloss und schlug hastig hinter mir die Kammertür zu; fahrig, mit zitternden Händen, wie wir manchmal im Traum etwas tun, versuchte ich den großen Eisenschlüssel im Schloss zu drehen. Zuerst widersetzte er sich, dann, nach einer Sekunden dauernden Ewigkeit, schaffte ich es doch. Danach sank ich in der Vorratskammer zu Boden, den Rücken drückte ich gegen ein Regal, die Stirn presste ich an einen der Eisenreifen, mit denen die Dauben des großen Rübenfasses zusammengehalten waren; indessen schoss mir durch den Kopf, wie mir Mutter, als ich klein war, eine kühlende Messerklinge an die Stirn drückte, wenn ich mir an der Tischkante eine schmerzhafte Beule geschlagen hatte. Und dann saß ich nur da, auf dem kalten Boden, und lauschte den Ambossschlägen meines Herzens.

Es dauerte eine Weile, bis ich Vaters Schritte von der Küche her vernahm und ich, die Hand auf mein rasendes Herz gedrückt, einen Augenblick lang überlegte, warum er nicht schon früher hinter mir hergekommen war: Vielleicht war er unschlüssig, ob er noch einen letzten Versuch unternehmen sollte, oder hatte er erst noch das Kirschbaumtischchen aufgehoben (Unordnung war ihm schon immer ein Greuel). Langsamen Schrittes durchquerte er die Küche, wahrscheinlich wollte er kein Licht machen und ging in der Dunkelheit so vorsichtig, um ja nicht gegen ein Möbelstück zu rennen, oder vielleicht glaubte er auch, ich hätte mich dort draußen in irgendeinem Winkel verkrochen, und während er, sich langsam vorantastend, die Hand an der Wand entlanggleiten ließ, rechnete er womöglich damit, sogleich etwas Lebendiges, Atmendes zu ertasten. Schließlich schien ihm doch der Gedanke gekommen zu sein, dass ich mich nur in der Vorratskammer versteckt haben könnte.

Als ich sah, dass die Klinke an der Tür zur Vorratskammer sich senkte, überfiel mich eine panische Angst; dass ich es vielleicht doch nicht geschafft hatte, den Schlüssel ganz umzudrehen. Der Atem stockte mir, die Beine verwandelten sich in gefühllose Klumpen. Doch dann sah ich, dass die Tür nicht nachgab, und die Angststarre löste sich etwas. Ich war bemüht, auch den Atem anzuhalten, und ich hätte sogar, falls das möglich wäre, auch den Pulsschlag für Augenblicke abgestellt, um mich nicht zu verraten.

»Orsolya!«, rief der Vater, als er feststellte, dass die Tür verschlossen war und auch seinem Druck nicht nachgab. »Komm heraus, ich tue dir nichts!«, setzte er nach einiger Zeit hinzu, in der er vergeblich auf Antwort gewartet hatte. »Komm da heraus, du wirst noch krank! Da drinnen ist es kalt…«

Ich antwortete nicht, versuchte meine Angst zu beschwichtigen, indem ich mir sagte, er könne ja gar nicht sicher sein, dass ich mich tatsächlich hier versteckt hatte, denn es kam gelegentlich vor, dass Helena den Schlüssel zur Vorratskammer mitnahm. Vater versuchte es noch ein letztes Mal an der Türklinke, kurz darauf hörte ich, wie er in die Stube zurückging. Ich beruhigte mich einigermaßen, und meine Augen gewöhnten sich allmählich an die Dunkelheit, die hier noch undurchdringlicher war als in den übrigen Räumen des Hauses, weil die Kammer kein Fenster hatte, sondern nur ein kleines Lüftungsloch oben fast an der Decke. Ich sah mich um und überlegte, was ich in dieser schrecklichen Lage tun könnte, ob ich nicht wenigstens etwas gegen die Kälte hier fände, die jetzt, da die Angst ein wenig geschwunden war, immer tiefer in mich eindrang; mir klapperten die Zähne, eine Gänsehaut lief mir die Arme hoch, und das Brustbein schmerzte. Schließlich entdeckte ich eine zusammengerollte alte Pferdedecke: Sie stammte wahrscheinlich aus der Zeit, als Vater bemüht war, die Einkaufsfahrten mit Pferd und Wagen günstiger zu bestreiten, nicht zu reden von dem Ansehen, das ein eigenes Gespann ihm bringen sollte. Doch das Halten eines Pferdes wurde schließlich viel teurer, als er gedacht hatte, so dass er den Gaul samt Wagen wieder verkaufte; von all dem war nur diese Pferdedecke übrig geblieben, sie wurde zusammen mit anderem Plunder für alle Fälle hier in der Vorratskammer aufbewahrt. Ich drehte mich in die steife, kratzende Decke ein, kauerte mich wieder auf den Boden und wartete, worauf, wusste ich auch nicht. Lange grübelte ich darüber nach, was jetzt werden sollte: Wie werden Vater und ich uns morgen in die Augen sehen können? Doch womöglich ist er ja gar nicht mein Vater, und wenn er mich bisher bei sich geduldet hatte, würde er mich wohl auch jetzt nicht fortjagen, wie sähe das aus, wie stände er da vor aller Welt, wenn er so handelte, von nun an würde ich bestimmt nur noch eine Geduldete im Haus und er würde bestrebt sein, mich früher oder später loszuwerden. Vielleicht gibt er mich doch dem Lang oder einem noch übleren Mannsbild, ich war verzweifelt. Dieser Gedanke brachte mich fast so weit hinauszugehen: Soll er doch mit mir machen, was er will. Schließlich ist es ja auch egal, wessen Beute ich werde. Ihn kenne ich wenigstens und mag ihn auch gern, zumindest habe ich ihn bisher gemocht, und wenn er wirklich nicht mein richtiger Vater ist, wie er behauptet, warum soll ich dann nicht lieber bei ihm bleiben, als mit irgendeinem Fremden zusammenzuleben? Dann gingen meine Gedanken wieder in eine andere Richtung, und ich quälte mich mit der Frage, wer ich denn eigentlich sei und ob ich in diesem Leben je erfahren würde, wessen Tochter ich bin, wenn nicht seine? Oder bin ich doch sein Kind?

Jetzt, da ich nicht mehr so fürchterlich fror, überwältigte mich der Schlaf für kurze Zeit, und sooft ich hochschreckte, wusste ich nicht, wo ich war. Einmal, als meine Hand im Halbschlaf an ein vom Balken herunterbaumelndes gepökeltes Stück Fleisch stieß, dachte ich einen Augenblick lang, ich sei noch immer in dem Traum von vorhin und auf dem Schlachtfeld, wo ich inmitten verstümmelter Körper watete und überall Blut, Blut… Dann wieder fuhr ich hoch, und eisiges Entsetzen packte mich, weil mir war, als starrten mich von oben zahllose winzige glühende Augen an, als lauerte dort ein ganzer Schwarm von winzigen Wesen, Fledermäusen oder Dämonen, bis ich sah, dass es aufgehängte trockene Weintrauben waren, auf deren runden Beeren sich der durch die Lüftungsluke einfallende Lichtstrahl spiegelte, weil es draußen bereits zu dämmern begann. Und nicht viel später hörte ich, dass die Eingangstür und dann auch das Haustor geöffnet und geschlossen wurden, woraus ich schließen konnte, dass Vater fortgegangen war.

Aus meinem Versteck in der Vorratskammer wagte ich mich

auch jetzt noch nicht hervor, weil ich fürchtete, Vater könnte nur hinausgegangen sein, um sich den von der langen schlaflosen Nacht schmerzenden Kopf an der frischen Luft auszulüften, doch schien ich mich inzwischen einigermaßen beruhigt zu haben, denn jetzt schlummerte ich in der wohligen Wärme der Pferdedecke tief und für längere Zeit ein, und siehe da, ich fand mich plötzlich in der großen Stube wieder, obwohl ich selbst nicht wusste, wie ich hineingekommen war. Durchs Fenster sickerte bereits das Licht des wolkenlosen Wintermorgens herein, und in diesem kristallklaren Licht sah ich eine Frauengestalt: mit dem Rücken zu mir ordnete sie etwas am anderen Ende der Stube: »Mutter!«, rief ich, weil ich sie an ihrer Haltung, den dichten dunklen Locken erkannte, und auch an dem Kleid, das sie trug, das rote Damastgewand, das ich so oft an ihr gesehen hatte und um das es mir leid tat, weil man es nach der Pest hatte verbrennen müssen. Als sie meinen Ruf vernommen und sich umgedreht hatte, sah ich, dass sie es war: Sie blickte mich ein wenig spöttisch an, als belustige sie mein Staunen. »Mutter, so seid ihr also doch nicht gestorben?«, fragte ich laut, und im selben Augenblick schämte ich mich meiner Dummheit, doch Mutter lachte nicht über mich, sondern begann in sanftem Ton zu erklären, dass sie natürlich nicht gestorben, sondern in ihr Elternhaus heimgekehrt sei, weil sie das Leben hier schon satt hatte und es, wie ich ja selbst gesehen habe, nur noch schwer ertragen konnte. Während Vater und ich weg waren, hatte sie die falsche Nachricht vom Tod ihres Vaters und der Mutter ereilt: Sie leben noch heute und konnten es kaum erwarten, dass ich zu ihnen zurückkehrte.

»Der Fuhrmann hatte solche Angst vor dem Türken, dass er sich nicht einmal in die Nähe ihres Dorfes traute. Auf halbem Weg kehrte er um«, fügte sie noch hinzu, und diese Möglichkeit schien mir plötzlich so wahrscheinlich, dass ich gar nicht verstehen konnte, warum wir nicht schon viel früher darauf gekommen waren.

»Aber der Mátyás Lang hat Euch doch tot gesehen, Mutter!«, fiel mir plötzlich ein, es verunsicherte mich und weckte Zweifel in mir, ob bei der Rückkehr der Mutter wirklich alles mit rechten Dingen zuging.

»Ach, dein Lang!«, winkte sie lächelnd ab, und ich lachte laut auf, als hätte mich jemand an einer kitzligen Stelle berührt, indessen grübelte ich, wieso Mutter scheinbar über alles Bescheid wusste, was während ihrer Abwesenheit hier geschehen war. »Dieser Lang hat vielleicht irgendeine kranke alte Frau gesehen, die sich mit letzter Kraft hier ins Haus geschleppt hat, um zu sterben«, fügte sie ernster hinzu, und mir fiel ein, dass wir ja die Tür hatten offenstehen lassen, als wir fluchtartig aufbrachen.

Ja, ganz recht, tatsächlich wisse sie über alles Bescheid, was hier zu Hause geschehen sei, während sie abwesend war, fuhr meine Mutter fort, da sie offenbar mein Staunen gewahrte, nur sei sie bisher der Meinung gewesen, dass ich glücklich leben könnte, und wollte mich deshalb nicht von hier wegholen. Jetzt aber sehe sie, dass es anders sei, also ist sie gekommen, um mich mit sich zu nehmen.

»Hier ist es kalt!«, sagte ich zu ihr, weil ich in meinem Nachtkleid in der morgendlichen Kälte fröstelte. »Ich beeile mich, ziehe mir etwas Warmes an, und dann können wir gleich aufbrechen!«, und ich wollte sogleich zur Schlafkammer hinüberlaufen, doch Mutter winkte energisch ab.

»Nimm gar nichts mit, du weißt ja, wie dein Vater ist…, hast doch gesehen, auch ich habe nichts mitgenommen. Susanna kann dir aus meinen Sachen etwas zurechtmachen«, sagte sie, und ich rief freudig:

»Lebt sie denn auch noch?«

»Natürlich lebt sie… Du weißt ja, wie robust sie immer war, nie hat ihr etwas gefehlt. Übrigens…«, und meine Mutter kam näher, um mich gründlicher in Augenschein zu nehmen, »man braucht die Kleider für dich wahrscheinlich gar nicht zu ändern…, lass sehen, in der Statur hast du mich schon fast eingeholt«, sagte sie und trat ganz dicht an mich heran, um unsere Größe zu vergleichen. Durch ihre körperliche Nähe und die Freude darüber, dass mein Gram so unvermutet und auf so wunderbare Weise ein Ende gefunden hatte, flossen mir Freudentränen über die Wangen, und so erwachte ich mit ganz verweintem Gesicht, drückte meine Stirn an die Taufeln des Schaffs und zitterte vor Kälte, weil mir die Pferdedecke von der Schulter gerutscht war.

Mein Traum war so lebensecht geworden, dass ich einen Augenblick lang bitter enttäuscht glaubte, die Mutter sei wirklich hier gewesen und habe mich jetzt wieder allein zurückgelassen. Und wer weiß, ob es nicht besser gewesen wäre, sie hätte mich damals mitgenommen, als auf meiner Seele außer ein paar kindlichen Streichen noch keine größere Sünde lastete? Oder sollte es vorbestimmt sein, dass wir die ewige Seligkeit erlangen oder verdammt sind und dass uns von der vorgegebenen Lebensbahn weder irgendein Zufall noch der eigene Wille und auch nicht irgendeine menschliche Kraft ablenken kann?

»Nun wird man Ihren Herrn Vater also doch noch verheiraten!« Das sagte Helena ein paar Tage später zu mir, als wir in der Küche zusammen den Teig für die Pogatschen kneteten, sie streifte sich geschickt die Teigreste von den Händen und schüttelte sich, die Handflächen leicht zusammenschlagend, auch von den Fingern das Mehl ab.

»Er wird verheiratet? Von wem denn?«, fragte ich betroffen und hielt ebenfalls beim Kneten inne, obwohl sich der Teig von meinen Händen nicht so leicht löste wie von ihren, er klebte vielmehr in solchen Klumpen an meinen Fingern, dass meine Hände aussahen wie im Märchen die Wolfspranken, nachdem der böse Isegrim sie zuerst in den Teig und dann ins Mehl getaucht hat, um die armen Geißlein zu täuschen. Mein Vater war seit dieser gewissen Nacht nicht heimgekommen, und obwohl ich mir schon gedacht hatte, dass er in Eisdorf war, so überkam mich doch von Zeit zu Zeit schreckliche Angst, nach allem, was geschehen war, könne auch er mir nicht mehr in die Augen sehen, sei für immer fortgegangen oder habe noch Schlimmeres getan.

»Nun, von denen dort in Eisdorf! Wisst Ihr denn gar nichts davon, Kindchen? Diese gewisse Anna hat es ja schon seit längerem darauf abgesehen, und jetzt, so sagt man, hat sich Eurer Vater dazu durchgerungen«, berichtete Helena mit bedauerndem Lächeln, doch ob sich ihr Mitleid auf meine Ahnungslosigkeit bezog oder auf die meines Vaters, ließ sich nicht so leicht entscheiden.

»Und wer ist die, mit der man ihn verheiraten will? Eine Witwe?«, fragte ich, ein wenig erleichtert darüber, dass Vater demnach weder ins Wasser gegangen noch in die weite Welt hinausgezogen war, andererseits weckte die Mitteilung eine neue Angst in meinem Herzen.

»Eine Witwe? Ach wo, natürlich keine Witwe! Ein junges Mädchen, sie wird kaum älter sein als Ihr. Väterchen scheint nur das Junge zu mögen!«, setzte sie noch hinzu und musterte mich mit hämischem Lächeln aus den Augenwinkeln. »Und dann bringt sie auch noch ein schönes Sümmchen Geld mit! Wahrscheinlich hat sie Euren Vater eher noch damit herumgekriegt … sie ist die Waise von irgendeinem Viehhändler«, sie schürzte die Lippen und fing an, aus dem flachgewalkten Teig kleine runde Pogatschen auszustechen.

»Ihr hättet Euch mehr Mühe geben sollen, dem Väterchen gefällig zu sein!«, fügte sie ihren Auslassungen noch hinzu, und ich starrte sie bestürzt an: Weiß dieses Weibsbild denn, was es da sagt? »Obwohl auch das nicht viel an der Sache geändert hätte«, fuhr sie fort, legte den Ausstecher kurz hin und wischte sich zerstreut die Hände in ihre Schürze. »Der Vater hatte wohl keine andere Wahl. Sonst wäre die Apotheke zum Verkauf gestanden: Oder wisst Ihr auch davon nichts? Ihr solltet schon auf solche Umstände achten, seid doch kein Kind mehr! Auch Euer Vater hat durch diese verfluchten Spekulationen viel Geld verloren«, meinte sie und verzog beleidigt den Mund, woraus ich, mit dem Wissen von heute, schließe, dass auch ihr Erspartes auf diesem Weg den Bach hinunterging. Mir fiel ein, dass ich Vater vor gar nicht so langer Zeit gegenüber Helena und anderen hatte klagen hören: Das gute alte Geld wird aus dem Land fortgeschleppt, und stattdessen bringt man allerlei schlesische Lupferkreuzer herein, daher auch die große Teuerung. »Der kleine Dieb wird gehängt«, fuhr Frau Helena fort und schnaufte kräftig dazu, »die großen Gauner im Land aber stehlen und betrügen unverschämt und füllen sich die Taschen. Die Anständigen aber, wie auch Euer Vater einer ist, haben alles auszulöffeln. Was wäre ihm denn geblieben, dem Armen, wenn die Apotheke weg gewesen wäre? Sich in dem Alter hinter einem anderen in die Reihe stellen, wenn er überhaupt eine Stellung gefunden hätte … So wird es für ihn schließlich doch das Beste sein, und vielleicht auch für Euch, meine Gute … Tja, das Geld ist ein großer Herr!«, setzte sie noch seufzend hinzu und begann, die runden Teigläppchen zwischen den Handflächen zu drehen und zu formen.

Ich aber drehte und wendete ihre Worte in meinem Kopf und grübelte: Ob es wirklich nicht viel geändert hätte, wenn ich meinem Vater in dieser Nacht zu Willen gewesen wäre? Ob er auch dann eine andere Frau ins Haus holen würde?

»Und was ist das für eine? Ist sie wenigstens schön? Und gutmütig?«, wollte ich von Helena wissen, denn mir wurde allmählich klar, dass mein weiteres Schicksal zu einem Gutteil von dieser Person abhängen würde, die Vater jetzt heimzuführen gedachte.

»Also über ihr Gemüt kann ich nicht viel sagen … Ob sie schön ist? Nun, sagen wir, hässlich ist sie nicht. Ungefähr so groß wie Ihr, aber nicht so schmächtig, eher kräftig, zumindest sagt man das von ihr, mit eigenen Augen hab ich sie nicht gesehen. Oder, was sage ich, in früherer Zeit, als sie ein kleines Mädchen war, da waren sie schon einmal in Eisdorf zu Besuch. Ihr Vater und diese Anna sind miteinander verwandt gewesen, deshalb war es ein Herzenswunsch von ihr. Er war ein großgewachsener, braun gebrannter, schwarzer Mann«, fügte Helena hinzu und schmunzelte ein wenig bei dieser Erinnerung, woraus ich schloss, dass dieser große schwarze Mann Eindruck auf sie gemacht haben musste. »Auch das Mädchen war schwarzhaarig, wenn ich mich recht entsinne«, fuhr sie fort, als ich mehr herausbekommen wollte, »auch sie hatte eine braune Haut, vielleicht Zigeunerblut«, sie schürzte die Lippen mit der Überheblichkeit der blauäugigen, flachsblonden sächsischen Frauen.

»Ach ja, ihre Augen waren hell, doch es gibt ja auch solche unter ihnen … Wie es auch sei, jetzt ist es ohnehin beschlossene Sache. Tun können wir kaum noch etwas dagegen«, schloss sie ihre Ausführungen und zuckte verärgert die Achseln, womit sie zu verstehen gab, dass auch sie nicht gerade erfreut war über diese Wendung der Dinge, ärgerlich stieß sie das Blech mit den Pogatschen ins Backrohr und schlug die Tür zu.

»Ach, fast hätt ich's vergessen«, ergänzte sie dann noch, während sie sich den Haarknoten ordnete, »wenn ich es richtig in Erinnerung habe, trägt Eure Stiefmutter denselben Namen wie Ihr: sie heißt auch Orsolya. Aber wie ich höre, kommt Euer Vater soeben«, hastig riss sie den Kopf hoch, als sie das Tor ins Schloss fallen hörte. »Ihn müsst Ihr befragen, gewiss weiß er mehr über sie zu sagen!«, fügte sie spöttisch hinzu, während sie die Schürze abnahm und die Falten ihres Rockes glatt strich.

Im nächsten Augenblick hörte ich auch schon Vaters Schritte in der Wohnstube, ich stand starr und wartete, dass er die Tür öffnen würde, doch er ging noch ein paar Minuten draußen hin und her, ordnete scheinbar etwas, dann stand er in der Tür, sah aber nur flüchtig zu uns herein.

»Gut, du bist also hier …«, mehr sagte er nicht zu mir, er murmelte Helena einen Gruß zu und schloss dann die Tür wieder hinter sich. Kurz darauf kam er zurück und winkte, ich solle ihm folgen.

Seit ich ihn zum letzten Mal gesehen, hatte ich ständig darüber nachgegrübelt, ob in dieser bestimmten Nacht wirklich all das vorgefallen war, an das ich mich zu erinnern glaubte, oder ob es nur ein Traum war. Denn als ich Mutter vor mir gesehen, hatte ich eine Zeit lang geglaubt, alles geschehe wirklich, so lebendig und echt wirkte das Traumgeschehen. Könnte nicht alles, was zwischen meinem Vater und mir an diesem Abend vorgefallen war, ein ungewöhnlich wirklichkeitsnaher Traum gewesen sein, so sann ich. Doch wie sehr ich es mir einreden wollte, so spürte ich doch tief in meinem Herzen und mit unerschütterlicher Gewissheit, es war kein Traum.

»Es gibt etwas, das du wissen solltest, weil es auch dich betrifft«, begann Vater, als ich mich auf dem kleinen runden Hocker niederließ, auf dem ich stets zu sitzen pflegte. Vater blieb auch jetzt stehen, ging auf und ab, gerade so wie damals, als er mich wissen ließ, dass Mátyás Lang um meine Hand angehalten habe, nur versuchte er jetzt nicht, einen Blick mit mir zu wechseln, sondern sah über meinen Kopf hinweg. »Ich werde mich verheiraten…«, ließ er mich von oben herab wissen, so wie er seinerzeit mit Mutter gesprochen hatte, wenn er sie eine Entscheidung wissen ließ, von der er wusste, dass sie ihr nicht schmecken würde. Einen kurzen Augenblick lang schaute er mir doch ins Gesicht, um zu sehen, wie ich die Nachricht aufnähme, doch ich wandte mich ab und blickte zu Boden.

Als mein Vater merkte, dass ich nicht protestierte, begann er, davon zu sprechen, dass er in diesen schwierigen Zeiten jemanden brauche, dem die Belange des Hauses am Herzen lägen. »Es muss eine Person sein«, fuhr er energisch fort, »die genau hinsieht, wofür das Geld ausgegeben wird, und nicht solche Praktiken einreißen lässt, mit denen allerlei Gauner, Krämer und andere mich betrügen und ausplündern… Von dir ist das nicht zu erwarten!«, sagte er abschätzig, worauf ich nun doch die Augen hob und ihn ansah. Für einen kurzen Moment begegneten sich unsere Blicke, dann wandte er sich rasch ab.

Ja, wiederholte mein Vater, die Zeiten seien hart, die schlimme Teuerung, und auch andere Sorgen lasteten schwer auf ihm. Er benötige jemanden, mit dem er seine Sorgen teilen könne.

»Deine zukünftige Mutter ist noch jung, aber eine besonnene, ernsthafte Person.« Mit diesen Worten beendete Vater seine Rechtfertigung. »Ich möchte, dass ihr gut miteinander auskommt und du keinen Unfrieden stiftest. Denk darüber nach!«, ergänzte er noch und ließ mich allein.

Und ich dachte in der Tat darüber nach, oder besser, ich ließ meine Phantasie spielen: versuchte mir vorzustellen, wie unser Leben in diesem Haus dann vonstatten gehen würde und was für ein Mädchen diese zukünftige Stiefmutter sein könnte. Von dem, was Helena über sie gesagt hatte, war mir am nachdrücklichsten in Erinnerung geblieben, dass sie meinen Namen trug, schwarze Haare und helle Augen hatte. Meine Haare waren blond, ins Rötliche spielend, weswegen mich, als ich klein war, meine Gespielinnen mit bösem Mundwerk rote Katze schimpften, doch meine Augen sind dunkel, was selten ist, wie man sagt. Dieses Mädchen ist also gerade das Gegenteil von mir, überlegte ich, oder besser meine fehlende Hälfte, und vielleicht passen wir so zueinander, wie die zwei Hälften einer zersprungenen Tonform. Wird sie zu mir sein wie die Stiefmutter und ihre Töchter zu Aschenbrödel, oder ist sie mir eine gute Freundin? Die mich nicht gefährdet, sondern mich geradezu von einer großen Gefahr befreit?

»Es wäre wohl an der Zeit, dass auch du deine Mutter besuchst!«, sagte Vater eines Tages zu mir, und als er meine verstörte Miene gewahrte, fügte er hinzu: »Deine zukünftige Mutter meine ich natürlich … Morgen früh fährt ein Wagen nach Eisdorf, der Fuhrmann nimmt uns mit … Sieh zu, dass du eine Stunde nach Sonnenaufgang fertig bist!«, bedeutete er mir, und ich bin anderntags tatsächlich rechtzeitig aufgewacht, obwohl ich mich den größten Teil der Nacht schlaflos herumgewälzt hatte, so sehr hat mich der Gedanke an die bevorstehende Begegnung aufgewühlt.

Während der Wagen auf der Straße nach Eisdorf dahinrollte, kam mir in den Sinn, dass ich seit damals, dem denkwürdigen Abend am Ende des Winters, als wir nachmittags in der von der Pest heimgesuchten Stadt gewesen waren, gar nicht mehr in dieser Gegend gewesen war. Jetzt hingegen, an diesem sonnigen Morgen, spürte man den nahenden Frühling in der Luft. Noch glänzten die Äste kahl und nass, nur da und dort leuchteten einzelne Schneeflecken auf den Feldern, und als wir durch ein Dorf fuhren, hörten wir in den Höfen die Geräusche des Aufbruchs, lautes Gegacker aus den Hühnerställen, vor dem Wagen jagten Hunde über die Straße, in den Weingärten sammelten Männer mit grünen Schürzen die abgeschnittenen Reben ein, im Wasser, das in den ausgefahrenen Wagenspuren zusammengeronnen war, spiegelte sich der Himmel so blau wie die Blütenkörbchen der Wegwarten, darauf kleine dichte Wölkchen wie aus steifgeschlagenem Eischnee. Verschwommen ging mir durch den Kopf, dass vielleicht auch mir jetzt etwas Freundlicheres bevorstehen könnte oder wenigstens eine tatkräftige, helle, emsige Zeit anstelle von Tod, Schande und Schweigen, denen ich, wie mir schien, seit längerem ohnmächtig zutrieb.

In Eisdorf wurden wir von Frau Anna empfangen, voller Überschwang, honigsüß, wie sie schon immer war. Ihr argwöhnischer und stets lauernder Blick, ob etwas zur Entrüstung Anlass geben könnte, strafte auch jetzt ihr einschmeichelndes Gerede Lügen, und die Begrüßung ging diesmal eiliger vonstatten als sonst. Aus ihren Blicken und auch aus der Art, wie sie aus den Augenwinkeln fortwährend mein Gesicht erforschte, glaubte ich irgendeine Angst herauszulesen: wie ein schuldbewusster, feiger Hund, der Schelte und Tritte fürchtet und nur aus sicherem Abstand dem Feind die Zähne zeigt, so schaute sie. Der Platz der kleinen alten Lumpenpuppe auf der Ofenbank war leer, und der Mann ging wahrscheinlich irgendwo seiner Arbeit nach, denn in der Stube war – vergeblich ließ ich meine Blicke schweifen – außer uns niemand.

»Sie ist drinnen«, mein Vater deutete zur inneren Stube hinüber. »Geh hinein zu ihr, sie wartet auf dich!«

Die innere Stube, unter deren Balken ich mich seinerzeit von Alpträumen gequält herumgewälzt hatte, war kaum wiederzuerkennen: Der auch sonst enge Raum war vollgestellt mit aufgetürmten Truhen und Kisten, auf den Truhen bunte Teppiche, an den schiefen Fenstern Topfblumen, vielleicht Geranien. Die Person, die vom Bett hochsprang, um auf mich zuzueilen, war genötigt, um die Truhen herumzugehen, obwohl sie vermutlich vorgehabt hatte, mit einem Satz bei mir zu sein, mich in die Arme zu schließen und abzuküssen, durch die Hindernisse wurde ihr Schwung gebremst, schließlich kam sie, als hätte sie sich durch eine enge Tür oder eine schmale Grotte zu mir durcharbeiten müssen, zog noch ihren verrutschten Rock zurecht, bevor sie mir ihre Küsse auf die Wangen schmatzen konnte.

»Schau dich bloß nicht um, schrecklich, was für eine Unordnung wir hier haben. In dieser engen Kammer ist kein Platz für meine Sachen«, entschuldigte sie sich lachend. »Du bist also die Orsolya! Ich hab schon viel von dir gehört!«, schwadronierte sie, fasste mich am Arm und wollte mich an sich ziehen. »Jetzt können wir uns endlich einmal aussprechen!«

Ich glaube, sie hatte die Absicht, mich zum Bett hin zu ziehen, an ihre Seite, doch ich nutzte das Hindernis, das eine den Weg versperrende Truhe darstellte, zog meine Hand aus der ihren und setzte mich in einiger Entfernung von ihr auf ein Bänkchen, von dem aus ich sie besser in Augenschein nehmen konnte.

Ich fand, der mädchenhafte Überschwang, mit dem sie mich begrüßte, passte nicht mehr ganz zu ihr, obwohl sie tatsächlich noch eine junge Person war, sie konnte höchstens ein, zwei Jahre älter sein als ich. Allerdings war sie wirklich eher klein, aber doch kräftig, mit gut entwickelten Formen, besonders breiten Hüften, wie sie Frauen nach mehreren Geburten aufweisen. Ihre Haare waren schwarz und glänzten fettig, das wohl ziemlich dunkle Gesicht hatte sie mit irgendeinem Puder aufgehellt. Die Backenknochen traten hervor, und ob die kleinen, schräg geschnittenen, hellen Augen nun blau oder grau waren, konnte ich nicht recht entscheiden. Alles in allem erinnerte das ganze Geschöpf mich an eine gut entwickelte, kräftige Gans. Sie hielt, wenn sie etwas aufmerksam betrachtete, sogar den Kopf ein wenig schief, eben wie eine Gans.

»Übrigens, ich heiße auch Orsolya, aber das weißt du ja sicher schon. Orsolya Pircher«, fuhr sie mit überzogener Munterkeit fort. »Ich möchte, dass auch du mich mit dem Vornamen anredest. Richtig, dann gibt es die Orsolya halt zweimal im Haus«, erklärte sie mit ein wenig schrill klingendem, gekünsteltem Lachen. »Wie möchtest du lieber genannt werden: Orsolya oder Orsi?«, sie neigte sich vertraulich mir zu.

»Orsolya«, antwortete ich widerwillig, und die künftige Stiefmutter packte sogleich die Gelegenheit, erleichtert, dass ich endlich einmal den Mund aufgemacht hatte.

»Gut, dann sollst du die Orsolya sein, und mich rufst du Orsi! Du wirst mich doch nicht Mutter nennen, denn wir sind ja beinahe gleich alt! Und auch das quittierte sie mit ihrem schrillen, etwas affektierten Lachen. »Ich sehe doch auch nicht aus wie eine böse Stiefmutter? Ja, ich weiß, es ist kaum mehr als ein Jahr her, dass du deine Mutter verloren hast... Glaub mir, ich weiß, was es heißt, ohne Mutter heranzuwachsen: Ich selbst war noch keine sechs Jahre alt, als ich meine verloren habe«, fuhr sie mit so ernster Miene fort, wie sie kleine Mädchen aufsetzen, wenn sie jüngere Geschwister bemuttern. »Weißt du, wir beide sollten nicht Mutter und Tochter sein füreinander, sondern lieber gute Freundinnen! Möchtest du, dass wir Freundinnen sind?«, fragte sie wieder und griff nach meiner Hand.

Ich antwortete nichts, zuckte nur ungeschickt die Achseln. Früher habe ich selbst ja Ähnliches gedacht, nur hatte ich es bei solchen Traumbildern stets mit einer ganz anderen Person zu tun und nicht mit einem so lächerlich wirkenden Geschöpf, von dem ich mir beim besten Willen nicht vorstellen konnte, dass sie von nun an einer der wichtigsten Menschen in meinem Leben sein sollte.

Als meine zukünftige Stiefmutter sah, dass ich mit Schulterzucken auf ihr großmütiges Angebot antwortete, schien sie plötzlich ganz ernüchtert und kühl zu werden. Schlagartig schwand die geheuchelte Lebhaftigkeit aus ihrem Gesicht, stattdessen starrte sie mir betroffen und misstrauisch aufgebracht ins Gesicht. Diesen Ausdruck habe ich auch später oft gesehen, und zwar immer dann, wenn sie glaubte, man habe einen Fehler bei ihr gefunden oder respektiere sie nicht genügend, denn aufgrund ihrer Empfindlichkeit und Eitelkeit lauerte sie buchstäblich auf solche Zeichen. Hätte ich sie damals schon besser gekannt, wäre mir klar gewesen, dass sie dachte, ich als Tochter eines studierten Mannes und einer Mutter von Adel könnte sie, die Viehhändlerstochter, verachten, obwohl mir so etwas nie in den Sinn gekommen wäre; es war einfach so, dass ich sie mit dem Phantasiegeschöpf meiner Träumereien verglichen habe, und bei diesem Vergleich schnitt sie jämmerlich schlecht ab.

»Nicht wahr, ihr habt in Kaschau gewohnt?«, fragte ich sie, nur um etwas zu sagen; und wenn ich sie besser gekannt hätte, wäre mir klar gewesen, dass sie auch darin eine bösartige Anspielung auf ihre Herkunft und Familie vermuten würde und sich dachte, ich frage nur, um sie auf irgendeine Weise zu demütigen.

»Ja, mein Vater hatte in der Nähe von Kaschau ein kleines Gut erworben«, antwortete sie hochtrabend und begann, mir ihr dortiges Leben zu beschreiben, um meine Achtung zu erheischen und Neid bei mir zu wecken. Obwohl ich nicht sehr auf das achtete, was sie sagte, schien mir, dass sie in dem einen oder anderen Punkt doch beträchtlich von der Wirklichkeit abkam, etwa wenn sie über glanzvolle Feste berichtete und davon, dass ihr Vater für sie als kleines Mädchen gar einen Musik- und Tanzmeister eingestellt habe, als er merkte, wie sehr sein Töchterchen jede Art von Musik liebte, und dass sie, als sie noch ganz klein war, schon geschickt ein paar Melodien auf dem Virginal klimpern konnte. Noch eine Menge anderes Zeug hat sie aufgezählt und immer in der falsch klingenden hohen Stimmlage, ein untrügliches Zeichen dafür, dass sie beleidigt war.

»Ach, nun haben wir uns schon richtig angefreundet!«, wandte sie sich trotz alledem an meinen Vater, als er in die Stube trat, mit Frau Anna im Schlepptau, die uns zum Mittagessen rief. Mich hat sie danach überhaupt nicht mehr zur Kenntnis genommen, hing nur noch an den Lippen meines Vaters, auf jedes Wort von ihm nahm sie höflich und jungmädchenhaft Bezug, oder sie lachte mit vorgetäuschter Fröhlichkeit, die ihre Verärgerung kaum verbarg, als der inzwischen wieder aufgetauchte, jetzt ziemlich angetrunkene Hausherr über ihre Verehelichung Witze machte.

»Mach dir nichts draus, Orsi, auch du wirst bald unter der Haube sein!«, tröstete mich der Mann mit lauter, trunkener Stimme, vielleicht weil ihm aufgefallen war, wie missgelaunt ich dasaß und lustlos im Essen herumstocherte.

»Ach, was du nur daherredest, alter Narr, die ist doch noch viel zu jung. Jemand hätte ja schon um ihre Hand angehalten, doch ihr Vater war dagegen, weil das noch Zeit hat… in ein, zwei Jahren, ja!«, mischte sich eilig Frau Anna ein, bemüht, meine zukünftige Stiefmutter zu beruhigen, die bei den Worten »war dagegen« argwöhnisch aufsah, ihren Blick dann aber gleich wieder auf den Teller senkte, offenbar beruhigt, dass sie mich immerhin in ein, zwei Jahren, vielleicht auch schon früher, los würde.

Am Nachmittag half mir mein Vater auf ein nach Leutschau fahrendes Fuhrwerk, empfahl mich der Obhut des Kutschers und seiner Frau und verkündete, dass er mir in wenigen Tagen nachfolgen würde (ursprünglich hatte er wohl den Plan gehegt, ich könnte in Eisdorf die Stube für kurze Zeit mit der künftigen Stiefmutter teilen, doch als er meine Verstimmung bemerkte, gab er diese Absicht auf). Es dämmerte schon, als wir losfuhren, und der Kutscher trieb die Pferde gehörig an, damit wir noch vor Einbruch der Dunkelheit die Stadt erreichten. Da wir gen Osten fuhren, schien die Stadt in der Ferne zu brennen, so loderte das geheimnisvolle Rot dieses Sonnenuntergangs im Vorfrühling am Himmel. Zu beiden Seiten der Straße zeichnete sich das dunkle Gittergeflecht der noch blattlosen Äste vor den Strahlen dieses kalten Feuers ab, dessen rosiger Widerschein sich blass auf die weiße Rinde der Birken am Straßenrand legte. Jetzt war in den Dörfern, durch die wir heute früh gerumpelt waren, von der morgendlichen Geschäftigkeit nichts mehr zu merken, die Straßen wirkten ausgestorben, das Geflügel war schon für die Nacht weggesperrt, und die Menschen hatten sich in die dunklen Stuben mit den niedrigen Balkendecken verzogen. Die Felder erstreckten sich schwarz und verlassen bis zum bläulichen Horizont, wo sie langsam mit dem dunklen Himmel verschmolzen. Dann fuhren wir zwischen Weinbergen, alte, knorrige Rebstöcke ragten aus dem mürben, lehmigen Boden des Hanges empor, als streckten die in den Kot der Erde zurücksinkenden Toten wie nach einer unvollendet gebliebenen Auferstehung ihre Hände flehend heraus. Während das Feuer des Sonnenuntergangs langsam zu Asche verfiel und der Himmel sich im letzten Dämmerlicht in ein blasses Veilchenblau verfärbte wie unsere Haut nach einem kräftigen Schlag, überwältigte dieses Schaudern machende Bild des vergehenden

Abendrots meine Seele mit einer Heftigkeit wie einst im Märchen der Gesang der Sirenen die Seefahrer. Sehnsucht quälte mich, doch wusste ich nicht, wonach ich mich sehnte, ich spürte den Drang zum Handeln, konnte mir jedoch nicht erklären, was ich tun sollte, hörte Rufe, ohne zu ahnen, woher sie kamen und was sie bedeuteten. Mir war fast so, als sei ich überhaupt nicht mehr, als wäre meine Seele nur noch mit dünnen, zerfallenden Fäden an meine körperliche Existenz geheftet und nun von diesem geheimnisvollen, gedämpften Glitzern aufgesaugt und einverleibt worden, mein auf dem Wagen durchgerüttelter Körper aber allein zurückgeblieben wie die am Ufer liegenden Kleider des in die Tiefe eingetauchten Badenden. Ich war froh, als der Wagen unter dem immer dunkler gewordenen Himmel endlich durchs Stadttor rollte, wo die altvertrauten Gassen meine zur Flucht entschlossene Seele wieder mit stärkeren Banden an meinen Leib knüpfen würden und ich, wenn sonst nichts half, von den auf mich blickenden Gesichtern ablesen könnte: Ich bin doch nicht irgendein spukender, namen- und körperloser, heimatlos herumirrender Geist, sondern eine aus dieser Stadt, eine von ihnen.

Und als der Wagen endlich vor unserem Hause hielt, floh ich buchstäblich durchs Tor hinein.

Daheim überwältigte mich dann doch die Verzweiflung, wie bei jemandem, dem ein geliebter Mensch gestorben ist, rief auch bei mir alles, was ich um mich sah, stets all die Erinnerungen an vergangene Zeiten wach, da ich noch ein scheinbar ahnungsloses glückliches Kind gewesen war und mich Vaters Liebe vor jedem Kummer und allen Erschütterungen des Lebens bewahrt hatte. Am allerschlimmsten war es am Morgen und am Abend: In der Früh raffte ich mich unausgeschlafen, mit schwindelndem Kopf und bleischweren Gliedern von meinem Lager hoch, weil der vor mir liegende Tag aber auch gar nichts Angenehmes versprach, das mich für die wohlige Wärme meines Bettes einigermaßen hätte entschädigen können, und abends legte sich zentnerschwer die Einsamkeit auf mein Gemüt, und so wäre mir, in Ermangelung von Besserem, sogar die Gesellschaft von Mátyás Lang recht gewesen, doch der war fort, um das ihm von seiner Tante zugefallene Erbteil zu Geld zu machen. So zog es mich nach Sonnenuntergang meist zu Helena in die Küche, und ich sah ihr bei der Hausarbeit zu, damit die Nähe eines Lebewesens meine Ängste milderte, und mit allerlei Listen versuchte ich den Zeitpunkt hinauszuzögern, da sie sich in ihre Kammer zurückzog, denn dorthin konnte ich ihr ja nicht mehr folgen. Da sie nicht sehr gesprächig war – vielleicht hatte sich im Laufe ihres Lebens übermäßig viel angesammelt, das es zu verschweigen galt, und irgendwelche Lügengeschichten zu erfinden und sich diese dann auch noch zu merken, dazu hatte sie ein zu bequemes Naturell –, sah ich mich gezwungen, für Unterhaltung zu sorgen, wenn ich wollte, dass sie noch eine Zeit lang mit mir in der Küche blieb. Und ich tat mein Möglichstes: Zuerst berichtete ich über unseren Besuch in Eisdorf, dann erzählte ich ältere Geschichten, von Mutter und von Susanna, unserer Magd, die sie sich mit viel sagendem Lächeln anhörte, nur dann und wann stellte sie eine Frage, wollte vor allem etwas über die Familie meiner Mutter, aber auch über die Ehe meiner Eltern wissen. Ich berichtete ihr das wenige, das ich wusste, dabei brannte mein Gesicht vor Scham, denn ich kam mir vor, als erkaufte ich mir ihre Gesellschaft durch den Verrat an Vater und Mutter. Verschwiegen habe ich allein die Fahrt, die Vater und ich durch die pestverseuchte Stadt bis hin zu unserem Haus und retour machten, und natürlich erwähnte ich auch mit keinem Wort die Nacht, deren größten Teil ich auf dem Boden der Vorratskammer kauernd verbracht hatte und die, so schien es mir, langsam zu einem Traum zu verblassen begann.

Es kann vielleicht eine Woche nach meiner Rückkehr aus Eisdorf gewesen sein, als ich hörte, dass vor unserem Haus ein Wagen hielt und das Tor geöffnet wurde und danach wieder geschlossen. Mir blieb gerade Zeit, mir das Mehl von den Händen zu streifen, die Schürze abzulegen und, meine Kleider zurechtrückend, in die Stube zu eilen, als durch die gegenüberliegende

Tür auch schon mein Vater Arm in Arm mit der Zukünftigen eintrat. Für einen Augenblick verwirrte mich dieser Anblick völlig, ich überlegte, ob sie vielleicht schon geheiratet hätten, ohne mir etwas davon zu sagen, doch Vater beruhigte mich. Orsolya, sagte er und deutete mit dem Kopf auf meine künftige Stiefmutter, beabsichtige diesmal nur ein paar Tage in unserer Stadt zu verbringen, um ihr neues Zuhause kennenzulernen, und sie würde während dieser Zeit bei meiner Patin wohnen, die Vater offenbar schon früher gebeten hatte, sie möge seine Zukünftige für einige Tage bei sich aufnehmen. Vater war zwar in der Stadt allgemein geschätzt, doch hätte er gewiss sonst keinen Bekannten gefunden, den er um einen solchen Freundschaftsdienst hätte angehen können: Deshalb wohl hatte er sich an die Patin gewandt, und leicht gefallen war ihm dies gewiss nicht, weil er nämlich nicht gern jemanden um eine Gefälligkeit bat. Ich musste lächeln, wenn ich mir vorstellte, mit welchem mädchenhaften Eifer sich meine zukünftige Stiefmutter bemühen würde, meiner Patin zu gefallen, und wie sehr sie die Bildung und die vornehmen Umgangsformen der Patentante bedrücken würden.

»Lass dir nur Zeit, Orsolya will sich ohnehin erst umsehen«, winkte er ab, als ich mich meiner hausfraulichen Pflichten besann und mich stotternd erkundigte, ob sie nicht irgendeine Erfrischung wünschten. Und tatsächlich machte sich die Stiefmutter in spe daran, Zimmer für Zimmer des Hauses zu inspizieren. Zuerst sah sie sich in der äußeren Stube um: blieb hier und dort vor einem Möbelstück stehen und nahm es gründlich in Augenschein, während Vater diensteifrig danebenstand und ich hinter beiden herschlenderte.

»Die Fenster wollen wir verglasen lassen... Ihr seid doch sicher auch dafür, mein Bester?«, wandte sie sich selbstbewusst an Vater, und ich dachte bei mir, sicher hat sie sich das bei einer reiferen und mit den kleinen Finten des Lebens besser vertrauten Frau abgeguckt, diese gewissen, von weiblicher Überlegenheit und zugleich von Unterwürfigkeit zeugenden Reden und Gesten, und damit will sie nun glänzen.

»Anstelle dieses alten Kamins sollten wir einen schönen Kachelofen aufsetzen lassen«, fuhr sie wichtigtuerisch fort, und wieder musste ich insgeheim schmunzeln: Wahrscheinlich neidete sie meiner Patin die geschnitzten Apostel auf dem grünen Kachelofen, da möchte sie wohl mithalten.

»Und dieser Plunder kann doch weg?«, sie deutete auf die mit einem dunklen Teppich abgedeckte, alte, geschnitzte Truhe und sah mit andächtigem Blick zu Vater auf.

»Diese Truhe hat meiner Mutter gehört!«, fuhr ich dazwischen, denn es war das einzige Stück, das von Mutters Besitz noch da war. Sie hatte darin ihre Mädchenkleider aufbewahrt, die sie als verheiratete Frau nicht mehr trug, und so brauchten diese nach dem Abklingen der Seuche nicht verbrannt zu werden. Bislang hatte ich mir nicht viel daraus gemacht, und so war ich selbst überrascht, als ich spürte, wie Schmerz und Zorn mir Tränen in die Augen trieben.

Die zukünftige Stiefmutter blickte mich über die Schulter erstaunt an – wahrscheinlich hatte sie schon ganz vergessen, dass es mich auch noch gab –, dann murmelte sie verlegen etwas wie: Wir werden schon sehen, hängte sich wieder in den Arm meines Vaters ein und schritt weiter, um mit der Besichtigung der Küche fortzufahren.

Helena machte gerade das Hühnchen zurecht, das auf dem Spieß gebraten werden sollte, als Vater und die Zukünftige in die Küche kamen, jetzt richtete sie sich auf, während sie sich die unter dem Kopftuch hervorgerutschten Haare zurechtschob, um Vater und die künftige Hausherrin zu begrüßen. Augenscheinlich zögerte sie einen Augenblick, unsicher, welche Form der Begrüßung angemessen wäre, schließlich neigte sie kaum merkbar den Kopf und beugte ein Knie, während sie die Augen senkte und ihr Gesicht das gewohnte vieldeutige Lächeln überzog, so als hätte sie geahnt, dass ihre Anwesenheit meiner Stiefmutter nicht gerade angenehm sein würde. Beim Anblick der »ehrbaren Witwe«, so wurde von Helena bislang stets gesprochen, lief meine zukünftige Stiefmutter zuerst rot an, um danach blass zu werden, sie murmelte ein paar unverständliche Worte und entfernte sich, Vater am Arm mit sich ziehend, eilig aus der Küche, Helena aber sah den beiden mit spöttischem Lächeln nach.

Als ich ihnen in die Stube folgte, flüsterte die Zukünftige mit bedeutungsvoller Miene Vater gerade hastig etwas zu, und er nahm verlegen, aber doch mit zustimmendem Nicken zur Kenntnis, was ihm die Braut eingab. Am Abend hörte ich dann, wie er Helena widerstrebend zu verstehen gab, dass die künftige Frau des Hauses ihre Dienste nicht mehr in Anspruch zu nehmen wünschte und es deshalb gut wäre, wenn sie sich in absehbarer Zeit eine andere Stelle suchen würde; er fügte noch hinzu, er, nämlich Vater, würde ihr gern ein Empfehlungsschreiben aufsetzen, wenn sie meine, es könnte ihr nützlich sein. Dann hat sich allerdings herausgestellt, dass Frau Helena, die, wie sich ihr Schicksal auch wendete, stets wie eine Katze auf die Füße fiel, schon seit einiger Zeit umworben wurde, sie konnte eine Stelle als Wirtschafterin in einem Haushalt bekommen und hatte mehr oder weniger bereits zugesagt, ahnte sie doch, dass, wie sich bei uns die Dinge entwickelten, der Posten hier im Haus nicht von Dauer sein würde. Wie sich später ergab, war auch am neuen Platz keine Frau mehr da, und sie hatte einen verwitweten Mantelschneider und seine Kinder zu versorgen; ich bin diesen größeren Kindern später oft in Begleitung unserer früheren Haushälterin begegnet, der es schließlich sogar glückte, sich von dem alternden Hausherrn ehelichen zu lassen. Offenbar hat Frau Helena dank ihrer Katzennatur in dem Schneidermeister zu guter Letzt den angenehmen Ofen gefunden, an dem sie sich in Geborgenheit und in geregeltem Wohlstand bis ans Ende ihrer Tage würde wärmen können.

Die Stiefmutter in spe kehrte ein paar Tage später nach Eisdorf zurück, und ich hätte mich eine Zeit lang damit trösten können, dass nun alles wieder so sein würde wie zuvor, als wir noch zu dritt hier waren, ich mit Vater und Frau Helena, nur mit dem Unterschied, dass Mátyás Lang jetzt fehlte und wir an den Abenden nicht würfeln und uns zu viert unterhalten konnten. Anfangs habe ich mich auch über diese kurze ruhige Zeit gefreut, denn bis zur Hochzeit würde es gerade noch zwei, drei

Wochen dauern. Doch tatsächlich war es überhaupt nicht mehr so wie früher: Helena verzog sich abends immer sofort in ihre Kammer, und Vater – tagsüber gingen wir uns aus dem Weg, und die Abende verbrachte er meist außer Haus. Wohin er ging, weiß ich bis heute nicht, doch ich vermute, dass er im Ratskeller saß, denn am nächsten Tag rochen die Kleider, die er abgelegt hatte, immer noch nach Wein.

Dieses stumme Sich-aus-dem-Weg-Gehen wurde für mich bald so quälend, dass ich den Tag der Hochzeit schon fast herbeisehnte, würde er doch eine Änderung in unser Leben bringen. Und dennoch, als dieser Tag dann endlich kam und unsere Wirtschafterin das Haus verlassen musste, weil die frühere Magd meiner künftigen Stiefmutter ihren Platz einnehmen sollte, als also Helena zu mir hereinkam, um sich zu verabschieden, merkte ich auf einmal, dass ich weinte und sie aus der Umarmung gar nicht loslassen wollte. Auch Frau Helena war, glaube ich, überrascht, dass mich der Abschied von ihr so aufwühlte, sie allerdings war, wie mir schien, nicht berührt. Sicher, ein paar Mal strich sie mir abwesend übers Haar und versuchte mich zu beruhigen, indem sie sagte, sie habe schon immer gewusst, dass ich ein seltsames, verrücktes Mädchen sei, aber daran, dass sie sich steif machte, spürte ich, sie hätte sich schon gern aus meiner Umarmung befreit, vermutlich fürchtete sie, ich könnte mit meinem an ihren Hals gepressten tränennassen Gesicht ihr wohlgehütetes gutes Kleid beflecken.

»Nun, es hätte ja auch anders kommen können«, sagte sie endlich etwas, indem sie mein Haar streichelte, »aber nun ist es schon einerlei… so, nun beruhigt Euch schon einmal, diese Stiefmutter ist kein so schlechter Mensch… Ihr könntet sicher gut mit ihr auskommen, wenn Ihr Euch ein wenig um ihr Wohlwollen bemühen wolltet und manchmal auch sagt, was sie gern hört… Und seht, Orselchen, eben dies habt Ihr bis zum heutigen Tag nicht lernen wollen: nämlich, dass man anderen entgegengehen muss, wenn man mit ihnen gut auskommen möchte. Ihr schätzt sie gering, als wäret Ihr selbst eine Prinzessin. Das aber kann sich nur leisten, wer so viel hat, dass er von keiner Menschenseele abhängig ist«, fügte sie noch hinzu, und ich zog mich mit erstarrtem Herzen und angewidert zurück. Ja, auch später habe ich noch oft erfahren, dass Frauen solche Geschlechtsgenossinnen anfeinden, die sich gegen die herrschenden Gesetze weiblicher Existenz auflehnen und nicht immerfort bestrebt sind, anderen gefällig zu sein, und die eigene Gedanken und Gefühle nicht sorgsam vor der Welt verbergen. Die meisten Frauen tun so, als wäre solches Verhalten ein Zeichen schamloser Überheblichkeit, die gebrochen werden müsste, um die Überhebliche schließlich an den ihr gebührenden Platz zurückzujagen.

»Wäre es nicht doch besser gewesen, den Lang zu heiraten?«, fügte Frau Helena noch hinzu, nachdem sie sich aus meiner Umarmung gelöst hatte und mit den Augen schon dem Kutscher folgte, der sich soeben mit ihrer Truhe auf den Weg hinaus machte. »Solange der Mensch jung ist, glaubt er, die Auswahl zu haben und abweisen zu können, dann kann es so weit kommen, dass er später keinen mehr findet! Ihr könntet jetzt schön im eigenen Heim sitzen und müsstet Euch nicht darüber aufregen, dass irgendeine Viehhändlerstochter hier die letzten Besitztümer Eurer Mutter hinauswirft, um einen neumodischen Schrank hinzustellen…«, warf sie mir noch hin, dann eilte sie ihrer Truhe nach, um aufzupassen, dass der Kutscher sie auch behutsam auf den Wagen lud.

Übrigens hat auch meine Patin mit ähnlichen Ratschlägen mein rebellisches Herz zu beschwichtigen gesucht, als ich sie wenige Tage vor der Hochzeit aufsuchte.

»Deine zukünftige Mutter ist nicht schlecht, sie hat kein böses Herz«, sagte sie nachdenklich, während sie mit der Hand über den Kissenbezug strich, den sie gerade bestickte.

»Wenn du nicht jede Gelegenheit zu einem Wortwechsel suchst, sondern ihr Geduld und Sanftmut entgegenbringst, so wird sie es früher oder später mit Gleichem vergelten. Ich weiß, es ist nicht leicht, seine Gefühlsbewegungen im Zaum zu halten«, so fuhr sie fort, während sie an dem Kissenbezug weiterstickte, »die junge Leidenschaft ist noch wie ein Fohlen, das sich erst ans Zaumzeug gewöhnen muss, es wehrt sich gegen den Zügel. Doch der liebe Gott hat uns gerade deshalb in diese irdische Welt gesetzt, damit wir lernen zu leiden und zu dulden«, beendete sie ihre Ermahnungen mit einiger Verärgerung, denn soeben hatte sie das herabhängende Ende des Seidenfadens abgebissen und war nun mit viel Mühe dabei, das gesplissene Ende des Fadens wieder durchs Nadelöhr zu stecken, doch vergeblich hielt sie die Nadel gegen das Fenster zum Licht, ihr schwaches Auge fand den hellen Spalt des Stahlstiftes nicht. Ich hörte mir ihre mahnenden Worte mit Zornesröte im Gesicht an, wagte aber nicht zu widersprechen, weil ich fürchtete, ich könnte mir das Wohlwollen des letzten menschlichen Wesens verscherzen, dem, wie ich mit einiger Berechtigung glaubte, mein Schicksal noch am Herzen lag.

Dann kam der Tag der Hochzeit, zwar nicht gleich nach der Fastenzeit, wie ich zunächst befürchtet hatte, sondern am ersten Samstag nach Mariä Verkündigung, und sie wurde auch gar nicht bei uns im Haus gefeiert, sondern in Eisdorf, im Haus der Frau Anna. Da die Braut eine Waise war, der Bräutigam aber Witwer, gestattete der Rat, dass das Paar nicht in der Stadt, sondern an dem augenblicklichen Wohnort der Braut getraut wurde, der Rat war bei der Hochzeit durch das mit der Aufsicht über das städtische Hospital betraute Ratsmitglied vertreten.

Diesmal ratterten die beiden Wagen mit den Hochzeitsgästen schon zwischen grünen Feldern und in Weiß und Rosa blühenden Obstbäumen Richtung Eisdorf dahin. Da der Rat der Stadt erst kürzlich die Höchstzahl der zu einer Hochzeit einzuladenden Gäste auf zwölf begrenzt und auch teure und lang währende Hochzeitsfeiern streng verboten hatte, strebten wir mit einer sehr bescheidenen Festgesellschaft unserem Ziel entgegen, darunter auch der Ratsherr, ein großer, kräftiger Mann mit dichten Brauen und einer feierlich klingenden Stimme, der Vater sehr gewogen war und dem Hochzeitpaar später als Geschenk der Stadt einen vergoldeten Silberbecher überreichte, worin eine Windmühle und weidende Schafe eingraviert waren. Es war bereits gegen Abend, als wir beim Gasthof von Eisdorf anlangten, um von dort aus am nächsten Morgen zur Hochzeit zu schreiten.

Anderntags in der Früh hatte im allgemeinen Getriebe kaum jemand Acht auf mich, beim Kirchgang und auch während der Zeremonie schweiften meine Gedanken immer wieder ab. Am lebhaftesten blieben mir vom Weg zur Kirche die am grün gewordenen Grabenrand scharrenden Hühner, ein zischender weißer Gänserich mit vorgestrecktem, geschwungenem Hals und ein junger Mann in Erinnerung, von dem ich nur den Rücken sah, weil er gerade das Rieddach eines Hauses ausbesserte. In der Kirche – sie muss früher den Papisten gehört haben und wohl zu besseren Zeiten erbaut worden sein, denn die Wände waren zwar kahl und weiß, aber es gab doch schöne farbige Fenster – habe ich die Augen zu Boden gesenkt, wie es sich ziemt, aber doch verstohlen während der ganzen Trauungszeremonie die grünen, roten und violetten Schatten bewundert, die diese Glasfenster auf die quadratischen Steinplatten warfen. Einmal, vielleicht gerade in dem Augenblick, da sich das Paar das Jawort gab, blickte ich zu einem der Fenster auf, weil sie mich jetzt gerade nicht beim Herumschauen ertappen konnten, und ich sah, dass sich die bleiverglasten, an Wabenzellen erinnernden bunten Scheiben in ihrer Gesamtheit zu einer gekrönten weiblichen Gestalt zusammenfügten, deren Kleid und Krönungsmantel in wundervollem, nie gesehenem Blau und Rot erglühten, und eine unerklärliche Sehnsucht griff mir ans Herz, so als wäre meine wahre Heimat dort, irgendwo jenseits des Fensters, in unerreichbarer Ferne – wer weiß, ob ich jemals wieder dorthin finde.

Dieses Gefühl, dass ich mit all dem Geschehen hier, mit den Menschen, die daran beteiligt waren, so wenig gemein hatte, als sei ich aus einem Reich jenseits der Wolken zwischen sie gefallen, verließ mich auch nicht, als wir aus der Kirche traten, vielmehr verstärkte es sich noch während des festlichen Mahls mit all den Tischreden und Trinksprüchen.

Ich beobachtete meinen Vater; unter dem Einfluss des Weins, dem er reichlich zusprach, erinnerte er dank seines verschmitzten Lächelns immer mehr an einen lustigen jungen Mann, er lachte über die Späße des mit volltönender Stimme schwadronierenden Ratsherrn, die Miene meiner frisch gebackenen Stiefmutter mit dem vor Aufregung hochrot erhitzten, von Schweiß glänzenden Gesicht wirkte, obwohl auch sie mit angestrengtem Eifer kicherte, angespannt und verschreckt, und ich sah meine Patin, wie sie geziert die kleinen Häppchen vom Teller zum Mund führte und, was sie erst seit einiger Zeit tat, leicht mit dem silberumkränzten Haupt wackelte. Ich betrachtete die vielen von Tafelfreuden und Wein sowie den ausgelassenen Späßen angefeuerten Gesichter, die nach und nach aufgetauchten Nachbarinnen, die angeblich nur hereinschauten, um ein Glas auf die Gesundheit des jungen Paares zu leeren, darunter manch eine, die von den im Überfluss auf den Tischen herumstehenden Speisen heimlich etwas in die zufällig mitgebrachten Töpfe räumte, den nervös zuckenden Mund meiner Stiefmutter, als sie die harmlosen Diebereien bemerkte und sie liebend gern zur Sprache gebracht hätte, aber den Protest dann doch hinunterschluckte, um nicht als geizig zu erscheinen, Frau Anna, die flüsternd mit den Küchenweibern zankte, ihren versoffenen Mann, wie er, mit einem anderen Alten um die Wette, einem massigen Weibsbild mit strohgelben Haaren schöntat, das gerade noch in den besten Jahren war, und wie ihn diese Person mit spöttischem Lachen verscheuchte; doch mir war, als sähe ich all dies aus der Ferne, von irgendeinem hohen Turm aus, von dem herunter man Tiere und Menschen kaum größer als Ameisen wahrnimmt. Und dieses Gefühl schwand auch nicht, als Vater sich mit den Gästen nach Leutschau aufmachte, um abends noch in unserem eigenen Haus weiterzufeiern, ich sollte, so war es ausgemacht, die nächsten Tage noch im Haus der Frau Anna verbringen, so wenig das in meinem Sinne war, schloss ich mich dem Rest der Hochzeitsgäste und den hinzugekommenen Einheimischen an, die nach der Abfahrt der Neuvermählten zum Gasthof zogen, um dort die Feier fortzusetzen.

In der Gastwirtschaft gab es auch Musik, einer schlug die Zimbel, ein Zweiter spielte Violine. Einer der beiden sah sich genötigt, beim Musizieren die Tänzer auch zu unterhalten, warf den erschöpft japsenden Frauen von Zeit zu Zeit aufmunternde, recht deftige Sprüche zu, der andere geigte, mit zu Schlitzen verengten Augen und zugekniffenen Lippen, ganz in sich versunken. Wahrscheinlich ging auch hier noch alles auf Vaters Rechnung, denn der Wirt ließ unentwegt Wein auftragen, und allmählich gesellten sich auch die übrigen Besucher des Gasthauses zu den Feiernden, pausenlos ging die Tür auf und zu, und Unbekannte mischten sich unter die mir bereits Vertrauten. Wie ich im flackernden Licht der von den Balken baumelnden Laternen dem Treiben zusah, kam es mir vor, als sähe ich verdammte Seelen in höllischer Qual toben und stampfen: erblickte dunkle, zahnlose Mäuler, blutunterlaufene Augen, wogende Riesenbrüste, fette, mit Abszessen gespickte Nacken, Kupfernasen sowie mit behaarten Warzen und Leberflecken verunzierte Gesichter, und all diese Abscheulichkeiten torkelten und schaukelten im Trubel, im Rausch des Tanzes und des Weins. Sogar der Dorftrottel stakste mit ungelenken Bocksprüngen in der Menge umher und hieb, von grölenden Mannsbildern ermutigt, da und dort dem Weibervolk kräftig aufs Hinterteil, dabei strahlte seine plattnasige, dicklippige Fratze, und er zeigte weit auseinanderstehende gelbe Pferdezähne, wenn er – verschämt, aber dennoch mit triumphierendem Grinsen – von den Frauen Schelte, von den Männern spöttische Anerkennung erntete. Ich sah auch ein sehr schönes größeres Mädchen zwischen den anderen herumtanzen: Sie drehte einen Buben, vielleicht den kleinen Bruder, ihn an beiden Händen haltend, im Tanz, und mir schien, sie war unglücklich über das ungeschickte Hoppeln des Kindes und hätte sich viel lieber zu den tanzenden Burschen gesellt.

Einmal blieb auch vor mir ein angetrunkener Bursch mit breitem, dämlichem Grinsen stehen, um mich zum Tanzen zu fordern. Seine Kumpane hatten ihn ermutigt und buchstäblich mit Gewalt zu mir hingestoßen, und er genierte sich und schielte ständig zu ihnen hinüber. Doch als ich stumm den Kopf schüttelte und ihm bedeutete, dass ich nicht tanzen wolle, griff er nach meinem Arm, und wohl um sich nicht vor den grinsenden Kameraden zu blamieren, wollte er mich gewaltsam auf den Tanzboden zerren. Doch dann packte ihn jemand, wahrscheinlich einer von den Vernünftigeren unter seinen Kumpanen, und riss ihn zurück. Der Bursche verlor kurz das Gleichgewicht und zappelte mit den Beinen in der Luft, verdrückte sich dann unter dem lauten Gelächter der anderen schnell im Trubel der Tanzenden.

Als ich so auf der Bank kauerte und dem Toben dieser verdammten Seelen zusah, überkam mich plötzlich unbändige Angst, dass bei dem wilden Toben die Laternen herunterfallen könnten … und wenn dann die entflammten Öllachen den Rock einer Tänzerin erfassen würden, so dachte ich, stände augenblicklich das ganze Lokal in Flammen, und ich weiß nicht, ob ich deshalb oder weil sich der Geruch von Wein und Schweiß im Raum so verdichtet hatte, plötzlich keine Luft mehr bekam. Ich machte mich auf und ging, in der Hoffnung, dass mir keiner der angetrunkenen Männer in den Hof hinaus folgen würde. Nach dem ausgelassenen Lärm in der Wirtstube besänftigten Stille, Dunkelheit und der Anblick der kalten Sterne des fernen Nachthimmels mein jagendes Herz und erfüllten mich mit Ruhe. Der Mond war nicht zu sehen, doch als hätte sein Licht sich in der Dunkelheit der Nacht aufgelöst wie Honigtropfen im Wein, dämmerte der Himmel blass in silbrigem Leuchten. Ich zog mich in den hintersten Winkel des Hofes zurück, dorthin, wo das fahle Licht von drinnen nicht mehr reichte, das sich über die ganze Länge des Hofes ausbreitete, sooft die Tür aufging und irgendein Zechbruder heraustorkelte, um sich, die Stirn an den Nussbaum gepresst, auszukotzen oder um zum Abtritt zu wanken. Einmal sah ich eine weibliche Person vorsichtig zur Tür heraushuschen, in der ich, obwohl sie sich eilig dicht an die Stallmauer ins Dunkel verzog, im Augenblick, da der Lichtschein auf sie fiel, das Eheweib des Schmieds, jenes strohblonde Weibsbild zu erkennen meinte, dem unser Hausherr und der andere Alte so schöngetan hatten. Kurz darauf tat sich die Tür erneut auf, ein junger Bursche kam in den Hof und sah sich um, als suchte er etwas. Als er das Zischen der an die Mauer gedrückten Frau vernahm, trat er schnell zu ihr hin, und ich sah, wie sie, sich gegenseitig um die Hüften fassend, zu der an die Luke des Heubodens angelehnten Leiter eilten. Ich konnte erkennen, wie das beleibte Frauenzimmer mit viel Mühe hinaufkletterte und der Bursche ihr, sie an den breiten Hüften hochschiebend, dabei half, ich hörte einen Aufschrei, als ein Fuß der Frau um ein Haar von einer Leitersprosse abgerutscht wäre. Dann schob sich auch der Bursche eilig hinauf und zog die Leiter hinter sich hoch, es war wieder still. Dort, wo ich stand, streckte ein blühender Fliederbusch seine Dolden nach allen Seiten aus, und ich sog den süßlichen Duft tief in mich ein. Ich sah zum Himmel empor, als mich erneut der Schwindel ergriff und ich das Gefühl hatte, mir wäre diese Person, die hier am Fliederbusch stand und ihre vor der Brust gekreuzten Arme mit den Händen reibend zu wärmen versuchte, genauso fremd und fern wie die drinnen herumwirbelnden, stampfenden Tänzer oder das auf dem Heuboden hurende Paar. Schließlich kehrte ich, erfüllt von der Dunkelheit und der Stille der Nacht in den Saal zurück und schloss mich meinen Gastgebern an, die im Aufbruch begriffen waren und mich schon eine Weile gesucht hatten.

Die Magd, die meine Stiefmutter mit ins Haus gebracht hatte und deren Treue und Fleiß sie uns gegenüber nicht genug hatte loben können, war noch nicht ganz alt, aber doch eine recht betagte Person. Die Jahre hatten ihr zwar schon den Rücken ein wenig gekrümmt, doch ihr knochiger, für eine Frau ungewöhnlich grobschlächtiger Körper zeugte von fast männlicher Robustheit und Kraft. Die buschigen Brauen hingen tief in die dunklen, argwöhnischen Augen, mit ihren großen, breitgetretenen Füßen ging sie schlurfend umher, der Anblick ihrer derben, roten, schaufelartigen Hände ließen mich, vor allem, wenn sie mit dem Geschäft des Geflügelschlachtens beschäftigt war, an einen Metzger denken, wenn nicht gar an den Scharfrichter.

Diese Magd hasste mich von der ersten Stunde an: dass ich, als ich sie zum ersten Mal zu Gesicht bekam, wegen ihres arglistigen, unfreundlichen Aussehens zurückwich, dieses Zeichen meiner offensichtlichen Abneigung hat sie mir, obwohl ich gar nichts gesagt hatte, nie mehr verziehen. Möglich ist aber auch, dass ihr Hass nichts anderes war als ein Nachweis ihrer vielgerühmten Treue und Anhänglichkeit an meine Stiefmutter. Sie nahm an, dass ich allein durch meine pure Existenz ihrer Herrin und deren zukünftigen Kindern im Weg stehen würde und Letztere sich dereinst das Erbe mit mir würden teilen müssen; für diese Benachteiligung ihrer Herrin gedachte sie mich rechtzeitig büßen zu lassen, jedenfalls so weit ihr dies der Status als Dienstbote erlaubte oder vielleicht auch ein klein wenig mehr, denn bald war sie dahinter gekommen, dass ihr kaum Gefahr drohte, von mir bei Vater angeschwärzt zu werden, denn ich hielt Beschwerden, vielleicht ohne Grund, für müßig, weil ich vermutete, Vater würde sowieso nicht für mich Partei ergreifen und es mir vielleicht sogar übel nehmen, als wollte ich so zwischen ihm und seiner ihm frisch angetrauten Frau Unfrieden säen, da Orsolya diese Magd, Ersók mit Namen, schätzte und sich um kein Geld der Welt von ihr getrennt hätte.

Anfangs war die Stiefmutter bestrebt, den Frieden zu wahren, und wenn sie an dem, was vor ihrer Zeit gewesen, dies oder jenes auszusetzen hatte, so schalt sie dafür Frau Helena, machte deren Schlampigkeit und Liederlichkeit für die Zustände im Haus verantwortlich. Diese Person, so zürnte sie, sei vorwiegend damit beschäftigt gewesen, zum Schein dies oder jenes zu tun, und sie konnte sich gar nicht beruhigen wegen des beklagenswerten Zustands, in dem sie die Möbel, das Küchengeschirr oder das gesamte Bettzeug vorfand, und immer häufiger betonte sie, dass in diesem gänzlich vernachlässigten Haus, das so lange Zeit eine richtige Hausfrau hatte entbehren müssen, eine wahre Flut von Aufgaben über sie hereingebrochen war. Darüber hinaus hielt sie auch allerlei Reparaturen und Neuerungen für unbedingt erforderlich und beklagte sich in einem fort, dass sie all diese Aufgaben mit einer einzigen Magd allein zu bewältigen habe. So sei sie also der Meinung, dass man eine zweite Dienstmagd einstellen müsste, fragte Vater, dem eine solche Lösung gar nicht passte, denn schon die Hochzeit hatte eine Menge gekostet, auch gingen all die Veränderungen, die seine neue Hausherrin für erforderlich hielt, sehr ins Geld, hinzu kam noch, dass meine Stiefmutter, die sich trotz aller Wünsche gern häuslich und sparsam gab, Vater überredet hatte, außerhalb der Stadt einen Garten zu kaufen, wo man allerlei Grünzeug selber ziehen könnte und so Gemüse und Obst nicht mehr auf dem Markt zu kaufen brauchte, wo doch heutzutage unverschämte Preise verlangt würden.

Meine Stiefmutter, die Vaters Abneigung gegen überflüssige Ausgaben inzwischen kannte und auf ihre Art seine Meinung auch teilte, schüttelte auf Vaters Frage nach einer weiteren Magd nun auch den Kopf. Ersók sei eine tüchtige, erprobte Person, wie man sie heutzutage gar nicht mehr finde, meinte sie, die jetzigen Dienstboten seien vielmehr nachlässig und faul, wenn man ihnen Stoff für einen neuen Rock oder Kittel gebe, so genüge ihnen Mährisches oder Breslauer Tuch nicht mehr, nein, sie wollten sich wie Bürgersfrauen kleiden, und auch ihr Lohn sei unangemessen hoch …

Sie hätte eher daran gedacht, fuhr sie fort – warf einen scharfen, forschenden Blick auf mich, wandte sich dann aber ruckartig von mir ab –, dass Vater eventuell zu seiner Unterstützung jemanden für die Apotheke in Dienst nehmen könnte. Jetzt, da man von allem viel größere Vorräte eingekauft habe, sei die Arbeit mit der bescheidenen Hilfe, die ich ihm leiste, für ihn allein ohnehin nicht zu bewältigen. Und außerdem verlange die Zerkleinerungspresse und die Bedienung des Mörsers eher nach einer männlichen Hilfskraft, während sie im Haus ein paar geschickte Hände wohl gebrauchen könnte.

Dass sich hinter der nicht enden wollenden Klage eben diese Absicht verbarg, hatte ich schon eine ganze Weile geahnt. Als sich in den Wochen nach der Hochzeit im Haus der übliche Tageslauf wieder eingependelt hatte, begann ich die Vormittage wie zu Zeiten der Frau Helena wieder in der Apotheke zu verbringen, um Vater bei der einen oder anderen Arbeit zur Hand zu gehen, und ebenso selbstverständlich schloss ich mich ihm an, wenn er in die Wälder aufbrach, um einige der seltenen, empfindlichen Pflanzen zu holen, die er am liebsten persönlich sammelte. Der Stiefmutter war anzumerken, dass ihr diese gemeinsamen Ausflüge in den Wald gar nicht passten; mit verkniffenem Mund und steinerner Miene nahm sie zur Kenntnis, wenn Vater ihr gebot, uns eine Wegzehrung zu bereiten, weil wir den Tag außerhalb verbringen würden. Unsere Sammelgänge nahmen im Laufe des Sommers noch zu, aber ob dies seinen Grund darin hatte, dass in diesen Monaten all die Pflanzen blühten, deren Ernte Vater nicht gern den eifrigen, aber weniger zuverlässigen alten Frauen und den Kindern überließ, oder weil er den Tag lieber mit mir außerhalb des Hauses verbringen wollte, das könnte ich nicht sagen, doch vermute ich, dass Letzteres der Grund dafür gewesen ist. Vermutlich nahm es auch die Stiefmutter so auf, denn in kaum verborgenem Zorn verfinsterte sich ihr Blick jedes Mal, wenn wir uns zu zweit auf den Weg machten, und meist rief sie uns mit falsch klingender, scharfer Stimme nach, wir möchten nicht zu lange bleiben und möglichst zum Mittagessen zurück sein. Wir aber kamen meist nicht vor Einbruch der Dunkelheit nach Hause, und ich glaube, dass es Vater auch deshalb nicht allzu eilig hatte mit der Heimkehr, weil er wusste, die Frau würde ihn in ihren stummen, gekränkten Stolz gehüllt empfangen oder mit einer Flut von Vorwürfen.

Sicher, ich konnte es kaum erwarten, dass sich das Haustor morgens hinter uns schloss, denn ich fühlte mich draußen im Wald, mit dem mich viele schöne Erinnerungen verbanden, so heimisch wie ein Geist, den es immer und ewig an den Ort zieht, wo er einst viele schöne Stunden verleben durfte, doch zu Hause würde er sich hier nie mehr fühlen. Zwischen Vater und mir war das Vertrauen von einst geschwunden, behutsam umgingen wir alles, was zu quälend oder gar gefährlich hätte sein können, um darüber ein ehrliches Gespräch zu führen.

Die Stiefmutter hatte bald herausgefunden, wie sie sich zwischen mich und meinen Vater stellen konnte, ohne dass man sie böser Absichten bezichtigt hätte. Vater wäre lieber nicht auf den Vorschlag seiner Frau eingegangen, aber er konnte nicht anders, denn gerade zu dieser Zeit stand wieder die Apotheke in der Innenstadt zum Verkauf, auf die er schon so lange ein Auge geworfen hatte, und er war seit längerem bemüht, seine neue Ehehälfte davon zu überzeugen, dass sie ihre Mitgift, die paar Äcker, doch verkaufen solle, um mit dem Erlös und dem, was für die alte Apotheke zu erzielen war, die innerstädtische Apotheke zu erwerben, die viel günstiger lag und dadurch einen viel größeren Umsatz machte als die unsrige. (Aus dem Plan ist dann aber nichts geworden, denn noch bevor man die Äcker zu Geld machen konnte, schnappte ihm zu seinem großen Ärger ein Mann aus Käsmark, der über mehr Bargeld verfügte als Vater und zudem verwandt war mit einem der Ratsherren, die Apotheke in der Innenstadt vor der Nase weg.)

Doch zu dem Zeitpunkt, da meine Stiefmutter die Meinung äußerte, Vater brauche eine Hilfskraft für die Apotheke, war die besagte Apotheke noch nicht vergeben, und Vater stellte tatsächlich einen Gehilfen ein, einen schmächtigen Burschen mit schütterem Haar und schlechter Haltung, er war ein weitläufiger Verwandter von Mátyás Lang, der seine Ausbildung erst kurz zuvor außer Landes abgeschlossen und kaum mehr Kraft in den Armen hatte als ich. Ich aber war damit aus der Apotheke verdrängt und gezwungen, meine ganze Zeit im Haus, besser gesagt in der Küche, zu verbringen, wo die prüfenden Blicke der Stiefmutter und Ersóks jeden meiner Schritte verfolgten. Das Schlimmste war, dass ich von dem, was mir nun anvertraut wurde und meine Aufgabe war, kaum etwas verstand, denn an Helenas Seite war ich von solchen Arbeiten verschont geblieben. Hätte mir jemand den einen oder andern guten Rat gegeben, so wäre ich wahrscheinlich besser zurechtgekommen, doch wollte ich meine Unerfahrenheit nicht eingestehen, nicht der Stiefmutter und erst recht nicht Ersók, da war es mir schon lieber, sie glaubten, ich würde die mir anvertrauten Aufgaben aus Faulheit oder aus Abneigung gegen sie verweigern oder unordentlich machen, als wenn sie dahinter kämen, dass ich, auch wenn ich es gewollt hätte, dazu gar nicht fähig war. So begann dann die Stiefmutter nach einiger Zeit, sich immer öfter bei Vater über meine Nachlässigkeit zu beschweren; der kannte die Ursache möglicherweise, genierte sich aber aus irgendeinem Grunde und klärte sie darüber nicht auf.

Nachdem sich der Plan, die andere Apotheke zu kaufen, zerschlagen hatte, setzte meine Stiefmutter doch durch, dass sie außerhalb der Stadt den Garten erstanden, und da es in ihren Augen reine Geldverschwendung gewesen wäre, einen Gärtner zu bezahlen, verbrachte sie selbst viel Zeit dort draußen, um die Taglöhner zu beaufsichtigen und ihnen genau zu erklären, was an welcher Stelle gepflanzt oder gesät werden sollte und wie die Pflanzen zu behandeln wären. Aufs Gärtnern hatte sie sich jedoch nicht nur aus Gründen der Zweckmäßigkeit gestürzt, einen Teil des Gemüsegartens ließ sie sich als Blumengarten abtrennen und schwelgte in Begeisterung für all die besonderen Blumensorten, die sie darin zu ziehen beabsichtigte. Ich erinnere mich, dass sie einmal meiner Patin, als jene den Neuvermählten einen Besuch abstattete, erklärte, wie man aus weißen Lilien rote heranziehen könnte (wenn ich mich recht entsinne, sollte man die sich am aufgeritzten Stängel bildenden Würzelchen in Rotweingeläger einweichen). Möglicherweise hatte sie so etwas bei sich daheim im Garten eines adligen Gutsbesitzers einmal gesehen, und sie gedachte, meine Patin damit zu beeindrucken, doch die schüttelte nur sanft ihr wackelndes Haupt und gab zu verstehen, auch sie liebe Blumen über alles, doch am schönsten seien die ihrer Meinung nach doch so, wie Gott sie geschaffen habe, und ich konnte mir nicht verkneifen, heimlich zu lächeln, als ich gewahrte, wie enttäuscht und verwirrt meine frisch gebackene Gebieterin dreinsah, weil sie nicht mit diesem behutsamen Tadel, sondern mit Lob und Ermutigung gerechnet hatte.

Solange das schöne Herbstwetter anhielt, verbrachte die Stiefmutter ganze Vormittage in ihrem Garten. Vater war dann in der Apotheke beschäftigt, und so geschah es häufig, dass ich mit Ersók allein im Haus war. Während sie mit dem Saubermachen beschäftigt war oder sich am Herd mit der Zubereitung des Mittagessens zu schaffen machte, hörte ich sie manchmal – sobald sie mich dabei ertappte, dass ich untätig herumsaß oder gar am helllichten Tag auf dem Bett lag und an die Decke starrte – etwas brummeln über »heikle Fräuleins, denen auch kein Goldringlein vom Finger fiele«. Und das kam gar nicht so selten vor, denn seit ich weder in die Apotheke noch zum Pflanzensammeln in den Wald mitgehen konnte, sondern den ganzen Tag im Haus verbringen musste und mich allenfalls einmal für ein halbes Stündchen frei machen konnte, versank ich in eine ermüdende Übellaunigkeit, in der mir die einfachsten Arbeiten so lästig und schwer erschienen, als müsste ich große Steinbrocken einen Berg hochrollen. Oft war mir's am Morgen, als zögen mir Bleigewichte die Glieder nach unten, so schwer raffte ich mich von meinem Lager auf, und wenn es sich unter gar keinen Umständen mehr vermeiden ließ, dass ich mich an eine Arbeit im Haus machte, tat ich die so widerwillig und mit einer solchen Gemächlichkeit, dass es meiner Stiefmutter auffallen musste; das rauere Herbstwetter hatte auch sie aus ihrem geliebten Garten vertrieben und zwang sie in unsere vier Wände, so war sie jetzt wieder bestrebt, alles hier Vorgefundene auf den Kopf zu stellen, wurde sie doch von unbändigem Ehrgeiz angestachelt, wollte das auffallendste Haus, die beste Küche, die feinsten Geschirre und Möbel in der ganzen Gegend haben. Mich ließen ihre fieberhaften Aktivitäten kalt, ich verfolgte sie voller Missmut und freute mich allein über den neu aufgesetzten Kachelofen. Seine heißen Kacheln wärmten mir oft den Rücken, während ich, in untätiges Träumen versunken, einfach nur dasaß.

Die Stiefmutter, der meine Trägheit und Unlust kaum entgangen sein konnte und der vermutlich auch die Magd Ersók ständig in den Ohren lag, sie solle meine empörende Faulheit nicht länger dulden, versuchte noch eine Weile, den Hausfrieden zu erhalten, und behandelte mich mit Nachsicht, doch als immer mehr Zeit verstrich und sie keine bessere Einsicht bei mir feststellen konnte, entschloss sie sich doch, mir ins Gewissen zu reden. An einem Vormittag, während Vater in der Apotheke war und ich gerade in dem Büchlein die Romanze vom Königssohn Argirus und der Fee las, das mir Mátyás Lang einmal geschenkt hatte, trat sie zu mir und verlangte, dass ich das Buch weglegte, weil sie mit mir zu reden wünsche. Ich klappte das Bändchen zu, hielt aber doch den Zeigefinger zwischen den Blättern, um ihr anzuzeigen, dass sie sich kurz fassen möge und ich meine Lektüre dort fortsetzen wolle, wo sie mich unterbrochen hatte.

Und so begann die Stiefmutter: Sie sei mit all ihrer Kraft bestrebt, dass die Dinge im Haus in größtmöglicher Ordnung abliefen, damit Vater sich in keiner Sache zu sorgen oder gar zu schämen hätte und in völliger Ruhe seiner Arbeit nachgehen könne. Sie wisse, dass Vater auch damals ein viel zu gutgläubiger Mensch gewesen sei, ich hingegen zu unerfahren, um dieser nachlässigen Person, die in der letzten Zeit unseren Haushalt geführt, auf die Finger zu schauen. Wegen solcher Versäumnisse in der Vergangenheit fiele im Haus so viel Arbeit an, dass sie allein damit nicht fertig werden könne, zumal sie nun auch die Verantwortung für den Garten habe, der ja betreut werden müsse und dringend erforderlich sei, weil er Vater viele unnötige Kosten erspare, nun, da die Nahrungsmittel laufend teurer würden und die Apotheke nicht zur Zufriedenheit floriere.

Sie endete damit, dass sie mich zur Einsicht aufforderte: Es ginge einfach nicht anders, als dass auch ich meinen Anteil an der Hausarbeit leiste, wenn mir das Wohl und die Ruhe meines Vaters am Herzen lägen (während sie das sagte, neigte sie sich mir zu, legte ihre Hand auf die meine und sah mir eindringlich in die Augen), denn sie, auf sich allein gestellt und nur von Ersók unterstützt, könne es einfach nicht schaffen, und für eine zweite Magd reiche es eben nicht.

»Nicht?«, fragte ich und zog meine Hand zurück. »Und ich dachte, dass es jetzt, da Vater dich geheiratet hat, für alles reichen würde…«

Bei diesen Worten sprang die Stiefmutter wie von einer Schlange gebissen hoch, ging zwei Schritte zurück und starrte mich mit entsetztem, vor Zorn versteinertem Blick an. Dann drehte sie sich auf dem Fuße um und stotterte mit stockender Zunge etwas, von dem ich nur »undankbar« und »nichtswürdig« verstand, und verließ fluchtartig den Raum. Die Heftigkeit ihrer Erregung erstaunte und erschreckte mich. Sicher, ich hatte sie mit meiner Bemerkung ärgern wollen, doch ich tat es in dem Glauben, dass ich ihr damit nichts gar so Neues sagen und sie sich höchstens grämen würde, weil ich es ihr so offen ins Gesicht sagte. Heute denke ich schon, dass sich die Unglückliche vielleicht eingeredet hatte, Vater hätte sie aus lauter Zuneigung geheiratet, in ihrer Phantasie war sie sich gewiss vorgekommen wie eine Prinzessin, die vom allerdings schon etwas angegrauten Königssohn heimgeführt wurde. Meine spöttischen Worte hatten dieses Nebelschloss zerstört, und da sie möglicherweise aus diesem oder jenem Grund auch schon früher Zweifel gehegt haben könnte, was die aufrichtige Liebe meines Vaters zu ihr anging, tat sie das, was Menschen mit schwachem Selbstwertgefühl, die einer leidvollen Wirklichkeit nicht ins Auge sehen können, immer tun: Sie suchte sich jemanden, dem sie die Schuld dafür aufbürden konnte, dass sich die Dinge doch nicht so entwickelten, wie sie es sich erhofft hatte, und diesen Jemand fand sie in meiner Person. Von jenem Tag an betrachtete meine Stiefmutter mich wie eine Teufelsbrut, als Hemmschuh für all ihre Pläne und Absichten, als eine, die mit aller Gewalt einen Keil zwischen sie und den geliebten Mann treiben wollte. Daraus folgte für mich, dass sie nun die Anwürfe der Magd Ersók gegen mich, ergänzt durch ihre eigenen, an Vater weitergab.

Und so winkte mich Vater eines Tages zu sich heran und sagte, er müsse mit mir reden.

»Deine Mutter«, begann er, »beschwert sich über dich, weil du dich vor aller Hausarbeit drückst und der Magd zudem noch zusätzliche Lasten aufbürdest, obwohl sie ihre Aufgaben auch so kaum zu bewältigen weiß.«

»Ich verstehe nicht, was sie nicht zu bewältigen weiß, obwohl sie doch über die Kraft eines Zugpferdes verfügt«, antwortete ich trotzig. »Erinnert Euch, Helena hat das alles allein bewältigt, und ihr blieb sogar noch Zeit für ihre Handarbeiten!«, schickte ich hinterher, weil ich es mir nicht verkneifen konnte, ihn wenigstens auf diese verbrämte Weise an die alten Zeiten zu erinnern, da wir beide noch allein im Haus waren.

»Du weißt doch selbst, dass diese Frau nur nachlässig und zum Schein ihre Arbeit tat, so konnte sie denn auch schnell damit fertig sein! Ich wollte ihr keine Vorwürfe machen, denn von einer bezahlten Dienstmagd ist kaum mehr zu erwarten… ja, von der eigenen Tochter manchmal nicht einmal so viel!«, antwortete Vater zornentbrannt und in verächtlichem Ton, und ich, die ich aus seinem Mund nun nur das Echo der Vorwürfe meiner Stiefmutter zu hören glaubte, senkte den Blick und erwiderte nichts mehr. Hätte er mich freundlicher angeredet oder mir wenigstens ein kleines Zeichen gegeben, dass er noch nicht völlig die Partei der Stiefmutter ergriffen habe, würde auch ich, so dachte ich bei mir, alles Erdenkliche tun, um ihm eine Freude zu bereiten, doch wenn er mich derart ungerecht und grob behandelte, dachte ich nicht daran, ihm seine Lage zu erleichtern. So sind wir im Unfrieden auseinander gegangen. Vater hat mich noch einmal wegen meiner Faulheit und Nachlässigkeit getadelt und mir zur Aufgabe gemacht, von nun an meine Sachen selbst in Ordnung zu halten, Ersók in der Küche zur Hand zu gehen und jede Arbeit, die meine Stiefmutter mir glaubte anvertrauen zu können, gewissenhaft zu verrichten.

»Alles Weitere werden wir dann schon sehen!« Mit diesen Worten war Vaters strenge Belehrung zu Ende, und ich, tief gekränkt, beteuerte mir selbst, dass ich mich von nun an nicht mehr als seine Tochter, sondern als Küchenmagd betrachten und mir Freuden und Nöte, die unser Haus beträfen, nur so weit zu Herzen nehmen würde, wie dies ein bezahlter Dienstbote tut.

Dass ich in Ungnade gefallen war, hat Ersók augenscheinlich große Freude bereitet. Von nun an warf sie aus dem großen Berg Schmutzwäsche meine Kleider mit Vergnügen beiseite, damit ich mich, verzweifelt und ohne großen Erfolg, selbst daranmachte, den Schmutz und die Flecken daraus zu beseitigen. Hämisch beobachtete sie, wie ich mit dem Abwasch zurechtkam, und wenn ich glaubte, ein Kessel oder die Pfanne, mit denen ich mich schon eine ganze Weile geplagt hatte, sei sauber genug und sie abstellte, nahm sie diese hoch, hielt sie gegen das Licht, und falls sie noch irgendeinen Makel darauf fand – und meist war es so –, deutete sie nur wortlos und mit anklagendem Blick darauf, als handele es sich nicht lediglich um einen Rußrest, sondern um einen Fleck von Blut und demzufolge um den Beweis für ein Kapitalverbrechen; sodann nahm sie sich besagtes Stück selbst vor, um es zu säubern, wie es sich gehörte, während sie leise, aber vernehmbar etwas über schmarotzende Damen brummte, denen die Mutter nicht einmal beigebracht habe, wie man einen verdreckten Kessel anständig reinigt.

»Meine Mutter war von Adel!«, brach es einmal aus mir heraus, als ich ihr unverschämtes Gebrumm nicht mehr ertragen konnte.

»Ja natürlich, von Adel! Eine Bedienung im Wirtshaus war sie!«, murmelte das anmaßende Weibsstück in spöttischem Ton vor sich hin, dem konnte ich entnehmen, dass sie von den anderen Mägden oder vielleicht von ihrer Herrin dies oder jenes über die Geschichte meiner Eltern gehört hatte und vielleicht sogar von den Zweifeln an meiner Abstammung wusste. Deshalb erdreistete sie sich also, so mit mir zu reden, dachte ich, und mir fiel ein: Beim Heimkommen hatte ich Ersók schon mehrmals vor dem Haus im Gespräch mit anderen Mägden gesehen, doch wenn sie mich gewahrten, verstummten sie meist. Wenn ich mich dann noch einmal umdrehte, merkte ich, dass sie mir spöttisch und schadenfroh nachschauten, einmal, so erinnere ich mich, sah ich sogar, wie Ersók mit der Faust vor ihrer Stirn herumfuchtelte und den gestreckten Zeigefinger kreisen ließ, womit man anzudeuten pflegt, dass jemandem ein Rädchen im Hirnkasten fehlt. Als ich sie mürrisch musterte, sahen die anderen Mägde verdutzt und grinsend weg, als hätte man sie bei einem lustigen Streich ertappt. Wenn mich Vater nur mit einem Wort vor der Stiefmutter in Schutz genommen, mir das kleinste Zeichen gegeben hätte, dass es in seinem Herzen noch ein bevorzugtes Plätzchen für mich gab, so wären mir wohl das

Getuschel und die hämischen Blicke der Mägde gleichgültig gewesen. Aber so, in Ungnade gefallen und in die Küche verbannt, fühlte ich mich der Gehässigkeit dieser plumpen, schandmäuligen Weibspersonen ausgeliefert. Ersók hatte ihnen gewiss mit Genuss berichtet, wie schwer ich mich mit dem Wäschewaschen tat, und möglicherweise machten sie sich gegenseitig auf die nur teilweise verblassten Flecken auf meinen Röcken aufmerksam, wenn ich ihnen den Rücken drehte, oder sie belustigten sich über die Geschicke, wie ich auf Geheiß der Stiefmutter ein Suppenhuhn hatte schlachten sollen.

Nie hatte ich bislang mit derlei Tätigkeiten zu tun gehabt, und als ich die flatternde, zappelnde Kreatur zwischen meinen Händen spürte, schnitt ich mir in den Finger statt in den Hals des Huhns; sowie ich das Blut sah, warf ich weinend das Messer weg, taumelte in meine Stube und fiel halb ohnmächtig aufs Bett. Inzwischen war das verschreckte Federvieh in Todesangst bemüht, aus der Küche fortzukommen, da es den rettenden Fluchtweg durchs Fenster nicht gleich fand, flog es in seinem Schreck hoch und duckte sich in die Ecke auf ein Regal, wo es Ersók schließlich einfangen konnte. Oder macht sich unsere Magd vielleicht einen Spaß daraus, so dachte ich bei mir, den anderen zu berichten, wie ich am Mittwoch letzter Woche das Mittagessen bereiten musste, weil die Stiefmutter Ersók andere eilige Arbeiten aufgetragen hatte, wie Vater schon nach dem ersten Bissen den Löffel hinschmiss und fragte: »Wer hat diesen Fraß gekocht?«, und wie er, als ich stammelte, ich sei die Köchin, wortlos aus der Stube ging und das Essen die Hunde bekamen.

In meinen fleckigen, schäbigen Kleidern, mit von der Lauge geröteten Händen begann ich mich allmählich so bedauernswert und lächerlich zu fühlen, wie ich sicher in den Augen dieser schadenfroh grinsenden Weiber auch war, und so zog ich mich in meiner störrischen Angst vor den Blicken der Menschen immer mehr ins Haus zurück. Wenn Gäste kamen, verkroch ich mich, bitteren Trotz im Herzen, in der Küche. Und Besucher hatten wir ziemlich oft, denn meine Stiefmutter, die sich vielleicht in den Kopf gesetzt hatte, Vater früher oder später zu einem öffentlichen Amt zu verhelfen, war sehr bemüht, die Bekanntschaft mit den angesehenen Bürgern der Stadt zu pflegen. War auch der arme Mátyás Lang unter den Gästen, so tröstete mich der Gedanke, dass ich wenigstens einer Person da drinnen fehlte, ich versuchte also, mich an der unschuldigen Seele für all das zu rächen, was die Welt, so meinte ich, gegen mich im Schilde führte. Wenn mich Vater und die Stiefmutter ermahnten, mich zusammenzunehmen und in die Stube zu kommen, weil die Gäste an meiner Abwesenheit Anstoß nehmen könnten, so antwortete ich stets, dass ich kein passendes Kleid habe, was in gewisser Weise auch stimmte, denn die alten Sachen waren abgetragen und auch schon zu eng geworden, und weil mein Vater ständig über die Teuerung und all die Ausgaben jammerte, nahm ich an, dass er mir derzeit kaum Kleider nähen lassen würde, nur damit ich in einem neuen teuren Gewand den Gästen mit meiner mürrischen Schweigsamkeit die Laune verdarb.

Lang wurde übrigens wieder täglicher Gast bei uns, nicht nur bei größeren Einladungen, er saß auch abends da, wenn wir unter uns waren, und da ich mich dann nicht auf ungeeignete Kleidung ausreden konnte, hatte ich keinen Grund, mich in die Küche zu flüchten. Bei solchen Gelegenheiten quälte ich den armen Mátyás Lang nicht durch meine Abwesenheit, sondern mit übellaunigem, mürrischem Betragen, heute weiß ich, wie böse und ungerecht das war, gegenüber dem einzigen Menschen, über den ich ein klein wenig Macht hatte. Er blieb aber stets und unerschütterlich freundlich und mir treu ergeben, schien sich mein unpassendes, taktloses Benehmen nicht zu Herzen zu nehmen. Und wenn er mich ganz und gar nicht zum Reden bringen konnte, begann er, mit der Stiefmutter zu plaudern, deren Gartenleidenschaft sich glücklich mit Langs wissenschaftlichen Narrheiten traf. Sie konnten sich dann richtig in Eifer reden: Lang gab der Mutter Anleitungen, wie sie auf einem weißen Rosenstrauch rote Blüten heranziehen könnte und wie sie es anstellen musste, regenbogenfarbene Blumen zu erzielen, und dergleichen überflüssige Dinge mehr. Um sich ihr gefällig zu erweisen, brachte er ihr Samen und Blumenzwiebeln mit und stand deshalb bei der Stiefmutter in höchster Gunst. Zudem erwartete sie von Lang natürlich, dass er früher oder später das Haus von mir erlösen würde, und so unterstützte sie ihn wohlwollend und herablassend bei seinen diesbezüglichen Absichten, obwohl sie insgeheim gewiss dachte, dieser ordentliche, rechtschaffene Mensch hätte Besseres verdient als mich.

Außer auf die Gärtnerei und die alltäglichen Sorgen kam die Rede jetzt immer öfter auf den Glauben, denn um diese Zeit begann der Bischof von Raab die arme Stadt wieder sehr zu bedrängen, unsere Kirche, die wir seit mehr als hundert Jahren friedlich nutzten, den Franziskanern zu überlassen und die Schlüssel des Gotteshauses seinem demnächst eintreffenden Abgesandten auszuhändigen; sollten wir uns widersetzen, sähe er sich genötigt, die Stadt wegen Rebellion beim Königlichen Kammergericht zu verklagen, die Folgen hätten wir uns dann selbst zuzuschreiben. Bei solchen Gesprächen geriet meine Stiefmutter völlig aus der Fassung und beschimpfte die Papisten, sie war stets dafür, unbedingt fest zu bleiben und auf keinen Fall nachzugeben, gerade in diesem Augenblick nicht, da Gott unserem Glauben eine so starke Stütze verliehen in der Person des Herrn Botschkai, Fürst von Siebenbürgen, dessen Truppen bereits unterhalb von Kaschau ständen und wohl in Kürze auch uns aufrufen würden, dem Fürsten die Treue zu schwören. »Möge Gott uns davor bewahren!«, fuhr Lang beunruhigt dazwischen, da er auf seinen Reisen viel über die Grausamkeiten der Haiducken des Herrn Botschkai gehört und auch uns mit solchen Geschichten in Schrecken versetzt hatte. Von Zeit zu Zeit bat er um Vergebung, dass er in Anwesenheit von Frauen über solche Greueltaten sprach, doch er redete weiter über alles, was er irgendwo aufgeschnappt hatte: Wie die Landsknechte des Herrn Botschkai plünderten, die Bürger quälten und schunden, aber auch die armen Habenichtse, denen sie zu entlocken versuchten, wo sie ihr weniges Geld oder sonstige Habseligkeiten versteckt hielten, und wie sie das Rind des Wohlhabenden ebenso wegtrieben wie das letzte magere Ferkel einer armen Frau, das sie hatte über den Winter bringen sollen.

Auch berichtete er, dass die Landsknechte in jedem Landstrich, den sie heimsuchten, Hungersnöte verschuldet hätten. Der Mann, der ihm das alles erzählt habe, wusste gar von Fällen, wo Kinder ihre tote Mutter und Mütter ihre Kinder gebraten und aufgegessen, Menschen nachts die am Tag Begrabenen ausgescharrt, gestohlen und sich mit ihrem Fleisch den ärgsten Hunger gestillt hätten. Die grausamsten Dinge aber, so beteuerte Lang schließlich, habe er uns gar nicht mitgeteilt, weil er uns, das könnten wir glauben, nicht unnötig Angst machen wolle.

Solche Lügen werden nur von den Papisten verbreitet, brach es aus meiner Stiefmutter hervor, damit sich die Stadt ja nicht entschließt, dem Fürsten, unter dessen Schutz wir in Frieden unseren Glauben bekennen dürften, den Treueschwur zu leisten, verkündete sie aufs Äußerste erregt und setzte noch hinzu: Wir sollten nicht vergessen, dass die Truppe des Fürsten aus lauter guten Christen bestehe, von denen die meisten wie wir dem Augsburger Bekenntnis anhingen. Schon aus diesem Grund würden sie sich gewiss nicht zu solchen Grausamkeiten hinreißen lassen, von denen uns Mátyás Lang erzählt habe, und sie schaute Hilfe suchend zu meinem Vater hinüber, ob er ihr Recht gab. Doch Vater sagte nur, die Stadt habe bislang immer draufgezahlt, wenn sie solches hergelaufene Volk in ihre Mauern eingelassen hätte, und außerdem sei es gar nicht klug, sich mit dem Hof in Wien anzulegen; so jemand diesen Weg ginge, könne er sicher sein, dass ihm nur die unzuverlässigsten und ehrlosesten Elemente Gefolgschaft leisten würden, und vor solchen möge Gott uns behüten. Die Stiefmutter verteidigte daraufhin Botschkai und sein Heer nicht mehr, nur ihr Mundwinkel zuckte beleidigt wie immer, wenn ihr jemand widersprach.

Ich verfolgte die Auseinandersetzung wortlos, denn ich verstand nicht viel von diesen Dingen und interessierte mich auch nicht dafür. An meiner Lage, so dachte ich, können weder der Fürst noch die Papisten etwas zum Besseren oder Schlechteren wenden, soll es mir also egal sein, wem die Stadt die Treue schwört, nutzen und schaden können mir allenfalls die, mit denen mich das Schicksal unter einem Dach zu leben zwingt.

Doch bald mussten wir beide, die Stiefmutter wie auch ich, unseren Irrtum eingestehen. Es kam nämlich so, dass der Herr Lippay, Feldhauptmann des Fürsten, der bereits Kaschau genommen hatte, vor Leutschau stand und die Stadt aufforderte, sich zu unterwerfen. Der Rat schickte Herrn Urban Riemer, den Schultheiß, mit allerlei wertvollen Geschenken hinaus, um mit ihm zu verhandeln. Die Geschenke müssen wohl ihre Wirkung getan haben, denn Herr Riemer kehrte voll Zuversicht und mit der Nachricht in die Stadt zurück, dass der Feldhauptmann das Folgende versprochen habe: Sofern wir dem Fürsten die Treue schwören wollten, würden sie uns von nun an vor aller Drangsal durch den Bischof von Raab und den Papisten schützen, und wir könnten uns frei zu unserem Glauben bekennen. Er verspreche auch, so der Feldhauptmann, dass in der Stadt lediglich eine kleine Einheit seiner Männer stationiert werden sollte, und von der sei keinerlei Unbill zu befürchten. Sollten sie sich dennoch zu derlei hinreißen lassen, sollte es genügen, beim Hauptmann Beschwerde zu führen, der würde Leben und Gut der Bürger vor jedem Übergriff bewahren. Das alles erfuhren wir von Lang, der hell begeistert mit dieser Nachricht gerannt kam und dann, zusammen mit Vater, fortging. Nach etwa einer Stunde kehrten sie in Begleitung einiger angesehener Bürger der Stadt zurück, um bis zum Morgen bei reichlich Wein, sich einander überbietend und ins Wort fallend, immer wieder zu beteuern, dass von nun an Friede in der Stadt herrschen, ein Zeitalter der Freiheit anbrechen und die Sorgen endlich der Vergangenheit angehören würden, denn Gott habe uns für unsere Treue zum wahren Glauben belohnt. Der Buchbindermeister, ein schmächtiges Männchen mit fahlem Gesicht, versuchte als Einziger unter ihnen die allgemeine Begeisterung zu dämpfen, indem er empfahl, den Tag nicht vor dem Abend zu loben, die Entscheidung könne der Stadt noch einmal leid tun, wenn sich der Wind eines Tages drehe, und hätten wir dann die Soldaten erst einmal innerhalb der Stadtmauern, so sei es mit der Sicherheit der Bürger und ihrer Habe nicht mehr weit her; die anderen schrien den Buchbinder nieder, nannten ihn Wichtigtuer und Unheilspropheten, schimpften, in seinen Adern fließe nicht Blut, sondern gluckere klebriger Buchbinderleim, und man hielt ihm die Versprechungen des Feldhauptmanns vor, aus denen doch sonnenklar hervorgehe, dass er sie vor jedweder Behelligung schützen werde. Das schmächtige Männchen ließ nur ein unverständliches »Mmh, mmh« hören und wies dann noch auf das hin, was kürzlich in Kaschau geschehen und wie es uns selbst vor einigen Jahren unter dem Fürsten ergangen war. Die anderen aber trumpften erneut auf, und der Mann mit den buschigen Brauen und der feierlich tönenden Stimme, der sich auch schon auf Vaters Hochzeit wichtig getan hatte, klopfte ihm den Rücken und nötigte ihm noch ein Glas Wein auf: »Ihr seid ja nur deshalb ein solcher Sauertopf und habt ewig allerlei Befürchtungen, weil Ihr Euch keinen guten Schluck Wein vergönnt, leistet Euch nicht mal ein paar eigene Rebstöcke wie jeder ordentliche Bürger der Stadt.«

Die Stiefmutter eilte mit erhitztem Gesicht umher, schleppte eine Platte nach der anderen herein, von denen die Brote mit kaltem Braten sogleich vergriffen waren, Vaters Augen wanderten pausenlos von einem Gast zum nächsten, um jedes leere Glas aufzuspüren, das er sogleich wieder bis zum Überlaufen füllte. Jetzt ließ er nichts mehr von seinen Zweifeln verlauten, erwähnte das dahergelaufene Gesindel nicht und welche Heimsuchung daraus noch erwachsen könnte – vielleicht fürchtete er, dass auch er wie der Buchbinder abgekanzelt würde –, er äußerte, wenn seine Stimme überhaupt zu vernehmen war, nicht mehr als »Wir werden sehen« und »Geb's Gott…«. Ich saß am Ende des Tisches, mir brannte die Müdigkeit in den Augen, und ich wartete darauf, dass mir Vater mit den Brauen ein Zeichen geben würde, dass die Platte wieder leer sei und ich aus der Küche die nächste bringen solle, dennoch erfasste die Begeisterung der Gesellschaft allmählich auch mich und gab mir ein wenig Hoffnung, dass sich vielleicht mit dem Schicksal der Stadt auch für mich etwas ändern könnte, so denkt eben, wer jung ist: erhofft von jeder Änderung, dass sie für ihn zum Besseren führen müsse. Nach so vielen hochgestimmten Reden begann auch ich, an irgendwelchen Träumen zu spinnen: Wenn Soldaten in die Stadt kommen, hätte vielleicht, wer weiß, auch jemand ein Auge für mich, ein schmucker junger Leutenant, der couragierter und edler ist als diese dickbäuchigen, rotgesichtigen Bürgersleut, die sich hier mit Vaters Wein volllaufen lassen, oder als die auf der Straße frech grinsenden tölpelhaften Grünschnäbel. Vielleicht hebt er mich zu sich in den Sattel und führt mich weit weg von hier in eine andere Welt... Solche Dinge gingen mir durch den Kopf, weil ich noch so jung war und nicht wusste, dass wir, selbst wenn wir auf dem Rücken des feurigsten Rosses tage- und wochenlang davongaloppieren, doch überall die gleiche Welt wiederfinden.

Gleich am nächsten Tag folgte dann auf diese überschwängliche Zuversicht das große Fasten. Noch während der Nacht, als die Bürger feuchtfröhlich die glückliche Wende ihres Schicksals feierten, traf besagter Hauptmann mit seinen Mannen in der Stadt ein. Schultheiß Riemer, der die Zusicherung des Feldhauptmanns bekommen hatte, dass die Söldner nicht plündern würden, verfügte, dass die Torwachen die Stadttore noch eine Weile geöffnet hielten. Nur kam der Hauptmann nicht mit den angekündigten zwanzig Mann, sondern es waren deren dreihundert, unter ihnen zahlreiche Türken und Tataren, jetzt konnte die Bürgerschaft erleben, was das Wort des Feldhauptmannes wert war. Gleich am darauf folgenden Tag begehrte eine weitere Hundertschaft Einzug in die Stadt, doch ließ der Rat die Tore verriegeln und berief sich darauf, dass der Feind ja ohnehin schon scharenweise innerhalb der Mauern wäre, worauf der Hauptmann verlangte, die Stadt müsse ihre schweren Geschütze samt Munition herausgeben, denn die Truppe habe Order, die Zipser Burg zu belagern, die vom Befehlshaber des königlichen Heeres gehalten wurde. Nach dieser neuen Nachricht schlossen sich die Bürger in ihren Häusern ein. Vater hatte auch uns eingeschärft, das Haus nicht zu verlassen, vertraute uns während seiner Abwesenheit dem Mátyás Lang an, denn der Rat hatte alle seine Mitglieder sowie die angesehenen Bürger der Stadt in der Weinschenke zusammengerufen, um zu beraten, welche Antwort man dem Feldhauptmann bezüglich der Geschütze geben sollte. Doch es half nichts, dass sich die Bürger in ihren Häusern einschlossen, das Militär trotzte dem Rat die Genehmigung ab, die Bürgerhäuser zu inspizieren und zu durchsuchen, und jeder Bürger wurde durch Eid verpflichtet, alles bei ihm angetroffene deutsche Gut herauszugeben. Wir saßen gerade zu dritt in der äußeren Stube, ich, Mátyás Lang und die Stiefmutter, die vor Angst die Hände rang, als draußen ans Tor geklopft wurde und eine Stimme im Namen des Rates Einlass begehrte. Die Mutter riss mit fahriger, zitternder Hand den Riegel zur Seite, und wir sahen im Türspalt den todesbleichen Ratsherrn und neben ihm ein paar ziemlich abgerissene Soldaten mit finsteren Mienen. Letztere drängten sogleich ins Haus. Ihr Anführer war ein junger Leutnant, blond und von schlanker Gestalt. Der Blick seiner hellen Augen war verwegen und durchdringend wie der eines Adlers, und obwohl seine Uniform ziemlich abgetragen war, allerdings nicht so stark wie die seiner Begleiter, sah man seinem Auftreten an, dass er nicht von niederer Herkunft sein konnte, sein Gesicht war schön, vielleicht noch schöner als das Antlitz des Retters, den ich mir in meiner Phantasie immer ausgemalt hatte. Er zog ein Schreiben aus der Tasche, schwenkte es vor der Nase meiner Stiefmutter und versenkte es dann mit der Bemerkung wieder in seiner Tasche, uns sei gewiss bekannt, dass die Durchsuchung mit Zustimmung des Rates der Stadt geschehe, und er forderte uns auf, sofort und freiwillig alle deutsche Habe umgehend und freiwillig herauszugeben, sollten wir diesen Anordnungen nicht nachkommen, könne dies schlimme Folgen für uns haben. Meine Stiefmutter starrte leichenblass auf den vor ihr stehenden Soldaten, also einen von denen, für deren christliche Moral sie sich tags zuvor noch verbürgt hatte, und sie begann stotternd zu beteuern, dass es in unserm Haus solcherlei Dinge nicht gebe, denn wir alle wären überzeugte Mitstreiter für den wahren evangelischen Glauben, daher sei uns jeglicher Tand und alle liederliche Prunksucht fremd … Ganz langsam verzog der Leutnant das Gesicht zu einem süffisanten Grinsen und fixierte die

Stiefmutter stumm und unverfroren. »Alle sagen das, Madame!«, antwortete er kurz und gab seinen verdreckten und abgerissenen Kumpanen ein Zeichen, worauf sich diese in der Stube verteilten, da und dort die Teppiche von den Tischen und Truhen herunterzogen, die Schranktüren und die Deckel der Truhen aufrissen, Kleider und Wäsche herauszerrten und in der Mitte des Raums auf einen Haufen warfen. Sie besahen sich die aus der großen Truhe herausgeholten, mit Seide bestickten Überzüge für Decken und Kissen mit Wohlgefallen, warfen sie aber dann ebenfalls auf den Kleiderberg. Die verschlossene, große, bemalte Truhe meiner Stiefmutter bereitete ihnen Schwierigkeiten, es gelang ihnen nicht, sie zu öffnen, und ihr Anführer streckte stumm und mit ungeduldig fordernder Geste seine schöne, sonnengebräunte, schmale Hand mit der Handfläche nach oben zur Stiefmutter hin, die jedoch nicht verstand, dass man den Schlüssel von ihr forderte, sondern stotternd zu erklären begann, das Schloss sei kaputtgegangen, sie habe aber schon nach dem Schlosser geschickt. Verärgert winkte der Leutnant ab und rief einen seiner Männer herbei, der Bursche trug sein fettiges Haar zu einem Zopf gebunden, welcher ihm immerfort in den Nacken klatschte, ich nannte den verwegenen Unhold bei mir wegen seiner hervortretenden Backenknochen und den dunklen, kleinen, schrägen Augen »der Tatar«, reden hörte ich ihn aber nicht, so dass er wohl ebenso gut ein Ungar sein konnte. Der Mann, er missverstand die Aufforderung, grinste und hieb mit dem Flintenschaft auf das Schloss, und der Deckel sprang auf, die Soldaten begannen, die wohlgehüteten Seiden- und Taffetröcke sowie die bestickten Hemden der Stiefmutter aus der Truhe zu zerren. Ein scheinbar aufreizendes Wäschestück griff sich der mit dem Zopf und dem Tatarengesicht, statt eines Verbandes trug er einen schmutzigen Lappen, vermutlich von einem Hemd abgerissen, um den Hals gewickelt, er schwenkte seinen Fund übermütig, hielt ihn geziert vor sich und machte dazu anzügliche Bewegungen mit seinem Hinterteil, worauf die Übrigen in lautes Gröhlen ausbrachen – ausgenommen der Leutnant, dessen Blicke gelangweilt in die Weite schweiften. Meine Stiefmutter, die ihre letzte Hoffnung offenbar auf ihn setzte, zerrte am Ärmel seines Dolmans, um seine Aufmerksamkeit auf sich zu lenken und ihm fast weinend und mit vor Empörung gerötetem Gesicht zu beteuern, dass sich unter den Sachen, die seine Soldaten herausgezerrt und auf den Boden geschleudert hätten, kein einziges Stück befinde, das deutschen Ursprungs sei, alles sei ausnahmslos hier am Ort erstanden oder für sie gefertigt worden, und deshalb hätten »seine Männer«, so schrie sie, von Schluchzen unterbrochen und mit zitternder Stimme, »nicht das Recht, sie anzurühren!«. Der Leutnant blickte, wie aus einem Traum erwachend, mit leisem, staunendem, kaum fassbarem Lächeln auf meine Stiefmutter, dann trafen sich seine blitzenden Augen verschwörerisch mit denen seiner um die Truhe herum hantierenden Leute, die grinsten breit und voller Einverständnis, warfen Röcke und Hemdchen zu Boden und gingen, die Augen auf diese Frau gerichtet, zur Stiefmutter hin, um sie in ihre Mitte zu nehmen. Und wer weiß, was geschehen wäre, hätte nicht Mátyás Lang sie am Arm gepackt und sie, ihr etwas ins Ohr flüsternd, schnell aus der Stube gezerrt. Die Mutter stotterte noch, dass die Herren Krieger gewiss hungrig seien, und sie wolle gleich etwas für sie richten, dann rannte sie an Langs Arm fast im Laufschritt hinaus. Lang gab auch mir mit den Augen ein Zeichen, ihm sogleich zu folgen, doch ich konnte meinen Blick nicht von dem schönen Gesicht des jungen Leutnants wenden, weil ich in meinem Herzen immer noch die Hoffnung hegte, das Schicksal habe diesen jungen Offizier mit der stolzen Haltung und dem kecken Blick vielleicht doch zu meiner Befreiung geschickt. Schließlich, dachte ich, was gehen mich die Röcke und gestickten Hemdchen der Stiefmutter an, meinetwegen könnten sie sie alle mitnehmen, sie würde sich schon zurücksteigern, was sie davon unbedingt haben musste. Diesen bettelarmen Landsknechten schaute doch das Elend aus den Augen, irgendwie mussten auch die sehen, wie sie durchkamen, versuchte ich ihr Tun vor mir zu entschuldigen. Zwar spürte ich, in wie großer Gefahr ich mich befand, doch während ich mich zwischen zwei Möglichkeiten zu entscheiden versuchte – entweder ich machte den gut aussehenden Leutnant auf mich aufmerksam, oder ich versuchte, ein sicheres Versteck zu finden –, stand ich wie gelähmt, konnte mich nicht entschließen, Mutter und Lang zu folgen, und dann blieb der Blick des Leutnants doch an mir hängen. Offensichtlich war er es gewöhnt, dass ihm die Frauen sehnsüchtige Blicke zuwarfen, und hatte keinerlei Zweifel, weshalb ich ihn so beharrlich fixierte. Seine blauen Adleraugen trafen sich erneut mit denen der wiehernden Kumpane, dann trat er an mich heran und maß mich von oben bis unten.

»Nun, was ist, Schwester, warum schaust du so sonderbar? Hast du etwas auf dem Herzen?«, fragte er mit spöttischem Lächeln und äugte wieder zu seinen Leuten hinüber, die im Hintergrund in Gelächter ausbrachen. »Möchtest du etwa, dass wir nachsehen, ob du nicht vielleicht unter deinem Rock irgendeinen Wiener Plunder verbirgst?«

Mit vor Scham rotem Gesicht floh ich aus der Stube. Im Nachhinein glaube ich, dass er nichts anderes im Sinn hatte, als mich zu erschrecken. Offenbar dachte er, wenn schon er mich nicht verschrecken konnte, so würden mir gewiss seine verdreckten und verwahrlosten Kumpane gehörige Angst einjagen, wie es ja tatsächlich der Fall war. Als ich draußen war, sah ich mich zitternd im Hof nach einem Versteck um, wo ich mich verkriechen könnte. Ich hatte Angst, meine zitternden Beine würden mich im Stich lassen, falls ich vor meinen Verfolgern weglaufen müsste, deshalb verwarf ich den Gedanken, hinaus auf die Gasse zu fliehen. Sollte ich im Hühnerstall oder in dem als Abstellraum genutzten Stall Zuflucht suchen, überlegte ich, als mein Blick auf die Falltür zum Kellerabgang fiel, der große Eisenring lag direkt vor meinen Füßen. Ein blitzartig gefasster Entschluss ließ mich nach dem Ring greifen, und ich begann, daran zu zerren und zu ziehen. Zuerst schien es vergebliche Zeitverschwendung zu sein, denn um die schwere Falltür hochzuziehen, hätte es starker Männerarme bedurft, schließlich aber gelang es mir doch, den mächtigen Eichenholzdeckel hochzureißen, und zwar mit solchem Schwung, dass ich dabei fast auf den Rücken fiel. Oft war ich schon dort unten gewesen, doch immer hatte Vater die Falltür geöffnet, etwa wenn er eine größere Gesellschaft erwartete und mehrere Kannen von seinem besseren Wein heraufbringen wollte: Dann trug ich die gefüllten Kannen paarweise hinauf, während Vater unten blieb und die nächsten anfüllte, die letzten trugen wir gemeinsam die Stiege hoch, die nicht ungefährlich war, zumal mit den bis zum Rand gefüllten Gefäßen in den Händen, die Kanten der Stufen waren vom vielen Rauf und Runter schon stark abgetreten. Ich erinnere mich gut, wie oft ich mich behutsam nach oben vorgearbeitet hatte zu dem durch die geöffnete Kellertür einfallenden quadratischen Lichtschein hin, stets ertastete ich vorsichtig mit dem Fuß die nächste Stufe und fürchtete immer, ich könnte ausgleiten, samt den Kannen zurück in die dunkle Tiefe stürzen und mir den Hals brechen. An manchen dieser Tage ging mir auch durch den Kopf, was Vater wohl mehr bedauern würde, wenn ich in den Keller fiele oder wenn die zwei Kannen von seinem besseren Wein statt von den Gästen vom feuchten Kellerboden geschluckt würden.

Vater ließ die Kellertür bei solchen Gelegenheiten natürlich sperrangelweit offen, damit ich mit meiner kostbaren Last gut hinauf kam, doch jetzt war mir klar, ich musste die Tür unbedingt wieder hinter mir schließen, wenn ich nicht wollte, dass sie mich verriet. Erleichtert bemerkte ich, dass sie auch innen einen Handgriff hatte, den ich bislang nicht kannte. Ich stieg eine Stufe tiefer, blieb dann stehen, packte den Griff mit beiden Händen und zog ihn mit aller Kraft in meine Richtung. Sobald die Falltür über die Senkrechte hinaus war und durch ihr Eigengewicht fiel, ließ ich mit der Linken den Griff los und stemmte die offene Hand dagegen, um ihren Fall zu bremsen. Als die schwere Tür zugefallen war, stand ich mit klopfendem Herzen in der plötzlichen Dunkelheit, in der ich außer dem die Ränder der Falltür nachzeichnenden schwachen Schein nichts sah, und ich überlegte mir, ob ich wohl aus eigener Kraft die Tür von innen würde hochdrücken können, wenn draußen die Gefahr vorüber war. Denn wenn ich es nicht schaffte und den Meinen da draußen etwas geschah, man sie tötete oder verschleppte, so würde niemand nach mir suchen, weil man vermuten würde, mich habe das gleiche Schicksal getroffen, ich müsste meine Tage vermutlich hier unten in der Finsternis beschließen, und die einzige Gesellschaft meiner letzten Stunden wären die unter den weggerückten Steinen hervorquellenden Kellerasseln.

Wahrscheinlich würde ich in diesen meinen letzten Stunden nicht einmal ein Lichtlein anzünden können, denn ich war nicht sicher, ob wir das Zündwerkzeug beim letzten Mal unten zurückgelassen oder ob Vater es mit hinaufgenommen hatte, obwohl ich unlängst neben dem Kerzenstummel auf einem Fass noch… Plötzlich erfasste mich ein solcher Aufruhr, dass ich am liebsten die Falltür auf der Stelle wieder aufgestoßen hätte, nur um sicher zu sein, dass ich hier wieder herauskäme, wenn oben die Gefahr vorbei sein sollte. Doch dann war die Angst vor den Männern draußen stärker, und ich wollte hinabsteigen, kam aber zu meinem Schreck mit dem linken Arm nicht los, er blieb in derselben Stellung festgeklammert, in der ich die fallende Tür abgebremst hatte. Der Schreck verwirrte mich so sehr, dass ich für einen Augenblick meinte, einer der Verfolger habe mich bereits eingeholt und packe mich mit wer weiß welcher übermenschlichen Kraft sogar durch die Tür hindurch, doch dann merkte ich, dass die eingerastete Falltür ein Ende meines Hemdärmels eingeklemmt hatte und mich jetzt festhielt. Ich begann, mit der freien Rechten am Ärmel des festsitzenden linken Arms zu zerren, die aufs Höchste gesteigerte Angst wie auch der Zorn über meine Dummheit verdoppelten offenbar meine Kräfte, denn bald vernahm ich, wie das Leinenzeug riss, und das bedeutete meine Befreiung, so konnte ich, mit der Hand an der Wand entlang und mit dem Fuß die nächste Stufe tastend, hinabsteigen in die Finsternis.

Unten sah ich zuerst so gut wie nichts, nach einiger Zeit begannen sich dann die Umrisse der Weinfässer schemenhaft vor meinen Augen abzuzeichnen, sie bildeten dichte, dunkle Blöcke in der allmählich durchlässiger werdenden Dämmerung, und während ich mich vorsichtig weiterbewegte, ertasteten meine

Hände auf dem letzten leeren Fass die kalten Zapfen, weiter oben spürten sie den glatten Kerzenstummel auf, der mitten in der Pfütze seines geschmolzenen Wachskorpus' erstarrt war, und nicht weit davon stieß ich auch auf das Zündwerkzeug. Dieses Feuerzeug versenkte ich in meiner Schürzentasche, dann brach ich die Kerze aus dem starren Wachs und nahm sie an mich, um sie im hinteren Teil des Kellergewölbes, wo mich der möglicherweise nach draußen sickernde Schein nicht mehr verraten könnte, anzuzünden. Ich tastete an der Kerze nach dem oberen eingesunkenen und am Rand ausgefransten Ende und kratzte mit dem Fingernagel den eingeschmolzenen Docht hervor, als das dünne, glatte Kerzchen meiner zitternden Hand entglitt, hörbar auf den Boden fiel und ins Unsichtbare rollte. Auf allen Vieren tastete ich mit beiden Händen blind nach dem Kerzenstumpf, als meine Finger plötzlich auf frisch aufgeworfene, leicht krümelnde Erde stießen, fast hätte ich vor Schreck aufgeschrieen, denn ich griff in dem körnigen, lockeren Erdreich in eine schleimige, verwitterte Masse, aus der mir ein ekelhafter Gestank in die Nase stieg. Hatte ich vielleicht eine verwesende Leiche aus ihrem flachen Grab herausgekratzt? War sie in der Not am Ende hier eilig verscharrt worden? Deshalb die frische Erde? – Dergleichen Gedanken schossen mir durch den vom neuen Schreck nun endgültig verwirrten Kopf. Doch sobald ich mich ein wenig gefasst hatte und meine Hand tiefer in den Sand schob, fühlte ich statt zerfallender Glieder und Knochen übereinandergeschobenes, gekräuseltes, matschiges Blattwerk unter den Fingern. Jetzt fiel mir wieder ein, dass die Stiefmutter neulich darüber klagte, den Kohl, den sie noch vor Michaeli aus dem Garten hatte hierher schaffen lassen, um ihn vor dem Frost zu retten und im Keller einzuschlagen, habe sie möglicherweise allzu reichlich mit Wasser besprengt, so dass nun mancher Kopf zu faulen beginne. Als ich, durch diesen Gedanken ermutigt, meine Hände jetzt eifriger zwischen den Kohlköpfen suchen ließ, stießen sie tatsächlich bald auf das Kerzenende. Ich steckte es in den Sand und nahm den Anzünder aus der Tasche, nach einigen hastigen Versuchen gelang es mir, die Kerze anzuzünden. Bei aufflammendem Licht gewahrte ich als Erstes den eingelagerten Kohl der Stiefmutter: Aus den überwinternden, mit einem hervortretenden Aderngeflecht überzogenen, weißlichgrünen Köpfen schossen in der Mitte gelblichweiße, glasig durchsichtige Blattbüschel auf. Die Flamme mit der Hand abschirmend, machte ich mich mit der Kerze zwischen dem Fässerspalier auf den Weg in den dunkleren, feuchten hinteren Teil des Kellers. Hier waren die Wände von grünlichem Kellerschimmel überzogen, in dem da und dort ein hineingedrückter Kupferkreuzer schimmerte, der von gut gelaunten Gästen, die gelegentlich Vaters eingelagerten Wein hier unten probierten, in die Wand gedrückt worden war, manche wiesen bereits kleine, lebhaft grüne Pünktchen auf, die an ein glitzerndes Schmuckstück aus Türkisen erinnerten. Mein Vater hatte keinen eigenen Weinberg, er kaufte jedes Jahr einige Fässer von den Weinbauern, dafür benötigten wir keinen allzu tiefen Keller: Es waren kaum zehn Schritte, bis ich am hinteren Ende war, wo ein wackliger Tisch und drei Hocker standen. Ich sank auf einen hin, stellte die Kerze auf den Tisch und sah mich um.

In einer Ecke standen Eimer und das große Krautfass mit seinem weiten dunklen Rachen, in der anderen lehnten prall gefüllte Säcke an der Wand wie zwei missgestaltete Ungeheuer ohne Kopf und Glieder. Einen Augenblick lang fragte ich mich, womit sie wohl gefüllt sein könnten, dann fiel mir ein, dass die Stiefmutter im Herbst mehrere Säcke Sand hatte bringen lassen, weil sie die Kohlköpfe und mit der Zeit auch anderes Gemüse im Keller einschlagen und überwintern wollte. Auf dem Tisch standen noch der Weinkrug und ein nicht ganz geleertes Glas, mit dem Vater wahrscheinlich einen Gast, vielleicht den stimmgewaltigen Ratsherrn mit den buschigen Brauen, bewirtet hatte.

Die Hand auf mein polterndes Herz gepresst, kauerte ich da und grübelte, ob ich die Kerze ausblasen sollte, denn alle Ängste meiner Kindheit stiegen wieder in mir hoch, und ich konnte mich nicht damit abfinden, allein hier unten im finsteren Keller zu bleiben. Verschreckt und ratlos starrte ich vor mich hin, als ich plötzlich merkte, dass sich auch am anderen Ende des Kellers die Dunkelheit aufhellte, gerade nur so viel, als wenn man dunklen Rotwein mit ein wenig Wasser mischt, und dass eine Stufe von einem dünnen Lichtstrahl durchschnitten wurde. Dann zeichneten sich die oberen Stufen – so als ob oben jemand die Falltür immer weiter öffnete – in schneller Folge, von unten nach oben, in der Dunkelheit ab. Ich wusste, wenn ich nur noch einen einzigen Augenblick lang wartete, könnte ich auch den Fuß desjenigen sehen, der die Tür geöffnet hatte und gewiss sogleich die Stufen herabsteigen würde, um mich aufzustöbern. Ich langte zur Kerze hin, um die Flamme mit zwei Fingern auszudrücken, bevor sie mich verriet. In der Dunkelheit hing noch eine ganze Weile der starke, schwere Geruch von heißem Wachs, und ich fürchtete, der könnte mich verraten und den Verfolger auf meine Spur führen.

Dennoch blieb mir eine kleine Hoffnung, denn bis der Eindringling in diese Ecke des Kellers gelangte, würde es mir schon gelingen, mich im Dunkeln zu verkriechen. Verzweifelt war ich bemüht, mir den Verlauf des Kellers in Erinnerung zu rufen und bei dem schwachen Licht zu erkunden, wo sich ein Versteck bieten könnte. Vielleicht ist zwischen dem hintersten Fass und der Wand genügend Platz, so dass ich mich hineinzwängen kann, schoss es mir durch den Kopf, doch gewiss war das nicht, außerdem ließ sich das sicher nicht lautlos bewerkstelligen. Oder vielleicht im leeren Krautfass? Ich verwarf diese Idee sogleich wieder, stellte mir vor, dass mein Verfolger vielleicht doch hineinschauen würde, warum eigentlich nicht, und ich wäre ohne eine schützende Abdeckung seinen Blicken ausgesetzt… Mir kam vor, ich hatte mich aus lauter Dummheit selbst in die Falle begeben, als ich diesen blind endenden unterirdischen Gang als Zuflucht wählte, doch dann fielen mir die beiden Säcke in der Ecke ein, kaum eine Armlänge von mir entfernt. Ich ließ mich auf alle Viere nieder, kroch zur Ecke hin und dankte Gott, als meine Finger das grobe Sackleinen und den feuchten, fest zusammengebackenen Sand ertasteten. Er fühlte sich hart und spröde an, wie ich mich zwischen die Säcke zwängte, es war, als drängte ich in feuchtes Salz oder in den umgegrabenen Boden ein, doch der Sand war so formbar geblieben, dass ich mich mit dem Kopf, den Händen und Schultern zwischen Säcke und Wand schieben und doch noch atmen konnte. So saß ich zusammengekrümmt, die Knie bis ans Kinn hochgezogen, den Rücken gegen die feuchte Kellerwand gestemmt wie in einer kleinen Höhle, die oben nicht so prall gefüllten Säcke legten sich über mich und deckten mich zu.

Kaum hatte ich mich zurechtgerückt, kaum hatte der Schrecken ein wenig nachgelassen, wenigstens so weit, dass das Hämmern meines eigenen Herzschlags in meinem Ohr nicht jedes von außen kommende Geräusch übertönte, hörte ich die Schritte meines Verfolgers, der von Zeit zu Zeit stehen blieb, sich aber meinem Versteck näherte. Seine in gefährlichen Patrouillen geschärften Augen gewöhnten sich schneller an die Dunkelheit des Kellers als die meinen; wenn mir dennoch genügend Zeit geblieben war, mich zu verstecken, so verdankte ich das dem Umstand, dass er bei den an der Wand aufgereihten Fässern immer wieder stehen blieb und dahinter griff, um festzustellen, ob ich mich dort vielleicht vor ihm versteckt hatte. Ich stellte mir vor, wie sich sein schönes Gesicht jedes Mal ärgerlich verzerrte, seine blauen Augen zornig funkelten, wenn seine Erwartung enttäuscht wurde, in meine Angst mischte sich eine gar nicht so unangenehme Erregung. Mein Verfolger musste inzwischen am Ende des Kellers bei dem Tisch mit den Bocksfüßen angelangt sein und dort wahrscheinlich auch die Kerze ertastet haben, offenbar hatte er irgendein Werkzeug zum Feueranzünden bei sich, denn zuerst hörte ich ein lautes Knallen, dann einen Fluch, sodann ein knarzendes Knistern, und im nächsten Augenblick, als ich durch den Spalt zwischen den ausgebeulten Säcken zur Decke hochsah, erkannte ich dort, wo eben noch die Finsternis alles verschlang, das Ziegelgewölbe und darauf den in der Mitte abgeknickten, ins Riesenhafte gedehnten Schatten meines Verfolgers. Angsterfüllt kauerte ich mich noch mehr zusammen, die langen, fleisch- und knochenlosen Schattenarme schienen sich in Bewegung zu setzen, die schimmelbedeckte Wand herunterzuwandern und wie körperlose, geschmeidige Schlangen hinter die Sandsäcke in mein Versteck hereinzukriechen, um mir in die Haare zu fahren oder meinen Hals zu umklammern. Vermutlich, so folgerte ich, hatte mein Verfolger, bevor er sich Licht machte, den Weinkrug vom Tisch gestoßen, während er nach der Kerze griff; diese Annahme bestätigte sich, denn auf dem schmalen Streifen des Kellerbodens, den ich von meinem Versteck aus im Blickfeld hatte, sickerten plötzlich unterschiedlich schnell fließende, zeitweise zum Stillstand kommende, dünne Rinnsale des Rotweins, wie tastende rote Finger, die mich noch mit letzter Kraft aufzuspüren suchten, bevor sie der Boden verschluckte. Und vielleicht brachten tatsächlich diese verräterischen flüssigen Finger den Häscher auf meine Spur, möglicherweise aber fielen ihm im Kerzenlicht auch die ausgebeulten Säcke ins Auge, denn gleich darauf hörte ich seine Schritte, und dann sah ich auch schon einen Teil seiner Stiefel. Und dieses Schuhwerk war zu ausgetreten und verdreckt, als dass es dem schmucken Leutnant gehören konnte, und auch die Hand mit den schwarzen, rissigen Fingernägeln, die sich zwischen den beiden Säcken durchschob und nach meinem Knöchel griff, um mich im Licht der bedrohlich flackernden Kerze aus meinem jämmerlichen Versteck hervorzuzerren, war nicht die seine. Vergeblich versuchte ich, an den glitschigen Steinen der Kellerwand Halt zu finden, mich an der Sackleinwand festzuhalten, sie riss, und der Sand, in den ich griff, rieselte mir durch die Finger. So wurde ich, auf dem Rücken liegend, herausgezogen ins Licht, durch die Weinpfützen, die mir das Hemd durchnässten. Mein Rücken schrammte über den steinigen Boden, und als ich an meinen nackten Oberschenkeln und den bloßen Waden entlang aufschaute, der Rock war mir beim Herausschleifen bis über die Hüfte zurückgeschlagen, sah ich die zum Zopf geflochtenen fettigen Haare, die dunklen Schlitzaugen und die im Grinsen aufleuchtenden, schartigen gelben Zähne. Der Anblick ließ mich erschaudern, dass ich kurze Zeit die Sinne zu verlieren meinte. Ich wollte schreien, doch »der Tatar«, der inzwischen meinen Fuß losgelassen hatte und nun über mir kniete, beugte sich ganz dicht über mich und presste mir die Hand auf den Mund, mit der anderen schwenkte er die blinkende Klinge eines hübsch verzierten Messers vor meinen Augen, um mir zu verstehen zu geben, dass er sie mir durchs Gesicht ziehen würde oder, wer weiß, gar durch die Kehle, wenn ich nicht still bliebe. Selbst bei dem aufflackernden Kerzenlicht konnte ich seine an Krallen erinnernden, gespaltenen Nägel erkennen, das dreckige Hemd, dessen Stoff vom Schweiß, von Blutflecken und Schmutz erstarrt war, und wie er sich auf mich warf, sah ich seinen Hals mit dem nässenden, rötlichen Geschwür, von dem der schmutzige Lappen gerutscht war. Als ich versuchte, mein Gesicht von dem grässlichen Anblick abzuwenden, fiel mein Blick auf den großen Stein, mit dem wir den Deckel des Sauerkrautfasses zu beschweren pflegten; da das Fass leer dastand, lag dieser Stein seit Monaten daneben. Offenbar war er durch meinen darübergeschleiften Körper ein wenig aus seiner ursprünglichen Lage gerückt worden, und auf dem mondsichelförmigen, frischen und etwas dunkleren Fleck des Bodens tummelten sich massenhaft die ausgebleichten, vielbeinigen Tierchen, Ungeziefer, Asseln. Instinktiv versuchte ich, meinen Kopf aus der Nachbarschaft dieser ekelhaften Geschöpfe wegzudrehen, und erst jetzt wurde mir meine ganze Ohnmacht bewusst, aus eigener Kraft konnte ich meine Lage so wenig verändern wie die auf die Tür des Schuppens genagelte Fledermaus, die ich in meiner Kindheit so oft zu sehen bekam, eine ungeheure Wut flammte in mir auf und fuhr wie ein blendender Blitz durch meinen Leib. Obwohl jede Faser meines vor Zorn bebenden Körpers ringen und kämpfen, den Übeltäter von mir wegstoßen, ihn überwältigen und sein Blut vergießen wollte, war ich angesichts der brutalen, rohen Kraft, mit der er mich niederdrückte, gänzlich hilflos, und wie sich das Wasser, wenn eine Sperre seinen Lauf hemmt, dreht und rückwärts fließt: Es war, als täte sich in meinem Innersten ein Brunnen auf, ein Schacht, von dem ich bislang nichts wusste, und als würde ich selbst in diesen Brunnen stürzen, tief hinab und immer tiefer, mit so ekelerregender Verzweiflung in der Seele, wie ich sie bislang nicht gekannt und mir auch nicht hatte vorstellen können. Ganz so, als warte am anderen Ende dieses finsteren Abgrunds die Vernichtung auf mich, als stürze meine Seele durch ihn hindurch geradewegs aus der gottgeschaffenen Welt und ich wäre dann ein sich regender, redender Leichnam, in dem nur noch ein kümmerlicher Rest von Fühlen und Denken flackert. Doch im nächsten Augenblick brach sich die mörderische Leidenschaft von vorhin, wenn auch verspätet, ihren Weg nach draußen, sie wurde dort, abgelöst von mir und ohne mein Zutun, zu etwas Körperhaftem, zum Messer oder Dolch, der, über dem Rücken meines Frevlers schwebend, zwar noch kurz innehielt, doch dann mit tödlicher Sicherheit auf den Punkt niederstieß, durch den er direkt ins Herz traf: Denn ich spürte, dass der Leib meines Peinigers, der mich soeben noch mit der Kraft einer wütenden Bestie, eines Bären oder Löwen an den Boden gepresst hatte, erschlaffte, als wäre er plötzlich in tiefen Schlaf gestürzt. Und obwohl der hilflose Körper jetzt noch schwerer auf mir lastete, so gelang es mir im nächsten Augenblick mit Leichtigkeit, ihn von mir zu stoßen, als träumte ich einen dieser Träume, in denen die Wände plötzlich durchgängig werden oder man sich, auf die Luft gestützt, mit Leichtigkeit ins Firmament erhebt. Als ich, von der unerwarteten Wendung völlig verwirrt, noch im Liegen aufblickte, sah ich das besorgte Gesicht von Mátyás Lang über mir und neben ihm die zornige Miene des vierschrötigen Gerbers mit den gutmütigen wasserblauen Augen von der anderen Seite der Gasse.

»Schnell, kleine Orsi, bevor dieser Verbrecher wieder zu sich kommt!«, rief er, zur Eile mahnend, und er stieß den ohnmächtigen Landsknecht mit der Stiefelspitze zur Seite, den er zuvor mit seiner mächtigen linken Pranke wie einen jungen Hund am Genick gepackt und von mir heruntergezogen hatte, nachdem er dem »Tataren« mit dem Kolben der Muskete in seiner Rechten einen gewaltigen Schlag über den Schädel gezogen hatte. Ich sah, dass am Kellereingang noch weitere Männer aus der Nachbarschaft herumstanden und teilnahmsvoll beobachteten, wie Lang und der Gerber mich stützend und ziehend aus dem Keller holten, die Stiege hinauf durchs Tor und eilig auf die andere

Seite der Gasse in den Hof des Gerbers brachten, wo die beiden Burschen des Gerbermeisters schon die Leiter aus der Scheune herbeischleppten und eilig an die Luke zum Dachboden lehnten. Mein Retter, der rothaarige, kräftige Gerber, stieg vor mir die Leiter hoch, ich folgte ihm, von Lang ermutigt, mit zitternden Knien und wegen meiner beschmutzten, nassen Kleider etwas geniert, besonders wegen des augenfälligen roten Weinflecks auf dem Rock, der den im Hof Herumstehenden nicht entgangen sein konnte, als ich ihnen den Rücken kehrte. Während ich hochkletterte, drangen Wortfetzen an mein Ohr »vielleicht waren wir noch rechtzeitig da…«, »… waren die Schächer noch nicht so weit…«, »… der Ärmsten die Ehre noch nicht geraubt…«, »man muss es ihrem Hauptmann melden…«, »Gott behüt, sich mit solchen in Händel einlassen!…«, »sind doch alle gleich, Teufel, ob Hauptmann oder Landsknecht…«, »ja, alles, was sie in der Kammer gefunden…«, »zwei Sommerhosen und einen Tuchrock, kaum getragen, haben sie mitgenommen…«, und als ich oben am Ende der Leiter war, streckte mir der Hausherr, der trotz seines Alters und massigen Leibes mit jugendlicher Behändigkeit vor mir die Sprossen hochgestiegen war, seine Rechte entgegen, um mir durch die Bodenluke zu helfen, er hatte sie mit der anderen schon aufgestoßen. Ich hörte, dass er hineinrief: »Nicht erschrecken, Orsolya, wir sind es!«, und als ich dann, gebückt, auf allen Vieren, glücklich auf dem Dachboden war und weiter hineinrobbte, schob er die Luke hinter sich wieder zurecht und kletterte flink hinunter. Als ich mich im Knien aufrichtete und um mich sah, hätte ich vor Schreck fast aufgeschrien, denn im Halbdunkel erblickte ich, nicht weit von mir, ein dunkles, in eine Decke gehülltes Knäuel, das sich bewegte und langsam auf mich zukroch. Im ersten Schreck hätte ich fast die Bodenluke aufgerissen und mich hinuntergestürzt, doch hatten sich zum Glück meine Augen ein wenig an das Dämmerlicht gewöhnt, so dass ich zu meiner Erleichterung über dem auf mich zukriechenden Kleiderbündel das kreidebleiche Gesicht meiner Stiefmutter erkennen konnte. Hätten mich die Ereignisse der letzten Stunden nicht so völlig durcheinander gebracht, wäre mir aus den Worten des Gerbers doch deutlich gewesen, dass auch sie auf dem Dachboden versteckt worden war, wahrscheinlich gleich nachdem Lang sie aus unserer Stube herausgerettet hatte. Die Stiefmutter kauerte sich neben mich hin und legte die Pferdedecke auch um meine Schultern. »Hat man dir etwas zuleid getan?«, fragte sie flüsternd mit zitternden Lippen, und als wir uns unter der Decke aneinander drückten, spürte ich, dass sie vor Angst mit den Zähnen klapperte, doch vielleicht war es auch die Kälte hier oben auf dem zugigen Dachboden, gegen die diese Pferdedecke nur wenig Schutz bot. Da merkte ich, dass auch ich am ganzen Leib zitterte. Schutz und Wärme suchend, schmiegte ich mich an meine Stiefmutter, sie zog mich mit dem um mich gelegten Arm krampfhaft an sich. Eine ganze Weile zitterten wir, uns gegenseitig umarmend, unter der schweren Decke: Orsolya bohrte ihr Gesicht in meine Achselhöhle, und ich umklammerte ihre Schulter mit aller Kraft, bis das Zittern allmählich nachließ. Sooft wir von unten irgendwelche Geräusche vernahmen, riss sie den Kopf hoch und lauschte angespannt, ob es nicht wieder Landsknechte wären, dann drückte sie ihr Gesicht erneut an meine Brust, und ich spürte ihren heißen, stoßweise gehenden Atem. Einmal hörten wir ein Schlagen ganz aus der Nähe, dann Laute, als ob schlecht geschmierte Wagenräder quietschten. Wir zuckten zusammen und klammerten uns so fest aneinander, als versuchten wir, in den Körper der andern verkrochen, der Gefahr zu entgehen, dabei war es nur eine Taube, die hier auf der Suche nach verstreuten Weizenkörnern aufgeflogen war und flügelschlagend durch eine Luke flatterte. Nach diesem Schrecken kaum zur Ruhe gekommen, vernahmen wir wieder Geräusche, diesmal von unten. Zuerst lauschten wir beide mit zur Seite geneigten Köpfen wie zwei durch Büchsenknallen aufgescheuchte Rehe, dann hörten wir Schritte im Hof, schließlich die Stimme des Gerbermeisters, der gezwungenermaßen unser Gastgeber war und der nun sagte: »Sie sind oben auf dem Dachboden …« Dann schlug das mit Haken versehene Leiterende an den Staffel der Bodenluke, und jemand kam heraufgestiegen.

Die Stiefmutter klammerte sich so fest an meinen Arm, dass die Spuren ihres Griffs auch später noch zu erkennen waren, und ich drückte den ihren, gewiss nicht weniger fest, während wir wie zwei Vögelein im Blickfang einer Schlange auf die kleine Bodentür starrten, die der nach oben Eilende nun hastig aufstieß. Ich presste meine Hand auf den Mund, um nicht zu schreien, und starrte wie gebannt auf die im hellen Geviert der Türöffnung erscheinende Gestalt, in der ich mit plötzlich geblendeten Augen erst nach einigen Augenblicken meinen Vater erkannte. Auch seine Augen gewöhnten sich nicht gleich an das Halbdunkel des Dachbodens, seine Blicke schweiften fahrig im Bodenraum umher, um sich davon zu überzeugen, ob das, was der ehrbare Nachbar in der Unruhe berichtet hatte, auch tatsächlich zutraf, ob er uns wohlbehalten wiedersehen würde. Als es ihm gelungen war, im Dämmerlicht mein Gesicht auszumachen, streckte Vater, ohne die Stiefmutter zu beachten, die sich beim Öffnen des Türchens im ersten Schreck hinter mir verkrochen hatte, seine Hand nach mir aus und zog mich, auf der Leiter stehend, hastig an sich. Wie ich so am Bodeneingang vor ihm kniete, nahm er mein Gesicht in seine beiden Hände und prüfte meine Züge hastig und voller Unruhe, ja mit beinahe zorniger Miene, als reichte ihm das kurze Hinsehen nicht, um sich endgültig davon zu überzeugen, dass ich es war und er keine Angst mehr haben musste.

»Ist dir etwas geschehen?«, fragte er mit so heiserer Stimme, als habe er sich mit einem brühendheißen Bissen die Zunge verbrannt, und ich merkte seiner Stimme an, dass er böse war, weil er meinetwegen quälende Sorgen ausstehen und etwas hatte erfahren müssen, was wir alle zu ertragen haben, wenn uns ein Mensch oder eine Angelegenheit über die Maßen am Herzen liegt: nämlich, dass Glück und Seelenfrieden dem Zufall ausgeliefert sind.

Ich versuchte, ihn, so weit mir das möglich war, zu beruhigen, mir sei kein Leid geschehen, doch seine ehrliche Besorgnis tat gut. Mit Dankbarkeit und Sehnsucht nach etwas Zärtlichkeit umfasste ich seinen Hals, und er drückte mich an sich, hätte mich wohl wie ein gerettetes Kind auf seinen Armen über die Leiter nach unten getragen, wenn ich ihn nicht mit den Augen auf die Stiefmutter aufmerksam gemacht hätte, die ja noch drinnen weilte. Vater besann sich sofort, er neigte sich seitwärts, machte mir Platz, so dass ich, mich an seinen Arm klammernd, die Sprossen nach unten steigen konnte, und er rief, leicht verlegen, weil er selbst nicht daran gedacht hatte, der auf dem Dachboden kauernden Orsolya, meiner Stiefmutter, zu:

»Sie sind fort! Du kannst herunterkommen …« Und er reichte auch ihr die Hand, um ihr durch die Bodenluke zu helfen.

Unten drückte mein Vater dem Gerbermeister glücklich die Hand, dankte dem rechtschaffenen Nachbarn, dass er uns den rettenden Unterschlupf gewährt hatte. Jeder andere an seiner Stelle hätte das Gleiche getan, zierte sich der in bescheidener Gutmütigkeit und schalt das »räuberische Gesindel«, das die Stadt nun bald los sein würde, weil der Rat zu dem Entschluss gekommen war, die verlangten schweren Geschütze zur Verfügung zu stellen, und auch, weil sie den Hauptmann bestochen hatte, damit das Kriegsvolk möglichst bald aus der Stadt abzog. Die Herumstehenden (mehrere Leute aus der Nachbarschaft waren gekommen, um aus Vaters Mund Neuigkeiten zu hören) nahmen diese Nachrichten mit großer Freude und Genugtuung auf, sie begannen erst zu schimpfen, als sich herausstellte, dass der Rat nicht nur die Kanonen, sondern auch die dafür benötigten Gespanne, also etwa vierzig Pferde, zugesagt hatte. Diese Pferde, bemerkte der Gerber zornig, er hatte nämlich selbst einige im Stall stehen, würde man wahrscheinlich wieder, es war ja nicht das erste Mal, mit Gewalt den Bürgern abpressen; dann brachte uns der Meister, der jetzt abwechselnd die räuberischen Ungarn und den Rat verfluchte, zusammen mit Mátyás Lang in unser eigenes Haus hinüber, weil er sehen wollte, welchen Schaden die Soldaten dort angerichtet hatten, ja, und der war nicht gering: Der größte Teil der Kleider weggeschleppt, und keineswegs nur das deutsche Zeug, selbst die von der Stiefmutter selbst genähten Röcke und Schürzen fehlten, ebenso zwei tadellose Tuchmäntel von Vater. Auch die seidenbestickten Decken, sämtliches Leinenzeug und natürlich das Silber waren verschwunden, darunter der vergoldete Silberbecher mit der Windmühle darauf, das Hochzeitsgeschenk des Rates, schließlich der runde Wandspiegel. Zurückgelassen hatten sie, wahrscheinlich weil sie nicht mehr tragen konnten, den großen, quadratischen Orientteppich, der bei uns über den Tisch gebreitet war. Und da sie den gerade erst frisch aufgesetzten Kachelofen nicht mitnehmen konnten, hatten sie ihm arg zugesetzt: Die glänzende grüne Glasur war an vielen Stellen abgeschlagen, dem armen Apostel Johannes fehlte der Kopf, sein Hals endete in einem blassgrauen, irdenen Stumpf. In den runden Bleiverglasungen der Fenster waren die Scheiben zertrümmert, vielleicht aus Zorn, dass wir ihnen entwischt waren, die Stiefmutter und ich. Als Mutter sich in Begleitung von Lang und dem Gerbermeister weinend und jammernd in die Küche und die Kammer aufmachte, um die dort entstandenen Schäden in Augenschein zu nehmen, trat Vater eilig zum Kirschenholztischchen hin, dessen Schloss die Plünderer nicht aufgebrochen hatten, und er drehte den Knopf des Geheimfaches, um sich zu überzeugen, dass die Wüstlinge das Kästchen mit seinem Geld nicht entdeckt und ausgeräumt hatten, dann folgte er rasch der Stiefmutter und ihren Begleitern.

Unser Schaden war beträchtlich, aber wahrscheinlich doch nicht so groß, dass unbedingt eine so kummervolle und magere Zeit hätte folgen müssen, als die sich die folgenden Monate erwiesen. Vater ließ die Schäden am Haus, wenn auch zögernd und unwillig, nach und nach beseitigen, doch er weigerte sich strikt, uns für die verloren gegangenen Kleider neue machen zu lassen. Wenn wir schönere Sachen zum Anziehen haben wollten als die, welche uns geblieben, sollten wir sie selber spinnen und nähen, wie das in ärmeren Häusern schon seit jeher gang und gäbe sei, so pflegte er zu sagen. Falls wir uns die seidenbestickten, mit Goldfäden verzierten Gewänder nicht selbst fertigen könnten, müssten wir uns eben mit bescheideneren Sachen begnügen, übertriebener Putz führe ohnehin zu nichts Gutem.

Trotz aller Unterweisung durch meine Patin war ich bei den

feinen Nadelarbeiten ein ziemlich unbeholfenes Gänschen, und trotz aller Mühen, trotz zerstochener und verhornter Fingerkuppen brachte ich es zu keinem vorzeigbaren Ergebnis. So blieb ich nicht nur ohne Erfolg beim Ersetzen der geraubten Kleider durch neue, es kam sogar oft vor, dass mir die Stiefmutter, wenn sie meine ungeschickten und ungleichen Stiche sah, die einfachen Laken, mit deren Säumen ich mich abmühte, aus der Hand riss und sie selbst fertig nähte, um mich danach bei Vater wegen meiner Unwilligkeit und Trägheit anzuschwärzen. Von ihm bekam ich sowieso schon immer zu hören, dass auch meine gesamte Aussteuer in die Säcke der Plünderer gewandert sei, und wenn ich mir nicht selbst Ersatz schaffe, andere würden es gewiss nicht für mich tun.

Was meinen Vater anging, so wurde seine fürsorgliche Zuneigung schon bald wieder durch Misstrauen und ungeduldige Reizbarkeit abgelöst. Schon am Tag nach den schlimmen Ereignissen hatte er begonnen, mich mit Fragen zu quälen, was mit dem Landsknecht vorgefallen sei, umsonst berichtete ich ihm alles bis ins Kleinste, er kam immer wieder darauf zurück. Vor allem wollte er wissen, wie es zu erklären sei, dass meine Mutter ohne Schwierigkeiten ins Haus des Gerbermeisters gelangen konnte, ich dagegen im allerletzten Augenblick aus den Fängen des Missetäters gerettet werden musste, wenn es nicht überhaupt schon zu spät gewesen sei… Weil man mir den Weg verstellt hat, flüsterte ich und vermied es, Vater in die Augen zu sehen. Aber da ich selbst mich nicht ganz schuldlos fühlte an dem, was mir widerfahren war, wird meine Erklärung nicht sehr überzeugend geklungen haben, und so sollte es mir auch nie gelingen, Vaters Zweifel zu zerstreuen. »Aber warum haben sie dich dann später gehen lassen?«, setzte er sein argwöhnisches Verhör fort, und weil es mir peinlich gewesen wäre, eine weitere Lüge zu erfinden und ich wohl auch gar nicht schlau genug dazu war, flüsterte ich, dass ich das nicht wüsste, dass ich keine Ahnung hätte. Meine Antwort versetzte Vater in große Erregung, schließlich drohte er mir, ich würde dieses Zimmer so lange nicht verlassen, bis ich ihm nicht alles gesagt hätte, und wenn wir beide hier verhungern und verdursten müssten. Vergeblich bemühte ich mich, ihm nach bestem Gewissen die ganze Wahrheit zu sagen, was mir auch einigermaßen gelang, wenn ich die äußeren Umstände betrachte, im Wesentlichen aber eigentlich doch nicht, nicht nur, weil ich Angst hatte, es würde ihn erzürnen, wenn ich ganz ehrlich spräche.

Als ich ihm die Frage zu beantworten versuchte, warum ich denn nicht gleich und zusammen mit der Stiefmutter versucht habe, wegzukommen, oder wieso ich in unseren Keller und nicht wie die Mutter ins Nachbarhaus geflohen sei, habe ich bei mir selbst vergeblich nach einer Antwort gesucht, mein Seelenzustand von damals schien mir in der Erinnerung wie ein wirbelnder, dichter Nebel, der allenfalls dazu taugte, meine wahren Gefühle einzuhüllen. Nach einiger Zeit muss Vater die Ausforschung doch ermüdet haben, vielleicht hatte sich auch sein Verdacht etwas gelegt, denn er bedeutete mir mit einer verächtlichen Handbewegung, ich solle gehen, um dann ein paar Tage oder Wochen später wieder von vorn damit anzufangen.

Der andere Punkt, der Vater gar nicht zur Ruhe kommen ließ, war die Frage, ob meine Retter tatsächlich noch rechtzeitig gekommen waren. Ob ich da auch wirklich ganz sicher wäre, fragte er immer und immer wieder. Ja, ich bin sicher, antwortete ich, um dem Verhör ein Ende zu machen, in Wahrheit aber wusste ich gar nicht, ob das, was mir geschehen war, ausgereicht hatte, um mir meine Ehre zu nehmen, oder nicht. Und offensichtlich beschäftigte diese Frage auch alle diejenigen, die von dem Vorfall gehört hatten. Wenn ich in meinen abgetragenen Kleidern die Straße entlangging, denn alle meine besseren Sachen hatten die Plünderer weggeschleppt, fühlte ich ständig die neugierigen, mitleidvollen oder verächtlichen Blicke auf mir, und diese Neugier war mir so unerträglich, dass ich mit der Zeit kaum noch einen Fuß vor das Haus setzte. Nur dass auch hier die misstrauischen Blicke meines Vaters und die feindseligen Mienen der Stiefmutter und der Magd Ersók jeden meiner Schritte verfolgten, und mich vor ihnen zu verstecken, fand ich wirklich keine Möglichkeit.

Allmählich versank ich in eine gewisse Schwermut: Längst war das die Mitternacht verkündende Hornsignal des Nachtwächters verklungen, und ich wälzte mich immer noch schlaflos herum, und am Morgen, wenn ich zu mir kam und bedachte, wie wenig Gutes der angebrochene Tag für mich bereithielt, hätte ich mich am liebsten wieder unters warme Federbett geflüchtet, zurück in die Bewusstlosigkeit des Schlafes. Es kam aber auch vor, dass mich Träume in eine andere, hoffnungsvollere Welt entführten und mein Körper, meine Seele beim Erwachen voll freudiger Erwartung waren. Dann sprang ich so flink aus dem Bett wie in früheren Zeiten, doch sobald mir dann meine wahre Lage bewusst wurde, erfasste mich bleierne Müdigkeit, so als hätte ich schon einen langen, harten Arbeitstag hinter mir. Führte ich mir dann die Aufgaben des Tages vor Augen, so war mir in meiner ohnmächtigen Verzweiflung nur noch zum Weinen. Sogar der gewohnte Heißhunger war mir ganz und gar vergangen, lustlos stocherte ich im Essen und schob nach ein paar Bissen den Teller weg.

Meine sprachlose Niedergeschlagenheit muss meinem Vater schließlich doch aufgefallen sein. Ich konnte kaum übersehen, dass sein Blick von Zeit zu Zeit auf mir ruhte, er mich geradezu fixierte. Offen nachzufragen, was mich bedrücke, wagte er nicht, dazu hatte er wohl nicht den Mut, weil er die Eifersucht der Stiefmutter fürchtete, doch bei sich muss er öfter darüber nachgegrübelt haben, was er mit mir anfangen sollte. So wird er auf den Gedanken verfallen sein, meine Patin aufzusuchen und ihren Beistand zu erbitten. Möglicherweise aber war meiner Patin das Vorgefallene inzwischen schon zu Ohren gekommen, und sie hatte ohnehin die Absicht gehabt, uns zu besuchen. Kurz und gut, eines Tages kam Vater zu mir in die Küche, wohin ich mich zurückgezogen hatte, als ich das Tor gehen hörte, und er forderte mich auf, in die Stube hinüberzugehen, weil ich Besuch hätte. Mir gingen Hunderte hoffnungsvolle Gedanken durch den Kopf, in den kurzen Augenblicken, in denen ich meine Kleider ein wenig in Ordnung brachte, stellte ich so viele Mutmaßungen an, wer dieser Besucher sein könnte, dass ich enttäuscht war, wie ich gestehen muss, als ich sah, es war die Patin, die in der äußeren Stube auf mich wartete. Wie sie dann aber mit ausgestreckten Armen auf mich zuging, mich herzlich begrüßte und sagte, sie sei gekommen, weil sie mich allzu lange nicht gesehen, und dass ich ihr gefehlt habe, schossen mir Tränen in die Augen, denn schon lange hatte mich niemand mehr so freundlich angesprochen.

Die Patin legte einen Arm um meine Schultern und sagte, zu Vater gewandt, sie würde mich gern, wenn Vater nichts dagegen hätte, zu sich mitnehmen, gleich heute Nachmittag. Vater nickte zustimmend, und ich machte mich bereitwillig auf und ging mit, an ihrer Seite, das wusste ich, brauchte ich keine neugierigen und abschätzigen Blicke zu fürchten.

Das Haus der Patin war von den plündernden Soldaten durch einen glücklichen Zufall verschont geblieben, und so fand ich alles unverändert wie vor einem halben Jahr, als ich das letzte Mal bei ihr war. Keinem der geschnitzten Apostel am Kachelofen fehlte ein Kopf, und auch die Tapisserien hingen unversehrt an der Wand, auf einer hetzten schmalhüftige, gesprenkelte Bestien, geweihte Hirsche oder vielleicht eher ziegenartige Wildtiere zwischen Lilienkelchen und kunstvoll rankenden, in Blüte stehenden Sträuchern, wie sie im wirklichen Wald gewiss nie, doch vielleicht im Paradiesgarten wuchsen, auf der anderen kämpften unter Bäumen mit gezähnten Blättern heidnische Krieger mit Beinschienen und Helmen, aus den Wolken beobachtet von einer helmtragenden Göttin mit Schild, zu ihren Füßen auf einer mit gelben Blumen übersäten Wiese stolzierten Pfaue in Paaren, hoppelten Hasen, und rund um einen kleinen See standen graue Vögel mit langen Hälsen, vermutlich Reiher, auf einem Bein. Und dann hingen da vollzählig in ihren schweren Rahmen die streng dreinschauenden Damen in stolzer Pose, das Haar von einer Perlenkette oder einer edelsteinverzierten Goldspange zusammengehalten, die in eigenartig verdrehter Hand mit den Fingerspitzen das Schnupftüchlein oder eine Rose hielten, die ihnen der Maler reichte; kein bisschen weniger würdevoll die Herren in ihren mit Schnüren geschmückten Dolmans, mit Bart und ernstem Blick, pausbäckige Wangen, hervortretende schwarze Augen zeugten von Festgelagen, sich über Tage hinziehenden Geselligkeiten, Jagden und vor allem davon, dass sie gewohnt waren zu befehlen und auch entschlossen, sich und die Ihren mit der Waffe zu verteidigen.

Wie ich in meiner ganzen Verlassenheit diese Bilder betrachtete, dachte ich bei mir, dass auch meine unbekannten, längst verstorbenen Verwandten so ausgesehen haben könnten und ich mich bei ihnen gewiss mehr daheim gefühlt hätte als in dieser selbstsüchtigen, missgünstigen Stadt, in der jedermann durch tausenderlei Vorschriften und Vorurteile gefesselt war und wo wir uns alle füreinander zugleich als Kerkermeister und Häftlinge betätigten.

Vielleicht beobachten und beschützen mich doch meine Großväter und Urgroßväter aus dieser anderen Welt, träumte ich, und möglicherweise würden mich auch diese schmuck herausgeputzten, stolzen Damen als ihresgleichen anerkennen, wenn ich ihnen einmal begegnen könnte…

Die Patin bedeutete mir, ich solle mich auf meinen gewohnten Platz am Fenster setzen, dann kam sie zu mir, und vermutlich sah sie, wie ich die Blicke an all den mir so vertrauten Gegenständen in der Stube entlanggleiten ließ, und sie begann mich auszufragen, ob das plündernde Kriegsvolk uns im Haus großen Schaden zugefügt habe. Als sie vernahm, dass sie den größten Teil unserer Kleider mitgenommen hätten und ich mich in den verbliebenen schäbigen Sachen kaum auf die Gasse traue, erhob sie sich und ging zu ihrem Kleiderschrank. Nach einigem Suchen holte sie ein schwarzes, aus feinem Tuch gefertigtes, aber schon ein wenig abgetragenes Kleid hervor, dazu einen brombeerfarbenen Rock, sie ging damit zum Fenster, drehte und prüfte die Gewänder mit sorgenvoller Miene. Dann winkte sie, ich solle aufstehen, und hielt mir die Kleiderstücke zur Probe vor den Körper.

»Macht nichts, wir werden sie für dich zurechtschneidern«, sagte sie etwas missmutig, weil sich herausstellte, dass diese Kleider für eine kleinere und stattlichere Person gemacht waren. Aus einem Knäuel Zwirn zog sie einen langen Faden heraus und maß damit meine Taille, die Brust und die Hüftweite, den Rest des Fadens riss sie ab, dann rief sie ihre kleine Dienstmagd herein, drückte ihr die Kleider samt den Fäden in die Hand und trug ihr auf, vorsichtig damit umzugehen, später würde sie ihr aufzeichnen, an welchen Stellen sie wie viel Stoff einnehmen musste. Ich flüsterte ein Dankeschön, doch meine Patin winkte ab: »Ach, es ist nicht der Rede wert«, sagte sie, »mir ist das ja ohnehin alles schon zu eng«, dann zog sie ihren Stuhl näher an mich heran, nahm meine Hand in ihre beiden Hände und begann mit leiser Stimme darüber zu sprechen, dass mir, wie sie gehört habe, ein noch viel größeres Leid widerfahren sei und dass die Geschehnisse gewiss viel Schmerz und Gram über mich gebracht hätten.

»Du sollst wissen«, fuhr sie fort, nach den passenden Worten suchend, »was immer uns widerfährt, der liebe Gott wird es uns – sofern es nicht durch schuldhafte Absicht geschah, sondern die Umstände, über die wir keine Macht besitzen, es mit sich gebracht haben – nicht als Sünde anrechnen, auch wenn die Menschen vielleicht … in den Augen der Menschen … und vergiss nicht, niemals der wahren Christenmenschen, nur in den Augen derjenigen, denen es bloß um äußere Ehrbarkeit geht, die weißgekalkten Grabmälern ähnlich sind und von unserem Erlöser als Schriftgelehrte und Pharisäer gerügt wurden … in den Augen solcher Menschen wird dir vielleicht ein Makel anhaften, für eine gewisse Zeit, denn die Leute haben ein kurzes Gedächtnis, das kannst du mir glauben, sie vergessen schnell, wie sie es ja auch bei anderen Dingen tun, vergessen sogar das Schlechte, und erst recht, wenn es um das Gute geht …«

Wahrheitsgemäß berichtete ich, das, was mir widerfahren sei, habe viel Leid über mich gebracht, doch schlimmer noch empfinde ich, dass mir viele die Schuld an dem Erlittenen selbst gäben und sogar meine Nächsten hart und herzlos zu mir wären. Ich begreife nicht, was meine Schuld ist und warum Gott mich so gnadenlos straft.

»Gott straft nicht nur für begangene Taten«, entgegnete

meine Patin, »er kann uns auch für Stolz und Hartherzigkeit Prüfungen auferlegen oder wegen unseres störrischen Eigensinns, mit dem wir, uns gegen seinen Willen sträubend, aufbegehren gegen Schicksalsschläge, mit ihm hadern, als wäre unser Glück der alleinige Zweck Seiner Schöpfung, uns gebärden wie ein Erbe, der, so glaubt er jedenfalls, vom Erblasser nicht das bekommen hat, was ihm zusteht und sich deshalb mit IHM auf einen Streit einlässt! Statt all das zu erkennen, wofür wir, auch du, IHM Dankbarkeit schulden: Siehe, ich besitze ein Dach über dem Kopf, habe einen guten Vater, der für mich sorgt, zumindest für die leiblichen Bedürfnisse, für die seelischen vielleicht weniger, als ich es gern hätte …«

»Denk nur an all die unglücklichen Geschöpfe, die auf der Straße vegetieren, bis die Stadt sie mit Hilfe ihrer Büttel vertreiben lässt … Oder an jene, deren Häuser die Landsknechte niederbrannten oder die sie verschleppt haben, denk an alle, deren ganze Familie die Pest hinwegraffte! Und überdies können wir nicht wissen«, so fuhr sie mit erhobener Stimme fort, denn sie konnte nicht übersehen, dass ich ihre Worte trotzig und mit verschlossener Seele verfolgte, »welche Absichten Gott mit uns verfolgt, und es mag schon so sein, dass er dich besonders hart geprüft hat, vielleicht tat er es aber zum Wohl deiner Seele, damit du nicht dein ganzes Heil in weltlichen Gütern suchst, wie ein Kind, das weint und mit dem Fuß aufstampft, wenn es nicht bekommt, was es sich wünscht, sondern damit du lernst, Irdisches zu verachten, und danach umso mehr Halt und die Liebe bei IHM suchst, die wir in unsere ungewissen, sündigen, wirren Gefühle verirrten menschlichen Kreaturen einander nur auf unvollkommene Weise schenken können …«

III

In den darauf folgenden Wochen verbrachte ich noch mehrere Nachmittage mit solchen Gesprächen bei der Patin. Einige Tage nach meinem ersten Besuch kam sie mit dem für mich abgeänderten Kleid aus schwarzem Tuch und dem brombeerfarbenen Rock über dem Arm zu uns. Seither eilte ich immer zu ihr, wenn ich daheim nicht gebraucht wurde oder Vater mich zeitweilig von irgendeiner Arbeit entband, die meine Stiefmutter mir aufgetragen hatte, denn die Ruhe im Haus der Patin erfüllte mich mit Freude und Frieden, ebenso wie die Stube, in der sich seit meiner Kindheit nichts verändert hatte, und weil die liebenswürdige, sanfte Art meiner Patin wie auch ihr tröstender Blick mir wohl taten, ebenso wie die Dörrzwetschgen, die sie mir jedes Mal anbot, wenn sie sah, dass meine Aufmerksamkeit nachließ und ich schon sehnsüchtige Blicke in Richtung Küche schickte. Auch wenn ich vornehmlich wegen solcher Annehmlichkeiten häufiger zu ihr ging, kann man mir vielleicht doch zugute halten, dass ich ehrlich die Hoffnung hegte, dank meiner Patin in den Besitz jener Weisheit zu gelangen, durch die das Aufbegehren und die quälende Unzufriedenheit meines Herzens gedämpft würde, und mit ihrer Hilfe früher oder später womöglich innere Ruhe und Frieden zu finden.

Sie ermunterte mich vor allem zu mehr Geduld und Verständnis für andere Menschen, insbesondere für meine Nächsten. Auch ermahnte sie mich, meine Zunge mehr im Zaum zu halten und meine Unbeherrschtheit zu überwinden. Es sei eine Eigenheit unreifer und ungebildeter Menschen, bei jeder Kleinigkeit und jeder Spur von Verdacht gleich aufzubrausen; wer sich so verhielte, unterscheide sich kaum von den mit keinerlei Vernunft begabten Tieren, sei den Bären ähnlicher, die sich über weißes Leinen aufregten, oder Nattern, denen ihr eigener Schatten höchste Erregung bereite – so pflegte sie mich zu belehren. Auch wenn ich mich beleidigt fühle, solle ich nicht zulassen, dass mich Wut und Leidenschaft beherrschten, so empfahl sie mir, ich sollte versuchen, mich in die Lage jenes Menschen zu versetzen, der mich gekränkt habe. Dann würde ich bald erkennen, dass ich selbst ihm womöglich Grund zur Feindseligkeit geliefert habe oder, wenn das nicht der Fall sei, nicht Böswilligkeit die Ursache sein müsse, sondern vielleicht nur Übellaunigkeit oder Verbitterung des Betreffenden über seine eigene Lage, die möglicherweise meinem eigenen Schicksal nicht unähnlich sci.

Und tatsächlich war ich bemüht, mir die Ermahnungen meiner Patin zu eigen zu machen, hielt mich auch eine ganze Weile daran. Sooft Vater oder die Stiefmutter etwas zu mir sagten, das weh tat, versuchte ich, mich in ihre Lage zu versetzen, und wirklich, manche ihrer Worte, manches, was mir früher Schmerz bereitet oder mich zornig gemacht hätte, kam mir jetzt verständlich vor, schien die beinah notwendige Folge ihrer Natur und der Umstände zu sein. Mein Eindruck war, dass diese Erkenntnis meinen Trotz tatsächlich dämpfte, nur breitete sich statt der erhofften Ruhe und des Friedens eine bleierne Gleichgültigkeit in mir aus, das Leben erschien mir wie ein Berg aus Hirsebrei, durch den ich mich ohne Lust und Appetit zu fressen hatte.

Während ich sie auf diese Weise beobachtete, versuchte ich, die Welt mit ihren Augen zu sehen, dabei fiel mir auf: Vater war neuerdings bemüht, der Stiefmutter gegenüber eine besorgte und behutsam-aufmerksame Haltung an den Tag zu legen, diese wiederum zeigte sich mit glänzenden Augen und wichtigem Gesicht besonders rührig und betriebsam, sie zählte nicht mehr pausenlos und mit Trauermiene auf, welchen Schaden uns die plündernden Landsknechte zugefügt hatten und was von der von ihr besorgten Arbeit alles zunichte gemacht wurde, verwundert hörte ich sie einmal sogar sagen, es hätte uns ja noch viel übler ergehen können.

»Ein Glück, dass sie bei uns nicht gebrandschatzt haben«, stellte sie fest, als sie von den Vorfällen in Kaschau erfuhr, »was sollten wir denn anfangen, wenn wir kein Dach mehr über dem Kopf hätten?«

Ob sich am Ende auch die Stiefmutter auf solche Exerzitien verlegt hatte wie ich, ging es mir durch den Kopf, dass sie nun plötzlich Trost aus dem Schicksal anderer schöpfte, denen es noch schlimmer ergangen war als ihr? Und in meiner großen Ahnungslosigkeit hatte ich das Gefühl, dass mir ein Kirchturm auf den Kopf fiel, als Ersók, unsere Magd – ich glaube, sie bereitete gerade die Füllung für die Weihnachtsgans, und ich reichte ihr die Gewürze zu – plötzlich sagte:

»Na, im nächsten Jahr kann sie statt Nüsse zu knacken schon das Brüderlein wiegen, das geht ihr gewiss leichter von der Hand... Wenn die Mutter ihr das Kleine überhaupt anvertraut, denn so ungeschickt, wie sie sich anstellt, möchte sie das Kind noch aus der Wiege stürzen! Oder wusste sie gar nicht, dass bald ein Geschwisterchen kommt? Das freut sie aber, wie?«, fragte sie scheel und boshaft, als sie meine Verblüffung bemerkte. »Schon zu Pfingsten ist es so weit, gerade ein Jahr nach der Hochzeit. Nicht nach sechs Monden wie bei manch anderer!«, murmelte sie, während sie die gelbliche Haut am geöffneten Bauch der Gans mit großen Stichen zusammennähte, dabei zufrieden grinsend, weil sie mir den Dorn so geschickt unter den Nagel gestoßen hatte.

Von allen Gefühlen, die mich überkamen, seit ich diese Nachricht zur Kenntnis nehmen musste, war die Scham über meine eigene Dummheit das stärkste. An das, was ich tatsächlich damals über Vaters Heirat, teilweise noch mit kindlicher Ahnungslosigkeit, gedacht habe, erinnere ich mich kaum, vermutlich dass Vaters Schritt allein von nüchternen Überlegungen diktiert und in Wahrheit ein Opfer von ihm war, um das Gespenst der Armut von uns abzuwenden. Bis dahin hatte mich die Überzeugung beseelt, dass sich tief im Herzen auch Vater in jene

Zeit zurücksehnte, da wir noch allein lebten, und dass er immer, wenn er für die Stiefmutter Partei ergriff, dies gezwungenermaßen tat, aus Schwäche oder Angst vor Vorwürfen, und wenn ich deshalb auch oft auf ihn böse war, so hegte ich doch niemals Zweifel, wem der bevorzugte Platz in seinem Herzen gehörte. Jetzt aber war ich in diesem Glauben tief erschüttert und fragte mich, ob tatsächlich ich es war, die mit Absicht versuchte, zwischen die beiden, die vor Gott und den Menschen zusammengehörten, einen Keil zu treiben. Bin ich in meines Vaters Haus also nur eine Art fünftes Rad, eine Geduldete, der ihr Platz eigentlich gar nicht zusteht, den sie nur der Gutmütigkeit und dem Langmut der anderen verdankt? Am besten wäre es vielleicht, ich ginge fort oder brächte mich um – solche und noch viele andere Dummheiten gingen mir durch den Kopf.

Von da an bin ich fast täglich zu meiner Patin gerannt, bemühte mich, die Schelte meines Vaters und die mürrischen Bemerkungen der Stiefmutter zu überhören, die es übel nahm, dass ich mich gerade jetzt, wo sie geschont werden sollte, so oft meinen Pflichten im Haus entzog. Bei der Patin betrachtete ich die Porträts der prachtvoll gekleideten, würdevoll dreinblickenden Herren und Damen immer sehnsüchtiger, und ich bat sie stumm, nicht länger zu säumen, sondern mich baldmöglichst hier wegzuholen. Besonders häufig stand ich vor dem Ebenbild einer schönen jungen Frau in karmesinrotem Kleid, deren ovales Gesicht, dunkle Augen und Haare mich in vielem an Mutter erinnerten. Ihre Miene war sanfter als die der anderen, strenger dreinblickenden Frauen, in ihrem schwarzen Haar glitzerte ein Perlengeflecht, in der auf dem goldbestickten Rock ruhenden Linken hielt sie eine halb entfaltete rosa Rose, der rechte Arm ruhte auf einem Podest, das mit einem roten Überwurf abgedeckt war. An ihren Rocksaum schmiegte sich ein weißes Hündchen mit Flatterohren, hinter ihrem Rücken sah man den Ausschnitt eines Spitzbogenfensters und durch dies hindurch belaubte Bäume, den im Abendlicht leuchtenden Himmel und in der Ferne auf einem grünen Hügel ein Schloss in Spielzeuggröße, wie eines jener Kirchlein, die bei den Papisten der Gründungsheilige einer Kirche oft auf seiner offenen Hand trägt. In meiner Phantasie machte ich diese junge Frau zu einer entfernten Verwandten von mir, und ich stellte mir vor, wie meine Tage wohl unter ihrer zärtlichen Obhut in dem kleinen Schloss auf dem Berg ablaufen würden…

Eines Tages fand ich meine Patin an ihrem kleinen Schreibtisch sitzend vor, sie war in einen Brief vertieft, von dem sie freudig strahlend aufsah, als ich eintrat.

»Ich habe eine gute Nachricht, Orsolya!«, entgegnete sie, als ich mich nach dem Grund ihrer Freude erkundigte. »Mein Neffe Niki… der Sohn meines Bruders, den ich länger als zehn Jahre nicht gesehen habe… er hat sich entschlossen, auf dem Heimweg von Heidelberg für ein paar Wochen auch bei seiner armen alten Tante vorbeizuschauen!«

Und sie begann zu erzählen, wie gern der kleine Niki sie seinerzeit gehabt habe, damals, da sie als junge Witwe längere Zeit im Haus ihres Bruders lebte, und dass der damals erst vier Jahre alte Bub sie wie eine zweite Mutter betrachtete. Ein paar Monate zuvor, berichtete die Patin weiter, habe man die Mutter ihrer Schwägerin begraben, und obwohl es hieß, dass das Kind nicht sehr an seiner mütterlichen Großmutter hing, müssten ihr Tod und das Begräbnis doch einen Schatten auf seine kleine Seele geworfen haben, denn eines Morgens sei sie erwacht, als der kleine Niki an ihrem Bett stand und mit seiner winzigen Hand behutsam ihr Gesicht betastete; wie sie sich aufsetzte und ihn fragend ansah, hätten sich die Lippen des Kindes zu einem schüchternen, aber glücklichen Lächeln verzogen.

»›Ich hatte Angst, dass du auch gestorben bist‹, sagte er schuldbewusst, als ich ihn fragte, warum er mich so früh aufwecke. ›Du hast dich nicht gerührt, und ich konnte dich nicht schlafen hören…, gelt, du wirst niemals sterben, Tante?‹, fragte er und sah mich mit seinen dicht bewimperten, großen blauen Augen so flehentlich an, dass ich ihn an mich zog, ihn auf den Schoß nahm und ihm zu erklären begann: Eigentlich muss jeder Mensch einmal sterben, und irgendwann kommt die Reihe auch an mich, doch so Gott will, wird das noch lange hin sein, dann bist du längst kein Kind mehr, sondern groß und erwachsen wie dein Vater …

›Gut …‹, antwortete er nun ernst und kletterte von meinem Schoß herunter, ›dann musst du mir aber wenigstens versprechen …‹«, und die Patin schüttelte lachend den Kopf, als sie sich dieses Beispiel eines sonderbaren kindlichen Gedankenganges in Erinnerung rief, »›dann versprich mir wenigstens, Tante, dass du zu Pfingsten stirbst, wenn die weißen Rosen blühen! Vor meinem Fenster steht ein Rosenstrauch, von dem will ich dir Blumen bringen, wenn du eingegraben wirst …‹.«

Seit diesem Tag war der angekündigte Besuch des Neffen tägliches Gesprächsthema für uns. Im Laufe des Jahres hatte die Patin aus gelegentlichen Briefen ihres Bruders über den Werdegang ihres einstigen Lieblings erfahren: welche Fortschritte er unter der Anleitung seiner Tutoren oder im Gymnasium der Jesuiten machte; wie stolz er gewesen, als er bei einer herbstlichen Jagd seinen ersten Fuchs erlegte, obwohl er sonst derartige männliche Passionen nicht besonders schätzte, sich eher beim Tanzen hervortat, sich in die Bibliothek zurückzog oder am Rockzipfel seiner Mama hing, die ihn mit blutendem Herzen für die Jahre der Ausbildung hätte ziehen lassen; dass er sein Studium im Ausland fortsetzen würde, sein Vater darauf bestand, dass sich sein Jüngster in der weiten Welt umtat, couragiert und selbständig wurde.

Und während ich der in Erinnerungen schwelgenden Patin zuhörte, nahm in mir das Bild des jungen Niki allmählich und dann immer mehr die Züge meines Prinzen an. Wenn wir uns erst kennenlernen, so dachte ich, wird sich, trotz meiner augenblicklichen Lage und der unterschiedlichen Herkunft, in diesem sanften und verträumten Herzen eine tiefe Sympathie oder eine noch innigere Leidenschaft für mich einstellen, die über alle äußeren Unbilden siegt. Solche Schwärmereien nahmen mit der Zeit so sehr Besitz von mir, dass ich bald überzeugt war, meinem Glück stände nur noch ein einziges Hindernis im Weg, nämlich meine bescheidene und wenig ansprechende Garderobe – in Ermangelung von Besserem trug ich immer noch die von meiner Patin geerbten, eher alten Frauen als jungen Mädchen angemessenen Sachen; ob ich in ihnen die Aufmerksamkeit eines reichen, mir dem Stande nach überlegenen jungen Herrn wecken konnte, der gewiss an die Gesellschaft fein gekleideter Damen gewöhnt war? Und was könnte ich unternehmen, um seine Blicke auf andere Vorzüge zu lenken? Das Hindernis erschien mir so gewichtig, dass ich mich halbe Nächte lang schlaflos herumwälzte und mir den Kopf zerbrach, wie ich es aus dem Weg räumen könnte, und weil mir gar nichts Vernünftiges dazu einfallen wollte, verfiel ich allmählich auf die Idee, während der Anwesenheit des Neffen das Haus der Patin weiträumig zu meiden, damit ich nicht gezwungen wäre, aus den Blicken des jungen Herrn zu lesen, dass ich seiner Aufmerksamkeit gar nicht würdig wäre. So stieß die Eifersucht die übliche Reihenfolge der Dinge um, und noch bevor die Liebe Wurzeln schlagen konnte, packte mich, sooft ich einen pelzverbrämten samtenen Rock oder eine schmucke Haube auf der Straße sah, bitterer Neid, selbst wenn die Person, die sie trug, alt und hässlich war.

Eines Nachts, als mich der Schlaf nach langem Grübeln und Herumwälzen schließlich doch überkam, sah ich im Traum meine Mutter wieder. Ich stieg über die Wendeltreppe in einen Turm hoch, vielleicht gerade in den Turm jenes Schlösschens, das ich auf dem Bild von der schönen jungen Edelfrau mit dem karmesinroten Kleid gesehen hatte, und die Stufen nahmen und nahmen kein Ende. Von Zeit zu Zeit musste ich an riesigen Glasfenstern vorüber: Da hörte ich von draußen das Brausen des Windes und sah, wie sich die Äste der Bäume bogen. Ich fürchtete schon, nie in den Turm hinaufzugelangen und bis ans Ende meiner Tage auf diesen ausgetretenen und unter den Tritten blank gewordenen Stufen zwischen den großen Fenstern wandeln zu müssen und nichts anderes mehr zu Gesicht zu bekommen als den Wechsel von Himmel und Bäumen, von Tages- und Jahreszeiten, da nahm die Treppe erneut eine Wendung, und ich stand plötzlich vor einer schmalen Brettertür. Ich stieß die Tür auf und trat in einen riesigen, dämmrig düsteren Raum, in dem alles von einer dicken Staubschicht überzogen war. Es kann eine Art Dachboden gewesen sein, das andere Ende verlor sich in der Düsternis, und mir wollte es gar nicht in den Kopf, wie ein so großer Raum ins Innere eines Turmes passen konnte. Ich musste über staubige Balken steigen, mich zwischen mit Spinnweben überzogenen Stützen und Streben hindurchzwängen, hoch über mir sah ich die spitzohrigen Hundeköpfe der von den Dachbalken herabhängenden Fledermäuse, wie sie mit zusammengefalteten Flügeln ihren Körper abdeckten. Von Zeit zu Zeit flog die eine oder andere auf, und sie schwebten wie weiche schwarze Lappen im dem dumpfen, rötlichen Licht umher. Vielleicht hockt hier auch noch irgendwo eine Eule, dachte ich angstvoll und überlegte gerade, ob ich mir nicht vielleicht meinen Überrock über den Kopf stülpen sollte, denn irgendwo hatte ich einmal gehört, dass sich Fledermäuse bei ihrem Blindflug manchmal in den Haaren der Frauen verfangen, als ich unvermutet eine zwischen zwei Säulen gespannte Schnur erblickte und auf der Schnur eine Reihe zum Trocknen aufgehängter Kleidungsstücke gewahrte: Die weiße Unterwäsche leuchtete geradezu im Halbdunkel. Das Problem mit den Kleidern ließ mich, wie es schien, selbst im Schlaf nicht los, denn beim Anblick der von der Leine baumelnden Wäschestücke klopfte mein Herz heftig vor Freude. Ich ging einen Schritt näher, um sie genauer in Augenschein zu nehmen in der Hoffnung, womöglich unbemerkt irgendeinen hübschen Rock oder ein Leibchen mitnehmen zu können …

Als ich nur noch einen Schritt weit entfernt war, stellte ich fest, dass die dort aufgehängten Sachen sämtlich abgetragener Plunder waren, Fetzen, die zu nichts mehr nütze waren. Die Unterkleider hatten Löcher, das einzige vielleicht noch brauchbare Stück, ein Hemd, wies einen kaum mehr zu bleichenden roten Fleck auf, der von Wein oder Blut herrührte, als ich den Saum eines scheinbar noch einigermaßen gut erhaltenen Taffetrocks berührte, zerbröselte mir der Stoff zwischen den Fingern. Wer sich wohl mit dem Waschen und Trocknen dieser wertlosen Lappen abgab und wozu, überlegte ich mir und schob den

Taffetrock zur Seite. Mit der jähen Bewegung streifte ich, ohne dies zu beabsichtigen, einen dieser verschlissenen weißen Lumpen von der Leine, dem man nicht mehr ansehen konnte, ob es ein Hemdchen war oder was sonst. Als ich mich widerstrebend danach bückte, blieb mir für einen Augenblick das Herz stehen, weil ich in der dicken Staubschicht, die auf den Dielen lag, Fußspuren entdeckte: Abdrücke von schmalen Frauenschühchen, die von der Treppe herkamen, an mir vorbeiführten und sich schließlich in der hintersten Ecke des Dachbodens im Dämmerlicht verloren. Unwiderstehlich angezogen, machte ich mich auf und folgte den Spuren der schmalen Schuhe. In diesem Teil des Dachbodens, in dem ich mich jetzt bewegte, standen aufeinandergestapelt alte Kisten aus rohem Holz. Der Geruch von Sägespänen, moderndem Holz, verwitterndem Tuch und schimmelnder Seide umfing mich, herabhängende Spinnweben streiften mein Gesicht mit weichen Geisterfingern, einmal blieb ich vor Schreck wie angewurzelt stehen, denn aus der Öffnung einer eingebrochenen Kiste zwängte sich, so schien es mir, ein Frauenarm hervor, als wäre diese Holztruhe der Sarg einer lebendig begrabenen Person, und diese würde jetzt ans Licht drängen… Im Näherkommen erkannte ich, dass es der Ärmel eines verschlissenen schwarzen Kleides war, der aus einem Spalt der schadhaften Kiste heraushing und sich im Luftzug ein wenig bewegte. Dann sah ich hinter den Kisten am jenseitigen Ende des Dachbodens ein Licht aufdämmern und vernahm gleich darauf leise Schritte. Ich stand zur Salzsäule erstarrt, denn im nächsten Augenblick trat hinter einem dicken Stützbalken meine Mutter hervor. Ich wusste augenblicklich, dass sie es war, obwohl sie das goldbestickte Kleid und den mit Perlen verzierten Haarschmuck der edlen Dame auf dem Bild meiner Patin trug, nur die Rose in der Hand fehlte und an ihrem Rocksaum der Hund mit den Flatterohren. Weder an ihr noch an den Kleidern, die sie trug, waren Spuren des hier alles bedeckenden Staubes zu entdecken, gleichwohl wirkte ihr schönes Gesicht ein wenig verärgert, und Missmut klang auch aus ihrer Stimme, mit der sie zu mir sprach, als hätten wir uns gerade erst getrennt:

»Weißt du, wohin die meine Truhe gestellt haben?«, fragte sie, während sie ihre mit dem schweren Ring geschmückte schmale Hand, ich konnte sogar die vertrauten blassbraunen Sommersprossen am Daumenansatz erkennen, an die Schläfe führte und ungeduldig eine ihrer Haarlocken zurechtrückte, die sich gelöst hatte. »Ich weiß gar nicht, wie lange ich sie schon suche, ich kann sie zwischen all dem Plunder nicht finden...«

Mit dem gewissen rotsamtenen Schuh schob sie ungeduldig eine kleine Truhe, die zwischen uns den Weg halb versperrte, zur Seite. Durch die Berührung von Mutters Fuß brach die fast völlig vermoderte Holztruhe zusammen und zerfiel auf der Stelle zu Staub. Die rostigen Beschläge schienen noch kurze Zeit frei in der Luft zu schweben, dann zerstoben auch sie, und aus den Resten der Truhe quollen zerschlissene Stoffe hervor, von den verschimmelten Samtlappen einer einstmals schmuckverzierten Haube fiel ein großer, blutfarbener Edelstein, vielleicht ein Rubin, und kullerte über den Holzboden. Wie ein Teufelsauge blitzte er rot auf und rollte in die spinnwebverhangene Dunkelheit.

Um mich herum war finstere Nacht, als mich mein heftig klopfendes Herz aus diesem sonderbaren Traum riss. Und während ich langsam in die Welt zurückfand, schoss mir plötzlich durch den Kopf, dass Mutters Truhe tatsächlich noch irgendwo stehen müsste, draußen, im alten Stall, den wir schon seit langem als Rumpelkammer nutzten und in den die Stiefmutter neben anderen ihr überflüssig scheinenden Sachen auch die Truhe verbannt hatte, die so von der Raubgier der plündernden Landsknechte verschont geblieben war. Jetzt fiel mir auch ein, dass ja im letzten Frühjahr, noch bevor die Stiefmutter ins Haus gekommen war, Frau Helena, als sie die Winterkleider weggeräumt und die leichte Sommerkleidung herausgeholt hatte, auch diese Truhe öffnete, um die darin aufbewahrten Kleider zu lüften und dann frische Lavendelzweige gegen die Motten darin auszulegen. Ich konnte mich zwar erinnern, dass Mutter die Kleider aus ihrer Mädchenzeit darin verwahrte, und vielleicht hatte ich, als Helena den Deckel hochklappte, mit einem Blick aus den Augenwinkeln auch einen Zipfel von dem weichselfarbenen Samtrock wahrgenommen, doch interessierten mich damals die alten Kleider nicht sonderlich, jetzt aber konnte ich es kaum erwarten, musste mich selbst mit Gewalt zurückhalten, um mich nicht augenblicklich, mitten in der Nacht, davon zu überzeugen, ob alles noch vorhanden war. Und ob die Kleidungsstücke, wenn sie tatsächlich wieder auftauchten, nicht wie der Rock in meinem Traum zwischen meinen Fingern zerfallen würden. Sollte ich sie aber noch heil antreffen, war die Frage, ob sie mir passen würden.

Immer wieder lugte ich hinter meinem Bettvorhang hervor, ob es schon dämmerte, doch auch beim zwanzigsten Mal sah ich nur tiefdunkle Finsternis, die wie Brei aufquoll, in den erst ganz allmählich und in dünnem Strahl die Milch des Tageslichts hineinzuträufeln begann. Schließlich hielt ich es nicht länger aus, stieg aus meinem Bett, schob die knarrende Tür langsam einen Spaltbreit auf, die Hausschuhe in der Hand, um beim Auftreten keinen Lärm zu machen, schlich barfuß durch die äußere Stube, wo ich hinter dem Bettvorhang das langgezogene, kratzende Schnarchen des Vaters und den leiseren pfeifenden Atem der Stiefmutter deutlich hören konnte, so wusste ich, dass beide fest schliefen und ich sie mit der knarrenden Tür nicht etwa aufgeweckt hatte. In der Küche nahm ich den Kerzenleuchter und den Anzünder an mich, holte meinen Schafpelz vom Nagel und warf ihn mir über.

Draußen im Hof begann das nächtliche Dunkel sich schon zu lichten und den nahenden Morgen anzukündigen. Hinter dem Fenster der benachbarten Schneiderwerkstatt sah ich ein blasses Licht: Wie es schien, zwang ein eiliger Auftrag den Meister schon im Morgengrauen aus dem Bett, vielleicht hatte er, ohne zu schlafen, die ganze Nacht gearbeitet. Über dem Hausdach blinkte ein einzelner großer Stern, ich meine, es war der Abendstern: Als wäre er der Erde jetzt näher als zu anderen Jahreszeiten, mit seinen zittrigen Silberstrahlen kam er mir wie ein zerbrechlicher Halsschmuck oder ein winziges silbernes Nadelkissen vor. Meine nackten Füße in den weiten Pantoffeln froren mir fast ab, und der Wind schleuderte mir, es begann nämlich gerade zu schneien, eine Hand voll gefrorene Nadelspitzen ins Gesicht. Das Weiß hatte den Boden im Hof erst mit einem dünnen Schleier überzogen, und dennoch sah ich, als ich mit ein paar hastigen Schritten den Stall erreichte und mich umwandte, dass sich die Abdrücke meiner Pantoffeln gut sichtbar im Schnee abzeichneten, und ich hoffte sehr, der Schneefall möge noch anhalten und mit der Zeit die Spuren meines frühmorgendlichen Ausflugs zudecken. Drinnen im Stall stellte ich den Kerzenhalter auf den Bockstisch und machte mir Licht. Dann hielt ich den Leuchter hoch, schwenkte ihn hin und her, um im umherwandernden Schein auf das zu stoßen, was ich suchte. In dem langsam weiterziehenden Lichtfleck fiel mein Blick zunächst auf einen an die Wand gelehnten schartigen Spaten, dann auf einen Holzrechen mit ausgebrochenen Zähnen sowie eine aufgerollte verrostete Brunnenkette, weiter auf den Korb ohne Boden, dessen aufgelöstes Geflecht in alle Richtungen wegstand wie die Zöpfe kleiner Mädchen, wenn sie zu straff geflochten sind. Plötzlich erblickte ich in der Nachbarschaft von mehreren Töpfen, die auf den Kesselflicker warteten, eine kleine, nackte Menschengestalt, winziger als ein Neugeborenes. Sie lag mit seltsam verdrehten Gliedern und verrenktem Hals auf einem verschossenen Tuch oder Stofffetzen, der über eine Art Truhe gebreitet war, und ihr gelocktes dunkles Haar, das mehr an das einer Frau erinnerte als an den Schopf eines Säuglings, hing von dem kindsfaustgroßen Kopf fast bis zum Boden. Mit schlotternden Knien näherte ich mich und leuchtete mit der Kerze, um herauszufinden, welcher Art Lebewesen diese Zwergengestalt angehörte, die zugleich etwas von einem Kind und einer Frau hatte, und um festzustellen, auf die Spur welches widernatürlichen Verbrechens mich der Zufall hier geführt hatte. Im Niederbeugen erkannte ich, und mir schossen augenblicklich Tränen in die Augen, dass dort meine geliebte Puppe lag, ihres einfachen Kleidchens beraubt, das inzwischen vielleicht als Staublappen Verwendung gefunden hatte und längst verschlissen war. An dem holzgeschnitzten Puppenköpfchen waren von dem angeleimten Haar nur noch ein paar lange Strähnen übrig, sonst war der Kopf kahl wie der von alten Männern, dem Gesicht fehlte fast alle Farbe, der Mund war verschwunden, doch die großen blauen, schwarzumrandeten Augen sahen mich unter den aufgemalten Wimpern noch genauso staunend an wie seinerzeit. Als ich einen Zipfel des Tuches hochschlug, sah ich, dass das Ding, auf dem sie lag, gar keine Truhe, sondern ein geflochtenes Vogelbauer war, wahrscheinlich dasselbe, in dem vor langer Zeit ein aus dem Nest gefallenes Turteltäubchen aufgezogen worden war. Vater hatte es damals gefunden, mir mitgebracht und ihm dann auch den Käfig gebaut. Sogar die Decke darauf war noch dieselbe, ein altes geblümtes Umhängetuch von Mutter, mit dem ich damals das Vogelbauer über Nacht abdeckte, damit mich mein Liebling nicht schon im Morgengrauen mit seinem Gurren aus dem Schlaf holte. Und dann fand ich hinter dem Vogelhaus auch das, was ich suchte: Mutters Truhe. Sie stand genau an dem Platz, auf den die Puppe mit ihrem abgebrochenen Arm mich hinwies.

Ich stellte das Licht auf ein Wandregal und kauerte mich vor die Truhe hin, in der Hoffnung, dass sie nicht verschlossen wäre. Doch alle Versuche, den Deckel aufzusprengen, alles verzweifelte Rütteln erwiesen sich als nutzlos, der Bartnagel in dem metallenen Schlossgehäuse hielt den verrosteten Schließhaken eisern fest. Enttäuscht gab ich alle weiteren Versuche auf, richtete mich auf, um mich nach dem Schlüssel umzusehen, auch wenn ich nicht recht daran glaubte, fündig zu werden, ich griff nach dem irdenen Kerzenleuchter, über dessen Rand ein paar Tropfen heißes, geschmolzenes Wachs auf meine Hand schwappten und langsam erstarrten. Ich stand, die Kerze in der Hand, vor Verblüffung wie angewurzelt, denn der Schlüssel lag, wie für mich von jemand hingelegt, nicht weit von dort, wo ich das Lichtlein aus dem Regal genommen hatte, und er musste dort schon lange gelegen haben, denn als ich ihn an mich nahm, blieb sein Abdruck deutlich sichtbar im Staub zurück.

Ich kniete mich wieder vor die Truhe hin, nun mit dem Schlüssel in der Hand, und nach einigem mühevollen Drehen sprang der Verschlusshaken endlich aus der ihn umklammernden Sperre, ich versuchte, mich schon jetzt auf die Enttäuschung vorzubereiten, und sagte mir, dass ich wohl außer ein paar vergilbten Hemdchen und mottenzerfressenen, muffig riechenden Stoffresten kaum etwas darin finden würde und dass es verwegen wäre, mehr zu erwarten. Als ich den Deckel endlich aufklappte, schlug mir aus der Truhe ein schwerer Geruch von Moder entgegen: Helenas Lavendelzweiglein waren gewiss längst verdorrt und zerfallen (von den winzigen weißen und stacheligen Sternchen der eingetrockneten Blüten fand ich später noch welche in den Rockfalten). Das im Luftzug flackernde Flämmchen spiegelte sich in dem sauerkirschfarbenen flaumigen Samt und in der Vielzahl winziger weißer Perlen, mit denen die Taille des dunkelroten Kleides besetzt war. Mit aufkeimender Hoffnung im Herzen hob ich das Gewand aus der Truhe; ich nahm es bei dem schwachen Licht erst einmal in Augenschein, fand es ohne Makel, und als ich, mich aufrichtend, das Kleid vor mich hielt, sah ich, dass es mir auch in der Länge gerade passen könnte. Sogar einen alten Jungfernkranz fand ich in der Truhe, zwei Paar Hemdchen, ein Paar weichselrote Samtschühchen. Meine Schätze unter dem linken Arm an mich pressend, das Licht in der Rechten, rannte ich aus dem alten Stall. Draußen blies ich die Kerze aus, denn im Hof dämmerte bereits das taubenblaue Licht der Morgenstunde, der frisch gefallene Schnee bedeckte fingerdick den Boden und die benachbarten Hausdächer.

Kaum in die innere Stube zurückgekehrt, probierte ich, hinter dem Vorhang meiner Bettstatt versteckt, die in der Truhe gefundenen Sachen an. Das Kleid passte wie angegossen, doch in die Schühchen konnte ich mich trotz aller Mühe nicht hineinzwängen. Ich versenkte sie schnell in eine Truhe, in der die Flickwäsche aufgehoben wurde, das Kleid breitete ich zum Lüften auf dem Bett aus, um den schweren muffigen Geruch daraus zu vertreiben. Am nächsten Tag schlich ich wieder im Morgengrauen in den alten Stall hinaus und legte alles, was ich in der Nacht zuvor herausgenommen hatte, wieder vorsichtig in die

Truhe. Diesmal stapfte ich schon durch knöcheltiefen Schnee, und nur die Gnade Gottes, sollte sie es gewesen sein, bewahrte mich davor, mich übel zu erkälten und die sehnsüchtig erwartete Zeit, für die der Besuch des jungen Herrn avisiert war, elend und mit hohem Fieber im Bett verbringen zu müssen. Später, wenn ich mir überlegte, wie gänzlich anders sich mein Leben gestaltet hätte, wäre es wirklich so geschehen, habe ich bei diesem Gedanken fast den Verstand verloren. Heute kann mir all das aber schon ganz gleichgültig sein, und so manches andere auch…, wie auch immer, Tatsache ist, nicht einmal einen Schnupfen holte ich mir, auch nicht, als ich ein paar Tage später wieder in der Kälte des alten Stalles heimlich mein Alltagsgewand mit dem sauerkirschfarbenen Kleid vertauschte und mich sogleich zu meiner Patin auf den Weg machte in der Hoffnung, dass der lang erwartete Tag der Begegnung endlich gekommen sei.

Bei meiner Patin angekommen, öffnete mir die kleine Magd die Tür. Ich muss sie bei irgendeiner Küchenarbeit gestört haben, denn als sie nach längerem Klopfen endlich herbeigelaufen kam, waren ihre Hände und sogar die Arme voller Mehl, und sie drückte die schwere Klinke mit dem Ellenbogen nieder. Sie deutete mit dem Kopf zur Wohnstube hin, sagte: »Sie sind drinnen!« und rannte auch schon wieder zurück zu ihrer Beschäftigung. Die Möglichkeit, noch einen Augenblick lang für mich zu sein, bevor ich eintrat, kam mir sehr gelegen, und so gut mir das ohne Spiegel und andere Hilfsmittel möglich war, richtete ich mir Haare und Kleidung ein wenig. Den linken Arm an der Nase, schnupperte ich noch in dem sauerkirschfarbenen Samt, ob sich der muffige Geruch durch das Auslüften verflüchtigt hatte. Wahrscheinlich verweilte ich doch länger als üblich draußen, denn als ich die Türklinke zur Stube niederdrückte und eintrat, fand ich meine Patin, die mittlerweile wahrscheinlich davon überzeugt war, dass sie ihr Ohr getäuscht habe, als sie glaubte, es klopfen zu hören, in eine ihrer Lektüren vertieft. Auf meinen leisen und schüchternen Gruß hob sie erschrocken den Kopf und sah mich einen Augenblick lang so entsetzt an, dass ich, deren Gedanken nur um das Gewand kreisten, zu Tode erschrocken war, ich glaubte, mein Aufzug sei der Grund, und sie fände meine sauerkirschfarbene Maskerade so erschütternd lächerlich. Am liebsten hätte ich kehrt gemacht und wäre weggelaufen, doch dann sah ich, dass sich die ernste Miene meiner Patin aufhellte. Sie erhob sich aus dem Armstuhl, streckte die Arme aus und eilte zu mir.

»Mein Gott, Orsolya!«, sie lächelte befreit und schüttelte den Kopf, noch immer atemlos, als hätte sie soeben einen großen Schreck ausgestanden. »Als du so in der Tür standest, glaubte ich im ersten Augenblick, ich sähe deine arme Mutter! Wenn dein Haar nicht um eine Spur heller wäre, sähst du aus wie sie als junge Frau ...«

»Wie schade, dass ich Ihre Mutter nicht kennengelernt habe ... wenn Sie sich tatsächlich so ähnlich sehen, muss sie eine wunderschöne Frau gewesen sein!«, kam es mit weicher, einschmeichelnder Stimme aus der entferntesten dunklen Ecke des Zimmers. Der junge Herr, der sich aus einem Armstuhl emporräkelte, um mich zu begrüßen, stimmte zwar nicht in jeder Faser mit der Vorstellung überein, die sich meine Phantasie von ihm gemacht hatte, doch unterschied er sich auch nicht so sehr davon, dass nicht – hätte es die Vorsehung so gewollt – Vorstellung und Wirklichkeit in meiner Seele mit der Zeit zu einem für mich allerliebsten Bild verschmolzen wären. Sicher, er war ein ziemliches Stück kleiner als der junge Mann aus meiner Phantasie und auch weniger stattlich. Sein hübsches Gesicht wirkte eher weich und mädchenhaft, doch die großen, von langen, dunklen Wimpern beschatteten blauen Augen, die mit zärtlich schmeichelnden Blicken in die meinen sahen, waren schöner als jedes Augenpaar, in das ich bis dahin und seither geblickt habe.

»Sie gehen wohl zu einer Festlichkeit?«, fragte er lächelnd, nachdem meine Patin uns miteinander bekannt gemacht hatte. Zuerst empfand ich diese Vermutung noch als Schmeichelei, doch dann überlegte ich mir, dass er wohl nur deshalb fragte, weil er mein sauerkirschfarbenes Gewand für einen Faschingsaufzug hielt, denn ihm war gewiss nicht entgangen, dass dieses Kleid altmodisch war, eben so, wie man es vor zwanzig oder mehr Jahren getragen hatte. Heftig errötend schüttelte ich den Kopf und trat ein wenig zurück von ihm, weil ich fürchtete, der muffige Geruch könnte sich noch nicht ganz verflüchtigt haben, und ich selber spürte ihn nur nicht, weil sich meine Nase daran gewöhnt hatte. Der junge Mann schien selbst zu merken, dass diese Frage ungalant gewesen, und um diese Ungeschicklichkeit vergessen zu machen, begann er sehr schnell zu reden.

»Wisst Ihr, Tantchen, an wen Orsolya mich erinnert?«, fragte er angeregt, als wir uns zu dritt an den Tisch setzten und die Patin hinausrief, das Mädchen könne die Erfrischung bringen. »An die Dame im karmesinroten Kleid!«, sagte er triumphierend und deutete mit dem Kopf auf das Bild, vor dem ich so oft gestanden habe. »Wie bin ich denn mit ihr verwandt? War sie meine Urgroßmutter? Oder gar die Ururgroßmutter?«, fragte er die Patin mit sanftem Spott, wohl wissend, dass er sie damit herausforderte.

»Die jüngere Schwester deiner Urgroßmutter... Als ob du das nicht wüsstest!«, und sie versetzte ihm mit gespielter Empörung liebevoll einen Backenstreich, er griff nach ihrer Hand und strich mit ihr versöhnlich über seine Wange, während er mir verschwörerisch zuzwinkerte wie ein verwöhntes Kind, das sicher weiß, es nimmt im Herzen der Tante einen bevorzugten Platz ein und darf sich mehr herausnehmen als andere.

»Gut, sei's drum... In der Tat, ich erinnere mich, ich hab Euch schon einmal danach gefragt, wer sie ist. Vielleicht als ich zum ersten Mal bei Euch war. Ich kann damals zehn Jahre alt gewesen sein«, plauderte er weiter und richtete seine Worte jetzt an mich, »und das Bildnis der Frau mit dem karmesinroten Kleid hat mir so gefallen, dass ich wusste: Entweder sie oder gar keine soll einmal meine Frau werden! Ihr habt mir fast das Herz gebrochen«, wandte er sich wieder lächelnd an die Tante, »als Ihr mich davon abbringen wolltet und mich aufgeklärt habt, dass die Dame längst unter der Erde wäre und ich sie außerdem, selbst wenn sie noch am Leben wäre, gar nicht heiraten könnte, weil wir ja blutsverwandt wären und das Gesetz die Ehe zwischen Blutsverwandten untersagt...«

»Sonderbar«, mischte ich mich zaghaft ein und zeichnete in meiner Verlegenheit mit dem Finger allerlei Figuren aufs Tischtuch, »mich hat dieses Bild immer an meine Mutter erinnert…«

Die Patin sah mich überrascht an, der junge Mann aber begann mich interessiert auszufragen, wie meine Mutter denn geheißen habe und woher sie kam.

»Aber mit denen waren wir doch auch weitläufig verwandt!«, rief er eifrig, als er Mutters Mädchennamen hörte. Oder zumindest mit dem Liptauer Zweig… Wisst Ihr was, Orsika!«, und er sah mich mit seinen ausdrucksvollen blauen Augen zärtlich an, »ab jetzt will ich Euch Schwesterchen Orsi nennen! Ich wollte immer schon eine kleine Schwester haben, die sich um mich kümmert und mich sanft auf den Pfad der Tugend lenkt… Meine beiden größeren Brüder waren wilde, richtig durchtriebene Burschen, wenn sie gekonnt hätten, wären sie ständig in den Bäumen herumgeklettert oder mit ihren Pferden herumgetollt, und sie wurden nicht müde, mich zu hänseln, weil ich viel mehr Spaß am Tanzen und Musizieren fand. Ein Mädchen hätte sich bestimmt die Lieder und Gedichte andächtig angehört, die ich selbst verfasst habe, denn ich vertreibe mir gern die Zeit mit solcherlei, warum soll ich's leugnen… Ihr, Orsi, hättet mir doch zugehört?«, fragte er und sah mir erneut bedeutungsvoll in die Augen; ich brachte keinen Ton heraus, so als wäre mir die Kehle zugeschnürt, nickte nur zustimmend mit hochrotem Kopf.

»Und was ist aus der Dame mit dem karmesinroten Kleid geworden?«, fragte ich stockend, um abzulenken.

»Die Bauern haben ihr das Schloss angezündet… in jenen wirren Zeiten«, antwortete meine Patin kurz, und ich zuckte zusammen bei diesen Worten, als hätte mir jemand ins Gesicht geschlagen, doch diesen windigen jungen Mann hat das schreckliche Schicksal seiner einstmals Angebeteten kein bisschen bedrückt.

»Was für schlimme Zeiten müssen das gewesen sein!«, sagte er, sich träge räkelnd und ein Gähnen unterdrückend. »Obwohl, die Zeiten sind immer schrecklich oder fast immer… Man kann ja nichts anderes tun, als ein paar Ecken weiter zu gehen und sich ein ruhigeres Plätzchen zu suchen, wenn man sieht, die Lage wird prekär«, fügte er nachdenklich hinzu, und meine Patin versetzte ihm erneut einen liebevollen Backenstreich.

»Und darin bist du ja Meister, wie ich höre… dich beim Auftreten von Schwierigkeiten davonzumachen«, sagte sie mit einem Lächeln, dann aber in ernsthaftem Ton, als erinnere sie sich an irgendein gemeinsames Geheimnis: »Ich hoffe, du wirst dich in Zukunft etwas mehr zusammennehmen!«

»Zusammennehmen, natürlich, ständig versuche ich das und nichts anderes«, lächelte er lässig und schelmisch die Tante an, dann wandte er sich erneut mir zu. »Denkt ja nicht, Orsi, dass Ihr, weil Ihr nicht beliebtet, als mein Schwesterchen zur Welt zu kommen, vom Schicksal ein für allemal davor bewahrt seid, eine dankbare und verständige Zuhörerin meiner Ergüsse zu werden!«, und er blickte mich mit gespielter Strenge und gesenkten Brauen an. »Ihr müsst oft herkommen, solange ich hier bin, um die Gelegenheit wahrzunehmen, Euch der Reihe nach meine zwölf Dutzend Minnelieder anzuhören und ein Urteil darüber zu fällen, welches davon am besten geeignet ist zum Erweichen steinharter Mädchenherzen. Und ich wünsche mir tatsächlich, dass Ihr ein geduldigeres Auditorium meiner Poesie sein werdet als mein liebes Tantchen«, lächelte er mir zum Abschied zu, als ich mich zum Aufbruch rüstete. »Die Arme plagen schon nach den ersten Proben immer heftige Kopfschmerzen…«

Auf dem Heimweg und an den darauf folgenden Tagen war ich berauscht vor Freude und von der Gewissheit, dass sich mein Schicksal nun bald zum Guten wenden würde. In den nächsten Wochen erlebte ich wirklich all die Hoffnungen und Enttäuschungen, von denen die Liebeslieder singen, und diese Zustände wechselten mit einer Geschwindigkeit, dass ich vermeinte, den festen Boden unter meinen Füßen zu verlieren und von den Wellen eines aufgepeitschten Meeres hin- und hergeworfen zu werden. Doch glaubte ich, diese Unbeständigkeit, dieses ewige Schwanken zwischen Hoffen und Verzagen gehöre zur wahren Liebe, noch ahnte ich nicht, dass ich zum Spielzeug eines launenhaften, wankelmütigen, kindischen Gemütes geworden war.

Als ich mich drei Tage später (so lange war es mir mit vieler Mühe gelungen, mir selbst Gewalt anzutun, hätte ich auf mein Herz gehört, ich wäre gleich am folgenden Tag ins Haus meiner Patin geeilt) wieder bei den beiden einfand, stieß ich in der Tür auf den Neffen Niki, der gerade im Begriff war auszugehen.

»Ach Orsi!«, stockte er für einen Augenblick, als er mich sah. »Wie dumm! Schade, hätte ich früher gewusst ..., ich habe mich auswärts angesagt ..., hoffe aber, recht bald dort wegzukommen ... Geht bitte nicht fort, bevor ich zurück bin!«, er sah mich mit gespielter Strenge an und war im nächsten Augenblick schon über alle Berge.

Diesmal, kam mir vor, hat mich die Patin etwas kühler empfangen, als es sonst ihre Art war, und mir schien, als vermeide sie absichtlich, über die Abwesenheit ihres Neffen und andere ihn betreffende Dinge zu sprechen. Stattdessen brachte sie das Gespräch auf die Angelegenheiten bei uns daheim, fragte mich vor allem über den Zustand der Stiefmutter aus und bat mich, sie daran zu erinnern, jene habe vor einiger Zeit versprochen, ihr Rosenwasser gegen Kopfweh zu schicken. Und obwohl ich ahnte, dass sie das Rosenwasser nur zur Sprache gebracht hatte, um mich zu baldigem Aufbruch zu ermuntern, saß ich an meinem gewohnten Platz im Armstuhl am Fenster und suchte fieberhaft nach einem Gesprächsthema, mit dem ich die Zeit ausfüllen könnte, bis auch die Patin einsah, dass es zum Kurieren meines Leidens eines stärkeren Mittels bedurfte, als es das Rosenwasser war, und schließlich brachte sie doch die Rede auf den Abwesenden.

»Meinen Neffen Niki werden wir heute kaum mehr sehen«, begann sie, sah mich dabei aber nicht an, sondern begutachtete ihre Stickerei mit kritischem Blick. »Ich kann froh sein, wenn er bis Mitternacht zurückkommt und nicht erst gegen Morgen nach Hause findet wie gestern und den Abend davor ... Seine Mutter ist irgendwie verwandt mit unserem Bürgermeister, deshalb bekommt er allerlei Einladungen ... In diesem Fasching kann er sich noch einmal austoben, danach beginnt für ihn ohnehin der Ernst des Lebens«, schloss sie mit nachdrücklicher Betonung, auf die ich gewiss hätte achten sollen, nur interessierte mich der künftige Ernst seines Lebens kein bisschen, desto mehr aber brachte mich die Mitteilung aus der Fassung, dass meine große Liebe die Abende in viel vornehmerer und vermutlich unterhaltsamerer Gesellschaft verbrachte, als es die meine je sein könnte. Ich überlegte, wie viele schöne und reiche Mädchen er bei einem einzigen Tanzabend wohl treffen möchte, und erst recht bei einer Vielzahl von Lustbarkeiten, und wie gering meine Möglichkeiten waren, es mit all dieser Konkurrenz aufzunehmen. Ich verabschiedete mich rasch von meiner Patin, Bitterkeit und Hoffnungslosigkeit überwältigten mich so sehr, dass ich tagelang so gut wie gar nicht aus dem Haus ging, um dem jungen Mann nur ja nicht zu begegnen, damit er diesen Vergleich, der für mich ungünstig ausfallen müsste, gar nicht erst anstellen konnte. Doch dann begann in meiner Seele wieder etwas aufzukeimen, nicht Hoffnung, vielmehr ein trotziger Zorn, und ich dachte mir: Was kann ich schon verlieren? Und weil unser Verstand jederzeit ein treuer Diener unseres Herzens ist, schoss mir auf einmal wieder in den Kopf: Ich hab dem jungen Herrn Niki doch versprochen, mir die von ihm verfassten Lieder anzuhören, und schon die Höflichkeit gebietet, dass ich ihn baldmöglichst aufsuche und mein Versprechen einlöse. Und tatsächlich, als ich schließlich all meinen Mut zusammennahm und eines Nachmittags erneut bei der Patin erschien, empfing mich der junge Herr mit sichtlicher Freude, machte mir sogar Vorwürfe, weil ich beim letzten Mal nicht gewartet hatte, bis er zurückkehrte.

»Ich war ziemlich enttäuscht, dass Ihr weggelaufen wart, bevor ich heimkam«, meinte er mit sanftem Vorwurf in der Stimme, und es wäre mir peinlich gewesen, zu meiner Verteidigung zu sagen, dass ich ja, auf ihn wartend, fast zwei Stunden in erzwungener Unterhaltung mit meiner Patin verbracht hatte. »Aber jetzt gibt es wirklich keine Gnade mehr: Ihr müsst Euch das Lied anhören, das ich letzte Nacht komponiert habe! Ein sehr schönes, rührendes Liebeslied, es handelt von einer schönen Verräterin, und ich muss unbedingt wissen, ob ich damit den wunderbaren Augen der Orsika ein paar Tränen des Mitgefühls entlocken kann!«

»Ach Niki, du willst doch nicht wirklich mit derlei Gesängen ein junges Mädchen traktieren?«, rief die Patin erbost dem jungen Herrn zu, doch ließ er sich, wie es schien, nicht von seiner Absicht abbringen.

»Ihr wisst ganz genau, Tantchen, dass Orsi anders ist als diese Provinzfrüchtchen, die ich Euch zuliebe Abend für Abend stundenlang wie ein Sklave betanzen muss!«, und er sah mit einem trägen, Bedauern heischenden Lächeln zu meiner Patin hin, mich aber überkam nach den Qualen der Eifersucht eine glückliche Erleichterung, und ich hörte gar nicht hin, als die Patin in ärgerlicherem Ton als sonst die Zumutung zurückwies, der Neffe verbrächte jeden seiner Abende ihr zuliebe und nicht zu seinem eigenen Vergnügen außer Haus beim Tanz und bei anderen Lustbarkeiten.

»Ihr müsst wissen, Orsi«, begann der junge Herr lachend zu erklären, indem er seine Laute, die er kurz zuvor so behutsam aus dem Kasten genommen, mit besorgt liebevollem Blick geprüft und schon nach ein paar versuchsweise angeschlagenen Tönen beiseite gelegt hatte, »ich hätte nie gedacht, dass in einem Provinzstädtchen wie diesem ein derart reges Gesellschaftsleben gepflegt wird! Und manches Mädchen«, fuhr er fort, und dies traf mich nach der vorausgegangenen Erleichterung wieder tief ins Herz, ich senkte den Kopf, er sollte nicht sehen, wie bitter für mich war, was er so leichthin sagte, »natürlich nicht jedes, aber so manches… es könnte überall, sogar bei Hofe bestehen! Da ist zum Beispiel die Tochter des Stadtrichters, eine Regina oder vielleicht Rosina?« – so gab er spöttisch lächelnd vor, nach dem richtigen Namen zu suchen, und ich war im selben Augenblick fest davon überzeugt, er wusste nicht nur ganz genau, wie die Jungfer hieß, sondern hatte sie auch nicht erst einmal in seiner sanften, liebkosenden Art mit ihrem Namen angeredet, so wie er mich sein »Schwesterchen Orsi« nannte –

»nun, die könnte sich neben jeder Hofdame sehen lassen! Nur dass sie offenbar den Sohn des Stadtschulzen, den aufgeblasenen Strohkopf, diesen hohlwangigen Deutschen, mit ihrer Aufmerksamkeit auszeichnet… Nichts zu machen, er ist eine ernst zu nehmende Partie und kein so unzuverlässiger Verseschmied wie ich! Was meint Ihr, Orsi«, er sah mich mit ernstlich besorgtem Gesicht an, doch seine Augen lachten amüsiert und spöttisch, »könnte ich diesen dünkelhaften Laffen aus dem Feld schlagen, wenn ich es sehr darauf anlegen würde?«

Und so ging es fort. Sobald ich kam, begrüßte er sein »Schwesterchen Orsi« mit immer gleicher Begeisterung – und ich, wie im Banne eines bösen Zaubers, konnte nicht länger als zwei, drei Tage ausbleiben, obwohl meine Patin mich mit immer kühlerer Miene empfing und inzwischen sehr von oben herab, ungehalten und fast mit Verachtung mit mir redete – und nachdem er kurz berichtet hatte, womit er seine Zeit seit unserer letzten Begegnung verbracht hatte (meist wäre schon das geeignet gewesen, mir den schmerzhaftesten Stachel unter die Haut zu treiben, denn ich vermutete, kein Tag verging ohne Tanz, Schlittenpartie oder Kostümfest), kam er darauf, wie es um seine Sache bei der Tochter des Stadtrichters stand, und stets von neuem versicherte er mir zugleich, wie wichtig ihm in allem die unbefangenen Ratschläge seiner »kleinen Schwester« seien. Ob die grausame Schöne ihn kühl oder, auf Kosten des Stadtschulzensohnes, liebenswürdig und verheißungsvoll angesehen hatte oder ob er sich neben dem »hohlwangigen Deutschen« mit der Rolle des zweiten Geigers begnügen musste – solche Reden nahmen kein Ende. Hinzu kam noch, so klagte er, dass seit neuestem auch noch ein grimmiger Rittmeister dem reizenden Ding schöntue und versuche, alle anderen von der schönen Rosina fernzuhalten. Schließlich musste ich mir dann doch ein paar seiner selbst komponierten Lieder anhören, in denen die schmachtenden Täubchen und dornige Rosen den Ton angaben. Wahrscheinlich wäre es am Ende sogar mir in meiner verrückten Verliebtheit zu viel geworden, und ich hätte den Bann gebrochen, in dem mich der böse Zauber gefangen hielt, doch sobald der junge Mann merkte, dass ich mit meiner Geduld fast am Ende war, oder wenn er mich so sehr gereizt hatte, dass ich mich, meine Sehnsucht im Zaume haltend, im Haus der Patin einige Tage nicht sehen ließ, änderte er sein Verhalten, er begann dann in einem so ernsten und vertraulichen Ton mit mir zu sprechen, dass ich sogleich wieder außer mir war vor Freude. So bin ich ihm also doch lieber und wichtiger als diese Mädchen, mit denen er seine Abende bei allerlei liederlichen Festlichkeiten verbringt, dachte ich, und er würde es anscheinend doch bedauern, wenn er auf meine beharrliche Aufmerksamkeit und andere Zeichen meiner Zuneigung endgültig verzichten müsste.

Als ich einmal ins Haus trat, hörte ich, wie meine Patin durch die halb geöffnete Tür mit etwas erhobener Stimme, also wohl auch für mein Ohr bestimmt, hineinrief: »Orsolya ist gekommen!«, zufällig bekam ich auch die Antwort des jungen Mannes mit, der meinte, ich stehe noch draußen im Vorzimmer, und schlecht gelaunt brummte: »Schon wieder? Na ja, egal, heute ist ohnehin nur …«, mehr konnte ich nicht mehr verstehen, denn meine Patin ging in die hintere Stube und zog die Tür energisch hinter sich zu. Als er dann von drinnen zum Vorschein kam, begrüßte er mich herzlicher als sonst, stürmte mit reizender, fast kindlicher Übertreibung zu mir, nötigte mich zu bleiben – nachdem ich mich mit hochrotem Kopf entschuldigt hatte, weil ich ungelegen gekommen sei –, und ich versicherte sogleich, ich hätte nur kurz hereinschauen wollen und müsse bald wieder fort. Er vermutete wahrscheinlich, ich könnte gehört haben, was er gesagt hatte, denn statt mich wie üblich mit seinen Erlebnissen und den Capricen der Stadtrichterstochter zu unterhalten, begann er sich teilnahmsvoll für mich und meine Angelegenheiten zu interessieren. Wohin ich denn so eilig aufbrechen müsse und womit ich eigentlich meine Tage verbringe, wollte er wissen, er fragte und bohrte weiter, ließ auch nicht locker, als ich ihn statt mit einer vernünftigen Antwort mit ein, zwei Worten abfertigte. Und die Tochter des Richters, wie geht es ihr, erkundigte ich mich bissig, worauf er achselzuckend nur so viel antwortete, dass die Jungfer sich seines Wissens auch weiterhin der bekannten Praktiken bediene. Durch die erlittene Kränkung ermutigt, fragte ich ihn mit zitternder Stimme, ob es seiner Meinung nach sinnvoll sei, um die Gunst einer Person zu werben, die ihm augenscheinlich keinerlei Gefühle entgegenbringt. Im Übrigen scheine das Mädchen nach allem, was er bislang über sie berichtet hat, ein herzloses, launisches Geschöpf zu sein, deshalb glaube ich, man hätte an ihr auf Dauer keine besondere Freude, selbst wenn es einem zufällig gelänge, ihr Herz zu erobern. Als er das vernahm, wurde er sehr ernst: Er legte seine Hand auf die meine (wodurch – ich dumme Gans fiel darauf rein – mein ganzer Zorn auf ihn verflog und mein Herz heftig zu klopfen begann) und fing an, in anrührendem Ton davon zu sprechen, dass er all das, worauf ich ihn aufmerksam gemacht habe, ja selbst nur zu gut wisse, doch was sollte er tun, er werde durch seinen Hang zum Leichtsinn immer wieder in die Irre geführt.

»Glaubt Ihr, liebes Schwesterlein, ich wüsste nicht, dass alles nur vertane Zeit und noch dazu schändlich und albern ist?«, fragte er und sah mir ernst und lieb in die Augen. »Meint Ihr, ich wüsste nicht, um wie viel besser und vernünftiger es wäre, bei ernsthafter Lektüre oder in ruhigem Gespräch mit Euch die Zeit zu verbringen, statt bis zum Morgengrauen von einer Lustbarkeit zur nächsten zu taumeln und Gottes schöne Vormittage mit einem Brummschädel und dem sauren Nachgeschmack des gestrigen Weins im Bett zu verbringen? Es ist nur so, dass ich«, so fuhr er fort, während er zerstreut seine Hand von meiner zurückzog und mit den Fransen des gestickten Tischtuches zu spielen begann, »wie ein junges Kätzchen bin: Auch das stürzt sich, wenn man ein Wollknäuel an seinem Näschen vorbeirollt, unweigerlich darauf und rennt, alles andere vergessend, kopflos hinterher, im Kreis herum, und was hätte das Tier schon davon, wenn es ihm gelänge, das Knäuel einzuholen? Höchstens ein paar Wollfäden zwischen den Krallen … So steht es auch mit mir: Tausendmal hab ich mir schon vorgenommen, heute gehe ich nicht aus, und wenn ich doch irgendeine Festlichkeit aufsuche, so will ich weder der Stadtrichterstochter noch anderen geistlosen Weibspersonen meine Aufmerksamkeit schenken«, erklärte er, und mir schnürte es schon wieder die Brust zusammen: So, die Tochter des Stadtrichters genügte ihm also gar nicht, es gab auch noch andere geistlose Weibspersonen? »Doch dann, wenn es so weit ist, ertappe ich mich immer wieder dabei, dass ich mich umzukleiden beginne, und wenn eine Regina oder eine Sophie, die mir gestern noch ihr Lächeln schenkten, jetzt den einen oder anderen hiesigen Grünschnabel beim Tanz, auf der Schlittenpartie mit ihrer Gunst beglückt, dann komme ich nicht zur Ruhe, bevor sie nicht, wie schon zuvor, ihre viel versprechenden Blicke in meine Richtung lenkt…, sooft ich dann in der frühmorgendlichen Stille heimwärts wandle, gelobe ich, dass es das letzte Mal gewesen ist, um am nächsten Tag genau dort weiter zu machen, wo ich am Tag zuvor aufgehört habe…«

Meine Patin habe mir immer gesagt – antwortete ich mit gesenktem Blick, damit er mich mit seinem flehenden kindlichen Augenaufschlag nicht wieder erweichen konnte –, wenn wir uns nur ehrlich für das Gute entscheiden würden, so wäre das gewiss zuerst eine schmerzliche Entsagung, doch hätten wir erst einmal damit angefangen, würde es uns zur Gewohnheit, ja geradezu zur zweiten Natur. Und ob er nicht vielleicht auch einmal versuchen wolle, fragte ich ihn, auf diese Weise seiner Schwächen Herr zu werden.

»Und das fragt gerade Ihr, ein sittsames lutherisch erzogenes Mädchen?«, sagte er halb im Ernst und halb mit gespieltem Entsetzen. »Hat man Euch denn nicht gelehrt, dass es nicht in unserer Macht steht, aus eigener Kraft Gutes zu tun, sondern nur, wenn uns die Gnade Gottes dabei hilft? Gut, unsere, die katholische Religion, sagt, dass wir über den freien Willen verfügen, uns für das Gute zu entscheiden und es auch zu tun, doch ich muss gestehen, ich konnte diesen Willen bei mir niemals finden…, außer wenn ich allein in meiner Stube, in sicherem Abstand von jeder Versuchung schön ruhig darüber nachdenke, was ich tun müsste, um dann, schon wieder verstrickt in lauter Versuchungen, einzusehen, dass mein Entschluss auch diesmal nur ein allzu flüchtiger Vorsatz gewesen ist. Wenn ich aber auf jede einzelne meiner sittlich zweifelhaften Taten zurückblicke und meine Neigungen, die Erziehung und alles, was mir bislang widerfahren ist, zusammennehme, komme ich doch immer wieder zu dem Schluss, dass ich gar nicht anders hätte handeln können, als ich es tat, denn das Ganze ist ein Geflecht, das allenfalls Gott entwirren könnte, sofern er das wollte ... Möglicherweise hat Eure Religion Recht, und die einen sind tatsächlich für das Heil und die anderen für die Verdammnis bestimmt, und damit wäre all mein Bemühen sowieso von Anfang an zum Scheitern verurteilt ...«

»Wenn Ihr wüsstet«, fuhr er viel heftiger fort, als er sonst zu sprechen pflegte, »wie ich diese Verwirrung hasse, in die mich meine Schwäche stürzt, diese verfluchte Eigenschaft, dass ich an keiner einzigen Falle, die mir gestellt wird, festen Schrittes und mit Willenskraft vorbeikomme, sondern in ausnahmslos jede hineintappen muss ... Wie gern möchte ich am Morgen mit ruhigem Gemüt und reinem Gewissen aufwachen, den Tag mit ehrbaren Tätigkeiten verbringen, so als schritte ich auf einer offenen, übersichtlichen Ebene voran und kröche nicht durch dieses undurchsichtige Gestrüpp, in dem ich niemals weiß, bei welchem Schritt mir aus dem Dickicht oder von einem Ast herab die Folge einer meiner früheren Leichtsinnstaten ins Genick springt ... Wenn Ihr nur wüsstet, wie sehr ich immerfort auf der Suche nach etwas Festem und Beständigem in mir selbst bin, nach einem Fundament, nach sicherem Grund unter den Füßen, von dem aus ich mich Stück für Stück aufbauen könnte, um den starken, ruhigen, selbstsicheren Männern ähnlich zu werden, die ich um mich sehe ..., oder weiß Gott, vielleicht sind auch sie nicht besser, verstehen es aber, die Welt zu täuschen. Manchmal gelingt es mir, etwas in mir zu entdecken, eine starke Sehnsucht oder Leidenschaft, die keine flüchtige Laune ist, sich nicht von heute auf morgen wieder verflüchtigt, sondern ein festes, dauerhaftes Gefühl, Interesse oder Sympathie, das richtungweisend für mein Leben werden könnte. Ja, denke ich dann, damit ist doch etwas anzufangen, das werde ich gewiss nicht nur heute wollen, sondern auch morgen und übermorgen, vielleicht sogar noch in zehn Jahren, und wenn ich es gefunden habe, wird es mich nicht gleich wieder anekeln und meine Sehnsucht nicht schon anderntags in Langeweile oder gar Hass umschlagen lassen... Diese Erfahrung werde ich dann nicht von einem Tag zum andern satt haben, sobald die erste Neugier befriedigt ist, sondern ich will unermüdlich trachten, mich hineinzuversenken... Nur erweist sich das alles immer wieder als eitle Hoffnung, als fehlte meiner Seele ein fester Kern, und wenn ich in mich hineinblicke, ist mir, als sähe ich einen Mückenschwarm auffliegen oder eine sich ständig wandelnde Wolke ziehen, die sich mal zu einem Molch, mal zum siebenköpfigen Drachen formt, um sich dann in ein kriechendes, nach oben strebendes Unkraut mit einer schrecklich großen, aber innen morschen, Bovist-artigen Frucht zu verwandeln... Wisst Ihr, Orsi«, fuhr er sinnend fort und legte seine Hand, die schmal wie eine Frauenhand, matt und feingliedrig war, erneut auf die meine, zog sie aber gleich wieder zurück, »manchmal denke ich, dass ich deshalb so unglücklich bin, weil mich niemals jemand nur um meinetwillen geliebt hat. Ja, ja, ich weiß«, unterbrach er sich, eine unwillkürliche Bewegung von mir könnte ihm verraten haben, dass mir eine Entgegnung auf der Zunge lag und ich sie beinahe ausgesprochen hätte, »die meisten Menschen schätzen meine Gesellschaft, ich könnte auch sagen, sie reißen sich um mich, doch warum ist das so? Weil ich mich, dank meinem sich laufend wandelnden, wolkigen Naturell, bar jeder Festigkeit und Beständigkeit, stets so hindressiere, wie sie mich sehen wollen, oder weil sie von mir genau das hören, was sie hören möchten... Niemals aber hat mich jemand so akzeptiert, wie ich wirklich bin, nie konnte ich in einem liebenden Augenpaar mein Abbild so getreulich gespiegelt sehen, dass ich mich an dem eigenen Anblick hätte freuen und mich lieb gewinnen können.«

In meiner vollständigen Verwirrung wagte ich nicht, ihm ins Gesicht zu blicken, ich sah zu Boden und flüsterte mit glühenden Wangen, wenn auch nicht bei anderen, so doch gewiss bei seiner Mutter... oder etwas in der Art.

»Meine Mutter«, unterbrach er mich voll Bitterkeit, »ist eine zarte, zerbrechliche, ewig lächelnde kleine Dame, die so viel Willenskraft und Entschlossenheit besitzt wie ein Haiduckenhauptmann und ebenso viel Mitleid. Ich glaube, sie muss schon in der Zeit, als ich noch auf ihrem Schoße saß, herausgefunden haben, dass mein gewinnendes Wesen dem Aufstieg der Familie dienlich sein kann, und sie lenkt mich seitdem auch mit eiserner Hand in diese Richtung. Sie hat übrigens Recht damit! Auf mich gestellt, wäre ich bestenfalls zu einer Dummheit fähig, mit der ich ihr und auch mir selbst nur Schande machen würde«, so kam er melancholisch zum Ende und strich mir noch einmal über meine die Lehne des Armstuhls krampfhaft umklammernde Hand. »Hütet Euch vor mir, Orsika, denn ich bin, das seht Ihr ja, ein verlorenes Subjekt…«

Nach diesem Gespräch kam es in meinen Gefühlen ihm gegenüber zu einer Veränderung. Bislang waren meine Gedanken mit dem selbstmörderischen Eigensinn eines die Flamme umschwirrenden Nachtfalters um eine einzige Frage gekreist: Welche Gefühle hegt er wohl für mich, und aus jedem seiner Worte, aus dem Ausdruck seiner Augen, aus seiner Miene versuchte ich, wie aus den Buchstaben einer Geheimschrift, die Lösung dieses Rätsels herauszufinden. Während ich, je nachdem, was ich an einem Tag gerade entdeckt zu haben glaubte, ständig zwischen Hoffnung und Verzweiflung schwankte, schienen meine flimmernden Augen den Gegenstand all dieses Hoffens und Zweifelns gar nicht wahrzunehmen. Von nun an aber mischten sich in diese blinde, eitle Leidenschaft starkes Mitgefühl und Sanftmut, und wenn ich bisher von der Erwiderung meiner Zuneigung die Wende meines Schicksals zum Guten erhofft hatte, so war ich jetzt davon überzeugt, dass sein Glück auf Erden, aber auch sein Heil im Jenseits davon abhing, ob er das Geschenk des Schicksals annahm, das ihm meine Liebe und Anhänglichkeit boten. Ja, so dachte ich in meiner anmaßenden Dummheit und hoffte obendrein: Alles, was ich tue, um das Objekt meiner Zuneigung zur Erwiderung meiner Gefühle und dem Bekenntnis seiner Liebe anzuspornen, hat seine Ordnung und kann nur gottgefällig sein…

Jedenfalls brachte mir das Gespräch so viel ein, dass mir von nun der Gedanke nicht mehr so weh tat, dass er seine Abende bei Tanzvergnügungen und auch den Großteil seiner Tage in Gesellschaft von lustigen, sorglosen Jünglingen und Mädchen, den Sprossen reicher und angesehener Familien, verbrachte. Deshalb verdross es mich auch nicht sonderlich, als ich ihm an einem schönen, heiteren Wintertag auf der Gasse begegnete, wie er gerade zusammen mit fröhlichen jungen Leuten, auf die ich früher so eifersüchtig war, zu einer Schlittenpartie hinausfuhr… Ich selbst war auf dem Nachhauseweg von dem Krämerladen, in den mich die Stiefmutter zum Seifenholen geschickt hatte, weil uns die selbstgekochte ausgegangen war. Ich setzte in dem frisch gefallenen Schnee, der seit der Nacht die Gasse dick überzog, die Füße behutsam voreinander, denn wenn ich nicht Acht gab, drang er mir in die kurzen Stiefelschäfte, und der eisige Schneematsch durchnässte mir die wollenen Strümpfe. Bemüht, möglichst vor mich auf den Weg zu schauen, hörte ich Hufgetrappel und Schellengeläut, ich hob den Kopf und sah aus der Nebengasse einen Pferdeschlitten einbiegen und auf mich zupreschen, mir blieb gerade noch Zeit, die Gesichter der oben Sitzenden zu registrieren. Von den vier Teilnehmern der Schlittenpartie saßen zwei, der junge Niki und seine Gefährtin, in der ich die Tochter des Stadtrichters vermutete, vorn, die beiden anderen, ein schmächtiges, vornehm gekleidetes Mädchen und ein steifer, junger Mann mit blassem Gesicht und wasserblauen Augen, wohl der Sohn des Stadtschulzen, auf den rückwärtigen Sitzen. Ich gebe zu, in der kurzen Zeit, da der Schlitten an mir vorbeiglitt, sah ich mir nur die so oft erwähnte Richterstochter genauer an und stellte einigermaßen zufrieden fest: ein hübsches rosiges Mädchen zwar, mit glänzend schwarzen Augen und einer Haut wie Milch und Blut, doch ihr Gesicht wie auch die Statur erschienen mir, so weit ihr langer Mantel dies erkennen ließ, voller und üppiger als nötig. Aus den schönen Augen strahlte eine selbstzufriedene Überheblichkeit, ihr kleines, verächtlich aufgeworfenes Mündchen war auf etwas gerichtet, das ihr der Begleiter, Hufgetrappel und

Schellengeläut übertönend, zu erklären suchte. Ich sah, wie sie, sich von dem neben ihr sitzenden jungen Mann abwendend, das rundliche Kinn in den Pelzkragen des Mantels vergrub und der dem Schlitten entgegenwehende Wind kleine Trichter in das Fell wirbelte, während sie affektiert die Decke auf ihrem Knie ordnete, und dachte bei mir, dass sie ein verwöhntes, kaltherziges Geschöpf sein müsse; hätte mich die Vorsehung in bessere Verhältnisse gestellt, so würde ich sie gewiss an Schönheit wie an Liebenswürdigkeit übertreffen. Im Vorbeifahren begegnete für kurze Zeit der Blick des jungen Niki dem meinen, und seine Hand ging zögernd nach oben, wohl um seine Mütze zu lüften, doch schien in diesem Augenblick seine Gefährtin gerade einen Wunsch zu äußern, denn er wandte sich sogleich von mir ab, begann, diensteifrig nach vorn gebeugt, in der zwischen beiden Sitzen untergebrachten Sattel- oder Reisetasche zu kramen. Zwar erfüllte mich die Begegnung mit dieser sorglosen, in kostbare Pelze gehüllten, zu neuem Amüsement enteilenden Gesellschaft mit bitterem Neid, doch freute sie mich auch, denn bislang hatte meine Phantasie immer mit einer Fata Morgana gerungen, wenn ich an das Töchterchen des Stadtrichters dachte, und nun wurde diese Fata Morgana vom Bild eines keineswegs vollkommenen Wesens aus Fleisch und Blut abgelöst. Zwar quälte mich die Eifersucht auch weiterhin, doch seither dachte ich, vielleicht gar nicht ohne Grund, wenn man die Vorzüge, die der Reichtum bietet, abzieht, so bin ich von uns beiden doch der Gunst des meinem Herzen so lieben Jünglings würdiger als sie.

Allzu viel Trost konnte ich aus dieser Überlegung nicht schöpfen, denn der Fasching schmolz mit jedem Tag dahin und damit auch die Zeit, die der junge Niki im Haus seiner Tante zubringen wollte. Noch war zwischen uns kein einziges meine Hoffnung nährendes Wort darüber gefallen, ob wir uns in diesem Leben noch einmal sehen würden. In meiner Verzweiflung wäre ich, glaube ich, zu allem fähig gewesen, nur um ihm ein Versprechen diesbezüglich zu entlocken, doch vergeblich: Als hätte sich in diesen letzten Tagen alles gegen mich verschworen.

Es nahmen die Arbeiten rund ums Haus so zu, dass mich Vater jedes Mal, wenn ich um ein halbes Stündchen Ausgang bat, zur Ordnung rief, und wenn ich doch einmal daheim wegkam, wurde ich von der Patin, die mich in diesen Wochen immer abweisender behandelte, mit den Worten empfangen, dass ihr Neffe auf einer Schlittenfahrt zum Nachbargut sei und man dort, nun, da der Fasching zu Ende gehe, wohl zu Ehren der Gäste gleich einen Tanzabend damit verbinden werde, der Neffe werde somit gewiss nicht vor dem nächsten Vormittag zurück sein. Was blieb mir anderes übrig, als nach kurzem Herumsitzen enttäuscht den Heimweg anzutreten.

So kam der Faschingsdienstag und damit der letzte Tag, den Niki im Haus seiner Tante verbrachte. Mich haben die Verzweiflung wie auch die Überzeugung, dass ich nichts mehr zu verlieren hätte, aber mit gehöriger Beherztheit vielleicht doch zum ersehnten Glück gelangen könnte, zu fieberhaftem Wagemut angestachelt. Ich beschloss, an diesem Nachmittag von zu Hause wegzugehen, was immer auch dagegen spräche, und auf jeden Fall die Rückkehr des jungen Herrn bei der Patin abzuwarten, sollte er wie gewohnt schon wieder bei einer Lustbarkeit außer Haus sein. Um den abweisenden Ton und die verächtlichen Blicke meiner Patin wollte ich mich nicht kümmern, nahm ich mir vor, auch eventuelle Anspielungen, dass es Zeit sei aufzubrechen, einfach überhören. Und diesmal, so schien es, sollte mir das Glück hold sein, denn Vater war nicht daheim. Soviel ich weiß, war er an diesem Tag zusammen mit anderen Bürgern zur Ratssitzung geladen, was dort beraten werden sollte, kann ich nicht sagen. Ich erinnere mich aber, dass er uns, bevor er wegging, in aller Strenge ermahnte, zu Hause zu bleiben, damit wir nicht in den Trubel der Faschings-Kehraus feiernden, außer Rand und Band geratenen Menge gerieten, die alle Gassen der Stadt überschwemmte, doch ich hoffte, bis zu seiner Heimkehr ebenfalls wieder zurück zu sein … Auch brauchte ich mich nicht zu fürchten, dass mich die Stiefmutter verraten könnte, denn sobald Vater die Tür hinter sich zugemacht hatte, beschloss sie, den Nachmittag ebenfalls außer Haus zu verbringen und in ihren geliebten Garten hinauszufahren, um zu sehen, in welchem Zustand sich der befand und was vor den Frühjahrsarbeiten noch alles zu besorgen sei. Ihr Gewissen beruhigte sie damit, dass sie Vaters Verbot ja nicht missachtete, denn sie würde den ganzen Nachmittag außerhalb der Stadt weilen, und am Abend könnte sie derselbe Bauer, auf dessen Wagen sie hinausfahren würde, sicher wieder heimbringen. Ich wurde für den Tag natürlich mit Arbeit eingedeckt, sollte die Böden schrubben, die Asche aus dem Küchenherd kratzen und dergleichen mehr tun, doch habe ich all das auf später verschoben, es sollte warten, bis ich, mein zukünftiges Schicksal betreffend, Gewissheit erlangt hätte und mir danach entweder die Hoffnung oder die Verzweiflung die Kraft geben würde, diese ungeliebten Arbeiten zu erledigen.

In diesem Jahr fiel Ostern auf einen späteren Zeitpunkt als sonst, so waren wir am Faschingsdienstag bereits in den ersten Tagen des Lenzmondes. Seit ungefähr zwei Tagen war es milder geworden, und an diesem Nachmittag toste ein unbändiger Frühjahrssturm, der den fahlblauen Himmel blank fegte, die dürren Äste von den Bäumen und die lockeren Schindeln vom Dach holte, den Kehricht durch den Straßenstaub fegte und durch die Gassen rollte. Als ich mich zu meiner Patin auf den Weg machte, flatterte mein Rock hinter mir wie eine Fahne, dann wieder blähte er sich glockenförmig auf, als hätte mich plötzlich der Westwind geschwängert, wie das von schnellen, leichtfüßigen Rössern berichtet wird, und die Leibesfrucht in mir würde mit der Geschwindigkeit ihres Erzeugers, des Windes, wachsen. Mühsam musste ich mich vorwärtskämpfen und freute mich, dass der Wind und die Angst vor den frivolen Streichen der Faschingsnarren ehrbare Bürgersleute davon abhielten, an diesem Nachmittag aus dem Haus zu gehen und ich so keinem begegnen konnte, der mich gefragt hätte, was ich denn um diese unsichere Zeit auf der Straße zu tun hätte. Zwar traf ich keine ehrbaren Bürger, doch sind mir, als ich aus unserer Gasse abbog, drei Teufelskerle begegnet, sie trugen schwarze Pelerinen und spitz zulaufende, hochgebogene Schuhe, von ihren rußigen Unterlippen baumelten lange, rote Zungen herab, schlugen und schlängelten sich im Wind, in den Händen hielten sie Mistgabeln. Als sie mich erblickten, jagten sie mit lautem Gejauchze hinter mir her, trieben mich durch die engen, gewundenen Gässchen, und als ich von der Metzgergasse auf den Hauptplatz einbog, schlug mir wie ein Schwall Wasser der Wind entgegen, stieß mich um ein Haar in ihre Arme. Sie hätten mich gewiss gepackt, wenn mir nicht ein paar struppige Wilde zu Hilfe gekommen wären, die sich laut und zähnefletschend den Teufeln in den Weg stellten und sie ins Gewirr der Gässchen zurücktrieben. Auf dem Platz war die wüste Lustbarkeit in vollem Gange. Auf einem Fass saß ein mächtiger, alter, kahlköpfiger Teufel mit einem Kranz aus Weinlaub um seine Hörner. Er muss so etwas wie der Oberteufel gewesen sein: In einer Hand hielt er einen Weinkrug, in der anderen eine Karbatsche, mittels derer er seine Hofhaltung, Teufelchen niederen Ranges und allerlei Bestien aus der Unterwelt, in Schach hielt. Etwas abseits von ihm stand ein Planwagen, der vermutlich einer Schaustellertruppe gehörte, denn neben dem Gefährt lag ein riesiges Untier, ein struppiger Bär, der seinen kantigen Schädel auf die mächtige Tatze gelagert hatte und mit blutunterlaufenen Knopfaugen gelangweilt auf das sich immer näher heranwagende, durch den Wein aufgeheizte, grell angemalte Weibervolk blickte, das das vermeintlich zahme Tier zu necken versuchte. Doch das Ungetüm erhob sich plötzlich, stellte sich, entsetzlich brüllend, auf die Hinterbeine und machte sich, mit den Pranken fuchtelnd, in Richtung der unter Quieken und Geschrei fliehenden, übereinander stolpernden Schaulustigen auf; und als der Bär fand, sie hielten nun wieder den gehörigen Abstand zu ihm, setzte er sich auf die Hinterbeine und schüttelte indigniert den Riesenschädel. Ich nahm meinen ganzen Mut zusammen, schlüpfte durch die Lücke, die sich zwischen dem verschreckten Weibervolk aufgetan hatte, und eilte über den Platz, auf der gegenüberliegenden Seite mündete nämlich die Gasse ein, in der das Haus meiner Patin stand. Der Bär schien mich nicht zur Kenntnis zu nehmen – und vielleicht hatte die Frau ja Recht, die ihr angstvoll greinendes Söhnchen, das beim Anblick des wutentbrannten Raubtiers zu schreien begann, zu beruhigen suchte, indem sie ihm einredete, es sei in Wirklichkeit gar kein richtiger Bär, sondern nur ein in die Bärenhaut geschlüpfter Mensch – der dicke Oberteufel aber nahm mich wahr und rief mich, mit der Hand winkend, in der er den Weinkrug hielt, zu sich; auch sein Hofstaat, all die anderen Teufelchen und Teufelsweiber, hielten mir lockend ihre Zinnbecher entgegen. Ich hörte noch lange ihr Gröhlen und trunkenes Lachen hinter mir, während ich, die Augen gesenkt, meine Schritte so stark beschleunigte, dass ich fast schon rannte. Endlich erreichte ich auf der anderen Seite des Platzes die Einmündung der Gasse, wo ich, um Luft zu holen, einen Augenblick stehen blieb und meine Kleider ordnete, dann ging ich schnell zum Haus meiner Patin.

Als ich mein Ziel erreichte und erleichtert ans Tor klopfte, musste ich von der kleinen Magd zu meiner Enttäuschung erfahren, dass weder die Patin noch der junge Herr zu Hause seien und sie nicht wisse, wohin sie gegangen wären und wann sie wiederkämen. Vielleicht war mir die Stimme des Mädchens irgendwie verdächtig vorgekommen oder ich hatte, als ich auf das Haus zulief, zu bemerken geglaubt, dass an einem Fenster die Gardine etwas angehoben wurde, jedenfalls war ich ziemlich sicher, dass die Magd log und meine Patin doch daheim war. Denn wo sollte sie bei solchem Sturm und gerade an diesem Tag sein, da betrunkene Faschingsnarren alle Gassen der Stadt überfluteten, zumal sie auch sonst nicht gern ihr Haus verließ? Offenbar hatte sie, so dachte ich mir, die Kleine angestiftet, mir zu sagen, sie sei ausgegangen: Vielleicht befürchtete sie, was ich hoffte, dass nämlich zwischen ihrem Neffen und mir beim Abschiednehmen irgendein entscheidendes Wort fallen könnte, und wollte dem vorbeugen. Doch der junge Herr könnte ja tatsächlich irgendwo außerhalb sein, dachte ich, denn mir fiel plötzlich wieder ein, dass er einmal geklagt hatte, man hätte ihn sogar an seinem letzten Tag in Leutschau irgendwohin zum Mittagessen geladen, vielleicht zum Bürgermeister, obwohl er sich viel lieber noch einmal in der Stadt umschauen und das Faschingstreiben auf den Straßen erleben möchte. Und wenn er tatsächlich beim Bürgermeister zu Mittag aß, so musste er in Kürze zurück sein, wenn auch nur, um Vorbereitungen für die morgige Abreise zu treffen. Sofern er nicht doch schon zu Hause ist, grübelte ich, verwarf aber diese Möglichkeit wieder: Denn wie sollte ihm die Patin begreiflich machen, so meine Überlegung, dass sie die Magd angewiesen habe, sie und auch ihn zu verleugnen, wenn ich käme? Doch was immer geschah, ich würde warten, bis er zurückkam, um mich wenigstens von ihm zu verabschieden. Das nahm ich mir vor, während ich dem Tor meiner Patin den Rücken kehrte und mich langsam die Gasse entlang auf den Weg machte, dabei wanderten meine Augen eifrig umher, um ein passendes Plätzchen zu finden, wo ich, von anderen unbemerkt, die Heimkehr des jungen Niki abwarten konnte. Wie ich mich umsah, fiel mein Blick nach rechts, auf eine kleine, nach der Heiligen Anna benannte Kirche, dem Haus meiner Patin fast gegenüber, die letzte Kirche der Stadt, die noch im Besitz der Papisten stand. Niemals vorher war ich in diesen Mauern gewesen, doch jetzt stieß ich nach kurzem Zögern die verzierte, schwere Kirchentür auf und ließ sie, nachdem ich eingetreten war, einen Spaltbreit offen. Sollte mich dort jemand sehen und sich über mein Verhalten wundern, könnte ich sagen, ich sei vor dem Treiben der ausgelassenen Faschingsnarren geflohen.

Drinnen sah ich mich im Halbdunkel ein wenig um, konnte aber nicht viel erkennen, denn nur ein einziges kleines Lichtlein brannte zu Füßen einer holzgeschnitzten Figur. Die in einen goldfarbenen Umhang gehüllte weibliche Gestalt schien, wegen des im flackernden Licht des Lämpchens zwischen der hohen gewölbten Stirn, den runden Wangen und der feinen, schmalen Nase umherspringenden Schattens, ständig den Gesichtsausdruck zu wechseln. Und ihre schmalen blauen Augen sahen aus, als schauten sie mitleidvoll und mit teilnehmender Leutseligkeit auf das schäbige Lumpenknäuel zu ihren Füßen, das sich kurz darauf zu bewegen begann. Aus den Falten eines verschossenen, kleingemusterten, geflickten Kleiderbündels erhob sich schwerfällig eine verkrüppelte, mit Leberflecken übersäte Hand und näherte sich ruckweise wie ein alter Krebs dem glänzend polierten Griff eines Stockes, der neben ihr lag. Langsam, stockend, zischende Laute von sich gebend, stieg eine alte Frau mit gebeugtem Rücken und krummer Nase aus den Falten des Stoffhaufens, und wie sie auf ihren Stock gestützt hinaushumpelte, wandte sie mir ihr dicht von Falten gezeichnetes Gesicht zu, und ihre kleinen, alten Eidechsenäuglein musterten mich mit höhnischer Bosheit; als sie an mir vorbeiging, verzog sich ihr zahnloser Mund, dessen zerfurchte Oberlippe wie durch Spuren zu groß geratener Nadelstiche von senkrechten Falten gesäumt war, zu einem verächtlichen Grinsen. Ich drückte mich dicht an die Wand und schloss sogar die Augen, bis der Geruch des alten Körpers und der ranzigen Lumpen sich aus meiner Nase verflüchtigt hatte. Erst als ich hoffen konnte, dass die alte Hexe weit genug weg war, schob ich die Kirchentür wieder ein wenig auf und nahm meinen Spähposten hinter dem Türspalt ein, von dem aus ich die Gasse in beiden Richtungen überblicken konnte.

Ich weiß nicht, wie lange ich an dem Ausguck gestanden habe, flehend, dass ja niemand käme und die schwere geschnitzte Holztür weiter öffnete, und meine Stoßseufzer wurden erhört, denn nach dem Abgang des alten Weibes betrat niemand mehr die Kirche. Die Gasse blieb vom Faschingstrubel fast verschont, nur meine Teufelchen, oder drei zum Verwechseln ähnliche, sah ich einmal an meinem Versteck vorbeijagen und an der Einmündung zum großen Platz verschwinden. Einmal hätte ich fast hinter der Tür laut aufgelacht, denn aus der Richtung des Platzes kommend tauchte eine dicke, wie eine Handwerksmeistersgattin aussehende Frau auf, sie beschleunigte ihre Schritte immer mehr und fing dann keuchend und schnaubend an zu rennen, denn zwei langhaarige Wilde in Tierfellen, offensichtlich aus dem Gefolge des Oberteufels mit dem Kranz aus Weinlaub, hefteten sich an ihre Fersen. Genau gegenüber von meinem Versteck holten sie ihr Opfer ein, und während sie der eine von hinten umfasste und sie an sich drückte, griff der andere von vorn an ihren Rock, schlug ihn ihr bis über die Hüften hoch und entblößte die dicken, knotigen Schenkel der züchtigen Bürgersfrau. All das spielte sich so nah vor meinen Augen ab, dass ich sogar ein ziemlich großes Loch an ihrem weißen Strumpf erkennen konnte. Die Frau schlug schimpfend und mit hochrotem Kopf dem Rüpel, der ihr unter den Rock griff, ihr perlenbesetztes Täschchen mehrmals auf den Kopf. Als der unbeeindruckt blieb, muss sie sich auf eine wirkungsvollere Waffe besonnen haben: Mit ihrem spitzen, hochhackigen Stiefel trat sie kräftig nach vorn und nach hinten, so dass die verkleideten Wilden auf der Stelle von ihr abließen. Voller Empörung fuchtelnd und schnaufend, eilte das Weibsbild fort, die beiden Narren hüpften noch eine Weile verlegen herum, der eine umfasste sein Knie, der andere den Knöchel, dann machten sie sich auf den Weg zurück zum Hauptplatz.

Danach kam lange Zeit niemand, ich war schon fast entschlossen, meinen Beobachtungsstand zu räumen und wieder heimzugehen, um vielleicht noch vor Vater zu Hause zu sein und mir so die Schelte wegen Missachtung seines Verbotes zu ersparen, als plötzlich mein Herz fast stehen blieb, dann aber umso heftiger klopfte, denn am Ende der Gasse sah ich den jungen Miklós einbiegen und mit gemächlichen Schritten auf das Haus meiner Patin zugehen. Zum Glück, wenn ich das, was für mich mit so unseligen Folgen verbunden war, so bezeichnen darf, hatte ich mir schon im Vorhinein überlegt, was ich tun würde, falls die Dinge sich in meinem Sinne entwickelten. Bevor ich meinen Beobachtungsposten eingenommen, hatte ich feststellen können, dass die Kirche, obwohl sie so bescheiden und klein war, doch auch einen Nebeneingang besaß, der, nur ein paar Schritte vom Haupteingang entfernt, in den engen Durchgang führte, von dem aus man in die Kirchgasse gelangte, in der das Haus meiner Patin stand. Durch diesen Nebeneingang schlich ich jetzt hinaus, und wie ich aus dem Durchgang in die Kirchgasse einbog, stieß ich fast mit Miklós zusammen, der gemächlichen Schrittes gerade bis zur Einmündung des kleinen Gässchens gelangt war.

»Schau nur! Schwesterchen Orsi!«, rief er erstaunt aus und

ließ meinen Arm los, den er einen Augenblick vorher ergriffen hatte, weil ich in der Eile über einen herausstehenden Pflasterstein gestolpert und er wahrscheinlich in dem Glauben war, hier könnte man mit einem ins Stolpern geratenen Mädchen noch eine kleine Schäkerei anfangen. »Was sucht Ihr denn hier draußen bei diesem schrecklichen Wind?«

Das Gesicht abgewandt, um seinem forschenden Blick zu entgehen, stammelte ich so etwas wie: Ich hätte meine Patin besuchen wollen, sie aber nicht daheim angetroffen. So sei ich also wieder umgekehrt, log ich errötend, doch dann hätten mir vorhin in dem Gässchen drei verkleidete Teufel den Weg verstellt, und ich hätte mich deshalb nicht getraut, in die Richtung weiterzugehen. »Könntet Ihr mich nicht ein Stückchen des Weges begleiten«, fragte ich ihn zögernd, »um mich vor den ausgelassenen Zechbrüdern zu schützen, denn in Eurer Begleitung werden sie es wohl nicht wagen, mich zu belästigen.«

Der junge Herr zog erneut die Brauen zusammen, und ich sah, dass er es sich reichlich überlegte, doch dann nickte er unverkennbar entschlossen und zustimmend.

»Kommt, Orsika, wenn es das Schicksal schon so gewollt hat…«, stellte er fest, und wir gingen los, ich schritt an seiner Seite ein wenig geniert aus, weil ich gelogen hatte, aber auch in der großen Hoffnung, dass ich vielleicht auch einen längeren Weg an seiner Seite zurücklegen könnte, nicht nur die paar hundert Schritte, die unser Haus von dem der Patin entfernt war.

Und auch mein Begleiter muss an so etwas gedacht haben, denn auf dem Platz – von dem der Oberteufel und seine Begleiter bereits abgezogen waren und nur eine im Staub liegende rote Teufelszunge noch an ihr Treiben erinnerte, dazu ein umgekipptes Weinglas und ein Häuflein Mehl, das vielleicht aus dem Korb einer gehetzten Weibsperson auf den Boden gerieselt und jetzt durch die zierlich kurvenden Weinrinnsale langsam rosarot verfärbt wurde – blieb er plötzlich stehen und legte seine Hand auf meinen Arm.

»Sagt, Orsika…«, fragte er, und jetzt war er es, der meinen

Blick mied, »hättet Ihr nicht auch Lust, Euch ein wenig umzusehen, bevor Ihr nach Hause geht? Ich hörte, dass vor dem fürstlichen Palais musiziert wird, und es soll dann noch einen Faschingsumzug geben. Schließlich bekommt man das nicht alle Tage zu sehen…«

Ich nickte verlegen, senkte den Blick, damit er nicht die überschwängliche Freude in meinen Augen sah, und ging glücklich an der Seite meines Begleiters auf das Fürstenpalais zu. Als wir uns dem Platz näherten, an dem das Palais stand, drängten sich immer mehr Menschen in dieselbe Richtung. Mit Mühe kämpften wir uns bis zum Platz durch, doch hier stand die Menge schon so dicht gedrängt, dass man nicht mehr durchkam, so waren wir gezwungen, gegenüber vom Palais, am anderen Ende des Vorplatzes stehen zu bleiben. Hier hatten mehrere Händler ihre Zelte aufgeschlagen, in einem wurde Wein ausgeschenkt, daneben türkischer Honig feilgeboten, im Nachbarzelt verkaufte man Lebzeltherzen und allerlei Püppchen aus Lebkuchen, im vierten gab es Faschingsmasken von der Art, die am Ende eines Stäbchens befestigt werden und die man nach Belieben vors Gesicht halten oder wegziehen kann, doch gab es auch solche aus Seide, die nur die Augen und die untere Stirnpartie verdecken und die mit einer schmalen Schleife hinten im Nacken verknotet werden.

»Möchtet Ihr eine solche Maske?«, fragte mein munter gewordener Begleiter und zog mich zu dem Zelt hin, nachdem ich bereits bei der türkischen Schleckerei und den Lebzeltherzen verneinend den Kopf geschüttelt hatte. Er erstand nach kurzem Verhandeln mit der stämmigen, scheel dreinblickenden Budenbesitzerin zwei Masken: eine für mich, eine für sich selbst.

»Wartet, ich helfe Euch!«, erbot er sich diensteifrig, als ich vergeblich versuchte, die Schleifen der schmalen schwarzen Seidenmaske im Nacken zu verknoten. Er trat hinter mich, und nachdem er die Bänder mit flinken Fingern verknüpft hatte, ließ er seine Hände auf meine Schultern sinken, packte sie mit spürbarem Druck und strich mit den Daumen über meinen Nacken.

»So, und jetzt werdet Ihr mir helfen!«, bestimmte er, und es gelang mir dann auch, auf Zehenspitzen stehend, mit zitternden Händen und nach mehreren Versuchen, die Schleifen der Maske zwischen seinen hellen Locken zusammenzuknoten. Als wir uns wieder gegenüberstanden, sah ich, dass die betörenden blauen Augen meines Begleiters nun aus dem Gesicht eines Teufelchens die meinen suchten.

»Wisst Ihr, Orsi, mir ist selbst nicht klar, welches Gesicht mein wahres Ich zeigt, dieses oder mein alltägliches«, sagte er nachdenklich, während er sich die Maske zurechtrückte. »Und wie fühlt Ihr Euch jetzt als kleine Teufelin? Ist es nicht angenehmer, ein Teufelchen als ein braves Mädchen zu sein? Oder habt Ihr nie den Wunsch, aus Eurer Haut zu fahren und eine andere zu sein als die, zu der Euch die Natur oder der Zufall Eurer Geburt gemacht hat? Möchtet Ihr nie Euren Namen loswerden, Eure Familie, Euer ganzes bisheriges Leben, um ganz von vorn zu beginnen in der Haut einer anderen? Ich habe immerfort diesen Wunsch. Wunderbar, dass wir es wenigstens einmal im Jahr tun dürfen…«

»Also kommt«, hakte er sich, durch die Larve sichtlich ermutigt, bei mir unter, und wir zogen los, wollten versuchen, näher an den Vorplatz des Palais' zu gelangen, wo, nach den deutlich vernehmbaren Hochrufen, Jauchzern und aufmunternden Schreien zu schließen, eine sehenswerte Lustbarkeit geboten sein musste, doch schafften wir es auch jetzt nicht, durch die Mauer der dicht gedrängten Schaulustigen zu kommen. Um doch etwas mitzukriegen, stieg ich, mich an die Hand meines Begleiters klammernd, auf einen der den Eingang eines Hauses säumenden steinernen Radabweiser und konnte von da tatsächlich auf die andere Seite des Platzes sehen, wo gerade zwei Maskierte, ein geharnischter Ritter und ein Teufel, sich anschickten, aufeinander loszugehen, während die gaffende Menge sie lauthals anfeuerte. Dreimal ritten sie gegeneinander, jeder bemüht, den andern aus dem Sattel zu stoßen, was jedoch keinem von beiden gelang, schließlich griff der Teufel zu der seinem Wesen entsprechenden satanischen List, statt erneut auf den Gegner loszurennen, wich er seiner Attacke plötzlich seitlich aus, wobei der andere, durch den eigenen, nun ins Leere gehenden Schwung über den Kopf seines Gaules hinweg in den Staub plumpste, was die Menge mit lautem Lachen und Spott quittierte. Der Teufel aber ritt triumphierend im Kreis, und es schien, als risse er seinen Rappen einige Male absichtlich erst im letzten Augenblick zurück, um den durch den Sturz benommenen, fluchend sich hochrappelnden Ritter nicht niederzutrampeln.

Nach dem Ende des Zweikampfs ging ein erwartungsvolles Murmeln durch die Menge, ich hörte, dass die Umstehenden von Musikanten sprachen, und tatsächlich traten bald sechs maskierte Musiker aus dem Tor des Palais', mit kurzen Umhängen, engen Strümpfen und Schnabelschuhen: Zwei von ihnen hielten Fiedeln, vier hatten türkische Pfeifen in den Händen. Sobald sie anfingen zu spielen, war ringsum auf dem Platz ein »Macht Platz! Macht Platz!« zu hören, und die Menschen wurden, als hätte sie ein Windstoß zur Seite geweht, aneinandergepresst, im Rund gegen die Hauswände gedrängt, um Platz für die Tänzer zu schaffen, die sich dann in größerer Zahl paarweise vom Körper der Masse lösten, um auf der frei gewordenen Fläche im Rhythmus der Musik zu zweit zu schreiten und zu springen. Anfangs tanzten nur wenige Paare, dann immer mehr, bis die Menge schließlich wieder so eng gedrängt ausschwärmte wie zuvor, doch spähten die Menschen jetzt nicht mehr mit gestreckten Hälsen zum Palais hinüber, sondern drehten sich und hüpften paarweise, einander stoßend und auf die Füße tretend, bis der ganze Platz wallte und wogte wie ein vom Wind gepeitschter See. Ich sah mich um, konnte aber kein einziges vertrautes Gesicht unter den Tanzenden entdecken: alle, die sich mit unverhüllten Gesichtern in ihren Alltagskleidern drehten und sprangen, waren wahrscheinlich aus der Vorstadt oder dem Umland gekommen, um sich hier zu belustigen und zu feiern, und obwohl mir manche von Gestalt oder in ihren Bewegungen bekannt vorkamen, darauf zu schwören hätte ich nicht gewagt, dass diese stattliche Weibsperson, deren schwarze Maske ihr ganzes Gesicht verhüllte und die mit ihrem kleiner gewachsenen, schmächtigen Tänzer so wild herumhopste, tatsächlich die junge, lebenslustige Ehehälfte unseres Nachbarn, des Gerbermeisters, war und dass unter der Maske des rotwangigen Lockenkopfes wirklich meine ehemalige Freundin Sofi kreischte, die vor kurzem bei einem von außerhalb gekommenen Hutmacher unter die Haube gekommen war und seither den Ruf einer höchst tugendhaften, untadeligen Bürgersfrau genoss.

In dieser tobenden, johlenden Menge konnte, wie durch den Zauberstab des großmächtigen Hexenmeisters berührt, jeder nach Belieben sein wahres Ich abstreifen und sich in einen anderen verwandeln, der Mann in eine Frau, die Frau in einen Mann, Alte in Junge, manch einer mochte für Stunden zum Tier werden. Ich sah Soldaten, deren schnürenverzierte Überwürfe von Brüsten groß wie Wecken ausgebeult waren, goldblonde, rotbackige Jungfern, unter deren Gesichtsmasken mächtige Schnurrbärte hervorlugten, uns begegneten Höllenungeheuer mit Hunde-, Ziegen- und Schweinsköpfen auf Menschenleibern. Ich konnte beobachten, wie eine solche Missgestalt ihre Tänzerin hochstemmte und dann heftig drehte, so dass die in bestickte Schühchen gezwängten Füße flatternd durch die Luft segelten, ich sah, wie Windböen die Röcke der herumhopsenden Frauen klatschend flattern ließen, zwischendurch gar hochschlugen bis an die Taille, worauf sie die Betroffenen laut kreischend hinabzustreichen suchten; und wenn es die Mäntel der Männer, das Futter nach außen, hoch- oder gar über die Köpfe ihrer Träger wehte, so war es, als hätte ein Trupp böser Geister aus der Unterwelt die Stadt überrannt, um ihre Bewohner zuerst um den Verstand, sodann um ihren guten Ruf zu bringen und sie mit sich in die Tiefen des Hades zu reißen.

Ich stand noch immer auf dem Radabweiser und hielt mich am Torbalken fest, als ich plötzlich bemerkte, wie mein Begleiter mir mit der Linken sanft an die Hüfte griff, und als ich auf ihn hinabblickte, sah ich, dass er eine leichte Verbeugung in meine Richtung machte, als fordere er mich zum Tanz auf, er fasste mich um den Leib, hob mich herunter vom Stein und zog mich mit sich in die tanzende Menge. Ich versuchte anfangs, mich zu sträuben, nicht nur aus Anstand, sondern weil ich nie tanzen gelernt habe, und in der Tat stolperte ich anfangs recht unbeholfen herum. Doch sobald wir uns unter die wogende Menge gemischt hatten, war mir, als hätte sich längst vergessene, von den Urgroßmüttern überkommene Grazie meiner Glieder bemächtigt, und ich überließ mich ganz der Musik und dem Taumel, wünschte mir nichts mehr, als eins zu sein mit der schwingenden, wogenden Masse und mich ganz zu verlieren.

Ich kann mich nicht erinnern, wie lange dieser glückliche Rausch angehalten haben kann, weiß nur, dass ich nach einiger Zeit durch Schreie und einen die Bewegung hemmenden Impuls wieder zu mir kam. »Der Umzug! Der Umzug kommt! Macht Platz!«, war von überall her zu hören, und wie einst das Rote Meer vor dem Volk des Moses, teilte sich die eben noch tanzende Menge augenblicklich, als von der Gasse der Metzger her Gerassel und Trompetenschall herüberdrangen, sich mit Hufgetrappel, Wagengepolter und dem Lärmen des stampfenden Fußvolks mischten. Meinem Begleiter gelang es, Halt für seine Füße zu finden und dem Strom der sich teilenden Menge Widerstand entgegenzusetzen, so dass wir nicht mitgerissen wurden. Als das Drängen der stoßenden, sich auf die Füße tretenden Menschenmasse nachließ, merkten wir, dass wir ganz vorn, am Rand dieser freigemachten Gasse standen und von da, in fester Umarmung, den herannahenden Zug verfolgen konnten.

An vorderster Stelle kamen die Trompeter und die Pfeifer mit Schellenkappen auf dem Kopf. Ihre durch die Anstrengung aufgeblähten Backen entstellten die Gesichter so sehr, als trügen auch sie Teufelsmasken, und aus ihren Instrumenten dröhnten verzerrte, schräge Töne, ein satanisches Winseln und Blaffen. Hinter den Trompetern wankte ein betrunkenes Weib. Ihr gelbes Haar hatte sich aufgelöst, ihre Larve war verrutscht, in beiden Händen hielt sie Topfdeckel, die sie kräftig gegeneinander schlug, misstönend sang sie dazu und drehte sich, nach ihrer eigenen Musik tanzend, im Kreise, knickte aber in ihren Stöckelschuhen ständig um und torkelte rücklings gegen die vorn stehenden Schaulustigen. Ich beobachtete, wie ein lang aufgeschossener Soldat mit Kindergesicht grinsend nach ihren prallen Brüsten fingerte und dabei den Umstehenden Beifall heischend zuzwinkerte, dann versetzte er ihr einen kräftigen Stoß und rief ihr etwas nach, worüber das Weib trunken kreischend auflachte. Den Musikanten folgte ein Viererzug, darauf sah ich den weinlaubbekränzten Oberteufel mit seinem ganzen Hofstaat wieder, der sich inzwischen um weitere Geschöpfe der Unterwelt, darunter mancherlei Feen, Kobolde und Dämonen, vermehrt hatte. Auch den Wassermann entdeckte ich unter ihnen, den ich aus Susannas Märchen kannte: Er hatte ein grünes Gesicht, der Leib war mit Schuppen besetzt, Hände und Füße erinnerten mit ihren Schwimmhäuten an Kröten. In der Rechten hielt er jenes Mädchen fest, das im Märchen ins Wasser gehen und sich ertränken wollte, schließlich aber des Wassermanns Frau wurde. Das Goldhaar des Mädchens wallte bis zu ihren Kniekehlen herab, doch sein Gesicht war grün wie das einer Wasserleiche, auf dem Arm trug es seine Kinder, halb Mensch, halb Frosch, sieben an der Zahl. Doch es gab auch Wassernixen, deren bloßer Oberkörper bis zu den Hüften vom Silberhaar verhüllt und deren Leib unterhalb mit Schuppen bedeckt war, ich sah Waldfeen in grünem Laubkleid mit Blumenkränzen im Haar und in Leintücher gehüllte spukende Seelen, Gnome mit Riesenschädeln auf Kleinkindleibern, aus deren großen Gesichtern finstere, nachdenkliche Augenpaare mit entsagungsvoller Traurigkeit auf das tobende Gewimmel schauten. Hinter dem Wagen strömte eine maskierte Menschenmenge heran, schreiend, trompetend, Schellen rüttelnd, Wilde, Teufelchen und Mohren. Unter ihnen waren viele wundersame Kreaturen, Vögel mit Frauenköpfen, geflügelte Löwen, fliegende Drachen und Höllenhunde in großer Zahl. Ein in sein Leichentuch gehülltes Totengerippe drohte den Umstehenden mit seinen langen knöchrigen Fingern, ständig fasste der Sensenmann den Frauen, die alsbald schreiend vor ihm davonliefen, unter die Röcke. Auch den Bären sah ich wieder, und ich konnte mich auch jetzt nicht entscheiden, ob er ein wirkliches Raubtier war oder ein als Bär verkleideter Mensch, ich vermutete aber Letzteres, denn auch er verschreckte mit Vorliebe das Weibervolk.

Den Zug schloss ein zweiter Wagen ab. Oben saß, wie eine goldene Statue auf vergoldetem Thron, der Faschingsprinz mit goldener Maske, die von Zeit zu Zeit lebendig wurde, er griff dann neben sich in ein Körbchen und warf eine Hand voll Münzen nach links und nach rechts in die Menge. Den Thron des Prinzen umstanden Hofdamen, die zum Tanz gekleidet nach fremdländischer Mode mit ihren halbnackten Brüsten in dem heftigen Wind fröstelten; sie schenkten im Vorbeifahren mit zinnernen Schöpfern der Menge unter Vivatrufen und Jauchzern Wein aus, manche kamen zu dem alljährlich wiederkehrenden Ritual gleich mit einem Becher in der Hand und streckten ihn frech dem vorbeifahrenden Wagen entgegen. Sobald auch dieser zweite Wagen vorüber war, floss die Menge wieder zusammen, doch der Tanz wurde nicht mehr aufgenommen, und die Menge setzte sich hinter dem Zug in Bewegung, auch wir wurden mitgespült. Ein Teil des Menschenstroms wälzte sich in Richtung Stadtrand zum Oberen Tor, und man konnte aus dem Stimmengewirr immer wieder das Wort »Gänseköpfen« vernehmen. Mir fiel ein, dass ich schon früher vom Wettstreit der Handwerksburschen am Faschingsdienstag gehört hatte – dieser derbe Brauch stammte aus Kaschau und hatte sich jetzt auch in unserer Stadt eingebürgert, er wurde alljährlich im Hof des Goldenen Adlers ausgetragen (dieser Gasthof lag etwas außerhalb der Stadtmauer unweit des Oberen Stadttores). Ich hatte keine große Lust, mir das rohe Spektakel anzusehen, es bestand darin, dass die Teilnehmer der Reihe nach versuchten, einer an den Beinen aufgehängten Gans den Kopf abzureißen; doch da es ziemlich aussichtslos war, sich gegen den Strom zu bewegen, ließ auch ich mich am Arm meines Begleiters von der Menge, die zum Schauplatz des »Gänseköpfens« strömte, mitziehen. Ein schon angesäuselter Berggeist, wegen seiner Zipfelmütze und der Laterne hielt ich ihn jedenfalls dafür, streckte auch uns seine Buddel entgegen und nötigte mich so lange zum Trinken, bis ich sie des lieben Friedens halber an die Lippen setzte. Bevor ich mich besann, waren mir von dem feurigen Getränk schon ein, zwei kräftige Schlucke durch die Kehle gelaufen, und ich klammerte mich, vom Branntwein beschwingt, noch fester an den Arm meines Gefährten.

Als wir zum Gasthof gelangten, waren der Wirt und sein Hausknecht gerade dabei, eine ungewöhnlich große Gans zu bezwingen, um sie dann mit zusammengebundenen Beinen an die zwischen zwei Bäumen gespannte Schnur zu hängen. Der Wirt versuchte, sich den Hals des Tieres unter die Achsel zu klemmen, bis der Hausknecht die Beine zusammengebunden hatte, doch das Tier kämpfte um sein Leben und versetzte dem zornigen, schwitzenden Wirt mal mit dem Flügel, dann mit dem Schnabel Hiebe, der schrie seinem Burschen, unter lautem Lachen und den Anfeuerungsrufen der Zuschauer ringsum, immer zorniger zu, er solle sich sputen. Endlich gelang es dem Schankburschen, die Schnur an den Füßen der Gans zu verknoten, da ergriff ein zweiter Bursche, vermutlich der Sohn des Wirts, das andere Ende, und sie spannten die Schnur, wodurch die wehrlose Gans hochgeschleudert wurde und flügelschlagend mit dem Kopf nach unten baumelte, vergeblich versuchte sie ihren Schlangenhals nach oben zu recken und ihren Kopf wieder in seine natürliche Lage zu bringen. Der Wirt klopfte sich fluchend den Staub von den Kleidern und rief jemandem hinter dem Zaun zu, man könne anfangen.

Der Sohn des Wirts zog das Lattentor zu dem an die Felder grenzenden hinteren Hof weit auf und klemmte es mit einem großen Stein fest, und bald darauf erschien am Tor der erste Wettkämpfer, ein hoch aufgeschossener Schusterbursche mit Milchgesicht, der ziemlich unsicher auf seinem massigen Kaltblüter saß. Wahrscheinlich war die Unbeholfenheit der ungelenken Handwerksburschen hoch zu Ross der Hauptgrund für die Belustigung bei diesem Spiel: Um den Hals der Gans packen zu können, mussten die Burschen nämlich die Mähne ihres Pferdes loslassen, an die sie sich verzweifelt klammerten; sobald sich die ungeübten Reiter aber nicht mehr festhielten, purzelten sie vom

Pferderücken in den Dreck. Nicht anders erging es diesem gewissen Seppl, denn so hieß der erste Anwärter, zumindest riefen ihm die Zuschauer lauthals zu »Los, Seppl! Du schaffst es! Halt dich gut fest!« Der Gans, die sich scheinbar ihrem Schicksal ergeben hatte, war noch so viel Kraft geblieben, dass sie dem Burschen mit dem gestreckten Flügel einen kräftigen Hieb ins Gesicht versetzte, worauf sich dieser, durch den Federwirbel geblendet, vor Schreck beide Hände vors Gesicht schlug, so misslang es ihm nicht nur, den Gänsekopf zu packen, er wäre auch um ein Haar kopfüber in den Staub gefallen. Im letzten Augenblick schaffte er es noch, sich wieder in der Mähne des Pferdes festzukrallen, um dann unter spöttischem Geschrei den Hof zu umrunden und durch das offene Tor den Schauplatz zu verlassen. Dem Nächsten, der sich produzieren wollte, einem selbstbewussten und offenbar geübten Reiter, seines Zeichens Gerber, gelang es zwar, unter der Gans durchzureiten und dabei ihren Hals zu fassen, doch musste er ihn wieder loslassen, wenn er nicht an den Vogel geklammert zurückbleiben oder mitsamt dem Federvieh auf dem Boden landen wollte, denn sein Pferd, dem er, als er den Gänsehals in der Faust spürte, die Sporen gegeben hatte, machte einen Satz und wäre fast unter ihm weggaloppiert. Während auch dieser Bursche, begleitet von Gejohle und Pfui-Rufen, aus dem Hof trabte, sah ich, wie der Gänsekopf leblos nach unten knickte und aus dem offenen Schnabel Blut tropfte.

Erst dem siebten Reiter, einem vierschrötigen Metzgergesellen, gelang es, den Kopf abzureißen. Die blutgetränkte Faust mit der Trophäe hochgereckt, ritt er triumphierend im Rund und gab seinem Gaul am Tor die Sporen, denn nun folgte noch der zweite Teil des Spektakels, bei dem die Unterlegenen sich an die Verfolgung des Siegers machen mussten, um ihm das Siegespfand abzujagen, denn die Trophäe gehörte ihm erst, wenn er es schaffte, sie ans jenseitige Ende des weitläufigen Wiesengeländes hinter dem Gasthof zu bringen.

Die Neugierigen, die auch den endgültigen Ausgang des Wettstreits erleben wollten, drängten in den Hof nach und schoben sich, stoßend und sich gegenseitig auf die Füße trampelnd, zum offenen Lattentor und auf die Wiese hinaus. Mein Begleiter blickte mich fragend an, ob ich mir auch diese Reiterverfolgung noch ansehen wollte, doch ich schüttelte den Kopf. Vom Anblick der von dem gespannten Seil baumelnden kopflosen Gans, aus deren verstümmeltem Hals noch immer das Blut troff, war mir übel, ich sehnte mich nach ein wenig Stille und Ruhe, wollte lieber ein Weilchen mit meinem Gefährten allein sein. Er nickte zustimmend, zog mich aus der Menge, die sich an uns vorbei in Richtung Wiese drängte, zur Seite, und wir setzten uns in entgegengesetzter Richtung in Bewegung, dahin, wo die Gemüse- und Weingärten lagen, hinter denen der Wald anfing.

Wir kamen am Friedhof vorbei, auf dessen Gräbern noch kein Frühjahrsgrün aufgekommen war und wo die grauen Grabsteine traurig aus der schmierigen schwarzen Erde aufragten. Auf einem Stein trippelte und zwitscherte ein schwarzer Vogel, ich sah nicht genau, was für einer es war. Als ich herantrat, um ihn in Augenschein zu nehmen, flatterte er auf und verschwand im dunklen Laub des Efeus, der einen der dürren Bäume bis zur Krone hinauf überwucherte. Dann führte unser Weg an einer Reihe von Gärten vorbei, an den sie umgebenden Hecken kamen schon die Knospen heraus, obwohl sie noch die bräunliche Farbe der Reiser hatten, dicht zusammengedreht stachen sie mit ihren winzigen spitzen Köpfchen in die aufgewühlte Luft des nahenden Frühlings. Jetzt schlossen sich die Weingärten an, in denen die Rebstöcke wie knorrige, angegraute alte Hände aus der flehenden Erde hervorragten, dann stiegen wir über einen nackten Hügel zum Waldrand hinauf.

Mit dem Vater und noch früher mit meiner Mutter waren wir auf unseren Sammelgängen häufig in dieser Gegend gewesen. Gewiss, in diesem laublosen Zustand am Ende des Winters hatte ich den Wald noch nie gesehen, doch kannte ich mich hier trotzdem gut aus, und von nun an bestimmte ich die Richtung unseres Weges. Da ich befürchtete, auf der Anhöhe und zwischen den kahlen Bäumen könnten uns neugierige Blicke verfolgen, als wären wir in einem Käfig öffentlich zur Schau gestellt, war ich bestrebt, den Rücken des Hügels zu erreichen, um auf der anderen Seite der Anhöhe vor den lüsternen Augen der Menschen sicher zu sein. Auf dem Weg hinunter ergriff mein Begleiter plötzlich meinen Arm, um mich anzuhalten, und als ich ihn fragend ansah, legte er einen Finger auf meinen Mund und deutete nur mit einer Wendung seines Kopfes an, wohin ich schauen sollte. Ich wandte mich dorthin und sah eine Rehgeiß stehen, die an der Rinde eines jungen Baumes knabberte. Vermutlich hatte hier schon lange kein Mensch mehr die Ruhe des Waldes gestört, denn das Tier schreckte durch unser Herannahen nicht auf, sondern fraß friedlich weiter. Als ich jedoch etwas weiter vortrat, um besser zu sehen, und durch eine ungeschickte Bewegung einen trockenen Ast zum Knacken brachte, hob es den Kopf und lauschte einen Augenblick lang, dann verschwand es blitzschnell zwischen den Bäumen. Mir war, als hätte ich sein bräunliches Fell und den hellen Afterspiegel noch ein- oder zweimal im Gewirr der Stämme aufleuchten sehen.

Am Fuße des Hügels schlängelte sich ein Bächlein, an seinen Ufern fand sich stellenweise noch ein schmaler Saum grauen, ausgebrochenen Eises, und zwischen den eisigen Kanten lief das sprudelnde Wasser flink über die gelblich-grauen Steine hinweg, einem durchsichtigen, dicken Haarzopf gleich sich verflechtend und wieder auseinander breitend. Da und dort, wo sich das Bachbett plötzlich vertiefte, kochte, einen kleinen Wasserfall bildend, weiße Gischt. Als wir aus dem Wald traten, zuckte ich zusammen und sah bestürzt zum Himmel auf, denn einen kurzen Augenblick lang war die ganze Landschaft um uns in ein geisterhaftes blaues Licht getaucht. Ich wollte meinen Augen nicht trauen, doch der nun folgende Donnerschlag ließ keinen Zweifel zu, es musste soeben geblitzt haben, so ungewöhnlich das um diese Jahreszeit auch sein mochte. Am Himmel über uns ballten sich zerrissene graue Wolken, hier unten riss und zerrte der Wind wild an den nackten Ästen und wehte uns dürres Laub vom letzten Jahr ins Gesicht. Und als ich mich, nach einer Zuflucht suchend, umsah, denn es war nun offenbar, dass in wenigen Augenblicken ein Regenguss kommen würde, schoss mir in den Sinn, wo wir uns eigentlich befanden.

»Es muss hier in der Gegend eine Hütte geben!«, wandte ich mich meinem Begleiter zu und bemühte mich, das Rauschen des Windes zu überschreien, klammerte mich dabei fest an seinen Arm, um gegen den Wind anzugehen. »Ich glaube, nicht weit von hier, auf der anderen Seite des Baches. Eine alte weise Kräuterfrau wohnt darin …«

»Aber Orsika, Ihr ratet uns«, murmelte mein Begleiter zwischen zwei Windstößen, während er mir über den Bach half, »wie Hänsel und Gretel in der Hütte der Hexe Zuflucht zu suchen?« Ich nickte zustimmend, obwohl mir im selben Augenblick einfiel: Mein Vater hatte schon vor Jahresfrist erwähnt, dass die alte Frau gestorben sei und man sie auf Kosten der Stadt begraben musste. Wie auch immer, ihre Hütte wird ja noch stehen, dachte ich, während wir unsere Schritte am Bach entlang beschleunigten, um so schnell wie möglich das Haus des Kräuterweibleins zu erreichen. Und tatsächlich, nach der nächsten Schleife, die der Bach machte, sahen wir schon das Dach der Hütte, sie stand unmittelbar am Fuß eines kleinen Hügels, ragte aber kaum aus den ringsum aufgeschossenen gelben Unkrautstängeln hervor. Eine Seitenwand war ganz von Wildem Wein überwuchert, dessen blattlos wirres Rankengeflecht nun im Wind wie Gitterwerk gerüttelt wurde. Das einzige Fenster der Hütte hatte jemand mit Lumpen zugestopft, doch das Strohdach sah noch intakt aus, die Tür war angelehnt, als habe sich der Bewohner des Häuschens nur für Augenblicke entfernt und hielte sich noch in der Nähe auf. Die ersten dicken Tropfen fielen schon rings um uns, schlugen Bläschen und große, ineinanderlaufende Kreise auf dem Wasser des Baches, als mein Begleiter die Tür der Hütte aufstieß und ich ihm ins düstere Innere folgte.

Drinnen sah ich mich ein wenig um, und was ich sah, versuchte ich mit meinen Kindheitserinnerungen zu vergleichen. Alles, was nicht niet- und nagelfest oder einigermaßen brauchbar war, hatten, wie es schien, arme Leute längst fortgeschleppt. Wenn ich mich recht erinnere, besaß die alte Frau auch irgendeine Küchenkredenz, in der mit Schweinsblase verschlossene

Tiegel mit allerlei Salben und Tinkturen standen, doch von dem Schrank fehlte jede Spur. Im Raum standen keinerlei Möbelstücke mehr außer dem wackligen Tisch auf drei Beinen und in der Ecke ein mit Gras gefüllter Strohsack. An diesen Strohsack konnte ich mich nicht erinnern, ich meinte, irgendein Landstreicher habe sich hier vielleicht einen Unterschlupf eingerichtet. Weiter sah ich nur noch ein Häuflein Lumpen und zerbrochene irdene Töpfe, für die offenbar nicht einmal die Bedürftigen Verwendung fanden. Auch lag noch ein ziemlich ramponierter Korb herum, aus dem eine Hand voll vertrocknete Hagebutten herausgerollt waren, vielleicht das Letzte, was die alte Frau in ihrem Leben gesammelt hat. Aus dem Boden der Hütte brach sich hier und da schon zählebiges Unkraut Bahn, dessen dürre Halme sich gespensterhaft wanden und bogen, von dem unter der Tür hereinwehenden Wind bewegt.

»Die Hexe muss von hier längst weitergezogen sein ... wenn sie überhaupt noch lebt«, sagte mein Begleiter, während er mit dem Finger über die Platte des dreibeinigen Tisches strich, die eine dicke Staubschicht bedeckte.

»Sie war ja gar keine Hexe, sondern eine freundliche alte Frau«, gab ich zur Antwort, und ich kämpfte, warum weiß ich selbst nicht, mit den Tränen.

»Mich reut es trotzdem nicht, dass wir sie nicht angetroffen haben ..., zu dritt wäre es hier drinnen etwas eng geworden«, erwiderte mein Begleiter, trat zum Strohsack hin und klopfte ein paarmal mit der Hand darauf, damit sich der größte Staub verzog, dann warf er sich lässig rücklings auf das schäbige Lager. Seine Maske, die er noch immer trug, riss er sich mit einer einzigen Bewegung vom Gesicht und stopfte sie in die Tasche, dann faltete er die Hände im Nacken und starrte nach oben zum Dach. Nach einigem Zögern kauerte ich mich neben ihn hin, umfasste mit beiden Händen meine Knie und lauschte dem prasselnden Regen.

»Also ich glaube, es wäre gar nicht übel, mitten im Wald in einer solchen Hütte zu leben«, meinte er sinnend, als spräche er mit sich selbst oder richte seine Worte an die von Holzwürmern zernagten Balken über sich. »Sie könnte zwar ein wenig geräumiger sein, und auch eine etwas bequemere Liegestatt würde nicht schaden, doch wie herrlich ruhig wäre hier das Leben! Statt all dem leeren Geschwätz könnte man den ganzen Tag dem Wind und dem Regen lauschen, mit den Tieren des Waldes plaudern, statt sich mit Menschen abgeben zu müssen, die ahnungslose Seelen wie mich immer nur den Versuchungen aussetzen und in Fallen locken... Die mich unentwegt zur Seite drängen und verlangen, dass ich mich ihnen zuliebe verleugne, in eine fremde Haut schlüpfe und tue, was man von mir erwartet, statt zu sein, wie ich bin, und zu tun, was ich möchte...«

»Es gibt aber bestimmt auch Menschen«, warf ich aufgewühlt ein, während mir das Herz im Hals klopfte, »mit denen Ihr diese Waldeinsamkeit gern teilen möchtet und von denen Ihr nicht zu fürchten hättet, in eine Falle gelockt zu werden, die Euch nicht zwingen würden, so zu sein, wie es Eurem Herzen fremd ist...«

Mein Begleiter setzte sich plötzlich auf und wandte sich mir zu, er zog mir die schwarze Maske, die ich während des ganzen Spaziergangs getragen hatte, vom Gesicht und warf sie auf den Lumpenberg, dann nahm er meinen Kopf zwischen seine beiden Hände und betrachtete forschend mein Gesicht.

»Ach schau mal an, die gute Orsika, das arme kleine Aschenputtel!«, brach es mit einer Gehässigkeit aus ihm hervor, dass ich zusammenfuhr, und er versetzte mir einen Nasenstüber, »das sich niemals andient, niemandem den Kopf verdreht, nur dasitzt und mich mit seinen schönen, flehenden Augen treuherzig anblickt! Ach nein, ihr käme es nie in den Sinn, mir eine Falle zu stellen, meine verfluchte Schwäche auszunutzen! Kein Gedanke, nicht wahr, dass ich sie, wenn es ihr gelänge, mir den Kopf zu verdrehen, vielleicht in der gläsernen Kutsche mit mir nehmen könnte auf mein Schloss? Dass ich sie von der bösen Stiefmutter erlösen würde und die Arme dann keine Bohnen und Linsen mehr verlesen müsste...«

Ich glaube, zwischen uns wäre nichts vorgefallen, und ich wäre, wenn der Regen aufgehört hätte, so aus der Hütte herausgekommen, wie ich eingetreten bin, wenn ich mich nicht nach diesen halb wahren, halb unwahren Anschuldigungen bitterlich weinend meinem Begleiter an die Brust geworfen, seinen Hals umklammernd unter Schluchzen zu beweisen versucht hätte, dass mein Herz von jeglicher List frei sei, ich nur reinste Gefühle für ihn hege und auf keinerlei Entschädigung dafür hoffte, höchstens auf ein paar Brosamen der Erwiderung meiner Liebe, und selbst, wenn wir uns niemals wiedersähen, dann wenigstens hier und jetzt, so gut und so lange es möglich ist...

In den wenigen darauf folgenden Minuten, von denen ich hoffte, ich würde die Erinnerung daran als größten Schatz bis in meine alten Tage im Herzen bewahren, war mir, als hätten mich meine Empfindungen ganz verlassen. Man sagt, der Mensch betrachte in Todesgefahr seinen eigenen Körper und alles, was mit ihm geschieht, scheinbar aus großer Ferne. In der Tat, im ersten Augenblick, da ich spürte, dass mein Begleiter mich nicht von sich stieß, sondern meine Umarmung erwiderte, fühlte ich in jeder Faser meines Leibes, wie sich eine Welle glücklicher Erleichterung in mir ausbreitete – und, ich muss es gestehen, auch so etwas wie Triumph, dass mein Plan doch noch aufgegangen war –, doch dann war mir, als wäre meine Seele betäubt worden und als sähe ich von oben, aus unendlicher Höhe wie ein unbeteiligter Zuschauer auf die Freude und den Schmerz meines Körpers hinab. Erst als alles vorbei war und mein Gefährte ermattet in meinen Armen lag, brachen im selben Augenblick mit großer Wucht die Freude und die Qual, das Glück der erfüllten Liebe und zugleich der Schmerz über die bevorstehende Trennung über mich herein. In dieser Minute sehnte ich mich nach nichts anderem mehr, als meinen Geliebten still in den Armen zu halten, lange, noch sehr lange, und mit ihm auf diesem erbärmlichen Lager einzuschlafen und vielleicht nie mehr aufzuwachen...

Bald darauf befreite sich mein Begleiter aus meinen Armen, setzte sich auf und blieb eine Weile am Rand des Strohsacks sitzen. Ich berührte zaghaft seine Schulter und hoffte, er würde sich mir zuwenden, doch er schüttelte meine Hand ab, stand auf, ging zur Tür hinaus. Er blieb nicht lange fort, obwohl ich sicher damit rechnete, dass er mich ohne ein Wort zurücklassen und ich ihn nie wiedersehen würde, doch er kam mit einem dieser halb zerbrochenen irdenen Töpfe in der Hand zurück.

»Wasch dich!«, sagte er und stellte den Topf mit dem Wasser am Rand des Strohsacks zu meinen Füßen hin.

Ich stand eilig auf und begann, ihm den Rücken zugekehrt, mich mit dem eiskalten Bachwasser zu reinigen, die auf den Boden der Hütte fallenden Tropfen waren blassrot, und da dachte ich plötzlich, wer weiß warum: Hat tatsächlich ein Landstreicher hier sein Nachtquartier, so meint er wahrscheinlich wegen dieser Spuren, ein Fuchs oder ein Wiesel habe einer kleineren Kreatur hier den Garaus gemacht, vielleicht einem Eichkätzchen oder Baumschläfer.

Nachdem ich mich gewaschen hatte, warf ich den Topf zu dem anderen Gerümpel in die Ecke und setzte mich, eine Armlänge von meinem Begleiter entfernt, auf den Rand des Lagers. Eine Zeit lang saßen wir nur, stumm, weil keiner von uns etwas sagen wollte.

Schließlich unterbrach er das Schweigen.

»Es tut mir leid«, sagte er. »Du hättest es mir sagen müssen … Ich konnte ja nicht wissen, dass du noch … Die Tante hat etwas von einem Soldaten erzählt«, fuhr er fort, weil er offenbar meinem Gesicht ansah, dass ich nicht verstand, worüber er gesprochen hatte. »Ich dachte, dass du nicht mehr … Dass es dir egal wäre …, weil du ja ohnehin kein Mädchen mehr bist …«

Jetzt begriff ich, wovon er redete, und der in mir aufflammende zornige Schmerz gab mir die Kraft zu reden. Die Augen zu Boden gerichtet, aber doch mit fester Stimme fragte ich ihn, was er jetzt, da er ja wisse, dass er sich geirrt habe, zu tun gedenke.

»Du bist nicht besser als die anderen! Willst mich in die Enge treiben!«, brach es aus ihm hervor, und mit so ehrlicher Verzweiflung in der Stimme, dass ich mich fast geschämt hätte über meine Boshaftigkeit. Doch dann fiel mir meine eigene Lage ein und machte mein Herz hart, ich antwortete, nicht ich habe ihn in die Enge getrieben, die Umstände seien es gewesen und auch sein Benehmen, und ich stellte ihm nochmals die Frage, was er nun für mich zu tun gedenke.

Er antwortete nicht, trommelte nur erregt und ungeduldig mit den Fingern auf sein Knie. Ich betrachtete seine kleinen und kraftlosen, mädchenhaft schmalen Hände, die ich zuvor so bewundert, aus deren Form ich geschlossen hatte, dass sie von einem zartfühlenden, empfindsamen Herzen zeugten, nun aber war ich überzeugt, dass sie vielmehr Feigheit und Grausamkeit verrieten.

»Gar nichts kann ich tun«, erklärte er nach einiger Zeit und beobachtete mich aus den Augenwinkeln, um zu sehen, ob er mit einem heftigen Ausbruch von Empörung zu rechnen hatte. Als er aber von meinem Gesicht nur stummen Zorn und Schmerz ablas, wiederholte er: »Nichts kann ich tun, gar nichts…«

»Wir müssen jetzt gehen!«, sagte er dann kleinlaut, stand auf und reichte mir seine Hand, um mir aufzuhelfen, doch er ließ sie auch gleich wieder los. »Was wirst du daheim sagen, wo du warst?«

Achselzuckend folgte ich ihm aus der Hütte.

»Pfui Teufel! In was für üble Winkel ich mich verirre!«, zischte er, als er sich beim einfallenden Licht noch ein letztes Mal in unserer Zuflucht umsah, und er trat erbost gegen den dreibeinigen Tisch, der unter dem heftigen Tritt in einer Staubwolke zusammenkrachte.

Draußen hatte es inzwischen aufgehört zu regnen, und das gelblich verfärbte Wasser des angeschwollenen Bächleins rauschte schäumend über die Kieselsteine. Immer wieder klebten meine Schuhe auf dem durchgeweichten Pfad im Lehm fest. Ich musste von Zeit zu Zeit stehen bleiben, um die schweren Lehmklumpen von den Sohlen zu schütteln, weil ich die Beine kaum noch anheben konnte. Schweigsam schritt mein Begleiter neben mir, pfiff gelegentlich und schlug mit dem Stöckchen, das er von einem dürren Baum gebrochen hatte, auf Baumstämme und haute trockene Stängel von Disteln um.

Als wir beim Gasthof Zum Goldenen Adler ankamen – die gaffende Menge hatte sich bereits zerstreut, nur die enthauptete Gans hing noch an der Schnur, und das Blut an den verklebten Federn des Halsstumpfs und darunter im Staub war längst gestockt und dunkel –, blieb mein Begleiter stehen und legte seine Hand auf meinen Arm, um mich zurückzuhalten.

»Von hier an musst du allein weitergehen!«, sagte er und bemühte sich, meinem Blick auszuweichen. »Es ist besser, wenn man uns nicht zusammen sieht … Du könntest ins Gerede kommen«, fügte er hinzu, als er das abschätzige Zucken um meinen Mund sah.

Während wir das Waldstück durchquert hatten, war mir, als empfände ich außer Groll und Verachtung nichts mehr für ihn, doch nun, da es so weit war, dass ich mich für immer von ihm verabschieden musste und damit auch von aller Hoffnung, die ich mit ihm verband, schnürte es mir vor Schmerz das Herz zusammen, und ich brach in Tränen aus. Ich umschlang seinen Hals und fragte mit tränenerstickter Stimme, ob ich ihn denn in diesem Leben noch einmal wiedersehen werde.

»Ist ja gut! Hör auf zu weinen, ich kann es nicht ertragen!«, sagte er leidend, denn mein vorheriges Schweigen hatte ihn glauben lassen, das Schwerste sei überstanden, und er habe mit Gefühlsausbrüchen nicht mehr zu rechnen. »Ich werde dir über die Tante eine Nachricht schicken!«, beruhigte er mich mit etwas versöhnlicherer Stimme, der aber die Ungeduld anzumerken war. »Einverstanden? In Kürze, natürlich. Bald«, fügte er schnell hinzu und klopfte mir dabei, wie einem weinenden Kind, zerstreut auf den Rücken.

»So geh doch, um Himmels willen!«, brach es schließlich mit gehetzter, gequälter Stimme aus ihm hervor. Er schob mich ziemlich sanft von sich weg, um mir dann mit einem energischen Schubs zu bedeuten, dass ich gehen sollte. Schleppenden Schrittes machte ich mich auf, in Richtung des Oberen Tores, wartete, ob er nicht vielleicht doch hinter mir her riefe, aber vergeblich. Bevor ich durchs Tor ging, blickte ich mich noch einmal um und sah, dass er noch immer am Zaun des Gasthofs stand und in den Hof schaute: Besah sich vielleicht die geköpfte Gans oder die anderen Überreste des nachmittäglichen Gaudiums. Er schien meinen Blick gespürt zu haben, denn auch er wandte sich kurz um, und als sich unsere Augen trafen, neigte er ein wenig den Kopf und hob die Rechte leicht an, die Geste wirkte wie ein kleiner Kratzfuß, als bedanke sich einer bei seiner Partnerin für den Tanz. Und während er seinen Blick sinnend über mich streifen ließ, hatte ich das Gefühl, er sieht mich jetzt schon wie ein spukendes Erinnerungsbild aus seiner Vergangenheit, und vielleicht nicht einmal eins der unangenehmsten. Und ich bemerkte, dass die Bänder der Samtlarve, die er vor kurzem in der Hütte achtlos in seine Hosentasche gestopft hatte, schwarz daraus hervorbaumelten. Offenbar fiel auch ihm erst jetzt ein, dass er das nunmehr überflüssig gewordene Faschingsrequisit noch bei sich hatte, denn er zerrte es aus der Tasche, sah es kurz an und warf es ins Buschwerk, das den Weg säumte.

IV

Auf meinem Heimweg waren nun weder Teufelchen noch andere Geisterwesen hinter mir her. Aber natürlich hätte ich mich, auch wenn mir tausend Teufel nachgejagt wären, nicht noch mehr sputen können, völlig atemlos rannte ich bis nach Hause und versuchte unterwegs angstvoll, mir irgendeine Erklärung für mein langes Fernbleiben zurechtzulegen. Von Zeit zu Zeit zogen mir bittere Tränen einen Schleier vor die Augen, weil ich daran denken musste, in welcher Stimmung und mit welchen Hoffnungen ich vor ein paar Stunden aufgebrochen war. Und sooft ich aus den Augenwinkeln doch noch einen Blick auf das Faschingsvolk warf – es sammelte sich schon zu der den Höhepunkt des Ganzen bildenden Abendunterhaltung und überflutete allmählich die Gassen – und sah, wie mir ein Teufel oder Wichtelmann lockend zuwinkte oder mir das spöttische Krächzen der Trompeten im Ohr widerhallte, war mir zumute, als würden auch sie mich wegen meiner zerronnenen Hoffnungen verlachen, und ich beschleunigte meine Schritte noch.

Als ich, daheim angekommen, ins Haus trat, fuhr ich vor Schreck zusammen, denn in unsere Küche drängten sich viele Frauen, mir bekannte und fremde. Alle tuschelten sie aufgeregt, ihr Gehabe verriet, dass sie ungeduldig auf irgendeine Nachricht warteten. Meine schuldbeladene Seele flüsterte mir zu, so unglaublich diese Vorstellung auch schien, die Nachricht von meinem Fehltritt könnte schon bis hierher gedrungen sein, und die Frauen würden hier auf mich warten, um mich, sobald sie meiner habhaft werden konnten, vor den Rat und in den Rathauskerker zu schleppen. Nur schenkten mir all die Weiber gar keine Beachtung, und einzelne Wörter, die ich aus dem Getuschel aufschnappen konnte, sprachen eher von Mitgefühl als von Empörung. Zu meinem Erstaunen drang mehrfach das Wort »Bär« an mein Ohr, und ich hegte die Vermutung, dass sie von demselben Bären redeten, den ich am frühen Nachmittag auf dem Platz und später im Faschingsumzug gesehen hatte. Doch was das Untier mit dem Auflauf in unserer Küche zu tun hatte, darauf konnte ich mir eine ganze Weile keinen Reim machen. Nach einiger Zeit eilte mein Vater durch die Küche zur inneren Stube hin: Er kam augenscheinlich aus der Apotheke und hatte ein Arzneifläschchen in der Hand.

»Da bist du ja wieder! Wo hast du dich die ganze Zeit herumgetrieben?«, rief er mir mit belegter Stimme zu, als er mich gewahrte, doch zum Glück blieb er nicht stehen, um mich zur Rede zu stellen. »Deiner Mutter ist ein Unglück widerfahren«, fügte er hinzu, als er an meiner ratlosen Miene sah, dass ich mit dem Menschenauflauf in unserer Küche nichts anzufangen wusste, dann verschwand er in der Stube.

Von der Tatsache ermutigt, dass all das Volk nicht meinetwegen hier zusammengelaufen war, wandte ich mich an eine Bekannte, bat sie, mir endlich zu sagen, was passiert sei. Als die Frauen merkten, dass ich von dem Vorgefallenen noch gar nichts wusste, scharten sich sogleich vier oder fünf um mich und berichteten, jede der anderen ins Wort fallend. Der aufgeregten Schilderung konnte ich dies entnehmen: Meine Stiefmutter, die den Tag draußen in ihrem Garten verbracht hatte, machte sich spätnachmittags auf den Weg zurück in die Stadt, und zwar auf dem Wagen des Bauern, mit dem sie auch hinausgefahren war, um noch vor dem Vesperläuten daheim zu sein. Sie wusste ja, dass das Tollen und Treiben zum Faschingsausklang nach Eintritt der Dunkelheit seinen Höhepunkt erreichen würde. Nur verstellten die gaffenden Menschen, die auf den herannahenden Umzug warteten, dem Gefährt den Weg. Die Stiefmutter kletterte in ihrer Ungeduld und weil sie es ohnehin nicht mehr weit bis nach Hause hatte, vom Wagen, in der Hoffnung, sich zu Fuß leichter einen Weg durch die Menge bahnen zu können. Es gelang ihr auch, sich durchzudrängen und auf den freien Streifen hinauszutreten, den die Schaulustigen für den Zug geräumt hatten, als der gerade von der Nachbargasse in unsere Straße einschwenkte. Doch da setzte sich der Bär – und hier bildeten sich zwei Lager und stritten, ob der Verursacher des Unglücks ein wirkliches Tier oder ein ins Bärenfell geschlüpfter, wahrscheinlich betrunkener Faschingsnarr war – von dem Zug ab und nahm die Mutter ins Visier, sie stand nämlich ein wenig abseits der Menge für sich und bot sich als leichte Beute an. Meine Stiefmutter, die glaubte, es mit einem wirklichen vierbeinigen Bären zu tun zu haben, begann zu rennen, das Tier war ihr auf den Fersen und hatte sie um ein Haar eingeholt, als sie auf der Flucht über einen hervorstehenden Stein oder eine weggeworfene Flasche stolperte und vornüber mit dem Gesicht in den Staub stürzte. Der Bär, der sie bereits eingeholt hatte, tat das, was wilde Tiere immer tun, wenn sie einem leblos scheinenden Menschen begegnen: Sie beschnuppern ihn und lassen ihn liegen, um sich nach einem anderen, beweglichen Opfer umzusehen. Inzwischen nahte unaufhaltsam der Faschingszug, und die maskierten Narren, die aus den mitgeführten Weinflaschen unterwegs ausgiebig gekostet haben dürften, dazu durch die engen Schlitze ihrer Masken nicht viel mehr als einen schmalen Streifen in Augenhöhe von der Welt sahen, nahmen die auf dem Boden liegende Frau gar nicht wahr und trampelten der Reihe nach über sie weg. Zum Glück war es der Stiefmutter, die sich im Fallen wahrscheinlich auch den Knöchel verstaucht hatte und gar nicht mehr auf die Beine kam, gelungen, durch das Gewühl der Füße zu kriechen, bevor auch noch die Räder der sich gefährlich nähernden Faschingswagen über sie hinwegrollten. Sobald sie bis zur ersten Reihe der Schaulustigen gekommen war, eilten ihr ein paar fürsorgliche Frauen zu Hilfe. Man brachte sie bis zu unserem Tor, wo sie schon die mannsstarken Arme von Ersók in Empfang nahmen, die sie hineintrug und auf ihr Bett legte. Da sie stark blutete und große Schmerzen hatte, ließ Vater die städtische Hebamme holen, und die herbeigeeilten Frauen in unserer Küche, die, weiß Gott von wem, offenbar schon vorher über den Zustand der Mutter Bescheid wussten, warteten nun gespannt, was das schreckliche Geschehen für Folgen haben würde.

Ich stand also zusammen mit all den anderen da, die Stube im Blick, deren Tür sich von Zeit zu Zeit öffnete, und entweder erschien Ersók mit einer Waschschüssel in den Händen, um das blutige Wasser im Hof auszuschütten, oder die Hebamme, ein großes, Respekt gebietendes Weibsbild, rief heraus, man möge noch einen Topf heißes Wasser bereiten. Dann beeilte sich sogleich die eine oder andere der Frauen voller Eifer, dem Auftrag Folge zu leisten. Sooft die Tür aufging, drehten sich alle Anwesenden in diese Richtung und lauschten mit gespannter Anteilnahme in die Stube hinein, aus der das Stöhnen und fiebrige Gestammel meiner Stiefmutter drangen, ich meinte, das Wort »Bär« zu vernehmen. Ein andermal schien mir, sie murmelte etwas von »Tod«, vielleicht erschienen ihr in den Fieberphantasien die Totengerippe des Faschingsumzuges, wie sie nach den Frauen grapschten.

Ich überlegte gerade, ob ich nicht irgendwie unauffällig in die hintere Stube schleichen könnte, um den mit Schmutz bespritzten Rock und meine dick mit Lehm verschmierten Schuhe zu wechseln, als wir durch die Tür einen so markerschütternden Schrei hörten, dass wir alle zusammenfuhren. Auf den durchdringenden Schrei folgte ein herzzerreißendes Jammern, kurz darauf erschien erneut Ersók mit der Waschschüssel, deren Inhalt sie aber diesmal nicht in den Hof hinausschüttete, sie stellte die Schüssel auf den Tisch und eilte hastig in die Stube zurück. Wir drängten uns alle um den Tisch, um einen Blick in das Lavoir zu werfen. Ich muss sagen, dass ich damit gerechnet hatte, ein winziges, puppenähnliches Etwas zu erblicken, also einen, sagen wir normalen Säugling, nur kleiner, doch das, was da in dem blutigen Wasser schwamm, war weiß, sein Kopf verglichen mit den Gliedmaßen unförmig groß, dort wo es die Augen haben sollte, zeigten sich zwei kleine, durchscheinende Ausstülpungen aus dem Schädel wie die eingezogenen Hörner einer

Schnecke. Alles in allem erinnerte das Wesen eher an eine große Kaulquappe oder an die Halb-Mensch-halb-Frosch-Bälger, die das Weib des Wassermanns in ihren Armen wiegte, als an ein Menschenkind. Ich hörte, wie die anderen fieberhaft miteinander tuschelten, etwas über ein mahnendes Zeichen des Himmels und widernatürliche Unzucht redeten, doch eine stattliche, ernst und entschlossen auftretende Frau winkte ungeduldig ab. Sie trat mit strenger Miene an den Tisch, krempelte sich die Ärmel hoch und griff in die Schüssel, um die weiße Missgeburt herauszunehmen, und ging mit ihr in den Hof hinaus, veranlasste zuvor noch ein staunend mit offenem Mund dastehendes Mädchen, einen Wasserkrug zu füllen und ihr zu folgen. Im Hof befahl sie ihm, aus dem Krug Wasser über das winzige Wesen zu gießen, sie wusch es und wickelte den toten kleinen Körper in ihr Tuch; sie hieß das Mädchen, zu ihrem Mann, dem Schreiner, zu laufen, er solle sogleich eine kleine, sargähnliche Kiste zusammennageln, denn »in dem armseligen Wesen wohnt ja auch schon eine nach Gottes Ebenbild erschaffene Seele, oder sie hätte doch darin gewohnt, wäre dem Kind die nötige Zeit im Mutterleib vergönnt gewesen.« Diese mit Bestimmtheit gesprochenen Worte beruhigten die Frauen, und sie machten sich allmählich, zu zweit oder zu dritt aneinander geklammert, auf den Heimweg, wahrscheinlich wollte keine allein gehen, um nicht auch, von irgendeinem Faschingsnarren gehetzt, das Schicksal meiner Stiefmutter zu erleiden.

In den darauf folgenden Wochen lag meine Stiefmutter mit hohem Fieber danieder, und mir blieb keine andere Wahl, als, meinen Möglichkeiten entsprechend, den Großteil ihrer Arbeit im Haus zu übernehmen. Es kam vor, dass eine Aufgabe meine Kräfte überstieg: In so einem Fall musste ich die Sache Ersók anvertrauen und dafür die Pflege der Stiefmutter übernehmen. Ersók hat mir den Platz am Krankenbett nur höchst widerwillig überlassen, weil sie die Pflege ihrer Herrin, so sagte sie, nur ungern Personen anvertraue, die dieser stets nur böswillig begegnet wären, doch da weder das Haus noch die Stiefmutter unversorgt bleiben konnten, musste sie sich damit abfinden, dass ich für einige Zeit die mit der Betreuung verbundenen kleineren Tätigkeiten übernahm. Dann hatte ich die Umschläge auf Mutters Stirn zu wechseln, musste ihr zu trinken geben, wenn ich ihrem Stöhnen entnahm, dass sie durstig war, doch die meiste Zeit saß ich nur an ihrem Bett und achtete darauf, dass sie sich, wenn sie nicht ganz bei Sinnen war, nicht selber Schaden zufügte.

Mir schien, die Fieberphantasien führten meine Pflegebefohlene in ihre Kleinmädchenzeit zurück. Wenn sie etwas sagte, sprach sie nicht zu mir, sondern offenbar zu den Leuten, bei denen sie ihre Kindheit verbracht hatte, auch über längst Vergangenes äußerte sie sich, als wäre es gerade erst gewesen. Ich hörte nicht, dass sie den Bären erwähnt hätte, doch mehrfach murmelte sie etwas von dem Wagen, mit dem die Pferde durchgegangen sind, und fiel dabei in verzweifeltes Schreien, dann tadelte sie mit ernster Stimme einen kleinen Buben, vielleicht ihr früh verstorbenes Brüderchen, weil er beim Spielen die »Lieblingstulpen der Mutter« niedergetreten hat. Einmal jammerte sie ihrer Puppe nach, die sie nicht finden konnte und die ihr wahrscheinlich Diebe geraubt haben.

Ihrem brabbelnden Phantasieren habe ich immer nur mit halbem Ohr zugehört – einmal musste ich sie mit Gewalt in die Kissen zwingen, weil sie aus dem Bett sprang und im Nachthemd in die Welt hinausrennen wollte –, weil ich mit mir selbst so beschäftigt war. Als wir uns trennten, war mir noch ganz klar gewesen, dass ich von dem jungen Miklós für die Zukunft nichts zu erwarten hatte, und wenn er auch ein paar nette Worte zu meiner Beruhigung gesagt hatte, so war dies doch nur geschehen, um mich möglichst schnell loszuwerden. Die meisten Menschen haben nicht so viel Seelenkraft, dass sie die Last der Erinnerung an Schande und Misserfolg und zugleich die Aussicht auf eine hoffnungslose Zukunft ertragen können. Auch meine Phantasie begann bald, dieses trübe Bild, das ich von unserer letzten Begegnung in meinem Gedächtnis bewahrte, in ein weniger hoffnungsloses umzufärben, und sie wirkte so lange daran, bis ich die beschwichtigenden Worte des jungen Herrn für ein ernst zu nehmendes Versprechen hielt und fest damit rechnete, er würde sich früher oder später tatsächlich melden und mich wissen lassen, welche Absichten er mich betreffend hegte. In den Stunden, die ich am Krankenbett meiner Stiefmutter verbrachte, verfing ich mich so sehr in einem Gespinst der Selbsttäuschung und der eitlen Einbildung, dass ich am Ende glaubte, es gebe gute Gründe, die Hoffnung nicht aufzugeben. Obwohl mir solche Zuversicht half, die vermehrten Pflichten halbwegs zu erfüllen und die Eintönigkeit meiner Tage zu ertragen, begann ich mit so stürmischer Ungeduld auf die Erfüllung meiner aus der Luft gegriffenen Hoffnungen zu warten, dass mir dies schließlich mehr Schmerz bereitete, als hätte ich mich einfach mit meiner Lage abgefunden.

Von dem Augenblick an, da sich die selbstgefällige Hoffnung in meiner Seele eingenistet hatte, wartete ich mit verzehrender Ungeduld auf den Besuch meiner Patin. Da es mir kaum möglich war, von daheim wegzukommen, konnte die sehnlichst erwartete Nachricht nur auf einem Wege zu mir gelangen: indem sie sie mir persönlich überbrachte. Ja, meine Patin war schon bei uns gewesen, keine zwei Tage, nachdem die Stiefmutter verunglückte, damals hatte ich aber noch gar nicht daran gedacht, dass sie mir eine Botschaft bringen könnte. Die Erinnerung an das Geschehene war noch zu lebendig in mir, auch hatte das heimtückische Walten meiner Phantasie noch nicht eingesetzt, in dessen Verlauf sie Äußerungen der Gleichgültigkeit, Unbarmherzigkeit und des Schuldbewusstseins, an denen es mein Verführer nicht hatte fehlen lassen, allmählich in Beweise seiner Fürsorge und einer mit seinem kindlichen Pflichtgefühl ringenden Liebe verwandelte. Auch die Erinnerung an eine Liebesgeschichte geisterte mir durch den Kopf, in der ein Ritter oder Prinz, ich weiß es nicht mehr genau, mit vorgetäuschter Gleichgültigkeit oder Unbarmherzigkeit seine Geliebte auf die Probe stellte, um das Mädchen dann nach glänzend bestandener Prüfung zu sich emporzuheben. In all meiner Beschränktheit deutete ich mir die Worte des jungen Miklós so um, dass sie seine für mich empfundene Leidenschaft verrieten und dass er versuchen würde, sich diese Leidenschaft aus dem Herzen zu reißen, weil ihn Zweifel an der Aufrichtigkeit meiner Zuneigung quälten. Wenn ich aber seine Abwesenheit mit Geduld ertrüge und er sich von meiner Standhaftigkeit und Treue überzeugt habe, würde er zu mir zurückkehren und mich erheben, wie der Märchenprinz die getreue Griseldis, falls die tatsächlich so geheißen hat ... Ich erkannte zwar, dass die Patin unserer Sache nicht sehr förderlich war, schon im Hinblick auf ihren Bruder, ohne dessen Wohlwollen und Unterstützung sie sich von ihrem jetzigen bescheidenen Wohlleben hätte verabschieden müssen, doch tröstete ich mich damit, dass unsere Liebe und Treue auch ihr Herz erweichen würde, und wenn nicht, so widerspräche es doch ihren strengen Moralbegriffen, wenn sie die ihr anvertrauten Botschaften unterschlagen würde, wie sehr sie deren Inhalt auch missbilligte.

Im Haus eingeschlossen, schmachtete ich schon die vierte Woche, und die Warterei begann zunehmend unerträglich für mich zu werden. Jeden Morgen wachte ich mit dem Gedanken auf, dass heute gewiss der Tag wäre, da ich von meinem Geliebten eine Nachricht bekäme, und dieser Gedanke half mir, die Arbeiten des Morgens und bis Mittag in verhältnismäßig erträglicher Laune hinter mich zu bringen. Meine Stiefmutter hatte ihre Fieberphantasien schon seit einiger Zeit überwunden, und sobald sie wieder bei Sinnen war, begann sie, Vater und mich auszuhorchen, wie schwer denn nach Auskunft des Arztes ihr Leiden sei und wann sie das Bett wieder verlassen dürfe. Mein Vater berichtete ihr nur ganz behutsam nach und nach, was mit ihr geschehen war, während sie bewusstlos im Fieber lag, und was der Doktor gesagt habe, doch eine Mitteilung, die die Mutter gewiss sehr aufgeregt hätte, enthielt er ihr einstweilen vor: Der Stadtarzt, der sie nach dem ihr widerfahrenen Unglück untersucht hatte, halte es für nicht sehr wahrscheinlich, dass die Stiefmutter noch irgendwann ein gesundes Kind werde austragen können. Als sie schließlich erfuhr, dass sie die Leibesfrucht verloren hatte, verfiel sie für Tage in eine sprachlose Melancholie. Sie lag da und starrte stumm vor sich hin. Wenn ich ihr das Essen brachte, schüttelte sie nur schwach den Kopf und bedeutete mir, ich solle es wieder mitnehmen, sie habe keinen Appetit. Nach mehreren Tagen fand sie ihre Sprache wieder, doch dass sie ihre Melancholie noch nicht ganz überwunden hatte, merkte ich daran, dass sie allerlei Vorwürfe gegen sich erhob und sich bezichtigte, sie sei selbst schuld an ihrem Unglück. Eines Nachmittags bat sie mich, ich solle mich zu ihr an den Bettrand setzen, und sie sprach, meine Hand drückend, aufgewühlt und mit fiebrigen Augen darüber, dass Gott ihr diesen Schicksalsschlag auferlegt habe, weil sie herzlos zu mir, einer mutterlosen Waise, gewesen sei. Und sie zählte eine lange Reihe von Fällen auf, in denen sie mir hart und unnachsichtig begegnet sei, seit sie in unserem Hause weilte. Beschuldigte sich selbst, dass sie mich im Haus meines Vaters zum Aschenputtel erniedrigt habe, und damals, als die Landsknechte im Haus randalierten und raubten, habe sie um das eingeschlagene Fenster mehr gejammert als um mich, obwohl sie doch wusste, was ich zu erdulden gehabt. Ich versuchte, sie zu beschwichtigen, und zu ihrer Beruhigung klagte ich mich selbst an, fand Worte der Entschuldigung für sie, wenn auch nur halbherzig. Die Stiefmutter setzte sich, mir widersprechend, im Bett auf, begann mit weit aufgerissenen Augen wild gestikulierend und mit so düsterem, bedeutungsvollem Blick zu beteuern, sie sei mir seit ihrer Ankunft in diesem Haus eine böse, herzlose Stiefmutter gewesen, und an allem sei allein sie schuld, dass ich glaubte, sie hätte einen Rückfall in ihre Fieberphantasien.

»Für dich wäre es besser, wenn ich gestorben wäre …«, murmelte sie schließlich und sank entkräftet in ihre Kissen, sie drehte ihr Gesicht zur Seite, und zwei Tränen rollten ihr über die Wangen.

Ein andermal wieder traf ich sie bei ganz anderer Laune an, dann quengelte sie unaufhörlich und regte sich über jede Kleinigkeit auf. Sie verweigerte nun das Essen nicht mehr, beschwerte sich aber, dass ich ihr absichtlich Krankenkost verabreiche, obwohl ihr doch gar nichts mehr fehle, dann wieder rügte sie mich, weil ich auf ihren Zustand keinerlei Rücksicht nähme und alle Speisen zu stark würze, um sie noch kränker zu machen, als sie ohnehin schon sei. Manchmal redete sie so, als trage an allem Übel, das ihr widerfahren war, seit sie mit Vater zusammenlebte, ich die Schuld, als habe sie es mir zu verdanken, dass uns die Landsknechte heimsuchten. Sie meinte, ich sei schuld an dem Überfall des Bären, ja sogar am Ungeziefer, das den im Keller eingewinterten Kohl auffräße, wo sie sich doch gegen mich in geduldiger Friedfertigkeit und purem Wohlwollen übe, während ich, Gott sei ihr Zeuge, sogar die Geduld eines Engels auf eine harte Probe stellen würde... Und obwohl ich wusste, dass ihre Worte wie auch die Äußerungen, mit denen sie sich selbst anklagte, vor allem auf ihre Krankheit und den Zustand ihrer Nerven zurückzuführen waren, fragte ich mich doch manchmal, warum der liebe Gott, wenn er sie schon treffen wollte, es nur halbherzig getan hat, und warum er, wenn er mit der einen Hand in mir die Hoffnung auf Erlösung aufblitzen ließ, sie mir mit der anderen wieder raubte.

Wie ich schon sagte, die wechselnden Launen meiner Stiefmutter, die Küchen- und sonstige Hausarbeit wie auch die Streitereien mit Ersók überstand ich in einigermaßen erträglicher Gemütsverfassung, bis dann der frühe Nachmittag, die Zeit der Besuche, kam. Von da an achtete ich mit erwartungsvoll gespannter Seele nur noch darauf, ob sich das Tor öffnen und vielleicht die Gestalt meiner Patin in der Tür erscheinen würde. Es geschah auch, dass eine Nachbarin vorbeikam, um uns ihre Hilfe anzubieten oder sich nach dem Zustand der Stiefmutter zu erkundigen. Bei solchen Gelegenheiten fiel es mir überaus schwer, freundlich und gesittet zu antworten, denn in meiner großen Enttäuschung wäre ich der Ungebetenen vor Zorn am liebsten ins Gesicht gesprungen. Wenn dann der Nachmittag vorbei war und damit auch der Teil des Tages, da jemand hätte kommen können, wurde jede Minute für mich zur qualvollen Prüfung, und mir schien, selbst die Pfannen und Schöpfkellen an der Wand spiegelten den roten Glanz der untergehenden

Sonne auf ihren Wölbungen nur wider, um mit meinen enttäuschten Hoffnungen Spott zu treiben. Mir war dann zumute, als sei die Welt nicht die von Gott geschaffene, sondern nur ein Trugbild, das eine böse Fee zu meiner Täuschung und Qual um mich aufgestellt hatte.

Eines Tages hörte ich wieder, wie das Tor auf- und zuging, und voller Hoffnung warf ich den Kopf hoch. Als ich dann von draußen die Stimme des ankommenden Gastes vernahm, ließ mir die freudige Erregung den Atem stocken. Und diesmal wurde meine Erwartung nicht enttäuscht, denn gleich darauf öffnete sich die Tür, und meine Patin trat ein. Sie begrüßte mich flüchtig und setzte sich zu meiner Stiefmutter auf die Bettkante, überreichte der Genesenden ihr kleines Geschenk und erkundigte sich mit viel Mitgefühl in der Stimme nach ihrem Zustand. Ich zog mich, mit jeder Faser vor Ungeduld brennend, in die Ecke zurück und zerbrach mir den Kopf, wie ich es anstellen könnte, wenigstens für kurze Zeit mit meiner Patin allein zu bleiben. Wenn es nicht gelang, mich unter vier Augen zu sprechen, so befürchtete ich, würde sie am Ende fortgehen, ohne mir die Botschaft übergeben zu haben – denn dass sie eine Nachricht für mich brachte, daran zweifelte ich keinen Augenblick.

Meine Patin traf die Stiefmutter gerade in reumütiger Stimmung an. Mit leidender Stimme klagte sie, dass der liebe Gott sie gewiss für irgendeine Schuld mit so schwerem Leid bestraft habe, doch es fiele ihr, so fügte sie hinzu, keine Sünde ein, für die sie eine so harte Strafe verdient hätte. Meine Patin tadelte sie sanft wegen so aufsässiger Gedanken und erklärte ihr geduldig: »Gott straft uns oft nicht für begangene Sünden, sondern um uns zu prüfen und uns Gelegenheit zu geben, uns in den Tugenden Geduld und Demut zu üben.« Als ich das hörte, redete ich mir in meiner Einfalt ein, die Ermahnungen der Patin seien gar nicht an die Stiefmutter gerichtet, sondern wären mir zugedacht, und sie wolle mich damit trösten und mir einen Wink geben, ich solle nur warten, bis wir unter vier Augen miteinander reden könnten. Bald darauf schickte sie sich an aufzubrechen, umsonst wehrte sie ab, sie finde schon allein hinaus, ich solle nur bei der kranken Mutter bleiben; ich begleitete sie bis zum Tor hinaus, damit wir vielleicht doch ein paar Worte wechseln könnten.

»Ja dann, Gott segne dich, Orsolya! Ich denke, du hast jetzt eine Menge zu tun hier im Haus, doch ich sehe, du kommst gut zurecht …«, setzte sie ziemlich kühl hinzu, als ich mich stotternd entschuldigte, weil ich schon so lange nicht mehr bei ihr war. »Es werden wieder bessere Zeiten kommen, und dann wirst du mich, so hoffe ich, schon wieder öfter besuchen«, ergänzte sie, wahrscheinlich, um nicht unfreundlich zu erscheinen, doch in meiner Verblendung glaubte ich, sie habe mir zu verstehen geben wollen, dass ich sie möglichst bald besuchen sollte, weil sie mir etwas zu sagen habe. Von diesem Tag an kam ich nicht mehr zur Ruhe, doch es mussten noch zwei Wochen ins Land gehen, bevor ich mich daheim einmal freimachen konnte. Zwar war die Stiefmutter schon wieder auf den Beinen, doch bewirkte dies für mich nur insofern eine Veränderung, als sie jetzt nicht nur an meiner Pflege und an den Speisen etwas auszusetzen fand, sondern immer öfter auch am Zustand des Haushalts. Zwar nahm sie gelegentlich auch selbst einmal den Besen oder ein Staubtuch zur Hand und beteuerte, sie fühle sich wohl und in der Lage, kleine Hausarbeiten zu verrichten, doch Vater sah mich in solchen Fällen streng an, und ich eilte, ihr die angefangene Arbeit abzunehmen. Meine Stiefmutter wehrte zwar sanft ab, sank dann aber doch ergeben in den Armstuhl zurück und begleitete meine Tätigkeit nun in aller Ruhe mit ihren nörgelnden Bemerkungen.

Ihr anfänglicher Eifer, das neue Zuhause glanzvoller auszustatten, ebbte nach der Krankheit merklich ab, und nachdem sie mit dem Arzt, der sie behandelte, einmal ein längeres Gespräch geführt hatte, war es mit ihren Bemühungen zur Verschönerung des Hauses endgültig vorbei, von da an kümmerte sie sich nur noch um ihre Gesundheit. Einige Male ließ sie sich ins städtische Badehaus bringen, denn eine Frau aus der Nachbarschaft hatte von den Heilerfolgen des Baders geschwärmt und behauptet, der Mann habe sie mit irgendwelchen Schwefelwasser-

Kuren gesund gemacht, sie von einem Leiden geheilt, gegen das der Arzt kein Mittel wusste. Meine Stiefmutter brachte von dem abscheulich nach Schwefel stinkenden Wasser auch einen Krug voll mit nach Hause und trank ein paar Tage lang Fratzen schneidend und mit vor Ekel verzerrtem Gesicht stets nach dem Essen ein Gläschen davon. Vater hat angesichts dieser Kur mit Schwefelwasser nur verächtlich abgewunken, nannte den Bader einen Scharlatan und den für das Heilwasser bezahlten Preis hinausgeworfenes Geld; und nach einiger Zeit schien auch die Mutter ihr Vertrauen in die Heilkräfte des Baders eingebüßt zu haben, oder der Ekel vor dem Säuerling brachte sie von der Kur ab, jedenfalls mied sie von nun an den Bader und ging nicht einmal mehr in die Nähe des Badehauses.

Eine andere Nachbarin, vielleicht die Frau des Gerbers, empfahl ihr eine Wunderheilerin, auf die sie seither alle Hoffnung setzte. Während Vater sie wegen des Baders nur gerügt hatte, verbot er ihr den Besuch bei der Quacksalberin ausdrücklich, obwohl er seit ihrer Krankheit bestrebt war, ihren Wünschen zu entsprechen, und sicher war er der Meinung, es wäre besser, die Hoffnungen der Mutter nicht auf einen Schlag zu zerstören, sondern sie ganz allmählich erlöschen zu lassen, bis sie sich nach vielen vergeblichen Versuchen selbst mit dem Unabänderlichen abfinden würde. Er kümmerte sich also nicht weiter darum, ob sein Verbot auch respektiert wurde, und als es ihr etwas besser ging, stahl sich die Stiefmutter doch öfter fort und ging zu besagter Heilerin. Da sie sich Vaters Verbot natürlich nicht offen widersetzen konnte, sagte sie uns nicht, womit die Frau ihre Hoffnung nährte, doch mir entging nicht, dass sie Leinensäckchen mit eingenähten Kräutern in ihre Truhe zwischen die Leibwäsche steckte, und gelegentlich hörte ich sie auch mit Ersók tuscheln und in wichtigtuerischem und geheimnisvollem Ton Folgendes murmeln:

»... Sie hat mir versprochen, Labkrautblüten zu besorgen, die sicher helfen ... Sie sagt, ein Mann aus den Bergen käme demnächst zu ihr, der bringe ihr immer welche mit ...«

Ich denke, sie war auch an jenem Nachmittag bei der Kräuterfrau, als ich meinen ganzen Mut zusammennahm und vor meinen Vater hintrat mit der Bitte, er möge mich endlich auch einmal aus dem Haus gehen lassen, damit ich meiner Patin einen Besuch abstatten könnte.

»Geh nur, mein Kind, du kannst es brauchen!«, antwortete Vater, und mich begann wegen seines sanften Tons und der besorgten Miene das schlechte Gewissen zu plagen: »Du kommst mir in letzter Zeit ohnehin sehr blass vor…«

Vater fürchtete die Eifersucht meiner Stiefmutter, deshalb verheimlichte er ihr, besonders jetzt, da sie kränkelte und besonders empfindlich war, seine Zuneigung für mich, ich hingegen, die ich mich vergeblich nach einem kleinen Zeichen seiner Liebe sehnte, hatte schon gedacht, er kümmere sich gar nicht mehr um mich. Seine lieben Worte rührten mich jetzt so sehr, dass ich zögerte: Sollte ich wirklich zu meiner Patin gehen oder lieber alles für immer vergessen, was an diesem verhängnisvollen Faschingsdienstag geschehen war und womit ich meinem Vater, wenn es je ans Licht käme, nur Schande und Kummer bereiten würde? Doch wenn ich mich tatsächlich dazu entschließen könnte, würde ich es denn fertig bringen, diesen Kehraus aus meinem Gedächtnis zu tilgen, als hätte es ihn gar nicht gegeben, so fragte ich mich, und meine Glieder wurden vor Angst so schlaff, als wären sie mit Lumpen ausgestopft. Zugleich antwortete eine Stimme in mir, die ich schon seit einiger Zeit zum Schweigen zu bringen versuchte: Nein, dazu bin ich gewiss nicht fähig, es zu wollen wäre ganz vergeblich. Also warf ich mir mein Tuch über und eilte mit der ehrlichen Beteuerung, ich würde in einer Stunde zurück sein, aus dem Haus und machte mich auf den Weg zu meiner Patin.

Diesmal hat mich die Patin etwas freundlicher empfangen: Sie hieß mich, auf meinem angestammten Stuhl neben dem Fenster Platz zu nehmen, und ich konnte wieder die mir vertrauten Gegenstände betrachten – den Ofen mit den Aposteln, die Helden mit ihren Helmen auf einem der zwei Wandteppiche, auf dem anderen die hohlbäuchigen, gesprenkelten Bestien, und auch das mich an meine Mutter erinnernde Bild der Dame im karmesinroten Kleid sah ich wieder –, die ich zuletzt unter so ganz anderen Umständen und von anderen Gefühlen begleitet angeschaut hatte. Sobald wir uns hinsetzten, begann meine Patin sogleich, mich über den Zustand meiner Stiefmutter auszufragen. Kopfschüttelnd hörte sie sich an, was ich ihr über den Bader und die Kurpfuscherin erzählte, dann erkundigte sie sich angelegentlich, wie ich es fertig brächte, die zusätzlichen Aufgaben im Haus zu bewältigen, und lobte mich für meine Ausdauer und meinen Fleiß.

»Also wird aus der kleinen, etwas vorlauten Orsika langsam doch ein erwachsenes, pflichtbewusstes Mädchen!«, sagte sie recht liebenswürdig. »Aber ich hoffe, meine Dörrzwetschgen wirst du auch jetzt nicht verschmähen!«, fügte sie lächelnd hinzu und schickte die kleine Magd in die Küche, um meine Lieblingsschleckerei zu bringen.

Ich glaubte, sobald wir allein wären, würde sie die Botschaft zur Sprache bringen, doch die Patin fragte mich auch weiterhin nur über meine familiären Angelegenheiten aus, über die Apotheke und darüber, wo die Mutter einen zuverlässigen Menschen aufgetrieben hatte, dem sie die Gartenarbeit anvertrauen konnte, wenn sie nun nur noch selten draußen war. Ich antwortete immer lustloser, während mich die Ungeduld quälte, bis ich schließlich einsehen musste, dass ich selbst die Sprache darauf bringen musste, wenn ich von meinem so weit von hier entfernten Liebsten eine Nachricht bekommen wollte. Dem Blick meiner Patin ausweichend merkte ich, wie mein Gesicht vor Scham rot anlief, als ich fragte, ob der junge Miklós, seit er nach Wien zurückgekehrt war, etwas von sich hatte hören lassen.

»Da kennst du meinen Neffen Niki aber schlecht, Orsika«, antwortete meine Patin eine Spur kühler und schüttelte leicht den Kopf, »wenn du glaubst, er könnte sich schon nach so kurzer Zeit zum Schreiben entschließen… An einer Hand lassen sich die Briefe aufzählen, die er mir in den vergangenen zwanzig Jahren geschrieben hat, dabei bin ich, das wirst du nicht wissen, gewissermaßen seine zweite Mutter gewesen, als er ein kleiner Bub war, er hat mich sogar Mutter genannt«, fügte sie hinzu und betupfte mit einem gestickten Taschentuch flüchtig ihre Augenwinkel.

Ja, aber ich möchte wissen, ob er nicht eine Nachricht für mich geschickt hat, erwiderte ich mit flammendrotem Gesicht, während ich meine Augen trotzig auf die Muster des Teppichs richtete.

»Dir?« Meine Patin, die ich mit meiner Frage unsanft aus ihren zarten Erinnerungen gezerrt hatte, starrte mich befremdet an. »Warum sollte er dir eine Nachricht schicken?«

»Er hat es mir versprochen…, sagte es, als wir auseinander gingen, nachdem wir…, also damals…«, stammelte ich, denn die ganze Wahrheit wollte ich ihr doch nicht sagen, obwohl ich hätte wissen müssen: Die Patin konnte mit Recht eine Erklärung von mir verlangen, warum ich von ihrem Neffen eine Nachricht erwartete, und dass sie sich mit weniger als der Wahrheit kaum zufrieden geben würde.

»Nachdem was…? Mit einer für sie ungewohnten Behändigkeit stand meine Patin auf, stellte sich ganz dicht vor mich hin, und wie sie ihren forschenden Blick in den meinen bohrte, sah ich Angst und Entsetzen in ihren Augen. »Rede schon, Mädchen, du!«, herrschte sie mich barsch an und schüttelte mit beiden Händen meine Schultern.

Ich musste einsehen, dass mir keine andere Wahl blieb, als ihr die Wahrheit zu sagen oder zumindest einen Teil davon.

»Wir haben den Tag vor seiner Abreise, den Nachmittag des Faschingsdienstags, zusammen verbracht«, begann ich, worauf mich die Patin losließ, einen Schritt zurückwich, als sei sie von einer Schlange gebissen, dann fiel sie in ihren Stuhl und verfolgte, das Gesicht abgewandt und mit ihren Fingern das Taschentuch zerknüllend, meinen Bericht. »Wir trafen uns zufällig, nicht weit von hier…, sahen uns den Faschingsumzug an, dann im Hof des Goldenen Adlers das Gänseköpfen, und danach machten wir einen Spaziergang in den Wald«, mehr sagte ich nicht, denn den Rest, so dachte ich, könnte sie sich selbst vorstellen, wenn sie wollte.

»Aber wie denn… Welch ein Leichtsinn!« Der Kopf der Patin

zitterte heftig, und sie presste sich immer wieder ihre gepflegten weichen Hände an die Stirn, als wollte sie mit dieser Geste Ordnung bringen in ihre wild herumschwirrenden Gedanken. »Und du konntest glauben«, wandte sie sich mir zu, und ich sah, dass ihr Gesicht hochrot angelaufen war und ihre Augen vor Zorn tränten, »dass Mädchen, die sich zu solchen Spaziergängen in trauter Zweisamkeit bereit finden, dass die jungen Herren solchen leichtsinnigen Geschöpfen anschließend auch noch Nachrichten zu übermitteln pflegen? Wenn diese ihren Ruf so fahrlässig aufs Spiel setzen!«, so endete sie in absichtlich entschlossenem Ton, als wollte sie mit dieser Entschlossenheit sich selbst und auch mich glauben machen, dass außer meinem guten Ruf nichts auf dem Spiel gestanden hätte. »Ich dachte, Orsolya, du wärst ein gescheiteres Mädchen!«, setzte sie würdevoll hinzu und presste ihre Fingerspitzen fest gegeneinander, um wenigstens das Zittern ihrer Hände zu verhindern, wenn schon ihr Kopf immerfort und unaufhaltsam wackelte.

»Nur dass ich jetzt schwanger bin!«, schleuderte ich ihr nun auch das Schlimmste ins Gesicht, obwohl ich davon bislang noch gar nicht überzeugt war, doch jetzt, wo es ausgesprochen war, zweifelte ich nicht mehr daran.

Als sie diese Worte vernommen hatte, erhob sich meine Patin, trat, mir den Rücken zuwendend, ans Fenster und blieb dort eine ganze Weile reglos stehen, ohne auch nur eine Silbe mit mir zu sprechen.

»Von meinem Neffen Miklós?«, meldete sie sich schließlich mit dumpfer, todesmatter Stimme und mir noch immer den Rücken zukehrend.

Bei dieser Frage überfielen auch mich Zorn und Bitterkeit mit solcher Wucht, dass ich von dem Stuhl, auf dem ich bisher gekauert hatte, aufsprang und der Patin in den Rücken schrie: »Von wem denn sonst, niemals habe ich etwas mit einem anderen Mann zu tun gehabt und auch mit ihm nur dieses eine Mal!«

»Wie kann man das bei einem so leichtsinnigen Geschöpf, wie du es bist, wissen! Glaubst du, mir wäre entgangen, wie sehr ihr, du und deine Freundin, dieses berüchtigte Ding, hinter den Burschen her wart? Die Besuche bei mir kommen dir ja nur gelegen als Vorwand zum Herumflanieren!«, warf sie mir fast weinend vor Zorn hin, und ich errötete vor Scham, war verwirrt vor Überraschung, woher sie all das wissen konnte. »Diese andere, die Sofi, die ist inzwischen wenigstens schon trocken hinter den Ohren, aber du, du …! Ich verstehe ja gar nicht, wie du glauben konntest«, sagte sie etwas gefasster, aber umso hochmütiger und abschätziger, »dass mein Neffe und eine bürgerliche …, bei der sogar noch das Geburtsdatum erklärungsbedürftig ist …«

»Aber habt Ihr denn nicht immer gesagt, vor Gott sind wir alle gleich?«

»Ja, vor Gott … Und da war ja auch noch die Sache mit dem Landsknecht!«, setzte sie hinzu, und mir schien, dass sie in ihrem Zorn nicht mehr wusste, was sie redete.

»Und habt nicht Ihr mir gesagt, dass ich nichts dafür kann, und es wäre verwerflich, mir wegen etwas Vorhaltungen zu machen, woran ich schuldlos bin?«

»Was weiß denn ich, ob nicht auch das deinem Leichtsinn zuzuschreiben ist. Und übrigens«, fuhr sie etwas leiser, aber noch immer mit vor Zorn bebender Stimme fort, »selbst wenn du von vornehmer Abstammung und tadellosem Ruf wärst …, Miklós hat in weniger als einer Woche Hochzeit«, sagte sie, drehte sich vom Fenster weg, ging entschlossenen Schrittes zu ihrem Armstuhl und setzte sich aufrecht und steif hin, ihr Gesicht wandte sie aber weiterhin verärgert von mir ab.

Auf diese Nachricht hin sank auch ich wieder auf meinen Stuhl zurück, ich spürte, wie heiße Tränen der Verzweiflung meine Augen überschwemmten.

»Mit der Tochter des Stadtrichters?«, stammelte ich, worauf mich meine Patin mit so widerstrebender Verblüffung anstarrte, als hätte ich den Verstand verloren und mich vor ihren Augen in eine Kreuzspinne oder sonst ein ekelerregendes Insekt verwandelt. Doch dann muss sie sich wohl an den Inhalt dieser nutzlosen Gespräche zwischen mir und ihrem Neffen über dieses Mädchen erinnert haben, denn im nächsten Augenblick löste purer Ärger den Ausdruck des Entsetzens auf ihrem Gesicht ab.

»Ach was, die Stadtrichterstochter«, sie winkte gereizt ab. »Er ehelicht ein Fräulein Homonnay. Die Einheirat in diese Magnatenfamilie ist ein großer Aufstieg und eine Ehre für die Familie!«, ergänzte sie stolz. Doch dann schien ihr aufzugehen, dass es vielleicht doch nicht angebracht sei, so vor mir zu sprechen, und sie begann ruhiger, doch sehr bestimmt mit mir zu reden, natürlich wie gewohnt ein wenig salbungsvoll, doch sah ich die Bestürzung in ihren Augen.

»Du siehst also«, sagte sie, »dass es deiner Sache keineswegs dienlich wäre, diese Geschichte hinauszuposaunen, dass du aber anderen viel Ungemach und Schmerz antun würdest, und zwar nicht nur den Schuldigen, sondern auch den gänzlich Schuldlosen. Übrigens«, so fuhr sie fort und kam jetzt zu einem ihrer Lieblingsthemen, wandte sich dabei, als hätte sie den Zorn und die Bestürzung von vorhin schon vergessen, mit beinahe freundlichem Gesicht an mich, »die Menschen neigen dazu zu hoffen, ein wohltätiger Geist würde die Folgen ihres schuldhaften Leichtsinns applanieren, und sie, als wäre nichts geschehen, könnten wieder von vorn beginnen. Wie Kinder beim Hinkefußspielen: Verfehlen sie das Quadrat, fangen sie noch einmal von vorne an…, doch glaub mir, Orsika…«, und damit beugte sie sich vor, ergriff meine Hand und sah mir dabei lange und ernst in die Augen, »ein solches Leben, das aus lauter Neuanfängen besteht, ist gar nichts wert, und du bist am Ende auch nicht weiter, als du am Anfang warst. Bereuen müssen wir natürlich, wenn wir gefehlt haben«, ergänzte sie ihre Feststellung schnell, »glaub mir, Gott würde nicht zulassen, dass es zur Sünde kommt, wenn nicht auch sie auf irgendeine Weise ein Mittel auf unserem Weg zum Seelenheil wäre. So wir gesündigt und uns mit dieser Schuld großes Leid auferlegt haben, also Schuld im weltlichen Sinne, denn vor Gott müssen wir selbst Verantwortung für diese große Sünde übernehmen…, wenn wir uns also durch unser fehlerhaftes Verhalten selbst irgendein schweres Leid angetan haben, so ist es nur recht und billig, dass wir das Kreuz annehmen und die Schmähungen wie auch die Ächtung durch die Welt mit Sanftmut ertragen. All dies dient dem Heil unserer Seele mehr, als wenn es uns gelänge, unsere Sünden vor den Menschen zu verschleiern und zu glauben, wir brauchten nicht mit den Folgen zu rechnen; in Wirklichkeit würden wir dann unter den Menschen leben, als trügen wir eine Maske, und täuschten sie mit jedem unserer Worte, ja sogar mit jedem unserer Atemzüge, doch der liebe Gott lässt sich nicht täuschen! Daran solltest du immer denken, liebe Orsika«, sagte sie, jetzt schon ganz liebenswürdig, denn aus der Tatsache, dass ich ihr, ohne zu widersprechen und mit gesenktem Kopf, zugehört hatte, schloss sie vermutlich, es sei ihr gelungen, mir ins Gewissen zu reden, und dadurch fühlte sie sich bereits so weit mit mir versöhnt, dass sie mir ihre beiden Hände entgegenstreckte, um die meinen zu umfassen und sie ermutigend zu tätscheln.

Ich aber fand es empörend, dass sie versuchte, mich mit derlei moralischen Ermahnungen zu entwaffnen. Ich zog meine Hände aus denen der Patin, trat zurück, hob den Kopf und schaute ihr entschlossen in die Augen.

»Und was soll jetzt aus mir werden?«, fragte ich sie in scharfem, hellem Ton.

Als sie erkannte, dass sie ganz falsch eingeschätzt hatte, mit welchen Gefühlen ich ihre Ermahnungen aufnahm, überzog ein Ausdruck eisiger Verachtung das Gesicht der Patin. Sie warf einen raschen Blick auf mich, und ich sah in ihren Augen wieder nur Missfallen und Angst, dann wandte sie sich von mir ab.

»Aber das sagte ich dir doch gerade«, seufzte sie müde, wie jemand, der gezwungen ist, einem vernagelten Hirn lang und breit etwas ganz Selbstverständliches zu erklären. Und weil ich nur da stand, den Blick starr auf sie gerichtet, ohne ein Zeichen dafür, dass ich ihre Ermahnungen beherzigen würde, hielt sie die Hände, die sie mir eben noch entgegengestreckt hatte, jetzt mit nach außen gedrehten Handflächen abwehrend vor sich, als versuchte sie, mich und die ganze schmutzige Angelegenheit weit von sich wegzuschieben.

»Ich kann gar nichts tun!«, sagte sie, wie seinerzeit ihr Neffe, und mit ihrem kalten, verschlossenen Gesicht sah sie jetzt mehr denn je wie eine riesige Kröte aus.

»Es ist nur schade«, schlug ich mit aller Schärfe zurück, weil ich sah, dass ich von ihr nichts zu erhoffen und deshalb auch keinen Grund mehr hatte, meine Zunge im Zaum zu halten, »dass meine Patin es nicht sehr eilig hat, ihr Kreuz auf sich zu nehmen…«

»Ich weiß nicht, wovon du redest!«, antwortete sie mit bebenden Lippen und sah mich jetzt bereits mit einem Gesichtsausdruck an wie jemand, der sich genötigt sieht, sich mit einem Irren zu verständigen.

»Eben davon, dass Ihr vielleicht ein Wort für mich einlegt, weil sonst Euer Herr Bruder möglicherweise diese gewisse bescheidene Summe nicht mehr schickt… und dann könnte es am Ende nicht reichen für die teure Salbe, die die Hände so schön glatt und weich macht!«, schleuderte ich ihr fast weinend entgegen, denn sie pflegte regelmäßig irgendeine Schmiere bei meinem Vater zu kaufen, und ich hatte gehört, dass sie letzthin laut seufzend darüber klagte, wie teuer das Mittel geworden sei. Ich riskierte noch einen Blick auf ihr entsetztes Gesicht, denn jetzt sah sie mich wirklich an, als erblicke sie den Leibhaftigen, dann drehte ich mich um und entfernte mich erhobenen Hauptes und mit schnellem Schritt. Doch vor Tränen konnte ich nichts sehen und rannte in der Tür die Magd um, die auf einem bemalten Teller soeben die Dörrzwetschgen hereintragen wollte. Ich hörte noch, wie die irdenen Scherben klirrend und splitternd in alle Richtungen sprangen, sah, wie die dunklen Zwetschgen auseinander kullerten, schnappte noch etwas auf über »verdorbene Mädchen« und »frech maulende Kreaturen«, dann schlug ich die Tür hinter mir zu.

An die darauf folgenden Wochen habe ich kaum eine Erinnerung, nur daran, wie der Schrecken in meiner Seele Wurzeln schlug und sich von Tag zu Tag, von Stunde zu Stunde weiter ausbreitete, bis er schließlich auf all mein Tun, auf jeden meiner Gedanken seinen Schatten warf. Etwa eine Woche nachdem ich bei der Patin war, hörte ich, wie sich die Stiefmutter bei Vater beklagte, dass diese, ohne sich zu verabschieden, die Stadt verlassen habe, man sage, für längere Zeit, und wahrscheinlich beabsichtige, für immer bei der Familie ihres Bruders zu bleiben, denn alle ihre Sachen ständen in Kisten verpackt und warteten darauf, abgeholt zu werden. Die Stiefmutter erwähnte die Angelegenheit auch später noch oft, denn die Abreise meiner Patin ohne Lebewohl war für sie eine ihrer gehätschelten Kränkungen. Sie konnte nicht verstehen, aus welchem Grund sie sich von ihr abgewandt hat, da sie sie doch während ihrer Krankheit mehrmals besuchte und es den Anschein hatte, als wollte sie ihr mit aufrichtiger Anteilnahme Trost spenden. Je nach Gemütslage suchte die Stiefmutter die Schuld bei sich selbst, grübelte, womit sie meine Patin beleidigt haben könnte, ohne es zu wollen, dann wieder sah sie alle Schuld bei dieser und zeigte sich überzeugt, ihre uns gegenüber zum Ausdruck gebrachte Liebenswürdigkeit sei in Wahrheit Herablassung gewesen, und dahinter habe sich Verachtung verborgen. »Eigentlich waren wir ihr nicht gut genug«, wiederholte die Stiefmutter mehrmals, ich schwieg beharrlich und freute mich, dass die Nachricht von meinem letzten Besuch bei der Patin nicht bis zu ihr gedrungen war.

Doch einerlei, ob meine Patin endgültig oder nur für eine gewisse Zeit aus der Stadt verschwunden war, fest stand, dass mit ihrem Weggang das allerletzte Glied der Kette gerissen war, die mich mit dem Menschen verband, der die Sünde mit mir teilte – und damit schwand all meine Hoffnung, er könne auch an den Folgen seinen Teil zu tragen haben. Und nun war mir klar, der auf mich zukommenden Schande und Buße würde ich nicht entgehen, außer durch eine sehr schwere Sünde, doch wusste ich gar nicht, was ich dazu tun müsste und an wen ich mich wenden könnte, wenn ich diesen Weg wählen würde. Ich versuchte, mich an das zu erinnern, was ich seinerzeit beim geheimnisvollen Tuscheln zwischen Susanna und ihren Schützlingen, den Mägden aus der Nachbarschaft, aufgeschnappt hatte. Mir schien, es war dabei um irgendwelche Mittelchen gegangen, um Quacksalberinnen, doch hatte ich keine Ahnung, wie und wo ich die finden könnte, kannte auch niemanden, den ich hätte fragen können. Auch fiel mir die Geschichte von der Magd ein, die ihre eigenen Blutstropfen verraten haben, und ich stellte mir vor, wie ich oben auf dem Pranger vor der gaffenden Menge stehe, wie sich der Scharfrichter anschickt, mir mit dem glühenden Eisen in die Brüste zu kneifen, bevor man mir den Kopf abschlägt. Doch wenn ich es klüger anstellte, dachte ich, und meine Sünde unentdeckt bliebe… Oder wenn ich absichtlich über die Kellerstiege hinunterstürzen würde, so als wäre ich gestolpert? Vielleicht könnte dann auch ich die Frucht verlieren, überlegte ich, einmal war ich schon so weit, hatte die Falltür geöffnet und stand auf der obersten Stufe, aber aus Feigheit schreckte ich davor zurück, mich hinunterfallen zu lassen, hatte Angst vor dem Blut und dem Schmerz, vor allem aber davor, dass ich mir den Hals brechen könnte. Mir ging sogar durch den Kopf, was wäre, wenn ich von daheim weglaufen und mich im Wald verstecken würde, in der Hütte der seligen Kräuterfrau, um dort das Kind zur Welt zu bringen, wo es gezeugt wurde, und dass wir beide unser Leben dort fristen würden, ich und das Kind, von den Beeren und Wurzeln des Waldes… Aber dann lief ich doch nicht weg, sondern blieb im Haus und lebte wie zuvor, hoffte, ich weiß gar nicht auf was, vielleicht auf ein Wunder, das mich auf irgendeine Weise, die ich mir aber gar nicht vorstellen konnte, aus meiner Zwangslage befreien würde.

Von Zeit zu Zeit gelang es mir, zumindest am Anfang, mich selbst glauben zu machen, dass ich mich wohl getäuscht hatte. Ja, ich stellte schon gewisse Veränderungen an mir fest, doch war ich ja noch so jung, dass es auch die ganz normalen Auswirkungen der natürlichen Entwicklung eines jungen Körpers sein konnten und nichts mit einer Schwangerschaft zu tun hatte. Mein Gesicht, das früher meist blass war, bekam Farbe, die Brüste rundeten sich, und ich stellte fest, dass draußen auf der Gasse nicht nur die Handwerksburschen, sondern auch ehrbare ältere Bürger ihre Augen mit Behagen auf mir vergaßen. Und so wie die Ereignisse an jenem Nachmittag des Faschingskehraus' in meiner Erinnerung nach und nach verblassten und mir schließlich wie verworrene Traumbilder vorkamen, besonders wenn ich sie mit den vertrauten und realen Momenten meines gewohnten Alltagslebens verglich, fiel es mir immer schwerer zu glauben, dass ein einstmaliges, derart verworrenes und an einen Traum gemahnendes Vorkommnis, bei dessen Zustandekommen auch noch eine Reihe von Zufällen mitgespielt hatte, zu so schwerwiegenden und gefährlichen Folgen für mein tatsächliches alltägliches Leben führen sollte – ganz so, als würde mich ein im Traum verzehrtes Mahl im wahren Leben krank machen oder irgendein im Schlaf entfachtes Feuer verbrennen…

Doch während mein kläglicher, in Bedrängnis geratener Kopf mit solcherart listigen Spekulationen das Schicksal zu besserer Einsicht zu bringen versuchte, wusste jene im Dunkel meines Körpers hausende Seele, die in jedem von uns wirkt und oft weiser ist als unser wacher Verstand, von Anfang an, wie es um mich stand, und führte mir in meinen Träumen, als wollte sie mich verspotten und ermahnen wie Erwachsene das unbedachtsame Kind, meine wahre Lage immer wieder vor Augen. Manchmal fand ich mich in meinen Träumen in einen großen, finsteren, aus Natursteinen zusammengefügten Turm gesperrt, der scheinbar zugleich die Bleibe der weisen Kräuterfrau ist, und wie ich da im Dunkeln kauere, ist mir, als greife eine Hand in meine Haare, wie ich hinfasse, spüre ich voll Entsetzen, dass es etwas Weiches, Glitschiges ist, eine kleine, aber dennoch muskulöse Kreatur, vielleicht eine Fledermaus, die, in mein Haar verheddert, kämpft, und vergeblich versuche ich sie herauszuziehen, doch sie hat sich so festgekrallt, dass mir dies schließlich nur unter Schmerzen und dem Verlust eines ganzen Haarbüschels gelingt. Beim Versuch, mich aus ihren Krallen zu befreien, beißt das kleine Biest mir im blinden Schreck mit seinen nadelspitzen Zähnen so heftig in den Zeigefinger meiner rechten Hand, dass Blut heraussickert. Ein andermal ist mir, als bereite ich das Nachtmahl, und als ich mich darüberbeuge und den Deckel vom Topf nehme, sehe ich, wie darin eine schwarze Masse wimmelt: Millionen Ameisen überwuchern das Essen so dicht, dass nichts mehr davon zu sehen ist. Am häufigsten aber hatte ich diesen Traum:

Ich rüste mich für einen Besuch, habe schon die Unterkleider an und gehe zu meiner Truhe, um ein Kleid herauszuholen. Als ich den Deckel der Truhe anhebe, sehe ich darin statt der Kleider ein weißes Etwas auf dem Boden liegen, und wie ich genauer hinschaue, erkenne ich, dass es eine krötenartige weiße Missgeburt ist, dem Wesen gleich, das Ersók an jenem Faschingsdienstag in der mit blutigem Wasser gefüllten Schüssel aus dem Zimmer der Stiefmutter brachte. Ich will schreien, meinen Vater oder sonst jemand rufen, um zu fragen, wie dieses Ungetüm in meine Truhe gelangt ist, obwohl man es doch längst begraben hat… Doch da öffnen sich in dem bleichen Larvengesicht dieses Geschöpfes die leicht hervortretenden, gallertigen, an noch nicht entwickelte Schneckenhörner erinnernden Augen, und mir wird plötzlich klar, dass ich irgendeinen seit vielen Jahrhunderten unter der Erde modernden Vorfahren ansehe, und ich weiß, sein Blick fleht mich an, keinem zu verraten, dass er sich hier versteckt. Und dann wieder ist mir, als liefe ich in finsterer Nacht durch die Gassen: in der Hand das Kästlein, von dem ich nicht weiß, aber schaudernd ahne, was es birgt, ich renne aus der Stadt hinaus und zerbreche mir dabei den Kopf, wie ich die Wächter am Tor überlisten könnte. Später haste ich durch eine sumpfige Wiese, meine Füße versinken bis zu den Knöcheln im Morast, dann über eine Wiese, in der Mohnblumen blühen, und das schon in den Samen geschossene Gras reicht mir bis zum Scheitel, seine Ähren kratzen an meinen nackten Armen und Waden, denn außer den Unterkleidern habe ich noch immer nichts auf dem Leib… Dann wieder laufe ich an einem Fluss mit vielen dunklen Strudeln entlang, suche eine Brücke, von der ich meine Last ins aufgewühlte dunkle Wasser werfen kann. Doch umsonst überlasse ich das Kistlein im mannshohen Gras auf der Wiese seinem Schicksal, vergeblich sehe ich es langsam in den tiefgrünen Grund hinabsinken oder höre, wie der Schlamm sich mit lautem Glucksen und Blasen werfend über dem Kistchen langsam schließt, vergebens laufe ich atemlos weg, gehetzt hinter mich lauschend, ob ich nicht Schritte höre und mir einer das nachbringt, von dem ich gerade hoffte, erlöst zu sein, es mir mit finsterem, anklagendem Blick hinzureichen versucht, dennoch, sooft ich, heimgekehrt, den

Deckel der Truhe hochklappe, finde ich, wenn ich hineinblicke, wieder und wieder statt meiner Kleider nur das schreckliche, kleine weiße Ungeheuer…

Ich wusste also, es gab kein Entkommen, nur eine Galgenfrist, dennoch lebte ich noch eine ganze Weile so, als gäbe es diesen Ausweg, wie ein Mensch, der sich nicht zur Flucht entschließen kann, weil in seinem Haus noch alles unversehrt und an seinem Platz ist, wiewohl das Wasser des hereinflutenden Flusses schon im Keller steht und weiter steigt, oder wie derjenige, der die Flammen bereits aus einem Dach am anderen Ende seiner Gasse emporschlagen sieht und merkt, dass der Wind das Feuer auf die eigene Heimstatt zuträgt. Jeden Tag gab ich mir neuen Aufschub, obwohl ich genau wusste, wollte ich nicht das Schicksal der Magd teilen oder in die weite Welt hinaus fliehen, um irgendwo am Straßenrand zu verenden, blieb mir nur ein Weg: mich vor den Vater hinzuknien, ihm alles zu sagen und mich seiner Barmherzigkeit anzuvertrauen. Nur hatte ich große Angst davor, wie Vater es aufnehmen würde, wenn ich ihm meine Schande eingestand: Ist er sich doch nicht einmal ganz sicher, ängstigte ich mich, ob ich seine legitime Tochter bin. Und hätte er bisher schon gute Gründe gehabt, mich nicht als leibliches Kind anzuerkennen und mich stattdessen aus dem Haus zu jagen, um wie viel mehr wird er sich jetzt, nachdem ich diesen Schimpf auf seinen Namen lade, dazu genötigt sehen? Ich erinnerte mich, wie oft ich Vater mit Verachtung und Abscheu über liederliche Frauenzimmer hatte reden hören, und nicht selten wechselte er sogar die Straßenseite, wenn ihm eine übel beleumdete Frau entgegenkam. Sobald ihm zu Ohren kommt, was mir geschehen ist, hält er gewiss auch mich für ein so sittenloses Weibsbild, grämte ich mich, und vielleicht widert es ihn schon an, mich nur anzusehen? Womöglich dreht er mir den Hals um, dachte ich, oder er schlägt mich grün und blau, bevor er mich davonjagt; wäre es da nicht besser, gleich wegzulaufen von daheim, ohne etwas zu sagen?

Ich hütete weiterhin mein Geheimnis, auf weiß Gott welches Wunder hoffend, diese Heimlichtuerei schüchterte mich ein und machte mich stumm, weil ich ständig fürchten musste, mich mit einem zufällig hingesagten Wort zu verraten. Doch dann begann ich auch den Blicken der Menschen auszuweichen, damit sie mich nicht genauer ansähen und entdeckten, was ich doch verheimlichen wollte. Vor allem die Blicke von Ersók und der Stiefmutter mied ich, denn von irgendwem hatte ich gehört, dass erfahrene Frauen die Schwangerschaft bei einer anderen an bestimmten Merkmalen schon ganz früh erkennen könnten: Deshalb war ich bemüht, ihnen so gut es ging aus dem Weg zu gehen. Später fand ich allerdings heraus, dass ich von der Stiefmutter in dieser Sache nichts zu befürchten hatte. Sie interessierte sich für nichts, ihr ging es nur um sich, um ihren Zustand, nie wäre ihr in den Sinn gekommen, welch üblen Streich uns beiden das Schicksal spielte: Dass es mir bescherte, wonach sie sich vergeblich sehnte, das für mich aber nur Schande und Leid bedeutete. Aus heutiger Sicht erkenne ich klar, was ich seinerzeit überhaupt nicht merkte: Dass die Hoffnung meiner Stiefmutter sich einfach nicht erfüllen wollte, hatte wohl nicht nur mit ihrem schlechten Gesundheitszustand zu tun, sondern es gab hierfür noch einen anderen Grund. Schon damals fiel mir auf, wie eigenartig sich Vater benahm; er sprach demütig und in zugleich unduldsam erregtem Ton zu seiner Frau, und die Stiefmutter kam morgens oft mit verweinten Augen hinter ihrem Bettvorhang hervor.

Gut erinnere ich mich auch an einen sonderbaren Vorfall (ich behielt ihn schon deshalb im Gedächtnis, weil es von da an aus war mit der Herrschaft der Quacksalberin über den Verstand und den Geldbeutel der Stiefmutter): Vater verzog beim Mittagessen, kaum dass er einen Bissen von dem ihm vorgesetzten Essen im Mund hatte, das Gesicht, warf den Löffel hin und schrie die Stiefmutter an: »Was hast du in dieses Essen getan?« Mutter fuhr zusammen und erbleichte, zu Tode erschrocken stammelte sie etwas von Ersók, griff nach dem Teller und rannte damit in die Küche, um den Inhalt wegzuschütten und einen neuen Teller zu bringen. Von diesem Tag an ging die Stiefmutter nicht einmal in die Nähe der Quacksalberin, sie zog ein anderes Weibsbild, eine gewisse Frau Varga, in ihr Vertrauen, von der ihr vielleicht Ersók erzählt hatte oder eine der Nachbarinnen. Diese Varga war eine Papistin, und man sagte von ihr, sie kenne Gebetsformeln mit Zauberkraft, durch deren Hilfe sie den Beistand der Muttergottes und aller Heiligen erwirken könne, und dank dieser himmlischen Hilfestellung gelängen ihr wundersame Heilungen. Ich habe diese hastig schwatzende Person mit dem widerlich spitzen Kinn auch ein paar Mal in unserer Küche angetroffen, denn in die Stube ließ meine Stiefmutter sie doch nicht ein, und obwohl Vater sich über diese Bekanntschaft nicht gerade freute, so missbilligte er sie auch nicht. Die magischen Gebete sind in diesem Fall scheinbar wirkungslos geblieben, doch wollte sich die Stiefmutter auch weiterhin nicht mit dem Unabänderlichen abfinden. Sie begann Vater anzuflehen, er möge ihr den Aufenthalt in einem nahegelegenen Heilbad nicht verwehren, denn nur von diesem Thermalwasser könne sie noch erhoffen, dass es ihr die verlorene Gesundheit wiederbringe. Zwar wusste mein Vater, dass dieser Badeort zugleich ein Wallfahrtsziel der Papisten war, dennoch widersetzte er sich ihrem Wunsch nicht, zumal er in dieser Zeit sehr bemüht war, sich der Mutter gefällig zu erweisen, als ob er sie zu versöhnen oder für einen Verlust zu entschädigen suchte, den sie durch ihn erleiden musste.

So geschah es, dass mein Vater eines Tages – ich meine, es kann gegen Ende des Pfingstmondes gewesen sein – der Stiefmutter in den Wagen half, danach lud er ihre Reisetruhe auf, und wir beide blieben allein im Haus, wie früher, wenn wir Ersók nicht rechnen, sie trat während der Abwesenheit ihrer Herrin selten in Erscheinung, sobald ihre Arbeit getan war, zog sie sich in ihre Kammer zurück, doch spürte ich ihre Nähe in jedem Moment. Vater merkte ich die Erleichterung darüber an, dass die Stiefmutter fort war, wenn auch nur für kurze Zeit, und wenn wir uns zu zweit an den Tisch setzten, war er gesprächiger und vertrauensvoller mit mir als irgendwann sonst im letzten Jahr. Sobald er bemerkte, dass ich statt zu antworten nur den Kopf senkte oder ein, zwei Worte stammelte, schaute er mir forschend ins Gesicht, sagte aber nichts dazu. Doch eines Abends, als ich nach Sonnenuntergang in der dämmrigen Stube auf meinem Bett kauerte und mich ganz meinem Elend hingab – denn die Angst vor der Zukunft, die sich tagsüber einigermaßen verdrängen ließ, brach bei eintretender Dunkelheit wieder mit ganzer Heftigkeit über mich herein, und ich spürte schon fast die Schneide des Scharfrichterbeils am Hals oder sah mich in Lumpen am Wegrand zittern, barfuß, halbtot vor Kälte und Hunger –, da ging die Tür auf, und Vater trat zu mir in die Schlafstube. Ich sprang vom Bett hoch, als hätte man mich bei einer verbotenen Tat ertappt, doch Vater winkte beschwichtigend, ich solle mich wieder hinsetzen, und ließ sich mir gegenüber auf einem Stuhl nieder.

»Du hast doch etwas, Orsolya!«, sagte er ernst und sanft zugleich. »Ich beobachte dich schon seit einiger Zeit und sehe, dass du wie ausgewechselt bist. Krank siehst du nicht aus, äußerlich«, fuhr er fort, und ich zuckte zusammen, am liebsten hätte ich mich unter der Bettdecke verkrochen oder mich aufgelöst im Muster der darauf gestickten Blumen oder in der Zimmerwand, »aber man vernimmt ja kaum noch deine Stimme, oft bleibt das Essen auf deinem Teller unberührt, und in der Nacht höre ich, wie du dich im Schlaf unruhig herumwirfst… Dich bedrückt doch etwas, mein Mädchen!«, sagte er so zärtlich, dass mir die Augen feucht wurden, »aber ich möchte, dass du es weißt: Mir kannst du alles sagen, was dich quält, sicher, in letzter Zeit haben wir uns wegen… aufgrund der Umstände vielleicht ein wenig entfremdet, doch du musst wissen, wie uns das Schicksal auch beutelt, ich werde dir eine Stütze sein… Rede doch«, und dabei tätschelte er sanft mein Gesicht, »was bedrückt meine Kleine?«

»Ach, Vater!«, flüsterte ich, und weil mich seine liebevollen Worte so berührten, konnte ich ihm nichts mehr vorenthalten. »Ich glaube, ich bin schwanger…«

Kaum hatte ich es ausgesprochen, schlug mir mein Vater mit solcher Wucht ins Gesicht, dass ich gegen die Wand prallte und mir das Blut aus der Nase schoss. Vater starrte mich noch einen

Augenblick lang bestürzt an, dann drehte er mir den Rücken zu und ging aus der Stube, die Tür warf er hinter sich zu. Eine halbe Stunde mochte vergangen sein, als mein Vater zurückkam. Ich tauchte benommen, weil ich mir den Kopf so heftig angeschlagen hatte, mein Taschentuch ins Lavoir, in dem sich das Wasser allmählich dunkelrot verfärbte, legte mir dann das nasse Tuch auf die Nase, aus der noch immer das Blut sickerte.

»Das drücke fest darauf!«, sagte Vater, der inzwischen vermutlich drüben in der Apotheke gewesen war und mir jetzt einen Leinenstreifen in die Hand gab, den er zuvor mit Kirschwasser oder Ringelblumensud getränkt hatte. Und tatsächlich, sobald ich mir das Stück Leinen an die Nase presste, hörte die Blutung auf, und auch der Schmerz schien nachzulassen. Vater setzte sich wieder in den Armstuhl, und als ich aus den Augenwinkeln verstohlen in sein Gesicht blickte, stellte ich fest, dass er zwar sehr sorgenvoll, aber nicht mehr so zornig aussah.

»Der Landsknecht, nicht wahr? Also dann doch ...«, sagte er nach einigen Minuten des Schweigens, und bei diesen Worten ging mir plötzlich ein Licht auf. Während Vater in der Apotheke weilte, hatte ich mir den Kopf zerbrochen, soweit dies in meinem Zustand möglich war, wie ich ihm den Verlauf dieses verhängnisvollen Faschingsdienstags in einer Form beibringen könnte, die meine Verfehlung geringer erscheinen ließ und die meines Verführers, wenn er denn einer war, umso schwerwiegender, aber doch wieder nicht so sehr, dass sich Vater herausgefordert sehen könnte, Rechenschaft zu fordern, was für mich nur übel ausgehen konnte. Und siehe da, nun bot sich mir ein Fluchtweg an, so einfach, dass ich gar nicht begreifen konnte, wieso ich nicht längst darauf gekommen war. Und ich brauche nicht einmal zu lügen, dachte ich, muss Vater nur bei seiner Vermutung lassen und den Teil der Wahrheit, von dem er bis zur Stunde gar nichts weiß, auch weiterhin für mich behalten. Die Sache mit dem Landsknecht war irgendwann im Monat des Heiligen Andreas, gegen Ende November, und seither hatten wir erst fünfmal den Vollmond am Himmel gesehen: Hätte mich der Soldat damals tatsächlich in meinen jetzigen Zustand gebracht, so wäre auch dies frühestens jetzt an mir zu sehen. Ich wusste zwar, dass dies später, wenn ich der Lüge überführt werden sollte, üble Folgen für mich haben konnte, nur, so dachte ich bei mir, ist das noch lange hin, und bis dahin kann viel geschehen… Doch jetzt, wenn ich möchte, dass Vater Frieden schließt mit mir, überlegte ich, muss ich ihn in dem Glauben lassen, dass ich an den Umständen, in denen ich mich befinde, unschuldig bin; denn ich fürchtete einen Wutanfall wie vorhin oder einen noch schlimmeren Zornesausbruch, auch hatte ich nach den so einsam verbrachten Wochen der Angst Sehnsucht nach Zuwendung und einer Stütze. So nickte ich schließlich auf seine Frage, und auch wenn er mein Zaudern bemerkt hatte, so erklärte er es sich wohl damit, dass es mir schwer fiel, über die Geschichte zu reden, und dass ich mich schämte, weil ich früher versucht hatte zu leugnen, was zuzugeben ich nun gezwungen war.

»Ist schon gut, meine Liebe«, beschwichtigte mich Vater nun in einigermaßen ruhigem Tonfall. »Es tut mir leid, dass ich dich geschlagen habe. Du kannst ja nichts dafür, und kränke dich jetzt nicht mehr so sehr, mir wird schon etwas einfallen…«

»Ich hoffte«, stammelte ich stockend, denn ich fürchtete, ihn damit erneut aus der Fassung zu bringen, »dass Ihr vielleicht irgendein Mittel habt…«

»Gott behüte dich vor dergleichen Dingen!«, schrie er mich tatsächlich erregt an, dann fügte er etwas gefasster und nachdenklich hinzu: »Besonders da du nun schon in den fünften Monat eingetreten bist, wenn ich richtig gerechnet habe…, vielleicht wenn du früher geredet hättest…«

Als ich dies vernahm, war ich ganz verzweifelt und begann darüber nachzugrübeln, ob ich nicht doch die Wahrheit gestehen sollte, doch dann fehlte mir der Mut dazu. Wir schwiegen beide eine ganze Weile, und ich sah von Zeit zu Zeit ins besorgte Gesicht meines Vaters und versuchte, von seinen Zügen mein Schicksal abzulesen.

»Könntest du dir nicht doch vorstellen, diesen Lang zu heiraten?«, fragte er mich nach längerer Pause. »Ein so schwächlicher Mensch, weißt du, der lebt ja nicht sehr lange…, so würdest du eine Witwe in Ehren sein…«

»Dazu ist es nun zu spät«, schluchzte ich, denn diese Möglichkeit hatte ich selbst schon in Betracht gezogen. »Das Kind käme doch auf jeden Fall vor der angemessenen Zeit zur Welt…«

»Das ist wahr«, nickte mein Vater, »und der Rat würde gewiss nicht zögern, seine Nase in die Angelegenheit zu stecken, um eine Untersuchung anzustrengen«, bemerkte er verdrossen und mit finsterer Miene, vielleicht weil ihm die nie ganz geklärten Umstände meiner Geburt einfielen. »Damals, als die Sache passiert ist, hätte man es gleich melden müssen«, brach es aus ihm heraus. »Dann könnte dich jetzt niemand verdächtigen…«

Den Kopf tief gesenkt, stotterte ich, dass ich fürchtete, keinen Freier mehr zu finden, wenn sich erst herausstellte, dass ich meine Ehre verloren hatte, wenn auch nicht durch eigene Schuld…

»Du hast ja Recht«, pflichtete mir Vater etwas versöhnlicher bei, dann stand er auf, als hätte er plötzlich einen Entschluss gefasst, und legte seine Hand auf meine Schulter. »Also hab keine Angst mehr! Was geschehen ist, ist geschehen… Jetzt müssen wir trachten, dass möglichst wenig Makel und Schande auf unser Haus fällt… Hier kannst du nicht bleiben, das weißt du!«, und er sah mich, da ich vermutlich bleich geworden war und flehend zu ihm aufschaute, mit strengem Blick an, fuhr dann aber etwas sanfter fort: »Bald wird dein Zustand nicht mehr zu verheimlichen sein, und dann war alles vergebens… Willst du vielleicht, dass dich die Henkersknechte aus der Stadt hinaustreiben?«, schrie er nun wieder, und ich sah, dass er, auch wenn er mich bei seinen Worten schonte, seine zornige Aufwallung nur schwer im Zaum halten konnte und dass ich sicher recht getan hatte, ihm nicht die ganze Wahrheit anzuvertrauen. »Gräm dich nicht, mir wird schon etwas einfallen«, klopfte er mir beschwichtigend auf die Schulter, dann ging er.

V

Am nächsten Tag in der Frühe ging Vater aus dem Haus und kam bis zum Abend nicht wieder zurück. Ich habe mich so gut wie gar nicht aus der Stube gerührt, mir nur den Kopf zerbrochen, wohin er gegangen sein und was er dort zu tun gehabt haben könnte, denn ich hatte keine Zweifel, dass er in meiner Angelegenheit unterwegs war. Bis er heimkehrte, ziemlich abgekämpft und erschöpft, wurde es später Abend, und sogleich eilte er zu mir herein.

»Bereite dich vor!«, sagte er hastig und energisch, denn offensichtlich sah er mir an, dass ich ihn mit Fragen überschütten wollte. »Morgen früh holt dich jemand mit dem Wagen ab und bringt dich nach Eisdorf, ins Haus der Frau Anna. Dort kannst du bleiben, bis … solange es eben erforderlich ist. Ich habe dort eine schöne Summe hinterlassen, so dass dir nicht bange sein muss, man wird dich gut behandeln«, fügte er hinzu, als er sah, dass ich bleich wurde und mit an die Brust gepressten Händen dastand, er fürchtete wohl zu Recht, ich würde in Tränen ausbrechen oder ihn anflehen: Überallhin, nur nicht an diesen Ort solle er mich schicken. »In deiner Lage kann man sich's nicht aussuchen. Pack schleunigst all die Dinge zusammen, von denen du meinst, dass du sie brauchen wirst, und sei morgen eine halbe Stunde nach Sonnenaufgang reisefertig! Es ist besser, du bist schon fort, wenn deine Mutter aus dem Bad zurückkehrt!«, sagte er noch und ließ mich stehen, wahrscheinlich, damit ich ihn nicht mit lästigen Bitten und Ausflüchten bedrängte.

Am nächsten Morgen kauerte ich schon angekleidet auf dem

Bettrand, als Vater klopfte, ich solle mich fertigmachen, der Wagen sei da. Ich hörte, dass er in der äußeren Stube mit jemandem verhandelte, dann trat er mit einem mürrisch dreinblickenden, großen und rundgesichtigen Menschen in mein Zimmer. Der Mann brummte irgendeine Begrüßung, dann griff er sich meine Truhe und ging damit hinaus. Vater begleitete mich vors Tor und äugte besorgt die leere Gasse hinauf und hinunter, in der sich um diese frühe Stunde zu unserm Glück noch keine Seele blicken ließ. Gern hätte ich ihn gefragt, wie er den Nachbarn meine Abreise erklären wolle, doch das wagte ich nicht. Zum Abschied drückte mir Vater fest die Schulter, sagte eilig und mit heiserer Stimme noch ein paar Worte, bedeutete mir, ich solle gut auf mich aufpassen, und versprach, er würde mich bald einmal besuchen und mich wissen lassen, was er bezüglich meines Schicksals beschlossen habe, dann half er mir auf den Wagen hinauf. Erleichtert stellte ich fest, dass auf dem ganzen Weg nur ein paar Säcke mit Kohlköpfen meine Reisebegleiter sein würden – der Fuhrmann, ein Bauer aus Eisdorf, hatte, wie es schien, seine Kohlernte zum Verkauf in die Stadt gebracht, war aber offenbar darauf sitzen geblieben – und ein schwarzes Ziegenkitz, das mich mit seinen sonderbaren gelben Augen vertrauensvoll ansah und mir, das Köpfchen in meine Seite stoßend, zu verstehen gab, es wolle gern versuchen, ob etwa mein Schnupftüchlein, mit dem ich mir die Abschiedstränen aus den Augen wischte, zu essen sei. Mein Vater sagte dem Mann, der schon auf seinem Pferd saß, noch ein paar Worte, dann schnalzte der Fuhrmann mit der Peitsche, und der Wagen rollte mit mir davon.

Wenn mir auch der Abschiedsschmerz und die ungewisse Zukunft das Herz schwer machten, so fühlte ich mich doch erleichtert, dass ich das Haus auf diese Weise verlassen konnte und nicht so, wie ich es mir in meiner hilflosen Verzweiflung vorgestellt hatte. Ich mache mich also nicht als heimatlose Vagabundin auf den Weg und muss auch nicht in irgendeiner verlassenen Hütte unterkriechen, sondern an einem sicheren Ort … Gut, ich mochte diese Leute nicht, in deren Haus ich die nächsten paar Monate würde verbringen müssen, und sie mich auch nicht, aber Vaters Geld würde sie vielleicht doch zu mehr Wohlwollen mir gegenüber anhalten, und mehr konnte ich mir in meiner derzeitigen Lage kaum erhoffen. Hätte ich gewusst, das ich das Haus, in dem ich zur Welt gekommen und aufgewachsen bin, die Gassen, in denen mir jeder Winkel, jede Ecke vertraut war, an diesem Tag zum letzten Mal sah, so hätte ich den Weg bis zum Stadttor wohl mit schwererem Herzen und unter Tränen zurückgelegt, und ich muss gestehen, ich habe während der Durchfahrt nicht einmal zurückgeblickt, weil ich der Meinung war, früher oder später, wenn mein Vater die Zeit für gekommen hielte, nach einem halben oder auch vollen Jahr, würde ich doch hierher zurückkehren und in den Augen der Welt zumindest wieder die sein, die ich vorher gewesen bin, und ich könne mein Leben hier an der Stelle fortsetzen, wo ich es unterbrochen habe.

Wir fuhren unterm heiteren Himmel eines sich zum Frühlingsende hin rasch erwärmenden Morgens vorbei an den grünenden Saaten, blauglitzernden Fischweihern, hell und frisch belaubten Wäldern. Die Vogelkirschen an den die Straße säumenden Bäumen begannen sich schon von Grün nach Blassgelb zu verfärben, im dicht wuchernden Gras am Grabenrand öffneten da und dort bereits gelbe Blumen wie lauter winzige Sonnen ihre schlichten Kelche, und ich wünschte mir, wir könnten noch tagelang so weiterfahren, über Berge und Täler, zu dritt, der stumme Mann auf dem Ross vor dem Wagen und ich im Wagen mit dem Kitz, das inzwischen, an meine Beine gekauert, eingeschlummert war. Ich hatte das Gefühl, ich könnte mich für den Rest meines Lebens mit der Gesellschaft dieses stummen Geschöpfes zufrieden geben, und es würde mich nicht reuen, wenn mein Blick keinem anderen mehr begegnen würde als dem dieser seltsamen gelben Augen.

Es kann auf Mittag zu gegangen sein, als wir das Ortsende von Eisdorf erreichten, und kurze Zeit darauf hielt der Wagen am Haus der Frau Anna. Der Mann half mir vom Wagen und hob auch meine Truhe herunter, dann rief er mit seiner tief tönenden, schwer verständlichen Stimme etwas hinein: »Hab die Mamsell gebracht!« oder so ähnlich. Dann saß er wieder auf und polterte, samt dem rabenschwarzen Kitz, das sich nicht weiter über den Verlust seiner Reisegefährtin zu grämen schien, mit dem Wagen davon, ans andere Ende des Dorfes.

Da stand ich also vor dem Haus in der Mittagssonne und wartete darauf, dass man mir öffnete, indessen glaubte ich die neugierigen Blicke hinter den Fenstern der Nachbarhäuser zu spüren, die sich in meinen Rücken bohrten. Nach einer Weile erschien dann die Frau Anna am Tor, mürrisch und in Eile, vielleicht weil sie meinetwegen von einer dringenden Arbeit weg musste.

»Da seid Ihr also«, stellte sie fest und musterte mich neugierig von oben bis unten, wahrscheinlich um festzustellen, ob man mir meinen Zustand schon ansehen konnte. »Na, dann kommt halt weiter!«, sagte sie und ging mir voraus, und als ich sah, dass ich nicht mit Hilfe rechnen konnte, wuchtete ich meine Truhe aus dem Straßenstaub und folgte ihr.

»Nein, bringt Eure Sachen dort hinein!«, rief mir Frau Anna barsch zu, als ich von der Küche aus der hinteren Stube zustrebte, wo ich schon mit Vater geschlafen hatte, wenn wir zu Besuch hier weilten. »In der Kammer, zusammen mit Dorkó, sollt Ihr schlafen, so ist es mit Eurem Vater ausgemacht«, erklärte sie und spähte aus den Augenwinkeln zu mir, um zu sehen, wie ich es aufnehmen würde, ihr Blick erschien mir so arglistig und zugleich besorgt, dass ich sicher war: Sie lügt, und Vater hat die hintere Stube für mich gemietet. Und wirklich, später habe ich erfahren, dass sich bald nach Vaters Besuch ein durchreisender Viehhändler gemeldet hatte, der in der Gegend geschäftliche Angelegenheiten erledigen musste, er wollte die hintere Stube für einige Wochen mieten und bot dafür einen so guten Preis, dass ihn Frau Anna nicht zurückweisen mochte. (Ich bekam diesen Menschen dann auch ein paarmal zu Gesicht, jedoch nur selten und immer ganz spät am Abend oder im Morgengrauen: Es müssen irgendwelche zweifelhaften Geschäfte gewesen sein, in denen er unterwegs war.) Eigentlich wollte ich widersprechen, denn mir behagte überhaupt nicht, dass ich die kleine, enge Kammer, vielleicht auch noch das Bett, mit einer anderen Person teilen sollte, doch dann nickte ich – schließlich konnte ich nicht sicher sein, ob die Frau log oder nicht, und zudem fielen mir Vaters Worte ein, »in deiner Lage kann man sich's nicht aussuchen« – und ich sah mich um, wer diese Dorkó eigentlich war, denn bei unserem letzten Besuch gab es hier noch keine Person dieses Namens. Da sah ich, dass außer uns wirklich noch ein anderes mädchenhaftes Wesen in der Küche war, das ich bislang nicht bemerkt hatte, weil es gerade in einer Ecke auf allen Vieren mit feuchtem Stroh den Boden scheuerte.

»Da, seht Ihr, das ist Dorkó!«, wies Frau Anna mit dem Kopf in ihre Richtung und ließ die Mundwinkel abschätzig hängen, das Mädchen warf, als es seinen Namen hörte, die fahlblonden Haare, die ihm ins Gesicht hingen, zurück und grinste mich freundlich an. Sie war schmächtig mit einer engen, schmalen Stirn, das Gesicht und das kleine spitze Kinn erinnerten an ein Katzenjunges oder ein Hermelin, auch seine vom fehlenden Schlaf aufgequollenen, fahl bewimperten blauen Augen blinzelten wie bei einem schläfrigen Kätzchen. Als sich unsere Blicke trafen, las ich aus ihren Augen Gutwilligkeit und frühreife Vernunft, sie schien fast noch ein Kind zu sein. Was sie in meinen sah, weiß ich nicht, doch muss sie mich nicht gerade abschreckend gefunden haben, denn sie zwinkerte mir verschwörerisch zu, bevor sie sich wieder dem Boden zuwandte und weiterscheuerte. Ich war einigermaßen beruhigt, weil ich nicht mit irgendeiner grobschlächtigen und gehässigen Weibsperon mein vermutlich enges Lager würde teilen müssen, und auch später habe ich nicht bereut, dass ich von Frau Anna nicht die hintere Stube gefordert, sondern mich damit abgefunden hatte, meinen Schlafplatz mit der Magd zu teilen, denn diese Dorkó wurde dann für mich ein wahrer Trost und eine rechte Herzensfreundin, wie ich sie später nie wieder gefunden habe.

»Man sieht dir noch gar nicht an, dass du in der Hoffnung bist«, bemerkte sie, als sie mich am ersten Abend beim Ausziehen musterte. »So ist das leider«, erklärte sie mit ernster Miene, während sie, auf dem Bettrand sitzend, ihr falbes Haar kämmte, »Gott beschert sie denen, welchen sie nur Kummer und Unglück bedeuten, andere wieder können tun, was sie wollen, und bekommen doch keine. Ich zum Beispiel«, sagte sie und sah ergeben an sich herunter, »ich kann keines bekommen.«

»Woher weißt du das?«, fragte ich erstaunt, weil sie doch noch wie ein Kind war, bestimmt um einige Jahre jünger als ich.

»Mir hätte einmal ein vermögender Bauer eine Kuh dafür gegeben, wenn es ihm geglückt wäre, mich zu schwängern, er wollte beweisen, dass nicht er der Unfruchtbare war, sondern sie, seine Frau. Wir haben es immer wieder probiert, aber es brachte nichts, und wie er es dann mit der anderen gemacht hat, die auch dort in Diensten war, dann hat er es gleich geschafft. Schade, nicht? Sonst könnt ich jetzt eine Kuh haben«, sagte sie lachend, als sie mein verblüfftes Gesicht sah. »Nur wüsste ich nicht, wohin mit dem armen Tier, denn die würden mir gewiss nicht erlauben, dass ich es neben ihre in den Stall stelle. Egal, so ist mir diese Sorge erspart geblieben«, ergänzte sie mit einem kleinen Seufzer, und ich weiß bis heute nicht, ob sie die Kuh oder den Kindersegen meinte.

»Viel Gutes brauchst du dir von denen hier nicht zu erwarten«, meinte sie später und wies mit dem Kopf zur Stube hin, wo Frau Anna und ihr Mann schon eifrig schnarchten. »Ich wäre mit der Alten sogar weitläufig verwandt, doch du siehst, wie sie mit mir umgeht. Immer ist sie hinter mir, und wenn ich mich nur für eine Minute niedersetze, um etwas zu verschnaufen, höre ich schon, sie wolle mich nicht umsonst füttern, dabei war meine arme Mutter ein direktes Geschwisterkind von ihrer Mutter… Dazu ist sie auch noch ein geiziger Teufel, gönnt einem nicht das trockene Brot. Um ihn brauchst du dich nicht kümmern, der ist immer besoffen. Er versucht es bestimmt auch bei dir, doch wenn du ihn wegstößt oder laut genug anschreist, lässt er dich eine Weile in Ruh. Lass dich auf nichts ein, denn von dem kriegst du nicht einmal ein Kopftuch dafür, und die Hexe jagt dich davon!« Damit schloss Dorkó ihre Unterweisungen für diesen Tag ab und blies die Kerze aus. Sie drehte sich auf die andere Seite und schlief auch schon. Ich starrte im Finstern noch eine Weile stumm vor mich hin, wälzte, was ich gehört hatte, im Kopf hin und her, doch bei diesen regelmäßigen leichten Atemzügen neben mir überwältigte auch mich allmählich der Schlaf.

Und wirklich traf alles genauso ein, wie Dorkó es vorhergesagt hatte: Viel Gutes wurde mir in diesem Haus nicht zuteil, und die wenigen angenehmen Ausnahmen verdankte ich allein ihr. Ja, ein, zwei Tage lang hielt sich Frau Anna noch zurück, doch wiederum nicht so sehr, dass sie nicht mit Argusaugen geschaut hätte, wie viel ich mir auf den Teller nahm, sooft wir uns an den Tisch setzten. Auch konnte sie sich nicht lange damit abfinden, im Haus keinerlei praktischen Nutzen aus meiner Anwesenheit zu ziehen, wenn ich schon einmal da war.

»Ihr könntet wirklich auch einmal mit anfassen am Henkel dieses Zubers«, diese Worte warf sie mir eines Tages hin, als sich Dorkó allein damit plagte, den Sautrank in den Hinterhof zum Schweinekoben hinauszuschleppen. »Und Euch fiele auch keine Perle aus der Krone, wenn Ihr hier und da bei der Hausarbeit mit anpacken würdet, so viel, wie Ihr hier wegesst, hat Euer Vater nicht bezahlt.«

Und ich packte tatsächlich mit an, weil ich mir in meiner Zwangslage keine Widerrede leisten konnte, und vielleicht auch, weil mir Dorkó leid tat, denn sie musste sich allein mit dem schweren hölzernen Schaff plagen und sich dabei so anstrengen, dass ihr schmaler Rücken sich krümmte und die spitzen Schulterblätter fast das Hemdchen durchbohrten. Von da an half ich ihr bei der Hausarbeit, doch das meiste blieb an ihr hängen.

Auch mit dem Mann traf alles genauso ein, wie Dorkó es vorausgesagt hatte. Einmal, als ich in der Küche zu tun hatte, saß er saufend am Bockstisch und glotzte mit trüben Augen vor sich hin, als nähme er von Gottes schöner Welt überhaupt nichts wahr. Doch wie ich an ihm vorbeigehe, spüre ich, dass er nach meinem Rock grapscht, ich zerre vergeblich, komme aber nicht los. Als es mir endlich gelingt, meinen Rock aus seinen Krallen zu reißen, packt mich der alte Lump mit beiden Händen um die Hüften und zieht mich zu sich hin, auch lallt er dabei etwas von irgendwelchen Tüchern und Röcken. Ich schlage seine Hände weg und zische ihm zitternd vor Zorn zu, er soll mich ja in Ruh lassen, und wie ich mich hastig umsehe, womit ich mich verteidigen könnte, fällt mein Blick auf das große Küchenmesser, mit dem zuvor jemand Zwiebelringe für die Suppe geschnitten haben muss, und nun liegt es da auf dem Tisch. Dem Alten muss auch klar geworden sein, welche Gedanken mir durch den Kopf schossen, denn er war, wie viel er auch schon getrunken haben mochte, schlagartig nüchtern und ließ mich los.

»Schon gut, mein Täubchen«, plapperte er mit schwerer Zunge. »Deshalb brauchst mich ja nicht gleich wie eine Brillenschlange ansehen! Dir kann's doch jetzt schon einerlei sein?« , blinzelte er mir vorwurfsvoll zu, doch er hat mich seither in Ruhe gelassen.

Am meisten hatte ich in der ersten Zeit darunter zu leiden, dass es im ganzen Haus keinen Winkel gab, wo ich wenigstens für ein paar Minuten allein sein konnte, abseits all der zudringlichen Blicke. Es war ein ewiges Kommen und Gehen in diesem Haus, und ich fühlte mich immerzu von den Weibern des Dorfes beobachtet, die mal aus diesem, mal aus jenem Grund den Tag über hereinschauten, andere kamen abends auf ein Glas Wein, und wenn ich dann hin und wieder von den Gesprächen etwas aufschnappte, bestätigte sich nicht selten, was ich schon vermutet hatte, sie flüsterten über mich. »Der Bauch ist noch ziemlich platt…«, »sie kann höchstens im dritten Monat…«, »irgendein Landsknecht, sagt sie, mit Gewalt…«, »na ja, das sagen sie alle…«. Wenn ich das hörte, ich muss es zugeben, wurde ich rot vor Scham, denn wer hört schon gern, dass ihm nicht einmal beim Lügen Glaubhafteres eingefallen ist als anderen Unglücklichen, die in die gleiche Lage geraten waren.

Dorkó, die bald meine Vertraute und Freundin geworden war, gestand ich nach und nach die Wahrheit, und weil sie in diesen Sachen offenbar viel mehr Erfahrung hatte als ich, quälte ich sie mit Fragen, ob sie nicht etwas wüsste, damit das Kind, wenn es schon zur Welt kommen musste, wenigstens ein paar Wochen früher als zur gebotenen Zeit geboren würde, damit ich vor dem Vater nicht als Lügnerin dastände... Dorkó schüttelte nur den Kopf.

»Dass eine die Geburt hinausschieben möchte, um auf die gehörige Zeit nach der Hochzeit zu kommen, davon hab ich schon gehört«, sagte sie nachdenklich und scheinbar mit Bedauern, weil sie mir nicht mit gutem Rat behilflich sein konnte. »Vielleicht wenn du oft und ganz fest daran denkst, dass es im Monat der Jungfrau zur Welt kommen soll... Oder wenn du zu deinem Schutzpatron betest... Oder warte, vielleicht doch nicht zu ihm«, und sie dachte nach, welcher Heilige für so ungewöhnliche Angelegenheiten zuständig sein könnte, und zog vier oder fünf in Erwägung, um jeden auch gleich wieder zu verwerfen, bis ich mich schließlich genötigt sah abzuwinken und ihr sagte, dass ich eine Lutherische sei und eigentlich zu gar keinem Heiligen bete.

»Schlimm genug für dich!«, entgegnete Dorkó verärgert, sie war eine eifrige Papistin und bewahrte unter ihrem Kopfpolster geweihte Kerzen, vertrocknete Palmkätzchen und dergleichen mehr auf. »Wir können doch nicht mit jeder Schwierigkeit gleich den lieben Gott belästigen.«

Während wir über mancherlei redeten, gingen wir gerade auf einem Feldweg zwischen Weizenfeldern vom anderen Ende des Dorfes heim, ich weiß nicht mehr, aus welchem Grund und mit welchem Auftrag uns Frau Anna hinausgeschickt hatte. Wir schritten tüchtig aus, weil es schon auf den Abend zuging und wir noch vor Einbruch der Dunkelheit zurück sein wollten. Es war noch hell, aber doch schon die Stunde kurz vor der Dämmerung, wenn die Sonnenstrahlen an Kraft verlieren, als hätten sie nicht die Luft, sondern ein dichteres Element, etwa Wasser, zu durchmessen, um uns auf Erden zu erreichen. Es war ganz so, als schritten auch wir durch eine verzauberte Unterwasserwelt, auf der blassen Scholle des Pfades, durch die Fluren, vor den gelblichen Saaten leuchteten am Wegrain die Flämmchen des roten Mohns und die blassblauen Augen der Wegwarte in mildem goldenem Glanz, sobald sie der Schein berührte, loderten sie förmlich. Ich beugte mich hinunter, um ein, zwei der flammenden Mohnblüten zu pflücken, doch kaum hatte ich sie gebrochen, ließen sie schon die verknitterten roten Röckchen fallen, und ich hielt nur noch die borstigen Stängel und die runden Blütenböden in der Hand. Daran erkenne man das Stadtkind, bemerkte Dorkó, sonst wüsste ich doch, dass es sich nicht lohnt, aus Klatschmohn Sträuße zu binden. Bei ihnen daheim, so erzählte sie, wüssten die alten Frauen noch: Klatschmohn sei in Wahrheit das verwunschene Mädchen, das der Fürst des Totenreichs entführt und sich als seine Frau unter die Erde mitgenommen hat, auf die flehentlichen Bitten der Mutter und die Fürsprache Marias habe der himmlische Vater dem Herrscher der Unterwelt befohlen, das Mädchen einmal im Jahr für kurze Zeit zu seiner Mutter heimkehren zu lassen. Manche glaubten, es sei die Hyazinthe, in die sich das geraubte Mädchen verwandelt, sooft es von den Toten wiederkehrt, doch das sei Unsinn, setzte sie streitbar hinzu, und sie zweifele nicht, dass das heimkehrende Mädchen der Klatschmohn und keine andere Blume sei… Deshalb ließe er so plötzlich die Blütenblätter fallen, und seine Mitte sei so schwarz, um an das Reich der Toten zu gemahnen, meinte sie noch, bückte sich und zog eine Mohnblüte heraus, hielt sie mir hin, um mich auf den im Innern der Blüte um die Fruchtkapsel gelegten schwarzen Ring der Pollenträger hinzuweisen.

Inzwischen waren wir auf dem Feldweg zu einer grauen, viereckigen Säule gekommen. Sie stand am Wegesrand, und oben, in Höhe unserer Scheitel, waren vier kleine, spitz zulaufende Säulen, die ein rundes Gewölbe trugen, und in der durch sie gebildeten Nische stand eine kleine Frauengestalt. Auf dem Kopf eine Krone, mit einer Hand, deren Finger teilweise abgebrochen waren, hielt sie einen Zipfel ihrer Schürze, die andere hob sie in Schulterhöhe, darin etwas Rundes, man konnte nicht mehr erkennen, was es war, weil Regen und Wind es schon stumpf gemacht hatten. Auch die Züge der Frau zeichneten sich nur noch schwach, kaum wahrnehmbar auf dem verwitterten Stein ab:

Mit ihren sternlosen Augen sah sie irgendwohin in die Ferne, und ihr verwaschenes, weiches Gesicht strahlte eine entrückte, verträumte Sanftmut aus. Ich blieb stehen, um mir das Bild ein wenig genauer anzusehen. Die Sonne war im Westen hinter einem fernen Berg gerade im Untergehen, der Horizont in eine fast unwirkliche Goldfarbe getaucht, und die kleine gekrönte Frauengestalt erschien nicht wie eine Figur aus Stein, sondern als eine wahre Erscheinung des Himmels.

»Sie war im Leben eine Königstochter. An die kannst sogar du dich wenden!«, warf mir Dorkó triumphierend hin, als sie sah, wie gerührt ich war, doch das in der Gloriole erstrahlende, sanfte Antlitz der Frau vor Augen, brachte ich es nicht übers Herz, sie um etwas anzuflehen, was dem in meinem Schoße keimenden Wesen zum Schaden gereichen könnte.

Es war nicht das einzige Mal, dass uns die Hausfrau mit irgendeinem Auftrag wegschickte. Auch bei anderen Gelegenheiten ließ sie uns hierhin und dorthin laufen, auch weiter weg von daheim, zu abgelegenen Zielen, und sie war keineswegs ungehalten, wenn wir uns dabei Zeit ließen und es nach Erledigung unserer Aufgaben nicht eilig hatten, auf dem kürzesten Weg wieder zurück zu sein, ganz im Gegenteil, sie ermunterte uns, auf dem Heimweg möglichst in der frischen Luft zu verweilen, denn man könne uns mit unserer blassen Papistenfarbe ja gar nicht ansehen. Anfangs konnte ich mir gar nicht erklären, warum ihr unsere Gesundheit plötzlich eine solche Herzensangelegenheit war, doch Dorkó klärte mich bald auf, dass die Alte von Zeit zu Zeit für gutes Geld Pärchen, die auf unrechten Pfaden wandelten, als Gelegenheitsmacherin unser Kämmerchen für ein Schäferstündchen überließ: In solchen Fällen hatte sie darüber zu wachen, dass das Liebespaar von niemandem gestört wurde, und so war ihr Bemühen verständlich, uns vom Haus fern zu halten. Ein andermal wickelte der Viehhändler, dem sie die innere Stube vermietet hatte, zwielichtige Geschäfte mit seinen Partnern ab, bei denen er gern auf Zeugen verzichtete. Dorkó und ich kamen solchen Wünschen gerne nach, machten beträchtliche Umwege und kehrten erst nach Stunden zurück. Unterwegs blieben wir immer wieder stehen, um uns an den Früchten eines Maulbeerbaums zu laben, manchmal sahen wir am Waldessaum nach, ob die Erdbeeren schon verblüht waren oder ob nicht unter den Blättern schon reife Früchte leuchteten. Dorkó sagte, sie wüsste, wo viele Himbeersträucher ständen, und versprach, mich dorthin mitzunehmen, wenn die Himbeeren reif wären. Es kam auch vor, dass wir uns nur an den Rand des Grabens setzten, mit geschlossenen Augen das Gesicht in die Sonne hielten und miteinander redeten. Dabei erfuhr ich manches über das bewegte Leben der Dorkó, und auch ich erzählte ihr alles von mir, sogar von dieser gewissen, schlimmen Nacht, nach der ich auf dem kalten Boden der Kammer aufgewacht bin, und ich wunderte mich, dass Dorkó über die Geschichte kein bisschen entsetzt war, ja nicht einmal besonderes Erstaunen erkennen ließ, sie murmelte nur zwischen den Zähnen, so etwas käme schon vor und dass man bei ihnen in Kunzendorf den Schweinehirten auch mit seiner eigenen Tochter erwischt habe. Worauf ich, was soll ich sagen, die Nase etwas höher nahm und kühl bemerkte, dass wir ja nicht gerade Schweinehirten seien, doch Dorkó schien gar nicht zu bemerken, dass ich beleidigt war, sie gab nur zur Antwort: »Soviel ich weiß, unterscheiden sich in dieser Beziehung Schweinehirten und Bürgersleute nicht voneinander, vielleicht nicht einmal Könige.«

»Dein Vater wird dich schon nicht deinem Schicksal überlassen«, sagte sie bei anderer Gelegenheit nachdenklich mit zusammengekniffenen Augen, als könnte sie meine Zukunft erahnen, währenddessen zog sie sinnend einen Grashalm zwischen ihren Lippen durch. »Er mag dich, obwohl du ihm nur Unannehmlichkeiten bereitest und es ihm lieber wäre, dich nicht zu mögen. Dumm ist nur, dass die Liebe mancher Menschen mehr Schaden anrichtet als die Bosheit anderer.«

Einmal, als wir wieder zu zweit am Wegrand saßen, versprach ich Dorkó hoch und heilig, dass ich sie, falls sich mein Schicksal einmal zum Guten wenden sollte, suchen würde, wenn nötig auch am Ende der Welt, um sie zu mir zu nehmen und mit ihr wie mit einer echten Schwester zusammenzuleben.

»Ich sage nicht, dass das ganz unmöglich ist«, antwortete sie nachdenklich und von Zeit zu Zeit die Nase hochziehend, denn sie erkältete sich auch im Sommer fortwährend. »Nur werde ich das wahrscheinlich doch nicht erleben«, schob sie nach, und ich verstand, was sie meinte, denn ich habe sie nachts oft husten hören, langgezogen und krampfartig, als müsste sie sich die Lunge aus dem Leibe husten. »Wenn aber doch«, fuhr sie aufgeheitert und mit schalkhaft glänzenden Augen fort, »dann kommen wir in einer vierspännigen Kutsche zurück und ärgern die Alte tüchtig!«

Fürwahr, es ist eine lange Zeit verstrichen, bevor ich in die Lage kam, mein Wort, selbst wenn ich es sehr gewollt hätte, zu halten, und die arme Dorkó war da gewiss schon längst unter der Erde. Doch bis an den Tod wird es mich reuen, dass ich nicht einmal versucht habe, sie aufzustöbern, und heute, wenn ich an mein Leben zurückdenke, lastet dieses nicht gehaltene Versprechen schwerer auf meiner Seele als alle schweren Sünden, für die mich die Menschen, wüssten sie davon, gewiss aus ihrer Mitte vertreiben würden, wenn ich nicht gar mit meinem Leben, das ohnehin nicht mehr lange währen wird, dafür bezahlen müsste.

Ich mag so zwei, drei Wochen im Haus der Frau Anna geweilt haben, als mir Dorkó zum ersten Mal über das Fest der Auffindung des Johannes-Hauptes erzählte. Eines Abends tobte ein schrecklicher Sturm: Es regnete in Strömen, Blitz und Donner, spatzeneiergroße Hagelkörner fielen vom Himmel. Jeder im Haus und alle Nachbarn, die um den Tisch saßen und dem Wein zusprachen, zitterten vor dem Hagelsturm, sie fürchteten um ihre Ernte: der eine um seinen Wein, der andere ums Obst oder das Getreide auf den Feldern. Dorkó wurde unterwegs von dem wüsten Gewitter überrascht. Die Alte musste sie fortgeschickt haben, vermutlich auf einen weiten Botengang, denn sie schaffte es nicht, vor dem Unwetter zurück zu sein. Ich erinnere mich noch an den Geruch des Regens und den Sturmwind, mit dem sie völlig erschöpft zur Tür hereinstürzte, entsinne mich, wie die dicken Regentropfen in den zu einem Meer von Kot gewordenen Hof platschten und auf dem lehmig verfärbten Wasser große, glucksende Kreise schlugen, auch daran, dass – noch bevor Dorkó mit dem Wind kämpfend die Tür hinter sich hatte schließen können – ein Blitz über den Himmel fuhr und ein gleißender Sprung sich auftat, wie eine von feuriger Geißel geschlagene Wunde, und in der geisterhaften, fahlblauen Helligkeit zeichneten sich für den Bruchteil eines Augenblicks der Rauchfang des Nachbarhauses und die nass glänzende, gekräuselte Krone des Maulbeerbaums ab, um gleich wieder von der Dunkelheit verschlungen zu werden. Nicht so arg, wehrte Dorkó ab, als sie sich in der Kammer aus ihren durchnässten Kleidern schälte und ich, in Sorge, dass sie sich verkühlt haben könnte und noch mehr husten müsste als bisher, mit meiner Schürze ihre triefenden Haare und die nasse, von einer Gänsehaut rauen Oberarme abtrocknete. Von dem bisschen Regen ist noch niemand gestorben, erklärte sie und setzte hinzu: Nur am Tag der Auffindung des Johannes-Hauptes soll es nicht regnen, denn sonst würden die Feuer gelöscht… Ich hatte noch nie etwas von diesem Feiertag gehört, und so erklärte mir Dorkó, dass an diesem Tag Feuer am Saum der Felder angezündet werden, um welche die Dorfbewohner, vor allem die Jungen, singen und tanzen. In dieser Gegend ist es auch Brauch, mit brennender Glut um die bestellten Felder zu gehen, damit die Saat nicht den Kornbrand bekommt. Dort wo sie geboren wurde, berichtete Dorkó, trügen Kinder und Jugendliche allerlei Knochen und Lumpen zusammen, die sie in der Nähe der Brunnen auf große Haufen werfen und anzünden, »denn um diese Zeit«, so wusste sie zu berichten, »kühlen sich die Drachen gern in der Nähe von Brunnen und Quellen ab, weil sie große Hitze nicht vertragen. Und wenn man sie nicht mit dem dichten, stinkend schwarzen Rauch vertreibt, verseuchen sie mit ihrem Gift das Wasser.« Dorkó behauptete felsenfest, sie selbst habe als kleines Mädchen bei der Viehtränke einmal einen dieser am Wasser sich labenden Drachen gesehen. »Er ringelte seinen garstigen Körper im hohen Gras neben dem Brunnen kreisrund zusammen, ließ den riesigen, kammartig gezackten Schädel auf seine vorgestreckten, in Krallen endenden Pranken fallen, die grässlich lange Zunge hing ihm aus dem Maul, und er keuchte in der Hitze.« Und weil ich ungläubig den Kopf schüttelte, lief meiner Freundin die Galle über, sie streifte sich den Rock hoch und zeigte mir zum Beweis, dass sie die Wahrheit sagte, die Narbe an ihrem Bein, die sie sich zugezogen hat, als sie, vor dem Drachen fliehend, zu Boden fiel und sich das Knie aufschlug.

Zu Dorkós großer Freude begrüßte uns der Morgen des Johannitages mit schönem, klarem Wetter, und es mag der strahlende Sonnenschein gewesen sein oder auch ein für den Abend zu erwartendes Geschäft, das guten Gewinn versprach, das Herz der Frau Anna war milde gestimmt, und zwar so sehr, dass sie uns direkt zum Feuerschauen schickte, allerdings mit dem Auftrag, ein Glutbröckchen mitzubringen und zwischen dem Kohl in die Erde zu stecken, wo es dann das ganze Jahr die Kohlraupen abwehren sollte. Bis Dorkó mit ihren Arbeiten ums Haus herum fertig war, über den mit abgefallenen weißen Maulbeeren und Hühnerkot verdreckten Hof lief, um die Hühner wegzusperren, war es ziemlich spät geworden. Zwar brach die Dunkelheit noch nicht herein, denn wir hatten ja die kürzeste Nacht des Jahres vor uns, doch über der Krone des Maulbeerbaums verfärbte sich der Himmel schon in ein tieferes Sonnenuntergangsblau; auf dem Weg aus dem Dorf und zu den Feldern dahin eilend, sahen wir, wie am Grabenrand die Gräser und in den Vorgärten die gerade aufgeblühten Pfingst- und Stockrosen, von der Sonne durchleuchtet wie bemalte Glasfenster, in feuriger Glut erstrahlten, ehe sie sich in der Dämmerung verloren. Als wir das Dorf hinter uns gelassen hatten und über den schmalen Feldweg weitergingen, wo auf der einen Seite die Getreideäcker begannen und auf der anderen der Wald, sah ich am Waldrand, dass die Strahlen der untergehenden Sonne schon ganz niedrig einfielen und in Kniehöhe goldene Kleckse auf die Baumstämme malten, während tiefer im Dickicht die Blätter des Gesträuchs in so blendendem Goldglanz glühten, als stünden sie in Flammen.

Wir kamen bald an unser angestrebtes Ziel am Fuße einer beachtlichen Anhöhe, deren Sonnenuntergangsseite zu den Feldern hin abfiel, auf der Gegenseite zog sich der Rand eines dunklen Fichtenwaldes hin. Dorkó erzählte: »Hier zündet man jedes Jahr am Abend vor dem Fest die Johannisfeuer an, ziemlich weit voneinander entfernt auf der ganzen Länge der Anhöhe.« Und tatsächlich war man mit den Vorbereitungen schon ziemlich weit gekommen. Der seitliche Reisighaufen hatte Hüfthöhe erreicht, doch noch immer wurde ohne Pause dürres Astwerk herangeschleppt, das die für das Feuer zuständigen Jungen und Mädchen einzeln, in Gruppen oder paarweise aus dem Wald holten, wo sie die unteren, vertrockneten Äste der Fichten abbrachen. Manche sammelten unter den Bäumen die rötlichen Fichtennadeln in kleine Körbe, andere klaubten Tannenzapfen in ihre Schürzen, das alles kippten sie auf den Reisighaufen. Das eine oder andere Pärchen hielt sich beim Holzholen länger im Wald auf, die Mädchen kamen dann mit geröteten Gesichtern kichernd und mit Streu im Haar, die Burschen grinsend oder mit gespielt gleichgültiger Miene zurück. Dorkó meinte, wir sollten uns unter die Helfer einreihen, da wir ja später am Feuer dabei sein wollten, und so machten auch wir uns auf in den Wald. Als wir in den kühlen, dunklen Hochwald eintraten, erschauderte ich. Der tiefe Strahl der untergehenden Sonne flackerte am rauen, rötlichen Stamm einer Fichte noch ein letztes Mal auf und entflammte für einen Augenblick das Gewirr der untersten dürren Äste, dann war auch er erloschen. Als ich, weiter eindringend, mich von Zeit zu Zeit umsah, dämmerte vom offenen Feld her der sich allmählich von Blau nach Violett verfärbende Himmel in immer schmaleren Streifen; doch wenn ich nach vorn schaute, sah ich nur noch graues Zwielicht, das gleich vor mir noch ein wenig, tiefer drinnen aber kaum noch das dunkle, undurchdringliche Grau der Baumstämme unterbrach; blickte ich nach oben, sah ich über mir statt des Himmels das Dach der sich einander zuneigenden dunklen Fichtenäste. Tief im Wald, wo sich das Dämmerlicht noch mehr verdüsterte, konnte ich, an Bäume gelehnt, sich gegenseitig jagend, bedrängend oder sich umarmend, Schattengestalten mehr ahnen als sehen, Rufe hören, Aufschreie oder unterdrücktes Lachen. Als ich mich hinkauerte, um die untersten Äste von einer alten Fichte herunterzubrechen, hörte ich hinter mir plötzlich Getrappel, und mir war, als hätte mich auch ein Windhauch berührt, als zwei Wesen an mir vorbeijagten wie Verfolger und Verfolgte, ob es Zwei- oder Vierbeiner waren, konnte ich aus dem Geräusch nicht schließen, bevor sie auch schon in der Dunkelheit verschwanden. Bald darauf hörte ich Schreie vom grünen Hügel her, die das Feuer Anfachenden riefen die Holzträger aus dem Wald zurück, dann vernahm ich auch Dorkós Stimme, die irgendwo in der Nähe nach mir rief. Mit der mageren Ausbeute in der hochgeschlagenen Schürze kehrte ich um und machte mich nun auch auf den Weg zurück zu dem bewachsenen Hang, und noch zwischen den Bäumen gehend, sah ich an den Stämmen ein unruhiges, rötliches Licht flackern. Als ich aus dem Wald heraustrat, loderte vor dem Hintergrund des inzwischen veilchenblau verdunkelten Himmels das gelbrote Feuer. Der brennende Holzstoß war von einer Schar Mädchen und Burschen umringt. Unter ihnen erkannte ich auch Dorkó: Sobald sie mich bemerkte, winkte sie heftig, ich sollte zu ihr kommen; wie die anderen warf auch ich meine Hand voll Reisig auf den Scheiterhaufen, und das Feuer loderte jedes Mal knisternd hoch und schickte einen ganzen Schwarm gelber Funken zum Himmel. Ich sah, als ich mich umschaute, dass den ganzen Hügel entlang Feuer aufflammten, und von überall her waren auch Freudenschreie, Lachen und Stampfen zu hören, wenn die Flammen hochschlugen. Als ich mich einmal umdrehte und dem Feuer kurze Zeit den Rücken zuwandte, glaubte ich, mir flimmerten die Augen noch vom Widerschein der Flammen, denn überall im Gras, das von der Dunkelheit eingehüllt war, an den Büschen und zwischen den Bäumen wimmelte es von winzigen leuchtenden Pünktchen, die in blassgrünem Schein flimmerten, und ich merkte, dass ringsum die klitzekleinen Laternen der Leuchtkäfer aufglühten.

Bald wurden unten auf den Flurwegen zwischen den Getreidefeldern schwankende Lichter sichtbar, zuerst bewegten sie sich vom Hügel weg, dann zogen sie parallel zum Bergrücken dahin, und mir fiel ein, dass mir Dorkó ja schon von diesem Brauch berichtet hatte, bei dem man mit einem brennenden Holzprügel das Feld umwandert, damit das Getreide vor schädlichem Brand bewahrt bleibt. Auch von unserem Feuer aus machten sich ein paar Burschen auf, liefen in den Wald und kamen kurz darauf jeder mit einem recht dicken Ast wieder, von dem der eine vierschrötige dunkle Kerl mit seinem Messer die Zweige abschnitt und an dem er herumschnitzte, um ihn dann mit dem dickeren Ende ins lodernde Feuer zu halten. Sobald das Holz angebrannt war, rief der Bursche seine Kameraden und machte sich mit der Fackel auf den Weg den Hügel hinab, fünf, sechs traten sodann aus dem Kreis um das Feuer und gingen ihm nach.

Dorkó zerrte an meinem Arm, dass auch wir uns anschließen sollten, und ich leistete keinen Widerstand. Wir zogen los und holten die Gruppe, die sich um den mit der Fackel versammelt hatte, bald ein. Dorkó kannte wohl die meisten von ihnen schon, denn sie wurde von dem einen freudig begrüßt, von anderen, zum Beispiel der Hochgewachsenen an der Seite des Fackelträgers, ziemlich von oben herab. Der Fackelträger grinste sie vertraulich an und fragte sie in verständnisinnigem Ton, ob sie auch heuer die Flammen so sicher überspringen könne wie im letzten Jahr, worauf Dorkó nur kurz erwiderte, das würde man schon sehen, die hübsche Große aber lachte herausfordernd und bemerkte boshaft, sicher übe sie den Sprung das ganze Jahr lang, um sich damit hervorzutun.

Abgesehen vom Feuerträger und seiner Begleiterin waren die jungen Leute schon alle ziemlich beschwingt: Während wir auf dem holprigen Weg den Hügel hinabgingen, bemerkte ich immer wieder, dass ein Mädchen aufschrie und tat, als wäre sie gestolpert, und hilfsbereit packten die Burschen zu, umschlangen die Schwankende von hinten und machten feixend und grölend schlüpfrige Bemerkungen dazu. Die Flasche wurde auch jetzt von Hand zu Hand gereicht, und besonders eines der Mädchen, deren Liebster – wie den derben Scherzen zu entnehmen war – mit einer anderen Hochzeit gehalten hatte, wurde lauthals ermuntert, einen tüchtigen Schluck zu nehmen, um ihr Elend zu ersäufen. Der Alkohol trieb dem pausbäckigen Mädchen noch mehr Röte ins Gesicht, mit ihren runden, vom Trinken feuchten Vogeläuglein blickte sie um sich und versicherte mit dreistem Hochmut, sie trauere dem Ungetreuen keine Minute nach, finde sich, wenn sie nur wolle, an jedem Finger einen und gewiss noch einen Besseren, was die anderen mit lautem Lachen quittierten. Ein feistgesichtiger Bursche mit hervortretenden Augen bedrängte dieses Mädchen besonders mit seinen abgeschmackten Späßen. Aber auch Dorkó und mir ließ er keine Ruhe: Es schien, er hatte ein Auge auf mich, denn er versuchte von Dorkó, die er von früher kannte, herauszukriegen, wer und woher ihre hübsche Freundin sei, und wollte unbedingt meinen Namen wissen, doch Dorkó gab ihn nicht preis. Die vorn gehende Hochgewachsene muss nach hinten gelauscht haben, denn nach diesem Wortwechsel wandte sie sich plötzlich um, musterte mich geringschätzig von oben bis unten und warf die Bemerkung hin, sie wisse gar nicht, wieso es unserer Herrin so gut gehe, dass sie sich neuerdings zwei Mägde ins Hause nehmen könne. Dorkó ließ das nicht auf sich sitzen. Keine von uns diene als Magd im Haus, gab sie bissig zurück, wir seien beide Verwandte der Hausfrau und ich noch dazu eine Bürgerstochter! Darauf sagte die Große nichts mehr, lächelte nur hochnäsig und ziemlich mürrisch, so als könne sie, was sie gehört hatte, glauben oder auch nicht, doch sie suchte keinen weiteren Wortwechsel mehr mit uns.

Inzwischen waren wir auch schon am Fuß des Hügels angelangt, gingen auf dem Grenzrain zwischen zwei Weizenfeldern, der so schmal war, dass wir nur noch einzeln, einer hinter dem anderen, marschieren konnten. Der ganz vorn Gehende hielt die Fackel hoch, damit die Flamme den in Schulterhöhe prangenden Weizen nicht erfassen konnte, ich beobachtete, wie der langgezogene Schatten des Burschen sich auf das wogende Kornfeld legte und dort auf dem kurzen, mit uns wandernden beleuchteten Abschnitt des Pfades weiterschwebte. Ein paar glimmende Funken muss der brennende Holzscheit doch versprüht haben, denn als ich, ein paar Schritte hinter dem Fackelträger, dorthin kam, wo er gegangen war, sah ich, wie sich ein Getreidehalm entzündete, die Flamme an ihm in seiner ganzen Länge hochlief, erst den Halm und dann die Ähre selbst zu einem schwarzen Skelett zusammenrollte und schließlich auch die Nachbarähre erfasste. Noch bevor ich rufen oder schreien konnte, riss sich der Bursche hinter mir die Weste herunter und schlug damit ein paarmal auf die brennenden Weizenhalme ein, bis die Flammen erstickt waren, dann trat er auch die Glut sorgsam aus. Ich verfolgte, was er tat, und auch er sah, dass ich ihn beobachtete, denn er blickte auf, und seine Augen trafen sich mit den meinen, er lächelte. Diesen Burschen hatte ich bislang gar nicht wahrgenommen, weil er hinterhergeschlendert war und sich nicht an den plumpen Späßen und weinseligen Neckereien beteiligt hatte. Im Grunde sah ich auch jetzt im flackernden Schein der Fackel kaum etwas von ihm, aber doch so viel, dass er breite Wangenknochen, ein freundliches Gesicht mit fröhlichen blauen Augen hatte und ihm die blonden Locken in die Stirn fielen.

Der herumstänkernde Breitgesichtige musste wohl bemerkt haben, dass wir beide Blicke wechselten, denn von da an wollte er sich um jeden Preis mit dem ruhigen, blauäugigen Fremden anlegen. Der dürfte irgendwo in der Gegend Hirte gewesen sein, denn das Mondgesicht knuffte ihn grinsend in den Rücken und hänselte ihn mit gespieltem Mitleid, er jedenfalls möchte nicht an seiner Stelle sein, vor allem im Sommer nicht, wenn der Hirte mit seinen Tieren in den Wald hinauf müsse und wochenlang kein weibliches Wesen in die Finger bekäme. Der junge Bursche lächelte gelassen und gab zurück, der andere scheine wohl noch nichts von Waldfeen und Wassernixen gehört zu haben, sie kämen ihn oft in seiner Hütte besuchen. Der Großgesichtige versuchte ihn weiter aufzuziehen, dass Wassernixen doch vom Nabel abwärts nur schuppige Fischschwänze hätten und man als Mannsbild deshalb mit ihnen nicht viel anfangen könne, worauf der fremde Hirte erwiderte, es gäbe unter ihnen solche und auch andere.

Schwatzend und lachend kamen wir langsam heraus aus den Weizenfeldern und stiegen wieder hügelan, gerade noch rechtzeitig, denn die Fackel war bis ganz unten abgebrannt und versengte schon beinahe die Hand des Trägers, und er warf den Rest fluchend ins Feuer. Der Pausbäckige ließ aber auch jetzt nicht locker: Nun begann er, uns Mädchen zu foppen, zog uns auf, dass wir uns ja doch nicht trauten, übers Feuer zu springen, und er lenkte und drängte uns zu einem anderen Holzstoß hin, zu einem, dessen Flammen weniger hoch schlugen, wo andere Mädchen schon eifrig dabei waren, ihren Mut zu erproben und das Feuer zu überspringen. Als wir hinkamen, schickte sich gerade das grobschlächtige Mädchen mit dem breiten Gesicht unter Lachen an, Anlauf zu nehmen: Sie schlug, um ihren Rock hochzuhalten, die großen, sonnengebräunten Hände zwischen die Beine, und wie sie sich über die Flammen schwang, sah ich einen Augenblick lang ihre dicken Knie und ihre fetten roten Schenkel. Dem hochgewachsenen Mädchen, das bis zum Schluss neben dem Fackelträger gegangen war, schien dieses Feuerspringen keinen Eindruck zu machen, die Schöne zuckte die Achseln, als hielte sie solche gewöhnlichen Späße für unter ihrer Würde, und verzog sich dann auch bald anderswohin. Doch die andere, die von ihrem Liebsten verlassen worden war und sich nach dem übermäßigen Schnapsschlucken kaum noch auf den Beinen halten konnte, drängte es, die Mutprobe zu bestehen. Torkelnd nahm sie Anlauf und rannte schwankend los, doch zum Glück stolperte sie über einen herumliegenden Ast und fiel, kaum einen halben Schritt vom Feuer entfernt, auf die Knie. Hätten der fremde Hirte und ein anderer Bursche sie nicht an den Armen gepackt und weggerissen, sie wäre wahrscheinlich mit dem Gesicht in die Flammen gestürzt.

Der Mondgesichtige fing jetzt an, Dorkó mit dummen Scherzen zu ärgern, behauptete, sie hätte seit dem letzten Jahr sicher an Gewicht zugenommen und käme nun gewiss nicht mehr über den Scheiterhaufen. Eine Weile tat Dorkó so, als höre sie ihm gar nicht zu und schenkte ihm nicht mehr Aufmerksamkeit als einer lästigen Fliege. Plötzlich schien es ihr aber doch zu viel zu werden, oder sie hatte es sich anders überlegt, denn sie ging ein paar Schritte zurück, nahm Anlauf, und während sie ihre dünnen, schön geformten Beine hochzog, flog sie förmlich über die züngelnden Flammen hinweg, wie ein Schmaltier über die Schlucht. Jenseits des brennenden Holzstoßes kam sie zum Stehen, zog ihren Rock zurecht, und wie mir schien, wechselte sie einen viel sagenden, verständnisinnigen Blick mit dem schwarzäugigen Burschen, der zuvor das Feuer über die Fluren getragen hatte.

Ich wusste selbst nicht, was in mich gefahren war, vielleicht war es der leicht spöttische Blick des fremden Hirten, der auf mir ruhte: Plötzlich ging auch ich ein paar Schritte zurück und nahm Anlauf zum Überspringen des Feuers. »Lass das, Magdolna!«, hörte ich Dorkó rufen (sie hatte vorgeschlagen, ich weiß nicht warum, wahrscheinlich aus Vorsicht, dass wir uns nicht mit unseren richtigen Namen rufen sollten; mich taufte sie in Magdolna um, und ich sollte sie Rosina nennen, denn so wollte sie immer schon heißen), doch es war zu spät. Denn da hatte mich mein eigener Schwung schon mitgerissen, obwohl ich, je näher ich den Flammen kam, plötzlich empfand, dass eine ganze Feuerwand und nicht nur dieser kniehoch schwelende Gluthaufen vor mir lag, und sollte ich dort hineinstürzen, so dachte ich bei mir, käme ich bestenfalls als verschmurgeltes schwarzes Bündel heraus, das einem verkohlten Holzklotz gleichsah, doch es gab kein Zurück. Ich stieß mich vom Boden ab, spürte die Hitze der Flammen nur einen kurzen Augenblick lang an den Beinen und in meinem Schoß, dann stand ich schon auf der anderen Seite des Feuers, ordnete meine Kleider und bemerkte aus den Augenwinkeln zufrieden den anerkennenden Blick des fremden Hirten.

»Magdolna heißt du also? Ein schöner Name!«, lächelte er mir zu und trat ganz nah an mich heran.

»Du, nimm dich in Acht, die ist keine Gänsemagd, sondern ein Fräulein aus der Stadt! Nichts für dich!«, warnte ihn Dorkó halb im Spaß, halb ernst gemeint.

»Wirklich? Ein richtiges Fräulein?«, wandte sich der junge Hirte mit gespielter Bestürzung an sie. »Ein Glück, dass ich auf dem Herweg im Bach gebadet habe!«, und schon ließ er seinen sanft spöttelnden Blick wieder auf mir ruhen, legte seine Hand auf meinen Arm, und wir gingen Seite an Seite miteinander los.

Auf dem weiteren Ablauf dieses Abends liegt ein dichter Nebel, aus dem da und dort, wie beim flackernden Licht der Flammen, ein paar Einzelheiten hervortreten. So erinnere ich mich beispielsweise daran, dass wir uns für eine Weile bei irgendwelchen uns Unbekannten ans Feuer setzten, wo ein Mädchen Lieder sang. Ich sehe noch ihr bleiches, trauriges Gesicht vor mir, die schnabelförmige Nase, die kreisrunden, dunklen Vogelaugen, und mir ist in Erinnerung geblieben, dass ihr Lied von zwei Liebenden handelte, auf deren Grab zwei Lilien aufblühten. Wir blieben auch bei einem anderen Feuer stehen: Hier wurde ausgelassen getanzt, ein buckliger Mann mit buschigen Brauen spielte die Geige. Die Tänzer umkreisten ineinandergehakt das Feuer, mal langsam, mal im Laufschritt. Zwischendurch schlossen sie den Kreis enger und näherten sich mit einem schleifenden Schritt, indem sie ein Knie abknickten und anhoben, dem Feuerstoß. Ihre Stiefelspitzen berührten dabei fast die Flammen, als wollten sie das mit zuckenden Muskeln sprungbereit daliegende gelbe Raubtier foppen und mit den Beinen stupsen, sie schoben die ineinander verschränkten Hände vor, ihre Arme und Flanken berührten dabei die der Nebenstehenden, und ihre Gestalten waren ganz in den gelben Feuerschein getaucht. Dann traten sie mit einem schleifenden Schritt aus dem Lichtschein des Feuers zurück ins Dunkel, erweiterten den Kreis, ihre Arme streckten sich, nur die Hände waren noch ineinander verschränkt. Eine Weile kreisten sie gemächlicher, dann mit irrsinniger Geschwindigkeit, so wie es die Musik vorgab.

Auch wir reihten uns ein, obwohl ich von all den Tänzern keine Seele kannte. Mit meiner Rechten ergriff ich die Hand des jungen Hirten, mit der Linken die eines Fremden, mit den Augen aber verfolgte ich die ewig unruhig flackernden, um sich schlagenden Flammen, die, so hatte es den Anschein – an ihren

Halftern zerrenden Tieren gleich –, versuchten, von dem Ast loszukommen, der sie nährte, um in tausend Richtungen auseinander zu stieben. Wie ich mit den Augen die Bahn der hochflirrenden Funken verfolgte und zum Himmel aufschaute, kam es mir vor, als wären die Musik und der Lärm der ums Feuer Herumspringenden weit weg von mir, und der Anblick der reglosen, stummen Himmelskuppel ließ mich nach dem Schwindel erregenden Kreisen erschaudern.

Plötzlich, gerade als er am wildesten tobte, stockte der Tanz. Vielleicht hatte sich auch der Blick eines anderen Mädchens zum Himmel hin verirrt, denn unachtsam stolperte es über einen Stein oder über den eigenen Fuß, fiel auf die Nase und riss alle mit sich, die nicht rechtzeitig die Hand des Nachbarn losgelassen hatten. Auch ich stürzte und, der Richtung des Schwungs folgend, fiel ich über meinen Nachbarn zur Linken, der rechte aber landete auf mir. Wie mein Gesicht gegen seinen Hals gepresst wurde, spürte ich den frischen, sauberen Duft seiner jungen Haut, und ich dachte daran, dass er gewiss nicht gelogen hatte, als er Dorkó versicherte, er habe auf dem Weg hierher in einem Bergbach gebadet.

Nach einigem Herumwälzen, Lachen und Schreien gelang es uns endlich, wieder auf die Beine zu kommen, und wir fassten uns an den Händen zum Rundtanz, der aber bald darauf erneut unterbrochen wurde, diesmal endgültig. Als sich der Kreis wieder enger schloss, wagte sich ein Mädchen an das auf der Lauer liegende Raubtier näher heran, als geraten war, und die Flammen erfassten ihren Rock. Die Unglückselige riss sich mit beiden Händen von ihrem Nachbarn los, rannte, vergeblich bemüht, sich die Kleider vom Leib zu reißen, blindlings fort ins Ungewisse. Man jagte ihr nach, schrie, sie solle doch stehen bleiben, doch das unglückliche verwirrte Geschöpf hörte nichts, wusste nicht, was man von ihr wollte, sie rannte schreiend dahin in ihren brennenden Kleidern. Bis sie schließlich doch einer einholte, niederriss, seinen Rock oder irgendeine Decke auf sie warf – er hatte es nicht leicht mit ihr, denn die Arme sträubte sich, schlug rasend um sich – und nicht aufhörte, sie im Gras hin- und herzurollen, bevor nicht die Flammen im Rauch erstickten. Ich sehe noch vor mir, wie das elende versengte Wesen in ihren schwarzen Lumpen und mit dem verrußten Gesicht da stand und die zitternden Hände vergeblich versuchten, die ihr gereichte Wasserflasche zum Mund zu führen. Dann spürte ich, wie die Hand, die ich während des schrecklichen Vorfalls, offenbar unbewusst, gehalten und gedrückt hatte, mich langsam fortzuziehen begann, dem Waldrand zu, und ich sträubte mich nicht.

Wir wissen, manchmal geschieht es, dass die Erinnerung trügt und uns die in unserer Phantasie erzeugten Bilder statt ihrer eigenen anbietet; dabei können diese Bilder so klar und scharf sein, als wären sie tatsächlich von der Wirklichkeit erzeugt und nicht Gebilde der Phantasie. Noch schwerer aber fällt es uns, frühere Empfindungen erneut heraufzubeschwören, selbst vom quälendsten Schmerz oder der stürmischsten Wonne bleibt uns kaum mehr als der pure Name in Erinnerung, alles wird zu Asche und Staub. Ich schloss die Augen, und mir war, als hole mich die vom Wind vor sich hergetriebene Feuerwand ein, vor der ich so oft geflohen bin, stürze über mich, und ich spürte staunend, dass dieses Feuer gar nicht Qual bedeutet, sondern Quell höchster Lust ist, die offenbar die harte äußere Schale meiner Seele dahinschmelzen lässt und das darin gefangene Feuer frei macht, damit es auflodern und sich ausbreiten kann in der großen Welt, um sich mit allem ihm Verwandten in Bäumen, Gräsern und Würmern, in der Erde und in den Sternen des Himmels zu vereinen, damit aus mir all das werde: Gras, Baum, Wurm und Stern und doch auch überhaupt nichts mehr. Ich öffnete die Augen und sah, dass sich die dunklen Fichtenzweige über mir noch nicht vom dunklen Himmel abhoben, aber ob es tatsächlich so war oder ich nur träumte, dass, als ich einmal aufblickte, eine Sternschnuppe übers schwarze Firmament dahinlief, einen flammenden Schweif hinter sich herzog und dann in den Baumkronen verschwand? Und ob es wirklich geschah, dass plötzlich das Gras, in dem ich lag, raschelte, und eine lange Schlange ihren dicken, geringelten Leib am Boden so dicht neben mir vorüberschleifte, dass mich die Berührung der schuppigen, kalten Haut erschaudern ließ? Und ob ich auch das nur im Traum gesehen, wie die Hand, die gerade noch die Rundung meiner Schulter streichelte, ins Gras hinauslangte, die Schlange ergriff und ins Gestrüpp schleuderte?

Einmal schließlich, als ich aufblickte, sah ich ein graues Dämmern durch das Dunkel der Fichtenzweige sickern, hörte bald auch Stimmen, Vogelgezwitscher und schreiende Mädchen, die eins nach dem anderen riefen, ich glaubte auch Dorkós Stimme zu hören, die meinen Namen schrie. Und tatsächlich, als ich ein wenig später unter den Bäumen hervortrat, sah ich sie beim fast schon erloschenen Feuer stehen, sie streifte Fichtennadeln und trockene Grashalme von ihrem Rock, dann legte sie ihre zum Trichter geformten Hände an den Mund und rief erneut meinen Namen. Ich rannte zu ihr hin und hängte mich wortlos bei ihr ein, doch sie machte sich frei, bückte sich hinunter und schien nach etwas zu suchen. Als sie sich aufrichtete, hielt sie ein dickes Aststück in der Hand und drückte das stärkere Ende in den nur noch da und dort glimmenden Aschenhaufen.

»Das hätten wir fast vergessen!«, sagte sie. »Für den Krautgarten, gegen die Raupen!«, setzte sie erklärend hinzu, als sie meinen fragenden Blick sah. Sobald das Astende anfing zu glühen, zog sie es aus der Glut und hielt es mit der Rechten hoch, den linken Arm hakte sie bei mir unter, und so machten wir uns beim schwachen Schein des glimmenden Holzes im Morgengrauen auf den Heimweg. Vom Hügel herab schwenkten wir auf den Weg zwischen Wald und Fluren ein. Wir gingen eng aneinandergeschmiegt, um uns in dieser frühmorgendlichen Kühle gegenseitig zu wärmen, und wir hatten schon ein gutes Stück Weges hinter uns, als wir jenseits der Bäume bemerkten, wie der Himmel, gleichsam ein Bruder unserer Glut, erglühte, dann voll entflammte, und wie das leuchtende Rot am östlichen Himmel allmählich um sich griff. Während wir in den zum Dorf hinführenden breiteren Fahrweg einbogen, verfärbte sich das Grau über uns in ein blasses Blau, und alles, was ich vor Augen hatte – die Abdrücke der Wagenräder auf dem Feldweg, die stechend borstigen Grannen vom Wilden Hafer am Rand des Grabens, die aneinander haftenden, auf der Stelle schwebenden grauen Häkchen der Pusteblumen, die kurvenreichen silbrigen Spuren von den nächtlichen Wegen der Schnecken auf den großen Huflattichblättern –, alles trat im frühmorgendlichen Licht so scharf und glitzernd hervor, als wäre es mit dem allerfeinsten Stichel in eine durchscheinende Kupferplatte geritzt. Und obwohl mein Oberarm in der Morgenfrische noch immer eine Gänsehaut hatte, spürte ich auf dem Rücken bereits die zarte Wärme von den noch kraftlosen Strahlen der eben aufgegangenen Sonne.

Der Monat des Jakobus ging schon seinem Ende zu, und Vater hatte noch immer nichts von sich hören lassen. Es war ein schrecklich heißer Sommer und mein Zustand nicht mehr zu übersehen, bei dieser Hitze hatte ich immer schwerer zu tragen an meiner Last. Dass mein Vater einfach nicht kommen wollte, ja nicht einmal eine Nachricht schickte, ließ mich zunehmend verzweifelter werden. Ob er mich einfach hatte loswerden wollen, als er mich von zu Hause wegschickte, grübelte ich; und wahrscheinlich plante er gar nicht, mich bei günstiger Gelegenheit wieder heimzuholen ... Vielleicht hat er nur die Absicht, der Alten von Zeit zu Zeit insgeheim ein wenig Geld zu schicken, dachte ich anfangs, und dafür duldet sie mich in ihrem Haus. Mit der Zeit aber hegte ich den Verdacht, dass nicht nur ich kein Geld und auch keine Nachricht von ihm bekommen hatte, seit ich in Eisdorf war, sondern auch Frau Anna nicht, denn das Weib sah mich mit immer scheelerem Blick an, immer öfter hörte ich sie etwas von trägen und müßigen Subjekten murmeln, die sie unentgeltlich füttern müsse, und häufig beklagte sie sich darüber, dass gewisse Leute ihr gutes Herz missbrauchten ... Ich vermute, auch sie hat – wenn auch aus einem anderen Grund – der Gedanke, dass mein Vater mich samt dem Kind hierher abgeschoben und ihr aufgehalst haben könnte, mindestens so erschreckt wie mich, und so sah sie sich schließlich zum Handeln gezwungen. Da der Tag des heiligen Jakobus nahte und viele Leute beabsichtigten, zum Jakobi-Markt in die Stadt zu fahren, ersuchte Frau Anna einen Bauern, vielleicht sogar denselben, der mich seinerzeit auf seinem Wagen hierhergebracht hatte, bei meinem Vater vorstellig zu werden und ihn zu fragen, wann er die Absicht habe, mich heimzuholen. Ich wusste von der ganzen Sache nichts und brachte in meiner Betroffenheit kein vernünftiges Wort heraus, als sie sich eines Tages vor mir aufpflanzte und mich, ohne dass ich irgendeinen Anlass gegeben hatte, zu schmähen und zu beschimpfen begann.

»Na, dein Vater hat dich samt deinem Bankert einfach fortgeschickt und mir auf den Hals geladen«, so herrschte sie mich grimmig an, denn damals redete sie mit mir schon ganz so, als wäre ich ihre Magd. »Macht sich aus der Stadt davon, ohne ein Wort zu sagen, aber das ist ja kein Wunder bei der Schande, die du ihm gemacht hast! Doch täuscht er sich, wenn er meint, ich würde dich samt deinem Kind umsonst hier durchfüttern, hab ich doch genug damit zu tun, den Meinen die Mäuler zu stopfen…« Und so ging es weiter, fast eine halbe Stunde lang.

Schließlich kam mir, wie immer, Dorkó zu Hilfe. Ihr gelang es, aus Frau Anna herauszubekommen, was eigentlich geschehen war: Der Mann, den die Alte zu meinem Vater geschickt hatte, hatte unser Haus verschlossen vorgefunden und die Fenster mit Brettern vernagelt, die Nachbarn, von denen er etwas über Vater zu erfahren versuchte, hatten etwas erwähnt von Umzug und Hausverkauf, doch ob das alles schon geschehen oder noch in Abwicklung war, das konnte der Mann nicht herausbekommen. Zum Glück für mich, denn Frau Anna entschloss sich wohl doch, nachdem der erste Zorn verraucht war, noch etwas zuzuwarten, bis sich entschieden hatte, ob ich wirklich ganz ohne jede Unterstützung war und es niemanden gab, der von ihr Rechenschaft verlangen könnte, wenn sie mit mir nach Lust und Laune verfuhr, ganz gleich, ob sie mich zum Teufel schickte oder mich bis zum Umfallen arbeiten ließ.

Von diesem Tag an ertrug sie es nicht mehr, mich untätig zu sehen, und bürdete mir die schwersten Lasten auf, um Dorkó, die geschickter war, für feinere Arbeiten wie Kochen und Nähen frei zu haben; ich wagte nicht zu widersprechen, weil ich fürchtete, sie würde mich aus dem Haus jagen. Ich musste den Boden schrubben, Wasser schleppen, einige Male auch zum Hacken auf den Krautacker gehen, was mich in meinem Zustand und bei der großen Schwüle besonders hart ankam, so sehr, dass ich einmal in Ohnmacht fiel und etwa eine Stunde lang ohne Bewusstsein zwischen den Kohlköpfen lag, bis mich Frau Anna fand, die nachsehen kam, wie weit ich mit der Arbeit gekommen war. Man müsse ja nicht so zimperlich sein, auch sie habe immer bis zur letzten Stunde ihre Arbeit getan, die angefangene Reihe noch fertig gehackt, selbst wenn schon die Wehen kamen, und sich erst dann ins Kindbett gelegt, warf sie Dorkó wütend vor (nachdem sie ihr zuvor noch Ohrfeigen androhte, weil das Mädchen gesagt hatte, es sei herzlos, mich in meinem Zustand für solche Arbeiten einzuspannen). Ich war sehr erstaunt über die Worte von Frau Anna, weil ich sie bislang für kinderlos gehalten hatte, doch Dorkó klärte mich auf und erzählte, sie habe tatsächlich Kinder gehabt, drei an der Zahl, doch alle seien noch als Säuglinge gestorben. Zum Hacken auf den Acker schickte mich Frau Anna danach doch nicht mehr, aber mit anderen Arbeiten deckte sie mich auch weiterhin reichlich ein, so dass ich am Abend mit brummendem Schädel, schmerzenden Gliedern und todmüde auf mein Lager fiel. Aber das war noch nicht das Schlimmste: Wenn ich wenigstens gewusst hätte, dass dieses Elend nur eine gewisse Zeit dauern würde, hätte ich es leichter ertragen. Doch gab es für mich nun keinen Zweifel mehr, dass mich Vater endgültig meinem Schicksal überlassen hatte und ich für mein restliches Dasein mit nichts Besserem oder mit einem noch viel schlimmeren Los würde rechnen müssen.

Allein Dorkó gelang es in diesen Wochen, mir ein wenig Lebensmut einzuflößen. Nach allem, was ich ihr berichtet hatte, zweifelte sie keine Minute daran, dass mich mein Vater holen würde. Vielleicht wäre es ihm lieber, mich meinem Schicksal zu überlassen, doch brächte er das gewiss nicht übers Herz, behauptete Dorkó, ich aber hielt ihre Worte für leere Tröstungen und glaubte ihr nicht. Ich lag ihr so lange in den Ohren mit meinen Klagen, was denn aus mir werden solle, bis sie mein Lamentieren schließlich satt hatte und mich – irgendwie würde es auch mit mir schon weitergehen, basta! – zum Schweigen brachte. Diesen Satz verübelte ich ihr damals sehr, jammerte ihr nun nichts mehr vor und grübelte nur noch für mich allein über mein weiteres Schicksal nach.

Eines Tages hockte ich gerade im Hinterhof an der Schwelle zur Scheune und rieb mir die geschwollenen Knöchel, denen es immer schwerer fiel, mein wachsendes Gewicht zu tragen. Ich hoffte, der Frau Anna hier, wo ich ihrem Blickfeld entzogen war, nicht aufzufallen, vielleicht würde sie mir dann keine weiteren Arbeiten aufhalsen. Ich beschloss, ein paar Minuten zu warten, bevor ich den Korb mit den Eiern hineinbrachte, ich war gerade erst mit dem Einsammeln fertig geworden, mühsam aus dem Hühnerstall herausgestolpert und hatte noch den stechenden Gestank der groben, staubigen Federn und des weißen Hühnermistes in der Nase, der die Sitzstangen und den Stallboden dick bedeckte. Es war drückend heiß, kein Lüftchen regte sich, doch selbst im Hinterhof roch man den starken, anhaltenden Duft der Lilien, die im kleinen Garten vor dem Haus ihre wächsernen, mit Goldstaub gefüllten Mäuler hinauf zu dem von der Hitze bleich gewordenen Himmel reckten. Der Lilienduft mischte sich mit dem Gestank des Abtritts und dem süßlichen, gärenden Geruch von faulenden Zwetschgen, die massenhaft unter dem Baum lagen. Über dem abgefallenen Obst tummelten sich ganze Schwärme von Wespen, und ich schaute, von der Hitze betäubt, staunend auf eine riesige Wespe, die unweit von meinem Fuß an einer aufgeplatzten Zwetschge saß und hektisch fraß. Es musste wohl eine Wespenkönigin sein…, und während ich noch über ein Krönchen für das geflügelte Insekt nachsann, hörte ich von draußen das Gepolter eines Wagens, dann wurde ich gewahr, dass das Gefährt vor unserem Haus anhielt und schließlich das Tor geöffnet wurde. Sicher brachte man die Kleie, dachte ich seufzend, benommen von der Hitze, fiel es mir schwer, überhaupt etwas zu denken, doch erinnerte ich mich, vor einiger Zeit gehört zu haben, wie sich Frau Anna damit brüstete, dass es ihr gelungen sei, ein paar Sack Kleie von jemandem günstiger als zum üblichen Preis zu besorgen. Und trotzdem werde ich jetzt nicht aufstehen, nahm ich mir ganz fest vor, denn in meiner betäubten Seele begann sich so etwas wie Trotz zu regen, ich kauerte mich noch fester zusammen, vielleicht würde mich die Alte dann übersehen und sich nicht einfallen lassen, mich Kleiesäcke schleppen zu lassen. O weh, sie ist also doch dahinter gekommen, weiß, wo sie mich suchen muss, seufzte ich lautlos, als ich hörte, dass die Brettertür zum rückwärtigen Hof geöffnet wurde, doch hielt ich meine Augen auch weiterhin störrisch auf die Wespenkönigin gerichtet, hoffend, dass ich wenigstens noch so lange ausruhen konnte, bis sie mich auf der Schwelle zur Scheune entdeckte, und ich rührte mich nicht, obwohl ich bereits gehört hatte, wie die Alte meinen Namen rief. Zwar verstand ich nicht, was in sie gefahren war, dass ihr Ton auf einmal so honigsüß war wie schon lange nicht mehr, warum ich für sie plötzlich wieder die Orsika wurde, vielleicht will sie sich vor dem Bauern, der die Kleie bringt, mitfühlend zeigen, dachte ich. Ich werde einfach sagen, dass ich nichts gehört habe, beschloss ich, um noch etwas Zeit zu gewinnen, aber da quietschte auch schon die kleine Tür im Bretterzaun, der den vorderen vom Hinterhof trennte. Ich sah nun doch auf und glaubte einen Augenblick lang, meine durch die Hitze betäubten Sinne narrten mich, denn hinter Frau Anna sah ich nicht einen der hiesigen Bauern, sondern meinen Vater durch das niedrige hölzerne Tor hereintreten. Er trug seinen Sommerüberzieher, doch muss es ihm darin warm geworden sein, denn in einem fort trocknete er sich mit einem Tuch die vom Schweiß glänzende Stirn, während sein Blick auf der Suche nach mir hierhin und dahin ging.

»Kommt schnell, Orsika! Euer Vater ist gekommen!«, rief Frau Anna mir schmeichelnd zu, ich erhob mich mühevoll von der Schwelle und ging mit langsamen, vorsichtigen Schritten, so wie angeblich Mondsüchtige im Schlaf über die Dächer schreiten, auf sie zu. Ich ließ meine Augen nicht von Vater, als fürchtete ich, er würde sich, wenn ich ihn auch nur für kurze Zeit aus den Augen verlöre, auf der Stelle in Nebel auflösen, und nichts würde bleiben von ihm als glühende, flirrende Luft. Als ich dann sah, dass er nicht entschwand, sich nicht im Dunst verflüchtigte, sondern auf mich zuging, begann auch ich zu laufen, zu ihm hin, und als ich endlich bei ihm war, stürzte ich ihm buchstäblich in die Arme. Vater presste mich einen Augenblick lang an sich, ließ mich aber gleich wieder los, klopfte mir zärtlich den Rücken und murmelte mir beruhigende Worte ins Ohr, ich aber umschlang seinen Hals und durchnässte mit meinen Tränen den ausgeschlagenen Kragen seines schönen weißen Hemdes.

Bald darauf gingen wir Arm in Arm ins Haus. Frau Anna scharwenzelte um uns herum und brabbelte mit schuldbewusster Miene etwas vor sich hin, dass unverhofft von weit her Verwandte zu ihr gekommen seien und ich deshalb für kurze Zeit mit einer anderen Verwandten von ihr das Nachtlager habe teilen müssen; dabei warf sie mir scheinheilige Blicke zu. Offenbar befürchtete sie, ich würde sie, sobald ich mit Vater allein wäre, anschwärzen, doch mich drückten ganz andere Sorgen. Auch Vater beachtete die Entschuldigungsversuche der Frau Anna kaum, obwohl er hier und da zerstreut meinte »schon gut, schon gut«, ich bemerkte gleich, dass er mit seinen Gedanken ganz woanders weilte, konnte kaum erwarten, dass wir unter uns wären und ich von ihm erfahren würde, was inzwischen alles passiert war.

Als wir die Tür der inneren Stube hinter uns zugezogen hatten, ließ sich Vater in den Armstuhl fallen und trocknete sich die schweißtriefende Stirn, ich kniete mich vor ihn hin, umschlang seine Beine und schaute mit verweinten Augen zu ihm auf; noch bevor er zu Wort gekommen war, begann ich zu betteln, er möge mich nur nicht mehr hier zurücklassen, solle mich vielmehr gleich mitnehmen …

»Aber so warte doch ein wenig!«, beschwichtigte Vater mich und schüttelte lächelnd den Kopf über meine Ungeduld. »Lass mich kurz etwas verschnaufen! Ich hatte in den letzten Wochen eine Menge schwieriger und anstrengender Sachen zu erledigen, deshalb konnte ich auch nicht früher kommen. Während deiner Abwesenheit haben sich wichtige Dinge ereignet, die vielleicht sogar dazu beitragen können, deine Angelegenheit einigermaßen in Ordnung zu bringen … Gut, ist schon gut!«, brummte er leicht verlegen, die Hände zurückziehend, denn als ich seine Worte vernahm, ergriff ich sie, presste sie an meine Wangen und küsste sie vor lauter Dankbarkeit. »Setz dich hin und hör mir gut zu, denn ich habe wirklich eine Menge zu berichten!«

Ich hockte mich auf die Bettkante, und Vater begann mir zu erzählen, was sich daheim während meiner Abwesenheit alles zugetragen hatte. Kaum zwei Wochen nachdem er mich auf den Wagen nach Eisdorf gesetzt hatte, war ein Brief vom Rat der Stadt Ödenburg bei ihm angelangt, in dem ihm mitgeteilt wurde, dass sein Bruder, dem die Pest die Ehefrau und zwei seiner Kinder bereits vor einem Jahr dahingerafft hatte, nun ebenfalls an einer schnell verlaufenden Krankheit gestorben sei, allerdings nicht so überraschend, dass er nicht noch ein Testament hätte aufsetzen können, und für diesen Akt habe er sich, entsprechend der gebotenen Form, je zwei Mitglieder des engeren und des erweiterten Rates der Stadt als Zeugen erbeten. Nun ließ der Rat meinen Vater wissen, dass er als nächster Anverwandter des Verstorbenen innerhalb eines Monats nach Zustellung des Schreibens vor dem Rat der Stadt zu erscheinen habe, um das Testament zur Gutheißung einzureichen.

Es kostete Vater weitere zwei Wochen, bis er alle seine höchst komplizierten Angelegenheiten zu Leutschau geordnet hatte, die Apotheke in einen Zustand versetzt war, in dem er sie guten Gewissens seinem Gehilfen, einem Verwandten von Mátyás Lang, anvertrauen konnte; dann schloss er das Haus ab – deshalb hatte der von Frau Anna beauftragte Mann das Haus verriegelt und die Fenster zugenagelt gefunden –, suchte einen nach Ödenburg reisenden Kaufmann, der ihn für gutes Geld auf seinem Wagen mitnahm, und machte sich, das Herz voller Zweifel, auf den Weg. (Nein, die Stiefmutter habe er nicht mitgenommen, antwortete er auf mein eifersüchtiges Bohren, sie wurde samt Ersók in jenes Bad geschickt, das angeblich als Einziges geeignet war, ihre Gesundheit wiederherzustellen.) Das Wiedersehen mit seiner geliebten Heimatstadt, fuhr Vater fort, habe ihn in der Seele erschüttert, vor allem, als er den Inhalt des Testaments erfuhr und auch, dass sein Bruder, vielleicht von Gewissensbissen geplagt oder weil außer Vater kein lebender Familienangehöriger mehr geblieben war, ihm alles – also die Apotheke, das Haus sowie außerhalb der Stadt zwei Weingärten und ein Stück Kastanienbestand – zugedacht hatte; Vater sagte, damit habe ihm das Schicksal seinen ältesten und größten Herzenswunsch erfüllt. So entschloss er sich denn, in Leutschau seine Habe zu Geld zu machen und fortan sein Leben in Ödenburg zu verbringen und dort seinem Berufe nachzugehen, was schon immer sein Wunsch gewesen sei.

Ich freue mich sehr, dass Vaters sehnlicher Wunsch endlich in Erfüllung gehe, bemerkte ich, und ich fürchtete, meine Stimme könnte verraten, dass ich wenig erfreut, sondern vielmehr erschrocken war: Denn was soll denn aus mir werden, wenn der Vater wirklich nach Ödenburg zieht und mich mit dem Versprechen, er werde mich holen kommen, wenn dort einmal alles geregelt sei, weiterhin der Frau Anna aufhalst? Doch so sehr ich mich auch für ihn freue, fuhr ich fort, könne ich noch immer nicht erkennen, wie die Erfüllung seines Herzenswunsches an meiner Lage etwas ändern solle, wenn …

»So warte doch! Lass mich ausreden, dann wirst du es erfahren!«, warf mir Vater einen tadelnden Blick zu und fuhr fort: Er habe auf dem Heimweg kurz in einem Dörfchen angehalten, das Lenzendorf heiße und in dem ein Verwandter seiner Mutter, ein gewisser János Paur mit seiner Frau lebe. Diese Leute hatten Vater schon seit zwanzig Jahren nicht gesehen, sie waren über seinen Besuch hocherfreut, und als sie hörten, er würde bald wieder hier durchkommen, dann aber in Begleitung von Frau und Tochter, luden sie ihn herzlich ein, auf dem langen Weg samt Familie ein paar Tage, oder solange es ihm beliebe, bei ihnen Rast zu machen.

»Nicht wahr, deine Zeit kommt um Michaeli?«, sah mich

Vater ernst und mit zusammengekniffenen Brauen an, ich nickte zögernd und verständnislos, weil ich überhaupt nicht verstand, was das mit Vaters Fahrt nach Ödenburg und dem Besuch bei den Verwandten zu tun haben sollte.

»Denk doch nach, Orsolya! Verstehst du denn noch immer nicht, was ich zu deinem Vorteil geplant habe?«, fragte mich Vater bohrend und betroffen, und er richtete seinen Blick bedeutungsvoll auf mich, doch ich schüttelte ratlos den Kopf.

»Schon gut«, fuhr Vater nach kurzer Pause fort, da er offenbar die Hoffnung, ich würde selbst darauf kommen, wie sein Plan aussah, aufgegeben hatte, obwohl ihm gewiss lieber gewesen wäre, wenn er ihn nicht ausdrücklich zur Sprache hätte bringen müssen. Er deutete mir stumm mit den Augen, ich solle mich überzeugen, ob nicht vielleicht die Frau Anna an der Tür horchte, dann begann er mit leiser Stimme zu sprechen.

»Diese Paurs, sie sind in ihrem ganzen Leben nie aus ihrem Dorf herausgekommen und werden es wahrscheinlich auch weiterhin nicht verlassen. Bei ihnen könnten wir warten, bis du dein Kind zur Welt gebracht hast, und dann, wenn du wieder zu Kräften gekommen bist, ziehen wir weiter nach Ödenburg. Sind wir erst dort, werde ich jedermann sagen, das Kind gehöre uns, also mir und deiner Mutter, niemand wird auf die Idee kommen, mein Wort in Zweifel zu ziehen. So wahrst du deinen guten Ruf, und auch das Kind braucht nicht, so es am Leben bleibt, mit dem Odium der unehelichen Geburt durchs Leben zu gehen.«

Verblüfft sah ich Vater an, so unerwartet und unbegreiflich war für mich, dass gerade er – den ich Lügen und jede Art der Täuschung immer hatte verdammen hören und dem die Beschimpfungen für Betrüger und Schwindler aller Art nie ausgegangen waren – sich zu meiner Rettung einen Plan ausgedacht hatte, der es notwendig machte, der Welt unentwegt Sand in die Augen zu streuen. Später allerdings erinnerte ich mich, dass ich ihn auch schon früher bei kleineren Schwindeleien ertappt hatte, zum Beispiel wenn vom Rat der Stadt die Bestände der Apotheke und die Einnahmen abgefragt wurden, um die Steuern entsprechend festzusetzen, doch hätte ich nie für möglich gehalten, dass er fähig und geneigt wäre, eine so lange Zeit, vielleicht über Jahrzehnte, etwas vorzutäuschen und mit dieser Lüge zu leben.

Zuerst habe er daran gedacht, fuhr Vater fort und bestätigte mit seinen Worten meinen früheren Verdacht, vorläufig nur die Stiefmutter mit nach Ödenburg zu nehmen und mich erst später, bei passender Gelegenheit, wenn ich die Geburt schon hinter mir hätte, nachkommen zu lassen – das Kind aber, so es am Leben bleibe, zur Pflege hierher nach Eisdorf zu geben. Doch seit ich aus der Stadt weg sei, habe sich in Leutschau die Lage sehr zum Schlechteren gewendet: Die Truppen des Herrn Botschkai bedrängen fortwährend die Stadt, und wenn sie auch weiterhin königstreu bliebe und den Eid auf den Großfürsten von Siebenbürgen verweigere, werde man sie doch innerhalb kürzester Zeit stürmen. Doch selbst wenn die durch starke Mauern und Kanonen geschützte Stadt den Sturmangriff würde abwehren können, so würden die Haiducken die ungeschützten Dörfer der Umgebung mit Sicherheit verheeren und diese, wie es ihre Gewohnheit ist, niederbrennen. Und alles das werde nicht mehr sehr lange auf sich warten lassen, je früher wir also Richtung Ödenburg aufbrechen würden, umso besser.

Als ich sah, wie sehr Vater mein Schicksal am Herzen lag und dass er für mich sogar ein ernstes Risiko in Kauf nahm, lief mir vor lauter Freude und Dankbarkeit das Herz über, und ich dankte ihm, vor Aufregung stotternd, lange und innig. Zugleich quälte mich die Sorge, dass Vater vergessen hatte, den einen oder anderen Umstand in seine Rechnung einzubeziehen, der aber unseren Plan leicht zunichte machen könnte. Ob Vater denn mit der Stiefmutter über seine Absichten gesprochen habe, fragte ich ihn nach einigem Zögern, und sogleich stellte sich heraus, dass meine Sorgen nicht unbegründet waren, denn Vater schüttelte verneinend den Kopf. Nein, die Mutter habe er noch nicht eingeweiht, gab er zur Antwort, denn er müsse fürchten, dass sie, wenn er ihr schon in Leutschau seine Pläne aufdecke, in ihrem beleidigten Zorn in die Welt hinausposaune und ihn vielleicht sogar beim Rat verleumden würde; wenn sie von seiner Entscheidung aber erst unterwegs erführe oder in Lenzendorf im Haus der Paurs, wo sie keinerlei Verwandte oder Bekannte habe, die sie in ihrem Widerstreben bestärken könnten, würde sie gezwungen sein, sich mit den Dingen abzufinden, und bis wir nach Ödenburg kämen, hätte sie sich so weit beruhigt, dass sie ohne Aufbegehren ihre Rolle spielen würde und vielleicht sogar Spaß daran fände. Bevor sie sich auf den Weg machten, sagte Vater, würde er ihr nur so viel sagen: Es sei sein Wunsch, dass sie sich, falls unterwegs jemand aus deutlich sichtbaren Gründen mich für sein Eheweib und sie für die Tochter halten würde, nicht beeilen möge, denjenigen über seinen Irrtum aufzuklären.

»Früher oder später muss auch deine Mutter sich mit dem Unabänderlichen abfinden… Wenn sie einsieht, dass ihr nicht zu helfen ist, wird sie vielleicht sogar ihre Freude daran finden, das Kind einer anderen als das ihre aufzuziehen. Also mach du dir keine Sorgen, spätestens in zwei Wochen hole ich dich ab!« Damit verabschiedete sich Vater und wehrte das Drängen der Frau Anna, doch zum Mittagessen zu bleiben, ab, indem er sagte, der Mann, der ihn auf dem Herweg auf seinem Wagen mitgenommen habe, wolle noch in dieser Stunde zur Rückfahrt aufbrechen, er ließ mich zurück und machte sich eilig nach Leutschau auf.

Aus den zwei Wochen wurden dann mehr als drei: So lange dauerte es, bis es Vater gelang, die Apotheke und das Haus mit allem Zubehör zu verkaufen. Wie er später berichtete, traf er sein Ödenburger Elternhaus entgegen seinen Erwartungen in gutem Zustand an: Offenbar hat sein Bruder doch nicht alles, was er von den Eltern übernommen hatte, verwirtschaftet und zugrunde gerichtet, wie Vater immer fürchtete. So entschloss sich mein Vater, sein neues Leben in Ödenburg im früheren Haus der Eltern und mit all den Dingen, die ihm aus seiner Kindheit vertraut waren, zu beginnen, aus Leutschau wollte er nur das, was ihm sehr ans Herz gewachsen war, mitnehmen, schon aus dem einfachen Grund, weil dies die Übersiedlung erheblich erleichtern würde. Als der Stellwagen, auf dem ich mitfahren sollte, endlich vor dem Haus der Frau Anna hielt, hatte er tatsächlich nicht mehr als eine große und zwei kleinere Reisetruhen geladen. Ich wuchtete Vater meine Truhe hinauf und kletterte dann selbst auf den Sitz neben meine Stiefmutter, die mich statt einer Begrüßung nur mit einem erschrockenen und empörten Blick ansah und mir wortlos neben sich Platz machte. Sie war ziemlich behäbig geworden, seit ich sie nicht mehr gesehen hatte, vielleicht eine Folge der verschiedenen Heilkuren, doch ihr Gesicht wirkte blass und kränklich; in ihren Augen, die mir in dem verfetteten Gesicht noch kleiner als sonst vorkamen, sah ich einen Ausdruck von Argwohn und Gekränktheit, so als wäre ihr ständig zum Weinen zumute. Vater stieg kurz vom Wagen, um ein paar Abschiedsworte mit Frau Anna zu wechseln (und vermutlich auch, um ihr die Summe auszuzahlen, die ihr noch für meinen Unterhalt zustand), dann kletterte er auf den Sitz hinter uns, der Wagen setzte sich in Bewegung, und ich sagte ohne jeden Abschiedsschmerz Eisdorf ade. (Viel später, erst nach Jahren, erfuhr ich, dass Vater die Lage richtig eingeschätzt hatte, als er entschied, mich nicht in Eisdorf zurückzulassen. Kaum drei Wochen nach unserer Abreise plünderte das Kriegsvolk Botschkais, das bei Leutschau in die Flucht geschlagen worden war, aus Rache tatsächlich die Dörfer der Umgebung, unter anderen Eisdorf, und brannte sie nieder, von der Einwohnerschaft schleppten sie diejenigen, denen es nicht mehr gelungen war, sich in den Wald zu retten, entweder in Gefangenschaft oder, und dies war der größere Teil, metzelten sie nieder und verschonten dabei auch Alte, Frauen und Kinder nicht. Dieses Los war auch Frau Anna und ihrem Ehemann beschieden. Was mit Dorkó geschehen ist, habe ich nie erfahren, denn die Person, von der ich die Nachricht hatte, wusste nichts über ihr weiteres Schicksal, ja nicht einmal von ihrer Existenz. Sicher ist nur, dass ich von den Bewohnern des Hauses im Laufe meines Lebens keinen wiedersah.)

Es waren schon die letzten Wochen des Monats von Mariä Geburt, die große Hitze hielt noch an, und außer dem Glitzern der gelegentlich durch die Luft segelnden Fäden des Altweibersommers erinnerte noch nichts an den nahenden Herbst. Die Landschaft wirkte ausgestorben und friedlich, beim Anblick der im einlullenden Sonnenglast daliegenden Wiesen, Stoppelfelder und Fischteiche fiel es mir schwer, dem Gerede des Kutschers, eines verdächtig aussehenden Menschen mit hervortretenden Backenknochen, Glauben zu schenken, der uns mit der Vermutung, in dieser Gegend würden häufig herumstreunende Freischärler auftauchen, um durchziehende Wagen auszuplündern, einen Schreck einjagte, bis Vater ihn anherrschte, er solle doch die Frauen nicht unnötigerweise ängstigen. Sicher will er den ausgehandelten Fahrpreis in die Höhe schrauben, deshalb übertreibt er die Gefahr, dachte ich gerade bei mir, als meine Stiefmutter, die auf dem ganzen Weg noch nicht zwei Worte an mich gerichtet hatte, plötzlich aufschrie, ihr Gesicht gegen meine Schulter presste und krampfhaft meinen Hals umklammerte. Aufgeschreckt blickte ich ringsum und fürchtete schon, heranpreschende Reiter zu gewahren, aber nichts rührte sich, nur der Wind brachte die Oberfläche der hohen Wiesengräser in kräuselndes Wogen und jenseits der Wiesen die Baumwipfel. Im nächsten Augenblick entdeckte aber auch ich, was meine Stiefmutter so erschreckt hatte. Am Rand der Wiese, nicht weit vom Weg, lagen, von lockerem Flechtwerk umgeben, hoch aufgehäuft blanke weiße Knochenreste: Zuerst dachte ich, es wären die Überreste verendeter Tiere, doch als wir näher kamen, verrieten mehrere aus dem Flechtwerk aufragende, von den Rümpfen abgelöste Bein- und Armknochen sowie vor allem Totenschädel, dass es sich um menschliche Gebeine handelte, die hinter der Umzäunung aufgehäuft waren und die man mit Hilfe des losen Gatters irgendwie vor dem Wild hatte schützen wollen. Das half allerdings nicht gegen den Zugriff der Vögel von oben: Wie die am Leben gebliebenen Gesellen den armen Gefallenen ihre noch verwertbaren Hüllen abgenommen hatten, so befreiten die Vögel ihre Leichen vom verderblichen Fleisch und den Sehnen. Als ich zum Himmel aufschaute, sah ich, dass auch jetzt noch einige von ihnen in den Lüften kreisten: Sie konnten sich offenbar nicht von dem Futterplatz trennen, an dem sie lange und üppig geschmaust hatten. Als der Wagen die Anhäufung von Gebeinen passierte, erblickte ich von den Gerippen abgefallene Hände mit noch heil gebliebenen Fingerknochen daran, einzeln umherliegende Totenschädel, aus der Augenhöhle des einen schlürfte ein zerzauster Vogel, indem er den aufgerissenen Schnabel fortwährend hochriss, das darin angesammelte Regenwasser.

Wir fuhren durch Dörfer, in denen die Höfe der verlassenen Häuser vom Unkraut überwuchert waren, und zwischen den aufgeschossenen Blättern von Schafgarbe und Huflattich lauerten struppige, abgemagerte Katzen an den Boden geduckt den Vögeln auf; zerzauste, verwilderte Hunde, Ähren von Wildem Hafer und Kletten im Fell, jagten wild kläffend hinter dem Wagen her, denn in ihrem armen, beschränkten Tierverstand war gewiss noch die Erinnerung an einen Wagen lebendig, der dem unseren glich und auf dem ihre Herren für immer fortgezogen waren und sie ihrem Schicksal überlassen hatten. Einmal, erinnere ich mich, sahen wir einen riesigen Gockel, der zu seinem Glück den gierigen Händen der Plünderer irgendwie entglitten sein musste und der nun ganz für sich allein die Straße entlang stolzierte. Beim Herannahen unseres Wagens riss er den von einem roten Kamm geschmückten Kopf hoch, und wie ein verbannter König maß er uns mit seinem stolzen, argwöhnischen Blick, bevor er auf seinen steifen Beinen vor den Rädern zum Straßenrand lief. Wir durchquerten Dörfer, in denen von den Häusern nur noch schwarze, rauchende Mauern übrig waren. In einem Haus sahen wir auch einige verkohlte Leichen liegen. Die Beine der einen hatten die Flammen, weshalb auch immer, bis zu den Knien heil gelassen, und so ragten aus dem auf Kleinkindgröße zusammengeschrumpften und eher an einen verkohlten Baumstumpf als an einen menschlichen Körper erinnernden Torso zwei gänzlich erhaltene bleiche Beine hervor.

Wir waren schon drei Tage unterwegs. Am Abend des vierten Tages, als wir an den Fluss gelangten, trübte sich der Himmel ein. Die Uferweiden wanden sich, die silbrige Kehrseite ihrer Blätter nach außen gedreht, im aufkommenden Wind, er schüttelte das Laub der Sträucher und wehte in heftigen Stößen über das wallende Gras hin, wie er es zu tun pflegt, bevor er zum Sturm wird. Wir hatten vor, die Nacht in dem Gasthof am Fluss zu verbringen, wo Vater vor ein paar Wochen auf dem Weg nach Ödenburg genächtigt hatte. Große Lust, hier einzukehren, verspürte ich nicht, wäre sogar lieber über Nacht unter freiem Himmel geblieben, denn ich fürchtete, Vater könnte die Stiefmutter kaum im Guten dazu bringen, die ihr zugedachte Rolle zu spielen, und sie würden sich am Ende schon in der Herberge zerstreiten und so die Aufmerksamkeit der anderen Gäste auf uns lenken. Als wir den Gasthof erreichten, sah ich, dass auf der großen Wiese vor der Einkehr schon viele Wagen standen, eng aneinandergedrängt, beladen mit vielerlei Hausrat und Plunder. Federbetten, Kessel, Eimer, Tröge lagen aufeinander getürmt und ineinander verkeilt, auf einem Wagen mühte sich eine bärtige Ziege, aus einem aufklaffenden Sack einen verschossenen Rock hervorzuzerren, auf einem anderen thronte ein mageres, missgelauntes Huhn über verschlissenen Kissen, aus einem glasierten Krug hing eine einarmige Lumpenpuppe, in der Hüfte abgeknickt und mit dem Kopf nach unten, auf einem anderen Wagen stand ein geflochtenes Vogelbauer eingeklemmt zwischen Mehlsäcken, und auf dem Boden des Käfigs kauerte verschreckt eine halbtote Turteltaube.

Zwischen den Wagen oder darunter lagen, vermummt und zusammengekauert für die Nacht, überall Menschen im Gras, während andere, in einiger Entfernung, das in der Mitte des Feldes entzündete Feuer anzufachen versuchten, weil es der Wind immer wieder auszublasen drohte. Vergeblich versuchte die am Feuer stehende verhärmte Frau ihr bisschen Brei zu kochen, indem sie das Maismehl in den Wasserkessel über dem Feuer rieseln ließ, während vier kleine und größere Kinder an ihrem Rocksaum zerrten. Die Hemdchen der Kleinen waren wegen der vom Wasser aufgetriebenen Bäuche vorne zu kurz geworden, ihre Gesichter bleich und welk wie die von alten Männern; die Frau hörte sie gar nicht, wie es schien, sie stand da, den Rührlöffel in der Hand, und starrte irgendwohin in die Ferne.

Wir kletterten vom Wagen, und, uns zwischen den ringsum grasenden Pferden und Ziegen durcharbeitend und über die auf dem Boden liegenden Menschen wegsteigend, kamen wir zum Eingang der Einkehr. Als wir eintraten, sah ich gleich, dass meine Angst ganz überflüssig war. Wohl war die Herberge überfüllt mit Menschen – hierher hatten sich etliche der Flüchtenden vor dem Sturm zurückgezogen, so weit sie noch ein paar Kreuzer besaßen, um die Unterkunft und das Essen zu bezahlen –, doch diese Menschen hatten andere Sorgen, beachteten uns gar nicht. Sie saßen mit dem Rücken zur Wand auf dem Boden und stierten stumpf und hoffnungslos vor sich hin. Vater konnte trotz seines Geldes beim Wirt nicht mehr erreichen, als dass wir nicht auf dem nackten Boden schlafen mussten und man uns an einem großen Tisch ein wenig Platz machte. Während ich lange vergeblich versuchte, auf meinem schmalen Lager in den Schlaf zu finden, konnte ich noch stundenlang zuhören, wie die auf dem Boden Liegenden leise und stockend berichteten, was sie, die aus verschiedenen Dörfern kamen, auf dem Weg hierher alles gesehen und gehört hatten. Sie sprachen von abgefackelten Dörfern, immer wieder über verschleppte oder niedergemetzelte Menschen, berichteten von Familien, denen man das Haus über dem Kopf angezündet hatte, von Müttern, denen Landsknechte ihre Säuglinge aus den Armen rissen, sie vor ihren Augen an den Füßen gepackt kopfunter baumeln ließen und drohten, die Kinder an die Wand zu schmettern, wenn sie nicht sagen wollten, wo die Wintervorräte versteckt waren. Ich hörte von einem Alten, dem sie durch einen Trichter kübelweise Wasser einflößten, weil er nicht preisgeben wollte, wo sein Geld vergraben war, und darüber, dass die Söldner nicht einmal die armen Dahingeschiedenen in Frieden ließen, ihnen Kleider und Stiefel vom Leib rissen, ja sogar die verkohlten Leichen durchwühlten, um an ihnen vielleicht irgendein Stück Gold, Silber oder Edelstein zu entdecken. Und als mich die Müdigkeit allmählich doch übermannte und ich einnickte, verfolgten mich Feuer, Blut, Grausamkeiten, schlimmer als jeder Albtraum, bis in den Schlaf.

Am Morgen des folgenden Tages setzten wir unsere Fahrt am Flussufer entlang fort. Das Dorf, in dem wir bei Vaters Verwandten Station machen wollten, lag am diesseitigen Ufer des Flusses; Vaters Plan war, sobald wir zur Weiterreise bereit wären, in Lenzendorf den Wagen zu wechseln, ein anderes Gefährt nach Ödenburg zu mieten und an der dortigen Fährstation auf die andere Seite überzusetzen. Wir brachen in aller Frühe auf, um vor Sonnenuntergang Lenzendorf zu erreichen. Der Morgenstern stand noch am Himmel, als wir, über die schlafenden Menschen und Tiere hinwegsteigend, durch das dunkle, taubedeckte Gras zu unserem Wagen gingen, und wir waren schon eine ganze Weile unterwegs, als wir zur Linken, jenseits der Weiden, noch immer den Wasserspiegel des Flusses im Dämmerlicht sahen, auf dem der bleiche Schimmer dann und wann von dunklen Flecken abgelöst wurde, aus den Bergen kommend glitten lange Fichtenholzflöße, auf denen wie düstere Schattengestalten der Unterwelt die Flößer kauerten, dorthin, woher wir kamen. Beim Licht des Tages dann boten sich uns in den Dörfern, die wir passierten, schon friedlichere Bilder als tags zuvor. Wir sahen den Mann, der sein Hausdach reparierte, einen Fischer beim Flicken der Netze, das kleine Mädchen, mit einer Weidenrute Gänse vor sich hertreibend, die es mit ihren gewundenen Schlangenhälsen fast um Haupteslänge überragten, eine vor ihrem Haus hockende Alte mit versteinerter Miene, ihre buntgescheckte Katze im Schoß. Meine Augen saugten diese gewohnten Alltagsbilder staunend in sich auf, als wären wir hier in wunderbaren Gefilden ferner Länder, denn nach den Schreckensbildern des Vortages erschien mir der normale Lauf des Lebens wie ein seltenes, unwirkliches Kaleidoskop. Und sooft ich den Blick nach links wandte, sah ich den Fluss, darauf die von Weiden bewachsenen Inseln, die stromabwärts treibenden Flöße oder die Fischer, die mit ihren sonnengegerbten Gesichtern in scheinbar unbewegt schwebenden Kähnen saßen, dann wieder lange Stunden nichts als das viele, im Sonnenschein gleißende Wasser, und zur Zeit der Abenddämmerung durch den schütteren Schleier tanzender Mücken das jenseitige Ufer.

Ich betrachtete diesen breiten Fluss, denn dort, woher ich kam, hatte ich nie etwas Ähnliches gesehen, und ich dachte daran, dass ich mein ganzes bisheriges Leben hinter mir zurückließe, wenn ich ihn überquerte, drüben würde ich dann eine andere sein als die, die ich bisher gewesen.

Je näher wir Lenzendorf kamen, desto mehr wuchsen Angst und Beklommenheit in mir. Denn umsonst blieb es mir erspart, unsere anständigen, ahnungslosen Gastgeber zu täuschen, musste ich nur geschehen lassen, dass sie der Schein trog. In einem solchen Rollenspiel gänzlich ungeübt, könnte ich mit tausend Dingen ihren Verdacht wecken. Selbst wenn es mir gelänge, mich bis zum Schluss nicht zu verraten, es ging schließlich um meine Haut – konnte ich denn das Gleiche auch von der Stiefmutter erwarten, die wir gegen ihren Stolz und ihre Gefühle zu diesem Rollentausch zwangen? Ich hatte sie ohnehin schon einige Zeit mit wachsender Sorge beobachtet, sagte sie doch so gut wie kein Wort, obwohl es mir manchmal vorkam, als spräche sie von Zeit zu Zeit mit bewegten Lippen, aber tonlos zu sich selbst, und mir schien, sie vermied es krampfhaft, mich anzusehen. Wenn sich unsere Blicke zufällig doch einmal begegneten, sah sie mich verängstigt und entsetzt an, so als wäre ich der Leibhaftige. Ob sie sich bislang nur über das mir Widerfahrene entrüstet, sann ich bekümmert, oder ahnt sie am Ende, dass doch nicht alles so verlaufen ist, wie ich es Vater und er es ihr berichtet hat? Wie wird sie es aufnehmen, wenn Vater sie in seinen Plan einweiht?

Das Dorf Lenzendorf bestand aus einer einzigen Straße am Fluss, und man konnte ihm ansehen, dass es von der Plünderung durch die verschiedenen Landsknechtstruppen bislang verschont geblieben war. Gerade als unser Stellwagen ins Dorf hineinrumpelte, zottelte auch eine Viehherde von irgendeiner saftigen Auwiese heim, ein junges, barfüßiges Bürschchen mit einem alten Hut auf dem Kopf, durch dessen Löcher die stacheligen Haare quollen, trieb die Tiere vor sich her.

Nachdem wir den Dorfrand erreicht hatten, legte unser Wagen vielleicht noch hundert Schritte zurück, bis wir auch schon vor dem Haus von Vaters Verwandten zum Stehen kamen. Der Mann und die Frau, die zu unserer Begrüßung freudig herbeieilten, wirkten auf mich wie Geschwister, nicht wie Eheleute: beide untersetzt, dunkelhaarig, mit schwarzen Augen, und sie strahlten uns mit diensteifriger Liebenswürdigkeit an. Vater begegneten sie mit der Ehrerbietung, die einem gebildeten Menschen aus besserer Gesellschaftsschicht zukommt, ähnlich wie in Eisdorf Frau Anna und ihr Mann; doch hier sprachen aus der ergebenen Freundlichkeit guter Wille und verwandtschaftliche Zuneigung.

Vater wurde von ihnen mit Achtung, ich mit liebevoller Herzlichkeit behandelt, und obwohl ich wusste, ihre Freundlichkeit galt der Person, für die sie mich hielten, und nicht meinem wahren Ich, so tat sie mir dennoch gut. Aus den Augenwinkeln verfolgte ich, wie ihre Warmherzigkeit und Zuwendung bei meiner Stiefmutter ankamen; ich sah, wie sie beleidigt den Mund verzog, als die Frau auch beim besten Willen keinerlei Familienähnlichkeit zwischen Vater und ihr entdecken konnte und ihr dann damit gefällig sein wollte, dass sie meinte: »Gewiss kommt sie auf die Mutter«, aber gesagt hat die Stiefmutter kein Wort, da nicht und auch später nicht, als wir uns zu Tisch setzten, nachdem wir uns ein wenig frisch gemacht hatten nach der langen Reise. Zuvor hatte Vater den Fuhrmann entlohnt, der die Hausleute bat, noch auf dem Heuboden nächtigen zu dürfen, danach begab er sich ins Wirtshaus, denn dort hatte er ein Treffen mit zwei Kaufleuten, Vater und Sohn, mit ihnen war er schon früher übereingekommen, sie auf dem Rückweg nach Leutschau bis Pressburg mitzunehmen. Wir hatten auf unserer Fahrt Pressburg nicht berührt, weil wir den anderen, angeblich sichereren Weg bevorzugten. Unsere Hausleute warnten den Fuhrmann eindringlich davor, den Weg über Pressburg zu nehmen, sie wussten, dass es auf dieser Wegstrecke viel häufiger zu Raubüberfällen kam als auf der, die wir gekommen waren, doch der Mann zuckte nur die Achseln und bemerkte, es sei schon früher mit den zwei Händlern so ausgemacht gewesen, und überhaupt spüre das Unheil den Menschen überall auf, zudem seien wir doch alle und überall in Gottes Hand.

Die gute Paurin übertraf sich selbst beim Auftragen der Abendmahlzeit, eifrig war sie bemüht, die von so weither gekommenen Reisenden zu bewirten, bot uns immer wieder an, doch die Stiefmutter nahm von den Speisen kaum etwas. Ja, sie sei vor kurzem schwer krank gewesen und fühle sich noch immer nicht wohl, flüsterte sie mit gequälter Stimme, als habe sie unter Schmerzen im Hals zu leiden, wenn die besorgte Paurin sie mit Fragen bedrängte, und störrisch richtete sie den Blick in den Schoß. Wenn es erlaubt sei, möchte sie, statt zu essen, sich lieber schon zurückziehen und in der hinteren Stube etwas ausruhen, denn die Reise habe sie sehr erschöpft, fügte sie noch hinzu und starrte mich einen Augenblick lang wieder mit diesem wissenden Blick an, der mich erschauern ließ, wie schon während der Reise mehrfach geschehen, aber sie sah auch gleich wieder weg. Als sich die Tür hinter der Stiefmutter schloss, blickte das brave Paar Vater mit besorgter Miene fragend an. Er blieb eine Weile stumm, dann schüttelte er schicksalsergeben den Kopf und räusperte sich.

»Mein armes Töchterchen ...«, begann er in ebenso heiserem und angestrengtem Ton wie zuvor die Stiefmutter, »das arme Mädchen musste vor nicht langer Zeit mit allerlei Heimsuchungen fertig werden. Es ist noch kein Jahr vergangen, seit sie gute Menschen gerade noch im letzten Augenblick aus den Fängen von Haiducken erretten konnten, kaum zwei Monate danach, zur Fastnachtszeit, hat sie der außer Rand und Band geratene betrunkene Mob um ein Haar zertrampelt ...«

Erschrocken sah ich zu meinem Vater auf, wandte den Blick aber sogleich wieder von ihm ab und blickte auf meinen Teller, damit die mitfühlenden und vor Entsetzen stöhnenden Gastgeber nicht die Verwirrung in meinen Augen sähen, die Vaters Worte in mir auslösten. Indem nun mein Vater in seiner Not oder um das seltsame Gebaren seiner vermeintlichen Tochter irgendwie zu erklären, mir ein Stück der Vergangenheit der Stiefmutter zuwies, war mir, als würde ich plötzlich in irgendein Fabelwesen mit zwei Köpfen verwandelt, das in einem Kopf die eigenen, im anderen die Erinnerungen der Stiefmutter beherbergte, oder als sei ich eines dieser verwunschenen Mädchen, die sich im Märchen mit einem Purzelbaum in eine Katze, einen Raben oder eine andere vierbeinige oder geflügelte Bestie verzaubern und, wenn die Zeit gekommen ist, auch wieder zurück in ihre Mädchengestalt. Ich nahm mir fest vor, von mir aus den Mund nur im äußersten Fall und wenn es gar nicht zu vermeiden war aufzumachen, obwohl einstweilen nicht zu befürchten stand, dass man mich etwas fragte, auf das nur der andere, der stiefmütterliche Kopf des doppeltköpfigen Monsters die Antwort zu geben vermöchte. Die Paurin wollte lediglich wissen, wie es mir in meinem Zustand gehe und wann ich meine Niederkunft erwarte. Ich rechne damit, stammelte ich, dass das Kind in den ersten Tagen des Michaeli-Mondes zur Welt kommen werde, doch die Paurin führte meine Verwirrung auf die Unerfahrenheit einer jungen Frau zurück und lächelte gutmütig über mich.

»Die Orsi, nicht wahr, ist nicht viel älter als das Töchterchen?«, wandte sie sich arglos dem Vater zu, worauf der nach einigem Räuspern nur so viel antwortete:

»Gleich alt sind sie…«

Als wir mit dem Nachtmahl fertig waren, zogen wir uns in die rückwärtige Stube zurück, um uns zur Ruhe zu legen, ich merkte meinem Vater an, dass er fest entschlossen war, mit der Stiefmutter zu reden und ihr beizubringen, was er im Hinblick auf unsere Zukunft beschlossen hatte, und dass er sich auch durch keinerlei Gefühlsausbrüche davon abbringen lassen würde. Als wir eintraten, schien mir die Stiefmutter aus einer halbschlafähnlichen Betäubung hochzuschrecken. Sie richtete sich, auf einen Ellbogen gestützt, auf, starrte uns angestrengt und verwirrt an, die andere Hand presste sie auf die Stirn, als tue ihr der Kopf weh.

»Ich habe mit dir zu reden, Orsolya!«, sprach Vater sie heiser, aber in energischem Ton an, worauf sie, als käme sie erst jetzt ganz zu sich, sich aufrichtete, sie setzte sich auf den Bettrand und ließ ihren entsetzten, schaudernden Blick zwischen Vater und mir hin- und herschweifen.

Sicherlich sei doch auch ihr klar, in welch schwierige Lage wir geraten wären, so begann mein Vater, ausgerechnet jetzt, wo es doch in unser aller Sinn wäre, unser Leben in Ödenburg als angesehene Bürger der Stadt neu zu beginnen. Selbstverständlich wisse er, wie sehr die Geschehnisse und alles, was ihr widerfahren sei, ihr zugesetzt hätten, doch er glaube, es sei nun an der Zeit, sich als gute Christin mit Gottes Willen abzufinden, und so möge sie nicht länger das Unmögliche versuchen, auch deshalb nicht, weil ihr Gott diese Prüfung möglicherweise deshalb auferlegt habe, um ihr Gelegenheit zu geben, etwas sehr Gutes zu tun: ein Kind vor der Schande einer unrechtmäßigen Geburt und unsere Familie vor solchem Makel zu bewahren, und zudem könne sie ja dann doch noch Mutterfreuden erleben, die ihr das Schicksal sonst vorenthalten habe. Auch wenn das Kind, das sie als ihr eigenes anerkennen würde, nicht von ihrem Blute sei, so könne sie es doch von Geburt an aufziehen, als wäre es das eigene, und auch das Kind würde sie sein Leben lang als seine Mutter betrachten…

»Ich habe beschlossen«, fuhr Vater fort und hüstelte, weil ihn das eisige Schweigen der Stiefmutter, ihr starr auf ihn gerichteter Blick verwirrten und seine feste Entschlossenheit erschütterten, »ich habe beschlossen, dass wir hier verweilen, bis Orsolya ihr Kind zur Welt gebracht hat und auch danach noch eine Weile. Wenn dann Mutter und Kind stark genug und gesund sind, so dass ihnen die Anstrengungen der Reise nichts mehr anhaben können, werden wir uns auf den Weg machen und den restlichen Weg nach Ödenburg zurücklegen, dort wollen wir beide, du und ich, das Kind als unseren eigenen, ehrlich geborenen Abkömmling vorstellen. Das hätte sogar noch den Vorteil«, ergänzte Vater seine Beweisführung und wendete den Blick schnell vom totenbleichen, kreideweißen Gesicht der Stiefmutter ab, »dass du, Orsolya, nicht den Makel der Unfruchtbarkeit mit dir herumtragen müsstest und Orsi…«

Er konnte nicht weiterreden, denn die Stiefmutter sprang vom Bettrand auf, wich bis an die Wand zurück wie ein verschrecktes Tier, und ihre angstvollen, anklagenden Augen ließen keine Sekunde von uns ab. Vater, der sie beruhigen und trösten wollte, ging ein paar Schritte auf sie zu, doch die Stiefmutter gebot kreischend, ihr nicht näher zu kommen und hielt ihm die Handflächen entgegen, als müsse sie eine satanische Erscheinung von sich fern halten.

»Aber Orsolya, so sei doch vernünftig!«, schrie Vater sie, heiser vor Aufregung, an und versuchte erneut, sich ihr zu nähern. »Du musst doch sehen, dass es nur zu unserem Vorteil ist, wenn ...«

Die Stiefmutter kreischte wieder laut auf, Vater blieb daraufhin wie angewurzelt stehen und gab es auf. Jetzt aber begann aus ihr der Redefluss hervorzusprudeln: Sie hielt die Hände vor der Brust und schlang ihre nervösen, unruhigen Finger ineinander, ihre Blicke waren nicht mehr auf uns, sondern zum Himmel gerichtet, so dass das Weiße ihrer Augen sichtbar wurde, mit bebenden Lippen und laut schreiend begann sie, schlimme, ja die übelsten Vorwürfe über uns auszugießen. Ja, ja, sie wisse nun schon seit längerer Zeit, schrie sie außer sich, dass wir nichts anderes von ihr wollten, als sie auszunehmen, damit wir unser sorgloses, sündiges und gottloses Leben mit Hilfe ihres Geldes fortsetzen könnten. Man habe ihr gesagt, wem sie all dieses Unheil verdanke, das sie erdulden musste, seit sie ihren Fuß über unsere Schwelle gesetzt, wer ihr das Herz des Ehegatten abspenstig gemacht habe: eine Person, die mit ihm in einem Hause lebt, seit langem, und die eng mit ihm verwandt ist. Sie wisse auch recht gut, dass das Kind, dieser in der Sünde gezeugte Bankert, den man jetzt ihr aufhalsen möchte, keineswegs den Lenden jenes Landsknechtes entstamme, denn jedermann wisse doch, dass ich aus dessen Umarmung, vielleicht sogar gegen meinen Willen, rechtzeitig gerettet worden sei, und jetzt wolle man ihr die Frucht dieser widernatürlichen, himmelschreienden Unzucht ins Nest setzen, sie zwingen, das kleine Ungeheuer, dessen bloße Existenz schon ein Verbrechen wider die Natur und die göttliche Ordnung sei, in die Arme zu schließen und wie ihr eigenes an die Brust zu drücken. Doch versuchten wir ganz umsonst, sie mit Gewalt zur Komplizin unserer erbärmlichen

Sünde zu machen, denn keine Stunde bliebe sie mehr in diesem Haus der Lüge, wo man sie nicht nur ihres Geldes, sondern auch ihres Namens berauben wolle, schon morgen wolle sie nach Leutschau zurückkehren und beim Rat der Stadt die Klage gegen uns einbringen, denn sie hoffe, Gottes Gerechtigkeit würde uns auch in Ödenburg einholen…

Da trat Vater zu ihr hin und schlug sie heftig ins Gesicht. Die Stiefmutter heulte auf und fiel auf die Knie, und weil sie nach keiner Richtung hin auskommen konnte, versuchte sie sich noch enger an die Wand zu drücken und ihr Gesicht von Vater abzuwenden. Der aber tat ihr nichts mehr, packte sie nur an der Schulter und schleuderte sie von sich weg.

»Geh in dein Bett!«, zischte er mit zusammengebissenen Zähnen und warf ihr einen vernichtenden Blick zu. »Mir scheint, du hast völlig den Verstand verloren! Vielleicht bist du bis zum Morgen wieder bei Sinnen…«, sagte er, wandte ihr den Rücken zu und lauschte mit aufgewühltem und betroffenem Gesicht zur Tür hin, vermutlich in der Sorge, man könne vom Geschrei der Stiefmutter draußen etwas mitbekommen haben.

Stumm stand meine Stiefmutter da, hielt sich die Hand vor den Mund, auf ihrer rechten Wange zeichnete sich deutlich die Spur von Vaters Hand ab. Sie warf uns noch einen letzten Blick des Erschreckens und Entsetzens zu, wandte sich dann um und warf sich aufs Bett, das Gesicht zur Wand gekehrt.

Vater und ich sahen uns an, aber keiner von uns sprach ein Wort, auch wir streckten uns aus, Seite an Seite, und versuchten, Ruhe zu finden. Vater murmelte, zu meiner oder zu seiner eigenen Beruhigung, noch etwas davon, dass wir das Schlimmste jetzt hinter uns hätten, dann drehte auch er sich zur Wand, und entweder schlief er gleich ein, oder er tat nur so, jedenfalls sagte er nichts mehr zu mir. Ich lauschte noch eine Weile seinen Atemzügen, auch dem japsenden, weinerlichen Schnauben der Stiefmutter vom anderen Bett her, einige Zeit später muss mich der Schlaf doch überwältigt haben. Einmal, irgendwann mitten in der Nacht, schreckte ich hoch: Da musste Vater doch eingeschlafen sein, und ich hörte, wie er immer wieder aufschnaubte und im Schlaf mit den Zähnen knirschte. Doch konnte ich mich weder am nächsten Morgen noch später daran erinnern, ob ich auch da noch dieses japsende Schnauben aus dem anderen Bett gehört hatte, aber da war es ja schon gleichgültig, ob oder ob nicht…

Im Traum hockte ich in einem Kahn, vor mir und mit dem Rücken zu mir saß der Fährmann, mit kräftigen Schlägen ruderte er auf das andere Ufer zu. Es war finstere Nacht, das Dunkel von Himmel, Land und Wasser floss ineinander, ich konnte das jenseitige Ufer noch nicht und das diesseitige Ufer nicht mehr erkennen. Nur vorn, am Bug des Kahns, baumelte ein Laternchen, in seinem Lichtschein nahm ich den gekrümmten Rücken des Fährmanns, den über die Schultern fallenden dunklen Umhang und den Kopf mit der schwarzen Kapuze wahr. Wir dürften bereits in der Mitte des Flusses angekommen sein, als mir plötzlich einfiel, dass die Reisetruhe mit all meiner Habe am Ufer stehen geblieben war. Halten wir an, schrie ich dem Fährmann zu, kehren wir um, alles, was ich besitze, haben wir am diesseitigen Ufer zurückgelassen! Auf diesem Fluss, antwortete mir der Fährmann mit seltsam gedämpfter Stimme, die mir irgendwie vertraut war, gibt es keine Umkehr, und mitnehmen kann man auch nichts. Voll Zorn und Bestürzung begann ich den Mann an der Schulter zu rütteln und schrie ihm in einem fort zu, er müsse wenden, denn ich wolle nicht weiterfahren. Eine Zeit lang beachtete er mich gar nicht. Dann aber machte er doch halt und zog die Ruder in den Kahn, und wie wir so unbewegt im schwarzen Nichts schaukelten, wandte sich der Fährmann drohend zu mir um, er schob die seinen Kopf verhüllende, trauerfarbene Kapuze zurück, und ich sah mit vor Schreck stockendem Herzschlag im blassen Schein der Laterne das Gesicht meiner Mutter unter der schwarzen Hülle aufscheinen…

Als ich erwachte, saß mein Vater auf der Kante des Bettes und schüttelte mich.

»Hast du deine Mutter gesehen?«, fragte er mich, in meinem Kopf mischten sich noch die Traumbilder mit der Wirklichkeit, und ich konnte nicht verstehen, wie ich nun wieder in dieses Bett kam, wo ich doch gerade noch im Kahn gesessen hatte.

»Ich meine Orsolya«, setzte er als Erklärung hinzu, als er meine Verwirrung sah, und deutete mit dem Kopf zum Bett der Stiefmutter hin, in dem sich zwischen den zusammengeknüllten und zerknitterten Laken und Zudecken tatsächlich nirgends die Umrisse eines menschlichen Wesens wahrnehmen ließen.

Vielleicht ist sie hinausgegangen, um ein Bedürfnis zu verrichten, murmelte ich noch fast im Halbschlaf, doch Vater schüttelte den Kopf.

»Sie war schon nicht mehr da, als ich aufwachte, und das ist mehr als eine halbe Stunde her«, sagte er düster mit gerunzelten Brauen. »Und auch ihre Tagkleider sind nicht mehr dort auf dem Stuhl, wo sie am Abend lagen...«

»Habt Ihr schon die Hausleute befragt, Vater?«, setzte ich mich auf, denn nun war mir der Schlaf völlig aus den Augen gewichen.

»Das wollte ich nicht. Sie brauchen es gar nicht zu wissen, falls sie vielleicht doch noch zur Vernunft kommt und zurückkehrt...«

»Wir sollten aber nachsehen, ob sie auch ihre Reisetruhe mitgenommen hat«, schlug ich vor. Die Truhen und Kisten hatten wir nämlich am Abend in die Abstellkammer gebracht, denn in der Stube, in der wir nächtigten, war dafür nicht Platz genug.

»Du hast recht... Ich gehe und sehe nach, könnte dann auch gleich die Frau fragen, ob sie etwas gesehen hat«, brummte Vater, denn wir hörten die Hausfrau schon in der Küche kramen, und in die Vorratskammer konnte Vater ohnehin nur durch die Küche gelangen.

»Wartet, ich komme mit«, bat ich, zog mir schnell die Kleider über und trat mit Vater in die Küche hinaus.

»Habt Ihr Orsolya heute früh schon gesehen?« sprach Vater die Frau Paurin, die über dem Herd stand und sich gerade freundlich nach unserer Nachtruhe erkundigen wollte, ziemlich schroff an. Der gefror nach diesem unerwartet strengen Ton das

Lächeln buchstäblich auf dem Gesicht, und auch ihre Hand mit dem Kochlöffel hielt inne.

»Meint Herr Lehmann seine Tochter, weil, nicht wahr, die junge Frau heißt ja auch Orsolya…«, begann sie grübelnd, und als Vater erregt und ungeduldig nickte, verdüsterte sich ihr freundliches Gesicht vor Besorgnis. »Ich habe sie nicht gesehen, aber unser Mädchen hat etwas erzählt; ich musste gerade aufpassen, dass der Brei nicht überkocht, deshalb konnte ich nicht so genau hinhören«, sagte sie mit schuldbewusstem Lächeln und zog nun doch zur Sicherheit die Breipfanne vom Feuer weg. »Mari, komm doch mal herein!«, rief sie in den Hof hinaus, bald darauf stand das schüchterne Mädchen mit seiner hochgesteckten Schürze in der Tür. »Wie sagtest du vorhin, wann und wo du die Tochter von Herrn Lehmann gesehen hast?«

»Kurz vor Sonnenaufgang… Als ich zum Schweinefüttern in den Hinterhof gegangen bin, hab' ich sie gesehen, wie sie mit einem Mann, es muss der Fuhrmann gewesen sein, gesprochen hat… Ich war erstaunt, was sie so früh von ihm will, vielleicht den zu Hause Gebliebenen eine Nachricht schicken, dachte ich mir«, sagte das Mädchen in einem Ton, als hätte sie sich zu rechtfertigen.

»Ist dieser Mann noch da?«, schnaubte Vater in beinahe drohendem Ton, worauf die Magd und ihre Herrin fast gleichzeitig den Kopf schüttelten und wie bei einem dummen Streich erwischte Kinder beschämt stotterten, der Fuhrmann habe schon im Morgengrauen eingespannt und sei abgefahren. Der müsste jetzt schon ein gutes Stück weit gekommen sein.

»Ihre Truhe…, lasst uns nachsehen, ob ihre Truhe noch da ist…«, flüsterte ich Vater zu, ohne die Lippen zu bewegen.

Vater öffnete die Vorratskammer, warf einen Blick hinein und schloss die Tür auch gleich wieder, er schüttelte den Kopf.

»Sie hat auch ihre Truhe mitgenommen…«, sagte er, sich an die Frau Paurin wendend, offenbar weil er einsah, dass wir die Sache vor unseren wohlgesonnenen Gastgebern doch nicht länger geheim halten konnten, sank auf die Bank an der Wand nieder und trocknete sich den Schweiß von der Stirn. »Das seelische Gleichgewicht meiner armen Tochter ist in letzter Zeit aus dem Lot geraten…, und gestern Abend hatte sie eine kleine Auseinandersetzung mit meiner Gattin… Offenbar hat sie der Fuhrmann mitgenommen.

»Und das ist nicht gut, gar nicht gut!«, sprudelte es aus der guten Paurin hervor, denn bei all ihrer Herzensgüte fehlte es ihr doch auch nicht an der weit verbreiteten Lust, über das Unglück anderer wie über eine interessante Neuigkeit mit freudigem Entsetzen zu lamentieren. »Wir haben dem Mann ausdrücklich gesagt, er solle nicht die Strecke über Pressburg fahren, denn dieser Weg ist voller Gefahren, aber er wollte nicht auf uns hören. Gott behüte, aber wenn der Wagen überfallen wird, so kann das übel enden… Diese Wegelagerer schrecken vor nichts zurück, schonen weder Frau noch Kind… Hoffen wir, dass der liebe Gott sie beschützen möge, damit sie wohlbehalten daheim ankommt«, beendete sie ihre wortreiche Anteilnahme schnell, als sie Vaters aufgewühlte, finstere Miene sah, und sie schlug hastig das Kreuz.

Vater winkte abwehrend, als ihn die Hausfrau zum Frühstück bat, ging nach kurzer Entschuldigung in die Stube zurück, in der wir die Nacht verbracht hatten, und ich folgte ihm. Drinnen sahen wir uns an, aber Vater sagte nur kurz:

»Wir können gar nichts tun…«

So saßen wir und warteten, worauf, das wussten wir selbst nicht.

Vater sprang von Zeit zu Zeit auf, lief verstört in der Stube auf und ab, dann ließ er sich verzweifelt wieder auf dem Bett nieder. »Was hat die Stiefmutter damit gemeint, dass ich die Ursache für das ganze Unglück bin«, fragte ich Vater, als er wieder einmal unruhig auf- und abging. Ich fürchtete zwar, ihn mit meiner Frage noch mehr aufzubringen, aber das war nicht der Fall. Er setzte sich neben mich aufs Bett und begann zu berichten, dass die Mutter in den letzten Wochen wieder eine Frau gefunden hatte, von deren Praktiken sie sich die Heilung ihres Leidens versprach, und Vater hegte den begründeten Verdacht, es könnte diesmal eine Person sein, der man in der ganzen Gegend nachsagte, sie sei eine Hexe. Ob zu Recht oder zu Unrecht, darauf wollte er sich nicht festlegen, sicher war nur, dass diese Kurpfuscherin sie nicht mit Pillen und Heilkräutern, ja nicht einmal mit magischen Formeln und Gebeten kurieren wollte, sondern sie auf ganz anderen Wegen von ihren Leiden zu erlösen versprach, unter denen übrigens die körperlichen gar nicht die ärgsten waren.

»Auch zwischen mir und ihr war nicht mehr alles so, wie es sein sollte, und damit wurde die Arme gar nicht fertig«, brummte Vater peinlich berührt vor sich hin, dann fuhr er fort, ihm sei schon seit einiger Zeit aufgefallen, mit welch geheimnisvoller Miene seine Frau um ihn herumstrich, und wenn er wissen wollte, was mit ihr sei, habe sie nur bedeutungsvoll geantwortet, er würde in Kürze erfahren, wer und was die Ursache ihres Unglücks sei. Was diese Frau dann mit ihr angestellt habe, ob sie mit einer Kristallkugel ihr Hexenhandwerk ausübte oder aus den überbrühten Blättern irgendwelcher Pflanzen die Zukunft prophezeite oder was sie ihr überhaupt eingeredet habe, konnte Vater aus der Stiefmutter nicht herausbekommen. Soviel ist gewiss, einmal, kurz vor unserem Aufbruch, ging die Stiefmutter mit offenbar großen Erwartungen zu dieser Frau, und als sie zurückkam, sagte sie kein Sterbenswort über das, was sie erfahren hatte, und wenn Vater versuchte, sie zum Reden zu bewegen, biss sie die Lippen zusammen und starrte finster vor sich hin.

»Es kann vor einer Woche gewesen sein … Seitdem ist sie so, wie du sie erlebt hast«, schloss Vater die Geschichte ab, setzte aber noch sinnend hinzu: »Dieses Weibstück muss ihr eingeredet haben, die Person, der sie all ihr Elend verdanke, sei in ihrem eigenen Haus zu finden. Das scheint die Unglückselige auf dich gemünzt zu haben, umso mehr, als ihr euch nicht gerade gut vertragen habt. Wenn ich diese vermaledeite Hexe nur in die Finger kriegen könnte, sie würde es so bald nicht vergessen, da bin ich ganz sicher!«, brach es aus Vater hervor, und er sprang wieder vom Bett auf und begann, in der Stube hin- und herzuwandern.

Um die Mittagszeit kam der Hausherr aus seinem Weinberg zurück und berichtete auf kurze Nachfrage, die Taglöhner hätten vom Weingarten aus in den frühen Morgenstunden auf der Landstraße einen Wagen in Richtung Pressburg fahren sehen, und ja, auch ein Weibsbild sei darauf gesessen. Hätten wir bislang noch Zweifel daran gehabt, dass die Stiefmutter auf und davon war, so wären sie durch diese Nachricht endgültig zerstreut. Allerdings waren wir da schon sicher, dass es sich so zugetragen, wie wir befürchtet hatten: Die Stiefmutter war unterwegs zurück nach Leutschau. Kurz vorher war Vater das tatenlose Warten unerträglich geworden, er hatte beschlossen, ein paar Schritte zu gehen, und war in seinen Überzieher geschlüpft, dabei glitten seine Hände zerstreut in die Manteltaschen, dann zog er mit verdutztem Gesicht ein Stück Papier hervor, und mit tiefen Falten zwischen den Brauen und sich immer mehr verfinsterndem Gesicht begann er es zu lesen.

»Sieh her, das hier habe ich in der Tasche gefunden!«, sagte er mürrisch und hielt mir das Blatt Papier hin.

Die Stiefmutter war auf ihre Schreibkunst immer sehr stolz gewesen und nahm sogar auf kürzere Reisen stets ihr Schreibzeug mit. Auch auf ihre Handschrift mit den kleinen runden Buchstaben bildete sie sich eine Menge ein, so konnte ich im ersten Augenblick gar nicht glauben, dass wirklich sie diese Zeilen mit den gekritzelten, großen, nach allen Seiten schwankenden Buchstaben geschrieben hatte. Als es mir dann mit Mühe gelungen war, den Sinn herauszubuchstabieren, musste ich erkennen, dass ich tatsächlich den Abschiedsbrief der Stiefmutter in Händen hielt. Das Schreiben war an meinen Vater gerichtet, und zweifelsfrei ging daraus hervor, dass die Stiefmutter nach Leutschau zurückkehren wolle, um sich dort in die Obhut des Rates zu begeben. Vom Geld habe sie nur so viel genommen, so schrieb sie, wie aus dem Verkauf ihrer Gründe erzielt worden sei (während ich den Brief entzifferte, ging Vater zur Geldschatulle und zählte mit düsterer Miene die darin verbliebenen Denare), darüber hinaus nähme sie nur ihre persönlichen Besitztümer mit. Sie sei Vater nicht böse, schrieb sie, nach wie vor betrachte sie ihn als den ihr angetrauten Ehegatten und wolle ihm auch jederzeit gern vergeben, sofern er sich nur lossagen wolle von dieser ehrvergessenen Person, die ihn mit ihrer heimlichen Hexenkunst umgarne und bewirke, dass er sein Herz von ihr abgewendet habe. Nun aber sehe sie keinen anderen Ausweg mehr, als ihn zu verlassen, weil wir sie zur Lüge und zur Mitwisserschaft zwingen wollten, um unser widernatürliches und gotteslästerliches Treiben vor der Welt zu verbergen, dem wir uns ja gewiss auch weiter hingeben würden, wie wir es, ihre Ahnungslosigkeit missbrauchend, während der ganzen Zeit ihres Ehebundes mit Vater gepflogen hätten, doch sei ihr jetzt endlich der Schleier von den Augen gezogen, und selbst der eheliche Gehorsam, den sie Vater schulde, könne sie nicht dazu bringen, zu ertragen, wogegen sich ihr Gewissen und jedes gesunde Empfinden auflehnten. So bitte sie nun den Vater – so er ihr gegenüber noch irgendwelche Gefühle hege –, ihr nach Leutschau zu folgen und nichts mehr dagegen zu tun, dass mich das mir zukommende Schicksal ereilt und sie miteinander, befreit von meinem unglückseligen Einfluss, ein glückliches und gottgefälliges Leben führen könnten.

Ich gab Vater den Brief zurück, und er knüllte ihn mit einer ungeduldigen Bewegung in seine Tasche.

»Werdet Ihr der Mutter folgen?«, fragte ich Vater, obwohl ich diese Worte nur sehr schwer aus meiner Kehle hervorpressen konnte, weil ihnen irgendein raues Hindernis den Weg versperrte, doch er winkte gereizt ab und begann wieder auf- und abzulaufen.

»Auch wenn sie unversehrt heimkommt…, was Gott geben möge…, ist es unmöglich zu übersehen, dass sie verwirrt, dass sie völlig irr geworden ist!«, brach es plötzlich aus ihm hervor, und da ich schwieg, weil mir nichts einfiel, womit ich ihn hätte beruhigen können, ging er weiter stumm auf und ab.

Schließlich setzte er sich, vom Herumlaufen müde geworden, auf die Bettkante, stützte seine Ellbogen auf die Knie und den Kopf in beide Hände. So saß er immer, schon zu Lebzeiten meiner Mutter, wenn wir ihn durch etwas erzürnt hatten, an dem wir eigentlich gar keine Schuld trugen, das uns also nicht ernsthaft angelastet werden konnte, doch brachte er es dann nicht über sich, uns die Angelegenheit nicht wenigstens durch eine Anspielung vorzuwerfen. Und tatsächlich fing er auch jetzt damit an, meinte, er wisse gar nicht, was er verbrochen habe, dass ihm Gott solche Strafen auferlegen müsse. Wenn nach all dem Elend nun schon fast zum Greifen nahe ist, wonach er sich seit seiner frühen Jugend gesehnt hat, dass er nämlich in die so lang vermisste Heimatstadt heimkehren kann und alles zurückbekommt, was ihm so lange vorenthalten wurde, dann bricht plötzlich dieses blinde Verhängnis über ihn herein, und ihm droht nicht nur, dass er sein Schicksal nicht zum Besseren wenden kann, sondern dass er in den Arrest, wenn nicht sogar in die Hand des Henkers gerät, für Sünden, die er niemals begangen hat, die es nur in den Wahnphantasien eines kranken Hirnes gibt.

»Kein Mensch würde ja etwas auf die verrückten Anschuldigungen deiner Stiefmutter geben… Nicht zuletzt, weil sie sich in solchen Zeiten mutterseelenallein auf den Weg macht, ist zu erkennen, dass sie nicht ganz bei Sinnen ist… Wenn nur du nicht in diesem Zustande wärest«, brach es empört und anklagend aus ihm hervor. »Das, was Orsolya alles daher faselt, könnte kein Mensch von klarem Verstande ernst nehmen, hätten wir es nicht auch noch mit dieser anderen Sache zu tun… Noch dazu, wo man ja niemals ein männliches Wesen in deiner Nähe gesehen hat, wenn wir von diesem unseligen Lang einmal absehen…«, murmelte er zwischen den Zähnen, aber auch das auf eine Weise, als trage ich an allem die Schuld. »Wenn die Angelegenheit doch an den Rat der Stadt Ödenburg weitergegeben wird, was kann ich dann vorbringen, von wem das Kind ist?«, zischte er in gehässigem Ton.

»Aber auch Lang und die ganze Nachbarschaft wissen doch von dem Vorfall mit dem Landsknecht«, flüsterte ich trotzig, denn in dieser Lage wagte ich noch viel weniger als vorher, ihm die Wahrheit einzugestehen.

»Das möchte ja vielleicht noch angehen, wenn dieses Kind um die entsprechende Zeit zur Welt käme… Aber wird es das denn? Wie es scheint, bist du noch gar nicht in so weit fortgeschrittenen Umständen!«, sagte Vater schneidend und sah mir forschend in die Augen.

In meiner Not rettete ich mich in eine Ausflucht, wie sie alle in die Enge getriebenen Frauen benutzen: Ich antwortete nicht auf Vaters Frage, sondern fing an zu weinen. Ich hoffte, die Geburt des Kindes sowieso nicht zu überleben, stammelte ich schluchzend, dann brauchte ich ihm nicht länger zur Last zu fallen.

»Was sollte mir das bringen? Das würde es mir nur noch schwerer machen, mich von dem Verdacht reinzuwaschen!«, brach es aus Vater hervor, dann verstummte er und begann wieder in der Stube hin- und herzulaufen.

Die Stunden verrannen, es war schon später Nachmittag, als wir draußen einen Wagen heranpoltern hörten, kurz darauf das Öffnen und Schließen des Tores.

»So ist sie also doch zurückgekommen!«, Vater wollte schon hinauseilen, als es klopfte und das besorgte und mitfühlende Gesicht unseres Gastgebers in der Tür erschien.

»Christoph, mein Lieber, auf ein Wort…«, murmelte er und legte seine Hand teilnahmsvoll auf Vaters Arm, als wolle er ihn auf eine schreckliche Nachricht vorbereiten. Nach den beiden trat auch ich in die Küche hinaus und blinzelte einen Augenblick lang verständnislos, denn statt der Stiefmutter sah ich ein altes Ehepaar mit ernsten, traurigen Gesichtern neben der Hausfrau stehen. Ihre Kleidung ließ auf gesellschaftlich höher gestellte, in ehrbarem Wohlstand lebende Personen, ihre besorgten Blicke auf mitfühlende Seelen schließen. Der Mann mit seiner spindeldürren Gestalt und der gebeugten Haltung erinnerte an einen Stelzvogel, die untersetzte alte Frau mit dem schon angegrauten blonden Haar unter der Haube an einen kleinen zwitschernden Singvogel. Der unbekannte Mann richtete seine gütigen braunen Augen auf Vater und trat dann zu ihm hin, jetzt legte er, wie vorhin unser Hausherr, tröstend die Hand auf Vaters Arm.

»Herr Lehmann? Ihr müsst jetzt bitte stark sein, ich habe eine traurige Nachricht für Euch!«, sagte er und versuchte, ihn unterzuhaken und ihn mit sanfter Gewalt zur Bank an der Wand zu ziehen, damit er sich dort hinsetzte, doch Vater zog seinen Arm zurück und sah ihn starr an. »Ihre arme Tochter…, wie konnte sie sich nur allein auf den Weg machen in einer so gefährlichen Gegend… Der Fuhrmann, dieser Lump, man sagt, dass er absichtlich diese Strecke nahm, zumindest sagten das die zwei Kaufleute, die auch mit ihm gefahren sind…

»Wo ist sie?«, fragte Vater fast röchelnd, worauf der unbekannte Herr unserm Gastgeber ein stummes Zeichen gab, der daraufhin die Küche verließ; bald darauf war das Öffnen des Tores zu vernehmen und dann auch schlurfende Schritte, die auf das Herbeischleppen einer schweren Last schließen ließen. Der Unbekannte winkte, wir möchten ihm in die andere Stube folgen, in der auch das Bett der Hausleute stand. Unser Gastgeber und ein anderer Mann, vermutlich der Kutscher des Wagens, mit dem der unbekannte Herr und seine Frau gekommen waren, setzten gerade eine aus den Angeln gehobene Tür, auf der eine reglose Frauengestalt lag, vorsichtig auf dem Bett ab.

Oft in meinem Leben habe ich gehört, dass Menschen, wohl zum eigenen oder zum Trost der Zurückgebliebenen, von ihrem lieben Dahingeschiedenen sagten, er sehe aus, als ob er nur schlafen würde. Obwohl eine gnädige Hand die Augen der Stiefmutter schon zugedrückt hatte, sah ich doch auf ihrem Gesicht nicht diesen friedlichen Schlaf, sondern vielmehr einen angestrengten Ausdruck tiefer Ratlosigkeit, ganz so, als wenn jemand mit einer Schwierigkeit ringt, der er mit seinen Mitteln nicht beikommt. Ihr Angesicht war unversehrt, doch an ihrer linken Brust hatte das gestockte schwarze Blut das Kleid schon gänzlich durchtränkt. Ihr Anblick ließ mir die Beine wegknicken, und um nicht zu stürzen, klammerte ich mich blindlings an die mir am nächsten stehende Person, zufällig die kleine fremde Frau, die mich sanft umfasste und zu trösten versuchte, denn eine Flut von Tränen überwältigte mich, und ich wiederholte immer wieder, ich wäre an allem schuld. Doch bis heute weiß ich nicht, welchen Anteil mein Mitleid und welchen mein

Schuldgefühl daran hatte, dass ich die Stiefmutter so bitterlich beweinte, ich erinnere mich nur daran, dass mir, als ich in das auch im Tod verwirrte und bestürzte Gesicht sah, durch den Kopf ging: Sie war doch im Grunde noch ein kleines Mädchen, ein Kind, das eine erwachsene Frau spielen wollte, und diesem kleinen Mädchen hatte ich seine Lieblingspuppe weggenommen...

Später kehrten wir alle in die Küche zurück und setzten uns um den Tisch, der Hausherr brachte Wein, und der fremde Herr berichtete, unter welchen Umständen sie auf die Stiefmutter gestoßen waren: Auf dem Heimweg von Pressburg, wo sie zu Besuch bei ihrer Tochter waren, die kurz zuvor einem kleinen Buben das Leben geschenkt hatte, befanden sie sich unweit vom Fährsteig von Lenzendorf, als sie am Straßenrand einen Wagen sahen, bei dem zwei Männer standen und ihnen aufgeregt winkten anzuhalten. Der Kutscher wollte vor lauter Angst, es könnten Straßenräuber sein, nicht stehen bleiben, doch ihm selbst sei das Äußere der beiden Männer Vertrauen erweckend vorgekommen, so habe er dem Kutscher Halt geboten. Als er sie befragte, womit er behilflich sein könne, wollten sie wissen, ob er zur Fähre, also nach Lenzendorf, unterwegs sei, was sie bejahten, worauf sie berichteten, auf dem Wagen befinde sich eine verunglückte junge Frau, deren Verwandte in Lenzendorf zu Hause seien und nichts von dem tragischen Ereignis wüssten. Sie selbst hatten es eilig und mussten weiter, so baten sie, man möge doch den Angehörigen in Lenzendorf die Unglücksbotschaft überbringen, noch besser aber wäre es, wenn die verunglückte Frau oder vielleicht nur noch ihre sterblichen Überreste mitgenommen würden, denn sie selbst vermöchten ja nicht einmal festzustellen, ob noch ein Fünkchen Leben in diesem unglücklichen Geschöpf sei, das eine Kugel der Wegelagerer in die Brust getroffen habe. Weiter berichteten sie, dass kurz zuvor ein Trupp von vier, fünf Männern sie aufgehalten hätte. Jene seien aus den Sträuchern am Straßenrand hervorgebrochen, und es habe den Anschein gehabt – obwohl es in dem gefährlichen Durcheinander der nächsten Minuten unmöglich war, kühlen

Kopf zu bewahren und sich ein sicheres Urteil zu bilden –, als hätten diese Wegelagerer schon auf die Ankunft des Gefährts gewartet und vielleicht sogar gemeinsame Sache mit dem Fuhrmann gemacht, denn der hatte seinen Wagen augenblicklich im Stich gelassen und sich in den Wald abgesetzt.

»Wir hatten schon früher mit ihm ausgemacht, dass er uns gegen Ende des Erntemondes nach Pressburg bringen sollte«, so berichtete der Ältere der beiden Kaufleute, »und vielleicht dachte er, dass wir bei der Gelegenheit eine größere Summe Geldes bei uns tragen würden. Doch konnten die Räuber nicht damit rechnen, dass mein Sohn und ich eine Waffe besäßen und sie auch bei der Hand haben würden. Wir haben es schon einige Male mit dieser Brut zu tun gehabt und gehen niemals unbewaffnet auf Reisen.«

Nachdem der Fuhrmann weggerannt war, gelang es den Kaufleuten, die Wegelagerer, von denen sie zwei verwundet hatten, in die Flucht zu schlagen, wobei ihnen selbst kein Haar gekrümmt wurde. Noch bevor sie wegen des für sie glücklichen Ausgangs aufatmen konnten, entdeckten sie, dass die allein mitreisende Frau, durch eine verirrte Kugel der Strauchdiebe getroffen, vom Sitz gerutscht war, besinnungslos am Boden lag und dass Blut aus ihrer Brust strömte.

»Als sie erfuhren, dass ich ein Chirurgus bin, waren sie erleichtert«, fuhr der fremde Herr mit seinem Bericht an Vater fort, der diese ganze Zeit auf die Tischplatte starrte, und nur wer ihn so gut kannte wie ich, konnte seiner Haltung und seinem Gesichtsausdruck entnehmen, dass von den unterschiedlichen Gemütsbewegungen, die in seiner Seele miteinander rangen, sicher eine gewisse Erleichterung die Oberhand gewann. »Doch selbst wenn ich früher zur Stelle gewesen wäre, ich hätte ihrer armen Tochter nicht mehr helfen können, denn das Geschoss muss, darauf lässt die Heftigkeit der Blutung schließen, ein inneres Organ getroffen haben, vielleicht sogar das Herz… Doch müsst Ihr mich schon entschuldigen, werter Herr Lehmann, wenn ich recht gehört habe, dass ich aufgrund des tragischen Vorfalls den Anstand völlig außer Acht gelassen. Mein Name ist

Ulrich Dobner, und hier ist meine Ehefrau Barbara. Und Ihr, seid Ihr nicht zufällig ein Verwandter von Michael Lehmann, dem kürzlich verstorbenen Apotheker zu Ödenburg?«

»Er war mein Bruder«, erwiderte der Vater heiser.

»Mein Gott, ist denn das möglich? Wie furchtbar, dass wir unter so traurigen Umständen miteinander bekannt werden mussten! Ich kannte nämlich Euren Herrn Bruder sehr gut, man könnte sagen, seit Jahrzehnten arbeiteten wir einander zu ... Gut, Euer armer Bruder war manchmal etwas, wie soll ich sagen, nicht gerade unbedacht, aber vielleicht großzügiger, als er hätte sein sollen ... Doch ich entsinne mich, dass er häufig seinen Bruder erwähnte, der eigentlich das Geschäft des Vaters hätte fortführen müssen, denn der sei eben vom lieben Gott zum Apotheker bestimmt ..., so kann ich jetzt also hoffen, dass wir beide gut miteinander auskommen werden, denn jetzt übernehmt Ihr wohl die Apotheke, nicht wahr? Wie, sollte ich es noch nicht erwähnt haben?«, fragte er, als er Vaters überraschtes Gesicht sah und nach Art der alten Menschen Hilfe suchend auf seine Frau blickte, die lächelnd verneinte ... »Seit etwa zwei Jahrzehnten bin ich der Stadtarzt von Ödenburg und das für die Aufsicht über Apotheke und Hospital zuständige Mitglied des Engeren Rates. Also, wenn dies kein Zufall ist!«, er schüttelte den Kopf und sah wieder seine Frau an, die nun mich mit einem sanften Lächeln anblickte und teilnahmsvoll meine Hand tätschelte. »So werden wir uns in Ödenburg ja häufig sehen ... Ich hoffe nur, dass wir Euch dann nicht jedes Mal an dieses traurige Ereignis hier erinnern«, damit verdüsterte sich seine Miene wieder. »Wann gedenkt Ihr die Reise fortzusetzen?«

»Wir dachten ..., hatten eigentlich geplant, hier abzuwarten, bis Orsolyas Zeit gekommen ist«, sagte Vater, und er presste diese Worte so schwer hervor, dass kaum zu verstehen war, was er meinte, und er deutete mit dem Kopf zu mir hin.

»Ich möchte, wenn es mir erlaubt ist, vorschlagen, Ihr und Eure Gattin solltet gleich mit uns kommen ... Jetzt, da sie in ärztlicher Begleitung reisen kann, braucht sich die junge Frau nicht zu fürchten!«, sagte er und musterte mich mit seinen gutmütigen braunen Augen freundlich, aber doch nicht ohne die Strenge der ärztlichen Autorität. Sie scheint mir ja nach erstem Eindruck kräftig und ganz gesund zu sein… Auf uns wartet am anderen Ufer ein geräumiger Wagen, und so müsst Ihr Euch nicht wieder einem Lumpen anvertrauen! Man kann ja noch von Glück reden, dass er Euch und Eure Lieben nicht schon auf dem Herweg den Räubern in die Hände gespielt hat! Wahrscheinlich rechnete er sich für den Rückweg die fettere Beute aus, und so seid bei allem Leid wenigstens Ihr und Eure Gattin, dem Himmel sei Dank, mit dem Leben davongekommen…«

»Und mit Orsolya… meiner Tochter, was soll dann mit ihr werden?«, fragte Vater mit fast unbewegten Lippen, und er deutete mit dem Kopf unsicher in die Richtung, wo die Stiefmutter auf der Tür ruhte.

»Wir warten, bis sie mit Anstand hier beigesetzt ist. Werden durch den Fährmann auf der anderen Seite Bescheid sagen lassen, der Fuhrmann aus Ödenburg, mit dem wir heimreisen wollen, möge noch zwei Tage im Gasthof auf uns warten… Ich fürchte nämlich, wir können die Arme nicht nach Ödenburg mit uns nehmen, denn es sind noch mindestens zwei Tagesreisen, und das bei dieser Hitze…«, meinte der Chirurgus, und er brach seine Rede ab, indem er verlegen hüstelte.

Wir können wohl unser zehn gewesen sein, die zwei Tage später den Leichnam auf den Gottesacker der kleinen Kirche von Lenzendorf hinausbegleiteten: Außer den rechtschaffenen Hausleuten, dem Arzt, seiner Frau und uns selbst stellten sich noch ein, zwei neugierige Weiber aus dem Dorf ein, die von unserem Unglück gehört hatten. Es war ein schöner Spätsommernachmittag, auf den mit Gras bedeckten Hügeln mitten im Grün saßen Kohlweißlinge zuhauf auf geöffneten Spätblühern, es sah aus, als sonnten sich dort die aus den Gräbern entwichenen Seelen; und im dunstigen Licht jenseits der mit Rosendorn und Waldrebe bewachsenen Einfriedung sah ich einen Mann, der seine Kuh heimtrieb, und auf der Straße ins Nachbardorf zogen zwei hagere Rösser einen mit prallvollen Säcken beladenen Wagen. Der Pastor sprach von der Vergänglichkeit unseres

Lebens und davon, dass unser Leib schon in der Blüte seiner Jugend den Schatten des Todes in sich trägt. Ich beobachtete, wie schnell sich über dem Sarg die in den lehmigen Grund geteufte Grube füllte und bald zum Hügel wölbte, der für kurze Zeit dunkel und einsam inmitten der grünen Grabhügel liegt, bis sich der üppige spätsommerliche Bewuchs dann auch über diese Ruhestätte breitet und sie nichts mehr von den anderen unterscheidet, bestenfalls der Grabstein, der, wenn der Steinmetz Wort hält, das provisorische Holzkreuz ablösen soll, das der Totengräber an den aufgeworfenen Hügel gesteckt hat und von dessen Inschrift ich meine Augen lange nicht abwenden konnte, denn sie lautet:

»Hier ruht in Frieden
Ursula Lehmann«

Es war der Name, den ich in meinem irdischen Leben bislang ganze siebzehn Jahre lang getragen hatte.

Anderntags zog der Herbst ein, und wir überquerten im rauen Wind und bei Nieselregen zitternd den schmutzig verfärbten Fluss, und ich ließ den Ort für immer zurück: Lenzendorf mit seinem Kirchhof, mit dem Grab, über dem mein Name ins Holz geritzt steht, das Haus, in dem ich mein bisheriges Wesen wie die Schlange ihre abgestreifte alte Hülle zurückgelassen, um in die Haut einer Toten zu schlüpfen und ihr Leben fortzusetzen, einer spukenden Seele gleich, die sich in einen neuen Körper eingenistet hat …

VI

Es heißt, im Alter werde es mit dem Gedächtnis ähnlich wie mit unseren Augen, die Gegenstände in ihrer unmittelbaren Nähe als verschwommene Kleckse sehen, in der Ferne Liegendes aber so scharf, dass wir, wenn wir die Blicke stets nur auf diese fernen Einzelheiten richten würden, sogar der Täuschung unterliegen könnten, unsere Sehfähigkeit habe nicht nur gar nicht nachgelassen, sondern sei im Alter noch besser geworden. Auf die gleiche Weise tappt im fortgeschrittenen Alter unser Gedächtnis in den Begebenheiten von gerade eben unsicher umher wie in der Abenddämmerung, sucht nach Namen und Gesichtern, die uns doch gerade erst begegnet sind, während wir die Bilder unserer Kindheit und der frühen Jugend deutlich und in schattenloser Klarheit vor uns sehen … Und in der Tat, während ich mich in den Gassen von Güns, meinem derzeitigen und vermutlich letzten Wohnort, noch heute, nach beinah vierzig Jahren, die ich hier verbracht, verlaufe – und gelegentlich, wenn ich nach Einbruch der Dunkelheit heimwärts zu meinem Quartier im Haus des Schneiders eile, trippele ich an irgendeiner Kreuzung oft lange, unsicher und mit wachsender Angst auf der Stelle, weiß nicht, in welche Richtung ich gehen muss, und es überkommt mich panische Angst, ich könnte am Ende nie mehr zurück nach Hause finden –, hingegen glaube ich, dass ich es in Ödenburg noch heute fertig brächte, mit geschlossenen Augen sicher durch die engen Gassen der Inneren Stadt zu laufen. Am Hinteren Tor beginnend und den Salzmarkt überquerend, würde ich durch eine der drei Schlippen schreiten, deren jede, unweit voneinander, in den Hauptplatz mündet, und schon auf der Mitte des engen Gässchens das Klappern der von Zugochsen angetriebenen Mühle hören – diese Mühle stand einst unmittelbar neben dem Rathaus, an dessen südlicher Giebelfront in großen, vergoldeten Lettern die folgende Inschrift prangte: *Vereint im Convent, eines Geistes beim Erheben wie bei der Erhaltung des Erworbenen*; auf der anderen, nach Westen weisenden Seite aber war das Wappen der Stadt aufgemalt, von allerlei Verzierungen eingefasst und mit verschiedenen Texten versehen. Linker Hand ragt der Stadtturm aus den gedrängt stehenden schmalen Häusern empor, seinen Runderker umkreist der Türmer und erinnert jede Viertelstunde mit einem Trompetensignal an das Verrinnen der Zeit, hält die Feuerwache und warnt mit Trompetenstößen vor dem herannahenden Feind, doch begrüßt er auch die ankommende vornehme Herrschaft und meldet Weinlieferanten aus der Fremde. Wie oft sah ich ihn, wenn ich, den Korb am Arm, vom Marktplatz heimwärts eilte, beim Turmsignal nach oben schaute und hoch oben den sich in der Trompete spiegelnden Widerschein der Frühlingssonne sah oder das unaufhaltsame Aufblitzen eines nahenden Unwetters, das wie der Giftstachel einer unsichtbaren Wespe ins Auge traf. Gegenüber zeichnete sich am Himmel der spitze Turm der Franziskanerkirche ab, durch ihre farbigen Fenster drang an Winterabenden der Schein der drinnen flackernden Kerzen mit einem fast überirdischen dämmrigen Licht, warf blassblaue, grüne und rubinrote Flecken auf den Schnee. Der Kirche vis-à-vis stand unser Haus, über dem Eingang das Apothekenschild: ein auf den Hinterbeinen stehender, den in einer Quaste endenden Schwanz um sich windender, goldener Löwe, der flehend die rechte Pranke hebt in der Erwartung, dass ihm, ich weiß nicht mehr welcher Heiliger den eingetretenen Dorn aus der Pfote ziehen möge. Zur Linken reihten sich die in die Mauer eingelassenen Sitznischen, gedacht für Besucher, denen der Hausbesitzer seinen eigenen Wein ausschenkte, was ihm laut Dekret des Stadtrates nach Georgi eine ganze Woche lang gewährt war. Rechts gelangte man in die Apotheke, die auch noch einen weiteren Eingang hatte, für die Kunden nämlich, die vom Platz her kamen, gleich dahinter befand sich der schmale Stiegenaufgang zum Arkadenflur, an dem sich die Türen zu den Wohngemächern öffneten, hinab aber ging es bis zum niedrigen rundbogigen Kellereingang.

Ich entsinne mich, dass Vater in der ersten Zeit oft seine verstorbene Schwägerin lobte, die allem Anschein nach eine tüchtige Person gewesen sein muss, der jegliche Hoffart oder die Verschwendung des erworbenen Gutes fremd waren und der es offenbar sogar gelungen war, ihren schussligen und leichtsinnigen Ehemann im Zaum zu halten, der im Laufe der Jahre vielleicht auch selbst etwas abgeklärter worden war, denn in den fünfundzwanzig Jahren, die Vater fern seiner Heimat war, hatten sie im Haus so gut wie nichts verändert, allenfalls ein paar verrostete Kochgeschirre hinausgeworfen und durch neue ersetzt. Die einzige gravierende Neuerung, die während seiner Abwesenheit am Haus durchgeführt wurde, so behauptete Vater, sei eine sehr vernünftige und zeuge von geschicktem und überlegtem Wirtschaften: Der Bruder hatte im Laufe der Zeit den Keller, in dem er Wein aus den eigenen Weingärten lagerte, ein gutes Stück tiefer graben lassen (er hinterließ Vater auch zwei Weingärten, und nach der Größe des Kellers zu urteilen, muss mein Onkel noch mehr als diese beiden Rebflächen besessen haben, die er später wohl veräußert hatte). Der Onkel dürfte, wenn auch nicht unbedingt als Apotheker, so doch als Winzer recht gewissenhaft und penibel gewesen sein: Als ich zum ersten Mal mit einer Kerze in der Hand vorsichtig die steilen Stiegen hinunterging, erblickte ich überrascht und freudig die zwei Reihen ordentlich aufgereihter Fässer unter den niedrigen Gewölben, nie zuvor hatte ich Vergleichbares gesehen, denn aus den Fassböden hatte der Böttchermeister reliefartig Gesichter von Heiligen herausgearbeitet oder einzelne Bibelszenen. Ich erinnere mich, dass sich auf dem einen ein krausbärtiger Riese, vielleicht Sankt Christoph, mit dem Kind auf der Schulter durch die hohen, überschwappenden Wellen kämpfte, ein anderes Fass zeigte die Heilige Anna mit der kleinen Maria. Im Schoß der Heiligen Anna lag zwischen den geschnitzten Falten ihres Kleides ein aufgeschlagenes Buch, in dem sie offenbar mit ausgestrecktem Finger dem darüber gebeugten Kind etwas zeigte.

Die Möbel in den Stuben waren in einigermaßen gutem Zustand, obwohl der Zahn der Zeit an ihnen Spuren hinterlassen hatte, gelegentlich war nachts das Knacken des alten Holzes zu hören, Vater aber wachte mit Argusaugen über jedes einzelne Möbelstück, damit dem unvermeidlichen Verfall nicht auch noch der unbedachte Mensch nachhalf. Oft, wenn ich nicht die gebotene und von ihm erwartete Sorgfalt walten ließ, herrschte er mich an. Ich weiß nicht, ob ihm wegen irgendwelcher Kindheitserinnerungen die altväterlichen Ohrensessel so lieb waren, aber wenn gelegentlich das eine oder andere Messingnägelchen herausfiel, sich auf dem Leder ein heller Kratzer zeigte, an Lehne oder Sitz die Ränder etwas ausfransten, machte Vater, sobald er es gewahrte, eine ebenso entmutigte Handbewegung wie später, wenn er, schon sichtlich gealtert, an seinem verfallenden Körper die geplatzten Äderchen entdeckte oder die dunklen Leberflecke auf den Händen. Ich erinnere mich daran, wie er sie mir anfangs immer klagend hinstreckte und ich, wohl wissend, dass mein Reden ganz umsonst war, versuchte, ihn mit unaufrichtigen Trostworten zu beruhigen und so zu tun, als seien diese Veränderungen gar kein Indiz des Alterns und auch kein Hinweis auf das unaufhaltsame Herannahen des Todes. Vater hörte sich in solchen Fällen meine vorgetäuschten Trostworte eine Weile an, winkte dann mit verächtlichem Zorn ab. Auf ähnliche Weise quittierte er meine Entschuldigungsversuche, wenn auf der Holzplatte des ausklappbaren Tisches die gedankenlos darauf abgestellten heißen Töpfe kreisrunde Spuren hinterließen oder achtloses Verschieben von Möbelstücken den Boden – er war nämlich entsprechend der Mode zur Zeit seiner Vorfahren mit Tonplatten belegt – verkratzte; ebenso wenn ich auf seine strengen, tadelnden Worte trotzig erwiderte, dass sich so etwas bei aller Vorsicht nicht vermeiden ließe, da das Leben ja stets mit Veränderungen einhergehe und Veränderung nun einmal Verfall mit sich bringe.

Die Fenster beider Stuben gingen auf den Platz. Am dreigeteilten schmalen Fenster der großen Stube blickte ich vormittags, wenn Vater unten in der Apotheke war und ich oben meiner Arbeit nachging, oft durch die bleigefassten Butzenscheiben, die mir die auf dem Platz umhergehenden Menschen als sonderbare Kobolde mit Wasserköpfen und Fassbeinen oder als ellenlange Missgeburten zeigten und die die Sonne, wenn sie in einem bestimmten Winkel auf die Scheiben fiel, mit einer irisierenden Gloriole umgab, während sie die Kirche der Franziskaner in die glitzernde Fata Morgana eines Märchenschlosses verwandelte. Gelegentlich, wenn sich ein ungewöhnliches Ereignis ankündigte, etwa ein hochstehender Herr mit seinem Gefolge über den Platz zog, fremdes Militär eintraf oder sich aufgebrachtes gemeines Volk zusammenrottete, schreiend und drohend die Arme emporreckte, sich vor dem Rathaus drängte, öffnete ich die Fensterflügel und versuchte, glücklich über meinen gut geschützten, sicheren Ausguck, möglichst viele Einzelheiten des Geschehens in mich aufzunehmen, das sich in seiner Bewegtheit so sehr von meinem ereignislosen, öden Leben abhob. Oft erschien es mir, als ginge die Zeit nur dort unten auf dem Platz ihren gewohnten Gang, während hier im Haus alles stillstand, ohne Änderungen an den Dingen zu bewirken, abgesehen natürlich von der Wirkung, die sie in den siebzehn Jahren, die ich in diesem Haus verbrachte, an Vater und mir vollbracht hat. Wiewohl die Blicke der Menschen wie auch der in der kleineren Stube hängende, allerdings ein wenig blasstrübe, runde Spiegel bezeugten, dass die Zeichen des Verfalls an mir kaum sichtbar waren. Allerdings sind die ersten zehn oder zwölf Monate in Ödenburg nicht gerade arm an Ereignissen gewesen, doch die darauf folgenden sechzehn Jahre erschienen mir, als hätte sich ein und dasselbe Jahr und innerhalb jedes Jahres eine einzige darin enthaltene Woche ewig nur auf die immer gleiche Weise wiederholt und als wäre ich selbst aus dem Reich der Zeit verbannt gewesen, wie Dornröschen, das nach hundertjährigem Schlaf in ihrem verstaubten, spinnwebverhangenen Turmzimmer als junges Mädchen erwachte, nur dass ich diese sechzehn Jahre nicht schlafend, sondern in einer Art Betäubung verbrachte und aus meinem spinnwebverhangenen Turm doch auf ein kleines Stückchen Welt und dessen Veränderungen hinaussehen konnte.

Mit der Zeit gewöhnte ich mir an – wie die alten Weiber, die, schon außerhalb des brausenden Lebens stehend, mit umso hartnäckigerer Neugier Schritte und Tun anderer verfolgen –, das Kommen und Gehen in den Nachbarhäusern zu beobachten, und diese Beschäftigung war ganz und gar nicht uninteressant, befand sich unser Haus mit der Apotheke doch genau im Mittelpunkt der Stadt, benachbart den Anwesen der vornehmsten und wohlhabendsten Familien. Ich sah von dem nach Süden gehenden Fenster der kleineren Stube auf das Tor des Rathauses, und aus dem Westfenster hatte ich mehrere Häuser der angesehensten Bürger der Stadt im Blickfeld, darunter das des Bürgermeisters wie auch das der Dame, die für alle nur »die Gräfin« war, wiewohl man sagte, sie sei von Geburt eine Prinzessin aus Sachsen, und die eine Hälfte des Jahres verbringe sie beim Grafen in Wien, die andere allein hier in ihrem kleinen Palais am Hauptplatz.

Ich erinnere mich, dass ich während der Wagenfahrt nach Ödenburg erstmals von dieser gewissen Gräfin gehört hatte: Unser Reisegefährte, der alte Arzt, erwähnte sie, als er unterwegs versuchte, Vater mit den Ödenburger Verhältnissen bekannt zu machen. In diesem Zusammenhang kam auch zur Sprache, dass die Person großen Einfluss auf die Honoratioren der Stadt habe und über diese nicht geringen Einfluss auf das gesamte Leben in Ödenburg. Der freundliche Doktor war sehr erfreut, weil mit uns die lutherische Gemeinde der Stadt um zwei neue Mitglieder wachsen würde, doch verschwieg er auch nicht, dass die Lutheraner hier noch größerer Drangsal ausgesetzt seien als in Leutschau und den anderen Städten der Zips und dass wir innerhalb der Stadtmauern auf jede Weise bei der Ausübung unserer Religion behindert würden, weswegen die Bürger, deren Mut und Opferbereitschaft der alte Herr nicht genug loben konnte, sich häufig nach Neckenmarkt und Deutschkreuz begäben, weil die Prediger dort auf dem Besitz des ebenfalls dem Augsburger Bekenntnis anhängenden Ferenc Dersffy die Glaubensbotschaft ungehindert verkünden konnten. Um darüber Beschwerde zu führen, liefe der Stadtpfarrer von Ödenburg, der ein grober und jähzorniger Mensch sei, immer wieder zum Bischof von Raab und der wiederum zum Erzherzog nach Wien, wo er die Ödenburger anschwärze, und er werde auch nicht müde, dem Rat der Stadt zu drohen und ihn zu bedrängen, dass er den Dekreten des Erzherzogs Geltung verschaffen möge, damit dem ewigen Gerenne nach Neckenmarkt und Deutschkreuz ein Ende gemacht werde. Die armen Ratsmitglieder, die zum Großteil selbst dem Augsburger Bekenntnis anhingen, wurden so in arge Bedrängnis gebracht, und dem Bischof war es sogar gelungen durchzusetzen, dass auch einige dieser Aufgabe kaum gewachsene, des Schreibens fast unkundige Papisten in den Rat gewählt wurden, kamen doch die Katholiken der Stadt vorwiegend aus den besitzlosen und ungebildeten Kreisen. Wie sich die Lage so weit habe zuspitzen können, fragte Vater, und der betagte Arzt seufzte nur tief und bekümmert, seine Frau schüttelte bedeutungsvoll ihr anmutiges altes Haupt, mischte sich aber nicht ein, sondern überließ das Wort ihrem Gatten, der Vater von den Ereignissen der letzten Jahre berichtete, die offenbar noch immer ihrer beider Gemüter stark erregten.

Dieser unglückselige, vermaledeite Kalender sei schuld an allem, brach es aus dem alten Doktor hervor, den diese Angelegenheit, wie es schien, entgegen seiner sonst so friedlichen Art, völlig aus der Fassung brachte. Die Stadt hatte früher mehrere Prediger gehabt, unter ihnen zwei glühende Glaubensverfechter von beachtlichem Wissen, die sich gern leidenschaftlicher Polemik hingaben. Oft und unerschrocken widersprachen sie dem Bischof, statt ihm in weniger wichtigen Dingen nachzugeben, ihn ein wenig »mit dem Goldstab zu tätscheln«, wie dies andere Städte klugerweise zu tun pflegten. Wahrscheinlich haben sie ihn schon damals gegen sich aufgebracht, als sie mit Absicht und herausfordernd der von ihm einberufenen Kirchenversammlung zu Güns ferngeblieben waren, doch richtig hat der Hader erst angefangen, als man den neuen Kalender, das gregorianische Calendarium der Papisten, im Auftrag des Bischofs an der Tür der Michaelis-Kirche anschlug, damit wir unsere Feiertage nach diesem halten sollten. In der Stadt wollte man den neuen Kalender nicht, vor allem die Prediger wetterten dagegen, was zur Folge hatte, dass die Bürger das Weihnachtsfest (der Aushang des neuen Kalenders fiel gerade in die Adventszeit) trotzig nach dem alten Kalender begingen. Dies aber brachte den Bischof derart aus der Fassung, dass er sowohl den Bürgermeister als auch den Stadtrichter auf der Stelle zu sich zitierte und ihnen drohte, er wolle sie, falls sie die Prediger nicht davonjagen würden, bei der Obrigkeit, beim »Prager Narren«, wie der gute Doktor in höchster Erregung den König nannte, verklagen, worüber seine Gattin wiederum nur in stummem Tadel das kleine, alte Vogelköpfchen schüttelte. »Ein letztes Mal komme ich zu euch wie der Prophet Jonas zu den Niniviten, wenn ihr mir auch diesmal nicht Gehorsam leistet, werdet ihr sehen, was ihr euch damit einhandelt«, und er soll noch hinzugefügt haben, »ich werde jetzt nach Prag zum sauren Bier gehen, und ihr bleibt hier beim süßen Wein«, und wer weiß, ob er nicht vielleicht doch hoffte, im Herzen der so Bedrohten Mitleid für sein eigenes schweres Los zu wecken.

Da aber auch die Drohung nichts fruchtete, wurde bald der gesamte Magistrat nach Wien zitiert und dort festgehalten, nur den Notar entließ man als Amtswalter nach Hause, und er brachte der Stadt die Kunde vom Befinden der Ratsherren; diese waren in den Räumlichkeiten eines Offiziers bei Hofe untergebracht, und man behandelte sie recht ordentlich, drohte ihnen aber doch unentwegt, sowohl was ihre leibliche Person als auch ihre Amtswürde betraf, indem man ihnen sagte, ein Verfahren wegen Hochverrats könne über sie kommen, und auch die Stadt würde ihrer sämtlichen Privilegien verlustig gehen und in den Status eines Dorfes absinken, so sie die Prediger und Schulmeister nicht fortjagten und versprächen, kein Mitglied der Geistlichkeit mehr ohne Billigung des Bischofs zu ernennen, auch Kirchen und Schulen seien unverzüglich wieder den Papisten zu übergeben. Zudem bestimmte der Erzherzog kraft seiner Amtsbefugnisse für die Zeit der Abwesenheit des Rates und des Bürgermeisters auch noch den wenig kundigen und trunksüchtigen Schmied Thomas Frank zum Bürgermeister, der die lutherischen Schulmeister umgehend beurlaubte und die Prediger auf jede nur denkbare Weise schikanierte; den Kantor, welcher in der Sankt Georgskirche das Lied »Erhalt uns, Herr, bei Deinem Wort, und steur der Papst und Türken Mord« intonierte, ließ er arretieren, die Bürger, die dabei ertappt wurden, dass sie in die Dörfer eines lutherischen Grundherrn gingen, um die Predigt zu hören und das Abendmahl zu feiern, belegte er mit hohen Geldstrafen. Als der Notar Nussbaum die Kunde brachte, das Leben der Magistratspersonen sowie der Prediger sei in Gefahr, rannten die Ödenburger in ihrem Schreck zum Obergespan, zum Schatzmeister und wer weiß noch wohin, und das aufgebrachte Volk schlug den Messpriestern die Fenster ein. Aber all das half nichts: Die Mitglieder des Rates sahen sich schließlich gezwungen, die Bedingungen des Erzherzogs anzunehmen und das diesbezügliche Dokument zu unterfertigen, worauf man sie freigab und heimkehren ließ, ausgenommen den Goldschmied Imre Pápai, einen mürrischen, halsstarrigen alten Mann, der seine Unterschrift verweigert hatte: Ihn behielt man noch ein paar Wochen da, doch weil man mit ihm nichts Rechtes anzufangen wusste, wurde auch er schließlich heimgeschickt.

Aber das Schicksal ersparte dem unglücklichen Rat immerhin, die zwei vortrefflichsten seiner Prediger mit Gewalt aus der Stadt verweisen zu müssen: Als diese nämlich vom Notar erfahren hatten, dass der Erzherzog die Absicht habe, sie in Eisen nach Wien bringen zu lassen, begab sich der eine, Magister Jonas, von sich aus auf das Landgut des Ferenc Dersffy nach Deutschkreuz, und die schadenfrohe Geistlichkeit der Papisten, angeführt vom Stadtpfarrer, nicht dem jetzigen, sondern seinem Vorgänger, begleiteten ihn, auf ihren Weinhebern eine höllische Katzenmusik dudelnd, aus der Stadt hinaus. Der andere hochgebildete bibelfeste Kanzelredner und zugleich Rector der Lateinschule, der wegen seines sich stetig verschlimmernden Gesundheitszustandes nicht rechtzeitig fortkommen konnte, wurde von demselben Pfarrer, der beim Auszug des Magisters Jonas die Begleitmusik auf dem Weinheber geblasen hatte, mitten in der Nacht in seinem Wohnquartier heimgesucht, und zwar begleitet von seinen mit Laternen ausgerüsteten, besoffenen Beischläferinnen. Der Pfarrer zerrte ihn eigenhändig vom Krankenlager, um ihn mit Hilfe der Büttel der Stadt in den Arrest zu schleppen, wo der Magister, noch ehe der nächste Tag anbrach, seine Seele in die Hand seines Schöpfers zurückgab. Die Witwe des Magisters Paulus, die vordem die Gattin eines wohlhabenden Fleischhackermeisters gewesen war und über ein kleines Vermögen verfügte, blieb weiterhin in der Stadt. Diese opferbereite Frau von leidenschaftlicher Gläubigkeit und mutiger Unerschrockenheit wurde die Seele der bedrängten lutherischen Gemeinde der Stadt. »Eine gefährliche Natter! Hüte dich vor ihr, meine Liebe!«, so flüsterte mir meine neue Freundin ins Ohr. »Meine Frau mag sie nämlich nicht sonderlich«, bemerkte der Chirurgus, und warf seiner so hemmungslos daherredenden Gattin einen tadelnden Blick zu, »Frauen tun sich immer schwer damit, einer anderen etwas Gutes nachzusagen.«

Wiewohl die Frau Spitteler, so fuhr der Doktor fort, oder die Witwe, wie sie jeder in der Stadt nennt, nicht zu den reichsten Bürgern zählt, hat sie bereits mehrere Stiftungen zur Förderung von lutherischen Schülern aus ärmlichen Verhältnissen begründet, und, was noch wichtiger ist, trotz der Gefahr und der Strafandrohungen geht sie fast jede Woche nach Deutschkreuz und sucht dort den verbannten Prediger, Magister Jonas, auf, der auf dem Gut der Dersffys Unterschlupf gefunden hat, um der zurückgebliebenen Herde ermutigende Worte und Ermahnungen ihres Pastors zu überbringen und dazu Ratschläge, wie sie sich in diesen Zeiten der Drangsal zu verhalten habe. So konnten die lutherischen Bürger aus den Botschaften ihres Pastors immer wieder Kraft schöpfen und den Papisten widerstehen.

Im Übrigen aber ist der Rat nicht gerade in einer beneidenswerten Lage, gab der Doktor dem Gespräch rasch eine andere Wendung, da ihm vermutlich nicht entgangen war, dass seine Ehefrau über Magister Jonas eine gewiss recht spitze Bemerkung auf der Zunge hatte. Obwohl die Mitglieder selbst dem wahren Glauben anhängen, ist das Gremium gezwungen, bei den Bürgern all jene Auflagen des Erzherzogs durchzusetzen, für deren Erfüllung sich alle, wenn auch unter Zwang, in Wien verbürgt haben. Noch dazu ist ein Teil der Bürgerschaft der Meinung, die Ratsmitglieder hätten sich sehr feige verhalten, weil es ihnen vor allem um die eigene Haut gegangen sei und auch jetzt nur darum ginge, stets hält man ihnen das Beispiel des Imre Pápai vor, der seine Unterschrift unter solche Bedingungen verweigerte und dem doch kein Haar gekrümmt worden war. »Ein starrköpfiger Alter«, so kommentierte meine unverbesserliche Freundin beharrlich flüsternd die Worte ihres Mannes. Es gab sogar Männer wie diesen Bertalan Taxel, zudem war er noch Hauptmann der Vorstadtgarnison, der nicht einmal davor zurückgeschreckt wäre, mit Waffen gegen die Tyrannei durch die Papisten vorzugehen, er meinte, wenn die Herren der Inneren Stadt solche Angst um ihre Haut und ihr Leben hätten, dass sie es nicht einmal wagten, sich gegen die himmelschreiendsten Ungerechtigkeiten zu verwahren, dann wolle er, Bertalan Taxel, Hauptmann der Vorstadt sein und die vertriebenen Prediger mit Gewalt zurückholen. Der Plan fand eine Menge Befürworter unter den Bürgern, und manche begannen so laut und so beharrlich darüber zu reden – dass der eine Fähnrich, der andere Feldwebel im Krieg gegen die Pfaffen werden möchte –, bis es auch bei Hofe ruchbar wurde und der Rat dafür zur Verantwortung gezogen wurde. So blieb dem Stadtrichter keine andere Wahl, er musste Taxel festnehmen und zusammen mit vierundzwanzig weiteren Bürgern für einige Zeit unterm Turm arretieren lassen, wodurch das Verhältnis zwischen dem Rat und gewissen Gruppen von Bürgern – welche den vertriebenen Prediger Magister Jonas und die Witwe, treueste Anhängerin und Übermittlerin seines Willens, als ihre Führer und Ratgeber ansahen und alle Hoffnung auf diesen Taxel sowie den Meister Pápai setzten – noch mehr belastet ist. Der unbequeme Greis zieht gegen den Rat immer noch tüchtig vom Leder und stellt die Ratsherren wegen ihrer Feigheit und ihres Kleinmuts zur Rede, so diese gezwungen sind, jemanden zu bestrafen, der gegen den einen oder anderen Paragraphen der Abmachung verstoßen hat oder der, wie das beispielsweise manche hitzköpfigen Burschen tun, die Fenster der Messpriester einschlagen oder Pfarrer Spillinger Schläge androhen, dem Nachfolger jenes anderen, der seinerzeit den Magister Paulus in den Arrest gebracht und selbst nicht zimperlich beim Schikanieren der Anhänger des rechten Glaubens und als Zuträger des Bischofs ist. Leider, und das ist sehr bedauerlich, vertragen sich auch die beiden Stützen unserer evangelischen Gemeinde, die Witwe und Meister Pápai, nicht miteinander, sie kann dem alten Mann mit seinem barschen Wesen so manche rüden Bemerkungen bis heute nicht verzeihen »... der bärbeißige Alte äußerte einmal, Gott habe den Gänsen ihren Platz im Geflügelhof zugewiesen, nicht unter ehrenhaften Männern, wo sie nämlich immer dazwischenschnattern ...«, so erinnerte sich meine schnippische Nachbarin, aber zu ihrem Lob sei gesagt, dass beide ihre persönlichen Rachegefühle, wenn es um das Wohl der evangelischen Gemeinschaft geht, hintanstellen – erklärte der Doktor und warf seiner Gattin einen strengen Blick zu.

Die andere, die gemäßigte Partei wird so lange wie möglich bestrebt sein, mit dem Hof Frieden zu halten, und sie versucht auch, mit den Papisten auszukommen, allen voran mit deren erstem Mann, dem Bürgermeister – fuhr der alte Chirurgus fort, uns über die in der Stadt herrschenden Zustände aufzuklären – und so hält es auch der größte Teil des Rates, obwohl sich inzwischen auch dort Zwietracht und Misstöne eingenistet haben, weil ein Teil der Ratsherren, und zwar der kleinere mit Pápai an der Spitze, es mit der Partei des Magisters Jonas hält. Diese Männer glauben, uns bliebe keine andere Wahl, als es zum offenen Bruch mit den Papisten kommen zu lassen und unsere vertriebenen Pastoren mit Gewalt zurückzuholen. Nein, selbst diese Männer sind nicht so unüberlegte Hitzköpfe, dass sie glauben, die Stärke der Stadtgarnison könnte ausreichen, um ein solches Vorhaben in die Tat umzusetzen, und eigentlich sind sich alle, mit Ausnahme von ein paar hochfahrenden Aufrührern, darin einig, dass die räumliche Nähe der kaiserlichen Garnison jeden derartigen Plan im Keim ersticken müsste, sie würden ja von Wien aus innerhalb von Stunden vor unseren Toren stehen und jedem Aufruhr oder gar einer bewaffneten Rebellion auf der Stelle ein Ende machen. Aber – und hier dämpfte der alte Herr die Stimme und sah sich rasch und verstohlen um, als fürchte er, ein Spion der Papisten sei unterm Sitz oder in einer der Reisetruhen versteckt – sie vertrauen fest darauf, dass die Truppen des Herrn Botschkai bald über den Fluss setzen werden, wie man hört, und bis Ödenburg vordringen. Glauben, wenn man denen die Stadttore öffnen und dem Regierenden Fürsten die Treue schwören würde, so könnten für die evangelische Gemeinde der Stadt wieder bessere Tage anbrechen, und wir dürften endlich wieder frei unseren Glauben bekennen, so schloss der Arzt leise seine Ausführungen und sah Vater fragend an, um zu hören, wie er darüber dachte.

Andere wieder, unter ihnen die Honoratioren der Stadt und die einflussreichen Familien, denken keineswegs so, fuhr der Doktor fort, als er sah, dass Vater keine Neigung zeigte, Zustimmung oder Widerspruch zu äußern, sondern nur stumm und düster über das Vernommene den Kopf schüttelte. Vor allem der Bürgermeister und der Stadtrichter nicht, ebenso wenig die Mehrzahl der in Wien inhaftiert gewesenen Ratsmitglieder, deren Mannesmut während der sechswöchigen Haft recht zurückgestutzt worden sei, wie ihre Gegner behaupten. Diese und noch andere friedfertige lutherische Brüder, die sich nicht gern mit der Obrigkeit anlegen, zugleich aber unerschütterlich zu ihrem Glauben stehen, setzen ihre Hoffnung vor allem auf eine gebildete und vornehme Frau, die man in der Stadt nur »die Gräfin« nennt. Diese gewisse Gräfin, geboren als Tochter eines sächsischen Markgrafen, hält sich zwar nur den kleineren Teil des Jahres in Ödenburg auf und lebt meist im Haus ihres

Gatten in Wien, der eine höhere Stellung bei Hofe bekleidet und sich selbstverständlich zum papistischen Glauben bekennt, aber sie, die Gräfin, ist Lutheranerin, und mit Rücksicht auf ihren Gatten und ihre Herkunft wurde ihr gestattet, ihren Seelsorger nach Ödenburg mitzubringen, und man sagt, in ihrem Ödenburger Haus würden öfter Gottesdienste abgehalten, an denen aber nur wenige Auserwählte, die persönlichen Freunde der Gräfin, teilnehmen dürften, unter diesen der Bürgermeister, der ein sehr gebildeter, weit gereister Mann ist und den eine herzliche Freundschaft mit der Gräfin verbindet. In der Stadt gibt es auch eine Reihe von Menschen, die über ein beträchtliches Vermögen verfügen, also auch mehr zu verlieren haben, die vielleicht noch mehr als den Zorn des Hofes die aufgeheizten Leidenschaften des Vorstadtmobs fürchten, welcher im Falle einer bewaffneten Erhebung oder eines Tumultes kaum zu bändigen wäre. Diese Menschen hoffen, dass die Gräfin, die zwar nicht mehr ganz jung ist, aber über eine große Anziehungskraft verfügt, dass diese gebildete und angesehene Dame in Wien vielleicht die eine oder andere Erleichterung oder Begünstigung für die Stadt erwirken kann, wenn nicht mehr, so wenigstens die Erlaubnis, auch in anderen Privathäusern Gottesdienste abzuhalten. Optimistisch Gesinnte halten es für nicht ausgeschlossen, dass wir durch ihren Einsatz wenigstens einen unserer Prediger und eines der Bethäuser zurückbekommen, meinte der alte Doktor. Sooft die Gräfin in Ödenburg erscheint, machen solche und ähnliche Gerüchte in der Stadt die Runde, die naturgemäß aus ihrem Umfeld kommen, sich dann aber übertrieben und entstellt in der Stadt verbreiten, doch bis zum heutigen Tag hat sich nichts dergleichen erfüllt, und das führt natürlicherweise bei vielen leichtgläubigen und allzu hoffnungsvollen Gemeindemitgliedern zu bitterer Enttäuschung, und es ist nur zu verständlich, wenn nach mehr und mehr zerplatzten Hoffnungen so mancher nicht mehr an eine zum ersehnten Ziel führende Lösung durch Geduld und Versöhnlichkeit glauben mag, sondern dazu neigt, eine Wendung ihres Schicksals von den Waffen des Regierenden Fürsten zu erwarten …

»Und so ist es kein Wunder, dass auch innerhalb der lutherischen Gemeinde Uneinigkeit und Zwist immer mehr um sich gegriffen haben, als hätten wir nicht schon genug Kalamitäten mit den Papisten… Dieses ewige Gezänk nistet sich oft sogar in den Familien ein und stört den häuslichen Frieden«, beendete der alte Herr seine Darlegungen und schickte einen strafenden Blick in Richtung seiner Gattin, denn er bemerkte, dass sie bei der Erwähnung der Witwe und des Magisters den Mund verzog. »Auch meine Frau hat, wie die meisten ihres Geschlechts, Angst vor jedwedem Krawall und Aufruhr… Wahrscheinlich fürchtet sie, ihre Küchenschätze könnten in Mitleidenschaft gezogen werden und die Beerenmustöpfe könnten zu Bruch gehen, wenn in der Stadt in Verteidigung des Glaubens zu den Waffen gegriffen würde… Und hat nicht unser Herr gesagt: Ein jeder, der sich zu mir bekennt vor den Menschen, zu dem werde auch ich mich bekennen vor meinem Vater im Himmel«, fügte der Doktor hinzu und wiegte traurig das Haupt, doch seine Gattin erwiderte nichts, lächelte nur stumm vor sich hin und tätschelte mit ihrer kleinen, fleckigen, vom Alter pergamentgelb gewordenen Hand zärtlich das Knie ihres Mannes.

Sicher, das Kämpferische an diesem braven Mann mochte eher die von seiner Kraft genährte Entschlossenheit als eine natürliche Neigung sein, zumindest konnte ich das aus einigen Äußerungen schließen, die ich noch im Laufe unserer Fahrt von ihm zu hören bekam. Kurz bevor wir in Raab ankamen, in der letzten größeren Stadt auf dem Weg nach Ödenburg, teilte uns der alte Herr nach verlegenem Herumdrucksen und Räuspern mit, dass wir dort für kurze Zeit Halt machen müssten, um seinen Neffen, den Sohn seiner jüngsten Schwester aus Güns, mitzunehmen, einen noch nicht ganz vierzehnjährigen Buben, der für einige Wochen bei seiner Tante väterlicherseits in Raab geweilt hatte und jetzt nach Wien musste, wo er im Gymnasium der Jesuiten seine Ausbildung fortsetzen sollte, unterwegs nach Wien würde er einen Tag und eine Nacht auch bei ihm, seinem Onkel mütterlicherseits, verbringen – länger nicht, denn seine verwitwete Mutter lasse ihn nicht gern in Gesellschaft von

»Ketzern«, selbst wenn diese Ketzer der eigene Bruder und die Schwägerin sind. »Meine arme Schwester«, entschuldigte sich der Doktor, »ist ihrem Ehemann zuliebe, er war ein Adliger aus der Nähe von Güns, zum papistischen Glauben übergetreten, und wiewohl es schon zehn Jahre her ist, dass sie ihren Mann verlor, haben die dortigen Schwarzröcke die hilflose Witwe mit ihrer Arglist so umgarnt, dass sie, im elterlichen Haus im wahren Glauben erzogen, jetzt päpstlicher ist als die ärgsten Papisten und in allem dem Rat der Pfaffen folgt, und so lässt sie auch den Knaben, die arme Waise, ganz nach deren Geschmack erziehen.«

Als wir nach Raab kamen, ließ der Chirurgus die Kutsche auf einem hübschen Platz inmitten der Stadt vor einem stockhohen Haus mit schmuckem Giebel anhalten und pochte laut ans Tor. Er kann im Haus dieser angeheirateten Verwandten kaum ein gern gesehener Gast gewesen sein, denn schon ein paar Minuten später stand er, in Gesellschaft des dreizehnjährigen Knaben, wieder vor dem Haus, die Reisetruhe schleppte eine Magd hinter ihnen her. Als der Knabe sah, dass außer dem Onkel und der Tante noch zwei weitere, ihm unbekannte Personen in der Kutsche saßen, lief er rot an und blickte mit seinen großen braunen Augen zu Boden. Auf der restlichen Strecke bis Ödenburg hat der alte Arzt, dessen Liebenswürdigkeit seine Streitbarkeit um vieles übertraf, kein einziges Mal mehr die Rede auf Glaubenssachen gebracht, sondern den Buben vor allem nach der Schule und dem gesundheitlichen Befinden seiner Mutter befragt, aber auch das ließ er bald sein, als er sah, dass der sehr verlegen war und ständig errötete, wenn man das Wort an ihn richtete. Und als ich einmal irgendetwas Belangloses über Güns, die Stadt, in der er geboren und aufgewachsen war, von ihm wissen wollte, lief sein hübsch geschnittenes Gesicht geradezu purpurrot an; mir war nämlich eingefallen, dass eine der Mägde, die Susanna besucht haben, aus dieser Gegend stammte; sie hatte erzählt, und das beschäftigte mich damals lange, dass manchmal in sehr strengen Wintern die Wölfe aus den umgebenden Wäldern bis in die Stadt eingedrungen seien und sich gelegentlich sogar auf den Hauptplatz vorgewagt hätten; so hätte ich gern gewusst, ob so etwas tatsächlich möglich sei oder ob das Mädchen übertrieben hatte. »Hat Frau Lehmann dort vielleicht Verwandte?«, interessierte sich der Doktor, während der Neffe in seiner schrecklichen Verlegenheit mit versagender Stimme stammelte, er selbst habe in der Stadt noch niemals Wölfe gesehen, aber auch er wisse von alten Leuten, dass es so etwas in früheren Zeiten gegeben habe ... »Nein«, antwortete ich auf die Frage des Arztes, fast ebenso verlegen, wenn auch aus anderen Gründen als der Knabe, »ich habe keine Verwandten dort. Die Geschichte geht noch bis in meine Kindheit zurück, ich habe sie von einem Mädchen gehört, das von dort stammte, und die Sache hat meine Phantasie, wie ich mich erinnere, sehr beschäftigt, so sehr, dass ich immer wieder von Wölfen träumte: Manchmal blickten sie mit ihren feurigen grünen Augen durchs Fenster, dann wieder liefen sie auf der Straße hinter mir her, und einmal war mir gar, als säße ein riesiger weißer Wolf auf dem Dachfirst, um von da den Mond anzuheulen ...«

Diese Wolfsgeschichten hatten auf jeden Fall die erfreuliche Folge, dass weder ich noch der Bub auf der restlichen Wegstrecke irgendwelche verfänglichen Fragen beantworten mussten, denn das Gespräch drehte sich von da an nur noch ums Wetter und um Träume. Angestrengt und mit Mühe versuchte sich der alte Herr in Erinnerung zu rufen, in welchem Jahr dieser denkwürdige harte Winter gewesen sein könnte, als die Vögel im Fluge erfroren und zu Boden fielen, die Menschen aber wegen der Schneemassen tagelang in ihren Häusern eingeschlossen waren. »Es könnte der Winter 76 gewesen sein«, mischte sich Vater ein, der bis dahin kaum etwas gesagt hatte, und er fügte hinzu, dass er sich deshalb so genau zu erinnern glaube, weil in jenem Winter nach längerer Zeit der Weiher wieder einmal fest zufror und er gegen die Ermahnung seiner Mutter mit seinen Spielkameraden immer wieder zum Schlittern aufs Eis gegangen war, bis sich dann herausstellte, dass die mütterliche Warnung auch diesmal wohlbegründet war, denn einer von ihnen, ein kaum siebenjähriger Bub, der sich auf dem Eis zu weit vom

Ufer entfernte und in die Nähe einer warmen Quelle geraten sein musste, brach ein. Unterdessen erzählte mir die Frau des Doktors, dass auch sie in der Kindheit oft von Wölfen geträumt habe und noch öfter von Rübezahl, diesem rothaarigen Riesen, von dem die Köchin ihr erzählte, und sie habe damals in ihrer kindlichen Phantasie offenbar etwas durcheinander gebracht, weil sie glaubte, der Riese lebte in dem unheimlich wirkenden Haus, an dem sie täglich vorbei mussten, und er ginge von da in der Nacht auf Beutezug, natürlich fraß der gefürchtete Riese Menschenfleisch, am liebsten kleine Mädchen... Und sogar jetzt hätte sie noch manchmal derart verrückte Träume, wenn auch nicht mehr so oft, berichtete sie. Einmal zum Beispiel, es wäre noch gar nicht so lange her, habe sie geträumt, die Wachsoldaten des Militärkommandanten der Stadt Trautmannsdorf zögen beritten und in voller Rüstung in ihre Küche ein, um jeden einzelnen Topf mit den Leckerbissen, die ihr Mann so gern mochte, den in Honig eingelegten Walnüssen, für militärische Zwecke zu requirieren. »Wahrscheinlich hat mein Mann deshalb erwähnt, wie besorgt ich um meine Mustöpfe bin«, fügte sie lachend hinzu. Das Komischste aber sei gewesen, dass er selbst den Trupp anführte, und zwar hoch zu Ross – dabei schob die mütterliche Freundin ihren Kopf ganz nah an mein Ohr und beobachtete ihren Mann mit übermütig funkelnden Augen, doch der war zum Glück so sehr ins Gespräch mit Vater vertieft, dass er von unserem Schwatz nichts mitbekam –, angeführt aber hätte die ganze Heerschar die Witwe, die sei, in der Uniform der Stadt-Garnison, bis an die Zähne bewaffnet, ihrem Haufen vorangeschritten, und, das Schönste, ihre Oberlippe habe ein ansehnlicher, spitz aufgezwirbelter Schnurrbart geziert...

(An eine Begebenheit auf unserer Kutschfahrt nach Ödenburg weiß ich mich auch nach so langer Zeit noch ganz lebhaft zu erinnern: Als das flache Land allmählich von bewaldeten Hügeln abgelöst wurde und in der dunstigen Hitze des zu Ende gehenden August, die uns bleischwer in den Gliedern hing, schon die bläulichen Gipfel des auch im Sommer schneebedeckten Bergmassivs auftauchten, wurde ich plötzlich auf schmatzende, klatschende Geräusche aufmerksam, die, wie mir schien, von den auf der Straße rollenden Rädern herrührten, und noch bevor ich herausgefunden hatte, welche Bewandtnis es damit hatte, wusste ich, dass etwas so Ekelerregendes nie in meinem Leben an mein Ohr gedrungen war. Der gutmütige Doktor, der nun selbst auf die sonderbaren Geräusche aufmerksam wurde, bat den Kutscher, mit dessen Wagen wir reisten, er möge sein Gefährt kurz anhalten, was der auch widerwillig und murrend tat. »Frösche«, sagte er, und als ich mich aus dem Kutschenfenster beugte, sah ich, dass vor uns auf der Straße, einer der ägyptischen Plagen gleich, massenhaft braunrote Frösche in einem unendlichen Zug hüpfend von einer Straßenseite zur anderen unterwegs waren, und auf das schon hinter uns liegende Straßenstück zurückblickend, vermeinte ich, an winzige menschliche Missgeburten gemahnende Gebilde und im Straßenstaub ihr grünschwarzes, klebriges Blut zu sehen.)

Auch später, als wir schon in Ödenburg waren, überließ uns das gütige alte Ehepaar nicht einfach unserem Schicksal, die Straßen und die Bewohner der Stadt waren in Vaters Gedächtnis zwar noch ganz gegenwärtig, doch, wie sich dann herausstellte, erinnerten sich die Hiesigen an ihn, den jüngeren Sohn des alten Apothekers, nur noch sehr schwach, die meisten hatten längst vergessen, dass es ihn überhaupt gab. Deshalb und wohl auch, weil er hoffte, dass sie beide sich gegenseitig besser würden zuarbeiten können, als dies mit seinem unbeholfenen und unzuverlässigen Bruder möglich gewesen war, lud uns der alte Doktor häufig zu sich ein. Sie wohnten in einem einstöckigen Haus nahe dem Salzmarkt in der Neugasse, unweit der Stadtmauer und der Bastei, die die Stadt kurz vor unserer Ankunft unter Leitung italienischer Baumeister hatte errichten lassen. Nur zwei-, dreihundert Schritt vom Haus des Arztes entfernt stand unser Haus: Ich erinnere mich noch, wie oft wir auch nach Einbruch der Dunkelheit diese kurze Wegstrecke gegangen sind, dann und wann wirbelten goldfarbene Schneeflocken im Lichtkreis der Laterne, die Vater vor sich hertrug, oft, wenn der Mond so hell herunterschien, benötigten wir gar kein Licht, bei dem unheimlichen grünlichen Schein verloren die Häuser mit den spitzzulaufenden Dächern, ja sogar der stattliche Turm ihre wahren Ausmaße und erinnerten an Spielzeughäuser aus Pappe oder an in den Buden der Gaukler aufgestellte Prospekte. Ich erinnere mich, wie an regnerischen Abenden der gelbe Kegel des Laternenlichts von einer Pfütze zur anderen taumelte und das schwarze Spiegelbild der stummen Häuser auf der Oberfläche der dunkel glänzenden Wasserlachen wiedergab, ganz so, als schimmerten Gassen irgendeiner versunkenen Stadt oder des unterirdischen Totenreiches durch und dämmerten in manchen Augenblicken zu meinen Füßen aus der aufgeweichten Erdkruste herauf, wenn ich mit hochgerafftem Rock den Pfützen auswich. Ich erinnere mich noch, wie erschrocken ich war, als wir zum ersten Mal nach Einbruch der Dunkelheit vom Haus des Arztes aus heimwärts gingen und Vater bei einer größeren Pfütze oder vor einem anderen Hindernis die Laterne etwas anhob und mich in Augenhöhe plötzlich die Gesichter von zwei bissig grinsenden Steinungeheuern ansprangen, als wären sie soeben erst mit Fledermausflügeln aus irgendeinem Winkel der Hölle herangesegelt oder als hätten sie seit ewigen Zeiten dort gehockt und nur darauf gewartet, sich jetzt auf mich zu stürzen.

Das schöne, geräumige Haus des Doktors hatte seine Frau als einziges Kind von ihrem Vater, einem begüterten Kaufmann, geerbt. In dem Saal (Stube kann ich diesen Raum nicht nennen, denn er hatte tatsächlich die Ausmaße eines Saales), wo man die Gäste zu empfangen pflegte, waren allerlei tanzende Figuren auf die Wände gemalt, und als wir zum ersten Mal dort weilten und meine ältere Freundin mich Arm in Arm durchs Haus führte, erzählte sie lachend, wie sehr diese weinlaubbekränzten Tänzerinnen mit den flatternden Gewändern ihre Phantasie beschäftigt hatten, als sie noch ein kleines Mädchen war, und dass es ihr am Abend, beim Licht der flackernden Kerzen, wenn auch sie ganz kurz bei den Gästen sein durfte, bevor die Kinderfrau sie zu Bett brachte, so vorgekommen sei, als ob diese lebendig wären und sich bewegten. Meistens sei das geschehen, wenn ihr Vater zu einem feierlichen Anlass Spielleute bestellte und die in diesen Mauern hier musiziert hätten. Oft habe sie versucht, die gemalten Tänzerinnen zu überraschen, wenn diese, im Saal allein geblieben, ihr geheimes Treiben auch bei Tag fortsetzten, sie habe durchs Schlüsselloch gespäht, ein andermal, wenn sie sich im Saal allein aufhielt, in einer Ecke gekauert und sich lange Zeit nicht gerührt, um ihre Wachsamkeit zu überlisten. Beim Zuhören spürte ich im Herzen einen gewissen Neid auf die Frau: Ich neidete ihr dieses saubere und überschaubare Leben, das in solchem Gleichmaß und am gleichen Platz abgelaufen war, vom Kleinkindalter bis in die späten Jahre, bis zum vielleicht gar nicht mehr fernen Tod, und sie konnte jedermann ins Auge sehen, musste sich nicht verstellen, an ihr gab es nichts Zweifelhaftes, sie hatte auch nichts zu verbergen, nichts, was das Tageslicht scheuen musste.

In diesem mit Tänzerinnen geschmückten Saal versammelten wir uns auch, als die beiden, der Doktor und seine Gattin, uns zu Ehren eine größere Gesellschaft gaben. Vater unterhielt sich im Kreis der Herren mit seinen neuen Bekannten, weit weg von mir am anderen Ende des Saales, und ich stand schon eine ganze Weile einsam in einer Fensternische, weil meine neue alte Freundin durch ihre Hausfrauenpflichten an anderer Stelle gebraucht wurde und ich in der ganzen Gesellschaft keine einzige Seele kannte. Nicht weit von mir standen drei oder vier jüngere Frauen und Mädchen beisammen und waren in ein lebhaftes Gespräch vertieft, von Zeit zu Zeit blickten sie zu mir herüber. Die Art, wie sie mich musterten, erregte in mir den Verdacht, dass sie über meinen Zustand plauderten, und zwar so hitzig, sich gegenseitig ins Wort fallend, dass mich eine schreckliche Angst befiel. Vergeblich sagte ich mir, wenn sie mich für die hielten, für die ich mich auszugeben hatte, so müssen sie meinen Zustand doch für ganz und gar normal halten. Und wie das Kaninchen vor der Schlange erstarrte ich, als die eine von ihnen, eine hübsche, hochgewachsene, freundliche junge Frau mit feurigen schwarzen Augen, die meine vertrackte Lage gespürt haben muss, sich von der Gruppe löste und zu mir eilte. Sie ergriff meine Hand und lächelte mich gütig mit den neckisch blitzenden Augen an.

»Du brauchst dir keine Sorgen zu machen, alles wird gut gehen! Überlass die Sache nur uns: Sie sollen nichts erfahren, gar nichts!«, sagte sie munter und in verschwörerischem Ton, ich aber starrte sie verdutzt und verständnislos an, es hätte nicht viel gefehlt, und mir wäre etwas Unvorsichtiges über die Lippen gekommen, denn in meiner Verwirrung dachte ich einen Augenblick lang, diese Frauen wüssten Bescheid über meine wahre Situation und wollten mir dennoch helfen.

»Ach du, die Arme weiß ja gar nicht, wovon du sprichst!«, mischte sich eine andere von den Vieren ein, auch sie war ziemlich jung und, ihrer Kleidung nach zu schließen, auch noch unverheiratet. Und dann kamen sie alle zu mir hin und erklärten mir, worüber sie vorhin beraten hatten und inwiefern sie mir behilflich sein wollten. Ich wüsste doch sicherlich, begann die hübsche junge Frau mit den feurigen Augen, dass die Stadt gezwungen worden sei, sich von ihren Predigern zu trennen, und dass die Bürger, statt sich die falsche Botschaft der Papisten-Pfarrer anzuhören und die Sakramente aus ihrer Hand entgegenzunehmen, nach Neckenmarkt und Deutschkreuz gingen, wo sie das Gotteswort aus dem Munde ihrer eigenen Pastoren hören könnten, und sie brächten auch ihre Kinder zur Taufe dorthin. Pfarrer Spillinger, der sich darüber sehr aufrege – vor allem deshalb, weil er dadurch ums Stolageld kommt –, bemerkte eine andere, etwas fülligere Person mit lachendem Gesicht, laufe ständig mit Beschwerden über die Stadt zum Bischof, der gar keiner Klagen bedürfe, um bei Hofe vorstellig zu werden und die Ödenburger wegen des beharrlichen Festhaltens an ihrem Glauben und der mutigen Auflehnung gegen die Despotie der Papisten anzuschwärzen. Sicher, schon bisher hätten alle eine Geldbuße zu zahlen, die dabei ertappt wurden, dass sie außerhalb der Stadtmauern getraut worden seien oder ihre Neugeborenen taufen ließen, des ungeachtet sei man im Rat, dessen überwiegender Teil im Herzen selbst zu den Evangelischen hält… »Aber er ist feige!«, mischte sich die Vierte, eine große, hagere Weibsperson mit flammenden Augen ein…, bestrebt, ein Auge zuzudrücken und auf dem Heimweg von Neckenmarkt oder Deutschkreuz möglichst niemanden zu erwischen, weil man wisse, welcher Sturm der Erregung im Kreise der rechtgläubigen Bürgerschaft ausbrechen würde, wenn jemand hart bestraft würde, nur weil er auf sein Gewissen gehört und die Anordnung des Rates missachtet habe… »Wissen wir doch, dass wir Gott Gehorsam schulden und nicht dem Caesar!«, mischte sich erneut die junge Hagere lautstark ein. Mit der Zeit wurde es allerdings dem Bischof zu viel, und er beschwerte sich beim Erzherzog; der maßregelte den Rat und ordnete an: Die Geburtshelferinnen haben jede Geburt, zu der sie gerufen werden, dem Rat zu melden. Als die sich mit lobenswerter Courage weigerten, die Anordnung zu befolgen, ließ man sie ins Verlies unter dem Turm sperren, und sie kamen nur frei, wenn sie sich verpflichteten, innerhalb von zwei Tagen Meldung zu machen, sobald sie in Erfahrung brachten, dass in einem Haus ein Kind zur Welt gekommen wäre. Seither sei von den sechs Geburtshelferinnen der Stadt die eine mehr, die andere weniger bestrebt, ihrer Verpflichtung nachzukommen, sie aber kennten eine, so sagte die junge Frau mit den feurigen Augen, eine gewisse Kornhuberin, der man vertrauen könne, sie würde die Geburt nie früher als fünf Tage später melden, und innerhalb dieser Zeit ließe sich der Weg nach Neckenmarkt oder Deutschkreuz immer gut bewerkstelligen. Diese Kornhuberin bezeuge auch, wenn es sein müsse, dass das Neugeborene in Lebensgefahr gewesen sei und man sofort nach der Geburt eine Nottaufe habe vornehmen müssen, und zwar gleich im eigenen Haus und durch eine Person, die nicht geistlichen Standes sei…

»Du! Sie wollen die Kornhuberin für sie bestellen!«, rief die Hausherrin dem alten Arzt, ihrem Manne, hinüber, der in der anderen Stube beschäftigt war, als ich ihr einige Tage danach berichtete, worüber die Frauen bei der Gesellschaft mit mir geredet hatten, sie sprang mit jugendlicher Behändigkeit von ihrem

Stuhl auf und eilte zur anderen Stube hin, wo der Doktor gerade ein medizinisches Gerät überprüfte. Als er die vorwurfsvollen Worte vernahm, zog er den Kopf ein und brummte vor sich hin, dann sagte er sichtlich schuldbewusst, diese Frau, die Kornhuberin, hätte sich in letzter Zeit sehr zusammengerissen, und seit er sie sich einige Male vorgenommen habe, sei sie nicht mehr betrunken gesehen worden, und es gebe auch keine weiteren Beschwerden gegen sie.

»Natürlich nicht, weil es diesen verrückten Frauen auch nichts ausmacht, wenn diese Hebamme ein Neugeborenes auf den Kopf fallen lässt, die Hauptsache ist, dass man es nicht von einem Papisten-Pfarrer taufen lassen muss!«, platzte die alte Dame heraus, dann schloss sie energisch die Tür zwischen den beiden Stuben, so dass ich von dem weiteren Wortwechsel nichts mehr mitbekam, doch hörte ich später von irgendeiner Seite, dass die Kornhuberin genannte Hebamme früher bei Geburten oft angetrunken war und ihr einmal tatsächlich ein Neugeborenes entglitten sei, es wurde auch berichtet, dass sie einen Säugling ins viel zu heiße Badewasser habe fallen lassen, doch die Witwe ließ die auf diese Weise zu Schaden gekommene Familie durch ihre Getreuen so lange bearbeiten, dass man es unterließ, die Angelegenheit dem Rat zu melden, der sonst der Hebamme gewiss untersagt hätte, ihr Gewerbe weiterhin auszuüben. Die Kornhuberin wurde seither in der Hand der Witwe zu einem zahmen Lämmchen, und für eine kleine Summe Geldes oder auch nur aus gebotener Dankbarkeit verspätete sie sich bei der Anmeldung einer Geburt fast immer so lange, bis die Taufe in Neckenmarkt oder Deutschkreuz schon stattgefunden hatte.

Die Sache mit der Kornhuberin war für mich nur eine der Ängste, die mich quälten, und bei weitem nicht die schlimmste. Vater füllten diese ersten Tage in Ödenburg völlig aus, er freute sich über die wieder entdeckten alten Plätze und Gegenstände, und für anderes war, so schien es, in seinem Kopf kein Platz. Einmal blieb er, in Erinnerungen versunken, bei einem Nähtischchen, dann neben einem alten Ohrensessel mit feuchten

Augen und in die Ferne schweifendem Blick stehen, ein andermal drehte und betrachtete er gerührt den versilberten Zinnbecher in seiner Hand und erzählte, dass ihm der schon als Kind gehörte und dass seine Mutter niemanden sonst daraus trinken ließ. Wir liefen zu zweit durch die ganze Stadt, und Vater wusste genau, wer seinerzeit in welchem Haus gewohnt hatte, wo die Schule, wo die Apotheken gewesen waren: Allmählich hatte ich den Eindruck, ich würde mich in dem Ödenburg von vor fünfundzwanzig Jahren besser auskennen als in der Stadt, wie sie jetzt, zu meiner Zeit, aussah. Wir umrundeten die Stadtmauer, von der aus man die schillernden Fischteiche und in der Ferne die bläulichen Weingärten sehen konnte, Vater erinnerte sich an die Weinlesen von damals und daran, wie er an warmen Sommertagen mit seinen Kameraden in den Tümpeln und Teichen gebadet hatte und wie sie, zum Ärger der Teichbesitzer, mit bloßen Händen und mit an Haselnussstecken festgemachten Angelschnüren Fische gefangen hatten. Schön und sonnig war in diesem Jahr auch noch das allerletzte Ende des Marienmonats August, und mir kam es schon fast so vor, als seien die Leutschauer Zeiten zurückgekehrt, in denen wir, Vater und ich, zu zweit miteinander lebten, besser gesagt zu dritt mit der Frau Helene, besonders, nachdem es gelungen war, hier eine Nachfolgerin für Helene zu finden, die zwar äußerlich und in ihrer Art kein bisschen an diese Vorgängerin erinnerte, aber doch bei der Arbeit und im Haus ebenso geschickt und erfahren war und mir so mein Dasein sehr erleichterte. Eine hübsche junge Frau mit feurigen Augen, Lucia hieß sie, die ich bei der Arztfamilie kennengelernt hatte, kam mit der Nachricht zu mir, dass sie für mich eine zuverlässige Magd wüsste. Kurz darauf stellte sie sich dann mit diesem Mädchen ein, deren Äußeres mich anfangs ziemlich erschreckte, denn sie war lang wie eine Bohnenstange, knochig und hatte eingefallene Wangen, die hervortretenden Augen sprangen ihr förmlich aus dem Gesicht, und ihre Haare waren wie Werg, das Kinder ihren Stoffpuppen an die kahlen Schädel pappen, und noch dazu erwies sie sich als äußerst maulfaul, starrte mich nur, wenn ich etwas sagte, einen Augenblick lang grimmig und, meinem Eindruck nach, drohend an, dann tat sie brav ihre Pflicht. Und die Arbeit verschwand ihr förmlich unter den Händen, auch wenn ich an irgendeine Verrichtung gar nicht gedacht hatte, erledigte sie von sich aus alles, was getan werden musste. Eine Zeit lang, ja, da hatte ich Angst vor ihr, weil ich glaubte, vielleicht habe die Witwe sie mir auf den Hals geschickt, damit sie uns ausspionierte, doch sie war so verschwiegen und verschlossen, zeigte so wenig Interesse an unseren Angelegenheiten, soweit sie nicht den Haushalt betrafen, dass ich diesen Verdacht schließlich wieder fallen ließ.

Alles in allem hätte ich mich in diesen ersten Wochen in Ödenburg sogar glücklich fühlen können, wenn in mir nicht ständig die Angst gewesen wäre, mein Geheimnis könnte entdeckt werden. Offensichtlich hatte auch Vater darunter zu leiden, und das Heimlichtun muss ihm die Freude über seine Rückkehr in die geliebte Heimatstadt getrübt haben. Ohne dass wir uns darin abgesprochen hätten, waren wir beide bemüht, einen möglichst großen Teil der Wahrheit als Bausteine in das Gebäude der Täuschungen einzufügen, und so verbreiteten wir, teils gezielt, teils unabsichtlich, dass mich mein Vater (der wahre) schon seit meiner Kindheit kenne, denn mein Vater (der erfundene) war Besitzer der Apotheke in Leutschau, und mein Vater (der wahre) hatte in seinen jungen Jahren bei ihm als Gehilfe gearbeitet. Schließlich hätte er nach dem Tod meines Vaters (des erfundenen) die Apotheke von dessen Witwe gekauft und mich, sobald ich im entsprechenden Alter war, geheiratet. Diese Geschichte war die ungefährlichste, weil es so am wenigstens wahrscheinlich war, dass wir uns durch ein unbedachtes Wort verraten würden, und weil in Ödenburg sowieso niemand meine unglückliche Stiefmutter kannte, brauchte ich nicht zu versuchen, mir ihre Gestalt oder ihre Eigenschaften wie eine Faschingsmaske überzustülpen. So war die Person, für die ich mich ausgeben musste, in vielem identisch mit jener anderen, die ich in Wirklichkeit war, sollte ich überhaupt jemand gewesen sein. Mir kam es vor, als schaute ich auch auf mich selbst wie durch die runden Butzenscheiben der auf den Platz hinausgehenden Fenster: Wie das dicke Glas nagte die Lüge die Umrisse der tatsächlichen Figur an, umgab sie mit irisierendem Licht, verlängerte, verbog sie.

Und da ich die ersten Ödenburger Wochen ohne jedes Missgeschick überstanden hatte, wurde ich übermütig, begann leichtfertig zu hoffen, dass auch jene andere Gefahr so einfach zu bannen wäre, die eine Ankunft des Kindes zur Unzeit mit sich bringen würde, weil Vater dadurch klar werden könnte, dass er von mir hinters Licht geführt worden war, nicht nur, was die Zeit meines Fehltrittes, sondern auch, was die Art und Weise anging und schließlich die Person des Verursachers. Törichterweise hoffte ich, Vater habe im Grunde seines Herzens schon die ganze Zeit gewusst, dass ich nicht die Wahrheit gesagt, und wolle nun, nachdem er es stillschweigend zur Kenntnis genommen, nicht mehr daran rühren, nicht über die Sache reden. Denn er konnte mich ja nicht bloßstellen, ohne zugleich auch die andere, viel schwerwiegendere Lüge aufzudecken, einzugestehen, dass ich nicht diejenige war, für die man mich in der Stadt hielt, denn damit hätte er sich selbst ein fast ebenso großes Ungemach aufgeladen wie mir. Und wenn er vielleicht auch Zweifel daran hegte, ob ich seine leibliche Tochter war, so liebte er mich doch mit väterlicher Zuneigung und würde alles tun, um mich vor der weltlichen Gerichtsbarkeit zu beschützen.

Es dauerte aber gar nicht mehr lange, bis meine Hoffnung bitter enttäuscht wurde. Die Gedanken meines Vaters drehten sich um die Angelegenheiten, die mit der Weinlese zu tun hatten, denn es ging schon auf das Ende des Erntemondes zu, zumal in diesem Jahr, wie ich schon erwähnte, das warme, sonnige Wetter ungewöhnlich lange angehalten hat, und so war mit einer frühen Lese zu rechnen. Vater überlegte gerade, ob er die Helfer für die zweite oder dritte Woche des Michaelismonats aufnehmen sollte, als er plötzlich einen Augenblick innehielt, angestrengt nachdachte, mich dann ansah und fragte:

»Orsolya, wann kommt denn eigentlich deine Zeit?«

Obwohl ich mich schon lange vor dieser Frage fürchtete, hatte ich in diesem Augenblick keine Antwort zur Hand. »Ich denke, gegen Ende des Michaelismondes, wenn ich richtig gerechnet habe«, stotterte ich nach einigem Schweigen.

»Das kann doch nicht sein!«, schnippte Vater ungeduldig mit den Fingern. »Überleg doch: Diese Räuberbande, ich meine die Landsknechte, sind noch vor Weihnachten, so um den Nikolaustag herum, in die Stadt eingefallen und haben dort ihr Unwesen getrieben.«

»Ach nein, Vater, Ihr erinnert Euch nicht richtig«, stammelte ich heimtückisch und feige, im ersten Schrecken nannte ich ihn wieder »Vater«, obwohl ich das seit einiger Zeit, auch wenn wir unter vier Augen sprachen, zu vermeiden suchte, » es war schon nach Neujahr, Ihr selbst habt doch gesagt, diese Schurken haben auch noch den Rest des Weihnachtstruthahns fortgeschleppt!«

Und kaum dass ich es ausgesprochen hatte, begann ich es selbst zu glauben und hörte förmlich die aufgebrachte Stimme des Vaters und das weinerliche Lamentieren der Stiefmutter, mit der sie dem Truthahn nachtrauerte, wiewohl ich natürlich genau wusste, dass die Landsknechte uns in den ersten Tagen des Weihnachtsmonats heimgesucht hatten.

»Du musst es besser wissen«, ließ Vater mir missmutig Recht und kam ein, zwei Tage lang nicht darauf zurück.

»Du, ich glaube doch, dass du dich irrst, Orsolya«, sagte er eines Tages beim Abendessen und schob den Teller weg. Ich hatte schon seit einigen Augenblicken bemerkt, dass er nicht aß, sondern mit zusammengezogenen Brauen nachsann und, wie ich fürchtete, wieder über der Sache brütete. »Ich erinnere mich ganz genau, dass am Neujahrstag der Wind den Schnee durchs zerbrochene Fenster wehte, an dem die Landsknechte das Glas eingeschlagen hatten!«

»Dieses Fenster war schon vorher kaputt! Kinder haben es mit einem Stein eingeworfen«, behauptete ich hartnäckig und senkte meine Augen auf den Teller, um seinem Blick auszuweichen. »Erinnert Ihr Euch nicht? Sogar der neue Kachelofen hat eine Schramme abbekommen... Der Stein lag noch in einer kleinen Wasserlache davor, denn die Lausbuben müssen ihn in einen Schneeball gesteckt haben«, versicherte ich steif und fest und sah Vater mit meinem unschuldigsten Blick ins Gesicht. Ich hoffte, diese glaubhaft klingenden Einzelheiten würden das Vertrauen in seine Erinnerung eher erschüttern als das Vertrauen in mich. Seltsam, in diesem Augenblick sah ich plötzlich auch selbst ganz deutlich diesen Stein vor mir: Von der Größe einer Kinderfaust lag er auf dem Boden unserer größeren Stube in Leutschau und glänzte feucht vom geschmolzenen Schnee, als umschlösse er eine Silberader.

Vater sah mich mit zusammengekniffenen Augen an, und ich merkte, dass Zorn und die vage Hoffnung in ihm rangen, dass ich vielleicht doch die Wahrheit sagte. Dann winkte er erregt ab und ließ mich allein zurück; ich atmete ein wenig auf, obwohl ich ahnte, selbst mit der raffiniertesten Lüge konnte ich mir nur einen kleinen Aufschub einhandeln, und so geschah es denn auch.

»Wie auch immer es gewesen sein mag, jetzt ist es bald so weit mit dir«, fing Vater eine Woche später wieder damit an; wir waren auf dem Heimweg vom Weingarten, wo sich unter dem Spitzenrock des Weinlaubs manches eingesponnene Traubenbüschel während des Wachsens und Reifens der Beeren schon zu einem quadratischen Klumpen zusammengepresst hat und wegen des starken Regens in der vergangenen Woche bereits in gärende Fäule überging. Wie wir in der nebligen Dämmerung des Herbstabends so nebeneinander herschritten, war mir, als bewegten wir uns im gebrochenen Licht einer Unterwasserlandschaft; da überkam mich einen Augenblick lang die Versuchung, ihm alles zu erzählen, so wie es gewesen war, und wenn wir uns schon vor der Welt verstellen mussten, so sollten wir wenigstens eins zum anderen Vertrauen haben und miteinander ehrlich sein. Als aber er selbst die Angelegenheit ansprach, erstarrte mein ganzer Körper wie ein Stück Wild, wenn es verdächtige Geräusche vernimmt.

»Ich kann einfach nicht verstehen, wie du dich so verrechnen konntest…, wir haben doch den Plan gehabt, höchstens zwei Wochen bei den Verwandten in Lenzendorf zu verweilen und sobald du aus dem Kindbett aufstehen kannst, also um die Mitte des Marien- und Erntemondes, nach Ödenburg aufzubrechen … Da müsstest doch auch du noch so gerechnet haben, dass es vor Weihnachten passiert ist!« Während Vater dies sagte, schnippte er nervös mit zwei Fingern der zur Faust geschlossenen Hand, als könnte er seine Erregung nur sehr schwer im Zaum halten. »Orsolya, du, sagst du auch bestimmt die Wahrheit? Ist dieses Kind tatsächlich von dem Landsknecht? Lügst du mich nicht an?«, und er sah mich mit entsetzten Augen an, doch auch ein wenig Unsicherheit sah ich in seinem Blick, denn ganz gewiss war er sich seiner Sache nicht. »Du weißt, dass ich alles, was ich habe, vielleicht sogar mein Leben, aufs Spiel setze, nur um dich zu schützen, und erwarte dafür nichts anderes von dir als Vertrauen und dass auch du ehrlich zu mir bist. Warum verheimlichst du mir, von wem du das Kind hast?«, beschwor er mich mit flammenden Augen. »Vielleicht willst du gar nicht deine eigene Sünde decken, sondern die deines Schächers?«

»Ihr wolltet mich doch vor den Haiducken in Sicherheit bringen, deshalb habt Ihr mich früher von Eisdorf weggeholt … Und da habt Ihr gesagt, wir können so lange in Lenzendorf beim Onkel bleiben, wie es nötig ist … Ich verstehe nicht, warum Ihr mich jetzt beschuldigt«, gab ich mit versagender Stimme zurück, als würde ich im nächsten Moment in Tränen ausbrechen. Einen Augenblick lang glaubte ich es mir selbst, dass er mich wegen eines unbegründeten Verdachtes quälte, und begann zu weinen. Vater sah mich mit düsterem Gesicht an, dann presste er die rechte Handfläche gegen seine Stirn, als fürchte er, den Verstand zu verlieren.

»Du treibst mich noch zum Wahnsinn, Orsolya!«, sagte er in einem wahrlich erschütternden Ton, aber an diesem Tag bedrängte er mich nicht mehr weiter mit Fragen.

Über die jungen Frauen, die damals im Haus des Arztes so bemüht waren, mich wegen der Hebamme und der Taufe zu beruhigen, erzählte mir meine Wohltäterin das eine oder andere. Die hübsche junge Frau mit den feurigen Augen sei die Tochter des

Goldschmieds, dieses gewissen Imre Pápai, der als Einziger unter den Ratsmitgliedern die Unterschrift unter die Verpflichtung verweigert und durch seine Standhaftigkeit die anderen Ratsherren beschämt hat. Das magere, aufbrausende Mädchen mit den scharfen Zügen sei die jüngere Schwester des Schulmeisters, dem der jetzige Pfarrer einmal in aller Öffentlichkeit eine Ohrfeige gab, weil Magister Zeitvogel, der die Schüler der Lateinschule voll Eifer Griechisch und Latein lehrte, die Zöglinge oft vom Besuch der Messe und der Vesper abgehalten hat, obendrein statt der papistischen Choräle verbotene lutherische Kantaten bei Begräbnissen singen ließ. Die Dritte, ein untersetztes Mädchen, das so geräuschlos wie eine Katze einherschlich und die Augen meist zu Boden senkte, wenn sie sprach, aber sei die Tochter des anderen verbannten Schulmeisters, der bis zu seiner Flucht die unteren Klassen unterrichtete. Er nahm auch seine kleinere Tochter, diese Marta eben, mit (die ältere war damals bereits hier in der Stadt verheiratet: mit einem Fleischhacker und, zum Leidwesen der jüngeren Schwester, einem Papisten). Später aber soll der Schulmeister wegen der Schmach und den Umständen der Verbannung zugrunde gegangen sein, zumindest hat die jüngere Tochter dies in der Stadt verbreitet. »Betrunken ist er in einem Graben ersoffen«, sagte meine neue Freundin mit ihrer bösen Zunge; die unglückliche Waise hatte keine andere Wahl, als in die Stadt zurückzukehren und im Haus der Schwester und des Fleischhackers, dieses Papisten, Unterschlupf zu suchen, sie selbst aber blieb eine der eifrigsten Anhängerinnen des Augsburger Bekenntnisses und wurde die Vertraute – andere sagten Spionin – der Witwe, die häufig ihre Wünsche durch ihren Mund der Versammlung der Gläubigen zur Kenntnis gab, ebenso wie es der Magister Jonas durch den Mund der Witwe tat.

Von diesen drei Frauen, die ich im Haus des alten Arztes kennengelernt habe, gefiel mir die Marta am wenigsten, und so war ich auch nicht sehr erfreut, als sie mich ein paar Tage danach aufsuchte. Wegschicken konnte ich sie nicht, und meine Einsilbigkeit störte sie nicht, nein: Sie hat ihre Neugier geradezu angestachelt, so sehr, dass sie bald täglich bei uns erschien. Diese Besuche waren mir anfangs sehr lästig, denn ich spürte, dass ich diesem Mädchen gegenüber ganz besonders auf der Hut sein musste und verloren wäre, wenn mir in ihrer Gegenwart ein unbedachtes Wort über die Lippen käme. Ob sie nun tatsächlich für die Witwe spionierte oder ob es ihre eigene Neugier war, auf jeden Fall verstand sie sich bestens darauf, die Wachsamkeit des Gesprächspartners einzuschläfern und einem auch das zu entlocken, was man lieber für sich behalten hätte. Äußerlich machte sie im Übrigen einen kränklichen Eindruck, sie war bleich, als hätte sie soeben eine schwere Krankheit überstanden, ihre Lider waren stets ein wenig gerötet. Sie sprach leise, mit weicher, sanfter Stimme, sah ihr Gegenüber nicht an, ihr Blick ruhte unentwegt in ihrem Schoß. Sie trug stets ein Tüchlein zum Besticken oder irgendein anderes Nähzeug bei sich, und immer wenn das Gespräch ein Thema berührte, von dem sie ahnte, dass ihre Gesprächspartnerin darüber lieber schweigen würde, begann sie, das Tüchlein mit langsamen, gleichmäßigen Bewegungen zu streicheln, als wäre es eine Katze, während sich ihr Mund in kaum merklicher Genugtuung verzog. Ich lernte bald, gerade dann besonders Obacht zu geben, auch hatte sie die Angewohnheit, dann, wenn sie glaubte, mit ihren Worten einen empfindlichen Punkt getroffen zu haben, plötzlich aufzublicken und mir mit ihren kalten grauen Augen scharf und forschend ins Gesicht zu schauen, wie es der Richter bei einem armen Sünder tut, wenn er ihm eine Frage stellt und sich der mit einem unbedachten Wort leicht ins Unglück redet.

Zu meinem Glück schnüffelte das Mädchen nicht in Sachen herum, die ich um jeden Preis geheim halten wollte, ihre Neugier galt lediglich solchen Angelegenheiten, bei denen ich mich völlig unschuldig wusste, zum Beispiel der Frage, ob ich insgeheim mit dem »Feind«, also den Papisten, oder, was noch schlimmer wäre, mit dem Kreis um die Gräfin paktierte. Weiter hätte sie mir, glaube ich, gern auch irgendeine Liebesaffäre angehängt, falls so etwas aufzuspüren gewesen wäre: Über diese Absicht konnte ich nur bitter lächeln, und gern malte ich mir aus, was für ein Gesicht sie machen würde, wenn sie eine Ahnung von der Wirklichkeit hätte.

Eines Morgens, gegen Ende des Marien- und Erntemondes, als wir schon ungefähr einen Monat in Ödenburg weilten, stellte sich Marta bei uns ein und verkündete, sie habe eine gute Nachricht für mich: Die Witwe möchte mich kennenlernen. Ihr sei zu Ohren gekommen, dass wir gerade aus Leutschau gekommen wären, und sie hoffe, das eine oder andere über die dortigen Zustände von mir zu erfahren, das von mir Gehörte könnte dazu beitragen, Neuigkeiten, die sie aus anderen Quellen habe, zu bestätigen oder deren Unrichtigkeit nachzuweisen. Ich starb fast vor Schreck, als ich vernahm, dass die Witwe bestimmte Verbindungen zu Personen in Leutschau oder der Umgebung habe, und beruhigte mich erst ein wenig, als Marta – ohne zu ahnen, welch dicken Stein sie mir damit vom Herzen rollte – säuselte, die Witwe stehe zwar mit der Witwe des Pastors von Käsmark und einigen anderen Personen aus diesem Städtchen in brieflicher Verbindung, kenne aber in Leutschau überhaupt niemanden, und aus eben diesem Grund möchte sie mich über die dortigen Zustände befragen. Mir wäre zwar lieber gewesen, ich hätte diesem Gunstbeweis auf irgendeine Weise ausweichen können, stammelte auch etwas von den sich vor mir auftürmenden häuslichen Arbeiten, doch meine Besucherin tat so, als hörte sie meine Ausflüchte gar nicht, und sagte, bevor sie ging, dass sie mich anderntags gegen fünf abholen werde.

Ich will gar nicht bestreiten, dass ich auf diese so oft erwähnte Witwe ein wenig neugierig war. Sie wohnte am Salzmarkt in einem ganz stattlichen einstöckigen Haus. Die Einrichtung war, abgesehen von einigen wertvollen Teppichen, auffallend schlicht. Hier gab es keine tanzenden Gestalten an den Wänden des Zimmers, in dem sie uns empfing, und sollten einmal welche dort gewesen sein, so hatte man sie längst übermalt. Die Frau, die uns zwischen den weißgetünchten Wänden in der mit nur wenigen schmucklosen Möbeln ausgestatteten Stube in Empfang nahm, hatte auffallend große, vorstehende Augen, und ihre Adlernase hätte besser zum Antlitz eines Helden oder Heerführers verflossener Jahrhunderte gepasst als zu einem Weibsbild; ihre Lippen waren schmal, der Mund so klein und rosig wie bei einem Kind. Sie war einfach, man kann sagen düster gekleidet, von Kopf bis Fuß in Schwarz gehüllt. Sobald sie meiner ansichtig wurde, reichte sie mir die Hand und sah mich mit ihren feurigen, hervorquellenden Augen lange streng und prüfend an. Dann gab sie Marta mit hochgezogenen Brauen ein Zeichen, worauf meine Begleiterin mit vielen Entschuldigungen auf den Lippen und so, als ob es ihr eigener Entschluss sei, aus dem Zimmer schlich. Die Witwe nahm in einem Armstuhl Platz und ließ mich vor sich stehen, prüfte mich noch eine Weile mit zusammengekniffenen Augen (mir kam es vor, als sei ihre Sehkraft nicht mehr die beste, und vielleicht wollte sie diesen Mangel durch ihr Benehmen kaschieren), dann bot sie mir mit erhabener Geste einen Platz neben sich auf einer weitaus weniger bequemen Sitzgelegenheit an.

Sie stelle mit Freude fest, so begann sie, dass ich nicht der Sünde der Putzsucht verfallen sei, wie man sie bei jungen Frauen leider häufig beobachten könne, und mich auch nicht mit güldenen Spitzen, Korallen und dergleichen behänge.

»Ich hoffe, Ihr kleidet Euch auch sonst so schlicht?«, fragte sie mich und bohrte ihren scharfen, gestrengen Blick in mein Gesicht, während sie sich zu mir beugte, sich dabei in ihrem Armstuhl etwas erhob und sich, als ich irgendeine bejahende Antwort stammelte, beruhigt wieder niederließ.

»Wisst Ihr, wir haben hier auf alles sehr Acht zu geben … Kürzlich hat uns der Bischof bei Hofe verklagt und behauptet, der Putzsucht unserer Frauen nach zu urteilen, wäre die Stadt durchaus in der Lage, auch höhere Steuern zu zahlen, als man sie ihr auferlegt hat. Man schikaniert uns wegen unserer Treue zum wahren Gotteswort!«, schlug sie die geballte Faust auf die Stuhllehne und begann mich über unsere Erfahrungen in Leutschau auszufragen. Ich berichtete, der Bischof von Raab habe auch uns im letzten Jahr bedroht und tyrannisiert, aber als das Heer des Herrn Botschkai nähergerückt sei, habe er das Weite gesucht, und seither sei Ruhe eingekehrt. Gewiss wüsste auch ich, warf die Witwe ein, dass Kaschau und andere Städte der Umgebung dem Fürsten die Treue geschworen hätten und seither in Frieden ihren Glauben praktizieren könnten. Welche Erklärung ich für die Tatsache habe, dass Leutschau bis heute kaisertreu geblieben sei, fragte sie mich und sah mich mit so strengen, anklagenden Augen an, als wäre ich persönlich für dieses verwerfliche Verhalten der Stadt Leutschau verantwortlich. Ich verteidigte mich so verstört, als klebe ein beträchtlicher Teil der Schuld dafür an meinen Händen, und berichtete ihr, dass der Rat der Stadt wiederholt mit dem Hauptmann des Fürsten verhandelt habe, als dieser die Stadt zur Übergabe aufforderte, doch das Herannahen der Kaiserlichen habe den Verhandlungen ein Ende bereitet, zudem seien in der Stadt noch nicht die Grausamkeiten vergessen, die man erleiden musste, als einem Hauptmann des Fürsten und mit ihm dreihundert Mann seiner Truppe Einlass gewährt worden wäre und die Haiducken ganz schlimm geplündert, rechtschaffene Bürger traktiert und sogar ihre Frauen und Mädchen auf übelste Weise misshandelt hätten… Bei meinen letzten, mit gesenktem Blick geflüsterten Worten presste die Witwe die Lippen aufeinander und machte ein Gesicht, als wolle man sie gegen ihren Willen zwingen, einen widerwärtigen Bissen zu schlucken. Sie fragte dann auch nicht mehr nach der allgemeinen Lage in den Städten der Zips, streifte nur noch ziemlich kühl meine familiären Verhältnisse, wollte lediglich wissen, in welchem Glauben ich daheim in meinem Vaterhaus erzogen wurde, und wenigstens darauf konnte ich mit gutem Gewissen antworten. Schließlich fragte sie, um welche Zeit ich meine Niederkunft erwarte, und in etwas freundlicherem Ton, als sie bislang mit mir geredet hatte: Ich solle mir keine Sorgen machen, sie selbst würde sich darum kümmern, dass mit der Taufe alles in Ordnung gehe. Flüchtig tätschelte sie sogar meine Hand, und ich war bemüht, mich ergeben zu zeigen, und stammelte in verbindlichstem Ton ein paar Worte des Dankes.

Dennoch war ich nicht vollständig beruhigt und sicher, ob mir die Witwe nicht mit einer ihrer Fragen eine Falle gestellt oder ob ich vielleicht mit der einen oder anderen ungeschickten Antwort selbst Verdacht erregt hatte, und als am darauf folgenden Tag Marta mit wichtigem und recht Unheil verkündendem Gesicht zu uns kam, schnürte mir die Angst das Herz zusammen. Ich war bemüht, wenigstens meine Gesichtszüge zu beherrschen, wenn mir schon die zitternden Knie nicht gehorchen wollten, und bat die Besucherin mit möglichst gleichgültiger Miene herein. Kurze Zeit saß sie mir stumm und mit gesenktem Haupt gegenüber, dann warf sie den Kopf hoch, sah mir entschlossen ins Gesicht und teilte mir, dabei traurig das Haupt wiegend, im Flüsterton mit, dass ich der Witwe eine schwere Enttäuschung bereitet habe, und es wäre gut, wenn ich in Zukunft mehr Obacht geben würde bei dem, was ich sage. Wahrscheinlich sei mir nicht klar gewesen, fuhr sie mit ihrer sanften Stimme und gesenkten Blickes fort, während sie die Stickerei in ihrem Schoß streichelte, wie viel sich die Witwe und mit ihr viele andere vom Eintreffen des Botschkai-Heeres erwarteten, besonders in diesen Tagen, da dies zu hören sei: Die Truppen würden demnächst über den Fluss setzen und könnten in einigen Wochen hier sein. Die Witwe vertraue darauf: Wenn die Stadt dem Fürsten die Treue schwöre, würden wir künftig verschont bleiben von den Schikanen des Bischofs und der Papisten im Allgemeinen, vor allem aber von den Peinigungen durch die Leute vom Domkapitel, die aus dem türkisch besetzten Raab hierher geflohen und bei uns Asyl gefunden haben, sich aber übel aufführten und auch nicht davor zurückschreckten, die Stadt bei Hofe in Wien anzuschwärzen.

»Sie werden doch nicht etwa darauf hoffen, dass die Truppen des Herrn Botschkai bis hierher kommen«, fragte ich erschrocken, während in meinem Kopf die Bilder von verbrannten Dörfern, von den aus Menschenknochen aufgeschichteten Pyramiden und dem geschwürigen Nacken des »Tataren« und seinem blitzenden Messer herumschwirrten und ich für einen Augenblick sogar den Geruch des mit Sand gefüllten Jutesacks in der Nase hatte. »Doch, sie erhoffen sich das, und es ist nicht einmal eitel Hoffnung, denn die Truppen haben in diesen Tagen ja schon die Burg von Komorn genommen, oder hast du davon noch nicht gehört? Auf jeden Fall hofft die Witwe und ein Teil des Rates, gut, es mag der kleinere Teil sein, dass sie bald hier sein werden, und man ist davon überzeugt, dass die Stadt, wenn sie dem wahren Glauben treu bleiben will, keine andere Wahl hat, als sich zu ergeben und dem Regierenden Fürsten die Treue zu schwören.« Deshalb habe die Witwe sich auch so zu Herzen genommen, was ich ihr berichtet habe, und ihr, Marta, zu verstehen gegeben, dass sie es sehr übel vermerken würde, wenn Vater und ich in der Stadt verbreiteten, welche Erfahrungen wir in Leutschau mit den Haiducken des Herrn Botschkai gemacht hätten, und die Leute damit gegen die Übergabe der Stadt einnehmen würden. Die Witwe habe gesagt, fuhr meine Freundin fort, sah mich dabei scharf an und senkte den Blick dann wieder, ich hätte so wenig Aufgeschlossenheit für die Sache des wahren Glaubens erkennen lassen, betrachtete die Dinge von einem so selbstsüchtigen und armseligen Standpunkt aus, dass sie sich genötigt sähe, an meiner Ehrlichkeit ihr gegenüber zu zweifeln, und vielleicht wäre ich gar nicht die, für die ich mich ausgäbe.

»Aber wer sonst sollte ich denn sein?«, fragte ich, indem ich ganz gleichgültig tat, obwohl mir vor Schreck sämtliche Glieder erschlafft waren, es hätte nicht viel gefehlt, und ich wäre meiner Besucherin ohnmächtig vor die Füße gesunken. Sie streichelte eine Weile stumm den gestickten Kissenbezug in ihrem Schoß, während sich ihre Lippen zu einem kaum wahrnehmbaren Lächeln verzogen. »Frau Spitteler (so hieß die Witwe) ist der Meinung, dass jemand, der in den Dingen des Glaubens so gleichgültig ist, unmöglich im wahren evangelischen Glauben erzogen worden sein kann …« »Sondern?«, fuhr ich sie an und bearbeitete mit meiner Fußspitze ungeduldig den Fußboden. »Frau Spitteler meint«, setzte meine Besucherin sanft hinzu, »oder eigentlich vermutet sie, dass du –« da klappte Martha die Lider hoch, und ihre grauen Augen starrten mir wie die Mündungen einer Doppelflinte ins Gesicht – »sie denkt, dass du in Wahrheit … oder wahrscheinlich im Papistenglauben erzogen worden bist …«

Ich weiß nicht, ob vor Erleichterung oder aus dem Gefühl der

Widersinnigkeit heraus, jedenfalls musste ich über die Äußerungen meiner Besucherin aus vollem Herzen lachen, so sehr, dass mir die Tränen kamen und ich meine so durchgeschüttelte Last mit beiden Händen stützen musste. »Also… ich freue mich, dass du das so lustig findest«, sagte meine Besucherin mit saurer Miene, und ihre Lippen zuckten vor Enttäuschung. »Aber im Allgemeinen täuscht sich die Frau Spitteler nicht«, sie sah mir wieder hoffnungsvoll ins Gesicht, ob ich diese zügellose Heiterkeit vielleicht nur vorgespiegelt habe, aber als sie feststellen musste, dass ich mir die Tränen trocknete, sagte sie nichts mehr und verabschiedete sich eilig.

Auch wenn die mir von dieser Seite drohende Gefahr abgewendet war, zumindest für einige Zeit, gab es ja noch die andere, schwerer wiegende. Den Verdacht meines Vaters zu zerstreuen war ein schwierigeres Unterfangen, weil der einen triftigeren Grund für sein Misstrauen hatte. Nachdem wir schon die Weinlese hinter uns hatten und das Kind immer noch nicht kam, betrachtete mich Vater mit immer finsterer Miene, und er eröffnete mir eines Tages, er wolle jetzt die Hebamme, diese gewisse Kornhuberin, kommen lassen, sie solle sagen, was der Grund für diese ungewöhnliche Verspätung sein könnte. Und in der Tat, schon am nächsten Tag kam er mit einer mir verdächtig erscheinenden, schlampig gekleideten, honigsüß tuenden Frauensperson, die mich wie einen zum Verkauf präsentierten Gaul musterte und mit ihren feuchten Händen abtatschte, bei jeder Berührung überlief mich ein kalter Schauer. Als Vater auf die Bitte der Hebamme mit übellauniger Miene die Stube verließ, dachte ich, sie wolle mit mir allein bleiben, weil sie mich gründlicher untersuchen möchte, und ich versuchte, meinen Widerwillen zu überwinden, den die Nähe und die Berührung dieser Weibsperson in mir auslösten. Doch sie kam mir nicht näher, stand vor mir, musterte mich noch eine kurze Weile mit ihren bösen kleinen Äuglein und grinste dann.

»Was wollen wir ihm denn sagen?«, fragte sie verschwörerisch im Flüsterton und deutete mit dem Kopf zur äußeren Stube, wo Vater wartete.

»Wie?«, fragte ich verständnislos, obwohl ich im nächsten Augenblick bereits im Bilde war, dass sich die Hebamme, offenbar nicht ohne Gegenleistung, als Mitwisserin anbot.

»Ich frage, was Ihr wollt, dass ich ihm sage, wann Euch das Kind gemacht worden ist…«, antwortete sie jetzt bereits barscher und über mein scheinbares Unverständnis ein wenig verärgert. »Was Ihr glaubt, wann Ihr schwanger geworden seid«, fuhr sie in etwas gemäßigterem Ton und zurückhaltender fort, als sie mein verschlossenes Gesicht sah.

»Im Monat unserer Lieben Frau«, flüsterte ich, worauf die Hebamme keine Antwort gab, sondern nur die Lippen spitzte und unauffällig nickte, dann begann sie, gemächlich in der Stube umherzugehen, indessen sie alles gründlich in Augenschein nahm. Den einen oder anderen Gegenstand nahm sie auch in die Hand, um ihn zu prüfen. Besonders einen kleinen blauen Pulswärmer, dessen zwei Wollschlaufen mit einer dünnen Silberkette verbunden waren, drehte sie lange in den Händen.

»Wozu ist das gut?«, fragte sie neugierig, und als ich es ihr sagte, steckte sie ihre knochigen Hände in die Wollschlaufen, drehte ihre Handgelenke und ergötzte sich lachend daran, dass das Silberkettchen im Kerzenschein flimmerte.

»Was man nicht alles erfindet!«, bemerkte sie anerkennend.

»Nehmt es, es gehört Euch«, sagte ich angewidert, worauf sie zufrieden nickte und den Pulswärmer in der Tasche ihrer Schürze verschwinden ließ, dann ging sie zu Vater in die äußere Stube. Durch den Spalt der offen gebliebenen Tür hörte ich, wie sie ihm erklärte, bei so jungen Zicklein, wie ich eines sei, käme es, wenn auch nur selten, vor, dass die Leibesfrucht übertragen würde, und das Beste wäre es, wenn ich jeden Abend die Füße in einer heißen Abkochung von Senfkörnern baden würde, denn diese Anwendung könne die sich verzögernde Geburt schneller herbeiführen. Ich sah förmlich, wie Vater diesen guten Rat ungeduldig mit einer Handbewegung abtat, und auch sonst schien er den Worten dieses Weibes nicht viel Glauben zu schenken, denn nach dieser Begegnung lief er mit ebenso düsterer Miene durchs Haus wie zuvor, und bald darauf fing er auch schon wieder an, mich mit quälenden Fragen zu verhören, bedrängte mich zu jeder Tages- und Nachtstunde, wenn ihn der Verdacht überkam.

»Orsolya, du wähnst dich zu sicher!«, trat er eines Morgens vor mich hin, sein übernächtigtes, zerknittertes Gesicht war gehetzt und drohend zugleich. Schon ganz früh war er in die Apotheke hinuntergegangen, ich dachte, er würde den ganzen Vormittag dort verbringen, und ich hätte ein wenig Ruhe vor ihm, so war ich von seiner baldigen Rückkehr bitter enttäuscht. »Offensichtlich glaubst du, ich würde deine Sünde ewig decken, weil du dich darauf verlässt, dass ich mit der Enthüllung selbst in große Schwierigkeiten geriete. Doch ich habe bereits mit allem abgeschlossen. Noch heute gehe ich zum Rat und decke die ganze Wahrheit auf. Sie werden deine Angelegenheit untersuchen, du kannst den Rat nicht, so wie mich, an der Nase herumführen! Und dann ist mir alles gleich, soll doch kommen, was kommen muss …«

Sodann machte er kehrt und verließ das Haus.

Ich blieb allein zurück und tat weiterhin meine Arbeit, während mir Schreckensbilder durch den Kopf jagten. Zuerst dachte ich daran, hinter Vater herzustürzen, mich ihm vor die Füße zu werfen und alles zu gestehen, weil ich vermutete, dass ihn vor allem Zweifel quälten und er um jeden Preis Gewissheit haben wollte, und sei es um den Preis meines Lebens, nein, unser beider Leben. Dann, nachdem ich mich nicht rechtzeitig entschließen konnte und den passenden Augenblick vorbeigehen ließ, begann meine Phantasie, sich die Bilder der zu erwartenden Strafe in den schrecklichsten Farben auszumalen. Ich sah mich an den Pranger gestellt, spürte den groben Griff des Scharfrichters am Arm, verspürte das Nahen der glühenden Zange an meiner Brust, die Klinge des Henkerbeils im Nacken. Von Zeit zu Zeit übermannte mich das Grausen so sehr, dass ich alles hinwarf, womit ich gerade beschäftigt war, hinausstürzen, fortrennen wollte, aber da hatte die Angst schon alle Kraft aufgezehrt, die dazu erforderlich gewesen wäre. Die Beine versagten mir den Dienst, und nach den ersten Schritten sank ich auf den umgedrehten Waschtrog, überschlug im Sitzen, wie weit ich kommen könnte, bevor man mich abholen kam. Wenn ich in den Wald lief, könnte ich mich mit Wurzeln, Schlehen und dergleichen noch eine Weile am Leben halten, obwohl die Nächte schon kalt waren, aber lieber erfrieren und im Gebüsch verhungern als vor den Augen einer schadenfrohen Menge Marterqualen erleiden und verenden … Und wenn im Rat der Verdacht aufkäme, dass ich nicht nur vorgeblich, sondern tatsächlich die Bettgenossin meines Vaters wäre, schoss es mir durch den Sinn, da setzte buchstäblich mein Herzschlag aus. Wenn sie glauben würden, das Kind sei von ihm, wie sollte ich dann beweisen, dass sie sich irrten? Ich sah mich schon an den Pfahl des Scheiterhaufens gekettet, auch Vater, und hörte das Knacken der brennenden Holzscheite, spürte das Nahen der sengenden Hitze, um nach Stunden der Qual nur noch ein verkohlter unförmiger Klumpen zu sein …

Während mich solche und ähnliche Gedanken quälten, tat ich weiter meine Arbeit, schnitt das Grünzeug für die Suppe, drehte von Zeit zu Zeit den Spieß mit dem Fleisch, ich weiß nicht, möglicherweise weil es einfacher war, einmal Begonnenes zu vollenden, als einen Entschluss zu fassen, oder aus Vorsicht, weil ich hoffte, das Schlimmste träte vielleicht doch nicht ein, und wusste, es wäre ein Fehler, mit einer überhasteten Tat die Brücke hinter mir abzubrennen. Während die Stunden vergingen, ließ der Schreck allmählich nach. Und die Hoffnung bekam wieder die Oberhand in mir, dass Vater, mit welchem Entschluss er sich auch auf den Weg gemacht hatte, inzwischen zur Einsicht gekommen wäre und davor zurückschreckte, unser beider Verderben herbeizuführen.

Es wurde später Abend, bis Vater zurückkehrte, er roch stark nach Wein und lehnte mit einer bösen, trunkenen Geste ab, als ich ihm etwas zu essen anbot, warf sich schweigend und angekleidet auf die Truhenbank, aus unruhigem Schlaf schnaubte er mehrere Male auf, als müsste er nach Luft schnappen. »Scher dich fort!« herrschte er mich vom Rausch benommen an, als ich versuchte, ihm wenigstens die Stiefel auszuziehen, um ihm dann ins Bett zu helfen.

Am nächsten Tag erwähnte er die Sache gar nicht und ging in die Apotheke, ohne ein Wort darüber zu verlieren, wo und womit er den vorherigen Tag verbracht hatte. Als er am Abend heraufkam, war er nicht mehr ganz so schweigsam, und als ich seine aufgehellte Miene sah, hoffte ich, er hätte tags zuvor vielleicht doch eingesehen, dass wir beide in derselben Falle saßen und es sinnlos wäre, im Vergangenen herumzustochern, wir uns vielmehr mit der Gegenwart versöhnen müssten. Dann könnten wir vielleicht sogar glücklich miteinander leben und später auch zu dritt, und wenn es gelänge, die von außen drohenden Gefahren fern zu halten, könnten wir füreinander sogar Stützen und Vertraute sein. Mir schien, meinem Vater könnte Ähnliches durch den Kopf gegangen sein, denn am Abend, als er aus der Apotheke kam, redete er versöhnlicher mit mir als zuvor. Wieder fing er damit an, dass er sein Hab und Gut, ja sogar sein Leben mir zuliebe aufs Spiel setze, um mich vor Strafe und Schande zu bewahren. Es sei ihm nun nicht mehr möglich zu heiraten, solange ich am leben sei, Kinder zu haben, denen er hinterlassen könnte, was er sich durch seiner Hände Arbeit im Leben erworben habe, und wenn durch Zufall herauskäme, wer ich in Wirklichkeit sei, wäre das mildeste Urteil, mit dem er rechnen könnte, dass man ihn für immer aus der Stadt verbanne, falls man ihn nicht noch anderer, viel schrecklicherer Vergehen anklagen würde, für die er dann mit seinem Leben zu zahlen hätte. Wir haben doch außer uns niemand auf der ganzen Welt, vor dem wir unser wahres Ich zeigen und sein könnten, wer wir sind, und auch deshalb schmerze es ihn so, dass ich nicht ehrlich zu ihm sei. Allmählich könne er sich mein Verhalten nicht mehr anders erklären, als dass ich nicht meinen Fehltritt, sondern die Sünde eines anderen verbergen wolle und deshalb so verstockt schweige und auch, weil ich immer noch nicht sehen wollte, wer mein wirklicher Wohltäter sei und wer mich nur vertröste und hinhielte, mir den Kopf mit allerlei vollschwatze und mich in der Not dann im Stich ließe…

»Wie denn?«, sah ich ihn verständnislos an, weil ich diese letzten Worte aus Vaters Mund gar nicht auf mich und meine Lage beziehen konnte, wusste ich doch kaum, wovon er überhaupt sprach. Dieser Faschingsdienstag lag in meiner Erinnerung schon so weit zurück, dass eine Verbindung zu meiner augenblicklichen Lage für mich kaum noch bestand. Um ehrlich zu sein, hatte ich schon lange nicht mehr daran gedacht, auch der Vater meines Kindes war mir allenfalls noch so in Erinnerung, wie wir uns nach dem Erwachen auf irgendein Traumbild besinnen, das uns aufgewühlt hat und wichtig erschien, in der Helligkeit des Morgens aber bald verblasst. Dass Vater glaubte, ich wolle mit meinem verstockten Schweigen meinen Verführer, dem er übrigens so gut wie nichts hätte antun können, vor seinem Zorn beschützen, kam mir so absonderlich vor, dass ich ungewollt lächeln musste. Vater aber glaubte, ich mache mich in meinem Trotz über das, was er sagte, lustig und lache über ihn, und er sah mich entrüstet und mit furchterregenden Augen an, trat auf mich zu und schlug mir zweimal mit aller Kraft ins Gesicht, dazu zischte er mir zu, ich sei eine Schlampe, ich aber unterdrückte, die Hand auf den Mund gepresst, das Weinen, damit die Magd in der Küche nichts merkte. Sein Schlag hatte auch einen meiner Zähne getroffen, den ich kurz darauf mit nicht wenig Blut in mein Tuch spuckte.

Von da an war Vater wie von einem Teufel besessen, der ihn nicht mehr zur Ruhe kommen ließ, mit Gewalt wollte er den Namen des Kindsvaters aus mir herauspressen und redete, als hätte ich schon, wenn auch schweigend, eingestanden, dass diese Person nicht jener Landsknecht sei und ich mit meinem Märchen nur ihm, meinem Vater, Sand in die Augen streuen wollte, um meine Schuld zu mindern (und so war es ja in der Tat auch gewesen).

»Du deckst diesen Kerl doch, Orsolya!«, beschuldigte er mich immer wieder. Ich schwieg weiterhin hartnäckig, nicht weil ich den jungen Miklós vor dem Zorn meines Vaters beschützen wollte, sondern weil ich mich selbst davor fürchtete und noch nicht bereit war, die Brücke hinter mir abzubrennen, über die ich mich in die Deckung meiner früheren Lüge hätte zurückziehen können für den Fall, dass Vater die Wahrheit doch nicht zu ertragen im Stande war. Erst allmählich wurde ich selbst des trotzigen Widerstandes müde und schöpfte Hoffnung aus der Tatsache, dass Vater mitunter so über meinen Verführer sprach, als trüge der allein die ganze Schuld an dem, was geschehen war, und ich sei nur eine hilflose Marionette oder leicht formbares Wachs in seinen Händen gewesen. Langsam sah ich selbst mich so und dachte, warum weigere ich mich eigentlich und erwecke Vater gegenüber den Anschein, mich verbände immer noch irgendeine Komplizenschaft mit dem Menschen, der mich ins Unglück gebracht hat.

Es ging auf Ende November zu, seit Wochen regnete es unentwegt, und ich ging keinen Schritt aus dem Haus. Wenn ich durchs Fenster auf den Platz hinunterblickte, sah ich durch die übers Glas rinnenden Wasserschlieren die umhereilenden Menschen nur als hin- und herschießende Farbtupfer. Diese bunten Kleckse verklumpten sich oder flossen auseinander und verloren sich irgendwohin, nur der aufgewühlte Boden des Platzes blieb zurück, in den sich die Wagenräder tief einschnitten und die Passanten bis zu den Knöcheln versanken. Allmählich kam es mir vor, als wären in dieser versinkenden und wieder auftauchenden Scheinwelt nur wir beide, Vater und ich, echte, wirkliche Menschen (selbst Marta konnte sich seit einiger Zeit nicht entschließen, mir zuliebe ihren Rock und ihre Stiefel in dem nun fast bis zu den Waden reichenden Straßenkot auszuführen, und ließ sich wochenlang nicht sehen). Eines Tages, als das Wetter umschlug und winterlich wurde, begann es zu schneien, der wild gewordene Wind jagte dichte weiße Schleier durch die Gassen, setzte kreisende, irrlichternde Wirbel in die frühnachmittägliche Dunkelheit, und so löste sich auch noch der zerfallende Rest der Welt da draußen auf, die ich bislang aus meinem Fenster gesehen hatte. Ich entschloss mich, nicht mehr länger zu leugnen und Vater die Wahrheit zu gestehen. Es würde genügen, so dachte ich, wenn ich den Namen ausspräche, den er zu hören wünschte, und ich könnte ihm damit seinen Seelenfrieden für immer zurückgeben, wie oft hatte er gesagt, sobald ich mit den Heimlichkeiten aufhöre, könnte auch er einen Schleier über die Vergangenheit breiten. An diesem Tag sprach er besonders nett und sanft zu mir, nannte mich ein armes, irregeleitetes Kind, das den mit aller Kraft zu verteidigen trachte, der ihm Schaden zugefügt habe, dem Menschen aber, der ihm nur Gutes wolle, schenke es kein Vertrauen.

»Doch vielleicht irre ich mich… Vielleicht deckst du die Schandtat dieses Menschen gar nicht wegen deiner Halsstarrigkeit, sondern weil du Angst vor ihm hast«, wandte er sich mir so heftig zu, als wäre ihm plötzlich die Erleuchtung gekommen. »Antworte, Orsolya! Ist es so? Hast du Angst vor diesem Menschen?«, fragte er mich und drückte mein Kinn hoch, damit ich seinem forschenden Blick nicht ausweichen konnte. »Gib es zu, Orsolya! Hat er dich bedroht? Willst du es nicht sagen, weil du Angst hast?«

»Nein, ich habe keine Angst vor ihm, und ich will auch nichts mehr verheimlichen«, antwortete ich, worauf Vater blitzartig, als hätte ihn eine Schlange gebissen, seine Hand zurückzog und mir mit zusammengezogenen Augenbrauen starr ins Gesicht blickte. Als ich die schleichende Bestürzung in seinen Augen sah, war mir plötzlich, nur leider zu spät, klar: Er hatte die ganze Zeit gehofft, dass sein Verdacht unbegründet war, und hinter all seiner Fragerei und den Verhören verbarg sich die Hoffnung, ich würde früher oder später etwas sagen, was seine Zweifel ausräumte. Sollte es aber nicht ganz so gewesen sein und sich die eine Hälfte seiner Seele doch nach Gewissheit sehnen, dann hatte er wahrscheinlich seine Kraft überschätzt und geglaubt, er könnte auch dann die Wahrheit ertragen, wenn diese seinen Verdacht bestätigte. Er warf mir einen raschen, flehenden Blick zu, als wollte er mich wortlos bitten, doch nichts zu sagen und ihn auch weiterhin das glauben zu lassen, was ihm zu glauben leichter fiel. Sofort bereute ich meine Ehrlichkeit, doch war jetzt ein Zurück nicht mehr möglich.

»Der junge Miklós D. war es… Der Neffe meiner Patin«,

setzte ich hinzu, als ich seinen verständnislosen Blick wahrnahm. »In ihrem Haus haben wir uns kennengelernt…«

Dann schwieg ich, denn jetzt, dachte ich, weiß er alles, was er wissen will.

Vater hielt gerade einen Kerzenleuchter aus Messing in der Hand, weil er Licht machen wollte, denn obwohl es erst drei Stunden nach Mittag war, hatte das draußen tosende Hundewetter die ganze Stube in ein Halbdunkel getaucht, und nur der rötliche Schein der unruhig lodernden Flammen des Kaminfeuers fiel abwechselnd auf meinen im Pantoffel steckenden Fuß, auf die dunklen Vogelmuster des über den Tisch gebreiteten Teppichs, dann auf den Messingkerzenleuchter, den Vater bei meinen Worten so fest packte, als wollte er ihn zerquetschen oder mir im nächsten Augenblick damit den Schädel einschlagen.

»Nun, was wird es!«, schrie er mich an, nachdem ich schon eine gute Minute stumm dagesessen und auf seine Erwiderung gewartet hatte. »Rede! Lass dir nicht jedes Wort aus der Nase ziehen!«

»Aber was soll ich noch sagen?«, und ich sah ihn mit verängstigtem Unverständnis an. »Wolltet Ihr denn nicht nur um jeden Preis den Namen erfahren?«

»Was heißt denn hier, was? Natürlich, wie es passiert ist, wann es angefangen hat und seit wann ihr es treibt… Wo trefft ihr euch, seit wir aus Leutschau weg sind und ihr nicht mehr im Haus der alten Kupplerin euer Liebesnest habt…«

»Aber ich habe ihn seit dem Faschingsdienstag nie wiedergesehen!«, stammelte ich völlig verblüfft.

»Doch wird er ja wohl wissen, in welchem Zustand er dich zurückgelassen hat?«

»Nein, woher sollte er es wissen? Auch hat er inzwischen längst geheiratet«, antwortete ich und hoffte, dies würde ihn etwas besänftigen, aber Vaters zitternde Hand umklammerte den Kerzenleuchter noch fester, es schien, dass er mit sich kämpfte und es kaum fertig brachte, damit nicht auf mich einzuschlagen. Ich aber tat wie jener Musiker im Märchen, der mit seiner Flöte das gereizte Raubtier betörte und in Bann hielt, zögernd und immer wieder stockend begann ich, ihm in Einzelheiten die ganze Geschichte zu berichten, ungefähr so, wie sie sich zugetragen hatte. Sooft ich allerdings beim Erzählen auf meinen Vater schaute und seinen ungläubigen, widerstrebenden und hasserfüllten Blick sah, begann ich plötzlich wieder zu zweifeln, ob ich tatsächlich die Wahrheit sagte, denn während ich mich, beim Reden nach Worten suchend, langsam und unsicher vorwärts arbeitete, klang mir meine Stimme selbst so feige, heimtückisch und falsch, dass ich mutlos wurde und dachte, ich selbst würde mir kein einziges Wort von all dem glauben, wenn ich nicht zufällig wüsste, dass es die Wahrheit ist…

»Also am Faschingsdienstag… Ich wunderte mich damals auch, warum du von daheim weggegangen bist bei dem Sturm…«, nickte Vater mürrisch und kam anscheinend zu dem Entschluss, mich doch nicht totzuprügeln, zumindest so lange nicht, bis er mir nicht auch die letzte Einzelheit der Geschichte entlockt hatte. »Na und dann? Seitdem?«

»Wie denn, seitdem? Sagt ich doch, dass ich ihn seither nie wiedergesehen habe!«, stotterte ich verzweifelt, denn törichterweise hatte ich gedacht, wenn ich alles sagen würde, oder doch fast alles, dann hätte das unangenehme Verhör ein Ende.

»Aber du wirst mir doch nicht weismachen wollen, dass du ihm nicht einmal eine Botschaft hast zukommen lassen? Dass ihr nicht Briefe gewechselt habt?«, Vater sah mich mit zornerfüllten Augen an und umklammerte diesen unglückseligen Leuchter so heftig, dass sich die Knöchelchen auf seinem Handrücken weiß verfärbten.

»Durch wen hätte ich Botschaften schicken sollen, und warum?«

»Zum Beispiel durch dieses kümmerliche Schattengewächs, das Mädchen des Schulmeisters! Ich hab mich ohnehin gewundert, warum sich die so oft hier herumtreibt… Du hast dich doch früher nicht mit dergleichen abgegeben…«

»Ach, die spioniert doch für die Witwe! Sie möchte nur aus

mir herausbekommen, ob wir nicht vielleicht doch auf irgendeine Weise mit den Papisten paktieren oder der Gräfin zu Diensten sind«, antwortete ich, als mich Vater mit abschätziger Verachtung ansah, den Kopf wiegte, als erschiene es ihm ganz undenkbar, dass jemand denken könnte, er wäre mit derart durchsichtigen Lügen zu täuschen.

»Nun, wenn nicht durch sie, dann eben durch andere«, fing er nach kurzem Überlegen wieder an. »Zum Beispiel durch die Alte des Doktors, auch zu ihr rennst du doch in letzter Zeit immerzu«, fuhr er fort, als ob er vergessen hätte, dass ich seit Wochen so gut wie gar nicht mehr aus dem Haus gegangen war. »Was sagtest du, wo ist dieser Frevler jetzt?«, er stierte mich aus seinen zu Schlitzen zusammengekniffenen Augen an.

»Ich glaube in Wien«, antwortete ich zögernd und verwirrt, denn einen Augenblick lang wusste ich gar nicht, von wem er sprach.

»Was, in Wien? Ist nicht auch dieser tölpelhafte Neffe der Doktorfamilie zum Studieren dort... Wahrscheinlich steckt dein Galan seine Liebesbotschaften in die Briefe des Zöglings an die Tante«, zischte Vater und maß mich mit einem Blick voll flammender Verachtung von oben bis unten.

»Vater, wie könnt Ihr eine solche Dummheit auch nur denken!«, schrie ich und schlug mir sogleich die Hand vor den Mund, denn nebenan tat Margit, die Dienstmagd, ihre Arbeit.

»Und du erdreistest dich noch, mich der Dummheit zu zeihen!«, brüllte mich Vater, jede Vorsicht vergessend, an, indem er sich, mit verstörtem Gesicht und den Kerzenleuchter hochhebend, über mich beugte. Ich schrie auf und legte die Hände schützend vor meine Last, hoffte, indem ich so auf meinen Zustand verwies, Gnade in seinem Herzen zu wecken. Doch im nächsten Augenblick musste ich erkennen, dass weder der Schrei noch die Bewegung meiner Hände bloß vorgetäuscht war, denn der Schmerz bohrte mir förmlich in den Leib, und dies nicht zum ersten Mal, nur hatten mich der vorausgegangene Wortwechsel und die Furcht vor dem Kommenden davon abgelenkt.

»Ich meine, wir sollten das Mädchen zur Hebamme schicken«, stammelte ich mit bebenden Lippen. Mein Vater sah mich mit einer Mischung aus Hass, Besorgnis und Zweifel an. Als er aber den sich auf meinem Rock ausbreitenden dunklen Fleck sah, ließ er den erhobenen Arm sinken, stand noch einen Augenblick unschlüssig, nur seine Lippen bewegten sich, als setze er sich mit sich selbst auseinander, dann machte er auf der Stelle kehrt und verließ die Stube. Ich raffte mich vom Stuhl hoch, stolperte zum Bett und ließ mich zitternd darauf nieder. Soeben hatte ich mich noch gefreut, als mich Vater allein ließ, jetzt aber wartete ich schon ungeduldig auf seine Rückkehr, beobachtete zitternd, ob sich die Tür öffnete. Als ich zum Fenster blickte, sah ich durch den grünen Vorhang einen schwankenden Lichtfleck und dachte, es würde wohl der Schein der Laterne sein, die unsere Magd auf dem Weg zur Hebamme mitgenommen hatte, denn ohne Licht konnte sie nicht über ihre Nasenspitze hinaus sehen. Nur bewegte sich dieser Lichtfleck nicht gleichmäßig vorwärts, sondern wurde manchmal rückwärtstaumelnd angehoben, als kämpfe seine Trägerin vergeblich mit dem Schneesturm. Schließlich verschwand das Licht an der dem Fenster gegenüberliegenden Seite. Von da an konnte ich seinen Weg nicht mehr verfolgen, und ich hatte auch keine Ahnung, ob sie es überhaupt noch weiter als ein paar Schritte schaffte, und wenn ja, wie weit auf dem Weg zu ihrem Ziel, oder ob sie der Sturm schon an der nächsten Ecke zum Aufgeben zwang. Kurz darauf öffnete sich die Tür, und Vater kam mit einem Krug Wasser und einem Stück weißem Leinen über dem Arm herein. Mit einem Blick versicherte er sich, dass ich unverändert auf dem Bett lag, zog einen Stuhl heran und ließ sich darauf nieder, den Krug stellte er auf das Tischchen neben dem Bett. Gleich darauf sprang er unruhig wieder hoch, und ich fürchtete mich schon, er würde mich wieder allein lassen, doch zündete er nur die Kerze im Messingleuchter an und mit ihr die Kerzen des Kandelabers an der Wand, darauf setzte er sich wieder zu mir, und wir blieben eine Weile stumm und sprachlos.

Gott sei Dank ist die menschliche Natur so beschaffen, dass

wir uns selbst fürchterlichster Qualen nur wie an irgendeinen Traum erinnern oder an Dinge, die wir gar nicht selbst erlebt haben und nur vom Hörensagen kennen. Weder die Art noch die Heftigkeit oder Dumpfheit, auch nicht den Grad des Schmerzes können wir uns genau in Erinnerung rufen, die Phantasie lässt uns ebenso im Stich, wenn wir uns das Ausmaß oder einzelne Merkmale eines uns bislang unbekannten körperlichen Schmerzes vorzustellen versuchen. Eigentlich haben wir so gut wie gar keinen Namen für diese tausend und eine Art der körperlichen Qualen, die wir im Laufe unseres Lebens zu ertragen gezwungen sind, und so kann ich mich heute auch nicht mit annähernder Genauigkeit entsinnen, was ich in den folgenden Stunden an Leiden zu ertragen hatte. Ich glaube mich aber gut zu erinnern, wie sonderbar mir in den kurzen Intervallen des Schmerzes die Stube erschien, deren Gegenstände und entferntere Ecken mich aus dem Halbdunkel immer wieder ansprangen, wenn die Kerzen im Luftzug aufflackerten, bevor sie die Dunkelheit wieder verschlang. Es war, als wäre der Schmerz diese stark leuchtende Fackel gewesen, bei deren Licht die lederbezogenen Sessel und die Tische mit den geschnitzten Beinen endlich ihr geheimnisvolles wahres Wesen offenbarten, das ich schon als kleines Mädchen hinter ihrer alltäglichen Oberfläche vermutet hatte, und es kam mir vor, als würden diese Gegenstände wie die Buchstaben eines Buches zu Wörtern zusammenstehen, als würden die Wörter mir das ganze Geheimnis der Schöpfung offenbaren, irgendeine letzte Wahrheit, die genauso stark und unwiderstehlich war wie die meinen Körper sprengende Qual, die auszudrücken die Worte der menschlichen Sprache gar nicht im Stande sind und die dann, zusammen mit dem Schmerz und der Erinnerung an den Schmerz, wieder verschwand und mir endgültig entglitt.

Vater saß die ganze Zeit neben mir, und sooft ich lauter aufschrie, sah ich, dass er zusammenzuckte und sein ganzer Körper sich anspannte, als wolle er gleich aufspringen und hinausstürzen. Ich griff jedes Mal erschrocken nach seiner Hand, um ihn zum Bleiben zu nötigen, von Zeit zu Zeit tauchte er den weißen Leinenfleck in den Krug und wusch mir damit die Stirn ab, denn der Schweiß floss mir in Strömen übers Gesicht. Einmal hielt er mir auch die Messing-Waschschüssel vor den Mund, aus dem in dickem Strahl eine bittere, stinkende Scheußlichkeit schoss, während mir Tränen der Scham und des Schmerzes über die Wangen rollten.

»Vater!«, redete ich ihn an, als sich zwischen zwei Wellen des Schmerzes meine Sinne wieder für die äußere Welt öffneten und ich hörte, wie der Wind im Rauchfang heulte, wie er an den Fensterläden rüttelte. »Was soll aus mir werden, wenn die Magd nicht rechtzeitig mit der Hebamme zurück ist? Oder vielleicht gar nicht bis zu ihr kommt?«

»Hab keine Angst, sie werden rechtzeitig da sein!«, beruhigte mich Vater, wie er es in meiner Kleinmädchenzeit oft getan hatte, dann trat er ans Fenster, zog den grünen Vorhang zur Seite und sah hinaus. Draußen aber kann er an diesem mondfinsteren Abend nicht viel mehr als die heulende, wirbelnde Dunkelheit gesehen haben, die weder in der Nähe noch in der Ferne von einem näherkommenden und gleichmäßig wachsenden Licht durchdrungen wurde.

»Du brauchst keine Angst zu haben, es wird alles gut werden! Wenn es sein muss, kommen wir auch ohne sie zurecht!«, dann setzte er sich wieder neben mich auf den Stuhl, saß eine Weile und trocknete mit dem weißen Tuch mein Gesicht.

»Ich kann auch selbst den Doktor holen! So heftig kann der Wind nicht sein, dass ich den kurzen Weg nicht schaffe!«, er sprang plötzlich auf, als ich besonders herzzerreißend gestöhnt und gewimmert haben muss, worauf ich mich voller Angst an seinem Ärmel festkrallte, um ihn mit Gewalt zurückzuhalten.

»Aber Ihr seid doch selbst beinahe ein Arzt«, versuchte ich ihn mit feiger Schmeichelei an meiner Seite zu halten, denn früher hatte ich oft von ihm gehört, er verstehe von der Heilkunst genauso viel wie jeder Doktor. Doch jetzt schüttelte er nur den Kopf.

»Von solchen Frauensachen verstehe ich nichts!«, sagte er gequält, und ich spürte, wie das Mitleid und der Abscheu in ihm rangen und dass er sich sogar draußen im Schneesturm sicherer fühlen würde als hier an meiner Seite.

»Ich bin gleich zurück!«, mehr sagte er nicht, als er ungefähr eine Viertelstunde später wieder hinausspähte in die heulende Dunkelheit, in der sich aber weder von der Dienstmagd noch von der Hebamme eine Spur entdecken ließ. Ich war bestürzt, dass er sich jetzt doch aufmachte und mich allein zurückließ, vielleicht für Stunden beim Doktor oder, was noch schlimmer wäre, draußen im Schneesturm hängenblieb, aber schon ein paar Minuten später kam er zurück. Er muss in der Apotheke gewesen sein, denn er hielt ein grünes Fläschchen in der Hand, das geheimnisvoll und irgendwie Furcht einflößend im Kerzenlicht schimmerte.

»Trink das!«, befahl mir mein Vater und hielt mir das Fläschchen an die Lippen, ich aber verzog den Mund ein wenig, wie in meiner Mädchenzeit, als ich mich zwar zierte, aber dann doch die bittere Arznei hinunterwürgte. Nach einem kurzen, klagenden Gewimmer begann ich, die dunkle Flüssigkeit aus dem Fläschchen, die aber entgegen meiner Befürchtung kein bisschen bitter war, sondern eher süß und dickflüssig, folgsam zu schlürfen, und es kam mir vor, dass es seine Zeit brauchte, bis die schweren Schlucke den Rachen passiert hatten. Doch ich leerte das Fläschchen bis auf den letzten Tropfen und gab es Vater zurück, ließ mich dann aufs Bett zurückfallen, da durchfuhr mich plötzlich die Panik: Was hat der Vater mich da trinken lassen? Jetzt, da es bereits zu spät war, erinnerte ich mich an die Szene zwischen Vater und mir von vorhin, die ich vor Schmerz und der anderen Angst gänzlich vergessen hatte: wie Vater über mir stand, bereit mit dem Kerzenleuchter zuzuschlagen. Kaum dass mir das Bild in den Sinn kam, fühlte ich, dass meine Glieder schwerer wurden, und auch die Wellen der Pein empfand ich nur ganz dumpf und fern, als wäre da gar kein wirklicher Schmerz, sondern nur die Erinnerung daran. Mit entsetzlicher Angst spürte ich, wie das Herz in meinem allmählich schwer werdenden Leib angstvoll in wildem Durcheinander pochte, wie dann aber auch der Herzschlag, so empfand ich es, ruhiger wurde und ich, die ich gerade noch dankbar hingenommen hätte, dass der Tod meiner Qual ein Ende bereiten würde, jetzt mit aller Kraft versuchte, mich der Taubheit entgegenzustemmen, die sich in meinem ganzen Körper ausbreitete. Ich wollte mit Gewalt die Augen offen halten, was mir für Augenblicke auch gelang, doch dann gewann der Schlaf Gewalt über mich. Die Bilder der Wirklichkeit, an denen ich mich mit der ganzen Kraft meines Willens festzuhalten versuchte, entzogen sich wie schlüpfrige Fischleiber dem Zugriff meiner Sinne, und ich selbst glitt, als rutschte ich auf einem Hang in die Tiefe, unaufhaltsam in die Bewusstlosigkeit des Schlafes hinab. Ungefähr so könnte der Tod durch Erfrieren sein, dachte ich, und als habe irgendein Hexenwerk meinen Gedanken plötzlich magische Kraft verliehen, sah ich mich im nächsten Augenblick draußen unter freiem Himmel im Schnee. Über mir breiteten sich die schwarzen, mit Schnee beladenen Äste des Dornenstrauchs aus, hoch darüber stachen die starren Wipfel der beschneiten Fichten in den wolkenlosen Nachthimmel, er sah aus, als habe er das Licht des Mondes wie irgendeinen Salzklumpen aufgelöst und sich einverleibt, denn es dämmerte matt und gleichmäßig, doch man erkannte nicht, woher das Licht kam. Nicht weit von mir stachen gelbe Büschel trockener Grashalme steif aus dem Schnee, und auch ich selbst fühlte mich nicht wie ein menschliches Wesen, sondern wie ein aus dem Nest gefallener Vogel oder ein Käfer unter der Rinde, dem Hunger und Frost bald den Garaus machen würden. Die Vorahnung der Vernichtung durchzog mein ganzes Wesen und auch das Bewusstsein, dass die in meinem Körper flackernde kleine Flamme sogleich verlöschen würde, und ich hätte gern zu irgendwem gefleht, es nicht geschehen zu lassen, mich mit schützender Hand vor dem eisigen Sturmwind abzuschirmen, der das Flämmchen auszulöschen drohte, aber ich sah niemanden und nichts als die aufragenden, weißen Bäume und den in silbrigem Licht dämmernden Himmel. Noch bevor sich mein Schicksal als Vogel oder Käfer hätte erfüllen können, fand ich mich plötzlich in Menschengestalt wieder und statt im Wald und im Schnee in der kerzenbeleuchteten Stube, und meinen Sinnen gelang es, sich für Augenblicke am Anblick des Wasserkruges, des Betthimmels und an der Berührung durch Vaters Hand festzuklammern, aber diese wahre Welt entglitt ihrem schwachen Zugriff gleich wieder, und es zog mich in den Schlaf. Auch wenn ich kraftlos war, begleitete mich doch der Schmerz selbst in diese Traumwelt und bevölkerte sie mit allerlei wundersamen und schrecklichen Wesen. Ich sah einen dunklen Berghang, an dem Gestalten mit Fackeln, kopflos vor den Ungeheuern der Unterwelt fliehend, hinabstürzten, im Licht der flackernden Flammen blitzten die erzenen Helme auf ihren Köpfen wieder und wieder auf. Etwas weiter davon schienen Schiffe im Sand zu brennen, hinter ihnen wogte pechschwarz die nächtliche See. Danach, und immer wieder, kam es mir vor, ich wäre irgendein Tier, ein struppiger schwarzer Köter, und jagte kopflos über Stock und Stein: Mir war, als flüchtete ich vor meinem bösen Herrn. Zuweilen zwängte ich mich kriechend durch einen dunklen Spalt oder rollte unter stacheligem Geäst von tiefhängenden Büschen, dann musste ich strampelnd einen eiskalten Fluss durchqueren; indessen war mir stets bewusst, obwohl ich mich sträubte, mit eigenen Augen wahrzunehmen, dass an meiner Flanke eine riesige Wunde klaffte, ja in Wahrheit eine ganze Hälfte fehlte, doch wo ich dieser anderen Hälfte verlustig gegangen, ob sie mir unterwegs von einem Wagen abgefahren worden war oder ob mich ein Hieb von der Axt meines Herrn getroffen und mich so gemein verstümmelt hatte, daran wusste ich mich nicht zu erinnern, ich fühlte nur, dass meine Flucht vergeblich war, denn die schauerliche offene Wunde, und darin den Tod, trug ich mit mir überallhin.

Und während ich mich im Fiebertraum wälzte, kehrten meine Sinne manchmal für kurze Momente in die Stube zurück, nur verhielt sich auch diese Stube in den knappen Intervallen des bedingten Wachseins sonderbar: als wären ihre Wände aus leicht formbarem Wachs geknetet. Sie streckten und verengten sich, so dass ich am Ende eines schrecklich langen Ganges die Tür zu sehen glaubte, in unendlicher Ferne, Tagesmärsche von meinem Bett entfernt, dann wieder war mir, als neigten sich die

Wände über meinem Kopf wie gegeneinander gestellte Spielkarten, oder die Decke schien sich zu senken und sich meinem Gesicht zu nähern. Auch nahm ich seltsam verzerrte Gesichter um mich wahr, das des Vaters, ebenso das einer mir gänzlich unbekannten weißhaarigen Frau mit ernstem Blick, und so war ich überzeugt, auch dies zu träumen, erst später sollte ich die Wahrheit erfahren: Nämlich, dass es die Dienstmagd, die Vater zur Hebamme geschickt hatte, bei diesem Weltuntergangswetter tatsächlich nicht bis zum Haus der Kornhuberin geschafft und bei einer uns näher wohnenden Hebamme angeklopft hatte, die dann auch, bald nachdem Vater mir das Mittel eingeflößt hatte, gekommen war. Diese andere Geburtshelferin war eine sehr anständige Frau, die auch ihr Geschäft verstand, nur hatte sie, selbst Witwe, neben ihren eigenen auch die zwei Kinder ihrer verstorbenen Schwester aufzuziehen, und so wagte sie nicht, die Geldstrafe und noch weniger die Gefahr einer Kerkerstrafe auf sich zu nehmen, und hat jedes Mal brav beim Rat gemeldet, wenn in einer Familie ein Kind zur Welt gekommen war. Das machte sie für die Witwe und ihren Kreis zu einem verdammungswürdigen Subjekt, und man holte sie fast nur in die Vorstadt oder zu Papistenfamilien. Damals konnte ich das alles zwar noch nicht wissen, aber sooft ich einigermaßen zu mir kam, sah ich das sanfte und ernste Gesicht dieser Frau über mir schweben, und meine Unruhe legte sich ein wenig. Ich hatte so großes Vertrauen zu ihr, dass ich in meiner Benommenheit fast schon sicher war, meine Großmutter sei vom Tode auferstanden, um mir zu Hilfe zu eilen oder um mich sanft hinüberzugeleiten in diese andere Welt, in der sie schon seit langem weilte.

Schließlich hat der Ansturm des Schmerzes, den mein armer Leib – als wäre er kein menschlicher Körper, sondern ein windzerzauster Baum oder eine wellengepeitschte Uferklippe, also leblose Materie – erlitt, seinen Höhepunkt erreicht, und in meiner Benommenheit sah ich den Himmel rot verfärbt, eine brennende Stadt, von Kanonenkugeln durchschlagene Dächer, aus ihrer Verankerung gerissene Fensterläden und von Ruß geschwärzte, lautlos einfallende Wände. Ich sah auch menschliche

Gestalten, wie sie in Flammen stumm durch brennende Gassen rannten. Und dann war plötzlich alles zu Ende, und ich ging als kleines Mädchen an Mutters Hand gegen Abend durch den finsteren Wald irgendwohin, und oben am Himmel und drinnen im dichten Gebüsch, überall glitzerten und flimmerten kleine Lichtpünktchen. Als ich für kurze Zeit zu mir kam, erblickte ich die Stube und, mit dem Rücken zu mir, die grauhaarige Fremde, auch noch weitere Frauen, wie sie sich rund um einen Zuber zu schaffen machten, sah die Tür aufgehen und unsere wortkarge Magd Margit eintreten mit einer Wasserschüssel, aus der heißer Dampf aufstieg, und von weitem hörte ich aufgeregte Stimmen im Flüsterton, konnte aber nicht verstehen, worüber sie sprachen. Dann fiel ich in einen tiefen, traumlosen Schlaf.

Als ich einige Minuten oder Stunden später schon mit klaren Sinnen die Augen öffnete und den Blick in der Stube schweifen ließ, sah ich Vater in der entfernten Ecke, mit dem Rücken zu mir, am Ofen sitzen, ihm gegenüber saß ein anderer Mann, im Licht des plötzlich auflodernden Feuers erkannte ich den alten Doktor.

»Wo ist sie?«, fragte ich leise wimmernd. Ich meinte die Frau mit dem grauen Haar, mein Blick suchte die ganze Zeit nach ihr, doch vergeblich.

»Sie ist aufgewacht!«, der alte Doktor sprang von seinem Stuhl hoch, als er meine Stimme vernahm, und eilte zu meinem Bett, Vater kam langsam hinter ihm her.

»Wo ist die Frau?«, fragte ich den über mich gebeugten Doktor mit schwerer Zunge.

»Sie fragt nach der Kernin«, wandte sich der Doktor an Vater, der mit sonderbarer Miene und zusammengezogenen Brauen auf mich herabsah, aber nichts sagte. »Die gute Frau ist schon gegangen«, erfuhr ich vom Doktor, der sich wieder über mich beugte. »Euren Gatten aber, Orsolya, habe ich tüchtig gescholten: Wie konnte er Euch in einem solchen Fall einen Absud aus Mohnbechern verabreichen…, aber es ist ja schließlich noch alles gut gegangen!«

»Sie hatte so große Schmerzen. Ich dachte schon…«, wandte

Vater mit heiserer Stimme ein, aber er sprach nicht weiter, verriet nicht, was er dachte.

»Und das Kind?«, fragte ich plötzlich völlig verwirrt, denn inzwischen schob ich meine Hand unter die Brust, und wo sich zuvor der steile Hügel wölbte, fühlten meine Finger jetzt eine flache, leere Ebene. Und augenblicklich durchfuhr mein sich langsam klärendes Bewusstsein, dass ich kein Schreien des Kindes hörte und auch sonst alle Anzeichen von seiner Anwesenheit in diesem Raum fehlten. »Ist es gestorben?«, fragte ich zögernd den Doktor, in dessen Gesicht ich eine Verlegenheit zu entdecken glaubte, richtete mich, auf den Ellbogen gestützt, halb auf und versuchte, den Teil der Stube zu überblicken, den ich im Liegen nicht einsehen konnte.

»Es hat nicht viel gefehlt …«, antwortete der Doktor mit ernster Miene, beugte sich sogleich zu einer am Ende meiner Liegestatt stehenden kleinen Bettkiste hinunter, zu der ich nicht hinsehen konnte, und holte etwas Kleines und Weißes heraus. »Die Kernin sagte, es hatte die Nabelschnur um den Hals gewunden … Ihr habt großes Glück gehabt, sie versteht ihr Geschäft, hat eine gute Hand. Bis ich hier war, atmete das Menschlein schon gleichmäßig und war auch nicht mehr so blau … Doch werdet Ihr auf das Kleine sehr Acht geben müssen, auch wenn es zu Kräften gekommen ist!«, er sah mich gütig an und legte das gewickelte Kind neben mich ins Bett.

Wenn es einer von jenen vor Zorn rot anlaufenden Säuglinge gewesen wäre, die empört und gewalttätig ihren Platz in dieser Welt fordern, hätte möglicherweise auch in mir für einen Augenblick ein feindseliges Gefühl gegen dieses Geschöpf aufkommen können – wie ungerecht und sündhaft dies auch gewesen wäre –, das mich durch sein bloßes Dasein so gepeinigt und in so große Gefahr gebracht hatte. Doch das Gesicht des Kindleins war blass, als sei es aus Elfenbein geschnitzt, nur an seiner Stirn über den großen, gewölbten, mit blauen Äderchen durchzogenen Augenlidern hatte es einen größeren roten Fleck: Weitere Merkmale seiner vorausgegangenen qualvollen Ankunft in unserer Welt waren nicht zu sehen. Staunend betrachtete ich das winzige Wesen, das sich schon in den ersten Augenblicken seines Daseins den Schrecken des Verlassenseins, der Angst und der Todesgefahr ausgesetzt gesehen hatte, dieser Gedanke weckte in meinem Herzen tiefes Mitgefühl.

Als ich sein zartgeformtes Gesicht und die winzigen Fingerchen seiner Hand betrachtete, schossen mir Tränen in die Augen. Gott, wie klein es ist, dachte ich, und am Ende gar durch meine Schuld: Vielleicht ist es schon hier drinnen nicht größer geworden und stärker herangewachsen, weil ich vor seiner Ankunft bis zuletzt voller Angst und Sorge war und ihm sein Verderben gewünscht habe, vielleicht ist es auch deshalb nur mit einem Bein über die Schwelle unserer Welt getreten und mit dem anderen noch in der jenseitigen geblieben, stets bereit, wieder ganz dorthin zurückzukehren… Während ich starr und seine Züge erforschend in das kleine, längliche blasse Gesichtchen schaute, schreckte das Kindchen aus seinem Schlummer hoch, und ich sah, dass es keine blauen Augen hatte wie sein oder mein Vater, sondern dunkle wie ich oder meine Mutter und wer weiß welcher unserer Vorfahren noch. Mir lief augenblicklich ein Schauer durch die Glieder, so als wäre ein hurtiger Windstoß aus dieser anderen Welt in die Stube gedrungen, und ich musste daran denken, dass aus den zögernden, in zwei Richtungen schielenden Augensternen irgendein längst verstorbener Ururgroßvater oder eine Ururgroßmutter wieder ins Licht unserer unsteten Welt herüberblickte, als hätte man sie am Jüngsten Tag aus der Finsternis ihres Grabes herbeizitiert.

In den folgenden Tagen gaben sich die mit mir bekannten Frauen der Reihe nach die Klinke in die Hand, um mir während der Zeit der Genesung die Sorge um den Haushalt abzunehmen und mich, die junge und unerfahrene Mutter, mit ihren guten Ratschlägen zu versorgen. Die gute Marta, ledig und daher in dieser verantwortungsvollen Tätigkeit ungeübt, wurde dabei ganz in den Hintergrund gedrängt, und das, so bemerkte ich, schmeckte ihr keineswegs, aber vergeblich bekundete sie, und zwar in scharfem Ton, wie oft sie die Kinder ihrer Schwester, der Fleischhackersgattin, zu verwahren und betreuen hatte und dass sie sie sogar von Krankheiten geheilt habe, mit denen die eigenen Mütter, ja selbst der Doktor nicht zurechtgekommen seien, aber keiner achtete auf sie, auch nicht auf mich, als ich einmal schüchtern versuchte, mich einzumischen. Das Kommando hatte eine hochgewachsene, brünette, laute Person mit heiterem Gemüt an sich gerissen, die Gattin des in unserer Nachbarschaft wohnenden Kerzenziehers und Mutter von zwei lebenden und drei verstorbenen Kindern: Sie dirigierte unsere Magd, die anderen Frauen und natürlich auch mich, die ich in meiner Unerfahrenheit ihre Anordnungen halb dankbar, halb verärgert befolgte. In meiner Ratlosigkeit setzte ich schließlich all meine Hoffnung auf sie, denn das Kind, das so schwer und widerwillig in diese Welt getreten war, verhielt sich weiterhin so, als hätte das, was es hier vorgefunden, bei ihm kein großes Gefallen ausgelöst, und der kleine Körper nahm auch kaum zu, an der dem Kind dargebotenen Brust sog es nur lustlos und entledigte sich des Getrunkenen bald wieder, vielleicht weil das Lebenselement Milch aus meiner Brust auch nur sehr dünn und ziemlich spärlich floss. Die energische Natur der Kerzenziehersgattin und ihr heiteres Gemüt ließen eine derartige Revolte gegen die natürlichen Bedürfnisse des Lebens nicht zu, und oft sah ich angstvoll, wie sie mit ihren großen, kräftigen Händen den kleinen, wohlgeformten Schädel ergriff und ihn energisch zu meinem Busen dirigierte oder dass sie mit einem in Honigwasser getauchten Stückchen Brot so lange ans kleine Mündchen des Kindes stieß, bis es sich mit protestierendem Wimmern öffnete, sodann zwängte sie ihm meine Brustwarze zwischen die Lippen. Außerdem ließ sie mich krügeweise Wasser und Milch trinken und bestürmte meinen Vater sehr, er solle mir irgendeinen Absud verabreichen, der den Milchfluss der Frauen in Gang bringe, aber Vater winkte verärgert ab, wie immer, wenn er glaubte, jemand wolle ihm in sein Handwerk pfuschen. Entweder hat eine Frau Milch, oder sie hat keine, brummte er abschätzig der Kerzenziehersgattin zu, die vor Verärgerung rot anlief, mit einem gereizten Seufzer die Augen zum Himmel richtete, um damit anzuzeigen, was sie von derartigen

Sprüchen hielt. Vater glaubte übrigens von Anfang an nicht daran, dass ich im Stande sein würde, entsprechend der Bestimmung der Natur mein Kind zu ernähren. »Du wirst es nicht stillen können!«, bemerkte er schon am Tag nach der Geburt, als mir die Kernin das Kind an die Brust legte. »Warst doch immer schon so schmächtig«, setzte er noch hinzu und nahm den zornigen Blick der Hebamme gar nicht zur Kenntnis. Seine Worte machten mich sehr verdrossen, vor allem weil ich glaubte, er rede nur so, weil er mich kränken und bestrafen wollte. Erst später begriff ich, dass ich in seinen Augen noch immer das Mädchen von einst war und er sich entrüstet und mit der Leidenschaft eines in die Ecke Gedrängten verteidigte, als ihn die äußeren Umstände zwangen, Veränderungen zur Kenntnis zu nehmen, die für ihn gar nicht existierten.

Eines Nachmittags, vielleicht drei oder vier Tage nach der Geburt des Kindes, kamen außer den Nachbarinnen, die sich schon seit Tagen um mich bemühten, noch weitere Besucher. Unter ihnen auch jene Lucia genannte, stattliche junge Frau sowie die Tochter des vertriebenen Rektors, dazu zwei, drei der Frauen, denen ich im Haus des alten Doktors schon begegnet war, und dazu meine unentbehrliche Freundin Marta. Auch der Doktor begleitete sie. Die Besucher verhandelten zuerst längere Zeit mit Vater, wiewohl die eine oder andere zwischendurch ihr Gespräch unterbrach und sich mir zuwandte, um sich nach meinem Befinden zu erkundigen und einen Blick auf das Neugeborene zu werfen, sein feines Gesichtchen, die kleinen Händchen und vor allem seine dunklen Augen zu loben, mit denen es herzerweichend ernst und traurig die Welt erforschte. Sie redeten zwar im Flüsterton, aber so aufgeregt und mit so viel Eifer, dass das eine oder andere Wort doch an mein Ohr drang. »Ist denn das nicht zu früh?«, hörte ich Vater fragen, worauf die schöne Lucia, Tochter des Goldschmieds, erregt erwiderte: »Wir haben nicht viel Zeit!«, und der alte Doktor brummte verlegen mit fast schuldbewusster Miene: »Hättet Ihr doch bloß nicht diese Kernin gerufen… bei der Kornhuberin wäre es gewiss erst nach zwei Wochen gemeldet worden…« Schließlich kam die Tochter des Rektors zu mir und legte ihre schmale, lange Hand für einen Augenblick auf meine Stirn, sie versicherte mir, ich müsste mir keine Sorgen machen, alles würde in Ordnung gehen. »Morgen«, flüsterte sie mir zu, während sie sich zu mir herabbeugte, als wolle sie meine Kissen ordnen, dann ging sie.

»Was ist morgen?«, fragte ich Vater und den Doktor, als wir nach dem Aufbruch der anderen Besucherinnen zu dritt zurückgeblieben waren.

»Was morgen sein wird?«, antwortete anstelle meines Vaters der Doktor, und sein faltiges Gesicht verzog sich zu einem schalkhaften Lächeln. »Morgen machen wir einen kleinen Ausflug in die Nachbarschaft, aber sorgt Euch nicht, Orsolya, wir bleiben nicht lange weg… Jetzt sieht ja schon alles viel besser aus, und es wird nicht sehr anstrengend sein.«

»Und das Kind? Wer bleibt bei meinem Kind?«, fragte ich angstvoll und ganz verwirrt, denn seit man es mir in die Arme gelegt hatte, wollte ich mich keinen Augenblick mehr von ihm trennen. Wenn die Kerzenmachersgattin oder eine andere Frau es mir abnahm, um es zu baden, krampfte sich mein Herz vor Angst zusammen.

»Das Kind? Wir nehmen es natürlich mit!«, lachte der alte Doktor belustigt und sah mir verschmitzt in die Augen. »Ohne das Kind hätte ja die ganze Landpartie nicht viel Sinn… Ach, habt Ihr es denn noch immer nicht erraten?«

Als er mein überraschtes und verständnisloses Gesicht sah, klärte er mich über das auf, was sie zuvor gemeinsam mit Vater beschlossen hatten: Am morgigen Tag würden wir nach Deutschkreuz fahren, damit dort der Magister Jonas, mit dem die Witwe die Angelegenheit schon abgesprochen hatte, dem Kind persönlich nach dem Ritus unseres Glaubens die Taufe spenden würde. Als Taufpaten hätten sich die schöne Lucia und ihr Ehemann, der Notar, empfohlen. Wir müssten anderntags schon im Morgengrauen aufbrechen, und zwar ganz heimlich, denn der Gang nach Deutschkreuz sei nicht ungefährlich: Vor nicht allzu langer Zeit hatten die Husaren des Bischofs angesehene Bürger und Bürgersfrauen, die vom Gottesdienst in Neckenmarkt heimwärts gingen, bei Wolfs abgefangen und in Kroisbach mehrere Tage gefangen gehalten. Die ganze Zeit über seien sie verspottet und insultiert worden, auch die Frauen, einer, nämlich der Frau des Gerbermeisters, wurde sogar der silberbeschlagene Gürtel abgenommen.

Am folgenden Tag hielt im Morgengrauen vor unserem Haus der Kutschwagen der Frau Lucia und ihres Gatten, des Notars. Ich setzte mich eilig, Vater an meiner Seite, das in warme Decken eingehüllte Kind im Arm, zu ihnen, und dann fuhren wir los, in Richtung des Hinteren Tores, durch das wir in die nach Deutschkreuz führende Straße einbogen. Noch bevor wir das Stadttor passierten, breitete ich auf den Rat der Frau Lucia die eine Seite meines Marderpelzmantels über das Kind, um es dem Blick der Torwächter zu entziehen, obwohl sich diese Vorsichtsmaßnahme später als überflüssig erwies: Der Torwächter ließ uns unkontrolliert vorbei, und als sich im Vorbeifahren unsere Blicke trafen, schien es mir, als hätte er uns zugeblinzelt. Längst hatten wir die Stadt hinter uns gelassen und fuhren doch noch eine ganze Weile im Finstern, nur der Schnee leuchtete bläulich in der Dunkelheit, das Licht der Wagenlaterne fiel darauf, und so lief uns stets ein goldfarbener Fleck voran. Wir fuhren nach Südwesten, so konnten wir die aufgehende Sonne nicht sehen. Doch auf einmal merkten wir, wie sich die Dunkelheit um uns allmählich auflöste und sich die schneebeladenen Felder nach und nach von dem mit tief hängenden Winterwolken bedeckten Himmel trennten, jenseits der Felder tauchten im Dämmerlicht da und dort schemenhaft Kirchtürme auf. Dann stieg die Straße etwas an, die Landschaft wurde hügelig, und wir gelangten zu den Ausläufern von bewaldeten Bergen. Eine Weile fuhren wir noch unter schneebedeckten Tannen dahin, dann mühte sich unser Gespann hinauf zu dem auf einem Hügel gelegenen Dorf, wo uns im Pfarrhaus schon Magister Jonas, ein hagerer alter Mann mit länglichem, gelbem Gesicht und strengem Blick, erwartete. Er begrüßte uns würdevoll und etwas mürrisch. Grund für seinen Missmut könnte vielleicht gewesen sein, dass wir nicht schon, wie andere Ödenburger Bürger, in

Deutschkreuz gewesen waren, um das Wort Gottes aus seinem Mund zu hören. Dann schritt er, den schwarzen Pastorenmantel majestätisch ausbreitend, wie ein großer schwarzer Rabe im Schnee vor uns her, zu der nicht weit entfernten, von Tannen umgebenen kleinen Kirche hin, wo unser Kind mit der Taufe den Namen Sebastian bekam. Da ich an diesem Tag zum ersten Mal das Bett verlassen und mich auch die lange Fahrt im Wagen erschöpft hatte, breitete sich während der Taufzeremonie, bei der Frau Lucia das Kindlein in den Armen hielt, mehrfach schwarzer Nebel über meine Augen, und mich überfiel eine solche Schwäche, dass ich mich fest an die Lehne der Kirchenbank klammern musste, um nicht zusammenzubrechen. Ohnehin war ich die ganze Zeit leicht benommen, und alles, was an diesem Wintermorgen geschah, erschien mir fast wie ein Traum, die Wagenfahrt im Morgengrauen, das von Tannen umstandene Kirchlein, der grimmige, gelbgesichtige, hagere Mann und der schräg durchs Kirchenfenster einfallende winterliche Sonnenstrahl, der geradewegs auf die elfenbeinfarbene Stirn des Kindes fiel, so dass der kleine Sebastian, die flaumenweiche Berührung des Lichts verspürend, sein Näschen verzog und niesen musste.

Es war vielleicht eine knappe Stunde, die wir in dem von Tannen gesäumten Dörfchen verbrachten, dann kletterten wir wieder auf den Kutschwagen und machten uns eilig auf den Rückweg. Heimwärts hatten wir bei weitem keine so leichte Fahrt wie am Morgen, obwohl uns nicht die Husaren des Bischofs, umso mehr aber das Wetter zu schaffen machte. Kaum hatte sich die Kutsche in Bewegung gesetzt, kam heftiger Wind auf, wirbelte den schon gefallenen Schnee auf und trieb ihn vor sich her. Bald setzte erneut Schneefall ein, der eisige Wind drang unter die Plane des Wagens und wehte uns die Flocken ins Gesicht. Ich zitterte trotz meines Marderpelzmantels vor Kälte und presste den in Decken gehüllten kleinen Leib – entweder zitterte er selbst, oder ich spürte mein eigenes Frösteln an ihm – schützend an mich. Der sein Gesicht peitschende eisige Schnee muss auch den auf dem Bock sitzenden Kutscher blind gemacht haben, und selbst die Pferde kamen gegen den heftigen Sturm nur langsam, im Schritt voran, ich fürchtete ständig, früher oder später würde uns eine unüberwindliche Schneewächte den Weg versperren und wir für Stunden oder Tage hier festsitzen, abseits und fern jeder Hilfe. Ich wäre sogar über das Auftauchen der bischöflichen Husaren erfreut gewesen, wenn sie uns nur mitgenommen hätten unter ein schützendes Dach, doch scheinbar wussten auch die bei solchem Wetter Besseres zu tun, als Bürger zu hetzen. Es ging schon auf Mittag zu, als wir nach dieser beschwerlichen Fahrt glücklich daheim ankamen.

Am nächsten Tag, als ich Stirn und Schläfe des Kindes befühlte, fand ich diese sehr heiß, und es sah mich, als wäre es noch nicht vollständig erwacht, mit stumpfem Blick aus den halb geschlossenen Augen an. In gewissen Abständen hüstelte es leise, gab gedämpfte wimmernde Töne von sich, und sein bleiches kleines Gesichtchen lief dabei vor Anstrengung rot an. Der alte Doktor drückte sein Ohr mit trauriger und einigermaßen schuldbewusster Miene auf die kleine Brust und mühte sich, mit Hilfe eines Löffels seine Lippen zu öffnen, um in seinen Hals zu sehen. Der kleine Sebastian protestierte nicht mit lautem Weinen, wie es Säuglinge zu tun pflegen, er drehte nur das Köpfchen zur Seite und schien, während er die Lider nun ganz schloss, zu fragen: »Warum könnt ihr mich nicht wenigstens die kurze Zeit, die ich auf dieser Welt verbringe, in Frieden lassen?« Der alte Doktor verordnete eine Mischung aus rohen Blättern der Raute, mildem Salz, Sauerteig und starkem Essig, die ich, zu Brei zerstampft, auf ein Tuch streichen und als Pflaster um die Fußsohlen des Kindes legen sollte, wobei der Verband häufig zu wechseln war. Ich saß den Tag über und fast die ganze Nacht neben dem Kind, wechselte die Pflaster, fühlte an seiner Stirn und den geschlossenen Äuglein, ob die Hitze nachließe, doch das Fieber wollte nicht fallen.

Das Haus füllte sich, wie in den Tagen nach der Geburt, erneut mit Frauen, jede von ihnen wusste irgendein probates Mittel zum Kurieren des Kleinen beizusteuern. Und auch diesmal tat sich die Kerzenziehersgattin am meisten hervor, doch nun ließ sich meine Freundin Marta nicht mehr abdrängen, mehrfach gerieten die beiden heftig aneinander über der Frage, ob ein Auszug von Eisenkraut oder das Räuchern mit Harzpulver hier die wirksamere Methode sei. Einmal schlug die Kerzenziehersfrau dem Mädchen um ein Haar den Löffel aus der Hand, als diese dem Kind in Wein gelöstes Pulver von Muskatnuss gewaltsam einflößen wollte. Abwechselnd rannte die eine oder die andere zu Vater, um sich zu beschweren, oder beide baten ihn, den Schiedsrichter zu machen, jede versuchte, ihn auf ihre Seite zu ziehen, doch Vater ging in diesen Tagen nur schweigsam umher, war bemüht, im Hintergrund zu bleiben, obwohl ich doch wusste, dass er normalerweise beide tüchtig abgekanzelt und belehrt hätte, wenn sie ihm in sein Metier hineinpfuschten.

Auch mit mir redete Vater in dieser Zeit kaum. Ich war ganz froh darüber, dass jetzt all diese Frauen der Reihe nach ins Haus kamen, so ergab sich wenigstens nur selten Gelegenheit, mit Vater zu reden. Heimlich beobachtete ich ihn, versuchte zu ergründen, wie er mir gesonnen war und ob seine Erbitterung nachgelassen hatte oder nicht, doch vergeblich: Aus Vaters Gesicht war nichts herauszulesen, es war, als wollte ich durch ein zugemauertes Fenster in sein Inneres schauen. Einmal gelang es mir dann doch, seinen Blick zu treffen. Das war, als Marta, Lucia, die schöne Notarsfrau und noch einige andere, die zur Begutachtung des Kindes da waren, um die Wiege in flüsterndem Gespräch herumstanden und die schöne Lucia, sich vergessend, mit etwas lauterer Stimme bemerkte: »Der arme Wurm lebt ja kaum noch.« Mir stockte, als ich diese Worte hörte, das Herz, und als ich mich Hilfe suchend umsah, begegnete ich geradewegs Vaters Blick, der mich ermutigend und fast verschwörerisch anblinzelte, als wäre das, was wir soeben gehört hatten, für uns beide, vor allem aber für mich, von allen zu erwartenden Wendungen des Schicksals die günstigste. Ich erwiderte seinen Blick mit verständnisloser, erstarrter Miene, worauf er sich verstimmt umdrehte und ich mir immer wieder beteuerte, ich müsse mich getäuscht und falsch verstanden haben, was ich soeben gesehen.

Eines Tages, als die sonst ständig um das Kind bemühten Frauen aus irgendeinem Grund nicht kamen und ich mit Vater im Haus allein war, ergriff ich, von einer starken Gefühlsaufwallung getrieben, seine Hand, presste sie an meine Lippen und dankte ihm dafür, dass er in meiner schweren Stunden bei mir gewesen und mir zu helfen versucht hatte. Von jetzt an solle alles gut werden, solches oder Ähnliches muss ich gestammelt haben, dabei hätte ich keine Antwort gewusst, wenn jemand mich gefragt hätte, was denn von nun an gut werden sollte.

Vater murmelte etwas und zog seine Hand gewaltsam zurück. Eine Weile saß er noch mit abgewandtem Kopf stumm neben mir. Drehte sich dann abrupt zu mir, musterte mich, kalt und mit zusammengekniffenen Augen, als forsche er nach Spuren einer heimlichen Sünde an mir, und ich sah in seinem Gesicht so viel Abscheu, ja sogar Ekel, dass ich zurückschreckte, mich ganz zusammenkauerte, als wollte ich in mir selbst, wie in einem Schneckenhaus, Zuflucht suchen vor seinem Blick.

»Hast du es seinen Erzeuger schon wissen lassen, dass er geboren ist?«, fragte er gehässig und mit so grimmiger Teilnahmslosigkeit, als sei er überzeugt, man würde ihn ohnehin sogleich mit lauter Lügen abspeisen, weshalb er sich schon im Vorhinein geradezu angeödet zeigte.

»Aber wie sollt ich denn…«, stotterte ich bestürzt, »schließlich habe ich noch keinen Schritt aus dem Haus getan, wie hätte ich es ihn wissen lassen können, und wozu denn überhaupt…«

»Da sind doch genug Personen geschäftig um dich herum«, warf er mir hin, »auch diese vierschrötige Person macht sich doch immer im Haus zu schaffen, mich würde nicht wundern, wenn jemand sie gut bezahlt hätte… und wenn nicht sie, dann eben eine andere«, er winkte energisch ab, und ich würgte jede Erwiderung in mich hinein. »Oder interessiert sich das gnädige Herrchen gar nicht dafür, ob sein Bankert lebt oder stirbt? Aber du«, und er sah mich mit schrecklichen Augen an, »du möchtest, wenn er dich dann holen kommt, natürlich nicht vor ihn hintreten und gestehen müssen, dass du nicht genug Fürsorge für den Balg aufgebracht hast! Ich weiß gar nicht, warum du dich so schindest, ihn aufzupäppeln! Ach, du hast doch das Blut deiner Mutter«, und er wandte sich angewidert von mir ab, während ich verzweifelt zu versichern begann, nie würde mich der holen kommen, und wenn er käme, so könnte ich niemals mit ihm gehen, denn weder mein Leib noch meine Seele verlange nach ihm; er würdigte mich keiner Antwort, lachte nur bitter auf und ging.

Ich sah ihm an, er konnte sich keinen anderen Grund für die von mir an den Tag gelegte ständige Sorge um das Kind vorstellen, als dass ich damit dem Kindsvater zu Gefallen sein wollte. So wusste ich zwar, ich würde ihn in seinem eifersüchtigen Verdacht noch bestärken, wenn ich mich gar nicht mehr von der Seite des Kindes wegrührte, doch fürchtete ich, der Zustand des Kleinen könnte sich gerade dann verschlechtern, wenn ich nicht bei ihm war. Böse Vorahnungen quälten mich, immer wieder musste ich mich überzeugen, dass sie sich nicht erfüllt hatten, und so lief ich vom Kochen oder andere Arbeiten unterbrechend aus der Küche oder einem anderen Raum, in dem ich gerade zu tun hatte, weg, um mich stets aufs Neue zu überzeugen, dass sich der Zustand des kleinen Sebastian nicht verschlechtert hatte. Wenn das Kind dann wach war, seine matten Augen über die Stubendecke wandern ließ oder sein Blick dem Flackern der Kerzen zu folgen versuchte, beruhigte ich mich, wenn auch nur für kurze Zeit, und eilte zu meiner liegen gebliebenen Arbeit zurück. Fand ich das Bübchen aber in seiner Wiege schlummernd, so war ich beunruhigt, denn unter der dicken Zudecke war das schwache Heben und Senken seiner winzigen Brust gar nicht auszumachen, und auch sonst zeigten sich an dem zarten Körper keinerlei Zeichen des Lebens. Wenn ich ihn schlafend antraf, legte ich meine Hand behutsam auf seine Brust und wartete einen Augenblick lang, der mir oft wie eine Ewigkeit erschien, bis ich unter meiner Handfläche dieses schwache Auf und Ab fühlte, mit dem die Atemluft in seinen Körper ein- und ausströmte, und ich das hastige Pochen seines Herzens spürte: Erst dann konnte ich mich erleichtert wieder meinen Aufgaben zuwenden. Doch war ich auch ehrlich bemüht, mich zu zwingen, der Versuchung seltener nachzugeben, vor allem dann, wenn Vater in der Nähe war. Sooft er mich dabei ertappte, dass ich bei dem Kindchen weilte, tadelte er mich, weil ich wegen dieser sinnlosen und übertriebenen Fürsorge alle meine Pflichten vernachlässige und das Kind ja kaum früher genesen würde, wenn ich ewig neben ihm säße. Damit hatte er nicht Unrecht, das sah ich ein, und dennoch war da etwas, was mich immer wieder an das Lager des Kindes führte.

Weihnachten nahte: Obwohl ich mich in diesen Wochen nicht viel um die Ereignisse kümmerte, die draußen vor sich gingen, wusste ich doch dank der getreuen Marta so viel, dass das Herannahen des Festes heuer wie jedes Jahr die Leidenschaften des lutherischen Teils der Bürgerschaft anheizen würde. Seit man den neuen Kalender der Papisten erstmals an die Kirchentür genagelt hatte, waren zwar schon zehn Jahre ins Land gegangen, doch der Streit darüber hatte sich noch keineswegs gelegt. Obwohl die überwiegende Mehrheit an diesem Tag allzu augenfällige Arbeiten vermied, so begingen die Lutheraner ihre Weihnacht doch nach dem alten Kalender sehr feierlich in Neckenmarkt und Deutschkreuz; wenn sie vom Kirchgang heimkehrten, reizten sie die Papisten jedoch mit lautem Büchsenknallen und anderem herausfordernden Gebaren, brachten so den Rat, dessen überwiegender Teil selbst lutherisch dachte, in eine höchst prekäre Lage, weil man aufgrund der eingegangenen Verpflichtungen gezwungen war, gegen die Ruhestörer vorzugehen. Vor allem der Stadtrichter, der zu den in Wien damals Festgehaltenen gehört hatte und ein hochgewachsener, aufbrausender Mann war, verkündete auf Schritt und Tritt, dass er nicht noch einmal den eigenen Kopf für andere hinhalten würde, die der Hafer steche und die sich unbedingt mit den Papisten und dem Wiener Hofe anlegen wollten. Er verkündete, er werde wenn nötig auch mit Gewalt dafür sorgen, dass die Verpflichtungen eingehalten würden.

Obendrein begann Pfarrer Spillinger, den mir manche als einen bigotten und aufbrausenden Menschen, andere als habgierig und sich der Obrigkeit anbiedernd beschrieben hatten, während der Adventszeit von Haus zu Haus zu gehen, um die Bürger zu ermahnen, den Feiertag nach dem Gregorianischen Kalender zu begehen – man wusste nicht, ob ihn eigener Glaubenseifer oder die Anordnung des Bischofs dazu veranlasste.

Nach dem Kalender der Papisten kann es höchstens zwei oder drei Wochen vor Weihnachten gewesen sein, als ich eines Nachmittags hörte, dass unten jemand ans Tor klopfte und bald darauf oben an der Eingangstür zur Wohnung noch einmal. Hastig knöpfte ich mir das Kleid zu, weil ich gerade dabei war, dem kleinen Sebastian die Brust zu reichen, er zeigte seit ein paar Tagen eine merkliche Besserung, die so weit ging, dass er, wenn auch zögernd und kraftlos, doch für kurze Zeit die Brust nahm und trank, wo er früher die ihm löffelweise eingeflößte Milch oder Fleischbrühe immer wieder ausgespien hatte. Mit dem Kind auf dem Arm trat ich zur Tür und öffnete. Draußen sah ich einen kahlköpfigen alten Mann, seine wenigen weißen Haare standen beiderseits der Schläfen pinselartig wie die Ohren einer Eule hoch, die Wangen hingen ihm dagegen lefzenartig herab und waren von der Kälte, vielleicht auch durch Blutandrang blau verfärbt; es schien ihn angestrengt zu haben, die Stufen zu erklimmen. Der Herr maß mich misstrauisch mit seinen unter stacheligen grauen Augenbrauen sitzenden rotgeäderten Augen.

»Ihr seid doch die Gattin des neuen Apothekers, nicht wahr?«, redete er mich mit krächzender Stimme ziemlich barsch an. Ich nickte zustimmend, und weil ich aufgrund seiner Kleidung einigermaßen sicher war, dass es sich um den Pfarrer Spillinger handelte, bat ich ihn nicht in die Stube, sondern blieb bei ihm an der Tür stehen und wartete, dass er mir mitteilte, was ihn zu mir führte.

»Auch Euch habe ich, ebenso wenig wie Euren Gatten, noch nicht bei der Heiligen Messe gesehen!«, brummte er mich feindselig an, worauf ich verwirrt stammelnd zu einer Entschuldigung ansetzte und erklärte, dass ich erst vor kurzem vom Kindbett aufgestanden sei, und zum Beweis der Richtigkeit meiner Worte hielt ich ihm das Kind entgegen. Vielleicht durch den Anblick des Säuglings ein wenig milder gestimmt, vielleicht aber auch, weil er bei mir keinerlei herausfordernde oder versteckte Renitenz entdecken konnte, mit der er in solchen Fällen rechnen musste, schwand unübersehbar aus seinem Gesicht die feindselige Erregung, und er blinzelte eher verwirrt oder sogar ein wenig verlegen auf mich.

»Wie alt ist es denn?«, fragte er mit heiserer, fast knarrender Stimme, indem er mit dem Kopf auf das Kind deutete, als wäre er gar nicht mehr daran gewöhnt, freundliche Worte auszusprechen, und als fänden diese auch nur mühevoll aus seiner Kehle den Weg in die Welt hinaus.

»Ihr scheint eine recht vernünftige Frau zu sein!«, brummte er, als er meine Antwort vernahm, und wiegte mit zusammengezogenen Brauen fast ungläubig den Kopf, als hätten ihn seine Worte selbst überrascht. Schwerfällig lächelte er, berührte mit dem ausgestreckten Zeigefinger die Hand des Kindes und murmelte ihm verschämt sogar noch irgendetwas Freundliches zu, als die winzigen Fingerchen kraftlos nach seinem Finger griffen. Der auf seinen Stock gestützte alte Mann tat mir leid, vor allem als ich zwischen den Säulen der Arkaden auf den Hof hinabschaute und sah, wie der eisige Wind den Schnee vor sich hertrieb. Fast hätte ich ihn in die Stube gebeten, damit er sich drinnen etwas aufwärmen konnte, doch dann überlegte ich mir, dass aus den Fenstern der Nachbarhäuser jeder Schritt des Pfarrers gewiss mit wachem Blick verfolgt würde und man genau registrierte, wo und in welchem Haus er sich wie lange aufhielt. Und so stand ich nur in der Tür, mit gesenktem Kopf, und wartete, dass er sagen würde, warum er gekommen war.

Eine Zeit lang standen wir beide stumm und ziemlich verwirrt, dann räusperte sich der alte Herr.

»Ja, dann vergesst also nicht: Die Weihnacht ist in diesem Jahr am dritten Sonntag nach Sankt Nikolaus, und nicht erst zehn Tage später!«, trug er mir mit knarrender Stimme auf, indem er mahnend den Finger hob, sodann verabschiedete er sich etwas linkisch winkend und machte sich über die Stufen hinunter auf den Weg zum Tor.

Wir begingen den Weihnachtsfeiertag ziemlich ruhig, und

zwar nach dem alten Kalender, doch später hörte ich, dass ein großer Teil der Bürger auch in diesem Jahr in Deutschkreuz gefeiert hatte, und auf dem Heimweg hätten sie wieder die Büchsen knallen lassen und auch andere herausfordernde und Anstoß erregende Dinge aufgeführt. Der Stadtrichter ließ ein paar der Ruhestörer unter den Turm sperren, einige hat er selbst mit seinem Streitkolben verbleut und damit den heiligen Zorn der Witwe und ihres Kreises auf sich gezogen. Als man einen der Verprügelten, der allerdings am selben Tag auch noch angetrunken vom Pferd gestürzt war, in der Früh vergeblich zu wecken versuchte, weil der Unglückselige in der Nacht verstorben war, ob aufgrund der Prügel, des Sturzes oder aus anderer Ursache, da schlugen die Wellen der Empörung hoch. Imre Pápai, jenes gewisse Ratsmitglied, beteuerte allerorts, der Stadtrichter sei des Mordes schuldig, forderte seine Abdankung und umgehend die Wahl eines neuen. Von all dem bekam ich durch die getreue Marta Kenntnis, die mich in diesen Tagen häufiger als sonst besuchte, scheinbar völlig unberührt von der feindseligen und geringschätzigen Behandlung durch meinen Vater, den der unermüdliche Eifer, mit dem die Schulmeisterstochter mich immer wieder aufsuchte, in seinem Verdacht bestärkte, das Mädchen müsse unbedingt eine Botin in Liebesangelegenheiten sein.

Ansonsten hat mich Marta von all diesen Ereignissen, vornehmlich vom Tod des Burschen, den der Richter in den Turmarrest hatte werfen lassen, mit so deutlich sichtbarer Befriedigung, mit beinahe schon eifernder Erregung in Kenntnis gesetzt, als bereite es ihr geradezu Freude, dass unsere Glaubensgemeinschaft nun einen wahrhaftigen Märtyrer vorzuweisen hatte. Und da der leidenschaftliche, unbeherrschte Richter samt dem besonneneren Teil des Rates und der Bürgerschaft fanden, dass es gescheiter wäre, mit den Papisten rücksichtsvoller umzugehen und sich mit dem Hof nicht anzulegen, gerieten auf diese Weise, so könnte man sagen, alle in den Geruch des Mordes oder zumindest der Mittäterschaft, und das könnte man ihnen in Zukunft, wenn sie wieder einmal allzu sehr auftrumpfen würden, ins Gesicht schleudern. Das sonst so bleichsüchtig blasse Gesicht des Mädchens brannte förmlich vor Eifer, als sie mir diese freudigen Nachrichten überbrachte, und mir fiel auf, dass sie im Gespräch mit mir diesmal ihren Blick nicht in den eigenen Schoß richtete, sondern wiederholt zum Fenster hinsah. Ich wusste ihre Blicke nicht zu deuten, bis sie plötzlich ihre Neugier nicht mehr zügeln konnte, aufsprang, zum Fenster eilte, es hastig öffnete und, über das Gesims gebeugt, auf den Platz spähte.

»Sie ist eingetroffen!«, rief sie erregt zu mir ins Zimmer. Ich schob die geschnitzte Wiege mit dem Kind aus dem kalten Luftzug zur Seite und sah meine Freundin verwundert und verständnislos an, nicht ahnend, von wem sie redete, lehnte mich dann, auf die Ellbogen gestützt, auf das Fenstersims neben sie und begriff sogleich den Grund ihrer Erregung, denn als ich auf den Platz hinunterblickte, erkannte ich vor dem Palais der Gräfin zwar nicht sie selbst, aber ihre Kutsche, von der einige Mägde Reisetruhen abluden und ins Haus schleppten. Die Gräfin schien offenbar auch diesmal, bevor sie in die Stadt zurückgekehrt war, längere Zeit in Wien geweilt zu haben. Schon eine ganze Weile hatte ich kein geschäftiges Treiben um ihr Haus mehr beobachtet, dem aber keinerlei Bedeutung beigemessen, ja ich verstand auch jetzt nicht, von welcher Tragweite das Kommen und Gehen der Gräfin für meine Freundin Marta oder für andere, die nicht zu ihrem engeren Kreis gehörten, sein sollte.

»Du kannst froh sein, dass du aus diesem Fenster geradewegs auf ihr Tor sehen kannst«, sagte die Freundin, nachdem sie sich satt gesehen hatte und wieder mir gegenübersaß. Auch jetzt sprach sie mit ihrer gewohnt seidigen, säuselnden Stimme, den Blick gesenkt, nur aus den Augenwinkeln verstohlen zu mir hinspähend, und wartete darauf, wie ich mich zu der Sache äußern würde. »Du brauchst nicht einmal aus dem Haus zu treten, nur gelegentlich aus dem Fenster zu schauen und kannst schon in Erfahrung bringen, wer oder welche Personen sich häufiger bei ihr als Gäste einstellen. Denn sie brüten derzeit wieder etwas aus, und wir müssen wissen, wem wir vertrauen können und wem nicht, auch unter unseren Leuten kann es welche geben, die zwei Eisen im Feuer haben und den anderen gerade jetzt Neuigkeiten zutragen … Doch du weißt vielleicht gar nicht, dass der Fürst mit seinem ganzen Kriegsvolk nicht mehr weit von hier am linken Ufer der Donau steht und mit Frühlingseinzug gewiss übersetzen wird!«, und sie sah mich mit verklärtem Gesicht an, reckte sich im Sitzen stolz empor. »Nein, das wusste ich nicht«, entgegnete ich kühl und nahm das Kind, das in seinem Bettchen leise zu wimmern anfing, auf den Arm, wiegte es, während ich in seinem kleinen, blassen Gesichtchen nach Anzeichen einer Verschlimmerung seines Zustandes forschte. Aus diesem Grund also, so fuhr Marta fort, ohne dem Kind Beachtung zu schenken, wäre es uns so wichtig zu erfahren, wem wir trauen können und wem nicht, und mir würde es doch sicher keine große Mühe machen, dann und wann einen Blick aus dem Fenster zu werfen und ihr von Zeit zu Zeit zu berichten, wer häufiger zu der Gräfin kam. Damit könnte ich dem wahren Glauben einen großen Dienst erweisen, und auch die Witwe wüsste meinen Eifer in dieser Sache gewiss sehr zu schätzen – sie sah mich mit einem Gesicht an, als hätte sie mir soeben etwas sehr Verlockendes in Aussicht gestellt.

»Aber wenn nicht, dann eben nicht«, sie erhob sich enttäuscht, strich flüchtig über meinen Arm, um anzuzeigen, dass sie mir deswegen nicht böse sei, und machte sich auf den Weg hinaus. »Deshalb also ist sie in letzter Zeit so oft hier gewesen«, so viel war mir während des vorausgegangenen Wortwechsels klar geworden, und ich musste tief durchatmen, sann darüber nach, welch vergebliche Mühe es wäre, Vater davon überzeugen zu wollen, dass die Tochter des Schulmeisters nicht die Botin meines Geliebten, sondern Spionin der Witwe war und auch aus mir eine solche machen wollte und mich deshalb so fleißig besuchte.

Ja, seither kam sie viel seltener ins Haus, sie musste gemerkt haben, dass sie mit mir nur ihre Zeit verschwendete. Anfangs war ich froh, sie nicht mehr so oft zu sehen, weil ich hoffte, auch Vater würde es bemerken, dass ich mich aus eigenem Willen von der Außenwelt abschloss und außer ihm, dem kleinen Sebastian und der schweigsamen Magd Margit wochenlang keine Menschenseele sah, vielleicht beruhigte ihn das mit der Zeit und er würde mir glauben, dass ich mit dem Vater des Kindes in keinerlei Verbindung stand; in der Folge verheimlichte ich auch nichts mehr vor ihm, sondern vertraute mein Schicksal und das des Kindes ganz seinem Wohlwollen an. Doch meine Überlegung war falsch, für Vater war es schon ein Indiz, dass ich auf die Rückkehr meines Verführers hoffte, wenn er mitansehen musste, mit welcher Fürsorglichkeit ich ständig an der Wiege des Kindes stand und die kleinste Änderung seines Zustands mit besorgter Aufmerksamkeit verfolgte. Denn aus welchem Grunde sonst sollte ich um das Leben dieses Menschleins, der Frucht unserer Sünde, so sehr bangen, dessen Existenz mir nichts als Schmerz und Schande beschert hatte. Und tatsächlich, wenn ich mich darauf besann, wie sehr ich mir zuvor gewünscht hatte, von meiner Last befreit zu sein, so hätte ich die Umkehrung meiner Gefühle in ihr Gegenteil nicht begründen können und könnte es auch heute noch nicht. Gewiss war es nicht allein der Mutterinstinkt, der, wie es heißt, sogar dem mit keinerlei Vernunft begabten Tier gegeben ist, denn gegenüber meinen fast zwanzig Jahre später geborenen Söhnen, die von der ersten Minute ihres Lebens an aufgeweckte, kräftige Menschenkinder waren (und gewiss heute noch sind, sofern sie leben, denn ihr unbezähmbares Blut hat sie ins Lager der Ungarn geführt, und ich bin schon lange ohne jede Nachricht von ihnen), begegnete ich von Anfang an mit viel weniger heißem Herzen, nahm nur ungern und mit Empörung die vielen Sorgen und Unbilden, die sie mir abverlangten, auf mich. Erst das letzte, jüngste meiner Kinder weckte in mir wieder eine so heftige, besorgte Zärtlichkeit, wie ich sie gegenüber diesem ersten empfand, und eben wegen dieser Ähnlichkeit der Gefühle fürchtete ich lange, dass ihm das gleiche Schicksal beschieden sein könnte wie dem kleinen Sebastian. Ich verbrachte fast ebenso viele Nächte an seiner Wiege sitzend und in der Dunkelheit seinen Atemzügen lauschend wie seinerzeit bei meinem ersten

Sohn, aber Gott sei gedankt, mein Kristof ist gesund herangewachsen, und er sah sich erst vor einigen Jahren gezwungen, samt Familie und zusammen mit vielen anderen Bürgern des Landes vor der Bedrohung durch das Militär und die Papisten in einen anderen Teil des Landes zu fliehen, wo ihn Gottes Segen begleiten möge, dies wünsch ich ihm von Herzen bis ans Ende seiner Tage und auch darüber hinaus …

Seit dem Tag, da wir ihn von der Taufe heimbrachten, hat sich der kleine Sebastian nie mehr ganz erholt; dabei gab es in seinem Befinden ein stetes Auf und Ab. Oft erschien er mir am Morgen und in den Vormittagsstunden frischer, verfolgte mich bei der Arbeit mit den Augen, und wenn ich meine Hand an seine Schläfen legte, fühlten sie sich trocken und einigermaßen kühl an, als würde ihn keinerlei Hitze quälen. Doch schon am Nachmittag und vor allem gegen Abend löste diesen ziemlich ausgeglichenen und heiteren Zustand heftige Unruhe ab. Seine Augen begannen fiebrig zu glänzen, er hustete angestrengt und trocken, es hörte sich an, als würde dünnes, dürres Reisig entzweigebrochen, und während sich das Fieber seiner mehr und mehr bemächtigte, trübte sich sein Blick, die Lider senkten sich schwer über seine Augen, seine Miene wurde, wie bei einem weinseligen Menschen, stumpf und schlaftrunken, die Schläfen waren siedend heiß, die schütteren Haare klebten zerzaust und feucht an seinem Köpfchen. Und so wie sich sein Befinden im Laufe des Tages veränderte, wuchs auch meine Sorge um ihn; in der Früh saß ich einigermaßen ruhig, zuweilen heiter und mit einiger Zuversicht an seiner Seite, mir blieb sogar Zeit und Kraft, meiner Arbeit im Haus leidlich nachzugehen. Doch während die Stunden verstrichen, nahm meine Sorge stetig zu, und bis zum Abend brachte mich die Angst fast um den Verstand. Nachts suchten mich schreckliche Träume heim, so lebhaft und wirklichkeitsnah, dass ich morgens beim Erwachen glaubte, alles sei tatsächlich so geschehen.

Diese Träume begannen meist damit, dass ich in meinem Bett

liege, was ja wirklich zutraf, und durch ein gewöhnliches Geräusch aufschrecke. Ich höre im Dunkeln schlurfende Schritte, glaube das Öffnen und Schließen des Deckels unserer großen Truhe zu vernehmen. Gegenstände werden herausgenommen, auf der Tischplatte zur Seite geschoben. »Räuber!«, schießt es mir durch den Sinn, und wie ich vorsichtig hinter dem Bettvorhang hervorspähe, sehe ich im schwachen Licht, das durch die spaltbreit geöffneten Fensterläden eindringt, denn Licht zu machen wagte ich nicht, eine Gestalt, die sich über die Bettkiste des Kindes beugt. Ich taste in der Dunkelheit nach dem Feueranzünder und mache plötzlich Licht, steige aus dem Bett und hebe die Kerze hoch. »Wer da?», rufe ich entsetzt der Gestalt zu, die über die Kiste gebeugt steht, denn obwohl ich durch den über Kopf und Schultern geworfenen Schleier nichts erkennen kann, kommt sie mir irgendwie vertraut vor. Ein herumstreunendes Zigeunerweib wird es wohl sein, doch das Licht und meine kräftige Stimme werden es verscheuchen, sage ich mir zur Beruhigung, doch dann richtet sich die Person auf, das Kind in den Armen, und während sie sich in Richtung Tür davonmacht, sieht sie sich, über die Schulter blickend, um, und ich erkenne unter dem schwarzen Schleier das Gesicht meiner Mutter. Dann renne ich in der mondfinsteren Nacht, die Frau mit dem geraubten Kind verfolgend, durch ein Gewirr von engen, verschlungenen Gassen. Ich sehe die Verschleierte mal hier, mal da für Augenblicke auftauchen, am Ende aber entschwindet sie immer meinen Augen.

Aus solchen und ähnlichen gespenstischen Träumen, manchmal auch durch das heftige Klopfen meines eigenen Herzens, schreckte ich fast jede Nacht hoch, und auch, wenn mich die Träume einmal zufällig nicht heimsuchten, war an friedliches Durchschlafen für mich nicht zu denken, denn das Kind weinte und schrie gegen Mitternacht regelmäßig auf, als werde es selbst von Alpträumen gequält, und mich überkam dann jedes Mal unsägliches Mitleid, weil ich daran dachte, dass dieses unschuldige Seelchen, kaum auf dieser Welt, schon ganz allein solchen Schreckensträumen, der Angst und dem Schmerz ausgesetzt ist, deren Ursachen es nicht kennt, aber auf unerklärliche Weise dennoch ahnt. Ich stieg aus dem Bett, kauerte mich neben ihm auf den Boden und wartete dort zitternd vor Kälte in der Dunkelheit, bis dieser blass dämmernde Streifen zwischen den Fensterläden heller leuchtend verkündete, dass draußen die Sonne aufgegangen war. Erst dann kehrte ich wie gerädert auf mein Lager zurück und fiel für kurze Zeit in einen ruhelosen Schlaf.

Tagsüber war ich bemüht, von Vaters Vorwürfen eingeschüchtert, meine Aufgaben im Haus zu erledigen und zu widerstehen, wenn mich das Bedürfnis überkam, aus Küche oder Kammer in die Stube hinüberzueilen und mich davon zu überzeugen, dass der kleine Sebastian auch wirklich in seiner Wiege lag und ihn mir nicht irgendein Räuber, auch nicht der gnadenloseste, der Tod, weggenommen hat, während ich Mohn stoßen musste oder die gewaschene Wäsche zum Trocknen ausbreitete. Vater tat die meiste Zeit so, als wäre das Kind gar nicht auf der Welt, und sooft ich ein Versäumnis damit zu entschuldigen versuchte, dass mir wegen meiner mütterlichen Pflichten keine Zeit geblieben war zum Kochen oder Abspülen oder für sonst irgendeine Arbeit, nach deren Erledigung er gerade fragte, sah er mich mit hochgezogenen Brauen verständnislos an, als wüßte er nicht oder wollte gar nicht wissen, wovon ich sprach. Dann wieder schien es, dass er sich doch an irgendetwas erinnerte, was er viel lieber vergessen hätte, widerstrebend verzog er den Mund und winkte ungeduldig ab, als wollte er diesen unbequemen Gedanken gleich wieder verscheuchen. Dessen ungeachtet ertappte ich ihn, wenn auch nur äußerst selten, dabei, dass er sich über die Wiege des Kindes beugte, ein farbiges Tüchlein vor dem Gesicht des Kleinen schwenkte und neugierig darauf wartete, ob er danach griff, oder dass er ihm etwas vorsagte, irgendein heiter kindliches Kauderwelsch, das Erwachsene Säuglingen vorplappern. Einmal zog er gar eine kleine Messingschelle aus der Tasche, wie man sie auch den Lämmchen um den Hals hängt, und bimmelte damit. »Sieh nur, er lächelt! «, rief er mir mit fast kindlicher Freude zu, ich legte den Polsterüberzug, an dem ich gerade nähte, weg, trat neben ihn und blickte auf das winzige Gesichtchen hinunter, das sich an dem glänzenden und klingelnden Spielzeug tatsächlich zu erheitern schien. In meinem Herzen flammte Hoffnung auf, dass sich Vater vielleicht doch mit der Existenz des Kindes abfinden könnte, dem Kleinen versöhnlicher gegenüberstände und ihn mit der Zeit als Abkömmling von seinem Blut betrachten würde, denn ausgeschlossen war es ja nicht… Wenn er sich nach nur kurzem Herumspielen verstimmt von der Wiege abwandte und Dinge sagte wie »Er ist so blass« oder »Man sieht ihm an, dass du ihn zu Anfang nicht richtig nähren konntest«, oder wenn das Kind nur teilnahmslos vor sich hinsah und nicht nach dem vor seinem Gesicht geschwenkten Tüchlein oder Glöckchen griff und er sagte: »Sehr gleichmütig ist er, gar nicht so lebhaft wie andere, gesunde Kinder«, da hätte ich mir, auch wenn mir seine Worte sehr weh taten, gern eingeredet, dass sie aus ehrlicher Sorge kamen und nicht gesagt waren, um mich zu verletzen oder zu bestrafen.

Einmal, so erinnere ich mich, es kann später Vormittag gewesen sein, saß ich mit dem Kind am Fenster, sein Köpfchen lag an meiner Schulter, er war nach einer unruhigen Nacht in tiefen Schlaf versunken, da trat Vater, der an diesem Tag früher aus der Apotheke heraufkam, in die Stube. Ich fuhr zusammen, als ich seine Schritte hörte, fürchtete, dass er mich tadeln würde, weil ich meine Arbeit vernachlässigte, stattdessen meine Zeit mit dem Verhätscheln des Kindes vertat, aber er sagte nichts, zog nur einen Stuhl hinter meinen hin und setzte sich. Er legte seine Hand auf meine rechte Schulter und ließ sie lange dort liegen, während der Kopf des Kindes an meiner linken Schulter ruhte. So saßen wir lange, stumm und friedlich.

Mein nächtliches Herumgeistern wurde ihm nach einiger Zeit zu viel, und ich konnte es ihm nicht übel nehmen, denn nach solchen fast ganz ohne Schlaf durchwachten Nächten wankte ich tagsüber stumpfsinnig wie eine Schlafwandlerin umher, und fast alles, was ich angriff, entglitt meinen Händen. Dennoch, sooft ich hörte oder zu hören glaubte, dass der Kleine aufweinte, hielt es mich nicht im Bett, ich sprang auf, ging zu ihm und setzte mich neben ihm auf den Boden. Nur, genauso wie ich beim ersten Aufschrei des Kindes hochschreckte, so horchte auch mein Vater auf, sobald ich mich rührte, wie vorsichtig und leise ich auch versuchte, aus dem Bett zu steigen. »Du bleibst da!«, zischte er giftig, und ich wartete, meine Glieder vibrierten wie eine gespannte Feder, bereit, jeden Augenblick von der Bettstatt zu springen, so lag ich reglos an seiner Seite, bis das gelegentliche Aufschnauben und schwere Atmen wieder zu hören und ich überzeugt war, dass ihn der Schlaf überwältigt hatte. Erst dann machte ich mich, so behutsam, als ginge ich auf Eis, auf den Weg zum Kind.

Dieser nächtliche Krieg zwischen uns, der weitgehend stumm ablief, dauerte schon Wochen, als Vater eines Abends, kurz bevor wir uns zur Ruhe legten, zu mit trat, ein kleines, blaues Fläschchen mit weißer Flüssigkeit in der Hand. »Hier, trink das!«, sagte er im Befehlston und drückte mir das Fläschchen in die Hand. »Damit kannst du durchschlafen«, setzte er erklärend hinzu, als er meinen verständnislosen, ängstlichen Blick sah. Wie ein in die Falle geratenes Tier sah ich mich um, ob ich die süßlich duftende Flüssigkeit nicht ausgießen könnte, aber umsonst: Vater blieb neben mir stehen, und da ich zauderte, brummte er: »Nun, worauf wartest du?« Was sollte ich tun: Wiewohl mir das Herz hörbar klopfte, setzte ich das Fläschchen an die Lippen. Der weiße Saft war dickflüssig wie Honig, oder vielleicht schnürte mir auch die Aufregung die Kehle zu, denn ich erinnere mich noch, dass ich ihn kaum hinunterschlucken konnte, hustete immer wieder einen Schluck heraus, doch Vater rührte sich nicht vom Fleck, beobachtete mich mit Argusaugen, bis ich schließlich den Inhalt des Fläschchens doch hinuntergewürgt hatte.

Ich wusste nicht, auf was ich nun gefasst sein musste, als ich das Arzneifläschchen auf den Tisch stellte, Vater sich davon überzeugt hatte, dass es leer war und es in die Tasche steckte; ich spürte noch immer nichts Ungewöhnliches und versuchte, heimlich meine Glieder erprobend, mich davon zu überzeugen, dass ich noch Herr meines Körpers und meiner Sinne war. Anschließend, als ich das Kind auf den Arm nahm, um es an diesem Tag zum letzten Mal zu stillen, durchströmte meine Seele irgendein süßer, nie gekannter Frieden. Seine Schläfen fühlten sich weniger heiß an als an anderen Abenden, und als ich ihm die Brust darbot, drehte er sein Köpfchen nicht wie sonst matt zur Seite, sondern saugte sich fest, wie es andere, gesunde Brustkinder tun. Als ich das Saugen der kleinen Lippen an meinem Busen spürte, erfüllte mich ein so friedliches Glücksgefühl, das vom Schicksal weniger geprüfte Mütter als ich wahrscheinlich jedes Mal erleben, wenn sie ihren Säugling stillen. In mir keimte die Hoffnung auf, dass es vielleicht doch gelingen könnte, ihn zu meiner Freude und zum Trost gesund durchzubringen. Etwas später, als ich den Kleinen schon hingelegt hatte und selbst schlafen gegangen war, kam es mir plötzlich vor, als würde sich die Bettstatt mit mir in Bewegung setzen und drehen, während sich die Kerzenflamme im Messingleuchter verdoppelte. Doch noch bevor mein Staunen der Bestürzung Platz machen konnte, war auch der Rest der aufflackernden Glut meines Bewusstseins erloschen, und ich fiel in einen tiefen, traumlosen Schlaf.

Ich weiß nicht, wie lange ich so schlief, in unterbewusster Ohnmacht, wie ein Stück Holz oder ein anderer lebloser Gegenstand, doch erinnere ich mich daran, dass ich einmal, vermutlich in der Minute, da ich sonst beim Aufweinen des Kindes hochzuschrecken pflegte, mit Todesangst im Herzen erwachte und verzweifelt bemüht war, den Schlaf abzuschütteln, aber es war so, als versuchte ich, durch ein mit Laichkraut bewachsenes, trübes Gewässer auf die andere Uferseite zu gelangen, und die unzähligen weichen, zähen, nicht abzuschüttelnden Arme des Schlafes schlangen sich um mich und zogen mich zurück in die Tiefe. Einmal, glaube ich, mag sein, ich habe es nur geträumt, mühte ich mich so lange, bis es mir glückte, mich aus dem Sitzen aufzurichten und für einen Augenblick, an den Bettpfosten geklammert, aufrecht stehen zu bleiben, doch dann schien sich das Gewicht meines Körpers zu verhundertfachen, es zog mich aufs Bett und noch tiefer hinab, die Bettstatt schien sich zu spalten, der Boden darunter sich aufzutun und ich zu stürzen, hilflos in die Tiefe, in eine feuchte, fensterlose Finsternis, vielleicht ins Grab.

Es war strahlend heller Morgen, als ich, mit trockenen, schrundigen Lippen und einem peinlichen, verwirrenden Gefühl, erwachte. Mir war, als sei etwas geschehen, während ich schlief, oder als hätte ich etwas nicht Wiedergutzumachendes versäumt, doch was es war, daran konnte ich mich überhaupt nicht erinnern, denn meine Schläfen schmerzten dumpf, und mein schwindelnder Kopf kam mir vor, als hätte man ihn leer geblasen. Es scheint, ich habe, wirklich die ganze Nacht durchgeschlafen, sann ich zögernd, im nächsten Augenblick schrie ich auf, sprang zitternd aus dem Bett und stürzte zum Schlafkasten, in dem das Kind ruhte. Da, es ist schon wach, aber wie still es daliegt, dachte ich und war einen Augenblick lang erleichtert, doch dann, wie ich mich über das Kind beugte – als hätte mich eine Wachsfigur angesehen mit ihren weit geöffneten, starren, dunklen Augen – und als ich meine Handfläche gewohnheitsgemäß auf den kleinen Körper legte, konnte ich das sanfte Heben und Senken des Brustkorbs als Anzeichen dafür, dass durch den unten im Kistchen liegenden Leib noch lebensspendender Atem strömte, nicht spüren.

Die Erinnerung an die darauf folgenden Stunden kann und will ich nie mehr in allen Einzelheiten heraufbeschwören, nur ein paar helle Flecken treten aus dem dunklen Wirrsal tiefster Verzweiflung hervor. Ich glaube, ich raffte das Kind an mich und begann es, auf ein Lebenszeichen hoffend, zu schütteln, dann zerriss ich mein Hemd und versuchte, ihm meine Brustwarze zwischen die toten Lippen zu zwingen, denn mein Verstand wollte die schreckliche Wahrheit nicht zur Kenntnis nehmen, die meine Sinne ihm zu übermitteln versuchten, oder vielleicht hoffte ich in meiner Verwirrung, ich könnte in dem erkaltenden kleinen Körper mit der Wärme meines Leibes die Flamme des Lebens wieder anfachen. Da all diese Bemühungen vergeblich blieben, machte ich wohl den Versuch, so wie ich war, im Schlafhemd, das Kind in den Armen, auf die Straße zu laufen, in der Hoffnung, irgendjemand, vielleicht der alte Doktor, könnte noch helfen. Ich entsinne mich, wie lange und verzweifelt ich mit der schweigsamen Margit rang, die mir von der Küche her entgegenkam, um sich Anweisungen für das Mittagsmahl zu holen; als sie die Lage erkannte und sah, in welchem Zustand ich war, versuchte sie, mit Gewalt zu verhindern, dass ich das Haus verließ. Schließlich gab sie mir, da sie sich anders nicht zu helfen wusste, mit ihrem kräftigen Arm einen Stoß, dass ich das Gleichgewicht verlor und rücklings aufs Bett fiel. Sie stürzte aus der Stube, verriegelte die Tür und rannte in die Apotheke hinunter, um Vater zu holen. Als ich Vater erblickte, wandelte sich, wie ich glaube, meine Verzweiflung in einen unbeschreiblichen Zorn, und ich nannte ihn mehrmals schreiend einen Mörder. Als er sich mir, beschwichtigende Worte murmelnd, zu nähern versuchte, erhob ich meinen freien rechten Arm, denn mit dem linken umklammerte ich immer noch den kleinen Körper, und versuchte, meine Nägel in sein Gesicht zu schlagen, doch er griff nach meinem Handgelenk und schlug mir mit der anderen Hand mehrmals kräftig ins Gesicht. Durch die Schläge verstummt, kauerte ich noch eine Weile da, das Kind im Arm, während sich die Stube allmählich mit allerlei Menschen füllte. Als erster war der alte Doktor da, nachdem Vater die schweigsame Margit geschickt hatte, er brachte auch seine Frau mit. Bald darauf erschien auch die unentbehrliche Marta, mit ihr die schöne Lucia, die Patin des Kindes, und weitere Frauen aus der Nachbarschaft. Die Frau des Arztes kam zu mir hin und versuchte, mich mit sanfter Gewalt zu bewegen, den an meine Brust gepressten kleinen Körper ihrem Mann zu überlassen, ich aber schüttelte den Kopf, und vielleicht fletschte ich sogar die Zähne wie eine in die Enge getriebene Kreatur. Der Doktor, er stand nicht weit von mir, sah den erstarrten Körper, die dunklen Flecken in dem kleinen, gelblichen Gesicht, untrügliche Zeichen des Todes, und gab seiner Frau mit den Augen zu verstehen, dass es sinnlos sei, mir das Kind mit Gewalt zu nehmen. Von nun an saß die gute Frau nur an meiner Seite und sprach mit leisen Worten, ihre Hand auf meinen Arm gelegt, darüber, dass wir uns als gute Christen dem Schicksal, das Gott der Herr uns auferlegt, zu beugen hätten, denn wir kannten nicht die Absichten, die er mit uns hat, verständen nicht seinen unergründlichen Willen… Zornig, wortlos drehte ich das Gesicht weg, während mir zugleich aus tiefsten Abgründen das Bild meiner Mutter heraufdämmerte, mit zornigem Trotz hatte auch sie sich von einer anderen Frau, vielleicht von den tröstenden Worten meiner Patin, abgewandt, als diese sie mit ihrem Schicksal versöhnen wollte. Die Erinnerung bewirkte, dass mir schließlich heiß und brennend Tränen über die Wangen liefen, doch die kalte, finstere Verzweiflung in meinem Herzen blieb.

VII

Sobald mein Verstand das Unabänderliche nach und nach angenommen hatte, löste eine eisige Starre meinen rasenden Zorn und die Verzweiflung ab, deren Kruste nur ganz selten aufgebrochen wurde. So kann ich mich zum Beispiel lebhaft daran erinnern, dass mich in der Nacht vor dem Begräbnis, als ich neben dem aufgebahrten kleinen Körper in der dunklen Stube saß und am Kopfende zwei Kerzen brannten, plötzlich eine irrsinnige Angst überfiel, die Flammen könnten die Spitzen des Kissens erfassen und dem Kind würde ein Leid geschehen. Ich entsinne mich auch, dass ich im Sitzen mehrmals einnickte, obwohl ich an der Seite des noch lebendigen Kindes ganze Nächte wachend verbracht habe. Jetzt aber, da das Wachen meine Pflicht gewesen wäre, ertappte ich mich ständig dabei, dass meine Gedanken, wie siedendes Wasser aufwallend, trüb wurden und ich im nächsten Augenblick auch schon aus der grausamen Wirklichkeit in die barmherzige Traumwelt glitt. Wenn ich dann durch ein unwillkürliches Zucken meiner Glieder aus diesen Träumen zurück in die Wirklichkeit gezerrt wurde, hielt ich ein paar glückliche Augenblicke lang noch den Traum für die Wahrheit und zahlte jedes Mal mit einem heftigen Anfall von Schmerz und Verzweiflung für den trügerischen Trost, der das Rad der Zeit vorübergehend zurückgedreht und alles getilgt hatte, was seit dem Augenblick geschehen war, da ich das verhängnisvolle Fläschchen an die Lippen führte.

Weil der Traum auch weiterhin mein einziger Trost blieb oder vielleicht auch deshalb, weil mein schwacher Körper nach Entschädigung für die früher durchwachten Nächte verlangte, erinnere ich mich, dass meine Glieder und meinen Geist in diesen Wochen eine stetige Müdigkeit quälte, und nur durch fortwährendes Ankämpfen gegen die Erschöpfung vermochte ich wenigstens tagsüber wach zu bleiben, denn in der Nacht schreckte ich auch weiterhin regelmäßig hoch, weil ich die Schreie meines Kindes zu hören glaubte. In diesen nächtlichen Stunden ohne Schlaf barst die starre Kruste um meine Seele, und ich lag, den Qualen der Trauer und des Erinnerns ausgeliefert, bis zum Anbruch des Morgens wach, erst dann fiel ich in einen tiefen, schweren Schlaf, aus dessen Fesseln ich mich am Morgen nur mühsam befreien konnte. Vielleicht zu meinem Glück war ich beim Begräbnis bis zum Schluss in diesem benommenen, nachtwandlerischen Zustand. Mir war, als hinge Blei an meinen Füßen, so viel Mühe bereitete es mir, sie in dem schon weichen, schweren Schnee zu heben, als wir den in einen weißen Sarg gesperrten kleinen Körper zu der morastigen Grube begleiteten. Die kleine Totenbahre wurde aus Pietät und Gewohnheit von zwei Männern getragen, obwohl auch ein einziger sie mit beiden Händen an ihren Bestimmungsort hätte schaffen können, und für einen Augenblick ging mir auch der Gedanke durch die fiebrigen, verwirrten Sinne, dass ich den Trägern den Sarg entreißen und damit irgendwohin in die Einsamkeit fliehen müsste, wo mich niemand suchte, um mich zu verstecken, aber zum Glück verweigerte sich mein Körper diesem Irrsinnsbefehl, und ich schleppte mich, an Vaters Arm hängend, folgsam zu dem ausgeschaufelten Grab.

Auch die Wochen nach dem Begräbnis verbrachte ich in einem Zustand tiefer Betäubung. Die unwiderstehliche Schläfrigkeit überwältigte mich in den unmöglichsten Augenblicken: Ich nickte im Stehen und im Gehen ein, in Gegenwart anderer Menschen oder allein, während der Arbeit im Haus. Es geschah, dass ich in diesem schlafwandlerischen Zustand um ein Haar das im Kessel brodelnde Wasser oder in der Pfanne erhitztes Schmalz über mich gegossen hätte, wenn mich nicht die schweigsame Margit vor solchem Unglück bewahrt hätte.

Als diese Betäubung allmählich nachließ, brach der Schmerz über den Verlust erneut mit großer Heftigkeit über mich herein, und in diesen Schmerz mischte sich noch etwas anderes, die unerträgliche Qual der Selbstbezichtigung. Sooft ich daran denken musste, dass ich das Kind in den letzten Augenblicken seines Daseins sich selbst überlassen hatte und dieses armselige Geschöpf gezwungen war, allein über diese schauerliche Schwelle zu gehen, zuckte mein ganzer Körper zusammen, und unwillkürlich riss ich mit einer Bewegung beide Hände vor mich, als wollte ich irgendein mich bedrängendes feindliches Wesen abwehren, vergeblich, weil ihm dieses Wesen vielfach überlegen ist. Wenn ich bei ihm gewesen wäre, ihn in seinen letzten Augenblicken in den Armen gehalten hätte, er wäre in die andere Welt hinübergeschlummert, vielleicht ohne es zu merken, wäre nicht gezwungen gewesen, allein, mit weit aufgerissenen Augen in die von wer weiß welchen Schreckgespenstern wimmelnde Finsternis zu schauen – mit solchen Gedanken quälte ich mich stundenlang, saß einfach in der Stube auf einem Stuhl oder dem Bett, auch tagsüber bei geschlossenen Fensterläden, zusammengekauert, die Knie mit den Armen umfasst und bis zum Kinn hochgezogen, als erwartete ich die schmerzhafte Attacke nicht von innen heraus, sondern irgendwoher aus der mich umgebenden Welt und müsste mich ganz klein machen, um keine Angriffsfläche zu bieten.

Ich bemerkte zwar, dass mein Zustand Vater sehr bedrückte, doch das kümmerte mich kaum, einerseits, weil ich mich in diesen Wochen um gar nichts kümmerte, aber auch, weil ich ihm die Schuld daran gab, dass mich in jener Nacht der Schlaf überwältigt hatte und ich in seiner allerletzten Stunde nicht bei meinem Sohn gewesen. Jetzt freute er sich wohl, dass auch das letzte Glied in der Kette, die mich mit dem Vater des Kindes verband, gerissen war, so ähnlich dachte ich über ihn und beobachtete voller Hass, wie er in der Wohnung ein- und ausging. Aber selbst dieser Hass war stumpf und ohne Kraft, erinnerte eher an Gleichgültigkeit als an die böse Leidenschaft, die mich in der ersten Stunde dazu hatte bringen wollen, ihm die Nägel ins Gesicht zu schlagen. Vater muss geahnt haben, welche Gefühle ich ihm gegenüber hegte, denn lange Zeit versuchte er gar nicht, mich zu trösten, und er tadelte mich auch nicht wegen meiner Untätigkeit. Oft sah ich ihm an, dass er es gern ausgesprochen hätte und sich nur schwer zurückhalten konnte: In solchem Fall sah ich ihm nur stumm in die Augen, herausfordernd und so finster, dass er – wie er mir später sagte – oft befürchtete, ein böser Dämon habe sich in mir eingenistet und betrachte ihn durch meine Augen mit geiferndem Hohn. Versuch es doch, auch nur ein böses Wort zu sprechen!, dachte ich in solchen Fällen, so bekommst du von mir auch das eine oder andere zu hören. Und es kümmert mich gar nicht, ob es die Magd oder die Nachbarn mitbekommen…

Mehrere Wochen vergingen, und ich meine, es war schon der Lenzmond, als er sich doch einmal entschloss, über meinen Zustand zu sprechen. An einem Nachmittag, als ich wieder in der verdunkelten Stube kauerte, zog er sich den anderen Stuhl heran und setzte sich zu mir, hinter mich, vielleicht damit ich nicht meinen bösen, düsteren Blick in ihn hineinwürgte. Lange Zeit saß er wortlos da, und ich glaubte schon, er wage es doch nicht, mich anzusprechen.

»Es geht so nicht gut, Orsolya!«, unterbrach er schließlich die Stille. »Seit Wochen gehst du keinen Schritt vor die Tür, sitzt nur da und wirst von Tag zu Tag weniger! Du isst nicht, igelst dich den ganzen Tag hier im Finstern ein, während es draußen schon Frühling wird. Vor lauter Weinen kannst du nicht mehr aus den Augen sehen…«, sagte er, legte seine Hand auf meinen Scheitel und ließ sie dort.

Ich tat, als nähme ich die zärtliche Handbewegung gar nicht wahr, denn ich zog auch den Kopf nicht weg, sah nur stumm und verstockt vor mich hin.

»Erinnert Ihr Euch, wann wir zuletzt so gesessen haben?«, fragte ich ihn schließlich mit vom vielen Weinen rauer Stimme, obwohl ich aus meinem angeschwollenen Hals die Worte nur mit Mühe herauspressen konnte. »Da hielt ich noch das Kind hier in meinen Armen!«, schleuderte ich ihm wild ins Gesicht und brach in Tränen aus.

Vater seufzte und zog seine Hand zurück. Er wartete noch eine Weile, dann stand er auf, schüttelte traurig und missbilligend den Kopf.

»Du hast schon immer übertrieben, in allem…«, sagte er langsam, resignierend. »Jetzt in der Trauer, damals bei etwas anderem… Na, du wirst dich schon beruhigen«, fügte er mit matter Stimme hinzu, dann ging er und ließ mich allein.

Aber nicht nur Vater, auch andere begannen, mein Verhalten zu missbilligen und führten diese übersteigerte Trauer, wie sie meine Haltung nannten, auf eine Art Verstocktheit zurück. Als erste versuchte meine Freundin, die Gattin des Arztes, mit leisem Tadel auf mich einzureden, dass es keinen Grund gäbe, das selige Wesen zu beweinen, das Gott schon zu sich genommen, doch hätten wir die Pflicht, uns um die Lebenden zu kümmern.

»Wir dürfen uns nicht so vollständig unserem Schmerz ergeben, denn das wäre eine Beleidigung des Allmächtigen und all jener, die Gott uns anvertraut hat. Schau, auch dein lieber, guter Mann, der einen ebenso großen Verlust erleiden musste wie du, überwindet den Schmerz und sorgt sich vielmehr um dich!« So redete sie mit mir, sanft und ernst, und dabei tätschelte sie mit ihrer kleinen, alten Hand zärtlich die meine. Ich aber starrte weiter verstockt vor mich hin, und als sie meinen »lieben, guten Mann« erwähnte, lachte ich, mich vergessend, bitterböse auf. Worauf meine alte Freundin buchstäblich zurückwich und seitdem wahrscheinlich auch dachte, ein böser Dämon sei in mich gefahren. Sie erhob sich seufzend und verabschiedete sich kurz und traurig von mir.

»Ich werde für dich beten!«, sagte sie im Weggehen nur noch mit besonderer Betonung, wahrscheinlich in der Hoffnung, dass es dem in mir hausenden Dämon doch ein wenig unheimlich würde, wenn er dies vernahm.

Auch die unentbehrliche Marta tauchte wieder häufiger auf, und sie gab mir zu verstehen, dass die Witwe meine herausfordernde Trauer nicht gutheißen könne, denn sie erkenne darin, dass ich Gottes Willen nicht in geziemender christlicher Weise anzunehmen bereit sei.

»Sie selbst hat fünf begraben!«, führte sie ihr Hauptargument mit vor Stolz strahlenden Augen ins Feld, als habe ihre Patronin damit eine wahrhaft löbliche Tat vollbracht.

Marta saß in diesen Wochen manchmal stundenlang bei mir in der Stube, um mir, wie sie sagte, Trost zu spenden und mich, ihren Möglichkeiten entsprechend, davor zu bewahren, dass ich im sündigen Strudel der Verzweiflung unterging, aber ich bemerkte in dieser Zeit an ihr eine ungewöhnliche Aufgeräumtheit und auch, dass sie ständig zum offenen Fenster schielte, an dem nun schon ein scharfes Frühlingslüftchen die grünen Vorhänge flattern ließ. So wie mit dem Einsetzen milderen Wetters unten auf dem Platz das Kommen und Gehen reger wurde, erwachte auch in mir, zwar nur schwach und noch nicht lange anhaltend, allmählich wieder Neugier für die Dinge draußen in der Welt, als hätte ich von da noch etwas Gutes oder wenigstens irgendeine Änderung zu erwarten. Schmerz und Selbstanklagen überfielen mich dann wieder mit unverminderter Heftigkeit, doch die tiefe Gleichgültigkeit gegenüber der Außenwelt, die das nach Schuldigen suchende, gegen die Ordnung der Welt aufbegehrende Wüten der ersten Tage abgelöst hat, muss schon ein wenig abgenommen haben, denn ich erinnere mich, ich vermochte kaum die Anzeichen meiner erwachenden Neugier zurückzudrängen, als Marta einmal die Geduld verlor, ihre Rolle als uneigennützige Trösterin plötzlich vergaß, aufsprang, zum Fenster lief und dort, weit vornübergebeugt, lange hinunterschaute.

»Er geht zum Bürgermeister!«, schrie sie aufgeregt und wandte sich zu mir um.

»Wer denn, um Gottes Willen?«, fragte ich viel aufgeregter, als ich es eigentlich sein wollte, und wusste selbst nicht, welche Antwort ich mir erhoffte.

»Imre Pápai! Früher hätte der den Fuß dort nicht über die Schwelle gesetzt… Du weißt schon, der Vater von Lucia! Der Goldschmied, der seinerzeit den Verpflichtungserlass nicht unterschrieben hat!«, erklärte sie ungeduldig, dann wandte sie sich wieder dem Fenster zu und lehnte sich so weit hinaus, dass ich Angst hatte, sie könnte auf den Platz hinunterstürzen.

»Auch Niklosch Palmbehrer ist bei ihm ...«, rief sie nun hastig zu mir herein. Als die erwähnten Personen vermutlich hinter der Tür des Bürgermeisterhauses verschwunden waren, verließ auch Marta ihren Posten am Fenster und setzte sich wieder zu mir.

»Derzeit beraten sie wieder und wieder, was nun werden soll«, begann sie mir mit der gewohnt sanften, flüsternden Stimme zu erklären, weil sie sich schämte, dass sie vorhin aus ihrer Rolle als uneigennützige Trösterin gefallen war. »Wie sich die Stadt verhalten soll, wenn die Parlamentäre eintreffen ...«

»Welche Parlamentäre?«, ich sah sie fragend an.

»Nun, die Parlamentäre des Fürsten! Was hast du denn gedacht? Sagte ich doch, dass sie schon ganz nah sind, jenseits des Flusses! Sie werden die Stadt bald auffordern, sich zu unterwerfen«, plapperte sie ungeduldig, und sprach das Wort »Fürst« jetzt mit so verklärtem Gesicht aus, wie sie es sonst nur beim Namen der Witwe aufsetzte. »Gut, ich weiß«, sie streichelte mir beschwichtigend die Hand und sah mich ernst, mit teilnahmsvollem Blick an, »ich weiß, diese Dinge berühren dich jetzt nicht so sehr, aber glaub mir, große Ereignisse kündigen sich an ...«

Und sie flüsterte weiter, legte dabei aber großen Nachdruck in ihre Worte, begann zu erzählen, machte wohl von Zeit zu Zeit eine Pause und starrte mit dunklem, bedeutungsschwerem, bis ins Mark dringendem Blick vor sich hin, als sähe sie in der Luft die arglistigen, hartnäckigen Feinde, die dank der glücklichen Wende der Ereignisse bald ein böses Ende nehmen sollten. »Ein Teil der Bürgerschaft, vornehmlich die Ungarn, aber auch viele Deutsche, wünscht«, so sagte sie, »dass die Stadt dem Beispiel von Kaschau und Tyrnau folgt und dem Fürsten die Treue schwört, unter dessen Schutz uns die papistische Willkür nicht länger tyrannisieren würde.« Nur traue sich der Bürgermeister nicht, so sagte jedenfalls Marta, sich mit Wien anzulegen, oder er wolle es nicht, denn »er steht ganz unter dem Einfluss der Gräfin und ihres Kreises«, und versuche jeden davon zu überzeugen, dass die Stadt dem legalen ungarischen König die Treue halten müsse, auf den man ja auch den Treueid geleistet habe. Doch die Bürgerschaft sei der Willkür der Papisten und der fremden Truppen endgültig überdrüssig, sie erhoffe sich vom Fürsten die Wende ihres Schicksals zum Besseren.

»Dass es unserem Bürgermeister nur nicht genauso ergeht wie dem Bischof von Veszprém …«, brabbelte das Mädchen mit düsterem, bedeutungsvollem Blick. Und diesmal wusste sogar ich, was sie damit sagen wollte, denn von diesem Fall hatte auch ich gehört: Dem Bischof von Veszprém nämlich, der nicht bereit war, dem Regierenden Fürsten Treue zu schwören und ihm samt seinen Truppen die Burg zu übergeben, haben seine eigenen Leute, die sich auf die Seite des Herrn Botschkai schlugen, den Kopf abgeschlagen und ihn auf einem Pfahl über dem Burgturm aufgepflanzt.

»Aber sie sind doch nicht etwa schon ganz in der Nähe?«, fragte ich besorgt, worauf das Mädchen hoch und heilig beteuerte, dass sie sehr wohl ganz nahe seien, nämlich gegenüber der Burg von Komorn auf der Schütt, und sie wisse aus sicherer Quelle, dass sie in Kürze übersetzen wollten. Ich erinnerte sie daran, wie es der Stadt Leutschau ergangen war, als sie nicht einmal dem ganzen Heer, sondern nur dreihundert Haiducken die Tore geöffnet hatten, aber meine Freundin schüttelte nur den Kopf, presste die Lippen zusammen, und ich sah ihr an, dass sie mir die Schuld daran gab, dass ich solche Dinge hatte miterleben müssen.

»Der Bischof ist da!«, fiel sie ein andermal mit der Tür ins Haus, und ihre Augen glänzten in spöttischem Triumph.

»Wo? Hier im Haus?«, fragte ich bestürzt, weil ich nicht fassen konnte, warum sie sich so darüber freute, dass der Bischof, den sie und die anderen als einen wahren Satan beschrieben, in die Stadt zurückgekehrt war; sie behaupteten von ihm, er drangsaliere nicht nur die Bürger und schwärze sie an, er sei vielmehr auch ein habgieriger, berechnender Mensch, der den Zehnten entgegen den Gepflogenheiten schon gleich nach der Weinlese eintreiben möchte und wegen des Holzschlägerns im Wald von Kroisbach mit der Stadt prozessierte. Auch andere Gottlosigkeiten wurden ihm nachgesagt. Zum Beispiel, dass er sich einen Affen hielte, den er auf seinen eigenen Namen getauft habe und den er behandele, als sei er ein Wesen mit Sinn und Verstand, und angeblich befasse er sich mehr mit dem Tier als mit der Bibel. Auch pflege er die Nächstenliebe vornehmlich an der schönen Gattin seines Hofrichters zu praktizieren, aber auch an anderen Frauen…

»Ach wo, nicht hier im Haus! In der Stadt, meinte ich! Zum Bürgermeister unterwegs, gleich wird er hier am Platz sein!«, sagte meine Freundin mit erhobener Stimme, mich in ihrer Aufregung beinahe anherrschend, und damit eilte sie ohne alle Umstände zum Fenster und lehnte sich weit hinaus. »Er bringt sein Geld in Sicherheit, der Satansbraten! Das er uns armen Bürgersleuten abgepresst hat! Hatte wohl nicht den Mut, das Eintreffen des fürstlichen Heeres in Raab abzuwarten! Und wie hat der Niederträchtige, seit er der Statthalter wurde, immer betont, dass in Wirklichkeit er jetzt unser König sei und wir ihm Gehorsam schuldeten! Aber warum bleibt er jetzt nicht da und beschützt uns, wenn er unser König ist. Ich möchte Gift darauf nehmen, dass er schon morgen weiterreist! Auch er weiß ja, dass sie in Kürze hier sind«, schwadronierte sie triumphierend, indem sie sich einen Augenblick lang mir zuwandte, aber sofort schaute sie wieder zum Fenster hinaus. »Jetzt ist er da, angekommen!«, schrie sie bald darauf, worauf ich mich, wie ich zugeben muss, neben sie ans Fenster stellte und ebenfalls hinunterspähte, weil ich neugierig war auf diesen viel geschmähten Bischof Martin. Und wirklich, gerade in diesem Augenblick hielt die Kutsche vor dem Haus des Bürgermeisters, kurz darauf sprang der Husar des Bischofs vom Gefährt, um seinem Herrn herunterzuhelfen. Viel konnte ich von hier oben von dem Bischof nicht sehen, aber doch so viel, dass er ein behäbiger, unbeweglicher Mann war. Noch bevor er eintrat, sah er für einen Augenblick hoch, vielleicht um die Wetteraussichten zu prüfen, und da bemerkte ich, dass er feiste Wangen und ein hängendes Kinn hatte, seine Lippen waren aufgeworfen und auffallend rot, seine Augen rund und glänzend wie Kastanien, sie hatten zugleich einen spöttisch verspielten Schein, wie bei einem ausgelassenen Kind – und eben dies beklagte manch einer, der früher mit ihm zu tun gehabt hatte, dass man nie von seinem Gesicht ablesen könne, ob er Spaß mache oder drohe. Wenn ich nach meinem ersten flüchtigen Blick urteilen sollte, so schien mir durchaus glaubhaft, was man über den Affen und die schöne Hofrichtersgattin munkelte. Später ergab sich keine Gelegenheit mehr, ihn genauer in Augenschein zu nehmen, weil er tatsächlich schon am folgenden Tag weiterreiste, wie es meine Freundin Marta vorhergesagt hatte.

Eines Nachmittags, bald nach dem Besuch des Bischofs, kam meine Freundin wieder atemlos gerannt, und diesmal war sie besonders vergnügt, ja geradezu aus dem Häuschen. Ein schelmisches Lächeln lag auf ihren Lippen, vor Aufregung bekam ihr sonst so bleiches Gesicht etwas Farbe, so sehr, dass ich fast argwöhnte, sie habe auf dem Herweg einen männlichen Begleiter gehabt. Erstaunt sah ich sie an, denn obwohl sie die Liebesgeschichten anderer Mädchen und Frauen immer sehr beschäftigten, hatte sie bislang nichts getan oder gesagt, was bei ihr auf eine solche Leidenschaft hingewiesen hätte. Bald aber stellte sich heraus, dass ich mich auf einer ganz falschen Fährte befand: Es war auch diesmal nicht die Liebe, sondern die Sache des Glaubens hatte die Gefühle meiner Freundin so sehr in Wallung gebracht.

»Also jetzt muss es auch der Pfarrer lernen… Nun wird man auch ihm beibringen, was Anstand ist!«, erklärte sie fast jubelnd, und im Sitzen drehte sie die Füße ungeduldig hin und her, wie kleine Mädchen das tun, denen es schwer fällt stillzuhalten. »Jetzt soll er's doch versuchen, zu seinem Bischof laufen, um uns anzuschwärzen! Dem kann er jetzt ins Steirische nachrennen, wenn ihm daran liegt!«

»Was ist denn passiert, Marta?«, blickte ich sie fragend und nichts Gutes ahnend an.

»Die Taglöhner, die Hauer in seinen Weingärten… sie versammeln sich vor seinem Haus hier auf dem Platz!« Sogleich stürzte sie zum Fenster und lehnte sich wie immer weit hinaus.

»Es mögen an die hundert sein!«, schrie sie ganz außer sich. »Lange genug hat er sie ja auch als lutherische Bastarde beschimpft; gehetzt und angetrieben wurden sie, nie genügte ihm, was sie am Tag geleistet haben. Und er schämte sich auch nicht, ihren Taglohn ständig zu drücken, statt zu zahlen, was ausgemacht war, mehr sei ihre Arbeit eben nicht wert gewesen, tönte er … Jetzt werden sie ihn schon Mores lehren«, flüsterte sie, denn inzwischen stand auch ich am Fenster und sah hinunter.

Spillingers Haus stand dem unseren genau gegenüber, und ich sah, dass sich dort tatsächlich ein paar Leute, wenn auch nicht hundert, zusammengerottet hatten, aber zwanzig mochten es wohl sein. Zu den Weinhauern von Spillinger gesellten sich jetzt vermutlich auch solche, die bei anderen in der Nähe wohnenden Bürgern in Lohn und Brot standen, und während ich ihre von Sonne und Wind gegerbten, früh gealterten Gesichter betrachtete, sah ich, dass die sonst eher abgestumpften Mienen jetzt schon fast zu heller Empörung aufgestachelt waren und im Gesicht des einen oder anderen, das sonst eher die Übellaunigkeit eines ungezogenen Kindes verraten mochte, sich eine beinahe übermütige Freude ausbreitete, so weit ich das von oben erkennen konnte. Unter ihnen war einer, auf dessen breites, einfältiges Gesicht ich schon zur Lesezeit im Herbst aufmerksam geworden war. Einer der Weingärten des Pfarrers grenzte an den unseren, und ich war mehrfach Zeuge gewesen, wie die anderen mit diesem Unglücklichen ihre Späße trieben: Sie schickten ihn mit allerlei unmöglichen Aufträgen auf den Weg, und er kehrte von solchen Schabernack-Missionen, die gar nicht auszuführen waren, mit demselben glücklichen Grinsen zurück, mit dem er aufgebrochen war. Jetzt stand auch dieser Elendste im Gedränge vor dem Tor des Pfarrers Spillinger, um es den anderen gleichzutun; womöglich streckte er die Fäuste noch eifriger empor und lauschte den Sprüchen seines kräftigen Kumpans, der die anderen um Haupteslänge überragte und den auch die anderen hier Versammelten als ihren Wortführer betrachteten, wie den Offenbarungen eines vom Himmel herabgestiegenen Engels.

»Sie werden sich doch nicht an dem alten Mann vergreifen«,

fragte ich Marta betroffen und zog mich verstimmt vom Fenster zurück. Das Mädchen blickte, auf ihre Ellbogen gestützt, staunend zu mir auf, als könnte sie gar nicht fassen, wovon ich sprach, und als sie dann den Sinn meiner Bemerkung begriff, zuckte sie nur die Achseln.

»Der Pfarrer hat es sich selbst zuzuschreiben«, stellte sie missmutig fest, trat aber doch auch vom Fenster zurück, setzte sich auf ihren gewohnten Platz und berichtete mir über den neuesten Stand des Feldzuges. Offenbar hatten die Nachrichten über die Ereignisse neben anderen Unzufriedenen auch Spillingers Taglöhnern Mut gemacht: Dass nämlich der Herr Botschkai mit dem Kriegsvolk des Regierenden Fürsten am Tag vor Christi Himmelfahrt über den Fluss gesetzt habe und jetzt im Anmarsch auf Ödenburg sei. Mit Sicherheit hatte meine Freundin Kenntnis davon, dass unser Bürgermeister beschlossen hatte, alle Bürger der Stadt sogleich zusammenzurufen, um ihnen von der bevorstehenden Gefahr Mitteilung zu machen und sie auf die Treue zum legitimen Herrscherhaus einzuschwören.

»Nur, die Sache könnte auch ganz anders ausgehen, als es unser werter Herr Bürgermeister wünscht«, flüsterte meine Freundin, und in ihren Augen funkelte erneut das schelmische Feuer von vorhin.

Kaum dass sie diese Worte ausgesprochen hatte, hörten wir von draußen ein lauteres Stimmengewirr als zuvor, auch Schreie, dazu ein Klirren, worauf wir beide aufsprangen und zum Fenster stürzten.

Unten auf dem Platz, vor dem Anwesen des Pfarrers, hatten die Umherstehenden, wie es schien, die Warterei satt, und die angestaute Leidenschaft drohte sich Luft zu machen.

»Verkrochen hat er sich da drinnen, der Fuchs!«, schrie jemand, ein anderer setzte hinzu:

»Vorhin hab ich gesehen, wie sich der Vorhang bewegt hat!«

»Passt auf, dass er sich nicht durch den Hintereingang davonmacht!«, rief ein anderer, und ein paar Männer machten sich sogleich auf, um ihm am Ausgang zur Neuen Gasse aufzulauern. Manche aus der vor dem Tor wartenden Menge verstreuten sich auf dem Platz und fingen an, aus dem Staub größere Steine in ihre Taschen oder Hüte aufzusammeln, und kehrten damit vors Haus zurück. Bald sah ich den ersten Stein fliegen und eine Fensterscheibe durchschlagen.

Beim Klirren der Scheibe waren aus der Menge da und dort lautes Lachen und aufmunternde Zurufe zu vernehmen, dann flogen weitere Steine, drei oder vier, dazwischen das gegenseitige Anfeuern der Steinschleuderer:

»Na, noch einen für ihn!«

»Was ist, willst du dich noch immer nicht zeigen?«

»Wohin kann er sich denn verkrochen haben?«, fragten sie sich, während sie neugierig durch die Löcher spähten, die die Steine geschlagen hatten und die manche auf den Schultern des anderen mit ihrer durch ein zerlumptes Wams geschützten Faust, andere mit Hilfe eines wer weiß woher geholten Hammers noch zu vergrößern suchten. »Vielleicht ist er unters Federbett gekrochen!«, krächzte eine höhnische Stimme.

»Oder unter den Rock seiner Köchin!«, brüllte eine andere, und als Antwort erklang dankbar lautes Gelächter von allen Seiten.

»Wir werden ihn schon hervorzerren!«, setzte eine breiige, weinselige Stimme hinzu, und ich sah, dass ein hochgeschossener Bursche mit langer Nase, der die Umstehenden schon vorher mehrfach zum Lachen gebracht, auf den verschlungenen Händen zweier Kumpel stehend, sich an ihren Schultern, dann am Fenstersturz festhaltend, aufs Fenstersims trat und von dort hineinsah.

»Hier ist ein Gitter davor!«, schrie er den unten Stehenden zu, hielt sich mit einer Hand an der vorspringenden Mauerschnecke fest und trat kräftig gegen das Fenstergitter, bewirkte damit aber lediglich, dass er sich den Fuß verstauchte. Er unternahm keinen weiteren Versuch, kletterte herunter und fluchte laut.

»Holt eine Axt!«, befahl der baumlange Wortführer und schrie dann: »Und eine Leiter!«, worauf zwei, drei davoneilten und im Tor des Nachbarhauses verschwanden. Als sie nach kurzer Zeit wieder auftauchten, schleppten zwei von ihnen triumphierend eine Leiter auf den Schultern heran, der dritte schwenkte eine mächtige Axt. Sie lehnten die Leiter an die Mauer, und einer der Taglöhner, der kräftiger schien als die meisten, stieg hinauf und hieb, auf einer Sprosse stehend, mit aller Kraft auf die Stelle, wo die Gitterstange im Mauerwerk steckte.

Die Belagerer versammelten sich jetzt alle unter dem Fenster, ausgenommen die zwei oder drei, die gerade das Schloss der eisenbeschlagenen Tür mit aufgesammelten Steinbrocken bearbeiteten und hofften, so schneller am Ziel zu sein als ihr kraftstrotzender Kumpan am Fenstergitter. Die Übrigen spornten den oben Stehenden an oder stritten darüber, ob es überhaupt möglich sei, das Gitter aus der Mauer herauszubrechen, und man nicht doch lieber etwas anderes versuchen sollte. Einer, ein Besserwisser von kleinem Wuchs, den zum Glück anfangs kaum jemand wahrgenommen hatte, fand, dass man mit der Axt nichts ausrichten würde, weil sie ja doch nicht hindurchschlüpfen könnten, und er bestand nun lauthals darauf, den Pfaffen auf irgendeine Weise auszuräuchern.

»Es genügt schon, wenn einer mit dem Arm hineinlangen kann… Zündet einen mit Öl getränkten Lumpen an und werft ihn hinein, räuchert ihn aus!«, krächzte er mit hässlichem Lachen.

Anfangs wurde er zurechtgewiesen, doch als der Mann mit der Axt schon eine Viertelstunde vergeblich auf das Gitter eingedroschen hatte, neigte so mancher doch dazu, seinem Rat zuzustimmen.

»Besorgt etwas Öl!«, schrien einige. »Hat einer Zeug zum Feuermachen? Bringt ein paar Fackeln her!«, machten sie sich lachend Mut. »Kommt er nicht heraus aus seinem Bau, braten wir ihn lebendig!«, schrie ein anderer.

»Ob wir nicht die Wache holen müssten?«, fragte ich das neben mir stehende Mädchen, obwohl ich die Worte nur schwer über die Lippen brachte. Doch sie zuckte nur die Achseln, lächelte scheel und verstockt, wie es trotzige Mädchen tun, die man schilt, die aber denken: Na und? Als Marta jedoch Zorn und

Schrecken in meinem Gesicht sah, wurde sie etwas nachdenklicher.

»Glaubst du denn, die würden uns zu den Wachen durchlassen? Am Ende könnten wir uns sogar noch eine Tracht Prügel holen!«, fügte sie verärgert hinzu und zuckte erneut die Achseln.

»Aber die werden noch die ganze Stadt anzünden!«, versuchte ich, wenn nicht auf ihr Herz, so doch wenigstens auf ihren nüchternen Verstand einzuwirken.

»Ach was! Sie sind ja nicht verrückt, auch wenn sie sich jetzt zornig und aufgebracht gebärden... Im äußersten Fall werden ein paar Teppiche oder ein wenig bunter Zierrat versengt, und davon besitzt er ja ohnehin genug«, plapperte sie, als wäre sie selbst nicht überzeugt von dem, was sie da redete, doch wich sie meinen Blicken aus. »Schau, schau nur!«, schrie sie und zerrte mich an der Hand zurück zum Fenster, von dem ich aus Angst vor der weiteren Entwicklung zurückgetreten war. »Sie haben das Gitter eingeschlagen! So brauchen sie gar nicht zu zündeln!«

Von unten war Triumphgeheul und Lachen zu vernehmen. Als ich hinausschaute, bemerkte ich, dass es dem Burschen mit der Axt schließlich doch gelungen war, das Gitter aus seiner Verankerung zu brechen. Nun konnte er die verbogenen Eisenstangen mit bloßen Händen herauszerren, er sprang jetzt unter den Beifallsrufen seiner Kumpane von der Leiter; denn als Erster ins Haus einzudringen, dazu schien er nun doch keine Lust mehr zu haben. Indessen gelang es einem von denen, die sich fürs Zündeln stark gemacht hatten, einen Lumpen in Brand zu setzen, und er drängte sich zu dem eingeschlagenen Fenster vor. Die Besonneneren aber wiesen ihn empört zurecht, und einer riss ihm den lodernden Lumpen aus der Hand, warf ihn zu Boden und trat ihn aus.

Jetzt wurde wieder der Spaßmacher, der als Erster am Fenster hochgeklettert war, die Leiter hinaufgeschoben. Er kletterte auf die oberste Sprosse und schrie den anderen über die Schulter irgendetwas zu, dann beugte er sich vor und steckte den Kopf durch die Öffnung, von der das Gitter gefallen war, zwei Nachdrängende fassten seine Beine und schoben ihm lachend auch das Hinterteil durch. Nach dem Ersten verschwanden bald auch andere mit einigem Strampeln und Zappeln durch die Öffnung, während die auf dem Platz Stehenden sich unter dem Fenster zusammenrotteten und ihnen allerlei zuriefen, sie mit guten Ratschlägen versahen, wo sie den aufgescheuchten Kirchenmann, der sich wohl verkrochen habe, suchen sollten: im Backofen, unter dem Backtrog, auf dem Abtritt oder in der Speisekammer zwischen den Speckseiten …

»Das Tor! Warum macht ihr das Tor nicht endlich auf!«, krakeelte einer der unten Wartenden vor Ungeduld. Aber vermutlich war einem von denen, die es schon ins Haus geschafft hatten, derselbe Gedanke gekommen, denn im nächsten Augenblick wurde das Tor aufgerissen, und die draußen Versammelten drängten mit Triumphgeschrei hinein, sie kümmerten sich nicht um die Bedenken der wenigen Vorsichtigen, die sie zurückhalten wollten. Unter den Bedächtigen gab es tatsächlich einen oder zwei, die den Übrigen nicht ins Haus folgten: Sie standen noch eine Weile auf dem sich allmählich leerenden Platz, der schon ins rötliche Licht der Abenddämmerung getaucht war, dann eilten sie durch eine der in den Platz einmündenden Gassen davon.

Es hatte aber den Anschein, als durchstöberten die Eindringlinge vergeblich alle Ecken und Winkel des Hauses, der alte Pfarrer war nicht aufzufinden. Enttäuscht ließen sie ihren Groll am Mobiliar und dem sonstigen Inventar des Gottesmannes aus: Sie begannen, allerlei Kram durch das zerbrochene Fenster zu werfen. Einer nach dem andern, zu zweit, zu dritt, kamen schließlich die Randalierer wieder heraus auf den Platz, mit einer zusammengerollten Decke unterm Arm, einem Paar Stiefel über der Schulter oder einer Bratpfanne in der Hand. Ich sah auch welche, die einen großen Waschkessel über dem Kopf stemmten oder ein dickes Federbett umarmt hielten und bei jedem Schritt über einen Zipfel davon stolperten, ein anderer hatte ein paar Fleischerhaken erbeutet, ein weiterer rannte mit dem Fischkessel aus Messing aus dem Haus. Auf dem Platz sahen sie sich verstohlen um, ob nicht von irgendwoher die Wache nahte, schlenderten dann, ihre Beute fest umklammernd, auf eine der Gasseneinmündungen zu, und dort beschleunigten sie, als wäre ihnen gerade irgendetwas Unaufschiebbares eingefallen, das noch zu erledigen war, ihre Schritte und machten sich davon, der eine hierhin, der andere dorthin.

Doch blieb noch eine Anzahl von denen zurück, deren Empörung und Wunsch nach Vergeltung stärker waren als die Gier nach Beute. Sie versammelten sich, nachdem sie das Haus verlassen hatten, vor dem Tor und disputierten, wegen des Misserfolges erbost, lauthals über ihr weiteres Vorgehen.

»Im Keller haben wir noch nicht nachgesehen! Wahrscheinlich hat er sich da verkrochen!«, fiel einem von ihnen ein, vielleicht dem langen Burschen mit der auffallend großen Nase, der sich auch bisher schon als Wortführer der zusammengerotteten Menge hervorgetan hatte.

»Fackeln!«, rief er im Befehlston den Umstehenden zu, und einige liefen in die benachbarten Häuser, andere eilten zum Goldenen Lamm an der Einmündung zur Klostergasse. Bald sah ich an gleich drei Orten gelblich-rötliche Lichter in der sich verdichtenden Dämmerung aufflammen. Beim Licht der herbeigeholten Fackeln sprang mal ein im rachsüchtigen Rausche glühendes, blutunterlaufenes Augenpaar, mal eine vom Wein verunzierte Burgundernase oder ein im Fluchen aufgerissenes Maulwerk aus dem Schatten hervor ins Bild, als sich auch schon einige absetzten und mit den Fackeln wieder ins Haus begaben, um den alten Pfarrer im Keller aufzuspüren.

Ich zog den Fensterladen zu und trat vom Fenster zurück, weil ich nicht Zeuge der weiteren Ereignisse werden wollte. Auch Marta raffte ihr Umhängetuch über der Brust enger zusammen und schickte sich an zu gehen, ich war im Zweifel, ob sie sich das Geschehen aus der Nähe ansehen oder sich von dem grausamen Schauspiel möglichst schnell entfernen wollte. Später brachte sie dann die Kunde, dass sich Spillinger tatsächlich unten im Keller versteckt gehalten habe und ihn die aufgebrachten Randalierer, als sie ihn dort schließlich aufspürten, schrecklich verprügelt hätten. Es hieß, man habe ihm ein Auge ausgeschlagen und ihm den Schädel an mehreren Stellen eingehauen. Ich hörte dann auch, dass er die Knochensplitter, die ihm der Barbier, der ihn behandelte, entfernt habe, in ein Tuch gebunden bei sich trug, als er sich zur Beschwerdeführung zum König nach Prag begab, um beweisen zu können, was man ihm angetan hatte, und dass man diese Splitter zusammen mit den Knochen von Märtyrern als Reliquie in der Kirche der Königin zu Wien aufbewahre, aber es kann auch sein, dass dies nur böswilliges Gerede war mit dem Ziel, den eigentlich bedauernswerten Mann der Lächerlichkeit preiszugeben.

Nicht lange danach geschah es, dass der Bürgermeister alle, tatsächlich alle Bürger der Stadt vor das Rathaus bestellte, um ihnen die schlimme Nachricht vom Herannahen des Feindes bekannt zu geben; dort ermahnte er sie mit zu Herzen gehenden Worten, sich an den Treueid zu halten, den sie dem legitimen ungarischen König geleistet hätten. Allerdings ging die Sache doch nicht ganz so aus, wie sich das manch einer erhofft hatte: Zwar meldete sich der Bürger Niklosch Palmbehrer im eigenen wie auch im Namen einiger anderer Bürger zu Wort, er sagte, sie wären überzeugt, dass uns niemand zu Hilfe kommen würde, und die Stadt sei, auf sich allein gestellt, nicht in der Lage, den Feind abzuwehren, wenn man aber fremde Truppen zum eigenen Schutz riefe, so würden diese kaum anders mit uns verfahren als der Feind, und von Wien sei, wie schon bisher, kein Dank zu erwarten, wenn wir für den König unsere Haut zu Markte trügen, Leben und Gut zu seinem Wohl aufs Spiel setzten. All dem konnte jedermann entnehmen, dass er und auch einige andere es für geraten hielten, dass sich die Stadt, dem Beispiel der Kaschauer folgend, auf die Seite des Herrn Botschkai schlüge. Ich hörte bei seinen Worten auch da und dort in der Menge zustimmendes Gemurmel, es fehlte in der Tat nicht viel, und Palmbehrer hätte die Mehrheit der Bürger auf seine Seite gezogen. Doch dann meldete sich Herr Artner zu Wort, der später Stadtrichter und dann sogar Bürgermeister werden sollte, aber schon damals gehörte er zu den wohlhabenden, besonders angesehenen Bürgern, war »einer der Schoßhunde der Gräfin«, wie ihn die getreue Marta zu bezeichnen pflegte. Er erinnerte die Bürger an ein Ereignis aus jüngster Vergangenheit, da hatte nämlich der Landadel des Komitats an die tausend Bauern aufgehetzt, gemeinsam die Stadt in ihren Besitz zu bringen, und den Bauern in Aussicht gestellt, dass sie sich allerlei aneignen und dort die Herren sein könnten. Man sagte, die Adligen hätten sogar schon die Häuser der Bürger unter sich aufgeteilt, so sicher waren sie, die Stadt in Besitz zu nehmen, und wenn nicht die Eindringlinge, so die Bauern natürlich, denn der Adel hatte sich auf seinen schnellen Pferden eilig davongemacht, von den Reitern des Fürsten Trautmansdorf und den Musketieren des Hauptmanns Dorn niedergesäbelt worden wären, so hätte es leicht geschehen können, dass wir um unser Hab und Gut gekommen, ja die ganze Stadt vor die Hunde gegangen wäre, denn aus eigener Kraft, so sagte Herr Artner, seien wir zu schwach, um dem Feind zu widerstehen. Er erinnerte die Bürger auch daran, welche Verwüstungen das Kriegsvolk des Herrn Botschkai, insbesondere die türkischen und tatarischen Truppenteile, in den Dörfern der Umgebung hinterließen: Sie hätten die Häuser niedergebrannt, die Menschen abgeschlachtet oder verschleppt, ihr Hab und Gut geraubt oder vernichtet. Und uns würde, so wir ihnen in die Hände fielen, nichts Besseres bevorstehen. Diese Worte des Herrn Artner verfehlten ihre Wirkung nicht: In der Versammlung gab es keine Gegenrede mehr, gerade diejenigen, die dies bislang versäumt hatten, schworen nun dem König den Treueid, dann ging jeder still nach Hause.

Bald danach kam, auf Befehl des königlichen Statthalters, Oberst Trautmansdorf, Befehlshaber der Kaiserlichen, in die Stadt. Kurz darauf und keinen Tag zu früh zog auch Hauptmann Dorn, den die Stadt zum eigenen Schutz angefordert hatte, mit dreihundert Musketieren ein, denn bald darauf stand Gergely Némethy, Hauptmann der Truppen des Regierenden Fürsten, vor den Toren von Ödenburg, er hatte einige Tage zuvor die Stadt schriftlich aufgefordert, sich ihm und seinem Herrn anzuschließen, doch die Stadt würdigte ihn keiner Antwort. Daraufhin schlug der gedemütigte Némethy sein Heerlager unterhalb der Stadtmauern auf, nachdem seine Leute zuvor schon die umliegenden Dörfer geplündert und niedergebrannt, die Bauern in ihren Häusern oder Weinkellern niedergemetzelt oder verschleppt hatten.

In diesen Tagen, als ich mich, wie alle Bewohner der Stadt, wie ein gejagter Fuchs fühlte, der die hetzende Meute schon am Eingang seines Baus kläffen hört, lief ich so oft wie möglich zum Doktor hinüber, um Neuigkeiten zu erfahren und um aus der Seelenruhe, mit der die alte Dame die bedrohliche Kunde zur Kenntnis nahm, selbst Trost zu schöpfen. Hier hörte ich auch und rannte mit der Meldung sogleich zu meinem Vater, dass Trautmansdorf, der für diese Zeit nun Stadthauptmann war, am Tag zuvor die Bürger einberufen hatte, um sie zu instruieren und sie auch aufzufordern, Frauen und Kinder aus der inneren Stadt zu evakuieren, da sie dort von keinerlei Nutzen, sondern nur überflüssige Esser wären und man sich wohl auf eine längere Belagerung einrichten müsse; zudem sei die Versorgung ohnehin schwierig genug. Die Frau des Arztes hatte gehört, dass schon am nächsten Tag einige Wagen mit Frauen und ihren Kindern in Richtung Wien aufbrechen sollten. Ob ich mich denen vielleicht anschließen könnte, fragte ich Vater in der Hoffnung, dass sich damit vielleicht doch eine Möglichkeit bot, mich den Heimsuchungen der kommenden Wochen zu entziehen.

»In Richtung Wien?«, Vater sah mich mit umwölkter Stirn an, und mir fiel sogleich ein, dass für ihn das Wort Wien ja ein rotes Tuch war. Wer konnte sagen, was er sich alles vorstellte, wenn er hörte, dass auch ich dorthin fliehen möchte. Vielleicht glaubte er sogar, ich hätte mir diese ganze Fluchtgeschichte ausgedacht, um in die Nähe des einstigen Geliebten zu gelangen.

»Du wirst dich niemandem anschließen und gar nirgends hingehen!«, fertigte er mich barsch ab, und um es etwas abzumildern, fügte er noch hinzu: »Sie können die Stadt ohnehin nicht einnehmen, und hier bist du doch am ehesten in Sicherheit...«

»Aber Fürst Trautmansdorf«, beteuerte ich verzweifelt, weil ich Vater gern zur Änderung seiner Entscheidung nötigen wollte, obwohl ich wissen musste, dass es vergeblich sein würde, denn Vater war ja selbst bei der Unterredung mit dem Stadthauptmann zugegen gewesen und wusste, dass es so war, wie ich berichtete, »er sagt, Frauen und Kinder seien nutzlose Esser, und wenn man sie nicht fortschickte, würde er die Kinder eigenhändig in den Burggraben werfen.«

»In diesem Haus gibt es keine Kinder, die er in den Burggraben werfen könnte!«, warf mir Vater hin und sah mich an, als wäre auch das meine Schuld, und so wagte ich nicht mehr, weiter darüber zu reden. »Wenn du im Haus bleibst und dich nicht immerzu in den Gassen herumtreibst, kann dir nichts passieren!«

Und so blieb ich, und eine Weile verlief unser Leben, zumindest innerhalb unserer vier Wände, wie bisher. Bald aber bekamen auch wir die Folgen der die Stadt bedrohenden Gefahr zu spüren. Zu meinem Glück war in unserem Haus zwar kein Militär einquartiert, aber mit der Kunde vom Näherrücken des Feindes begannen bald massenhaft Menschen aus der unbefestigten Vorstadt und den Dörfern ringsum hinter die schützenden Mauern der Stadt zu strömen. Sie kamen auf Wagen und zu Fuß oder mit Schubkarren, das Vieh vor sich hertreibend, mit dem Geflügel in Käfigen oder zu Vieren an den Füßen zusammengebunden, die wenigen geretteten Habseligkeiten in Säcken oder Bündeln schleppend. Diese Bedauernswerten schliefen anfänglich unter freiem Himmel, bei ihren Gespannen, auf nackter Erde oder auf etwas Stroh, zwischen den Kühen und Ziegen. Und die Zahl der Flüchtenden wuchs von Stunde zu Stunde, bis man schließlich in den Gassen kaum noch einen Schritt tun konnte, sie behinderten auch das Militär in seiner Bewegungsfreiheit. Deshalb verfügte der Rat, dass die Bürger, je nach Größe ihrer Häuser und Höfe, jeweils einer oder zwei Flüchtlingsfamilien Unterschlupf gewähren müssten oder sie in irgendwelchen Nebengebäuden, in Notfällen auch in den eigenen Wohngemächern unterzubringen hätten. Für die Apotheke wurde eine Ausnahme gemacht, denn auch Trautmansdorf musste einsehen, dass es eine Gefahr bedeutete, wenn die vielerlei Arzneien und Mittelchen in unbefugte Hände gelangten und man sie womöglich in dem Durcheinander gar wegschleppen würde. Deshalb wurde nicht darauf gedrungen, dass wir im vorderen Trakt jemanden aufnähmen, hinten jedoch, in der Kammer und im Holzschuppen, hatten bereits in den ersten Tagen drei Familien Unterschlupf gefunden, und diese Zahl erhöhte sich nach einiger Zeit auf sieben. Von den Männern war tagsüber ja kaum einer zu sehen, weil Trautmansdorf sie als Wachen auf den Basteien und auch sonst zu allerlei niederen Diensten einteilen ließ, aber die Zänkereien und das Jammern der Frauen, das Weinen der Kinder musste ich auch bei Tage ständig mitanhören; wenn ich vom Arkadengang hinunterschaute, konnte ich zusehen, wie sie ihre Töpfe scheuerten oder am Brunnen ihren Durst löschten, ja sie machten sogar Feuer inmitten des gepflasterten Hofes und mühten sich, ihren schreienden Kindern Brei zu kochen.

Tagelang geschah weiter nichts, nur wurden die Menschen durch das angespannte Warten und infolge der drückenden Hitze immer gereizter und ungeduldiger, denn wir waren schon mitten im Johannismond, und in diesem Jahr kam die große Hitze ganz früh, auch in der Nacht kühlte es kaum ab. Oft schreckte ich aus dem Schlaf hoch, und wenn vom Holzschuppen her Streitereien oder laute Flüche heraufdrangen, stand ich auf und blickte hinunter. Nicht selten erkannte ich umherwandernde Gestalten, die aus dem stickigen Schuppen oder der Kammer geflohen waren und draußen im Mondschein etwas Abkühlung suchten, gelegentlich hörte ich auch das Rasseln der Ziehkette aus dem Brunnenhäuschen, wenn sich jemand, der in der aufgeheizten Luft ohnehin nicht zum Schlafen kam, mit einem Kübel Wasser übergoss, um sich abzukühlen.

Inzwischen harrten die Truppen des Némethy der Antwort auf den Brief ihres Hauptmanns an die Stadt, sie lagerten bei Wolfs und zechten kräftig, wie wir später erfuhren – doch sie warteten vergebens. Nach kurzer Zeit waren sie der Warterei überdrüssig. An einem Vormittag, wenn ich mich recht erinnere, war es der Vormittag des auf Fronleichnam folgenden Samstags, ich kam gerade mit einem Korb Wäsche vom Dachboden, als ich sah, wie das Tor aufflog und zwei Buben der im Holzschuppen untergebrachten Familien atemlos hereinstürzten; sie hatten sich weder durch die Drohungen Trautmansdorfs noch vom Schimpfen ihrer Mütter davon abbringen lassen, sich in der Stadt und in der Nähe der Soldaten herumzutreiben und neugierig auszuspähen, was sich dort alles tat.

»Jetzt kommen sie! Sie sind schon da!«, schrien sie lauthals, brüllten sie, ruderten mit Händen und Füßen, deuteten dorthin, wo am Ende der Gasse der Fleischhacker die Burgmauer verlief und die neue Eckbastei aufragte, offenbar wollten sie ihren Müttern zu verstehen geben, dass die Wachen auf dieser Bastei den herannahenden Feind erspäht hatten. Die Frauen, deren Häuser in der unbefestigten Vorstadt lagen, sprangen auf und rannten auf die Mauer zu in der Hoffnung, ihr Hab und Gut mit ihren Blicken zu retten, und die Kinder, die streng ermahnt wurden, zu bleiben, wo sie waren, schlichen ihnen nur zu bald hinterher zur Burgmauer hin. Auch ich warf den Wäschekorb hin und rannte, so wie ich war, im Kittel und mit Pantoffeln, in Richtung Burgmauer, als hätte ich draußen vor der Stadt ebenfalls etwas zu verlieren und als triebe mich die Sorge darum hinter den anderen her.

Es geschieht, dass Unbilden und Gefahren, die die gewohnte Ordnung unseres Lebens außer Kraft setzen, neben der Angst und dem Leid auch törichte Hoffnungen in uns wecken, vielleicht das Hoffen auf Befreiung oder einfach auf Wandel, vor allem natürlich, wenn die Unzufriedenheit mit der augenblicklichen Lage jede Form der Veränderung wünschenswert erscheinen lässt. Auch in meinem Herzen begann eine solche Hoffnung aufzukeimen, als ich, auf die Bastei gelangt, die heranstürmenden Reiter sah, die sich von dort oben wie die Spielzeugsoldaten der Kinder ausnahmen, und beobachten konnte, wie sich von den sonst so friedlich daliegenden Weingärten her Reiterei und ein bunter Menschenstrom heranwälzte und mal hier, mal da ein blendender Lichtstrahl aufblitzte, wenn der Schein der Morgensonne auf Waffen, Pferdegeschirr oder auf das Metall der Sporen fiel. Rund um die Stadtmauer hatte man die Gräben schon tags zuvor mit Wasser volllaufen lassen, und so schimmerte nun das breite Wasserband rund um die Burgmauer, während weiter nördlich die Fischteiche das wolkenlose Blau des frühsommerlichen Himmels widerspiegelten. Beim Anblick des frischen Grüns der offenen Felder, die sich hinter dem Kirchhügel erstreckten, dem dunkleren Grün der mit Wald bedeckten Berge dahinter hätte man glauben können, hier würde ein heiteres Sommerfest mit Jagd, Reiterspielen und dergleichen mehr aufgezogen.

Die Berittenen erreichten schon die seitlichsten Häuser der Vorstadt, und wie eine bunte, strudelnde Wasserflut, die sich über die Ebene wälzte und nun zwischen hohe Ufermauern oder in verzweigte Kanäle gezwungen wird, staute sich die Heerschar erst, dann riss sie auseinander und bewegte sich in kleineren Grüppchen voran, vom Friedhofshügel herab in die verschlungenen Gässchen, oder sie löste sich inmitten der verstreut stehenden Häuser der Wieden auf. Die auf die Burgmauer drängenden Weiber schoben sich mit Schultern und Ellbogen so weit wie möglich vor, um von hier, die Hände als Schirm über den Augen, den Weg der Reiter zu verfolgen, hoffend und betend, das eigene Haus möchte von der Gefahr verschont bleiben. Mich hatte gleich eine großgewachsene, füllige Person rücksichtslos zur Seite gedrückt, um sich an meinen Platz zu schieben, und ich konnte dann nur noch aus dem aufflammenden Fluchen und Jammern auf das schließen, was dort unten geschah. »Gott sei's gedankt, sie scheinen weiterzuziehen!«

Bald schon mischten sich in die Flüche ohnmächtiger Verzweiflung und des Klagens auch Stimmen der Empörung: »Wo bleibt denn hier das Militär?« »Wozu müssen wir sie durchfüttern?« »Wie lange lassen sie die dort unten noch ihr Unwesen treiben? Die Strauchdiebe schleppen justament mein Ferkel weg!« »Was schert die dein Ferkel! Wenn sie erst die Mauern beschießen…« »Und wer sein Haus in der Vorstadt hat, der zählt überhaupt nicht? Soll er ein heimatloser Vagabund werden?« Solche Sprüche und Flüche waren überall zu hören, als plötzlich ein ohrenbetäubendes Donnern die Mauern erschütterte, der Boden unter unseren Füßen zu zittern begann und immer neue Donnerschläge wie heiseres Bellen der höllischen Meute folgten, sie kamen linker Hand von der Sankt Georgsbastei her, gar nicht weit von uns.

»Sie beschießen sie!«, »Also doch! Von der Georgsbastei!«, »Wer steht denn dort?«, »Die Schuhmacher und die Weißgerber, Gott segne sie!«, schallte es nun von überall her, dann schrie eine der ganz vorn Stehenden begeistert auf: »Sie ziehen ab!«, und die Umstehenden wiederholten triumphierend und lachend: »Sie drehen ab! Sie verziehen sich!«

Wieder versuchte jeder nach vorn, in die erste Reihe zu gelangen, sie drängten sich mit Schultern und Ellbogen gegenseitig weg, um mit eigenen Augen zu sehen, wie die Haiducken tatsächlich aus der Vorstadt abzogen. Und wirklich trabten die Reiter die breite Straße zum Friedhof hinaus, an ihren Sätteln hingen flüchtig zusammengeknüpfte Leintücher, vollgestopfte Bündel, manche zerrten ein gestohlenes Stück Vieh hinter sich her. Sie waren nun ziemlich weit von der Stadtmauer entfernt, so konnten ihnen die Kanonen keinen Schaden antun, aber wenigstens waren sie nicht näher herangekommen, und unter den von der Mauer Spähenden, deren Häuser zwar jenseits des Burggrabens, aber nahe der Stadtmauer standen, weinten viele vor Freude und dankten dem Allmächtigen, dass ihre Behausung verschont geblieben war.

Doch dann drang von unten her plötzlich ein krachendes, knackendes Geräusch an unser Ohr, es erinnerte ein wenig an den Kanonendonner von vorhin, anfangs achteten wir nicht allzu sehr darauf, weil es vom jenseitigen Ende der Vorstadt kam, aus der gerade die letzten Haiducken hinausritten. Kurz darauf sahen wir dichten schwarzen Rauch zum hellen Himmel hochqualmen, und im nächsten Augenblick wurden wir Zeugen, wie auf dem Dach des ganz am Rande stehenden Häuschens plötzlich irgendein wirbelnder, schleierartiger gelber

Lichtschein die braunen Schindeln in irrsinniger Schnelligkeit zu verschlingen begann. Dieses Schauspiel ließ alle, die da auf der Mauer standen, gleichsam erstarren: Stumm und voll Entsetzen sahen sie einander an und dann wieder zur Vorstadt hinüber, wo inzwischen die Flammen auch das Dach des Nachbarhauses erfasst hatten.

»Großer Gott, die Stadt brennt! Sie haben die Stadt in Brand gesetzt!«, schrien die Weiber, Entsetzen in den Gesichtern und händeringend standen sie da, starrten ohnmächtig auf den immer dichter werdenden Qualm, der bald zu einer dicken braunen Hülle über der Vorstadt zusammenfloss, in ihrem Schatten war jetzt auch bei hellem Tageslicht klar zu erkennen, wie die vom Wind vorangetriebene, in Richtung Stadtmauer wachsende Flammenwand sich rasch auf uns zuwälzte. »Auch die Friedhofszeile brennt ja schon!«, »Gott, das Feuer ist jetzt auch bei uns!« So war es ringsum zu hören. Die Frauen standen eine Weile erschüttert, starr, sahen zu, wie der gefräßige Feuerdrachen auf das eigene Zuhause zukroch, um alles, was sie ihr Eigen nannten, zu verschlingen, doch lange ertrugen sie dieses Schauspiel nicht: Kopflos, sich gegenseitig stoßend, rannten sie von der Burgmauer weg, die Tränen rannen ihnen in Strömen übers Gesicht, sie hasteten, die eine hierhin, die andere in eine andere Richtung. Einige flehten die Torwächter an, sie möchten sie zu ihren brennenden Häusern lassen, damit sie retten könnten, was noch zu retten war, andere schrien nach ihren Männern – die waren auf Befehl des Obersts damit beschäftigt, die Schindeln von den Dächern in der inneren Stadt herunterzuschlagen, damit man die Häuser im Notfall schneller löschen konnte. Wo sie sich trafen, waren die Frauen bemüht, ihre Männer von der durch Trautmansdorf befohlenen Arbeit fortzuzerren, forderten sie schreiend auf, doch etwas zu tun, bevor alles verloren war. Von dem Vorsprung aus, auf dem ich zurückgeblieben war, konnte ich zum anderen Stadttor hinübersehen, das von den Leuten aus der Vorstadt buchstäblich von innen erstürmt wurde. Ich beobachtete, wie die Wachen versuchten, sie zuerst mit den Fäusten und dann mit den Kolben ihrer Flinten stoßend und ihnen auf die Köpfe schlagend abzuwehren, bis die Anstürmenden zerzaust, teils mit blutigen Köpfen und ohnmächtig fluchend in die Innenstadt zurücktrotteten.

Plötzlich sprengte ein berittener Trupp an meinem Aussichtsplatz vorüber, so wild, dass mich die Rösser, wäre ich nicht zur Seite gesprungen, niedergetreten hätten. Das Donnern der Hufe, die mächtigen, einen brennenden Schweißgeruch verströmenden Tierleiber, die im Vorbeireiten fast mein Gesicht streiften, das in der gleißenden Sonne glitzernde Pferdegeschirr und die Waffen verschmolzen für mich mit einem Mal zu einem einzigen, vielköpfig-vielbeinigen, kraftstrotzenden Wesen; aus der Betäubung wieder zu mir gekommen, sah ich, wie die Reiter, über den Platz jagend, sogleich unter dem Gewölbe des Tores hindurchpreschten, das ihnen die Torwachen rechtzeitig weit aufgesperrt hatten. Als das Tor sich hinter ihnen wieder schloss, blickte ich erneut hinunter und hinaus auf das Gelände unterhalb der Stadtmauer und sah, dass der Burgwall bereits von einem doppelten Ring umgeben war: Fünfzig Schritt hinter dem schimmernden Band des stummen, unbeweglichen Wassers prasselte der breitere gelbrote Ring der Flammen, und diese zischende, wogende, bogenförmige Wand näherte sich unausgesetzt dem anderen Ring. Durch ihre unnatürliche Hitze wurde die Temperatur der mittäglichen Sommersonne noch weiter angeheizt, ich spürte, wie mir unter dem Kleid der Schweiß in Strömen über den Leib floss. Ich stand wie angewurzelt da und konnte meinen Blick nicht von dem schauerlichen Bild wenden, sah, wie das Feuer, einem knochen- und konturlosen Riesen gleich, seine Gestalt laufend verändernd, die Beute zuerst umfloss, dann dessen Form annahm, bevor es sich dieselbe einzuverleiben und ganz zu verdauen begann. Da stand gerade noch ein junger Marillenbaum, leuchtete in seiner makellosen Pracht herauf, und Augenblicke später begannen seine Blätter braun zu werden und zu schrumpeln, die jungen Früchte blitzschnell zu verdorren und versengen, begannen die großen, glühenden Äste zu knicken, im Ganzen oder stückweise herunterzubrechen und lagen schließlich am Fuß des schwarz und schwärzer werdenden Stammes. Dort über dem Bach loderten das Holz des Geländers und die Bretter einer schmalen, wackligen Brücke in fast überirdischem Schein hoch auf, um dann sogleich als eine Hand voll Asche in das Rinnsal des in der Sommerhitze ausgetrockneten Baches zu stürzen. Da und dort brachen immer wieder Dächer von Häusern und Nebengebäuden ein, ein Zeichen dafür, dass das Feuer die Dachbalken schon vertilgt hatte und sich nun im Innern neue Nahrung suchte. Hier schlug ein riesiger Flammenschweif zum Himmel empor und flackerte bläulich wie ein Irrlicht in den Sümpfen, zum Beweis, dass der Besitzer des Hauses, als dessen Wände noch standen, im Keller vermutlich Weinfässer gelagert hatte; oder dass dort, wo die Funken zu Tausenden wie Leuchtkäferchen gen Himmel trieben, so mancher Sack Getreide eines Unglücklichen zu weißer Asche zerstob. Lichterloh brannten im Kirchhof die bescheidenen Kreuze der Armen, als tanzten die aus der Hölle befreiten Seelen auf den Grabhügeln. Und in der Rosengasse, dort, wo die flatterhaften Mädchen wohnten, die verfallenden Umzäunungen überall von Heideröslein überzogen waren, rannte das Feuer am rankenden Astwerk entlang und überzog die bröckligen Mauern für kurze Zeit mit feurigen Blättern und Rosen.

Der umherspringende, knisternd prasselnde Feuerring um die Stadt zog sich immer enger zusammen, bis er schließlich am jenseitigen Ufer des Burggrabens war. Er kam so nah, dass mir schien, ich könnte mit dem um einen Stock verlängerten ausgestreckten Arm die Flammen bereits erreichen. Nun begannen auch unmittelbar jenseits des Grabens schon die Dächer einzustürzen und stellenweise die Wände niederzubrechen, was mir den Blick freigab ins das Innere der Stuben, bevor sie endgültig in Flammen aufgingen. Aus den zu Asche zerfallenden Truhen flatterten Unterröcke und Hemdchen hoch, als wollten unsichtbare Wesen der Reihe nach in brennendem Gewand vielleicht durch den Rauchfang flatternd aus den Häusern fliehen. Zinn- und Messinggerät, Bratpfannen und Henkelkrüge verformten sich, warfen Blasen und färbten sich schwarz in ihrer Qual, auf den Teppichen am Boden schoss gleichzeitig die durchscheinend goldfarbene Saat der Flammen empor, und die von den Funken gebrannten dunklen Löcher in den Bettdecken flossen ineinander. Tische und Stühle erglühten in rötlichem Schein wie Kirchenfenster bei Sonnenuntergang, behielten noch für Augenblicke die Form, plötzlich aber, als hätte irgendein Zauber das Holz, aus dem sie gefertigt waren, in kleinste Stückchen schillernden, goldfarbenen und blauen Glases verwandelt und sie mit einem dunklen Rahmen umgeben, schrumpften sie sogleich zu schwarzen Skeletten ihrer selbst oder zerfielen, ins Weißliche wechselnd, zu Asche, glimmende Flocken stäubten, den Polstern und Pfühlen entkommen, durch die Luft, die Füllungen der Strohsäcke loderten knisternd. Befreit von ihrem Himmel wirkte die Bettstatt, als drehten und wälzten sich Liebende hinter den glühenden Säulen, bis auch der Rahmen des Bettes zu Staub verbrannt war. Da, auf einem brennenden Tisch blätterten die Flammen wie die Finger eines unsichtbaren Lesers eifrig die Seiten eines Gebetbuches um, dort schmolz zischend die Glasur von einem glänzend grünen Krug: Alles verbog sich, schrumpfte und warf sich auf, war geschwärzt, als wollte die Zeit in Minuteneile all das vollbringen, was sie sonst in Jahrzehnten, Jahrhunderten bewirkt. Unter einem knackend und krachend zusammenbrechenden Dach sprang eine brennende Katze hervor und ins Nichts, ihre leeren Augenhöhlen starrten mich klagend an, und ich meinte, ihren fluchenden Aufschrei zu vernehmen.

Inzwischen hatten sich viele der Menschen aus der Vorstadt wieder auf der Mauer versammelt, um den Weg der Musketiere und Reiter des Hauptmanns Dorn zu verfolgen, die auf dem ellenbogenartig geformten Erdwall entlanggaloppiert, unversehrt jenseits des Feuerrings angekommen waren und jetzt zwischen den verkohlten Ruinen umherritten, wo durch das launenhafte Spiel des Feuers und des Windes da und dort ein Haus trotz Feuersbrunst ganz oder teilweise verschont geblieben war. Alle erwarteten, dass sich die Musketiere an die Fersen der Haiducken heften würden, doch mussten wir statt dessen mitansehen, wie die Männer von Dorn und Trautmansdorf sich, die verbrannten Überreste musternd, langsam vorwärtsbewegten und wo sie in einem verschont gebliebenen Gebäudeteil oder Stall etwas Brauchbares vermuteten, eifrig darin stöberten, indem sie die noch rauchenden Glutnester zerstampften und auseinandertraten: Stießen sie auf das eine oder andere noch brauchbare Kleidungsstück oder Kochgeschirr, untersuchten sie es und versenkten dann das, was ihnen noch lohnend erschien, in einen Sack, den sie am Sattel oder über die Schulter geworfen bei sich trugen. Auf ein paar wundersamerweise am Leben gebliebene Hühner, die beim Öffnen des Stalls verschreckt und mit lautem Gackern auseinanderstoben, veranstalteten sie lachend und gröhlend eine wilde Treibjagd, bis sie die ganze Schar eingefangen hatten. Einer der Berittenen jagte einem mageren Ferkel nach und packte sich vom Sattel herab das quiekende, zappelnde Tier, zog es an den Ohren zu sich hinauf, griff es bei den Hinterläufen und schlug es dann mit dem Kopf an den Überrest einer Steinmauer, um es dann, am Sattel baumelnd, mitzuschleppen. Ein anderer Reiter zerrte eine Geiß hinter sich her und riss an dem Strick, den sie um den Hals geschlungen hatte, wenn sie, sich hartnäckig sträubend und alle Viere gegen die Laufrichtung stemmend, nicht weiterwollte. Bei Sonnenuntergang, als von der Vorstadt nur noch rauchende schwarze Trümmer übrig waren, kehrten die Soldaten in die Stadt zurück, sie trabten unterhalb der Burgmauer die Gasse der Fleischhacker entlang, nahmen von den mit den Fäusten drohenden Vorstadtbewohnern und ihren Verwünschungen keine Notiz, wischten die Mutigeren unter den Weibern wie aufspritzenden Geifer weg, wenn diese, sich an die Säume ihrer Uniformen oder die Mähnen der Pferde klammernd, versuchten, ihnen den Weg zu versperren und die gestohlene Habe abzujagen, dann verschwanden sie hinter dem Tor zu ihrem Quartier.

In den darauf folgenden Wochen unternahmen die Haiducken des Herrn Botschkai keine Angriffe mehr gegen die Stadt, sie kampierten am Schießplatz jenseits des Friedhofshügels und schwärmten von da zum Plündern in die umliegenden Ortschaften aus.

Man erzählte sich, sie seien auch in die Michaelis-Kirche eingebrochen, hätten dort die Altäre verwüstet, die Fahnen heruntergerissen, die reich gestickte Altardecke weggeschleppt, ja sogar die Pfeifen aus der Orgel gebrochen, um daraus Kanonenkugeln zu gießen. Indessen verschlechterte sich die Lage in der Stadt weiter: Bei der großen Hitze wurde der Gestank in den Gassen, verursacht durch die in Häusern und Höfen zusammengepferchten Menschen, Frauen, Kinder, Musketiere, Reiter, durch das Kleingetier und die Rösser, so unerträglich, dass man kaum noch atmen konnte. Burggräben und Gassen füllten sich mit den Exkrementen der Tiere und anderem Mist. In den Mauerengen, unter den Toreinfahrten, überall trat man in den Kot, der in der glühenden Sommerhitze entsetzlich stank. Die in den Nebengebäuden der Häuser zusammengedrängten Leute aus der Vorstadt, deren ganze Habe in den Flammen aufgegangen war, konnten ihr erbärmliches Schicksal kaum noch ertragen, und immer öfter musste ich, wenn ich über den Hof ging, hören, wie sie schimpften, uns, vor allem Vater, wegen seiner Hartherzigkeit schmähten, weil wir sie nicht in die oberen Räume des Hauses einließen, uns allein in der Wohnung breitmachten, während sie zu Dutzenden zusammengepfercht waren.

Allerdings war es mit unserer Vergünstigung bald vorbei, und wir öffneten, wenn auch nicht ganz aus freien Stücken, den Unglücklichen unsere Wohngemächer. Infolge der großen Hitze, der Verschmutzung und des Gestanks wurden immer mehr Menschen krank, man befürchtete schon den Ausbruch der Pest. Bald stellte sich heraus, dass sich die Krankheit ihre Opfer diesmal vor allem unter den körperlich Geschwächten, also unter Alten und Kindern, holte, die durch das wochenlange Hungern und die Krankheit so entkräftet und ausgetrocknet waren, dass sie, wenn sie in der Hoffnung auf ein wenig frische Luft aus den überfüllten Unterkünften heraustaumelten, in den Gassen zusammenbrachen.

Einmal fiel eine kranke Frau genau vor unserem Haus nieder, und die Soldaten, die sich in ihrem Kommen und Gehen belästigt sahen, schleppten sie, ohne viel zu fragen, herein und legten sie auf eine eilig hingeworfene Pferdedecke. Später brachte man dann noch weitere entkräftete Menschen zu uns. Besonders deutlich erinnere ich mich an eine Frau, die zwar selbst nicht krank war, aber tagelang neben ihrer drei oder vier Jahre alten Tochter saß, mit einem Säugling auf dem Arm, den sie, wenn er zu weinen begann, mit ein paar ungeduldigen Bewegungen, ihn eher schüttelnd als wiegend, zum Schweigen brachte, um dann wieder ihre ganze Aufmerksamkeit dem kranken Kind zu widmen. Obwohl ich bei der Betreuung der anderen nur zögernd geholfen habe, wenn es sich nicht vermeiden ließ, ging ich öfter und aus eigenen Stücken zu dieser Frau, um sie zu fragen, ob ich ihr behilflich sein könnte, doch sie schüttelte nur schnell und steif den Kopf, als wollte sie mich sogleich wieder loswerden, nie wandte sie mir das Gesicht zu, ließ ihren Blick nicht von dem kranken Mädchen.

Wie ich schenkte auch mein Vater diesem Kind mehr Aufmerksamkeit als all den anderen uns zugewiesenen Gästen, und als er der Frau seine Hilfe anbot, lehnte sie diese nicht so schroff ab wie die meine. Bis heute erinnere ich mich gut daran, wie erleichtert, mit wie dankbarem Gesicht die Frau zu meinem Vater aufschaute, während sie mit einem feuchten Tüchlein den Schweiß vom Gesicht des Mädchens wischte. Kurz zuvor hatte sich das Kind, vermutlich als Folge des von Vater verabreichten Mittels, zum ersten Mal wieder aufgesetzt und ein paar Löffel ihrer dünnen Suppe aus einem Töpfchen zu sich genommen, dann fiel das durch die Anstrengung entkräftete Mädchen müde und mit schweißnasser Stirn wieder auf den Strohsack zurück. Auch ich war sehr erleichtert, weil es ihm besser ging, aber in meine Freude mischte sich auch ein wenig Neid, ohne dass ich sagen könnte, wen ich eigentlich beneidete und warum: Missgönnte ich Vater die Dankbarkeit der Frau oder der Frau die Aufmerksamkeit meines Vaters und das gesundende Kind? Ich grübelte, was ihn wohl veranlasst haben könnte, sich um das Wohl des Kindes dieser Frau zu kümmern. Falls es sein gütiges Herz war, wo war dann dieses gute Herz, als ich es so sehr gebraucht hätte? Oder tun wir uns vielleicht leichter, zeigen uns hilfsbereiter und ehrenhafter gegenüber Leuten, mit denen uns außer Nächstenliebe nichts verbindet, und fällt es uns umso schwerer, je leidenschaftlicher die Bindung und das Gefühl der Zusammengehörigkeit gegenüber einem Menschen ist, in dessen Macht es vermeintlich steht, uns glücklich zu machen oder uns des Glücks zu berauben.

Mit der Zeit wurden die Hitze und das Gedränge, wurde auch der lastende Gestank einfach unerträglich, und wir warteten täglich mit Schrecken darauf, dass die Attacke einer noch viel katastrophaleren Seuche, als wir sie schon erlebt hatten, ganz ohne Schießpulver das Werk unserer Widersacher vollendete. Eines Morgens, als ich gerade, zwischen Hunger und Ekel hin- und hergerissen, einen faden Brei löffelte, wohl wissend, dass unsere Vorräte im Schwinden waren und wir bald selbst von diesem ärmlichen Fraß nicht mehr genug haben würden, hörte ich ein fernes, dumpfes Donnergrollen. Die neben mir Kleider flickende Frau und ich sahen uns an, warfen hin, was wir gerade in der Hand hielten, ich den Teller, sie das Hemd, an dem sie nähte, und rannten hinaus auf die Stadtmauer, um festzustellen, ob, was wir vernommen hatten, ein Gewitter oder Kanonendonner war. Auch aus den Häusern in der Nachbarschaft strömten die Menschen heraus, und nur mit Mühe konnten wir uns im Gedränge den Weg zur Stadtmauer bahnen, wo ich, durch eine Scharte an der Brustwehr starrend, von Westen her eine sich rasch nähernde schwarze Wolke auf die Stadt zukommen sah: Ihr Schatten schob sich über die fernen Hügel heran und wandelte das Blau der Teiche in Grau.

»Der Sturm kommt!«, schrie ich, nach oben weisend, und im selben Augenblick rief ein halbes Dutzend Weiber: »Die Kaiserlichen kommen!«

Den Blicken der neben mir Stehenden folgend, sah ich auf die sich zwischen den Hügeln windende Straße hinunter, wo sich hinter einer Biegung gerade eine eilig vorwärtsstrebende, nicht enden wollende dunkle Schlange kleiner Reiter abhob.

Als sich zwischen den immer dichter heranquellenden dunklen Wolken an einer Stelle ein Spalt auftat, fiel ein schräger Lichtstrahl auf die gewundene Straße, und im hellen Schein waren schon die Uniformen und Farben der Fahnen der näher kommenden Reiter zu erkennen. Wir aber weinten vor Erleichterung, umarmten uns freudestrahlend: Auch jene fielen sich in die Arme, die in den Wochen, da sie zwangsweise zusammengepfercht waren, nur gestritten und gerauft und sich gegenseitig beschimpft hatten. (Später war zu erfahren, dass das Kriegsvolk des Herrn Botschkai Witterung von der Ankunft der Kaiserlichen bekommen und schon in der vorhergehenden Nacht die Zelte abgebrochen hatte und weitergezogen war. Bald darauf stellte sich zu unserer großen Freude auch heraus, dass die kaiserlichen Truppen diesmal wirklich die Verfolgung der Haiducken aufnahmen, so dass die Stadt ihnen die Tore gar nicht öffnen musste.) In unserer übergroßen Freude nahmen wir überhaupt nicht wahr, dass die Gewitterwolken, die auf ihrem hindernisfreien Weg über den Himmel viel schneller vorankamen als das Militär, bereits über der Stadt hingen: Plötzlich wurde es buchstäblich stockfinster, gleich darauf brach das Gewitter los, und obwohl wir im selben Augenblick auseinanderstoben, auf der Stelle losrannten, konnte ich, bis ich daheim ankam, selbst meine Unterkleider auswringen, mein Überrock war bis in Kniehöhe bespritzt und besudelt, weil sich in den Gassen im Nu ganze Bäche von schlammigen Fäkalien gebildet hatten.

VIII

Wie viel Zeit und Papier es auch gekostet haben mag, bis ich die Geschichte der ersten siebzehn Jahre meines Lebens berichtet hatte, bei den nächsten siebzehn kann ich mich kürzer fassen. Dabei will ich nicht behaupten, dass es in diesen Jahren an äußeren Ereignissen gemangelt hätte, im Gegenteil, sie folgten eines dem anderen, zumindest in der ersten Zeit. Gleich in dem Jahr nach der Belagerung Ödenburgs wurde zwischen Ungarn und dem Habsburger Erzherzog Matthias ein Friedensvertrag geschlossen, dessen zahlreiche Artikel auch im Druck verbreitet waren; und einer der Paragraphen darin besagte, dass sämtliche Konditionen nur dann Gültigkeit hätten, wenn man von jetzt an den evangelischen Glauben in Ungarn genauso frei ausüben könne wie den der Papisten. Der Vertrag war noch nicht einmal unterzeichnet, da konnte man seine Auswirkungen in der Stadt bereits spüren: Sie zeigten sich unter anderem darin, dass die Streitbarkeit des Bischofs (von dem es hieß, dass er auf der Flucht ins Steirische, wohin er seine Tausenden von Dukaten habe retten wollen, von den Haiducken gestellt und um sein Geld erleichtert worden war und zudem auch noch tüchtig verprügelt) merkbar abnahm, wohingegen der Rat sich einigen Mut fasste und schon in den Monaten vor dem Friedensschluss ein Auge zudrückte, wo er die Bürger früher drangsaliert oder mit Geldbußen belegt hatte. Ich weiß mich zum Beispiel sehr gut an einen Tag zu erinnern, es war gegen Ende des Winters, als wir das vierjährige Mädchen der schönen Lucia, Patin meines verstorbenen Söhnchens, begraben haben: Es war sehr windig, und da und dort gab es noch Flecken des übrig gebliebenen Schnees auf dem Friedhof, auf den wir das tote Kind hinausbegleiteten. Als wir hinter dem kleinen Sarg herschritten, bemerkten wir, dass der Kantor zu den Schulkindern, die öfter bei Begräbnissen sangen, leise etwas sagte. Wir konnten seine Worte nicht verstehen, aber im nächsten Augenblick setzte der Gesang ein, es war einer der auf Deutsch gesungenen Psalmen, die bei Begräbnissen zu singen bislang verboten war, und er begann so: Erhalt uns Herr bei Deinem Wort. Ich sah, dass die neben mir Gehenden feuchte Augen bekamen und ihnen Tränen der Rührung über die Wangen liefen. Als durch einen Wolkenspalt die zur Winterzeit ungewöhnlich grell leuchtende Sonne erschien, schimmerten ihre Gesichter in dem plötzlich auf uns liegenden Licht, als schritte eine Prozession der Seligen hinter dem Sarg her. Und am 17. September, dem Sonntag der durch Jesus Christus von der Wassersucht Genesenen, wurde vom Rat und der Bevölkerung der Stadt der evangelische Prediger Jacob Ederer aus der Zips zum Predigen auf die Kanzel geladen: In der Kirche herrschte eine andächtige Stille, man hätte eine Nadel fallen hören, und auch bei dieser Gelegenheit strahlten die Umstehenden voll triumphierender Freude wie seinerzeit auf dem Friedhof, als sie dem auf Deutsch gesungenen Psalm lauschten.

Es ist dann noch vieles geschehen: Die Bischöfe und die Herzogin von Graz haben kräftig gegen die Durchführung jenes gewissen Artikels der Friedensresolution agitiert, der Bischof wollte unsere Kirchen nicht zurückgeben, vielmehr war er der Meinung, die Lutheraner sollten ein Versammlungshaus erwerben, in dem sie dann ihre Predigten hören könnten. Auch wurde verbreitet, dass die Jesuiten gegen den König und die evangelischen Gläubigen allerlei Übles im Schilde führten: Der Leibarzt des Königs soll überredet worden sein, Gift auf die Schwelle zu den Wohngemächern des Königs auszulegen, und Ähnliches mehr... Mit lauter Neuigkeiten dieser Art kam regelmäßig Freundin Marta gelaufen, erhitzt nach Luft ringend, und während sie redete, wanderten ihre Augen spähend in jeden Winkel der Stube, als hätten sich die Spione der Jesuiten in irgendeiner

Truhe oder hinter dem Vorhang der Bettstatt versteckt. Ich überlegte manchmal, was sie sagen würde, wenn ich statt dem mäßigen Interesse, das ich bei solchen Neuigkeiten an den Tag zu legen versuchte, sie einmal fragen würde. »Was geht mich das alles an?«, denn seitdem uns keine unmittelbare Gefahr mehr drohte, war mir, als seien all diese Ereignisse irgendwann vor sehr langer Zeit oder irgendwo weit weg von hier geschehen und würden mich auf keine Weise mehr berühren.

Als sich nach der Belagerung der gewohnte Lauf des Lebens wieder eingespielt hatte, war für mich nicht mehr zu übersehen, dass ich wahrscheinlich für alle Zeiten in der Mausefalle saß – ich wusste selbst nicht recht, wie ich hineingeraten bin –, denn guten Gewissens ließ sich nicht behaupten, man hätte mich hineingezwungen, aber noch weniger, ich steckte aus freien Stücken darin.

Während der ersten Monate, die ich in Ödenburg verbrachte, musste ich mich, wenn ich das Haus verließ, mit größter Mühe zwingen, mich auf der Gasse nicht im Laufschritt fortzubewegen und nicht die Hände hochzureißen, um mein Gesicht vor neugierigen Blicken zu schützen. Ständige Angst verfolgte mich auch, weil ich in dieser Anfangszeit in jeder Person, die mir begegnete, jemanden aus Leutschau zu erkennen glaubte, nur mit großem Herzklopfen schaffte ich es weiterzugehen, bis ich dem Entgegenkommenden so nahe war, dass ich meine Täuschung erkannte. Manchmal war ein Mann oder eine Frau der Person so ähnlich, die ich in ihnen wiederzuerkennen glaubte, dass sich meine Furcht auch dann noch nicht legte, wenn ich sie aus unmittelbarer Nähe in Augenschein nehmen konnte, erst sobald ich ihrem gleichgültigen Blick begegnet und der- oder diejenige schon recht weit in die entgegengesetzte Richtung gegangen war, ohne mich angehalten oder angesprochen zu haben, erst dann wurde ich ruhiger.

Einmal, es könnte im zweiten Herbst gewesen sein, als ich auf dem Martini-Markt an einem Verkaufstisch gerade ein Stück Leinwand für Bettlaken prüfend zwischen den Fingern rieb, blieb mein Blick an einer Frauensperson hängen, die nicht weit von mir beim Bockstisch des Töpfers stand und gerade einen irdenen Topf prüfend gegen das Licht hielt. Diese Frau kenne ich aus Leutschau, fuhr es mir in den Sinn, und ich zuckte zusammen, beugte mich tief hinab, als wollte ich den Ballen Leinwand sehr genau mustern, und hoffte, dass sie mich nicht bemerkte. Doch konnte ich meine Unruhe nicht bezwingen und blickte nach einer Weile wieder zu der Frau hin, um sicherzugehen, dass mir meine Angst, wie schon so oft, einen Streich gespielt hatte. Diesmal trafen sich unsere Blicke, und mir schien, als sähe ich in ihren Augen ein Zeichen des Wiedererkennens aufblitzen. Sie lächelte sogar, stellte das Gefäß ab, das sie gerade in der Hand hielt, und schickte sich an, durch die Menge hindurch bis zu mir vorzudringen.

So wie wir in bedrückenden Angstträumen versuchen, vor Meuchelmördern zu fliehen, die uns auf den Fersen sind, und doch die Beine kaum hochbekommen – als hindere uns nicht bloß die Luft, sondern ein anderes, dichteres Element in unserer Bewegungsfreiheit –, ebenso vergeblich versuchte ich in dem Menschengewühl schnell voranzukommen, um meiner Verfolgerin gegenüber einen Vorsprung zu gewinnen. Außerdem musste ich auch noch so tun, als gäbe es keinen anderen Grund als eine wichtige Angelegenheit daheim, die mich zur Eile antrieb. Dabei trat ich auch noch dem einen oder andern auf den Fuß und wischte zu meinem Schreck unvorsichtigerweise im Vorbeidrängen mit dem Ellbogen ein Stück Töpferware vom Tisch einer Marktfrau, die sich fluchend auf mich stürzte und mich mit ihrer Habichtskralle packte, damit ich ihr den Schaden ersetzte. Mit zitternder Hand kramte ich aus meiner Geldtasche eine Münze hervor, die ich ihr in blinder Hast auf den Tisch warf, worauf sie sogleich still war und auch mein Handgelenk losließ – doch als ich daheim meine restliche Barschaft prüfte, stellte ich fest, dass ich der aufgebrachten Marktfrau für das schäbige Töpfchen einen ganzen Goldgulden bezahlt hatte.

Schließlich gelang es mir doch, mich durch das dichte Gewühl menschlicher und tierischer Leiber zu zwängen, auf gut Glück stürzte ich dann in eines der schmalen Gässchen, die vom

Marktplatz wegführten, verschnaufte dort für einen Augenblick und hoffte, dass mich meine Verfolgerin längst aus den Augen verloren hatte. Doch kaum war ich bis zur Mitte der Brandgasse gelangt, als ich hastige Schritte hinter mir hörte. Ich strebte wieder schneller vorwärts, doch vergeblich: Kurz danach packte eine Hand meinen Arm, und mit vor Angst zu Eis erstarrtem Herzen blieb ich stehen; zwar trieben mich meine wirren Sinne eher zum Wegrennen an, doch die Beine hatten sich, wie es schien, in so gefühl- und kraftlose Gebilde verwandelt, dass ich mich kaum aufrecht halten konnte.

»Aber so bleibt doch für einen Augenblick stehen!«, redete mich gänzlich außer Atem, halb lachend und halb ärgerlich, meine Verfolgerin an, die das Laufen, da sie um zehn, zwölf Jahre älter und auch schwergewichtiger war als ich, gewiss härter angekommen war. »Ihr seid doch aus Leutschau, nicht wahr?«, sie sah mir mit ihren fröhlichen blauen Augen forschend ins Gesicht. Ihre Kleidung ließ auf die Frau eines nicht gerade unbemittelten Handwerksmeisters schließen, doch ihr ansprechendes Gesicht, das schon ein wenig verblüht war, verriet ein heiteres, offenherziges Naturell.

»Und wenn ich von dort wäre?«, fragte ich zu meiner Überraschung in ziemlich ruhigem Ton, in der Hoffnung, die Frau würde das Zittern meiner Knie nicht bemerken.

»Natürlich seid Ihr von dort … Ich habe das Gesicht gleich erkannt, obwohl Ihr Euer Haar jetzt anders tragt. Könnt Ihr mir nicht sagen, wie ich von hier zum Kaltwinkel komme? Hier gibt es ja so einfältige Menschen«, stellte sie lachend fest, während sie die linke Hand auf ihr schneller pochendes Herz presste. »Beim Kaltwinkel soll ich mich mit meinem Manne treffen … Er bespricht sich im Roten Ochsen mit einigen Händlern, und wir haben ausgemacht, dass wir uns beim ersten Abendläuten dort treffen, aber niemand vermag mir verständlich zu sagen, wie ich dorthin gelange. Sie reden lauter solche Sachen, dass ich bei der welschen Bastei, die letztes Jahr gebaut worden ist, links einbiegen muss, dann den Platz überqueren soll, wo früher der Pranger stand, doch woher soll ich wissen, welche Bastei das ist und wo früher der Schandpfahl gestanden... Da dacht ich, Ihr seid ja auch nicht von hier und könnt mir gescheitere Auskunft geben, so dass es auch unsereiner versteht...«

»Nicht wahr, Ihr habt doch früher neben dem Schneider Landfeld gewohnt?«, fragte sie mich schließlich, worauf ich ihr mit den allerfreundlichsten Worten eine Wegweisung gab und sie mein Gesicht, das vor Angst zu versteinern drohte, mit ihrem wohlwollenden Blick streichelte. »Gelt, Ihr seid doch das Töchterchen des Apothekers? Oder seine Gattin? Ach Gott!«, es riss ihr den Kopf nach oben, denn im selben Augenblick erklang ein gewaltiges Geläute, gerade so, als hätte die mächtige Eisenzunge gleich neben unseren Ohren an das Glockenerz geschlagen. Das entsetzlich laute Gedröhn füllte das enge Gässchen so sehr aus, dass die Frau auch dann nicht verstanden hätte, was ich sagte, wenn tatsächlich vernehmbare Laute aus meinem Mund gekommen wären.

»Mein Gott, ich sollte längst dort sein! Mein Mann haut mir den Buckel voll!«, dies oder etwas Ähnliches rief sie mir über die Schulter zu, während sie flink wie ein Wiesel in Richtung der welschen Bastei davoneilte.

Nach dieser Begegnung wagte ich wochenlang nicht, meinen Fuß vor die Tür zu setzen, berief mich darauf, dass ich mich körperlich unwohl und schwach fühlte und schickte auch zu Besorgungen, die ich sonst selbst erledigte, die schweigsame Margit. Mit der Zeit ging ich dann notgedrungen wieder aus dem Haus, und da sich ein ähnlicher Vorfall nicht mehr zutrug, vergaß ich allmählich, dass draußen irgendeine Gefahr lauern könnte. Und nach einer gewissen Zeit begann ich, rein aus Gewohnheit, mein damaliges Befinden als die natürliche Ordnung der Dinge zu betrachten, auch deshalb, weil mir meine Arbeit und der geregelte Gang der Tage sonst nicht viel Gelegenheit ließen, über meine Lage nachzusinnen. Nur ganz selten, vor allem nachts oder in der frühmorgendlichen Stille aus einem bösen Traum erwacht, versuchte ich kurz, aber vergeblich, mir in meiner Verwirrung die Frage zu beantworten, wo ich mich eigentlich befände, wie ich hierher gekommen sei, und da wurde mir plötzlich klar, was aus mir geworden war und welches Schicksal mir beschieden sein würde. In solchem Augenblick erstarrten meine Glieder vor Angst, und die Wirklichkeit erschien mir dann als ein zweiter, aber noch viel schrecklicherer Traum.

Auch Vater begann, sobald nach der Belagerung die Ordnung einigermaßen wiederhergestellt war und wir beide allein im Hause waren, erneut mit seinen Verdächtigungen und Verhören, die er wegen der Aufregungen und allgemeinen Wirren zur Zeit der Belagerung zu unterbrechen genötigt gewesen. Da ich ihm nun keinerlei Grund für irgendeinen Verdacht lieferte, sich auch niemand in meiner Nähe zeigte, dem man eine Hinterhältigkeit hätte zutrauen können und er seiner ihn unentwegt quälenden Eifersucht nichts anderes als den längst abgenagten Knochen aus der Vergangenheit zum Fraß vorwerfen konnte, grub er diesen eben von neuem aus, um festzustellen, ob nicht doch noch ein kleiner Hautfetzen daran war oder wenigstens der Gestank des fetten Fleisches, um den unersättlichen Moloch in ihm damit zu füttern.

»Ich sehe, das Weibsbild kommt zur Zeit nicht mehr zu dir«, bemerkte er einmal, und es dauerte etwa eine Minute, ehe ich begriff, er meinte die Frau, die mir seinerzeit so viel bei meinem Kind geholfen hatte und die Vater deshalb verdächtigte, sie könne vom Kindsvater beauftragt sein oder Ähnliches. »Wahrscheinlich kümmert sich der junge Herr jetzt nicht mehr um dich, nachdem er sehen musste, dass du seinen Bastard nicht durch mich großziehen lassen konntest. Oder trägt jetzt wieder die kleine Bleichgesichtige eure Botschaften hin und her?«, fragte er abschätzig und winkte erregt ab, so als ermüdete und verärgerte ihn meine Lüge, und für ihn war jedes Leugnen eine Lüge, schon im Vorhinein.

»Ich begreife nicht, wie eine Jungfer sich einfach hinwerfen kann…, ein wohlerzogenes Mädchen aus anständiger Familie, irgendeinem, der sich nachher nicht so viel um sie kümmert wie um eine verdorbene, wohlfeile Dirne aus der Rosengasse«, brach die Empörung aus ihm heraus, und er spie mir diese Worte förmlich ins Gesicht, während ich zu irgendeiner seiner

Fragen nur hilflos den Kopf schüttelte, weil mir sogar zum Leugnen schon die Kraft fehlte. (In der Rosengasse hausten in Ödenburg damals die Freudenmädchen oder Puppen mit den Schmetterlingsherzen, und wenn ich bei meinen Besorgungen durch diese Gasse laufen musste, blickte ich stets aus den Augenwinkeln voll Entsetzen auf die karmin- und scharlachroten Vorhänge an den Fenstern ihrer schäbigen Unterkünfte und sah das dichte Gestrüpp von Heideröschen auf dem zerfallenden Gartengemäuer wuchern.) Doch umsonst ging mir bei der Beantwortung seiner Fragen die Kraft aus, Vater wurde des peinlichen Verhörs niemals müde: Zehn-, ja hundertmal wollte er wissen, wie es war, womit mich mein Verführer denn so weit gekriegt habe, ihm zuliebe meine Ehre zu opfern, ob er mir die Ehe versprochen habe, und welch blinde Leidenschaft mich denn so weit gebracht hätte, da ich doch nicht hoffen konnte, er würde mich zur Frau nehmen. Wenn aber die Leidenschaft damals in mir so stark gewesen sei, dass ich meinen nüchternen Verstand verloren und meine Ehre hingegeben habe, wieso dann heute kein Funken mehr davon übrig sei, wie ich stets behaupte? Ob sich nicht vielleicht auch jetzt noch das Gefühl in mir rege und ich es nur vor ihm verberge?

Entsprechend meinen Möglichkeiten versuchte ich, ehrlich auf die Fragen des Vaters zu antworten, ich gab mich der eitlen Hoffnung hin, dass der Moloch der Eifersucht, wenn ich ihn erst einmal mit der vollständigen Wahrheit gesättigt hätte, zufrieden sein müsste und sich nicht stets von neuem in die Gebeine dieses Stücks Vergangenheit verbeißen würde. Nur reicht der pure Entschluss nicht aus, denn unser Erinnerungsvermögen liefert auf eine ihm gestellte Frage nur selten eine schlüssige Antwort. Sollte mich tatsächlich eine so heftige Leidenschaft getrieben haben, dass ich nicht widerstehen konnte und deshalb so handelte, wie ich es getan? – grübelte ich. Oder war es doch eher die Sehnsucht nach Freiheit, aber dann wäre ich gar nicht überlistet und verführt worden, sondern hätte meinen Verderber selbst in die Falle gelockt und verführt, dabei aber eben die Rechnung ohne den Wirt gemacht? Oder kann es sein, dass ich mich in einem diffusen, nicht ganz fassbaren Sinn schuldig wähnte, mir dieses Schuldgefühl selbst einredete und mir als schlechtes, verwerfliches Ding vorkam, dessen Ehre mit Zähnen und Klauen zu verteidigen gar nicht der Mühe wert war? Doch wäre es auch möglich, dass die Ursache für alles, was geschehen ist, eine ganz gewöhnliche Schwäche war, wie sie uns so oft ankommt und daran hindert, uns anderen zu widersetzen, weil wir ihren Zorn und ihre Verachtung fürchten.

Über all das versuchte ich mit stolpernder Zunge auch Vater dieses und jenes zu sagen, dabei voll Sorge seine Miene beobachtend, um zu ergründen, wie er das Gehörte aufnahm. Nur konnte man das Raubtier, das in seiner Seele hauste, mit der Wahrheit nicht zufrieden stellen, offenbar steigerte jeder Zipfel dieser Wahrheit seinen Hunger nur noch mehr: Es verlangte immer neue Nahrung von mir, und wenn ich sie verweigerte, beschuldigte Vater mich, dass ich ihm absichtlich etwas verschweige. Anscheinend stellte er sich vor, es müsse jenseits dieser dürftigen Bruchstücke von Tatsachen, die er mir schon entlockt hatte, eine noch wahrere Wahrheit geben, die ich ihm aber mit Absicht und aus Boshaftigkeit verschwieg, obwohl er erst zu entscheiden vermöchte, was er von mir und der ganzen Geschichte halten sollte, wenn er auch diese Wahrheit kannte: Ob ich nämlich eine verwerfliche Sünderin oder ein in die Falle gelocktes Opfer war. Und sooft es mir gelang, in meinem Gedächtnis auf ein weiteres Bruchstück der Vergangenheit zu stoßen, stellte ich mir vor, dies sei die seit langem gesuchte, alles entscheidende Wahrheit und starrte verängstigt meinem Vater ins Gesicht, während ich redete wie ein Übeltäter, der auf die Urteilsverkündung wartet. Doch dieses Auf und Ab der Waagschalen im Herzen des Vaters, die das Ausmaß der Schuld abwägen sollten, folgten keiner mit dem Verstand zu begreifenden Gesetzmäßigkeit, und so wusste ich nie, wie er etwas aufnehmen würde, was ich ihm sagte.

»Verfluchter Verbrecher! Dieser mit allen Wassern gewaschene Sittenstrolch!«, zischte er zum Beispiel, wenn ich ihm von Worten und Taten des Verführers berichtete. Bei solchen

Gelegenheiten sprang er von seinem Stuhl hoch und hieb mit einer seiner Fäuste in die Luft, als wollte er einem unsichtbaren Feind einen kräftigen Schlag auf die Stirn versetzen, während er die andere Hand auf meinem Kopf ruhen ließ und mir manchmal sogar übers Haar strich. Ein andermal wieder, meistens, wenn ich ihm eine für mein Gefühl ziemlich harmlose Einzelheit geschildert hatte, starrte er mich voll Abscheu und zweifelndem Entsetzen an, als hätte ich mich vor seinen Augen gerade in eine der menschlichen Sprache mächtigen Giftspinne oder sonst ein Märchenungeheuer verwandelt. Es kam auch vor, dass er mich nur ansah, bleich und mit erschreckendem Blick – und dann begann er mich zu schlagen, meist mit dem Handrücken, aber mehrmals auch mit einem Lederriemen, ob er den zufällig zur Hand oder sich für den Bedarfsfall längst zurechtgelegt hatte, das könnte ich nicht mit Sicherheit sagen. Laut gescholten aber hat mich Vater nie, er genierte sich vor den Nachbarn und auch vor Margit, die immer irgendwo in der Küche herumkramte oder in ihrer Kammer war, stumm schlug er auf mich ein, oft nur ein einziges Mal, aber er konnte auch anhaltend schlagen, ein ganzes Vaterunser lang, und ich hielt mir dann die Hand vor den Mund, damit mein Jammern uns nicht verriete.

Ich verstehe gar nicht, woher ich den Mut dazu nahm, aber wenn ich mich recht entsinne, habe ich ihn während der ersten zwei, drei Jahre, die wir in Ödenburg verbrachten, ständig angefleht, von hier wegzugehen, nach Leutschau zurückzukehren oder auch in eine fremde Stadt, wo uns keiner kannte und wo ich meinen Namen und mein wahres Ich zurückbekäme. Ich begann, mein Leben in Ödenburg, so wie es verstrich, immer mehr als eine Art Traumdasein oder Leben im Tod zu empfinden, und es kam mir vor, als sei alles, was Teil dieses Lebens war – die Stadt, die hier lebenden Menschen und alles, was mit ihnen geschah –, gar nicht wirklich, sondern pure Einbildung, ein Reich von Toten, das nicht Menschen aus Fleisch und Blut, sondern körperlose Schatten bewohnten, und ich selbst fühlte mich, als wäre ich nur einer unter diesen Schatten, dem nichts Wesentliches, das Schicksal Wendendes mehr widerfahren könnte und der nicht nur keine wahre tiefe Freude, sondern auch keinen echten großen Schmerz mehr empfinden würde. Wenn ich erst wieder meinen eigenen Namen trüge, hoffte ich in den Augen der Welt erneut die zu sein, die den Blicken der Menschen nicht ausweicht und sich in ihre vier Wände eingesperrt fühlt; es würde sein, als wäre ich auferstanden aus diesem Zustand des Halblebendig-, Halbtotseins, als käme ich völlig wohlbehalten aus dem Grab in Lenzendorf heraus, auf das man damals das Grabkreuz mit meinem Namen gepflanzt hatte.

Vater hat angesichts meiner Klagen lediglich ungeduldig abgewinkt, gesagt, ich rede Unsinn und quäle ihn mit Weiberkapricen, weil ich gar nicht fähig sei, mir vorzustellen, welch unlösbare Schwierigkeiten über ihn kämen, wenn er versuchen wollte, mir diesen törichten Wunsch zu erfüllen. Aber immer, wenn ich ihm bohrende Fragen nach dem Grund für solche Schwierigkeiten stellte, warf er mir, meist in großer Erregung und kurz angebunden, hin, ob ich denn nicht mehr wüsste, wie miserabel es um die Apotheke in Leutschau stand, weil die Stadt nicht mehrere Apothekerfamilien zu ernähren vermochte, und außerdem habe er hier in Ödenburg dem Rat der Stadt die Zusage gegeben, wenigstens fünf Jahre die Stellung zu halten. Ein andermal warf er mir fast unter Tränen vor, ich hätte wohl vergessen, dass er sich in Leutschau immer als Ausgestoßener gefühlt und während all der dort verbrachten Jahre nach nichts anderem sich gesehnt habe, als nach Ödenburg zurückkehren und die Apotheke seines Vaters übernehmen zu können. Und nun, da das Schicksal seinen Wunsch endlich erfüllt habe, möchte ich ihm all das aus purer Weiberlaune wieder nehmen und damit all sein Streben, ja sein Leben zunichte machen. Es gab auch Zeiten, da er sich weniger erregt als sonst, aber trauriger zu mir setzte und darüber zu sprechen begann, dass er es ja verstehen könne, wie mich meine jetzige Situation beunruhige, doch wolle er mich darum bitten, noch ein wenig auszuharren, denn lange würde er mir ohnehin nicht mehr zur Last fallen. Er habe nämlich schon seit geraumer Zeit sichere Anzeichen einer sehr schweren Krankheit bei sich festgestellt, die einen Menschen innerhalb weniger Monate, bestenfalls eines Jahres, dahinraffe. Er könne mir also versichern, ich hätte mein jetziges Los allenfalls noch ein Jahr zu ertragen, und er wolle mich bitten, in der kurzen Zeit, die ihm noch bleibe, nicht von ihm die Mühen einer erneuten Übersiedlung zu verlangen, ihm vielmehr vergönnen, sein restliches Leben in Ödenburg zu verbringen, wohin er sich so lange vergeblich gesehnt habe. Als er mir das erste Mal von dieser heimtückischen Krankheit berichtete, an der er zu leiden glaubte, tat er mir schrecklich leid. Ich war sehr erschrocken und versicherte ihm weinend, dass ich mir dann eine Änderung unseres bisherigen Daseins überhaupt nicht mehr wünsche, weder jetzt noch später, auch nicht, wenn er vielleicht doch wieder gesund werden sollte, worauf er nach seiner Gewohnheit nur abwinkte. Als er mir bereits zum dritten oder vierten Mal die Geschichte von seiner geheimnisvollen Krankheit auftischte, konnte ich ihm keinen Glauben mehr schenken – wie auch, da doch die Jahresfrist, die er sich im Höchstfall gegeben hatte, längst verstrichen war –, ich hörte mir seine Geschichte nur noch teilnahmslos an. Und immer, wenn ich all meinen Mut zusammennahm und fragte, was es denn für eine Krankheit wäre und was ihn veranlasse zu glauben, dass er bald am Ende sein würde, schlug seine ergebene Resignation in unbändigen Zorn um. Etwas mehr als ich verstände er doch wohl von diesen Dingen, warf er mir kurz angebunden vor, und er wüßte genau, wovon er redete. »Kannst du es denn gar nicht mehr abwarten? Möchtest du mich schon unter der Erde haben?«, sah er mich düster und viel sagend an, als hätte ihn das Schicksal dazu verdammt, mit einem ruchlosen Ungeheuer unter einem Dach zu leben, und als könne er nichts anderes mehr tun, als diesem Scheusal wenigstens zur Kenntnis zu bringen, dass er es durchschaue.

Nach einiger Zeit warf mir Vater meinen Fehltritt nur noch selten vor. Sobald ich aber irgendetwas tat, was sein Missfallen erregte, fiel er, selbst wenn es sich um etwas ganz Belangloses handelte, mit so bitterem Zorn über mich her und beschimpfte mich so heftig, dass sich irgendwann bei mir der Verdacht festsetzte, hinter so harten Worten müsse eine gewichtigere Schuldbezichtigung oder Vorhaltung stecken, die er aber aus irgendeinem Grund nie zur Sprache bringen wollte. Seine Schelte endete immer häufiger damit, dass er mich daran erinnerte, ein wie großes Opfer er für mich auf sich genommen habe: Er sei nicht nur gezwungen, meinetwegen in ständiger Gefahr zu leben, noch dazu müsse er auch auf jegliche eheliche Fürsorge und Zärtlichkeit verzichten, die ihm doch aufgrund seines Alters und seiner Stellung durchaus zuständen, und für den Verzicht auf all das versuche ich ihn nicht einmal so weit zu entschädigen, wie es doch wohl in meiner Macht stünde.

Anfangs glaubte ich, er mache mir all das zum Vorwurf, weil er mich, wie seinerzeit meine Mutter, zu sorgsamer Haushaltsführung und Sparsamkeit anhalten wollte. Deshalb versuchte ich, so weit ich es vermochte, all seinen Wünschen mit peinlicher Sorgfalt zu genügen. Bald aber begriff ich, dass mein Bemühen ganz vergeblich war, denn in Wirklichkeit lösten ja nicht das fehlende Salz in der Suppe oder die Spinnweben an der Stubendecke seinen Unmut aus, und umsonst gab ich mir bei meiner häuslichen Tätigkeit die größte Mühe. Angst und Scham über meinen tiefen Fall, die anfangs nicht übermäßig groß waren, wurden durch das abschätzige Gerede meines Vaters allmählich immer drückender, dazu kamen die Gewissensbisse, weil ich ihn in eine so gefährliche Lage gebracht hatte – all dies kam zusammen, und so fehlte mir am Ende die Entschlossenheit, mich zu widersetzen. Eines Abends, als ich, wie gewohnt, mit dem Rücken zum Vater auf meiner Seite im Bett lag und gerade einschlafen wollte, spürte ich plötzlich seine Hand auf meiner Hüfte, und ich hatte nicht die Kraft noch den Mut, ihn wegzustoßen, ließ zu, dass er meine Hüfte zu sich hinzog und so tat, als wäre ich wirklich sein Eheweib und nicht seine Tochter – aber auch wieder nicht ganz so, denn bis zuletzt hielt ich mein Gesicht von ihm abgewandt, den Atem anhaltend gab ich vor zu schlafen und gar nicht zu merken, was mir geschah. Bald hörte ich seinen keuchenden Atem und spürte zwischen meinen Schenkeln so etwas wie einen glitschigen Fisch zappeln. Mir war, als würde ich in einen tiefen, finsteren Brunnen geworfen, aus dem mich erst der Schlaf befreite. Wären am nächsten Morgen auf der Innenseite meines Schenkels nicht Spuren gewesen, wie kriechende Schnecken sie auf Kohlblättern hinterlassen, ich hätte geglaubt, das alles sei ein Traum oder pure Einbildung gewesen. Und genauso war es dann jedes Mal, anfangs häufiger, später immer seltener, erst in der allerletzten Zeit vor meiner Flucht verliefen die Dinge zwischen uns ein wenig anders, doch darüber werde ich mich später noch äußern.

Die Tage in unserem Haus am Hauptplatz flossen danach nicht viel anders dahin als zuvor. Ich glaube, es gibt nichts auf der Welt, an das sich der Mensch nicht gewöhnen würde und das er nicht später, vielleicht durch die Macht der Gewohnheit, für selbstverständlich hielte. Anfangs versuchte ich manchmal noch darüber nachzudenken, was aus mir geworden war und wie mich die Menschen nennen würden, wenn meine schreckliche Sünde ans Licht käme, aber ich fühlte mich so wenig beteiligt an dieser Sünde – die mir noch dazu allmählich so gänzlich unbedeutend und kläglich vorkam, da ihr doch jegliche höllische Leidenschaft und Wonne abging, die der Mensch in seiner Vorstellung mit derlei widernatürlichem Handeln zu verbinden pflegt.

In meinen späteren Jahren sann ich oft darüber nach, wie der Mensch so schwach sein kann, dass er durch etwas, was er tut oder versäumt, eine derart schreckliche Gefahr für sich heraufbeschwört, obwohl es ihm wohl möglich gewesen wäre, ihr auszuweichen, er ihr sogar hätte ausweichen müssen; nur lauert eben diese Gefahr erst in fernerer Zukunft auf ihn, während ihn jenes kleinere Übel, vor dem er fliehen will, sogleich einholen wird. Und anders ist es auch jetzt nicht: Ich weiß, es würde mir nun ziemen, mehr an das Heil meiner Seele im Jenseits als in der diesseitigen Welt zu denken und auf die mir noch verbliebenen kleinen Annehmlichkeiten des Lebens zu verzichten, statt mich mit Zähnen und Klauen an sie zu klammern, doch umsonst…

Ich bemerke doch, mit wie scheelem Blick mich der Schneider und seine Frau ansehen, in deren Haus ich ein Zimmer gemietet habe, sooft ich mich im Morgengrauen oder bei Sonnenuntergang auf den Weg mache, wie ihre beiden kleinen Mädchen und auch die anderen Kinder in der Gasse auseinander stieben, wenn sie meiner ansichtig werden. Selbst mit meinen fast tauben Ohren kann ich sie hinter meinem Rücken zischen hören: »Hexe! Hexe!« Und dennoch kann ich, wenn die Zeit gekommen ist, nicht widerstehen, mache mich auf, um über das Ende der Gasse und die letzten Häuser hinaus zum Wald zu gehen und am Waldrand die Blüten des Schwarzen Holunders in mein Körbchen zu sammeln oder, tiefer im Wald zwischen den Bäumen, bei Mondschein Tausendgüldenkraut oder Wilden Dost zu zupfen oder im Pfingstmonat nachzusehen, ob ich mit meinen vom Alter getrübten Augen zwischen dem Gras nicht die lanzettlichen Blätter des Maiglöckchens entdecke, im Sommer die violettroten, geriffelten Kelche der Tollkirsche, deren Farbe oft anmutet, als klebe der Schmutz der Erde an ihnen, und ihre nachtschwarzen, giftigen Beeren im Herbst ... Zurückgekehrt, breite ich die Kräuter auf jedem Fußbreit Boden sorgfältig aus, um sie, sobald sie trocken sind, klein zu schneiden und zu Pulver zu zerstoßen, wie ich es von Vater gelernt habe, daraus allerlei Abkochungen und Tinkturen zu brauen, die ich dann für ein paar Kreuzer weitergebe, vorwiegend an Frauen und Mädchen, die gegen ihre verheimlichten Beschwerden und Leiden eine Arznei benötigen oder das Herz eines Mannes durch ein Zaubermittel für sich gewinnen wollen. Mit dem kleinen Ertrag gehe ich am Tag darauf gleich Honigkuchen und Dörrzwetschgen kaufen, denn meine Naschsucht hat mit den Jahren nicht nur nicht abgenommen, sondern sich, da mir das Leben alle anderen Freuden vorenthalten, noch gesteigert. Und so könnte es tatsächlich geschehen, dass ich mich für eine Hand voll Dörrzwetschgen dem Verdacht der Hexerei aussetze – während meine schweren Sünden auf dieser irdischen Welt ungesühnt geblieben sind –, der Arm der Gerechtigkeit wegen dieses lächerlichen Vergehens doch zufassen wird, sollte ihm der Tod mit seinen Knochenfingern nicht schon vorher das Opfer wegschnappen…

Übrigens glaube ich heute, und mehr oder weniger nahm ich es auch schon damals an, dass Vater die Sünde, mit der er sein Leben und Heil im Jenseits in höchste Gefahr brachte, eigentlich nicht allzu viel Freude bereitete. Hätte er den Schaden für seinen tadellosen Ruf durch eine lässliche Sünde nicht mehr gefürchtet als die ungleich größere Schuld, so wäre er weitaus besser gefahren, wenn er sich an irgendeine hübschere Dienstmagd oder an eine leichtblütige Witwe herangemacht hätte – es gab sogar eine solche ganz in der Nähe von uns, sie wohnte beim Hinteren Tor, und man nannte sie nur »die mit dem roten Pelz«, ihr Lebenswandel war Stadtgespräch – oder wenn er von Zeit zu Zeit die Freudenmädchen in der Rosengasse aufgesucht hätte. Ich meine, wenn er mich damals, in noch unbeflecktem, fast kindlichem Zustand, hätte haben können, so wäre das für ihn sicher ein größeres Glück gewesen als später, da ich, meiner Ehre beraubt, durch alles körperliche Ungemach der Schwangerschaft und der Geburt gegangen war; zu der Zeit konnte ich nicht mehr das ersehnte Objekt seiner Begierde sein, und seine Hinwendung zu mir nährte sich aus einer anderen, schwer zu benennenden Leidenschaft, nicht aus leiblichem Begehren. Möglicherweise stand mein Leumund in seinen Augen nur deshalb über dem der Frau mit dem roten Pelz und der Mädchen in der Rosengasse, weil das, was er mit mir tat, heimlich geschehen konnte und ich in allem von ihm abhängig war, denn ich vermochte mich nicht zu widersetzen, durfte keine Bedingungen stellen, ihn auch nicht beschämen, mit ihm nicht hasardieren, wie das ein unabhängiges Frauenzimmer mit den Männern tun kann, die ihre Nähe suchen.

Und obwohl Vater meines Wissens nicht einmal in die Nähe der Rosengasse ging, habe ich die Erinnerung an das, was zwischen uns geschah, doch nie ganz aus meinem Kopf verdrängen können und sah mich mit der Zeit so, als wäre ich selbst nur ein solches Liebchen aus der Rosengasse oder, noch schlimmer, eine Person, der es gelang, sich, getarnt durch Lüge und die Vorspiegelung von Würde und Wahrhaftigkeit, in die Gesellschaft ehrenhafter Menschen hineinzuschwindeln, wiewohl ihr Platz in Wahrheit in jenem von Heideröschen bewachsenen verfallenen Haus gewesen wäre. Ich erinnere mich, dass ich irgendwann im Frühherbst des zweiten Ödenburger Jahres einmal kurz vor der Weinlese, es muss schon in der Abenddämmerung gewesen sein – ich glaube, Vater hatte mich wegen einiger neuer Fässer zum Fassbinder geschickt –, heimwärts eilte und die Abkürzung durch die Gasse der gefallenen Mädchen nahm, um noch vor Einbruch der Dunkelheit daheim zu sein. Es war die Stunde des Tages, da man hinter den grellen karmin- und scharlachroten Vorhängen schon begann, die Kerzen anzuzünden, und damit, so hörte ich es erzählen, den möglichen Kunden das Signal gab, dass jetzt der Markt der Liebesgunst eröffnet sei, um sie später wieder zu löschen und damit anzuzeigen: Dort ist schon belegt. Ich war bemüht, nicht nach rechts und links zu schauen, doch erinnere ich mich an das alles noch sehr genau: an das am westlichen Horizont in der Farbe rohen Fleisches dämmernde Abendlicht, an ein durch die verhängten Fenster schimmerndes kräftiges Rot von brennenden Kerzen und das dunkle Buschwerk des Rosendorns, wie es oben über die Umfriedung hing und diesseits auf die Gasse herabfloß. Als ich den Blick nach oben wandte, sah ich, wie das Licht durch die in einem ganz ungewöhnlichen Winkel erfolgende Reflexion auch die hier und da an den Flügelflaum winziger Nestlinge oder an den verspritzten Schaum eines aufgeschlagenen Eies erinnernden kleinen, harten Wolken im Osten ganz in Rot getaucht hatte und wie zwischen ihnen in einem offenen Stück Himmel, als wäre sie ihr eigenes, aufgeblasenes Gespenst, die große weiße Mondkugel mit ihrem kalten Licht schwebte, von deren Rand sich irgendein jenseitiges Ungeheuer ein Stück herausgebissen hatte. Dies wäre auch mein Platz, dachte ich, gar nicht traurig, sondern in einer vagen, hoffnungsvollen Erregung, als könnte ich hier die Wirklichkeit meines eigenen Lebens wiederfinden, das mir, unbemerkt wie der Wein aus einem lecken Fass, in ewiger Heuchelei dahinsickerte.

Dieses, mein gar nicht wirkliches, der Welt entfremdetes Gefühl, das mich mal weniger, mal mehr, aber doch beständig quälte, verdarb allmählich alles, Gegenstände und Personen, mit denen ich in Verbindung kam, als wäre es eine Krankheit, irgendeine besondere Form der Pest und als steckte ich damit nach und nach die ganze Welt an. Vor allem im Sommer, an sonnigen Tagen, quälte mich dieses Gefühl, wenn ich zu Mittag die in der Sonne brütende, ausgestorbene Gasse entlangging, wenn sich im gleißenden Licht jeder winzige Riss auf einem Pflasterstein, jede Kontur eines Fußabdrucks im Staub deutlich abzeichnete. Doch überfiel es mich auch unter Menschen, mitten im geschäftigen Treiben des Marktes, wenn mein Blick in der schattenlosen Helligkeit hierhin und dahin ging und immer wieder hängen blieb an den Stoffen für Frauenkleider, am feinen Gitterwerk der dichten, einander durchschlingenden Fäden des Leinengewebes oder am weichen Sammetflaum, an der Zeichnung der krausen Kohlblätter, am helleren Spiegelglanz der Kirschen, dem etwas dunkleren der Weichseln – beschlagen wie von jemandes Hauch berührt, darin zeigt sich ins Hundertfache gesteigert der Widerschein der Sonne –, an den traurigen Augen der Wagenpferde, ihren feuchten, beweglichen Nüstern, ihren von Zeit zu Zeit unter der Haut zuckenden Muskeln, am heftig schlagenden Schweif, mit dem sie bemüht sind, die Bremsen zu verscheuchen, an den goldgrün glänzenden Flügeln der den Pferdekot umlagernden Schmeißfliegen, an den verschreckt blinzelnden, mit Häutchen bezogenen Augen und den staubigen Federn der kopfüber hängenden Hühner, den gebogenen Hälsen der Gänse, den auf dem Boden verstreuten gesprenkelten Schalen zerbrochener Eier mit ihrem golden leuchtenden Dotter und dem trüb werdenden, schimmernden Eiweiß, wie sie sich in den Rillen zwischen den rundlichen Pflastersteinen festsetzten. In einem geflochtenen Körbchen auf gezähntblättrigem Grün schön angeordnet, sah ich kleine Häufchen süßer Walderdbeeren, in großen Bottichen nach Luft schnappende, mit den Schwänzen schlagende, springende Fische. Manchen war ein schwarzer Strich über den silbrigen Bauch gezogen, anderen ließen die Glupschaugen, das breite Maul und die langen Bartfäden den Kopf zur verzerrten Teufelsfratze werden – und es war, als hätten alle in ihrer unendlichen Vielfalt der Farben, Formen und Stoffe stumm geflüstert, geschrien und gezischt: »Sieh uns an, schau, wie verschieden und in welcher Fülle es all das Zeug und die Stoffe, Blatt und Frucht, Leder, Wolle und Federn auf der Welt gibt, und wenn du dich unter die Käuferschar mengst, dich umschaust und lauschst, dies und jenes in der Hand wiegst, mit den Fingern betastest oder uns schon auf der Zunge schmeckst, dann sind wir nichts anderes als ein Fisch, der in deiner Pfanne landet, Schuhe, die du dir an die Füße ziehst, ein Gürtel um deine Mitte, Tragbares, Essbares, Trinkbares, und ebenso ist es mit dem Weg, auf dem du herkamst und der dich zu deinem Haus zurückführen wird, mit dem Himmel, der mit dem Sonnschein deine Trauben zur Reife bringt oder frühen Frost schickt, und so ist es schließlich mit dem Tag, bei dessen Licht du deine Arbeit verrichten kannst, mit der Dunkelheit, die dir den Schlaf bringt. Aber halt inne, wenn auch nur kurz, und betrachte uns genauer: Sieh dieses abgefallene und zertretene Kohlblatt dort im Staub oder diese recht große, braune Warze auf der Oberlippe des dicken Weibsbildes, während sie den Mund aufreißt und sich mit der Kirschenverkäuferin streitet – ist es nicht nach einiger Zeit mit dem dunklen oder dem blassen Fleck, mit seiner unvergleichbaren Farbe und Form, wenn du ihn für sich allein und nicht als Teil eines Ganzen betrachtest, ebenso wie mit einer Falltür, durch die du in einen bodenlosen Brunnen und durch diesen hindurch geradewegs ins schwarze Nichts fällst? Sobald dir gleichgültig geworden ist, ob ein Huhn, das du nach Hause trägst, fleischig genug ist als Braten zu Mittag, ob die Äpfel wurmig oder der Kohl von Schnecken zerfressen ist, sobald du dich nicht mehr darüber erregst, dass man wagt, für das Pfund Rindfleisch vierzig Denar zu verlangen, und du der einen oder anderen Bürgersfrau die Goldstickerei an ihrem Rock oder die Perlen auf ihrer Haube nicht aus tiefster Seele neidest, wenn du nur untätig umherschaust, weil du kein die Begehrlichkeit weckendes Ziel entdeckst auf dieser Welt, nach dem deine Seele mit aller Kraft verlangt, dann ist es so, als entzöge sich dir auch die Welt und drohe, vor deinen Augen auf ewig zu derlei ziel- und sinnlosen Flecken und Mustern zu zerfallen und die Dinge der Welt – als wäre Gott es müde, sie in ihrer Existenz zu erhalten – um dich herum dünner und blasser zu werden beginnen, bis sie fast ohne Farbe und durchscheinend sind wie die Flammen von zur Tagzeit angezündeten Kerzen, und zu befürchten ist, dass sie im nächsten Augenblick völlig erlöschen – was bleibt, ist nur ein Trugbild, ein Irrlicht, ein trügerisches Abbild unseres einstigen wahren Seins, eine Fata Morgana.

Seit diesen Zeiten peinigte mich oft ein Traum, dessen Qualen noch dadurch gesteigert wurden, dass er jedes Mal so viel versprechend und beglückend begann: Ich schritt unter dem sich verdunkelnden Himmel in einer abschüssigen Gasse, die mir erschien wie die liebliche, schönere Nachbildung einer Ödenburger Straße. In den Fenstern leuchteten bereits die ersten Kerzen auf, und jedes Haus kam mir, wiewohl seinem Ödenburger Ebenbild recht ähnlich, doch zugleich auch vor wie das Abbild irgendeines früheren, mir aus meiner Kindheit bekannten, da ich noch an Mutters Hand ging und wir von irgendwoher im Dunkeln heimwärts eilten. Menschen sah ich nirgends, doch spürte ich die Nähe menschlichen Lebens, als könnte ich durch die Mauern schauen, sowohl durch die realen aus Stein und Holz als auch durch jene andere, die das Vergangene vom Gegenwärtigen trennt. Ich spürte, dass hinter den zugezogenen Holzläden Menschen geboren wurden und auch starben, kleine Mädchen in mütterlicher Fürsorge ihre Puppen wiegten und, herangewachsen, im selben Bett, in dem ihre Mutter sie geboren, unter Klagen ihre eigenen Kinder zur Welt brachten, um sich wiederum in dasselbe Bett zu legen und zum wächsernen Abbild ihrer selbst zu werden, mit spitzer Nase, über der Brust gekreuzten Armen und umgeben von ihren Kindern. Ich atmete den Duft frisch gebackenen Brotes und die harte Ausdünstung eines siechen Körpers, hörte das Klagen in Wonne und Schmerz, das Klimpern von Münzen und das Brutzeln des Bratens im heißen Fett, und als hätte sich das alles zu einem einzigen, ständig fortgesponnenen Gefüge vereint und in seiner Gesamtheit mein Gefallen gefunden, so folgerte ich daraus, diese Stadt müsse sehr glücklich sein, und in meinem Herzen regte sich eine schmerzliche Sehnsucht, zu diesen Menschen zu gehören. Mir war, als hätte mein Blick, während ich so dahinschritt, ein ganz bestimmtes Haus gesucht, von dessen Bewohnern ich zwar nicht wusste, wer sie waren, die mir aber dennoch vertraut waren; wenn ich sie jemals finden sollte, so hoffte ich, würden sie mich wie ihre verlorene Schwester bei sich aufnehmen und für immer in ihrer Mitte behalten.

Als ich die abschüssige Straße hinabging, wurde mir plötzlich klar, dass ich jetzt nicht länger allein war: Da und dort erschienen in den Einfahrten und an den Fenstern menschliche Gestalten. Ihre Gesichter aber verhüllte mir das sich verdichtende Dämmerlicht: Sie standen zu fünft und zu sechst beisammen und wechselten flüsternd Worte miteinander. Ihren Stimmen vermeinte ich ängstliche Empörung zu entnehmen, so als hätte eine finstere Heimsuchung sie um ihren Frieden gebracht, und sie fürchteten die ihnen durch eine entartete, fremde Kreatur drohende Gefahr, und es schien, dass sie auch in all ihrer großen Angst nichts als Abscheu für dieses Wesen empfinden konnten.

»Der Lieplocher kommt!« oder auch »Lieplocher« war von überall her im Flüsterton zu hören. So nennen sie also das Ungeheuer, sagte ich mir, und wiewohl ich keine Ahnung hatte, was für eine Ausgeburt das sein könnte, begann auch ich, das Scheusal zu hassen, weil es das Leben der lieblichen Stadt so in Aufruhr brachte, und ich wünschte von ganzem Herzen sein Verderben.

Ich kam an den Fuß des Hügels und fand mich auf einem kleinen, gepflasterten Platz, in seiner Mitte stand ein Brunnen. Währenddessen ging der Mond auf, und in seinem bläulichen Licht legte sich, von hinten beleuchtet, mein Schatten über die Steine des zu seiner Mitte hin abfallenden Platzes, und er breitete sich auch über die Säule des Brunnens. Die Menschen, Frauen und Männer, die zuvor um die Wasserstelle gestanden, rannten auseinander, als hätte sie der Schatten, der auch auf sie fiel, erschreckt, und sie drückten sich an die Mauern der ringsum stehenden Häuser. Nur ein kleines Mädchen von vielleicht vier, fünf Jahren blieb am Brunnen zurück und merkte mein Kommen nicht. Als ich zu ihm trat, richtete es seine großen blauen Augen auf mich. Sein Blick ließ keine Angst erkennen: Es sah mich schüchtern, aber doch mit lebhafter Neugier an.

»Sag, Kleine«, beugte ich mich hinunter und lächelte, um dem Kind Mut zu machen, »wer ist denn dieser Lieplocher?«

Die Lippen des Mädchens öffneten sich, es schien, als wollte es antworten, aber da war plötzlich eine der Frauen, die sich an die Mauer gedrückt hatten, bei der Kleinen, riss sie an sich und deckte mit einem Zipfel ihres dunklen Umhängetuchs den Kopf des Kindes ab. Angst und Zorn verzerrten die Züge ihres ehrlichen und gutmütigen Gesichtes: Wir sahen uns für den Bruchteil einer Sekunde in die Augen, ihr Blick schien zugleich zu drohen und zu beschwichtigen, dann rannte sie, das Kind an sich gedrückt, zurück zu den anderen. »Barmherziger Gott! Nicht einmal kleine Kinder verschont er!«, flüsterten sie einander in ihrer Empörung und ohnmächtigen Verzweiflung beinahe weinend zu.

Ich tat einen Schritt in ihre Richtung: Wollte sie beruhigen und von ihrem Irrtum überzeugen. Im nächsten Augenblick aber blieb ich wie angewurzelt stehen, und mein Herz wurde vor Schreck zu Stein: An der Mauer des gegenüberstehenden Hauses sah ich meinen eigenen Schatten, der nicht dem eines menschlichen Wesens ähnlich war, sondern aussah, als wäre er zu einem Ungeheuer geworden, halb Mensch, halb Tier ...

Im Wachzustand und mit dem Verrinnen der Zeit grübelte ich immer seltener darüber nach, was aus mir geworden war, gleichwohl begleitete mich ständig, wie ein leichter, aber hartnäckiger Schmerz, das Bewusstsein meiner Lage, das ich aber nur selten wahrnahm, so wie es auch den Anrainern eines Flusses nur selten bewusst wird, dass sie das Geräusch des Wellenschlages ständig im Ohr haben. Manchmal kam ich mir vor, als wäre ich gespalten, als hätte sich jene Person, die ich vor der Welt vorstellte, von der anderen, die ich für mich selbst war, losgelöst, und beide würden einander nun aus einer gewissen Distanz argwöhnisch beäugen. Und es war, als fiele ich infolge dieser Zweiteilung aus dem Gefüge des sich ringsum abspielenden menschlichen Lebens heraus, stände für mich allein und wäre etwas geworden wie die Fäden des Altweibersommers oder wie ein Geist, durch dessen Körper die wirklichen, fassbaren Menschen so leichtfüßig hindurchgehen, als gäbe es ihn nicht. Dieses Gefühl kam manchmal mit solcher Heftigkeit über mich, dass ich dann, wenn ich unter dem sich zwetschgenblau verdunkelnden Himmel auf dem Heimweg war, zu den von Kerzen erhellten Zimmern aufblickte, hinter denen andere sich gerade zum Nachtmahl setzten, ihre Kinder wiegten, einen Kranken pflegten oder die Magd beschimpften, von bitterem Neid gepackt wurde, und mit der Zeit kam es mir vor, es sei ein besonderes Vorrecht oder zumindest ein großes Glück, ein richtiger, normaler Mensch zu sein, und ich sehnte mich danach mit so neidischem Verlangen wie andere vielleicht nach Reichtum, Macht, Jugend und Schönheit…

Diese neidvolle Sehnsucht, die zwar nie wirklich Nahrung erhielt, versuchte ich wenigstens mit irgendeinem Ersatz abzuspeisen. Wenn ich schon nicht selbst dabei sein konnte, wollte ich wenigstens, wie das durchs Schlüsselloch spähende Kind oder ein den ganzen Tag am Fenster lehnendes altes Weib, vom Gegenstand meines Neides, vom Leben der anderen erfahren, das mir so viel glück- und sinnvoller, wichtiger erschien als mein eigenes. In jener Zeit begann ich, mit größerem Interesse dem zu lauschen, was die treue Marta an Nachrichten anschleppte, und ich hoffte, mit solchen Neuigkeiten zumindest diese quälende Langeweile einigermaßen zu lindern, die schon immer ein ständiger Begleiter meines Lebens gewesen war. Natürlich war diese Nahrung so etwas wie der Apfel einer Hexe, der außen rot und begehrenswert ist, doch im Mund zu Asche zerfällt, sobald du hineinbeißt, und dennoch griff ich notgedrungen immer wieder danach.

Und Marta brachte fleißig alles Neue ins Haus. Nichts konnte vor ihr geheim bleiben, ob eine arme Schneidersfrau aus der Vorstadt gestrauchelt war oder ob es sich um Anmaßungen handelte, die sich der Bürgermeister und sein Kreis geleistet hatten; während Letztere bei ihr naturgemäß mehr neugieriges Interesse fanden, war es mir ganz gleich, wen die Nachrichten betrafen, wenn nur ihr Neuigkeitswert mein Verlangen einigermaßen stillen konnte und die Leere in mir einige Zeit ausfüllte. Durch Marta hörte ich auch zum ersten Mal von der durch den Bürgermeister ins Leben gerufenen Gelehrten Gesellschaft. Deren Gründung beschäftigte die Phantasie meiner Freundin nachhaltig. Ich glaube, auch andere Bürger der Stadt wurden davon beunruhigt. Vermutlich war diese Gesellschaft vor allem jenen ein Dorn im Auge, die davon erfuhren, aber nicht dabei sein durften; ganz besonders die Witwe und ihren Kreis brachte die Angelegenheit auf. Der Gelehrten Gesellschaft gehörten die wohlhabendsten und gebildetsten Bürger an, und in der ganzen Stadt redete man darüber, zerriss sich die Mäuler über dunkle und geheimnisvolle Dinge, die sich angeblich bei den Zusammenkünften dieses Kreises abspielten. Ihre Sitzungen hielt die Gesellschaft abwechselnd im Haus des Bürgermeisters und bei der Gräfin ab, die ebenfalls Gründungsmitglied des Bundes war. Einmal kam Marta mit einer Neuigkeit an, die sie aus ganz sicherer Quelle zu haben vermeinte: Die Mitglieder der Gesellschaft versuchten, das Geheimnis der Goldherstellung aus allerlei gottlosen heidnischen Schriften herauszulesen, aus irgendwelchen Werken fremdländischer Magier und Hexenmeister, aus Büchern »wie jene dort in Prag«, sagte sie, auf den alten Kaiser anspielend, an dessen Hof, so behauptete man jedenfalls, allerlei angelsächsische und andere fremde Hexer verkehrten. Sie wisse aus zuverlässiger Quelle, flüsterte die Gute und wiegte traurig das Haupt, dass auch im Haus der Gräfin unter strenger Geheimhaltung allerlei Hexereien getrieben und gotteslästerliche Rituale praktiziert würden, um den Satan anzurufen, jedenfalls habe das eine eingeschüchterte Dienstmagd gestanden, die mit einem strengen Schwur zum Schweigen verpflichtet worden sei; doch habe ihre Mutter, der die Niedergeschlagenheit ihrer Tochter nicht entgangen war, dem Mädchen ein Geständnis abgerungen und dieses dann unter dem Siegel der Verschwiegenheit ihrer Schwester, der Gattin des Bäckers, weitergesagt. Von der hatte die ältere Schwester meiner Marta, die Frau des Fleischhackers, auch erfahren, dass dort im Hause der Gräfin allerlei magische Absude und Tränke aus gebranntem Kalk, starkem Essig und lebendem Wasser gebraut würden, man verwende sogar brennendes Wasser, welches selbst Blei zum Schmelzen bringe. Ein andermal hat mich Marta mit der Neuigkeit überrascht, das eigentliche Ziel all dieser Geheimnistuerei sei es allein, die schamlosen und gotteslästerlichen Orgien zu tarnen, die sich in den beiden besagten Häusern unter dem Vorwand gelehrter Lesungen abspielten und an denen die angesehensten Bürger und Bürgerinnen teilnähmen. Angeblich stammte auch diese Mitteilung von einer verängstigten, gottesfürchtigen Magd, die allerdings nicht bei der Gräfin, sondern bei einem Goldschmied in Diensten stand. Sie hatte eines Abends auf dem Heimweg vom Haus ihrer Mutter Musik aus dem Haus der Gräfin erklingen hören. Als sie durch einen Spalt der nicht ganz geschlossenen Fensterläden hineinspähte, sah sie an einem üppig gedeckten Tisch sitzend X, Y, und Z sowie noch andere angesehene Bürger, einige von ihnen sogar Mitglieder des Inneren Rates, alle in spärlicher Bekleidung, gehalst und umarmt von ebenfalls wohlbeleumdeten Bürgersfrauen und -mädchen, die wie toll geworden in durchsichtigen Gewändern zu eben jener Musik tanzten, die die Dienstmagd ans Fenster gelockt hatte.

Ob all das wohl der Wahrheit entspricht, grübelte ich, wenn ich Geschichten wie diese hörte, doch dann sagte ich mir: Ach, warum sollte all das und vielleicht noch ganz anderes nicht wahr sein, denn wenn mein eigenes Geheimnis einmal ans Licht käme, so würden es die Menschen sicher ebenso staunend aufnehmen… Wenn mir und Vater nicht auf der Stirn geschrieben steht, in welcher Sünde wir miteinander leben, warum dann den anderen? Möglich, dass jeder heimlich sein eigenes Leben führt, das er vor den anderen verborgen und nur in der Dunkelheit der Nacht lebt, und dass wir alle nur vorgeben, ehrsame Bürger und Bürgerinnen zu sein, wie die Kinder, die sich ein von Löwenzahnblüten geflochtenes Krönlein aufsetzen oder sich einen Holzsäbel umhängen und wähnen, König, Soldat oder Prinzessin zu sein, aber in Wirklichkeit doch jederzeit wissen, dass das nur ein Spiel ist. Und dennoch, wenn sich einer den Regeln des Spiels widersetzen und ihnen vorhalten wollte: »Ihr seid gar keine tapferen Krieger und keine Prinzessinnen, sondern Schusters Hänsel und Schneiders Gretel«, die anderen würden diesen Spielverderber beschimpfen, und zwar zu Recht, denn mit seiner Rechthaberei hätte er alles verdorben und die Fortsetzung des Spiels unmöglich gemacht. Vielleicht kann man auch von uns, von erwachsenen Männern und Frauen, nicht mehr verlangen, als dass wir, so weit uns dies möglich ist und einigermaßen redlich, das Spiel zu Ende bringen, denn würden wir einmal zugeben, dass wir insgeheim die Regeln verletzen, so bliebe vom Leben nichts anderes als Rohheit und Greuel, und jeder Tag unseres Daseins verginge, als hätte eine Schar von Freibeutern sich über unsere Stadt hergemacht.

Doch, so grübelte ich weiter, während die meisten Menschen vermutlich davon überzeugt sind, wirklich und in Wahrheit jene Person zu sein, als die sie sich der Welt zeigen, und alle Taten und Gefühle, die sie darin widerlegen könnten, nicht nur vor der Welt sorgfältig verbergen, sondern auch aus dem eigenen Kopf so schnell wie möglich zu verbannen trachten, sie im finsteren Keller ihrer Sinne vergraben und bemüht sind, nie mehr daran zu rühren, kann ich nicht eine Minute lang vergessen, dass ich nicht mit der Person eins bin, als die ich mich vor der Welt gebe, nur weiß ich allmählich nicht mehr, wer und was ich überhaupt noch bin.

Wenn ich in der Dunkelheit wach lag, oft noch lange, nachdem das mitternächtliche Hornsignal der Turmwache verklungen, Ohren und Augen aller Reize von außen beraubt und ohne Arbeit waren, versuchte ich, in meine Seele hineinzuhorchen, so als führe hinter meinen Augen eine Treppe nach unten, in eine noch schwärzere Dunkelheit, als sie draußen herrschte, und ich hoffte, wenn ich nur geduldig genug darauf wartete, würde aus der Tiefe über die Windungen der Treppe langsam ein Wesen, Mensch oder Dämon, heraufsteigen, in dessen Angesicht ich mich erkennen könnte, viel besser als in dem, das mir der an der Wand hängende kleine, runde Spiegel alltäglich zeigte und das ich vergeblich mit den Empfindungen meines Inneren irgendwie in Einklang zu bringen versuchte. Wenn ich diesem Wesen einmal Aug in Aug gegenüberstehen könnte, so dachte ich, würde ich endlich erfahren, wer und was ich in Wirklichkeit war, ob dieses verkommene, sich am Schmerz anderer ergötzende Monster, das mich der Vater in seinen Zornausbrüchen nannte, oder doch noch immer jenes unschuldige Kind, als das ich mich trotz all meiner Sünden fühlte. Doch vergeblich lauschte ich nach innen, nichts, kein Wesen ist je aus der Dunkelheit meines Innern aufgetaucht, kein schönes und kein hässliches, sondern wie ein Schwarm Fliegen drangen die täglichen Sorgen und Nöte in meine leeren Sinne, der Preis fürs Rindfleisch, die Fässer, die noch für die Weinlese zu reinigen waren, das eingeschlagene Fenster in der Speisekammer und ob tatsächlich, wie es schien, eine Maus in der Wand herumknabberte – solche Gedanken wirbelten pausenlos durch meinen Kopf, als wäre außer dem Unrat dieser äußeren Welt nichts anderes darinnen. Höchst selten gelang es mir doch, mich mit all meiner Kraft für eine Weile auf die sich aus meiner inneren Finsternis heraufwindende Treppe zu konzentrieren, und da war mir's, als hörte ich bereits die Schritte dieses Wesens, wie es aus der Tiefe höher und höher stieg, nur war ich, bevor sich die Züge seines Gesichts klar vor mir abgezeichnet hätten, schon über die Grenzlinie zwischen Schlafen und Wachen hinübergeglitten. Und vielleicht habe ich jenseits dieser Grenze doch manchmal dem Monster gegenübergestanden, denn oft bin ich mit brummendem Kopf und heftigem Herzklopfen aus dem ersten Schlaf hochgeschreckt, als wäre ich vor einem wilden Tier geflüchtet, nur glitt mir das Traumbild im Augenblick des Erwachens wie ein glitschiger Fisch aus der Hand und verschwand in der dunklen Tiefe, und wie sehr ich mich auch bemühte, es gelang mir nicht, es von dort nach oben zu hieven.

Möglich ist, so überlegte ich – auch wenn ich selbst das Gesicht dieses Wesens nicht kenne –, dass die Augen anderer, vor allem Vaters, der mich doch am besten kennt, die Züge dieses Wesens in meinem Gesicht, seinen Blick in dem meinen, leicht entdecken könnten. Vielleicht sieht mich Vater deshalb manchmal mit so viel widerstrebendem Grauen an, weil sich ihm bei einem in meinen Augen völlig unschuldigen Wort oder in einer meiner Handlungen das Monster in seiner ganzen Scheußlichkeit zeigt. Dieses Ungeheuer war es gewiss, an das Vater seine verächtlichen und anklagenden Worte gerichtet hat, sooft er mir vorwarf, dass ich ihn in die Falle gelockt, getäuscht und verraten, ja sein ganzes Leben zerstört habe und am Ende auch seinen Tod herbeiführen würde.

Gut, wenn er mich als ein solches Monster sieht, so grübelte ich, wie kann es dann sein, dass er mich manchmal mit Tränen in den Augen und von Zärtlichkeit überwältigt an sich drückt, mich sein kleines Mädchen nennt und stockend um Vergebung fleht für alles, was er mir angetan hat, mich mit zu Herzen gehenden Worten anfleht, für die kurze Zeit, die ihm noch vergönnt ist, bei ihm zu bleiben. Anfangs keimte in mir, wenn ihn solche Rührung überwältigte, stets die Hoffnung auf, dass sich der Lauf unseres Lebens nun ändern und Vater mich nicht mehr quälen würde, wir also so gut wie möglich in Eintracht und Frieden nebeneinander leben könnten. Nur entschwanden solche zärtlichen und liebevollen Augenblicke schnell wieder, und das Schlimmste daran war, dass ich niemals wusste, welche meiner Worte oder Taten seine Stimmung plötzlich umschlagen ließen, womit ich ihn in einen Zorn versetzte und gegen mich aufbrachte. Wenn ich versucht hatte, ihm zu entlocken, was ihn so sehr aus der Fassung gebracht, winkte er nur erregt und resigniert ab, weil ich das vorausgegangene Vergehen, was immer es war, auch noch damit krönte, dass ich nicht selbst darauf kam, was ich ihm angetan hatte. An solch einen plötzlichen Stimmungsumschwung hatte ich mich bei ihm schon so sehr gewöhnt, dass ich jederzeit damit rechnete; deshalb reagierte ich auch auf seine Liebesbezeugungen griesgrämig und gleichgültig, denn ich konnte nun nicht mehr erste Anzeichen einer für mich günstigen Wende darin sehen. Und Vater, dem meine Übellaunigkeit nicht entgangen war, wechselte seither noch schneller von Zärtlichkeiten und freundlichen Worten zu Beschimpfungen und warf mir vor, ich habe ein Herz aus Stein und ich vergelte ihm seine Liebe mit Kälte und Gleichgültigkeit, wiewohl er doch buchstäblich alles für mich geopfert habe.

Einmal, wahrhaftig, hielt die gütige Stimmungslage meines Vaters tage-, ja wochenlang an: Es war im Sommer des dritten Jahres und ungefähr ein Jahr nach der Belagerung der Stadt, als ich mit Typhus daniederlag. Ich hatte mehrere Wochen hohes Fieber, und weder Vaters Apothekermittel noch das ganze Medizinwissen des alten Doktors schienen helfen zu können. Mein Körper verfiel so sehr, dass man die Rippen einzeln zählen konnte, meine Glieder wurden so dünn, als sei ich wieder zum Kind geworden. Die Haare fielen mir aus, und ich weiß nicht, ob es die körperliche oder die seelische Ermattung war, wahrscheinlich doch Letztere, dass ich mich nicht mehr recht nach der Genesung sehnte. Ach, wie einfach wäre es, dachte ich, während ich so dalag, die Arme kaum mehr rühren, nicht einmal die Tasse zum Mund führen konnte, so dass mir Vater die Suppe löffelweise zwischen die Zähne zwingen musste, wie einfach wäre es doch, wenn ich nie mehr aufstehen, sondern still aus der Welt gehen würde, denn ich bin ja des Erdenlebens ohnehin so müde, als lebte ich schon tausend Jahre. Zwar machten mir im Fieberzustand manchmal Höllenbilder Angst, und mehrfach sah ich mich in eine finstere und eisige Tiefe stürzen oder in niemals erlöschenden Flammen brennen; aus den Krankheitsphantasien zu mir gekommen, konnte meine Seele nicht einmal mehr der Gedanke an die Verdammnis aus ihrer bleiernen Gleichgültigkeit aufrütteln. Wenn es denn sein muss, soll es sein, dachte ich, nur dieses vergebliche Ringen und Winden, die ewige Hoffnung mitsamt den darauf folgenden immer neuen Enttäuschungen sollen ein Ende haben… Derlei dachte ich auf meinem Krankenlager, doch dann war der Lebenswille des jungen Körpers doch stärker als die marode Seele, und ich kam langsam wieder auf die Beine.

Vater rührte sich während meiner Krankheit fast überhaupt nicht weg von meinem Bett: Marta und die anderen Frauen, die, nachdem sie von meinem elenden Zustand gehört hatten, in Scharen ankamen und sich als Pflegerinnen empfahlen, wies er schroff zurück, er selbst wusch mein Gesicht mit feuchten Tüchern und schob die Suppe löffelweise zwischen meine schrundigen Lippen. Immer wenn ich aus meinen Fieberträumen zu mir kam, fand ich Vater an meinem Bett, wie er sich besorgt über mich beugte oder mit Tränen in den Augen meine Hand streichelte. Als er aus meinen Augen las, dass ich wieder bei Sinnen war und verstand, was er sagte, beteuerte er mit versagender Stimme, alles solle so werden, wie ich es wünschte, wir könnten nach Leutschau zurückgehen oder wohin ich wollte, er würde mich auch frei geben, wenn dies mein Wille wäre, ich solle nur gesund werden und ein wenig Essen zu mir nehmen, damit mir die Kräfte nicht vor der Zeit ausgingen und mich die Schwäche unter die Erde brächte. Von all diesen Versprechungen war nichts mehr übrig geblieben, als ich mich erholt hatte, und sie wurden auch nie mehr zur Sprache gebracht.

Auch dies, die Krankheit, ging also vorbei: Der Tod erwies sich als zu schwach oder ich mit meiner Sehnsucht nach ihm, um dem von mir so verabscheuten Leben ein Ende zu machen. So setzte ich es fort, wo ich es zuvor unterbrochen hatte, meistens lustlos, mich von einem Tag, von einer Woche zur nächsten schleppend, schon am Morgen auf den Abend hoffend, wenn ich die verdrießliche Last für kurze Zeit ablegen konnte, und darüber hinaus erwartete, erhoffte ich nichts.

Tatsächlich erinnere ich mich nur an zwei Gelegenheiten in diesen zehn, zwölf Jahren, bei denen so etwas wie Freude oder Hoffnung in mir aufzukeimen begann, aber auch die war bald wieder erloschen.

Dieses kurze Aufflackern von Hoffnung hatte ich in beiden Fällen seltsamerweise einer Frauensperson zu verdanken: die eine von ihnen stand, was ihren gesellschaftlichen Rang betraf, hoch über, die zweite tief unter mir. Bevor ich vom ersten Fall berichte, muss ich zuerst noch das eine oder andere über unser Leben in Ödenburg vorausschicken, das bislang, wie ich glaube, nicht zur Sprache gekommen ist.

Ich nehme an, dass ich noch nicht vom Kastanienhain berichtet habe, den Vater außer den beiden Weingärten und anderem beweglichen Gut von seinem verstorbenen Bruder geerbt hatte. Dieser Kastaniengarten lag am Waldrand unterhalb der dahinter beginnenden Berge. Zuerst hatte Vater ihn verkaufen wollen, weil er glaubte, er würde uns nur Scherereien machen, da sich jedoch kein Käufer fand, behielt er ihn, und weil er stets wenig Zeit hatte, fiel es mir nicht schwer, ihm die Erlaubnis abzuschwatzen, von Zeit zu Zeit hinauszugehen und nachzusehen, ob nicht Tiere oder Menschen irgendwelche Schäden dort angerichtet hatten. (Vater fürchtete vor allem, ein Landstreicher könnte sich in dem Holzhäuschen einnisten und es am Ende durch Unvorsichtigkeit vielleicht noch anzünden.) Ich aber freute mich über diese Möglichkeit, allein zu sein, und verbrachte mit der Zeit immer mehr Stunden da draußen; das von hohen Bäumen beschattete Häuschen am Ende des Gartens stand in der Nähe der Hecke, die ihn zum Wald hin begrenzte. In diesen lebenden Zaun muss sich ein Tier oder ein Mensch einen schmalen Durchschlupf gebrochen haben, der im Sommer nicht zu sehen war, weil die bis zum Boden hängenden Zweige ihn mit ihrem Laub verdeckten. Doch einmal, spät im Herbst, als die Sträucher der Hecke ihre vergilbten Blätter schon abgeworfen hatten, stieß ich mitten im dicht verflochtenen Zweigwerk auf jenen Durchschlupf und sah mir alles ringsum genau an, doch da ich auf beiden Seiten der Hecke im frischen weichen Boden keinerlei Spuren entdecken konnte und auch keine abgebrochenen Äste, deren zartgrünes Inneres gewiss unter der grauen Rinde hervorgeleuchtet hätte, zuckte ich nur die Achseln und dachte, die Natur selbst würde diese Lücke wohl bald wieder schließen. Doch im darauf folgenden Frühjahr, als ich schon wusste, wo ich nachzuschauen hatte, fanden meine Augen schnell wieder den zwischen den austreibenden Ästen versteckten schmalen Durchlass, und er begann nun allmählich meine Phantasie zu beschäftigen, immer wieder kam er mir in den Sinn, wie dies sonst wohl nur bei Haftinsassen oder Kindern der Fall ist, die darin eine den anderen verborgene Möglichkeit sehen, sich zu verstecken oder zu fliehen.

Wir waren bereits mitten im Pfingstmond, als ich endlich den Mut fasste, mich durch diesen engen Durchschlupf zwängte und aufmachte, tiefer in den Wald hinein. Noch heute erinnere ich mich an die leuchtende Farbe des frischen Laubs, an die trockenen, unter die Sträucher gekrochenen Veilchenblätter und daran, wie in dem zwischen den Stämmen einfallenden Licht im hohen Gras die Ähren des Rispengrases zitterten. Nachdem ich mich anfangs noch nicht sehr weit vorwagte und immer schnell hinter die sichere Umzäunung unseres Kastanienhains zurückeilte, wurde ich mit der Zeit mutiger, meine Ausflüge führten mich immer weiter weg, und sooft ich mich aufmachte, hatte ich irgendeine vage Hoffnung im Herzen, ich würde diesmal nicht anhalten, bis ich an eine bestimmte Stelle gelangt sei – was für eine Stelle das sein sollte, hätte ich nicht sagen können, aber vielleicht spukte in meinem Kopf die Hütte aus den Zaubermärchen herum, in der Tiere wohnten, die sprechen konnten und in Wahrheit Prinzen waren, böse Hexen Zauberlaternen hüteten, Wichtel einen Schatz bewachten und Ähnliches mehr…

Von Mal zu Mal wurde ich mutiger, und gewiss hätte ich mich früher oder später hoffnungslos verlaufen, wenn ich mir nicht schon bei einem meiner ersten Streifzüge eine die ganze Umgebung überragende Zerreiche als Anhaltspunkt ausgesucht und deshalb auch über Stock und Stein den heimwärts führenden Weg gefunden hätte. Einmal, als ich ziemlich weit herumstreifte, trat ich aus dem Schatten der Bäume auf eine Lichtung hinaus, suchte gerade mit den Augen meinen Orientierungsbaum, als ich plötzlich merkte, dass ich nicht mehr auf festem Grund, sondern auf nachgebendem, sumpfigem Gelände stand, und dann entdeckte ich, dass nicht weit von mir im Gras Wasser aus dem Boden sickerte, das auf der anderen Seite der kleinen Wiese als schmales Rinnsal seinen Weg zwischen den Bäumen suchte. Nun ging ich an diesem Bächlein entlang und setzte meine ganze Hoffnung darauf, dass es mich an den Platz führen würde, zu dem ich gelangen wollte, die Stelle, an der ich das anträfe, wonach ich suchte. Zwar brachte mich das Bächlein nirgends hin als in dicht aufeinander folgende Eichenwäldchen und auf üppig grünende sumpfige Waldwiesen, dennoch wollte ich die Aussichtslosigkeit meines Streifzugs nicht wahr haben und wagte mich immer noch weiter weg.

Schließlich fand ich mich an einer Stelle, wo ein weiteres Rinnsal sich in das Bächlein ergoss. Einer plötzlichen Laune folgend, setzte ich meinen Weg am Lauf dieses Wassers bis zu seiner Quelle fort, schon nach einigen hundert Schritten kam ich in ein üppig grünendes Sumpfgelände; auf dieser Moorwiese leuchteten da und dort goldgelbe Inselchen von Sumpfdotterblumen, verstreut standen zudem auffallend schöne, aber vielleicht giftige Pflänzchen mit getüpfelten Blättern und blassen, wolligen Stängeln, ihre bläulichen und purpurfarbenen Kelche nickten in dem leichten Lüftchen. Als ich aus meinen Schuhen schlüpfte, um sie vor der Nässe zu schützen, und sie in der Hand trug, schnitt mir ein Schilfblatt schmerzhaft in den Fuß, und wenn ich einen unbedachten Schritt tat, sank ich bis zu den Knöcheln in den moorigen Grund. Wie ich, nach festem Boden suchend, von Moospolster zu Moospolster hüpfte, fand ich mich auf einmal am Fuße eines mit Eichen bewachsenen Hügels. Ich zog mir die Schuhe wieder an und stapfte zwischen den Bäumen hinauf in der Hoffnung, auf der anderen Seite der Anhöhe wieder zu dem Bach zu gelangen, dann fiel mir ein, dass ich, in dieser Richtung gehend, wieder zu der Stelle kommen müsste, wo das Rinnsal, dessen Lauf ich nun zurückverfolgt hatte, in den Bach floss. Und tatsächlich: Als ich an der anderen Seite hinunterstieg, hörte ich bald das Rauschen des Wassers, und zwischen zwei steilen Abhängen konnte ich den Bach sehen, den ich für meine Markierung hielt, und ich ging, immer am Wasser entlang, hinauf, um auf den Weg zurück zu gelangen, auf dem ich gekommen war. Ich ging schon eine ganze

Weile, sah aber noch keine einzige mir vertraute Stelle, die mir gezeigt hätte, in welcher Richtung ich den Heimweg zu suchen hatte. Sooft ich zwischen den Bäumen Helligkeit aufleuchten sah, hoffte ich, dass ich, aus dem Unterholz heraustretend, auf der Sumpfwiese sein würde, in der das Bächlein entsprang, und von dem aus schon die große Zerreiche zu sehen wäre. Stattdessen kam ich in einen dichten Eichenwald, und allmählich wurde mir klar, dass ich mich hier nicht auskannte, dass das Bächlein, dem ich so lange gefolgt, ein anderes sein musste als das mir vertraute, an dessen Ufer ich auf dem Hinweg gegangen war. Vielleicht sollte ich umkehren, dachte ich, doch innerlich sträubte sich etwas in mir, denselben langen Weg zurückzugehen. Die trotzige und nun schon völlig sinnlose Hoffnung, früher oder später vielleicht doch in eine mir bekannte Gegend zu gelangen, ließ mich noch ein ganzes Stück in dieselbe Richtung laufen. Plötzlich aber stellte ich erschrocken fest, dass die einfallenden Sonnenstrahlen die Baumstämme bereits in Kniehöhe streiften. Ich komme in die Dunkelheit, wurde mir siedend heiß klar, ich vergaß Rinnsal und Bächlein und rannte geradewegs in die Richtung, in der ich die Stadt vermutete. Nicht nur der Gedanke, die Nacht unter freiem Himmel verbringen zu müssen, versetzte mich in Angst und Schrecken, noch viel mehr fürchtete ich mich vor dem, was mein Vater denken könnte, wenn ich vor Einbruch der Dunkelheit nicht daheim wäre, niemals würde er mir glauben, dass ich die Nacht allein und nicht im Bett eines anderen Mannes verbracht hatte. Wenn ich nur daran dachte, wie er mich wochen- und monatelang mit seinen Fragen und Verhören quälen und auf seine Art ungeduldig und verächtlich abwinken würde, wenn er die Wahrheit erführe, weil er alles für eine unverschämte Lüge hielte, da überkam mich eine solche Verzweiflung, dass ich am liebsten unter einem Baum hingesunken wäre, um nie wieder aufzustehen. Doch die Angst vor der nächtlichen Finsternis und dem Zorn meines Vaters trieb mich dazu, meine Schritte noch mehr zu beschleunigen, obwohl mir vor Erschöpfung schon alle Glieder schmerzten.

Sooft im Dunkel des Waldes in der Ferne eine im Licht der

untergehenden Sonne in blasser Goldfarbe dämmernde Lichtung oder das Grün eines baumlosen Abhangs auftauchte und ich aus dem Dickicht heraustrat, hoffte ich, eine mir vertraute Umgebung zu sehen oder wenigstens auf einen Weg zu stoßen, der schließlich hinaus auf die Straße führen würde. Nur ging es nach solchen gerodeten Waldstücken wieder ins nächste Dickicht hinein: Ich durchquerte dichtbewachsene Heidelbeerschläge, die mir die Beine zerkratzten, kam dann an einen kahlen Berghang, auf dem statt des schütteren, gelblichen Grases rötliche Steinbrocken den Boden bedeckten, so als dringe kalkiges Gebein durch die Haut der Erde, und während ich mich auf allen Vieren hinaufarbeitete, rollten, von meinen Füßen losgetreten, krachend Steine über den Hang, den ich gerade hinter mir gelassen hatte, hinab in die dornenstrauchige Tiefe. Doch als ich schließlich die Bergkuppe erreichte und mich hoffnungsvoll umschaute, sah ich wieder nur weitere bewaldete Hügel, über die langsam die Schatten der Abendwolken zogen, dahinter mit Tannen bewachsene Berghänge, auf denen sich die dunklen, hintereinander aufgereihten Baumwipfel wie schwarze Segel von Piratenschiffen ausnahmen, die steil hangabwärts schwammen.

Da mir keine andere Wahl blieb, kletterte ich in den nächsten Taleinschnitt hinunter, dort traf ich zu meiner großen aber unbegründeten Erleichterung wieder auf das Bächlein, dem ich früher gefolgt war, oder vielleicht auch auf seinen Zwillingsbruder, und ich ging erneut eine Weile am Bachufer entlang, bis ich durch einen Fehltritt auf den glitschigen Steinen ausglitt und bis zum Knöchel ins Wasser rutschte. Ich hielt kurz inne, um das durchnässte Schuhwerk auszuziehen und das Wasser auszuleeren, dann streifte ich mir auch die nassen Strümpfe von den Füßen und trug sie samt den Schuhen in der Hand. So ging ich eine Weile fort, bis ich zu einem dichten Laubwald kam, in dem ich eine Weile über ebenes Gelände wanderte, bis sich plötzlich zwischen den Stämmen wieder helleres Licht zeigte, so dass ich neue Hoffnung schöpfte. Nach etwa hundert Schritten erreichte ich eine Lichtung, die, wie mir schien, seit Urzeiten keine Menschenseele mehr betreten hatte. Ringsum dichtes Gestrüpp von Himbeeren, die Früchte auf den zugesponnenen Ästchen waren noch nicht reif, doch manche Kügelchen auf den grünen Beeren begannen sich schon zu röten, mit den Füßen aber stand ich auf lauter Erdbeerblättern, und bei genauerem Hinsehen fand ich zwischen den Blättern noch rote Walderdbeeren an ihren gebogenen dünnen Stielchen. Ich bückte mich danach, und ihre Süße, ihr unbeschreibliches Aroma ergoss sich über meine Zunge. Dieses Fleckchen mitten im Wald war so lieblich und friedvoll, dass mich die Versuchung fast überwältigte: Am liebsten hätte ich mich hier ins Gras gelegt, um meine schmerzenden Füße auszuruhen, und mir für die Nacht einen Platz unter einem Strauch gesucht. Was spricht denn dagegen, so fragte ich mich, es ist doch fast unmöglich, dass ich noch vor Einbruch der Dunkelheit den Weg finde. Als ich mir vorstellte, wie diese kleine Lichtung bei Mondschein aussehen würde, fand ich den Gedanken, eine Nacht unter freiem Himmel zu verbringen, gar nicht mehr so erschreckend.

Da erzitterte zu meinen Füßen das Gras. Als ich genauer hinschaute, sah ich voll Entsetzen, dass, kaum eine Daumenlänge von meinem nackten Fuß entfernt, zwischen den dürren Blättern um die Eiche, die inmitten der Lichtung stand, eine kleine, schwarze Schlange ihren schuppigen, schmalen Kopf hochstreckte und mich die von blaßgelben Ringen umrandeten Augen fixierten. Mir fuhr durch den Kopf, was ich vor gar nicht langer Zeit vom alten Doktor gehört hatte: In den Wäldern der Umgebung gebe es gefährliche Schlangen, deren Gift man in geringer Dosierung als Heilmittel einsetze, deren Biss aber für den Menschen tödlich sein könne, wenn die Wunde nicht sogleich ausgebrannt würde. Augenblicklich überzog Angstschweiß meinen ganzen Körper, schon glaubte ich, den todbringenden Biss des kleinen Ungeheuers am nackten Knöchel zu verspüren. Völlig erstarrt blieb ich stehen, weil ich fürchtete, mit einer Bewegung ihren Angriff herauszufordern. Blitzartig jagten in meinem Kopf die verschiedenen Möglichkeiten hin und her: Soll ich laufen – aber das Scheusal ist hundertmal schneller als ich …, breche ich mir einen Stock von den Sträuchern und erschlage oder verjage sie – doch bevor ich den Stock habe, beißt sie hundertmal zu. Also blieb ich regungslos stehen und ertappte mich dabei, dass ich überlegte, wie lange es wohl dauert, bis das Schlangengift seine Wirkung tut und ob es wohl sehr qualvoll ist, durch einen Schlangenbiss zu sterben. Ich meinte, gehört zu haben, dass es nur die Sache eines Augenblicks sei, aber wie auch immer, hier, fern von allem, könnte mir sowieso niemand zu Hilfe kommen. Mein Ende würde mich also an diesem einsamen Platz ereilen, ging es mir durch den Sinn: Hier wird das Gras meine Gebeine überwachsen und die Eiche sie im Herbst mit ihrem fallenden Laub zudecken, ich brauche den Heimweg nicht mehr zu suchen, muss mir nicht überlegen, was ich Vater sage, wenn ich es nicht schaffe, vor Eintritt der Dunkelheit daheim zu sein, es ist auch ganz gleichgültig, ob er mir glaubt oder nicht, und schon beim bloßen Gedanken an seine ewigen Verdächtigungen überkam mich eine unendliche Müdigkeit, als zögen Bleigewichte meine Glieder zu Boden. Ich muss nichts mehr vortäuschen, niemandem etwas zu Gefallen tun, mich nicht verzweifelt bemühen, als jemand zu scheinen, der ich nicht bin, blitzte es mir durch die Sinne, wie einem Gefangenen, der sich anschickt, die gewohnte Haft zu verlassen, ohne zu ahnen, was draußen auf ihn wartet. Ich setzte an, einen kleinen Schritt in Richtung der Schlange zu tun.

Als ich mich rührte, bäumte sich die kleine Schlange plötzlich auf, wie das auch größere Exemplare ihrer Gattung zu tun pflegen, und, hoch aufgerichtet auf dem eingeringelten Schwanzende, maß sie mich mit ihren gelbumrandeten, kaltblitzenden Augen. Die letzten Strahlen der untergehenden Sonne machten ihren Schatten auf dem golden leuchtenden Rasen so lang, dass das breite Schattenbild ihres Kopfes auf meinen nackten Fuß fiel. Ich stand starr und wartete darauf, nach dem Schatten auch die Kälte des lebendigen Tieres und den Biss seiner Giftzähne auf meiner Haut zu spüren, doch das kleine schwarze Ungeheuer wandte sich, nachdem wir beide uns eine Zeit lang in die Augen gesehen hatten, von mir ab, als habe es für sich die Feststellung getroffen, von mir sei keinerlei Nutzen zu erwarten, und verschwand im Gras. Ich aber verwarf nun den Plan, auf dieser Lichtung zu übernachten, folgte vielmehr dem Lauf des Baches, dessen Ufer bald steil abfiel und der sich in einem schmalen Einschnitt schlängelte; der Graben wurde plötzlich so eng, dass ich am Ufer keinen Halt mehr fand, und so war ich genötigt, wieder den Hang hinaufzuklettern.

Endlich, nach verzweifeltem Klimmen und Kriechen, kam ich, mich an den spärlichen, gar nicht tief verwurzelten Sträuchern festklammernd – wobei mich nur der liebe Gott davor bewahrte, mitsamt einem entwurzelten Busch in die Tiefe zu rutschen und mir an den Steinen des Bachlaufs die Knochen zu brechen –, doch oben an, wo ich zu meiner großen Erleichterung vor mir ein breites Tal liegen sah, durch das sich ein Karrenweg schlängelte. Mühsam und meist auf allen Vieren gelangte ich hinunter: Dort musste ich etwas verschnaufen, versuchte, meine Kleider notdürftig zu säubern, von Kletten und Dornen zu befreien und machte mich dann mit schnellem Schritt das Sträßchen entlang auf den Weg, und zwar in der Richtung, wo ich die Stadt vermutete. Ich ging schon eine ganze Weile, doch der Fahrweg wand sich immer noch zwischen den Bäumen des Waldes, und nichts weckte die Hoffnung in mir, dass er früher oder später in eine von Menschen bewohnte Gegend führen würde. Am grauen Horizont schwebte schon aufgebläht und rot der Mond. Wind kam auf, in die abendliche Kühle mischte sich ein Sturm verheißendes Schaudern. Als würde von unsichtbarer Hand das Gesträuch am Wegrand von innen nach außen gekehrt und wild geschüttelt, die jungen Bäume schlugen die Luft mit ihren dünnen Ästen wie mit lauter Peitschen, im Laubwerk der alten Bäume kam ein Rauschen auf, die Blätter vibrierten und raschelten hörbar. Der Sturm würde mich hier überraschen, dachte ich angstvoll, das Gewitter gleich losbrechen; ob ich mich besser im Schutz der Bäume unterstellte oder dort noch eher dem Blitzschlag ausgesetzt war, überlegte ich, als ich plötzlich auf lautes Hufgetrappel und das Poltern eines Wagens aufmerksam wurde, im nächsten Augenblick sah ich meinen eigenen langgezogenen Schatten vor mir, der auf dem Fahrweg, dessen holpriger Belag durch die Wagenlaternen in ein diffuses goldenes Licht getaucht war, hin- und herschwankte. Schnell wich ich seitlich zu den Bäumen aus, die den Weg säumten, und schon ratterte der Vierspänner an mir vorbei. Kaum war ich wieder auf dem Weg und sah der Kutsche nach, als diese auch schon anhielt und eine weibliche Person, deren Züge ich bei dem spärlichen Licht nicht erkennen konnte, sich aus der Tür herauslehnte.

»So kommt doch!«, rief mir die dunkel gekleidete Frau freundlich, doch auch ein wenig ungeduldig zu, als sie sah, dass ich in meiner Überraschung wie angewurzelt stand und keine Anstalten machte, mich der Kutsche zu nähern. »Seht Ihr nicht, dass das Gewitter jeden Augenblick losbrechen kann?«

Zögernd ging ich auf den geöffneten Schlag der Kutsche zu und kletterte ungeschickt auf den Sitz hinauf. Die Frau rückte etwas zur Seite, um mir neben sich Platz zu machen, und als ich, ein Dankeswort flüsternd, meinen Blick auf sie richtete, erkannte ich verblüfft in meiner Wohltäterin die Gräfin, es verschlug mir die Stimme.

»Ihr seid doch die Frau des Apothekers, nicht wahr?«, fragte sie und maß mich flüchtig von oben bis unten. »Wir sind doch beinahe Nachbarn… Habt Ihr Euch verlaufen? Wo wart Ihr denn um diese späte Stunde so fern der Stadt?«, fragte sie und sah mich forschend an, während sie sich, die Arme über der Brust gekreuzt, mit den Händen fröstelnd Schultern und Oberarme rieb, denn auch in der Kutsche war die Kälte des stürmischen Windes jetzt zu spüren.

Eigentlich verstehe ich nicht, was da in mich gefahren war, doch auf einmal berichtete ich stockend davon, dass ich gern vor dem Trubel der Welt in unseren Kastanienhain fliehe und wie das sonderbare Schlupfloch in der Einfriedung mich zu immer weiteren Streifzügen in die angrenzende Umgebung verlockt hatte.

»Also flieht Ihr die Gesellschaft der Menschen?«, wandte mir die Gräfin ihre matten, dunklen Augen zu und betrachtete mich mit lebhaftem Interesse. »Habe ich recht gehört, dass Ihr mit Eurem Gatten aus Kaschau oder Leutschau hierher übersiedelt seid… findet Ihr Euch vielleicht nicht zurecht in unserer Stadt?«

Diese Frage konnte ich nicht mehr so ehrlich beantworten wie die vorausgegangene. Mit stolpernder Zunge faselte ich, die Zersplitterung der Bürgerschaft in verschiedene Parteien sei eine Folge hochgepeitschter Leidenschaften, und wenn jemand diese Leidenschaft nicht teilen könne, so irre er hier wie ein Geist umher, wie jemand, der nicht von dieser Welt ist, und finde seinen Platz unter den sich Befehdenden nicht; schließlich sei er wahrscheinlich für jedermann nichts anderes als ein Dorn im Auge.

»Also sind Euch unsere Leidenschaften fremd?«, fragte die Gräfin mit sonderbarem Lächeln und strich sich mit der Hand über die Stirn. »Habt Ihr Passionen anderer Art? Werden Eure Sinne und Gefühle vielleicht durch die häuslichen Verpflichtungen gänzlich in Anspruch genommen? Euer Gatte ist, so weit mir bekannt ist, kein junger Mann mehr…«

Meine häuslichen Verpflichtungen empfände ich oft als Last, entgegnete ich ausweichend, wiewohl ich wisse, dass es Frauen gibt, deren Leidenschaft und ganzer Stolz solche Pflichten sind. Und im Unterschied zu anderen Frauen fände ich auch keine Freude an Putz und Tand.

»Das heißt, Ihr steht über den weltlichen Eitelkeiten«, lächelte die Gräfin zerstreut, aber ich sah in ihren Augen, dass sie mit ihren Gedanken anderswo weilte. »Gab es in Eurem Leben denn niemand, den Ihr über alles geliebt habt?«, fragte sie und sah mich mit ihren dunklen Augen durchdringend an.

»Vielleicht meine Mutter, solange ich ein kleines Mädchen war«, antwortete ich ihr, merkwürdig berührt von dieser für mich so ungewohnt plötzlichen Vertraulichkeit, »und meinen kleinen Sohn in der kurzen Zeit, die dem Armen hier auf Erden vergönnt war.«

»Hattet Ihr nur dieses eine Kind?«, fragte sie, sah mich mit ernst gewordener Miene an und legte ihre Hand auf meinen Arm. Sie stellte nun keine Fragen mehr, wir saßen auf der restlichen Fahrt stumm nebeneinander, lauschten, wie der Regen auf das Dach der Kutsche niederprasselte. Die Regenwolken verdeckten den Mond, und in der tiefen Dunkelheit merkte ich gar nicht, dass wir inzwischen die Stadt erreicht hatten. Erst als wir durchs Stadttor rollten, das man auch sofort hinter uns wieder schloss, atmete ich auf, weil es mir doch noch gelungen war, einigermaßen rechtzeitig heimzukehren.

»Wollt Ihr nicht noch kurz zu mir hereinkommen?«, fragte sie, als die Kutsche vor ihrem Haus hielt und der Kutscher den Schlag öffnete. »Es ist noch nicht sehr spät, und eigentlich sind wir ja fast Nachbarn«, sie griff nach meiner Hand, und wie zwei Schulmädchen liefen wir Hand in Hand im strömenden Regen die paar Schritte vom Kutschwagen zum Tor. Wir gingen den Arkadenhof entlang, eilten eine gewundene Treppe hinauf und kamen in die mit Marmorplatten ausgelegte Vorhalle. Die Gräfin öffnete eine reichgeschnitzte Tür und führte mich in ein mit Möbeln und allerlei anderen Gegenständen vollgestelltes kleines Gemach, dessen Halbdunkel wohltuend von der kahlen Vorhalle abstach. Drinnen entledigte sich die Gräfin ihres Umhangs, dann klingelte sie dem Zimmermädchen, drückte ihm das leichte Seidenmäntelchen in die Hand und gab ihm flüsternd verschiedene Anweisungen. Sie kehrte bald darauf zurück und reichte der Herrin zwei große, weiche Tücher. Die Gräfin nahm sie ihr ab und gab mir eines davon: Sie bedeutete dem Mädchen, sich wieder zurückzuziehen, dann ließ sie sich in einem Armstuhl nieder und winkte mir, ebenfalls Platz zu nehmen. Vorsichtig zog sie die Nadeln aus ihrem Haar und begann, die ihr bis auf die Schultern fallenden dunklen Locken kräftig mit dem Tuch zu rubbeln. Wiewohl in schrecklicher Verlegenheit, folgte ich ihrem Beispiel: öffnete ebenfalls mein Haar und fing an, es mit dem Tuch zu trocknen, dabei spähte ich aus den Augenwinkeln in dem Raum umher. An den Wänden ringsum hingen in dunklem Feuer schimmernde, geknüpfte Teppiche. Auch das Instrument in der Ecke bedeckte ein Teppich, vermutlich war es ein Virginal. In einem Kandelaber an der Wand und in einem Messingleuchter auf dem Virginal brannten nur zwei Kerzen: Im schwachen Schein sah ich eine ganze Menge kleine und größere geschnitzte Tischchen eng aneinandergerückt, so dass man sich in dem Raum kaum bewegen konnte. Alle Tische waren übervoll mit den verschiedensten Gegenständen. Auf einem stand ein Tablett mit allerlei sonderbaren Steinen: manche durchsichtig wie Wassertropfen, andere rosig wie die Haut ganz kleiner Kinder, ein dritter glühte rot wie Teufelsaugen, wieder andere waren glanzlos grau, darin eingeschlossen goldene und silberne Äderchen, einige sahen aus, als wären sie aus vielen hundert winzigen, glatten Blättchen zusammengefügt, und das eine oder andere dieser unterschiedlich angeordneten Blättchen warf den Kerzenschein zurück, manche blieben ganz dunkel. Auf einem anderen Tisch lag aufgeschlagen ein großer Foliant, auf den Seiten getrocknete Blüten und Blätter: Manche zeigten noch die Farben der ursprünglichen, lebendigen Pflanzen, andere waren zur durchscheinenden Silhouette ihrer selbst vertrocknet, raschelten und muteten seidig glatt an, unter jedem stand in schwarzer Runenschrift ihr Name. Am Fenster stand, getragen von drei Messingbeinen, eine sich trichterförmig erweiternde Messingröhre. Und in einem Bücherschrank sah ich hinter Glastüren eine Menge Bücher, die Farben ihrer gerippten Rücken erinnerten an Zimt oder welkes Laub, die tief eingeprägten Goldbuchstaben zeigten wohl ihre Titel an. Auch noch allerlei weitere Gegenstände waren in dem Raum verteilt: durchsichtige, gewundene Schneckenhäuschen und Muschelschalen auf einem Tablett, in kleinen Schüsselchen safran- und scharlachfarbene Beeren, auf einem runden, niedrigen Tischchen ein riesiger Tannenzapfen, der an ein seltsames, schuppiges Tier erinnerte. Ich sah zahllose Dinge, von denen ich mir heute nicht einmal mehr die Hälfte ins Gedächtnis zurückrufen kann, und von allem gab es so viel, dass das Stubenmädchen für das schwere Silbertablett kaum Platz finden konnte. Sie brachte uns Honiggebäck und ein süßes, starkes, dampfendes Getränk, dessen Namen ich nicht kannte.

»Findet Ihr Gefallen an solchen Dingen?«, fragte mich lächelnd die in ihrem mit geblümtem Stoff bezogenen Armstuhl sitzende Gräfin, als sie meine staunenden Blicke sah; wie sie da mit ihrem offenen Haar, den Ellbogen auf die Lehne gestützt, das Kinn in der Hand ruhend, dasaß, erinnerte sie mich an die heidnischen Göttinnen, die ich auf einem Wandteppich im Haus meiner Patin gesehen und von denen jene mir gelegentlich erzählt hatte. Jetzt fand ich zum ersten Mal Gelegenheit, meine Gastgeberin eingehender in Augenschein zu nehmen, und selbst bei dem schwachen Kerzenlicht konnte ich sehen, dass ihr Gesicht schon ein wenig verblüht, aber doch immer noch schön war. Ihre dunklen Augen schweiften, meinen Blicken folgend, über dieses sonderbare Ensemble von Gegenständen im Raum umher, und dann brach sie in Lachen aus. »Ihr wundert Euch gewiss über die Unordnung, die hier herrscht… Meine arme Anna habe ich schon fast zur Verzweiflung gebracht«, sagte sie und sah der jungen Frau, die gerade hinter der Tür verschwand (vermutlich eben diese Anna), mit spöttischem Schmunzeln nach, »weil ich ihr verboten habe, in diesem Zimmer irgendetwas anzurühren. Ihr müsst wissen, dass ich schon als kleines Mädchen daheim in unserem Garten alles Mögliche gesammelt habe. Mein Vater hat oft über mich gelacht und mich scherzhaft gefragt, ob ich am Ende gar eine gelehrte Frau werden möchte, ich aber konnte gar nicht verstehen, was es darüber zu lachen gab. Und dann haben wir ja, es ist Euch vielleicht schon zu Ohren gekommen, eine Gelehrte Gesellschaft gegründet…«, und dabei sah sie mich mit leisem Spott an, woraus ich schloss, dass auch sie wohl schon von den vielen Tratschereien gehört hatte, die über diese Gesellschaft im Umlauf waren.

»Ja, ich habe das eine oder andere darüber gehört«, stotterte ich verlegen. »Was denn nur?«, wollte sie wissen und war sichtlich amüsiert über meine verdatterte Unbeholfenheit. »Dass wir Gold machen wollen?«, sie sah mich mit übermütig aufblitzenden Augen an. »Auch davon«, stammelte ich ganz und gar verwirrt. »Und was noch? Dass wir Hexenmeister sind und mit dem Gottseibeiuns paktieren?« »Ja, dergleichen auch«, entgegnete ich und sah sie verblüfft an, weil sie auch das wusste. »Und was noch?« »Also, dass diese Gesellschaft nur ein Vorwand ist für ganz andere Sachen…« »Und für was, bitte sehr?« »Für Schlemmereien,

Tanz und … noch Schlimmeres«, murmelte ich kaum hörbar, weil ich glaubte, jetzt wäre sie bestimmt böse und würde mich gleich aus dem Zimmer weisen. Statt dessen lachte sie laut auf, für einen Moment wirkte sie fast mädchenhaft, sonst kam sie mir eher melancholisch vor.

»Aber Euer Gatte ist doch Apotheker …«, sagte sie dann. »Ihr wisst mehr über diese Dinge als ich, zumal über die Pflanzen.«

»Ja«, gab ich zur Antwort, »früher bin ich selbst viel hinausgegangen, um beim Kräutersammeln zu helfen, nur dass diese hier …«

»Nur dass diese …?«, sie sah mich mit hochgezogenen Brauen an.

»Nur dass diese, die hier auf die Seiten geklebt sind«, sagte ich gequält, weil ich selbst nicht recht wusste, wie ich fortfahren sollte, »eigentlich für nichts tauglich sind: Sie helfen nicht gegen Schwindel, nicht bei Katarrhen und können auch keine Blutungen stillen …«

»Wohl wahr, aber sie sind schön. Die Blumen und auch die Steine … seht doch, dieser zum Beispiel!«, sagte sie schwärmerisch und nahm einen rosa Stein in die Hand und hielt ihn gegen das Kerzenlicht. Dann reichte sie ihn mir. Ich kniff das linke Auge zu und hielt den Stein vor mein rechtes, so schaute ich durch ihn hindurch auf die Flamme der Kerze, sah darin eine Morgenröte, von Blut durchpulstes lebendiges Fleisch, ein ohne Hitze schwelendes Feuer und eine niemals welkende Blume.

»Wirklich wunderschön!«, gab ich zu und reichte der Gräfin den Stein zurück, die ihn zwischen ihren langen Fingern drehte und sodann wieder zwischen die anderen fallen ließ.

»Und die Schönheit ist ja auch keineswegs ohne Nutzen, nicht wahr? Bezeugt nicht die Schönheit des Erschaffenen die große Güte des Schöpfers, der all diese dem Auge so wohlgefällige Herrlichkeit der Welt doch uns zuliebe so geformt hat …?«, und sie sah mich mit zusammengezogenen Brauen an, wie der Lehrer seine Schulkinder, wenn er sich davon überzeugen will, dass die auch glauben, was sie soeben gelernt haben, und ich war mir nicht ganz sicher, wie ernst sie es meinte.

»Gewiss ist das so«, gab ich zur Antwort, »nur habe ich die Schönheit der Natur, ich weiß nicht warum, stets als grausam oder zumindest herzlos empfunden, wie Melusine, die schöne Meerfee, halb Frau, halb Fisch, die der Fischer in sein Haus lockt, um mit ihr als seinem Weib zu leben, bis sie eines Tages ihn und die gemeinsamen Kinder verlässt und heimkehrt in ihr Reich im Meer, seither sehen sie sie nur noch in klaren Mondnächten, wenn sie singt und sich das Haar kämmt. Ich erinnere mich, einmal, ich war vielleicht zehn Jahre alt …«

»Ja?«, sah mich die Gräfin mit neu erwachter Teilnahme an und beugte sich, um mich besser zu hören, im Sitzen noch ein wenig vor.

»Nein, vielleicht noch nicht einmal zehn, ich kann erst sieben oder acht gewesen sein, als ich an einem Wintertag ziemlich weit von daheim auf dem Hügel umherstreifte, wo ich im Sommer mit meinen kleinen Freundinnen herumzulaufen und zu spielen pflegte, an diesem Wintermorgen aber war ich ganz allein. Nachts hatte es ein wenig geschneit, der Morgen aber war strahlend sonnig, doch kalt, und alles glitzerte im frostigen Licht der Sonne. Dort auf dem Hügel sah ich einen allein stehenden Rosenstrauch mit Hagebutten, den«, so fuhr ich fort, »in der Nacht der Frost mit einem durchsichtigen Überzug umhüllt hatte. Jedes Zweiglein wie auch die darauf sitzenden Früchte waren wie in Glas gegossen, und in der Sonne funkelte der ganze Busch wie ein seltener Edelstein. Ich stand da und war mir sicher, dass ich etwas so Schönes noch nie in meinem Leben gesehen hatte. Da bemerkte ich, dass unter dem Strauch ein erfrorener Vogel lag, der schon in Auflösung befindliche Kadaver einer Amsel, die der Frost in diesem Zustand erhielt. Mit meinem kindlichen Verstand, auf den die Feengeschichten meiner Amme größeren Eindruck machten als die Lehren des wahren Glaubens, dachte ich mir, dies könne nur das Werk eines bösen und grausamen, mit sich selbst im Unreinen Geistes oder einer ganzen Meute sich bekriegender Gespenster sein, nicht das eines gütigen Lieben Gottes …«

»Ja, ja«, mischte sich die Gräfin eilig ein, vielleicht weil auch sie selbst schon solche Gedanken geplagt hatten, oder sie dachte, dass ich dummes Zeug plapperte. »Ich habe bemerkt, dass Sie auch meine Bücher interessieren«, gab sie dem Gespräch eine andere Richtung, stand auf und trat zum Bücherschrank, wo sie einen dieser dicken Bände mit zimtfarbenem Rücken herausholte, aufschlug, nach kurzem Blick darauf wieder zuklappte und ihn zurück an seinen Platz stellte. »Seht Ihr, mancher dieser alten Autoren äußert sich darin genauso niederschmetternd über die Leidenschaften wie Ihr…«

»Aber nein, nein«, stotterte ich gequält, wie jemand, den man bei einer bestimmten Frage, in der es ihm sowohl an Wissen wie auch am Mut zur Antwort fehlt, zu einem Bekenntnis zwingt. »Ich meine, die Leidenschaften sind geradezu unerlässlich, obschon sie häufig zu bösen Taten anstiften, und wir müssen wahrlich oft genug unter Menschen leiden, bei denen sich so ein Dämon der Leidenschaft eingenistet hat. Wenn aber die Leidenschaften durch ich weiß nicht welchen Fehler in unserer Natur, durch einen Mangel, durch Verluste, Enttäuschungen oder aus anderen Gründen in uns erlöschen, so ist es, als wären wir gar keine lebenden Wesen mehr, sondern so etwas wie diese aufgeklebten, durchsichtig leblosen Blütengebilde dort in dem Folianten.«

»Ja, aber seid Ihr nicht auch der Meinung«, und sie sah mich, das Kinn in die offene Hand gestützt, die Stirn in Falten gelegt, so ernst an, als würde sie über etwas angestrengt nachsinnen, »dass wir richtig handeln, wenn wir uns bemühen, unsere Seele von den Aufwallungen der Leidenschaft frei zu halten, die uns, wenn wir uns von ihr beherrschen lassen, zwingt, die ganze Welt durch sie hindurch, wie durch einen Nebel, wahrzunehmen? Selbst unsere Mitmenschen, ja besonders diese, sehen wir durch unsere Leidenschaften – ihr wirkliches Wesen verfälschend – oft als wahre Zerrbilder, einmal erscheinen sie uns als himmlische Engel, dann wieder hassen wir sie, als wären sie leibhaftige Teufel.«

»Schon, doch ohne diese Leidenschaften wären wir auch nicht viel besser dran«, widersprach ich, nun bereits ein wenig sicherer. »Wenn sich keinerlei starke Leidenschaft, Liebe oder Hass, in uns regt und uns alles in gleicher Weise unberührt lässt, so ist dies, als verdecke uns dichter Nebel die Welt, als wäre sie tote Materie, die nicht zum Leben erweckt werden kann. Und selbst die Menschen, ja vor allem sie, wirkten doch, als bewegten auch sie sich wie irgendein kleines Nebelwölkchen in diesem großen Nebelchaos, und unter ihnen gerade jene, mit denen wir enger, vielleicht durch unzertrennbare Fäden verbunden sind, während die anderen, aus gebührender Entfernung betrachtet, uns wie jene Holzfiguren erscheinen, die oft auf Jahrmärkten zur Schau gestellt werden: hier der tapfere Soldat, da der geizige Krämer, dort das heißblütige Frauenzimmer und schließlich der Teufel selbst. Doch wenn wir nah genug an sie herangehen, scheint es uns, als löse sich die Reihe derartiger Figuren bald mangels Festigkeit und Dauerhaftigkeit auf und zerfalle zu sich ständig verändernden Wolken, in denen unser Auge nur dann und wann den einen oder anderen bekannten Zug eines uns bekannten Wesens oder einer Sache zu entdecken vermag, doch auch das nur kurz, weil danach auch diese Wolke zerfällt oder sich in etwas anderes verwandelt. Bis ich jemand aufgrund seiner Worte, seiner guten oder bösen Taten als gut oder böse einschätzen kann, hat er mit einem weiteren Wort, einer Tat das Bild, das ich mir von ihm gemacht, auch schon wieder zerstört, und wenn ich von diesem neuen, von Fehlern gereinigten Bild zu glauben beginne, dass es seinem wahren und wirklichen Sein entspricht, so verhält er sich wieder entsprechend seinem früheren Ich oder zeigt sich weder so noch so, sondern erneut ganz anders. Und mehr noch, es ist, als ob sogar unsere eigene Seele sich mit solch einem dichten Nebel vor uns verhülle, als öffne auch sie sich nur im Lichte starker Liebe oder tiefen Hasses vor uns … Ich jedenfalls empfinde es so«, fügte ich, nach Atem ringend und beschämt errötend hinzu, weil ich fürchtete, Unsinn gesagt zu haben.

Die Gräfin sah mich an, immer noch das Kinn in die offene Hand gebettet, mit nachdenklichem Gesicht, wie ein Arzt, der überlegt, welche Therapie bei einer bestimmten Krankheit angemessen ist, dann erhob sie sich, trat zu dem Dreifuß am Fenster und winkte mir, ihr zu folgen.

»So etwas habt Ihr, denke ich, noch niemals gesehen«, sagte sie und wies mit dem Kopf auf das lange Rohr. »Vor kurzem hat man es mir aus Holland mitgebracht.«

Sie öffnete die hölzernen Fensterläden, dann auch die beiden Fensterflügel und richtete das eine Ende der sonderbaren Röhre zum dunklen Himmelsgewölbe hinauf, wo der Wind inzwischen die Regenwolken verjagt hatte.

»Seht nur hinein!«, ermunterte sie mich, während sie mir das eine Ende der Röhre vors Auge schob und das andere zum Himmel hin ausrichtete. Ich hielt mir das linke Auge mit der Hand zu, mit dem rechten schaute ich ins Rohr, im nächsten Augenblick schrie ich vor Überraschung laut auf, weil ich den spitzen Turm der Kirche vor mir sah, und er war so nah, dass ich sogar die zwischen dem Turmrand und der Kante des spitzen Daches hervorsprießenden Grasbüschel erkennen konnte, und mir schien, ich könnte es sogar fassen, wenn ich nur die Hand ausstreckte. Dann legte die Gräfin ihre Hand auf die meine und richtete dadurch die Röhre etwas anders aus, da sprang plötzlich der riesige gelbe Mond in mein Gesichtsfeld, es war, als würde er im nächsten Augenblick durchs Fenster ins Zimmer hereinkugeln, doch konnte ich dort oben weder die Cäcilia noch den Mann im Mond entdecken, nichts als knochenfarbene, tote Helligkeit: eine riesige, blasse Kugel, die man aus einem brotteigähnlichen, weichen Stoff geformt hat, und die da und dort klaffenden schwarzen Löcher darauf sahen aus, als wären schwere Wassertropfen in die Materie gefallen, entsetzt riss ich mein Auge von dem teuflischen Instrument los, und es dauerte eine Weile, bis mich die Gräfin mit ein wenig spöttischem Zureden doch dazu brachte, nochmals hineinzuschauen. Als ich die Röhre meinem Auge angepasst hatte, schrie ich wieder laut auf, doch diesmal vor Bewunderung: Die Gräfin hatte das Himmelsrohr inzwischen etwas weitergerückt, und ich sah jetzt nicht mehr die Mondkugel, sondern Myriaden auseinander gerollter, silbrig glänzender Perlen und Fetzen von milchigen Schleiern in verschiedenen Formationen, wie sie unendlich langsam ins schwarze Nichts wegschwammen…

Nach dieser Begegnung blickte ich eine Zeit lang mit verzückter Hoffnung hinüber zum Tor des kleinen Stadtpalais', ganz so wie es verliebte junge Mädchen vor dem Haus des Erwählten tun. Sooft ich konnte und manchmal mehrmals am Tag, überquerte ich den Platz, um durch diese kleine List dem Zufall zu Hilfe zu kommen, damit er wieder eine Begegnung herbeiführte, aber es wurde nichts daraus. Später hörte ich dann auch, dass die Gräfin von Zeit zu Zeit einem Menschen ihre Gunst schenkt, ihn aber ebenso schnell ohne Grund und Erklärung wieder fallen lässt, wie dies zur Melancholie neigenden Gemütern ihre augenblickliche Laune gerade eingibt, dennoch glaubte ich lange Zeit an irgendeine Art heimlicher Freundschaft mit ihr, und ich hoffte, dass wir, wenn auch nicht oft, doch gelegentlich ein paar Worte miteinander würden wechseln können. Diese Hoffnung erhellte meine Tage für einige Zeit, doch da sie nicht weiter genährt wurde, kehrte langsam die graue Eintönigkeit zurück. Dann hörte ich, dass die Gräfin nach Wien zurückgekehrt sei, und ich ging nun nicht mehr betont langsam und in der Hoffnung auf eine Begegnung über den Platz, unternahm keine Streifzüge mehr in den Wald, seither zog es mich auch nur noch selten in unseren Kastanienhain hinaus, wie es schien, war seine Anziehungskraft auf mich erloschen, denn es gibt kein sicherer wirkendes Gift wider die Hoffnung, als wenn eine Laune des Schicksals vor uns und in erreichbarer Nähe aufblitzen lässt, wonach wir uns so sehr gesehnt haben, doch sobald wir die Hand danach ausstrecken, reißt sie es zurück und nimmt es in unerreichbare Fernen mit.

Ich erinnere mich noch an eine weitere Begebenheit aus diesen Jahren, mit der für kurze Zeit erneut ein wenig Hoffnung in meinem Herzen zu keimen begann: So eigenartig es auch klingen mag, diesmal war es unsere Magd, die schweigsame Margit, die, wenn auch unabsichtlich, einen Hoffnungsschimmer in mir zu nähren begann. Wir lebten schon fast zehn Jahre unter einem Dach, ohne dass wir über das Allernötigste hinaus miteinander geredet hätten. Ein gewisses Ereignis, das sie seelisch stark aufwühlte, hatte ihre Zunge mir gegenüber doch einmal gelöst, und ich erfuhr von ihr manche sonderbaren und keineswegs unwichtigen Dinge.

Um diese Zeit, also nicht lange nach meiner Begegnung mit der Gräfin, wirbelte in der Stadt der Fall eines Mädchens namens Erzsébet – sie war, wenn ich nicht irre, die ledige Tochter eines Gerbermeisters – viel Staub auf. Dieses Mädchen wurde von seiner Nachbarin dabei beobachtet, wie es spät in der Nacht bemüht war, ein verdächtiges Bündel im Garten zwischen den Kohlköpfen zu vergraben. Die Frau aus der Nachbarschaft, die, wie sie sagte, sonst um diese Zeit längst den Schlaf der Gerechten schlief, wurde in besagter Nacht von Leibschmerzen und starker Übelkeit gepeinigt, weil sie ein offenbar mit verdorbenem Fleisch bereitetes Essen verzehrt hatte, und auf dem Weg hinter den Schuppen ihres Hauses bemerkte sie, dass sich jemand im Garten des Nachbarn zu schaffen machte. Im ersten Augenblick glaubte sie, ein Gespenst zu sehen, weil die lautlos schleichende Gestalt nur ein weißes Hemd auf dem Leib trug, obwohl es schon herbstlich und kühl war. Doch als sich zwischen den Wolken plötzlich ein Spalt auftat und der Mond hervorlugte, sah diese Frau, dass es des Nachbarn Tochter war, die da im Nachtgewand herumschlich. Sie hatte ein Bündel bei sich, das sie vorsichtig neben sich legte, während sie sich hinkniete und mit einem Stück Scherben zu graben begann. Der Nachbarin ging durch den Sinn, dass das Mädchen, wenn sie es ansprach, genügend Zeit haben würde, das in Lumpen gehüllte Bündel anderswo verschwinden zu lassen, sie machte sich also gar nicht bemerkbar und kehrte still in ihr Bett zurück, doch meldete sie andertags den nächtlichen Vorfall beim Rat der Stadt. Wie sich später herausstellte, hatte sie richtig gehandelt, denn einen weiteren Tag darauf grub der Büttel der Stadt an der Stelle, zu der ihn die Frau wies, den in eine Schürze gedrehten toten Säugling aus dem durchwühlten und kaum eingeebneten Gartenboden.

Während des peinlichen Verhörs gestand das Mädchen, es habe mit dem eigenen Stiefvater in Blutschande gelebt, aber auch mit einem Gehilfen des Vaters ein unsittliches Verhältnis gehabt, und so wusste sie selbst nicht, wer sie geschwängert hatte. Der Stiefvater, so behauptete das Mädchen, habe sie anfangs unter Drohungen dazu gezwungen, ihm zu Willen zu sein. Später, als er sie schon mehrmals genommen hatte, fand sie keinen Sinn mehr darin, sich zu widersetzen. Der Gehilfe aber, sagte das Mädchen aus, habe sie belauscht und gedroht, es jedermann zu erzählen, was er gesehen, wenn sie nicht auch ihm gefügig sei. Was das Kind anging, so gab sie an, es sei tot geboren worden, und sie habe es nur aus Angst vor der Schande vergraben wollen und nicht etwa, weil sie ihm etwas angetan und seinen Tod herbeigeführt hätte.

Der Gerber, den man zuerst ebenfalls zum Tod durch das Beil verurteilte und nur auf Bitten seiner Frau, der Mutter des Mädchens, begnadigte und dessen Strafe auf hundert, und nach weiterem Flehen auf achtundzwanzig Taler herabgesetzt wurde, sagte aus, das Mädchen sei ein verdorbenes Geschöpf, das sich ihm, zwar nicht mit Worten, aber doch durch seine Blicke und sein Verhalten, ständig angeboten habe, dazu auch noch anderen Männern, bis er eines Tages in angetrunkenem Zustand der Versuchung nachgab. Da er bei ihr auf sehr wenig Widerstand stieß, musste er annehmen, das Mädchen habe es zuvor auch schon mit anderen Männern zu tun gehabt. Ähnlich lautete auch die Aussage des Gerbergehilfen. Und weil der Säugling, nach seiner blauen Gesichtsfarbe zu urteilen, gewiss durch Ersticken zu Tode gekommen sein musste, glaubte niemand der Behauptung des Mädchens, das Kind sei nach langen, grässlichen Wehen tot zur Welt gekommen; und man verurteilte sie zum Tode durch das Beil.

Seit langem schon war in der Stadt kein solcher oder ähnlicher Fall gewesen oder jedenfalls nicht ans Tageslicht gekommen, und die Neugier der Menschen wurde zusätzlich noch durch das angeheizt, was erst unmittelbar vor der Hinrichtung bekannt wurde, nämlich den schändlichen Vorfall, der sich in der letzten Nacht des Mädchens im Kerker zugetragen haben soll. Manche Leute behaupteten, der eine Büttel, andere, die Mutter selbst – sie hielt sich in dieser Nacht bei ihrer Tochter unter dem Turm auf – sei es gewesen, die die Geschichte unter die Leute brachte:

In ihrer letzten Nacht gegen zehn Uhr begab sich das Mädchen auf den Gang hinaus und rieb sich den ganzen Körper fest mit den Kleidern ab, vielleicht weil sie das Ungeziefer quälte, von dem es in dem als Lager ausgebreiteten faulen Stroh nur so wimmelte. Der Oberaufseher der Gefängniswärter gesellte sich zu ihr und betappte sie unter dem Vorwand, ihr beim Flöhefangen zu helfen, und er tat dies im Beisein der Mutter, die, wie es schien, selbst unter diesen traurigen Umständen noch stolz auf die gefälligen Formen der Tochter war, denn sie sagte zum Aufseher: »Die möchtest du wohl gern haben, was? Sie ist schön, hat Brüste und etwas zum Anfassen, nicht so ein mageres Waschbrett wie dein Weib!« Das Mädchen, heißt es, versuchte zwar matt, sich zu widersetzen und sich aus den Krallen des Aufsehers zu befreien, doch der herrschte sie an: »Was zierst du dich denn so! Bin ich vielleicht schlechter als die anderen zwei?«, und er stieß sie in eine der Zellen, wo er es mit ihr trieb.

Als sich der Vorfall in der Stadt herumgesprochen hatte, war die Empörung groß, manche sprachen den Gefängnisaufseher schuldig und verlangten seine Entfernung aus dem Amt, andere spien Gift und Galle auf das Mädchen, beschimpften es als verkommenes Subjekt, dem der Sinn auch in den letzten Stunden seines Lebens nur nach Unzucht gestanden und das sich schamlos den Wächtern angedient habe. Wie es sich auch abgespielt haben mag, sicher ist, dass sich die Kunde von diesem schändlichen Vorkommnis wie ein Lauffeuer ausbreitete und gewiss dazu beitrug, dass sich am Morgen der Hinrichtung eine noch größere Menge als sonst auf dem Platz drängte und wartete, dass die Person aus dem Verlies unter dem Turm geholt würde, um sie bis zum Richtplatz im Kaltwinkel zu begleiten, wo ihr der Scharfrichter den Kopf abschlagen würde. Ich muss zugeben, auch ich stand an jenem Morgen am Fenster und beugte mich weit hinaus, um den Karren zu sehen, auf dem das Mädchen vom Turm in Richtung Salzmarkt und von da zum vorderen Stadttor gebracht wurde. Von oben konnte ich gut erkennen, dass neben dem Karren mit schnellen Schritten auch ein Pfarrer der Papisten, der Nachfolger Spillingers, ging und eifrig auf die Delinquentin einredete, die, wie es schien, nur ein paar hilflos abwehrende Worte stammelte und dann kraftlos den Kopf abwendete. Immer wenn sie sich wegdrehte, war aus der Menge aufmunterndes Triumphgeschrei zu hören, Worte wie: »Recht so, Mädchen, bleib nur stark! Schick den papistischen Teufel zur Hölle!«

»Oh, diese Heiden, die verfluchten Heiden!«, sagte jemand gleich hinter meinem Rücken. Überrascht drehte ich den Kopf um und sah, dass es die schweigsame Margit war, die gerade aus der Küche gekommen sein musste und nun hinter mir am Fenster stand, sie knackte mit ihren langen, knochigen Fingern, wie sie das manchmal zu tun pflegte, wenn sie sehr erregt war, und mit finsterem Blick starrte sie auf die Vorgänge unten.

»Wie?«, ich sah sie erstaunt an, weil ich nicht wusste, was sie damit meinte.

Margits Gesicht lief flammendrot an, wie immer, wenn sie sich genötigt sah, mehr als ein paar kurze Worte zu sagen, und noch dazu über eine Sache, die ihr offenbar mehr am Herzen lag als die Beilage zum Sonntagsbraten. Doch jetzt musste ihr das Geschehene sehr zu Herzen gegangen sein, und ihre Erregung ließ sie die Worte gleichsam in aufeinander folgenden Wellen hervorstoßen, während sich die Röte auf ihrem Gesicht immer mehr vertiefte und langsam ins Violette verfärbte.

»Ja, seht Ihr das denn nicht«, schrie sie fast, deutete mit dem Kopf auf den Platz hinunter und bebte förmlich in ihrem Zorn. »Diese Unglückselige hat vielleicht noch eine Stunde zu leben, und die da unten raufen sich um ihre Seele wie Hunde um einen fetten Brocken! Hört Ihr nicht, wie sie sie anstacheln, dass sie dem Schwarzkittel widerstehen soll – als ob das in diesem Augenblick das Allerwichtigste wäre!«

»Natürlich höre ich es, nur verstehe ich nicht, warum du sie Heiden nennst…, wo sie doch die Unglückliche gerade darin bestärken wollen, dass sie an unserem Glauben festhält…«, sagte ich unsicher. »Oder bist du vielleicht Papistin, Margit?«, fragte ich sie verdutzt, sie antwortete mir nicht, schwieg nur verstockt mit abweisendem Gesicht.

»Ein papistischer Pfarrer hat mich getauft«, gestand sie kurz und mürrisch, doch dann brach es wieder aus ihr hervor, sie stieß die Worte so wild hervor, dass ich erschreckt zurückwich. »Glaubt Ihr vielleicht, die sind besser? Immer knebeln die, die oben sind, die anderen, aber sonst sind sie alle gleich, alle von einer Sau geferkelt!«, warf sie mir zornig hin, doch dann muss sie sich wohl geschämt haben und fing an, mit einem Lappen die Tischplatte abzureiben, sicher auch, damit ich nicht glaubte, unser Diskurs halte sie von der Arbeit ab. Doch etwas musste sie noch loswerden, nur richtete sie von da an den Blick auf die Tischplatte, als rede sie mit der.

»Natürlich, sie sprechen ihr jetzt Mut zu, damit bloß nicht die anderen triumphieren... Das allein ist ihnen wichtig, nicht das Seelenheil dieser Unglückseligen... Und dann, muss man überhaupt so mit Sündern umgehen? Ist unser Herr vielleicht mit der Ehebrecherin so umgegangen? So gehen nur die Schriftgelehrten und Pharisäer mit ihnen um!«, schoss es aus ihrem blutroten Kopf hervor, indessen rubbelte und wischte sie wild an einigen kaum wahrzunehmenden Flecken auf der Tischplatte herum, als hätte sie jene Pharisäer und herzlosen Schriftgelehrten zu bearbeiten. »Und sind sie selbst denn so viel besser als dieses arme Ding? Der Unterschied ist doch nur, dass die Untaten dieser Leute nicht ans Tageslicht gekommen sind..., wirklich, wie die kalkweißen Gräber, die Schrift sagt es ja... Und vielen, die jetzt den Stab über sie brechen, lasten größere Sünden auf dem Gewissen... Und dann, wie sie damals die Armen aus der Stadt gejagt haben, in der großen Hungersnot! Heiden sind sie, ja!«, rief sie mit vor Zorn bebenden Lippen und machte sich, nachdem sie das Wischen für kurze Zeit unterbrochen hatte, wieder über die Tischplatte her.

»Ja, so sind sie halt, die Menschen«, antwortete ich zögernd, nur um etwas zu sagen, aber die Magd schüttelte nur finster den Kopf.

»Nicht alle, das könnt Ihr mir glauben«, murmelte sie, während sie die Fransen des wieder auf den Tisch gelegten Läufers ordnete.

»Wieso, kennt Ihr vielleicht auch andere Menschen?«, fragte ich sie rasch, denn mich beschäftigte es, dass sie das Verhängnis dieses unglücklichen Mädchens so aus der Fassung brachte. Doch Margit beantwortete meine Fragen nur mit Kopfschütteln, sagte zum Schluss nur noch so viel, dass es bestimmt noch ein paar Wahrhaftige in diesem herzlosen, hochmütigen Sodom gebe, nur seien die gezwungen, sich vor den Schikanen der Welt zu verbergen.

Später hat sie mir auch noch mehr verraten, aber nur nach langem Drängen und auch dann sehr zögerlich. So viel konnte ich ihr jedenfalls entlocken, dass diese Wahrhaftigen – über die Näheres preiszugeben sie nicht bereit war – sich samstags zusammenfanden, und zwar im Haus des viel im Ausland herumgekommenen Schneiders, der die Lehre von irgendwo in Holland oder England mitgebracht habe, um sie hier an solche Personen weiterzugeben, die er für würdig hielt, worauf sich auch diese wieder in ihren Kreisen umsahen nach Leuten, von denen sie wussten, dass die Saat in ihren Seelen auf fruchtbaren Boden fallen würde … Margit war nicht bereit, mir zu sagen, wie viele von diesen Wahrhaftigen es in der Stadt gab, doch ich konnte mir denken, dass ihre Zahl nicht sehr groß war, wenn sie alle in dem armselig kleinen Vorstadthäuschen des hinkenden Schneiders Platz fanden. Seither habe ich mich immer gefragt, wenn ich beim Kommen und Gehen hier und dort einem Menschen begegnete, dessen Gesicht mehr Sanftmut und Gutmütigkeit verriet als das der anderen, ob er vielleicht einer von ihnen war, und ich verbrachte meine Tage wieder froher und mit mehr Hoffnung. Im Laufe der Zeit nistete sich diese wachsende Hoffnung bei mir ein, und sie bewog mich, bei Margit nicht mehr lockerzulassen, bis sie mir versprach, mich bei passender Gelegenheit, wenn dies ohne Aufsehen möglich wäre, einmal ins Haus des Schneiders mitzunehmen, wo ich die Wahrhaftigen und die Lehre, der sie anhingen, kennenlernen könnte, um zu erfahren, ob ihre Saat am Ende auch in meiner Seele keimen würde.

Es dauerte recht lang, bis sich eine Möglichkeit fand. Eines Tages reiste Vater nach Wien, um sich nach einem neuzeitlichen Concoctum umzusehen, das damals gerade in Mode kam und nach dem ihn immer mehr Kunden fragten. Da die Wahrhaftigen zufällig am Abend dieses Tages zusammenkamen, beschlossen wir, dass ich Margit begleiten würde. Zur Sicherheit borgte ich mir eines der Tücher von der Magd aus und warf es mir über die Schulter, unter meinen Röcken wählte ich einen besonders abgetragenen. Es war ein windiger Frühlingsabend, und die Dämmerung brach schon herein, als wir uns auf den Weg machten zum Haus des Schneiders. Unterwegs mussten wir auch durch das so übel beleumdete Stadtviertel gehen, und ich sah wieder das über den Zaun hängende, dornige Geflecht der hochlaufenden Heckenrose, und hier und da erblickte ich auch für Augenblicke das eine oder andere der unglückseligen Geschöpfe am Fenster. Ich beobachtete, wie eine Dirne, auf den Zehenspitzen stehend, zum Trocknen hinausgehängte Röcke und Hemdchen von der Leine raffte und über den Zaun hinweg ihrer Kollegin etwas zurief, die soeben dabei war, das zum Lüften und Säubern hinausgehängte Bettzeug mit den Handflächen abzuklopfen und, das fleckige, sich oben und unten aufplusternde Federbett an die Brust gedrückt, gegen den Wind ankämpfte, um zurück ins Haus zu gelangen. Ich erinnere mich noch, wie heftig der Wind an unseren Umhangtüchern zerrte und in der Vorstadt entlang des Baches die herabhängenden Weidenäste drehte und wirbelte, und ich sehe uns noch den breiten Weg zur Michaelis-Kirche hinaufstapfen, als sich dort oben bei der Einmündung der Straße die Sonne am gelbleuchtenden, wie fieberkranken Westhimmel anschickte unterzugehen. Auf der breiten, menschenleeren Straße war kein anderer Laut zu hören als das Sausen des Windes, gelegentlich einmal das Holpern eines Pferdegespanns, das Knarren schwergängiger Einfahrtstore, wenn der junge Bauer vom Wagen sprang und sich hinter den wuchtigen Torflügel klemmte, um die Einfahrt für das heimkehrende Gespann frei zu machen. Am Himmel glühte der letzte Rest des Dämmerscheins, als wir den Friedhof erreichten: Dort bogen wir rechter Hand von der Straße ab und gingen weiter den Bach entlang. Hier waren die Häuser noch geduckter und sahen armseliger aus. Ihre schäbigen Hinterhofgärten endeten am Bach und hatten meist nicht einmal einen Bretterzaun, vielmehr waren sie mit einem dürftig geflochtenen Gatter oder gar nicht gegen den Bach abgegrenzt. Im Sommer überwucherten die Brennnesseln mit ihrem dichten Grün und den an das Flämmchen einer Ölfunzel erinnernden lila Blütchen das Bachufer, dazu die weit ausladenden Kletten; jetzt aber kamen die Grasspitzen erst spärlich heraus, und in der bereits einsetzenden Dunkelheit waren das Gerümpel und der Plunder noch gut auszumachen, den die Anwohner, wenn er selbst für sie nicht mehr zu gebrauchen war, an den Uferrand oder in den Bach warfen: zerrissene bunte Lumpen, schon oft geflickte, nun aber allzu durchlöcherte Töpfe, teilweise schon vom Rost zerfressene Pfannen lagen hier über- und nebeneinander, an einer Stelle der Kadaver einer Katze mit gestreckten Beinen und ausgelaufenen Augen. Den Rock hochgerafft und voller Angst, irgendein verrostetes Stück oder eine scharfkantige Scherbe könnte mir das Bein zerkratzen oder schneiden, trat ich vorsichtig auf und rümpfte die Nase wegen des üblen Gestanks. Einmal spürte ich erschrocken, dass etwas meinen Knöchel streifte. Als ich mich nach der Ursache umsah, erblickte ich eine große, rötliche Ratte, die mich, unbewegt am Bachufer sitzend, einen Augenblick lang ansah, dann, ihren nackten, dünnen Schwanz hinter sich herschleifend, über das schmale Bächlein sprang und auf der anderen Seite unter dem Zeltdach der herabhängenden Sträucher verschwand.

Endlich kamen wir zum Haus des Schneiders, besser gesagt, zum Garten hinter seinem Haus. Wir zwängten uns durch das schüttere Gestrüpp der Einfriedung, durchquerten das verwilderte Küchengärtchen, in dem noch die Unkrautstängel vom letzten Jahr zu gelben Stielen vertrocknet vor sich hinraschelten und da und dort auch noch ein Stück faulendes Blattwerk von abgefrorenen Kohlblättern oder Rüben zu sehen war, dann klopften wir an die Hintertür. Der Schneider, ein Mensch mit krummem Rücken und langer Nase, der mich wegen seines mageren Gesichts und der demütig blickenden Augen ein wenig an einen Hund erinnerte, führte uns durch die finstere Küche in einen helleren, größeren Raum, der wohl seine Werkstatt war, denn an der Wand sah ich mehrere aufgerollte Ballen von Tuch und Leinwand übereinandergestapelt, und in einer Ecke stand eine Holzpuppe ohne Kopf und Gliedmaßen auf einem runden, flachen Fuß.

In dem Raum drängte sich schon eine ganze Reihe Menschen in lebhaftem Gespräch, und – dies fiel mir sofort auf – es waren viel mehr Frauen als Männer da. Als wir eintraten, wurde es still, und alle musterten mich, vor allem die Frauen. Eine von ihnen, ein schwächliches Persönchen, vielleicht nicht größer als ein zwölfjähriges Mädchen, in dessen schon etwas verhärmtem und doch kindlichem Gesicht beseelte, große blaue Augen glänzten, trat zu uns und fragte Margit flüsternd etwas; die, verglichen mit der zierlichen Person, baumlange Magd musste sich, um ihr ebenso leise zu antworten, tief zu ihr hinunterbeugen. Nachdem sie Margits Erklärung vernommen hatte, lächelte sie mich freundlich an, strich mir mit ihrer an ein Vogelfüßchen erinnernden Hand über den Arm und sagte in unerwartet herzlichem Ton, sie freue sich, mich im Kreise der Kinder Gottes begrüßen zu können. Beklommen setzte ich mich an Margits Seite auf eine der an der Wand stehenden langen Bänke, versuchte von hier aus verstohlen die Anwesenden in Augenschein zu nehmen, um festzustellen, ob sie mit dem Bild übereinstimmten, das ich mir von ihnen gemacht hatte. Anfangs konnte ich nur so viel bemerken, dass ich vermutlich die einzige besser gestellte Bürgersfrau unter ihnen war, denn die meisten dieser Wahren kamen offenbar aus sehr bescheidenen Verhältnissen, waren Frauen von Handwerkern und Kleinhäuslern. Auch die wenigen anwesenden Männer machten einen schlichten und ärmlichen Eindruck, ausgenommen der Schneider und ein anderer, dessen Kleidung ungewöhnlich war, womöglich ausländischer Herkunft, und der mir ein Bessergestellter zu sein schien. Ihn umgab ein ganzes Kränzchen andächtig lauschender Weibspersonen.

Kurze Zeit später führten zwei Frauen ein etwa vierzehn-, fünfzehnjähriges mageres Mädchen herein. Seitlich untergehakt, stützten sie es vorsichtig, doch ob sie irgendein körperliches Gebrechen, eine Lähmung oder dergleichen am Gebrauch ihrer Beine hinderte oder ob es nur die übertriebene zärtliche Fürsorge der Begleiterinnen war, konnte ich von meinem Platz aus nicht erkennen. Das Mädchen war, sobald man es sanft über die Türschwelle gehoben hatte, sogleich von vier, fünf Frauen umgeben: sie kämmten ihr das über die Schultern fallende, fahle Haar, strichen sich mit ihrem schmalen, kraftlos wirkenden Händchen über ihre Gesichter oder waren bemüht, wenigstens an ihrem weißen Kleidchen etwas zu richten, die herabfallenden Falten zu ordnen. Bald darauf betrat eine hochgewachsene, knochige Frau den Raum. Margit flüsterte mir zu, sie sei das Eheweib des Schneiders, und in der Tat kam es mir vor, als sähen sich die beiden sogar ein wenig ähnlich: Auch die Frau hatte ein langgezogenes Gesicht und eine gebogene Nase, doch während sein schmales Antlitz mit den tiefliegenden Augen andächtige Demut ausstrahlte, blickte seine Frau mit ihren hervortretenden schwarzen Augen streng und misstrauisch, ja anklagend um sich. Wie der Blick dieses glühenden Augenpaars durch den Raum wanderte, war zu spüren, dass er diejenigen, auf denen er liegen blieb, buchstäblich brannte. Auch war beim Eintritt der Schneidersfrau unter den Anwesenden eine merkliche Unruhe entstanden, vor allem bei jenen Frauen, die verstohlen versuchten, ihre bescheidene Zier – Schleifen, Anstecknadeln, die sie an ihrer Kleidung trugen – zu entfernen. Sogar die schweigsame Margit, von der ich geglaubt hatte, ihr läge jegliche Eitelkeit fern, streifte flugs das Messingringlein mit dem blauen Stein aus Glas vom Ringfinger und versenkte es in ihrem Täschchen, während ihr das Gesicht vor Scham flammendrot anlief.

Dann legte sich die Unruhe, und alle Anwesenden richteten ihre Blicke auf das am Ende des Raumes stehende, aus leeren Kisten zusammengenagelte kleine Katheder, eine Art improvisiertes Pult, zu dem der Schneider, sich an den Arm seiner Frau klammernd, hinaufstieg. Er wartete, bis die entsprechende

Ruhe eingekehrt war, begrüßte dann die Versammelten, die er seine Brüder und Schwestern nannte, begann danach sogleich, die Augen meist zu Boden gerichtet, leise, fast im Flüsterton, so dass ich all meine Aufmerksamkeit darauf verwenden musste, ihn zu verstehen, vom Leid und der Vergänglichkeit des Lebens sowie von der Verwerflichkeit des Zeitlichen zu sprechen, wie auch vom Höchsten Guten, nach dem wir alle streben sollten. Immer wieder mischte er lateinische Brocken in seine Rede, ob richtig oder falsch, konnte ich nicht beurteilen, und nahm wiederholt Bezug auf irgendein im Ausland gedrucktes Büchlein, aus dem er, wie er sagte, oft hehre Gedanken schöpfe.

Nach ihren Mienen zu schließen, waren die Anwesenden pflichtschuldigst bemüht, den Ausführungen des Schneiders mit all ihrer Aufmerksamkeit zu folgen, doch als diese bereits mehr als zwei Stunden gedauert hatten, war unter den Zuhörern da und dort vorsichtiges Stühlerücken und Flüstern zu vernehmen, das jedoch schnellstens erstarb, wenn ein zornigflammender Blick der Schneidersfrau die Schuldigen traf.

Als sich der Schneider, gestützt auf den Arm seiner Frau, langsam vom Katheder herunterbemühte, trat an seine Stelle die kleingewachsene Frauensperson, die mich bei der Ankunft so freundlich begrüßt hatte. Sie redete bedeutend kürzer, aber in viel gefühl- und ausdrucksvollerem Ton, und alles, was sie sagte, war klug, wohl formuliert und überzeugend. Und es hatte den Anschein, dass sie in dem Zeitraum zwischen den Zusammenkünften die Mitglieder der Versammlung der Reihe nach aufsuchte, sich auch um ihre Beschwernisse und Sorgen kümmerte. Das eine oder andere Mal sprach sie jemanden namentlich an, lobte ihn, stellte diese und jene auch als lobenswertes Vorbild hin, wenn von den Tugenden der Barmherzigkeit, der Mildtätigkeit die Rede war und von der Ergebenheit in den Willen Gottes. Und als sie die Versammelten in herzergreifendem Ton ermahnte, friedlich miteinander umzugehen, ihrem Nächsten zu vergeben, so sich der gegen sie versündigt habe, standen ihr Tränen in den Augen, und sie blickte ernst, beinahe flehend zuerst auf die eine, dann auf die andere der ihr gegenübersitzenden Frauen, neigte sich im Stehen auch noch etwas vor, hob die kleinen Hände, als wolle sie durch Berührung die Zerstrittenen anflehen, sich wieder zu versöhnen. Dann begann sie, vom Himmelreich zu schwärmen, von der ewigen Glückseligkeit, die dort auf die Wahrhaftigen warte: Sie sprach wie vom Geist ergriffen, mit strahlenden Augen, und während ich ihrer Rede lauschte, entfaltete sich vor meinem geistigen Auge das Bild eines märchenhaften Zaubergartens, in dem derselbe Baum zur selben Jahreszeit Blüten und Früchte zugleich hervorbrachte, wo Lämmer an der Seite des Wolfes ruhten, wo Tier und Mensch in friedvoller Eintracht und Liebe miteinander lebten. Bei ihren Worten lächelten viele der Anwesenden verklärt und mit feuchten Augen, doch bemerkte ich, wie der Mund der Schneidersfrau, die weiterhin neben dem Katheder stand, verächtlich zuckte und sie mit einigen anderen Frauen bedeutungsvolle Blicke wechselte.

Als auch diese kleine Person mit ihrer Rede am Ende war, kam im Raum ein erwartungsvolles Murmeln und Flüstern auf, denn nun schickte sich der hochgewachsene, seltsam gekleidete Mann an, sich aus der Mitte der um ihn versammelten Frauen zu erheben, der, wie auch seine Kleidung verriet, vor nicht allzu langer Zeit aus einem fremden Land heimgekehrt sein musste, gewiss aber aus einer Gegend, in der der wahre Glaube vermögende und einflussreiche Protektoren hatte und wo sich die Gefolgschaft nicht vor den Augen der Welt verkriechen musste, sondern ihre Überzeugung offen und mutig bekennen konnte. Dieser bedeutende Mensch sprang nun leichtfüßig auf das Bretterpodium, so als wäre er gar keine Person des Glaubens, sondern ein im Fechten und anderen Leibesübungen geübter Athlet, und seine tiefe, volltönende Stimme brachte die Wände des schwach gebauten Häuschens fast zum Erbeben. Zunächst berichtete er, was er auf seiner Wanderschaft alles in der Welt gesehen und wie sehr sich das Böse überall ausgebreitet habe. Allerorten erginge sich das Volk in Fleischeslust, so predigte er mit dröhnender Stimme, es schlemme und prasse und suhle sich in Unzucht. »Und Ihr, haltet Ihr es vielleicht anders?«, herrschte er die Anwesenden an, und sein Angesicht, das zuvor, als er über die Unzulänglichkeit des Menschen, zumal die mangelnde Stetigkeit und Schwäche der Frauen, scherzte, ein brüskes Lächeln gezeigt hatte, wurde hart wie Erz, und er bohrte den Blick seiner leuchtenden blauen Augen buchstäblich in die Seelen der Zuhörer.

Jedermann strebt nach Glück, fuhr er fort, aber was dieses Glück sein soll, was es ist, das uns im Leben glücklich macht, darüber denken die wenigsten nach. »Wohlan, schau dir die Völker dieser Erde an, allerorten gibt es Beklagenswertes zur Genüge … Den einen quält die Rastlosigkeit, der andere jammert über die Last der Arbeit. Den einen reut, dass er Kinder hat, ein anderer klagt und weint, weil er sie verlor … Erkennst du nicht, welcherart Dasein uns die Natur bestimmt hat, die den Menschen doch vor allem auch das Weinen lehren wollte? Denn damit beginnen wir unser Leben, damit setzen wir es fort, und damit bringen wir es auch zu Ende …«

»Doch je größer die Qual, umso größer der Triumph!«, dröhnte er mit lauter Stimme. »Ein schlechter Soldat, der seinem Feldherrn unter Wehklagen ins Feldlager folgt! Großherzig ist, wer sich Gottes Willen unterwirft, doch niederträchtig und falschen Sinnes der, welcher den Fehler nicht bei sich, sondern in Gott entdeckt zu haben wähnt … Doch gibt es nicht auch unter Euch solche, die falschen Sinnes sind?«, herrschte er die Anwesenden erneut an und bohrte seinen bis in die Seele dringenden Blick mal diesem, mal einem anderen in die Augen, und ich sah, dass nicht nur ich allein unter diesem Blick zusammenzuckte. Dann sprach er davon, dass uns die Verderbnis in der Welt klarer als der helle Tag das Ende anzeige. Er wies auf die Zeichen am Himmel hin, von denen sich ablesen ließe, wie nahe der Jüngste Tag sei: In einer deutschen Stadt ging blutiger Regen hernieder, in Spanien gebar eine Frau ihr Kind mit zwei Köpfen, in Welschland wurden zwei Sonnen am Himmel gesehen. Er ermahnte die Zuhörer, sich gegen solche Schläge zu wappnen, mit denen Gott ihre Seele stählen wolle, auf dass sie sich des ewigen Lebens würdig erwiesen. Die Versammelten folgten seinen Worten bleich und mit aufgerissenen Mündern, gelegentlich schluchzte eine der Frauen erschrocken oder voll Ergriffenheit auf.

Der Vortragende, der diesem Manne folgte, gleichsam ein Zerrbild seines Vorredners, konnte nur mühsam, durch zwei Krücken gestützt, aufs Podium hinaufgelangen, denn vom Knie abwärts fehlte ihm sein rechtes Bein, und wenn er im Eifer seiner Rede von Zeit zu Zeit selbstvergessen den Stock, den seine Rechte umklammerte, drohend gegen die Brüder und Schwestern erhob, kam er ins Wanken und fand nur schwer sein Gleichgewicht wieder. Auch er geißelte die Sünden der Mächtigen und Reichen mit nörgelndem Singsang in der Stimme, während sich sein Gesicht mit der niedrigen Stirn und der platten Nase vor Erregung verzerrte und ihm Speichel aus dem Mund spritzte. Er könne auch nicht verschweigen, schrie er heiser und mit vor Zorn versagender Stimme, dass Stolz, Putzsucht und Hochmut sich sogar bei den hier versammelten Wahrheitsuchenden eingeschlichen hätten, und er begann aufzuzählen, was an Verwerflichem er in Kleidung und Betragen bei den Teilnehmern dieser Versammlung ausgemacht hatte. Insbesondere die verschieden geformten Kopfbedeckungen waren ihm ein Dorn im Auge, Gott hat den Menschen mit dem Haupthaar ausgestattet, um ihn damit gegen die Unbilden des Wetters zu schützen, und nicht mit dem aus Tuch, Leinen oder gar Sammet gefertigten Tand. Auf den Kopfputz kam er immer wieder zu sprechen, doch konnte er sich auch nicht mit bestimmten neumodischen, bunten Tellern abfinden, die er unlängst in der Küche irgendeiner Nachbarin gesehen hatte. Die Zuhörer gaben einander durch verständnisinnige Blicke und ungeduldige Seufzer kund, dass sie genug hatten von all dem, und sie atmeten auf, als dieser Unglückselige sich endlich vom Katheder herunterquälte.

Die Versammelten begannen sich zu rühren, unruhig mit den Stühlen zu rücken, und ihre Augen glänzten jetzt noch erregter als vorhin, da sich der aus dem Ausland angeschickt hatte zu reden. Nun sah ich, dass zwei Begleiter dieses vierzehn-, fünfzehnjährige schwächliche Mädchen mit dem Flachshaar, das kurz nach meinem Eintreffen in den Versammlungsraum gebracht worden war, vorsichtig zum Rednerpult führten, jemand stellte auf das Katheder eine kleinere Bretterkiste, wohl damit sich das Mädchen hinsetzen und ausruhen konnte, wenn das Stehen ihre Beine ermüden würde. Doch setzte es sich nicht auf die Holzkiste, sondern stützte sich während seiner Rede nur kurz mit einer Hand auf. Auch sie sah, wie der Schneider, nicht die Zuhörer an, wandte vielmehr den Blick ständig nach oben, richtete ihre großen blauen Augen oft so weit zum Plafond empor, dass man nur noch das Weiß ihrer Augäpfel sah und fürchten musste, sie würde im nächsten Augenblick ohnmächtig hinsinken.

»Ich hatte eine Erscheinung…«, begann sie mit hoher, dünner, klingelnder Stimme, als ertönten feine Glasglöckchen, und redete dann länger als eine Viertelstunde von allerlei Engeln, die sich auf dem Spiegel des Wassers niederließen, von gekrönten, in die Herde preschenden Wölfen, von geflügelten Schlangen, die zusammengerollt im Heiligtum dösten, und vom Lamm, das, auf einem quadratischen Tuch stehend, herniederschwebte. Ich gestehe, dass ich in ihren Worten, wiewohl sie mich manchmal durch ihre Schönheit erschaudern ließen, keinerlei Sinn entdecken konnte, doch schloss ich aus den bedeutungsvollen Blicken, die die Übrigen miteinander tauschten, und aus dem immer wieder hervorbrechenden Schluchzen, dass sie verstanden, wovon das Mädchen sprach. Schließlich verstärkte sich ihre Stimme schon fast zum schrillen Schreien, ihre Worte verfingen sich ineinander, ihre Pupillen verschwanden immer wieder unter den schlaff herabfallenden Augenlidern, die Knie knickten ihr ein, und wenn die beiden Begleiter, die vermutlich schon bei den ersten Anzeichen die nahende Gefahr erkannten, nicht herbeigesprungen wären und sie gerade im richtigen Augenblick aufgefangen hätten, sie wäre auf dem Katheder ohnmächtig hingesunken.

Die Versammlung sang noch einige sehr schöne, mir unbekannte Psalmen, dann ließ uns der Schneider paarweise durch die Hintertür hinaus, nicht ohne uns zu ermahnen, die mitgebrachten Laternen erst in den belebteren Gassen anzuzünden, damit wir durch die ungewöhnlich zahlreichen Lichtlein nicht die Aufmerksamkeit der Wache auf sein Haus lenkten. Auf dem Heimweg am finsteren Bachufer entlang versuchte ich Margit dies und jenes zu sagen, das sich bei der Begegnung mit den Mitgliedern dieser sonderbaren Versammlung – mit dem Schneider, seiner Frau, ihrer weissagenden Tochter und den anderen – in meinem Kopf abgespielt hatte, doch sie kniff trotzig die Lippen zusammen, antwortete nur so viel, dass diese alle sehr weise und fromme Menschen seien, jeder auf seine Art, doch sie selbst sei weder klug genug noch so reinen Herzens, dass sie ein richtiges Urteil über sie sprechen könne. So brachte ich diese sonderbaren Kinder Gottes bei Margit gar nicht mehr zur Sprache, obwohl sie noch eine ganze Weile treu bei mir gedient hat; Jahre später sollte sie ihre arme Seele auch unter dem Dach unseres Hauses aushauchen, ich habe sie bitterlich beweint.

IX

Die Jahre gingen dahin, bereits ein Dutzend und noch drei dazu waren vergangen, seit wir uns in Ödenburg eingerichtet hatten, doch brachte der Ablauf dieser langen Zeit so wenig Veränderung in mein Leben, dass es mir vorkam, sie alle wären nur die stete Wiederholung ein und desselben Jahres gewesen. Vergeblich stöbere ich in meinem Gedächtnis nach Anhaltspunkten und Wegweisern, nach ein paar wichtigeren Ereignissen, die wie Felsbrocken aus der farblos dahinziehenden Strömung herausragen würden. Dennoch hier das eine oder andere denkwürdige Vorkommnis aus dieser ganzen Zeit:

Im Jahre 1606, am Tag vor Christi Himmelfahrt, brach abends gegen fünf in der Wolfser Straße ein mächtiges Feuer aus. Bis auf das kleine Häuschen, das abseits der Gasse stehen blieb, hat das Feuer in der Straße alles vernichtet.

Im Jahre 1608 fiel zu Matthias so viel Schnee, wurden manche Häuser so eingeschneit und zugeweht, dass die Menschen die Türen nicht mehr öffnen konnten und Nachbarn sie ausschaufeln mussten.

1610 erstach ein Jesuit den König der Franzosen mit einem Messer. Der Mörder wurde gefoltert und dann hingerichtet, seine Asche in alle Winde zerstreut. In demselben Jahr hat man in Ödenburg den alten Stadtturm schön erneuert, und in der obersten vergoldeten Kugel des Turmhelms wurden die Namen des Bürgermeisters und aller Ratsherren der Stadt hinterlegt.

Im selben Jahr begannen dem Borstenvieh die Füße abzufaulen, so dass die armen Tiere fast auf Knien laufen mussten. Die

Menschen aber wurden von einem sich epidemisch verbreitenden Genickschmerz befallen.

Im Jahr darauf brach im Haus des Herrn Wolf Artner in der Sankt-Georgen-Gasse ein Feuer aus, das von der Dienstmagd gelegt worden war, um an das Geld des Herrn Artner zu gelangen. Für ihre Tat wurde die Magd enthauptet und verbrannt. Das Feuer hatte bis an die Sankt-Georgen-Kirche alle Häuser verschlungen. Man sagte auch, ein Kuttenträger, der angeblich Kaplan des Kaisers war, habe in einer Flasche gegen den König gerichtete böse Geister bei sich getragen und einen Hund auf den Namen Matthias getauft: Bis dieser Hund ausgezehrt wäre, hieß es, sollte auch König Matthias ausgezehrt sein.

Des Weiteren war zu hören, dass Erzherzog Leopold mit 10 000 Mann auf der Kleinseite in Prag eingedrungen sei und den ganzen Stadtteil geplündert habe.

Im selben Jahr setzte der Reichspalatin die Witwe des seligen Ferenc Nádasdy auf seinem Gut in Csejte fest und ließ sie einmauern, weil sie mehr als hundert Mädchen grausam hatte ermorden lassen.

Im Jahr 1614, nach dem neuen Kalender einen Tag nach Sankt Vitus, senkte sich ein übler, fast beißender Nebel nieder, der in der ganzen Umgebung die Getreidesaaten vernichtete, so dass nichts als leere Ähren übrig blieb.

1616 gab es einen sehr langen, trockenen Sommer, viele starben an der Ruhr, zudem hatten wir zwei große Feuersbrünste. Der Wasserstand des Sees fiel um Manneshöhe und war sehr niedrig geworden. Im selben Jahr mussten wir hören, dass die Venezianer die Provinz des Fürsten Ferdinand von Graz verheert, die Einwohner vertrieben und die Kinder ins Meer geworfen hatten.

Das Jahr 1617 aber gehörte den Mäusen, denn überall, auf den Äckern, in den Weingärten konnte man große Mengen dieser grauen Nager sehen. Im selben Jahr gab es um Bartholomä einen wüsten Hagelschlag, der auf dem Harkauer und dem Wolfser Weinberg bis zur Ried Spernsteiner alles vernichtet hat.

Wo bislang ein Ohm geerntet worden war, erzielte man nun kaum zwei Pinten, doch war der Wein sehr gut und stark.

Im Jahr darauf schlugen die Venezianer die 13 000 Mann der Spanier und des Fürsten von Graz. Im Pfingstmond desselben Jahres kamen überall in der Gegend schwarze Nacktschnecken über die Gemüsegärten und fraßen die Kohlpflanzen gänzlich ab. Auch eine Maikäferplage gab es noch in eben diesem Jahr.

Bei meinem Vater nahm ich die Spuren des Wirkens der Zeit eher wahr als an mir selbst: Er behielt zwar seinen aufrechten Gang, und auch sein Haar wurde nur unmerklich schütter, doch runzelte sich bei ihm die Haut unterhalb der Augen, seine Lider schwollen an und stülpten sich ein wenig über die Augäpfel, so dass sein Blick etwas von dem einer Eidechse oder eines anderen kaltblütigen Tieres bekam. Auch unterm Kinn wurde ihm die Haut schlaffer, formte sich am Hals zu einem Lappen, wie man ihn von manchen gefiederten Tieren kennt, und an seinen Armen und Beinen platzten da und dort Äderchen, und die Haut verfärbte sich dort in auseinander fließenden Flecken blau. In der Früh, wenn er sich nach seiner Gewohnheit besah und solche heimtückischen Verwüstungen durch die Zeit an sich feststellte, zeigte er auch mir die Verfärbungen und sah mich dabei so kläglich und erschrocken an wie ein Kind, das sich beim Spielen weh getan hat. Und sooft er wieder eine dieser ruinösen Spuren der verrinnenden Zeit an sich feststellte, die ihn dem unausweichlichen Ende näher brachten, überfiel ihn eine in tiefe Düsternis führende Erregung, als wären solche vom Alter verursachten Veränderungen ein ihn allein treffendes Unrecht und nicht das gemeinsame Schicksal aller Lebewesen. Immer wieder gewann ich den Eindruck, als mache er mich in der Tiefe seines Herzens auch dafür verantwortlich, so wie kleine Kinder für jeden Schmerz, den ihnen die Welt, ein Windstoß oder die Tischkante beibringt, die Schuld bei der Mutter suchen. Ich erinnere mich, wie er sich einmal in den Finger geschnitten hatte, als er das klemmende Schloss seiner Geldschatulle mit einer

Messerklinge hatte aufsprengen wollen, und betreten wie ein Kind auf die zu Boden fallenden dunklen Blutstropfen starrte, um mich dann grob und fassungslos anzuherrschen, weil er meinte, ich sei nicht schnell genug aus der anderen Stube zurückgekehrt, in die ich um Mull gelaufen war. Willst du, dass ich hier vor deinen Augen verblute?, zischte er hasserfüllt zwischen den Zähnen, und dennoch streckte er mir in kindlicher Hilflosigkeit den verletzten Zeigefinger hin, damit ich ihm die eigentlich harmlose Blutung stille.

Bei mir selbst habe ich, wie gesagt, die Zeichen der dahingehenden Zeit weniger wahrgenommen, obwohl es mich vielleicht gar nicht mehr gestört hätte, wenn sie an meinem Körper, in meinem Gesicht ihre untrüglichen Spuren hinterlassen und zugleich meine unruhige Seele gebändigt und im Gedanken an das nahende Alter besänftigt hätte, was auch allerlei eitlen Wünschen und Hoffnungen ein Ende setzen würde, wie ich damals glaubte. Gelegentlich kam es mir vor, als sei mir der innere Friede schon zuteil geworden und alles, wonach ich mich früher gesehnt, bereits gleichgültig, doch erwies sich dieser Friede jedes Mal als trügerisch und war nichts anderes als eine nur Tage dauernde Windstille, führte lediglich dazu, dass danach die aufgewühlten Leidenschaften in meiner Seele erneut und umso heftiger zu toben begannen. Sah ich beim Waschen oder Ankleiden an mir hinunter, fand ich mich noch genauso reizvoll und anziehend wie in meiner Mädchenzeit. Wenn ich dann überlegte, dass all dies ganz unnütz sei, dahinschwindet und verloren geht wie das Leinen, das von aller Welt vergessen auf dem Boden einer Truhe vergilbt und zerfällt, so wünschte ich mir beinahe schon, dass mein sündiges Leben vor den Augen der Welt offenbar werde und man mich auf den Scheiterhaufen stelle, wo ich binnen weniger Stunden Staub und Asche bin, statt in diesem Zustand einer Lebendigtoten zu verwelken und ohnmächtig zu warten, bis mich die verrinnende Zeit langsamer als die Flammen und ebenso erbarmungslos verzehrt.

Doch Vater wachte eifersüchtig über mich, obwohl er selbst, so empfand ich es, nicht viel Freude an mir hatte, vergalt er mir angebliche Fehltritte, zu denen ich doch gar keine Gelegenheit gehabt hätte, rücksichtslos und sogar dann, wenn er einzig aus meinem Verhalten, aus meiner Rede oder auch nur aus einem Blick von mir derlei Absichten abzulesen glaubte. Gewann er den Eindruck, dass ich in Gesellschaft mit dem einen oder anderen jüngeren Mann liebenswürdiger redete als mit anderen, dass ich, auf der Gasse mit einem auch nur einen flüchtigen Blick wechselte, so erstarrten seine Züge im Zorn zu Eis. Bei solchen Gelegenheiten sah er mich nicht an, sondern starrte mit zusammengezogenen Brauen vor sich hin, packte meinen Arm und hielt mich fest, als sei er der Büttel der Stadt und ich der gefasste Dieb, so zerrte er mich dann bis nach Hause. Daheim begann er, mich zu verhören, wollte wissen, wie lange diese Sache denn schon dauere, wo wir uns zu treffen pflegten; er quälte mich mit derlei Fragen, und umsonst wusste ich, dass er mich völlig unschuldig verdächtigte; allmählich aber fing auch ich an, mich mehr und mehr schuldig zu fühlen. Wenn er genug hatte, der Prozedur des Verhörens müde geworden war, winkte er verächtlich ab, als habe er eingesehen, dass angesichts meiner Verstocktheit jedes Wort in den Wind gesprochen war, doch kam es auch vor, dass er zuschlug: einmal, gelegentlich auch mehrmals hintereinander.

Einmal, ich erinnere mich gut daran, gab er sich nicht damit zufrieden, mir ein- oder zweimal ins Gesicht zu schlagen, sondern hat er mich verprügelt, dass ich die Spuren wochenlang an mir herumtrug. Es war im Jahr 1617, nach dem Schützenfest, das auf dem städtischen Schießplatz ausgerichtet wurde, wo dem Meisterschützen ein ausgewachsener Ochse als Siegespreis winkte. Groß und Klein strömte zum Festplatz oder vielmehr auf die daneben liegende Wiese hinaus, wo lange Tische und Bänke aufgestellt waren und in den Zelten Wein ausgeschenkt wurde. Nicht weit von da, in der Einkehr Zum Roten Ochsen, wo die Viehhändler von außerhalb abzusteigen pflegten, war Tanz angesagt, und als sich Vater für einige Zeit zum Tisch des Bürgermeisters begab, wo er, glaube ich, mit dem alten Doktor und anderen über das Hospital sprach, überredete mich der Stadtschreiber, ein noch verhältnismäßig junger und unterhaltsamer Mensch, der sich zu uns gesellt hatte, wir sollten doch in den Roten Ochsen hinübergehen, den Tanzenden zuschauen und uns vielleicht auch selbst ein paar Runden im Kreise drehen, während sich Vater mit den Herren unterhielt. Ich glaube nicht, dass wir länger als eine halbe Stunde weggeblieben sind. Als ich erhitzt und vom Drehen ein wenig schwindlig vom Tanz zurückkehrte, fand ich meinen Vater noch immer nicht an unserem Tisch, ich glaubte, er sei noch im Gespräch mit dem Bürgermeister und ließ mich auf der Bank nieder, um auf ihn zu warten. Ich erinnere mich nicht, wie lange ich saß, weiß nur, dass ich nach einiger Zeit unruhig zu werden begann, immer wieder aufstand, sogar auf die Bank stieg und mich umsah, ob er sich vielleicht an irgendeinen Nachbartisch gesetzt hatte, doch konnte ich ihn nirgends entdecken.

Als ich mich entschloss, unseren Tisch nun auch zu verlassen und ihn suchen zu gehen, sah ich ihn plötzlich aus dem Gedränge am Schießplatz hervortreten und auf unseren Tisch zukommen. Sein Gesicht war rot erhitzt und glänzte von Schweiß, so als käme auch er vom Tanzplatz, das graue Haar hing ihm zerzaust in die Stirn, und sein Blick war der eines Irren. Als er mich da am Tisch sitzen sah, schreckte er überrascht zurück, sah mich dann mit Entsetzen in den Augen an. »Wo warst du?«, zischte er, und noch bevor ich antworten konnte, packte er mich am Arm, um mich abzuschleppen. Daheim stieß er mich in die rückwärtige Stube und begann, mich wortlos mit Schlägen zu traktieren, zuerst schlug er mit den Händen, dann auch mit dem Hosengürtel, es war, als könnte er gar nicht mehr aufhören, während er, völlig außer sich, immer nur zu wiederholen schien: »Ich ertrage das nicht länger! Ertrage es nicht!«

Später berichtete er, er habe sich, als er vom Tisch des Bürgermeisters zurückkehrte, sogleich gedacht: Sie hat die Gelegenheit genutzt und sich davongemacht. Nachdem er mich eine Viertelstunde lang vergeblich gesucht hatte und nirgends fand, habe er keinen Zweifel mehr gehabt, dass ich längst in einem Wagen nach Wien säße oder sonstwohin unterwegs wäre und er mich niemals wiedersehen würde. Ob er mich aus Rache für die ausgestandene Angst schlug oder weil er glaubte, es wäre besser, wenn all diese vergebliche Quälerei ein Ende hätte, weiß ich bis heute nicht, sicher ist aber, es fehlte nicht viel, und er hätte mich totgeprügelt. Unter einem seiner Schläge stürzte ich zu Boden und blieb da liegen, obwohl ich schon hätte aufstehen können, wenn ich es gewollt hätte. Ein wenig benommen, denn ich war mit der Schläfe gegen die Unterkante des Schranks geschlagen, blieb ich liegen, glaubte wohl, in dieser Lage mehr Mitleid bei ihm zu finden und so von weiteren Schlägen verschont zu bleiben, vielleicht wäre Vater auch erschrocken, wenn er mich scheinbar ohnmächtig dort liegen sähe und bereute, was er getan hatte. Doch das war eine Täuschung. Vater hörte zwar tatsächlich zu schlagen auf, doch er beugte sich keineswegs besorgt zu mir herab und zeigte auch keinerlei Reue, vielmehr schob er mich mit dem Fuß aus dem Weg und ließ mich liegen. Danach redete er wochenlang fast kein Wort mit mir.

Diesmal war Vaters Verdacht, zumindest was meine Absichten betraf, grundlos, sonst aber kam es, wenn auch selten, doch vor, dass irgendein Wort oder Blick, die bei ihm Verdächtigungen auslösten, in mir tatsächlich süße Empfindungen geweckt hatten, und wenn diese in der realen Welt schon keine Erwiderung fanden, so spann ich sie zumindest bei mir weiter, dachte mir, daraus hätte schon etwas werden können, wäre Vaters Eifersucht nicht so allgegenwärtig gewesen. Dabei hat er mich im Verlauf der Jahre immer seltener behandelt wie sein Eheweib, aber auch nicht wie seine Tochter, nur wenn irgendein Vorfall seine eifersüchtige Leidenschaft anstachelte, näherte er sich mir, stumm und immer nur mit den allernötigsten Bewegungen, und auch ich lag, wie stets, das Gesicht abgewandt und mich schlafend stellend. Ein einziges Mal ließ ich mich, durch meine eigenen Phantasien erregt, hinreißen und drehte mich zum Vater, umklammerte seinen Hals und drückte meinen Körper an den seinen, weil ich einen Augenblick lang hoffte, er würde dem Phantom, das ich in meinen Tagträumen zu liebkosen pflegte, Fleisch und Blut verleihen. Vater aber stieß mich wild von sich und rückte ans äußerste Ende der Bettstatt. Seitdem rührte er mich lange Zeit nicht mehr an.

Sooft mich die Sehnsucht nach Freiheit heftiger als sonst packte, begann ich meinen Vater anzuflehen, wir möchten doch anderswo hinziehen, an einen Ort, wo uns niemand kannte. Oder er solle mich doch, wenn er selbst auf keinen Fall von Ödenburg fort wolle, allein ziehen lassen und mir von Zeit zu Zeit eine bescheidene Summe zugestehen, eben nur so viel, dass ich nicht verhungerte. Es würde mir nichts ausmachen, in Armut zu leben, versicherte ich ihm, nur solle er mich fortlassen von hier, dorthin, wo mich keiner kannte und ich wieder die sein könnte, die ich war. Ich sah Vater an, dass er mir nicht glaubte und meinen Wunsch bloß für eine Laune hielt. »Warum, wer bist du denn?«, herrschte er mich bei einer solchen Gelegenheit an, und ich glaube tatsächlich, ihm ist nie in den Sinn gekommen, dass ich für mich selbst jemand anderes sein könnte, als ich für ihn war: die Quelle von ein wenig Freude und unermesslich viel Leid.

Dessen ungeachtet kam es vor, dass er von sich aus das Thema eines Umzugs zur Sprache brachte, immer dann, so glaube ich, wenn ihn meinetwegen das Gewissen plagte, weil mein ganzes Leben in Täuschung und Nutzlosigkeit verstrich; er wünschte sich, dass ich ihn von seiner Schuld entbände, denn auch er empfand, was er tat, als mehr oder weniger sündig. Ich brauchte nicht zu denken, so begann er, er wolle um keinen Preis aus Ödenburg weggehen. Die Stadt sei ohnehin nicht mehr das, was sie einmal gewesen, vor allem seit unweit von uns eine zweite Apotheke, genannt Weißer Engel, eröffnet und ihm viele Kunden weggelockt hatte; es wäre gut, ein Plätzchen zu finden, wo er sich nicht der Praktiken irgendwelcher ehrloser Konkurrenten erwehren müsste. Ich solle mich nur noch so lange gedulden, bis er – hier kam stets eine wichtige, aber immer eine andere Angelegenheit, die ihn zur Zeit noch an die Stadt band –, danach sollte alles so geschehen, wie ich es mir wünsche… »Aber wenn du unbedingt willst, kannst du auch jetzt schon gehen! Ich werde dich nicht daran hindern!«, sagte er schließlich von oben herab zu mir und richtete einen lauernd fragenden Blick auf mich, wie ich die Sache aufnähme. Darüber aber, wohin ich gehen und von was ich dort leben sollte, verlor er niemals ein Wort, und wenn ich es mir selbst erlaubte, dies zur Sprache zu bringen, war, wie stets, wenn er sich durch mich in die Enge getrieben fühlte, sein gehetztes, hasserfülltes Gesicht die einzige Antwort. Oder er brauste auf, beschuldigte mich, ich wolle ihn an den Bettelstab bringen, nur um eine meiner verrückten Anwandlungen zu befriedigen. Warum ich es denn plötzlich so eilig hätte, sein Haus zu verlassen, fragte er mit Verachtung in der Stimme und musterte mich zugleich mit stechendem Blick, dass ich mich erschrocken zurücknahm und ihm feige beteuerte, dass ich keinen Menschen habe und auch gar nirgendwo hingehen wolle.

Ein andermal, wenn er mir irgendein Verschulden vorhielt und mir versicherte, ich sei für ihn ein Klotz am Bein, habe ich oft mit dem Vorwurf zurückgeschlagen, dass er es doch sei, der diesen Klotz unbedingt mit sich schleppen wolle, und ich rechnete ihm vor, wie oft ich ihn schon angefleht hätte, mich gehen zu lassen, doch habe er mir dies stets verweigert. In solchen Augenblicken sah er mich nur mit umwölkter Stirn und beleidigtem Blick an, als könne er gar nicht begreifen, wovon ich überhaupt redete.

Tatsächlich sagte er: »Ich verstehe dich nicht, Orsolya!«, und strich sich mit der Hand über die Schläfe, als wolle er seinen aufgewühlten Geist besänftigen, der bemüht war, sich mein für ihn unbegreifliches Verhalten zu erklären. »Wie oft habe ich dir schon angeboten zu gehen, wenn dir danach ist, aber dann wolltest du doch jedes Mal lieber bleiben.«

Es kam vor, dass es auch ihm zu viel wurde und er ernsthaft zu überlegen schien, ob er mir nicht dabei helfen sollte, sein Haus zu verlassen und irgendwo sonst ein neues Leben zu beginnen. Ich aber fragte mich dann, was ich, allein auf mich gestellt, in der Fremde anfangen sollte, falls es dazu käme, und statt ihn weiter zu bedrängen, bestand ich bald nur noch scheinbar auf meiner Absicht, und nach einem belanglosen Einwand gab ich mein Begehren auf, so als hätte Vater mir einen gewichtigen Grund genannt, der gegen mein Fortgehen sprach und mich so von meiner Absicht abgebracht.

Es gab Tage, manchmal auch Wochen, in denen das eine oder andere nette Wort von Vater oder sonst irgendetwas die Erinnerung an glücklichere Zeiten heraufbeschwor, dann war es, als sei der böse Zauber dadurch plötzlich von uns gewichen und uns beiden bewusst geworden, dass wir ja außer uns niemanden mehr auf der Welt hatten, und es meldete sich so etwas wie ehrliche Zuneigung und sogar eine aufrichtige Herzenswärme füreinander. Dann lebten wir eine Weile heiter und in friedlicher Eintracht nebeneinander, bis durch ein einziges Wort oder manchmal nur durch einen Blick plötzlich alles wieder zu Ende war und wir uns gegenseitig quälten wie zuvor.

Genau erinnere ich mich nicht mehr, wann es war, aber ich glaube, es dürfte im Herbst jenes Jahres gewesen sein, als die schwarzen Nacktschnecken die Gärten und Krautäcker überfielen, dass Vater schwer erkrankte. Bei irgendeiner seiner Besorgungsfahrten geriet er in strömenden Regen, der durch das zerschlissene Verdeck in den Wagen eindrang, so dass er sich stark erkältete. Mehrere Wochen lag er danieder, hatte hohes Fieber, und der alte Arzt verheimlichte mir nicht, dass Vaters Leben auf dem Spiel stand. Tagelang saß ich an seinem Bett und wischte ihm mit feuchten Tüchern das Gesicht ab, das vom hohen Fieber so ausgezehrt war, dass er zugleich wie ein kleiner Bub und ein hundertjähriger Greis aussah, ich machte mir Gedanken, was aus mir werden sollte, wenn er mich tatsächlich allein zurückließe. Die Freiheit, nach der ich mich zuvor so gesehnt hatte, schien mir jetzt kein bisschen erstrebenswert, schon der Gedanke daran ließ mich vor Angst starr werden. Und da waren auch Tage, an denen ich überhaupt nicht an mich, an mein zukünftiges Schicksal dachte, sondern nur sein hohlwangiges Gesicht betrachtete, das so ohnmächtig auf dem Kissen ruhte, und mir Mitleid und Schmerz das Herz zusammenpressten. Im Laufe der Zeit fand Vater aus seiner fiebrigen Ohnmacht doch wieder zu sich, langsam sank die Temperatur. Und ganz allmählich kehrten auch seine Körperkräfte zurück. Lange war er noch hilflos wie ein Säugling, und ich musste ihn pflegen. Obwohl er später, als er schon wieder etwas bei Kräften war, oft nörgelte, launisch und unleidlich war, eben ein genesender Schwerkranker, und mich häufig schalt, ich sei ungeschickt und unaufmerksam – gelegentlich bezichtigte er mich sogar, ich zögere seine Genesung eher hinaus als sie zu unterstützen –, so dankte er mir in dieser ersten Zeit, als er noch hilflos dalag und dulden musste, dass ich ihn fütterte, wusch, aufsetzte oder auf sein Kissen bettete, doch häufig in aller Demut für meine Güte mit einem so verschämten, reumütigen Gesicht wie ein alter Bettler, dem man auf der Kirchentreppe zwei Kreuzer in seinen Hut wirft. Oft zog er meine Hand an seine Lippen, küsste sie und bat mich mit zittriger Stimme um Vergebung, weil er mich unglücklich gemacht habe.

Er war schon auf dem Weg der Besserung, aber immer noch ziemlich schwach, als er mir einmal mit Staunen in der Stimme einen seiner Träume erzählte, denn es sei schon lange nicht mehr vorgekommen, dass er überhaupt etwas geträumt habe. Im Traum lag er, so berichtete Vater, im selben Zimmer wie jetzt im Wachen, er war bereits auf den Beinen und suchte etwas, vielleicht den Schlüssel zur Lade des Nussholztischchens, doch er konnte ihn nicht finden. Plötzlich wurde er auf ein Flügelschlagen aufmerksam, und als er hinsah, gewahrte er, wie ein großer weißer Vogel zwischen dem Fenster und der gegenüberliegenden Wand hin- und herflog und sich dann auf dem vorkragenden Türsturz niederließ. Ein seltsames Geschöpf war dieser Vogel, sagte Vater, denn der Körper erschien zwar wie der eines Vogels, doch sein Gesicht war das eines Menschen, ja er habe darin geradezu meine Gesichtszüge aus der Kinderzeit gesehen. Wie konnte er durchs geschlossene Fenster hier hereinkommen, grübelte Vater, und er ging auf den Vogel zu, weil er ihn genauer in Augenschein nehmen wollte, doch da flog er so erschreckt hoch, stieß ans Fensterglas und flatterte dann verzweifelt in der Stube umher, stieß mal an einen Schrank, dann im Flug gegen die Wand. Vielleicht prallte er auch mit dem Kopf an ein Hindernis, denn plötzlich stürzte er halb betäubt auf den Tisch und schlug mit seinen großen, weißen Flügeln, warf den Leuchter mit der brennenden Kerze um, worauf um ein Haar der Tischläufer in Brand geriet... Mit Mühe rappelte er sich dann aber hoch und flog wieder auf den Türsturz, seinen früheren Platz. Dort hockte er dann mit versengtem, zerzaustem Gefieder, und vermutlich hatte er sich bei dem kopflosen Umherflattern auch den Fuß verletzt, denn ein dünner Blutstrahl sickerte am Türstock herunter. Welch sonderbarer Vogel, staunte Vater in seinem Traum, vielleicht versteht er gar die Sprache der Menschen, er dachte daran, das Vogelbauer aus der Kammer hervorzuholen, in dem wir, als ich ein Kind war, ein Turteltäubchen gehalten hatten, und wenn der Vogel müde würde und das vergebliche Umherflattern aufgäbe, würde er ihn in den Käfig setzen, ihm zu essen und zu trinken geben und ihn hegen... Er ging zu ihm und griff vorsichtig nach dem Tier: Der Vogel ließ sich greifen, vielleicht weil er nicht mehr zu fliegen vermochte, und Vater spürte in seiner Hand das heftige Pochen seines Herzens. Erst jetzt wurde er gewahr, dass draußen vor dem Fenster in einem fort ein anderer Vogel kreiste und von außen immer wieder gegen das geschlossene Fenster stieß. Der andere aber, den er in der Hand hielt, sah ihn so traurig an, dass ihm das Herz weh tat.

»Ich berührte mit den Lippen seine Stirn«, fuhr Vater grübelnd fort. ›Draußen wirst du erwartet!‹, sagte ich zu ihm und öffnete mit der freien Hand das Fenster. Der Vogel sah mich an, als wollte er sich bedanken, dann huschte er durchs geöffnete Fenster ins Freie, hin zu dem anderen, und zusammen flogen sie fort, irgendwohin in die Ferne... Ich aber blieb zurück, allein...«, fügte Vater noch traurig hinzu und sah mich nicht an, sondern schaute mit umwölktem Blick ins Nichts. Ich senkte den Kopf und antwortete ihm mit keinem Wort.

Seit er sich von seiner Krankheit erholt hatte, verlief unser Leben wieder wie zuvor, und es sah so aus, als würde es sich auch niemals und in keiner Beziehung mehr ändern, der einzige Unterschied war, dass ich mit der Zeit noch mehr für mich alleine blieb. Wir mögen schon an die zehn Jahre in Ödenburg gewesen sein, als auch die treue Marta starb, an deren Gegenwart ich mich, ich muss es gestehen, in dieser langen Zeit sehr gewöhnt, die ich beinahe schon lieb gewonnen hatte. Was sie für mich empfunden hat, vermag ich nicht zu sagen, doch erinnere ich mich, dass ich oft den einen oder anderen spähenden, scharfen, ja beinahe entsetzten Blick auffing, den sie mir zuwarf, wenn sie glaubte, ich wäre mit den Gedanken irgendwo anders und hörte ihr gar nicht zu. Ich glaube, sie ahnte, dass ich ihr etwas verheimlichte, und vielleicht reizte oder ängstigte sie das sogar, weil mir dieses Geheimnis auf keinerlei Weise zu entlocken war. Manchmal, wenn sie sich mit irgendeiner wichtigen Neuigkeit einfand und mir atemlos alles, was sie wusste, zuflüsterte, sah sie mich wie ein gekränktes Kind an, dessen Zuneigung von der Kameradin nicht erwidert wird: »Schau, was ich dir wieder Hübsches mitgebracht habe, und du schenkst mir gar nichts dafür?«; so etwas glaubte ich bei solchen Gelegenheiten in ihren Augen zu lesen.

Dann blieb sie auf einmal weg, und ich gestehe, dass ich mir eine Zeit lang keine Gedanken darüber machte, wo sie geblieben sein könnte, irgendwann aber fehlte sie mir doch. Ich begann mich nach ihr zu erkundigen, bei der hübschen Frau des Notars und auch bei anderen, doch die wussten nichts von ihr, denn, genau wie ich, pflegten auch sie Marta nie in ihrer Bleibe aufzusuchen. Schließlich brachte unsere Magd – es war nicht mehr die schweigsame Margit, sondern eine andere –, die es von der Dienstmagd der papistischen Fleischhackersfrau, einer Schwester Martas, gehört hatte, die Nachricht, dass sie kränkele, ja schon ziemlich elend sei. Diese Mitteilung rührte mich mehr, als ich gedacht hätte, ich nahm mir vor, die Arme im Haus ihrer Schwester aufzusuchen. Als ich dem Dienstmädchen, das mir die Tür öffnete, sagte, warum ich gekommen sei, verzog es abschätzig den Mund, doch nachdem sie mich genauer gemustert hatte, zeigte sie mir mit einigermaßen artigem Gesicht den Weg in die Küche, wo die große, rotbackige Hausfrau – die so verschieden war von Marta, wie Geschwister sich überhaupt nur unterscheiden können –, durch mein Erscheinen verdutzt, wenn auch mürrisch und mit unfreundlicher Miene doch so etwas wie einen Gruß brummte, sie bekam die Zähne kaum auseinander und deutete mit einer Kopfbewegung zu der Tür hin, hinter der meine Freundin auf ihrem Krankenlager ruhte.

In der kleinen engen Kammer, in die nur über das Lüftungsloch etwas Helligkeit einfiel, hatte man früher wohl Mehl zum Brotbacken und anderes gelagert, auch jetzt standen noch ein halbvoller Sack und, an die Wand gelehnt, die Backschaufel da. Meine unglückliche Freundin lag an der diesseitigen Wand auf einer schäbigen Matratze. Als ich eintrat, hob sie mit Mühe den Kopf und sah mich erstaunt an – sie hatte offensichtlich nicht erwartet, dass ich sie besuchen würde. Unter Qualen versuchte sie, zu meiner Begrüßung ein paar Worte aus ihrem Hals hervorzupressen, doch die Krankheit musste auch schon ihre Kehle befallen haben, denn die Stimme war so heiser und leise, dass ich kaum verstehen konnte, was sie sagte. In ihren Augen konnte ich lesen, dass sie mein Kommen verwirrte und erschreckte, vielleicht weil sie sich wegen des ärmlichen Lagers schämte und auch aus anderen Gründen. Womöglich fürchtete sie den Zorn ihrer barschen Schwester, die sich, falls ich über die unwürdigen Zustände, in denen ich die Kranke vorgefunden, anderswo berichten würde, gewiss an ihr rächen würde.

Ich saß eine Weile neben meiner armen Freundin, erzählte ihr dies und jenes, was in der Stadt geschehen war, doch weiß ich nicht, ob sie davon auch nur ein Wort aufgenommen hat, denn sie konnte nicht mehr antworten, sah mich nur mit angestrengten und alarmierten Augen an. Ich dachte plötzlich: Was wäre, wenn ich mich, statt über den Stand der Streitigkeiten zwischen den Schueler-Erben und dem Rat zu schwatzen, mich zu ihr hinbeugen und ihr ins Ohr flüstern würde, wie es jener Barbier des Märchenkönigs mit dem ihm anvertrauten Geheimnis bei der kleinen Grube getan hatte, die er sich zu diesem Zweck im Schilf gegraben: »Weil ich dir, du Arme, weiter nichts mehr geben kann auf dieser Welt, sollst du mein Geheimnis, das zu kennen du dir so sehnlichst gewünscht hast, erfahren: Den du für meinen Gatten hieltest, er ist mir Vater und Ehemann zugleich:

Ich bin ihm gleichermaßen Tochter und Eheweib!« Ich stellte mir vor, wie sich ihr Gesicht vor Schreck und Entsetzen verändern, ihre schon etwas getrübten Augen sich weiten würden, und ich dachte, dass es dann wenigstens noch ein Wesen auf dieser Welt gäbe, das von mir weiß – wenn auch vielleicht nur für ein paar Tage oder Stunden –, was sonst keiner ahnt, wer ich wirklich bin. Doch dann hielten mich Feigheit und Rücksichtnahme oder ich weiß nicht was davon ab, ihr das Geheimnis zuzuflüstern, und so trat sie nicht lange danach von dieser armseligen irdischen Welt ab, ohne zu wissen, wer in Wirklichkeit jene war, in deren Gesellschaft sie über die Jahre so viel Zeit verbracht hatte.

Danach verstrich wieder nur die Zeit, als wäre sie in Wirklichkeit stehen geblieben, äußerst selten fielen mir, so als schrecke mich jemand aus dem Schlaf hoch, die sichtbaren Zeichen ihres heimlichen Wirkens auf. Plötzlich sah ich, dass Vaters Haupthaar fast völlig grau geworden war, und sogar zwischen den Brauen standen ihm die weißen Haare strubbelig heraus, doch weiß ich mich nicht daran zu erinnern, wann mir irgendwann einmal dieses sich ausbreitende Grau aufgefallen wäre. Eines Morgens, ich kämmte mir, auf dem Bettrand sitzend, das Haar, durchs Fenster fiel ein Strang Sonnenlicht geradewegs aufs Bett, blieb Vater, bevor er in die Apotheke ging, einen Augenblick lang neben mir stehen, beugte sich über mich und sagte triumphierend: »Orsolya, du wirst grau!«, und als ich mir, den Kopf vorgebeugt, meine Haare vors Gesicht streifte, sah ich, dass tatsächlich zwischen den vielen roten auch ein, zwei weiße Haare hervorschimmerten, die ich mir zwar eilends herauszupfte, doch wusste ich natürlich, dass bald weitere nachwachsen würden.

Wir waren vielleicht schon fünfzehn Jahre in Ödenburg, als uns zu Ohren kam, dass der Fürst von Siebenbürgen – nicht mehr der, dessen Haiducken seinerzeit die Stadt belagert hatten, sondern der ihm nachgefolgte Bethlehem – der Reihe nach die

Städte Oberungarns eroberte; sein Ziel war, nicht mehr Halt zu machen bis Wien. Und bald standen sie auch vor den Mauern von Ödenburg, wir fürchteten schon, die Stadt müsse dieselben Verheerungen ertragen wie unter dem vorangegangenen Fürsten, doch diesmal händigten Bürgermeister und Rat nach kurzer Beratung und ohne große Umstände dem Fürsten die Stadtschlüssel aus, der aber zog weiter, ließ lediglich eine kleine Garnison in der Stadt zurück, und wir konnten aufatmend feststellen, dass wir diesmal gut davongekommen waren, obwohl, was das anbelangte, das Heer auch jetzt in den Dörfern der Umgebung und in den Meiereien rücksichtslos plünderte.

Wir schrieben das Jahr 1621, als sich die Kunde in der Stadt verbreitete, der nächste Landtag im Frühjahr des kommenden Jahres würde nach Ödenburg einberufen, weil man Pressburg heuer einerseits wegen der unsicheren militärischen Lage, andererseits wegen des hohen Wasserstandes der Donau für nicht geeignet hielt. Ich erinnere mich nicht mehr, wo ich die Nachricht zuerst vernahm, sehr wohl aber daran, dass die Menschen bald allerorten darüber redeten: Auf dem Markt, im Krämerladen, bei Einladungen, beim Kirchgang gab es kein anderes Gespräch als über den kommenden Landtag und darüber, ob er für die Stadt Gutes oder Schlechtes bringen werde. Krämer und Kaufleute erhofften sich von der zu erwartenden Steigerung des Umsatzes viel Gewinn, aber jedermann fürchtete die Einquartierungen, besonders als kolportiert wurde, dass die Deputierten der Komitate planten, gleich nach dem Landtag auch die Königin bei uns in Ödenburg zu krönen, und jedermann wusste, das würde nicht ohne größere Präsenz von Militär abgehen.

Der Landtag wurde für den 18. Tag des Pfingstmondes einberufen, doch schon zur Osterzeit war die Aufregung in der Stadt groß, vor allem als sich aus allen Teilen des Königreichs Ungarn der Reihe nach die Deputierten einstellten, eine prächtige Kutsche nach der anderen rollte durchs Stadttor und strebte samt dem aufgeputzten Geleit zu Pferde der Inneren Stadt zu. Wenn ich zum Fenster hinausschaute, sah ich fast zu jeder Stunde des Tages irgendeinen Abgeordneten, sein Gefolge oder seine Dienerschaft in der Kutsche, zu Pferd oder zu Fuß auf dem Hauptplatz ankommen oder abziehen. Oft wachte ich schon im Morgengrauen vom Klappern der Hufe auf, und wenn mich nachts Gerassel, Geschrei oder anderer Lärm aus dem Schlaf rissen, sah ich, wenn ich hinabblickte, die Lichter einer schnell vorüberrollenden Kutsche das Kopfsteinpflaster des Platzes überqueren oder das zum Gefolge eines vornehmen Herrn gehörende Dienervolk, wenn es mit großem Getöse nach Hause lärmte und mordsmäßig fluchte, sooft einer betrunken torkelnd in der Dunkelheit an einen andern stieß oder gegen eine Hausecke rannte. Häufig gerieten auch Vorreiter, Trabanten und andere Taugenichtse aneinander, vor allem wenn sie zum Tross unterschiedlicher Herrschaften gehörten, und es geschah auch, dass solche die städtischen Wachmannschaften schonungslos durchprügelten, wenn diese die Streithähne trennen wollten. Vor diesem Volk hatten wir auch tagsüber keine Ruhe, und bald war es ihrethalber selbst bei Tag schon fast ein Wagnis, den Platz zu überqueren, denn mindestens ein Dutzend lungerte stets vor den Toren herum, schwadronierte oder stritt lautstark, auch riefen sie den Bürgern und vor allem den vorbeikommenden Frauen unsittliche Bemerkungen nach.

Ich gestehe, das Getöse und Gewimmel war mir nicht unwillkommen, all das brachte ein wenig Bewegung in die Eintönigkeit meines Lebens, und erneut begann jene grundlose Hoffnung in mir zu keimen, die aus keiner Erfahrung lernen will und von jeder äußerlichen Veränderung die Begünstigung des eigenen Schicksals erhofft. Dennoch beunruhigte mich die Sache auch ein wenig, denn mit den Adligen aus den Komitaten kamen auch vielerlei andere Menschen, Bürger entfernterer Städte, in großer Zahl nach Ödenburg, vor allem waren es Kaufleute, aber auch andere, die hier etwas zu regeln hatten und die Gelegenheit nutzten, sich den in größerer Schar zum Landtag und zur Krönung Anreisenden anzuschließen und auf diese Weise sicherer unterwegs zu sein. Von Zeit zu Zeit ging es mir zwar durch den Kopf, was wohl geschehen würde, wenn ich zufällig mit jemand aus Leutschau, mit einer mir bekannten Person zusammenträfe, doch habe ich den Gedanken gleich wieder verscheucht. Siebzehn Jahre sind eine lange Zeit, und wir hatten auch in Leutschau ziemlich zurückgezogen gelebt: Es war kaum anzunehmen, dass es dort jemanden gab, der mich nach so langer Zeit wiedererkannte und sich zudem noch daran erinnerte, wer ich in Wahrheit war.

Ein einziges Mal zerstreute eine unerwartete Begegnung auch diese vage Befürchtung, gut, im Gegenzug ließ sie in meiner Seele einige Verwirrung und Herzweh zurück. Eines Tages auf dem Heimweg vom Markt versuchte ich vergeblich, den Hauptplatz zu überqueren, um das Tor unseres Hauses möglichst rasch hinter mir zuzuziehen. Wenn ich mich richtig erinnere, geschah es gleich zu Beginn des Landtages, und so rollten die Kutschen eine nach der anderen vom Platz zum fürstlichen Palais, wo die Sitzungen stattfanden. Die Gespanne folgten einander so schnell, dass es lebensgefährlich gewesen wäre, zwischen ihnen durchzulaufen. Ich blieb also jenseitig, zusammen mit einer Reihe anderer Menschen, dort, wo sich das Stadttor befindet, stehen und sah mir die vorbeifahrenden Kutschen an. Plötzlich bemerkte ich, dass eine Kutsche anhielt, nicht weit von der Stelle entfernt, an der ich stand, und der vom hinteren Bock springende Livrierte riss zwei Herren in ungarischer Gala den Schlag auf: Sie stiegen aus, der Kutscher sprang wieder auf den Bock, und das Gespann fuhr weiter, die beiden Herren aber gingen über den Platz in die Richtung, wo auch ich eingekeilt zwischen all denen stand, die am Weitergehen gehindert waren. Im ersten Augenblick hielt ich die Herankommenden für Jünglinge von höchstens zwanzig Jahren, doch als sie näher kamen, sah ich, dass der eine zwar schlank und flink, fast knabenhaft in seinen Bewegungen war, aber tatsächlich doch ein erwachsener Mann. Aus der Nähe sah ich bei ihm zwar alle Merkmale des Mannesalters, zugleich aber kam mir sein Gesicht doch kindlich vor, so als wäre es das eines vor der Zeit gealterten fünfzehn-, sechzehnjährigen Knaben. Sein Gefährte war tatsächlich ein Jüngling diesen Alters, und die starke Ähnlichkeit zwischen beiden ließ darauf schließen, dass sie nah verwandt waren, wahrscheinlich Vater und Sohn, obwohl sie sich in der Farbe der Augen unterschieden: die des Älteren waren blau, und so musste der Jüngere, falls er tatsächlich der Sohn war, die großen schwarzen Augen von seiner Mutter geerbt haben.

In ein lebhaftes Gespräch vertieft, näherten sie sich und waren gerade noch zwei, drei Schritte von uns entfernt, da kam mir plötzlich irgendeine Bewegung des Älteren – vielleicht wie er, lässig den Kopf drehend, zum Turm hinaufblickte und auch des Jüngeren Aufmerksamkeit in diese Richtung lenkte – sehr bekannt vor. Im nächsten Augenblick wusste ich schon, wen ich vor mir hatte, und mein Herz fing heftig an zu rasen. Die beiden setzten, nachdem sie den erst kürzlich wiederhergestellten Feuerturm in Augenschein genommen hatten, ihren Weg zum Stadttor hin fort, und wir traten etwas zur Seite, um ihnen Platz zu machen. Währenddessen lief der Blick des älteren Mannes gleichgültig über die herumstehenden Menschen hin und streifte dabei für einen kurzen Augenblick auch mein Gesicht, doch sah ich weder Überraschung noch Erschrecken und auch kein Zeichen des Wiedererkennens in seinen Augen. Dann sagte der Jüngere etwas zu ihm, und er wandte sich ihm zu und ging mit weggedrehtem Kopf an mir vorüber, nur ich wusste, dass die Hand des Vaters meines längst gestorbenen Kindes für den Bruchteil einer Sekunde die meine gestreift hatte.

Wenn also er, der doch einigen Grund gehabt hätte, sich an mich zu erinnern, mich nicht erkannte, wie sollte dann ein Fremder, dem ich gleichgültig war, der mich seinerzeit vor mehr als siebzehn Jahren vielleicht hin und wieder in den Gassen von Leutschau gesehen, hier wiedererkennen, dachte ich einigermaßen erleichtert, aber doch auch schweren Herzens, und daheim betrachtete ich lange mein Gesicht in dem runden Wandspiegel, um zu sehen, ob ich mich wirklich so sehr verändert hatte. Dass der Blick meines Liebsten von einst so gleichgültig über mich hinwegstreifte, zerstreute zwar einerseits meine Befürchtungen, andererseits schmerzte es mich doch, dass ich in gar nichts mehr an das Mädchen von einst erinnerte. Ich war bemüht, aus der Überlegung ein wenig bitteren Trost zu schöpfen, dass all das, was mein Leben so völlig verändert hatte, für ihn etwas Alltägliches und wenig Bedeutsames gewesen war, dass er sich weder an das Ereignis noch an mich erinnerte und mich deshalb auch nicht erkannte.

In den ersten Tages des Johannesmondes kam der Landtag zu seinem Ende, und es sollte nun noch die Krönung folgen. Danach aber, so dachte ich, werden die von weither angereisten Herrschaften unverzüglich aus Ödenburg abziehen, und das Leben wird wieder seinen gewohnten Gang nehmen. So wusste ich uns schon in völliger Sicherheit und vermutete nichts Böses, als ich am Spätnachmittag des der Krönung vorausgehenden Tages hörte, dass unten jemand ans Tor klopfte. Wir saßen in der vorderen Stube, Vater berichtete gerade, was »der ganze Rummel«, wie er das Ereignis nannte, die Stadt kostete und dass der Rat genötigt gewesen sei, »drei Fass Wein, zwei Ochsen und drei Wagenladungen Hafer« unter den auch in die Stadt geströmten Armen zu verteilen. Ich hörte nur mit halbem Ohr zu, fragte mich unterdessen, ob wohl die Krone rechtzeitig eintreffen würde, denn ich wusste, dass man sie nur mit großer Mühe über den Fluss gebracht und sich dabei verspätet hatte, und sann auch darüber nach, was für Kleider die Hofdamen wohl zur Krönungsfeier tragen würden, die am folgenden Tag in der Franziskanerkirche stattfinden sollte; wenigstens vom Fenster aus wollte ich mir den Einzug ansehen. Als es klopfte, sahen Vater und ich uns ratlos an. »Was soll das zu dieser Tageszeit bedeuten?«, murmelte er und trat, weil wir niemand erwarteten, ans Fenster, um zu sehen, wer der ungebetene Besucher sein könnte. Ich stellte mich neben ihn und sah hinunter, doch die untersetzte, ein wenig gebeugte Männergestalt, von der wir gerade noch einen Teil des Rückens erblicken konnten, weil ihn die Magd gerade einließ, schien ein Fremder zu sein. Kurz darauf klopfte es am Eingang zum oberen Wohntrakt, ich ging achselzuckend zur Tür und öffnete. Dann stand ich, wie vom Blitz getroffen, da, denn nun, da ich ihm gegenüberstand, gab es keinen Zweifel mehr daran, wer dieser Besucher war: Diese runden, kindlich blauen Augen, die fast das Kinn berührende

Hakennase, die etwas welken, aber immer noch mädchenhaft vollen, gekräuselten Lippen konnte man nicht vergessen. Wie er so dastand mit erwartungsvollem Lächeln, seine Kappe zerknüllend, sah ich, dass seine dichten, an einen geschnitzten Mohr erinnernden krausen Locken sich etwas gelichtet hatten und schon ziemlich grau geworden waren, doch sonst hatte er sich in den vergangenen siebzehn Jahren kaum verändert.

Und auch mit mir konnte keine so große Verwandlung vorgegangen sein, wie ich glaubte und befürchtet hatte, denn unser Besucher, der – noch in dem Bewusstsein, dass es ihm gelungen sei, uns gründlich zu überraschen –, als ich öffnete, wie ein Kind nach einem gelungenen Streich schmunzelte, traute, als er mir ins Gesicht blickte und mich dann richtig in Augenschein nahm, seinen Augen nicht, einen Moment lang starrte er mich ebenso verblüfft und fassungslos an wie ich ihn. Doch schnell fasste er sich, sein Gesicht strahlte, und er trat, beide Arme nach mir ausstreckend, mit freudigem Lächeln auf mich zu.

»Orsika!«, rief er voller Glück, ergriff meine Hände und wiegte ungläubig den Kopf. »Ihr seid am Leben? Wie ich mich freue! Ich meine … man hat mir nämlich gesagt …«, fuhr er völlig verwirrt fort, dann strahlte seine Gesicht wieder, und er wiederholte mehrmals »welche Überraschung!«, während er freudig meine Hände schüttelte.

»Vater!«, rief ich in die Stube hinein mit heiserer Stimme, als hätte ich Halsschmerzen. »Mátyás Lang ist gekommen!«

Lange, sehr lange kam keine Antwort, dann hörte ich irgendwo hinter mir Vaters Stimme, doch so, als käme sie von weit her, aus einem tiefen Keller.

»Seid Ihr es, Lang?«, fragte er, und seine Stimme klang dumpf und farblos, als hätte man einen leeren Blecheimer zum Klingen gebracht.

Der Besucher begann jetzt, Vaters Hände zu drücken und immer noch mit strahlendem Lächeln zu versichern, wie sehr er sich über das Wiedersehen freue und dass sich keiner von uns beiden verändert habe, doch sah ich an seinem umwölkten Gesicht, dass er mit einem herzlicheren Empfang gerechnet hatte.

Ich lächelte ihn an, legte meine Hand auf seinen Arm und versicherte ihm, dass auch wir uns über das Wiedersehen freuten, aber die Überraschung erst verkraften müssten.

»Kommt doch weiter, Lang!«, rief mein Vater immer noch mit der hohl klingenden Stimme von vorhin und komplimentierte ihn in die vordere Stube, obwohl der Unglückselige sich sehr zierte und sagte, er wolle auf keinen Fall Herrn Lehmann und seine liebe Tochter stören, ich sah an seiner beleidigt herabhängenden Lippe, dass er bereits gekränkt war.

»Ach wo, warum solltet Ihr uns denn stören, Mátyás?«, fragte ich, lächelte ihn so schelmisch an, wie ich es in meiner Mädchenzeit nie getan hatte, und zog ihn am Arm in die Stube. »Aber sagt doch, wie seid Ihr nach Ödenburg gekommen und wie habt Ihr uns gefunden?«, nötigte ich ihn, und während ich ihm einen Platz anbot, setzte auch ich mich ihm gegenüber in einen Armstuhl. »Ihr seid doch sicherlich zur Krönung hergekommen, Mátyás, nicht wahr?«, fragte ich und sah ihn freundlich lächelnd und ermutigend an. Vorerst knetete er weiter seine Kappe in der Hand und schmollte, doch ich merkte, dass seine Gekränktheit langsam wich und er meine schmeichelhafte Aufmerksamkeit mit zufriedenem Lächeln quittierte, wie ein Kind, das, ohne es zu wollen, etwas Lobenswertes getan hat, aber gar nicht versteht, womit es das Lob verdient hat, das ihm aber doch wohl tut.

Ja, er war zur Krönung gekommen, das heißt, bis Pressburg allein, dort aber hatte er sich dann der Gruppe angeschlossen, die die Krone begleitete, so war die Reise weniger gefährlich gewesen. Um ehrlich zu sein, hatte er auch den Weg bis Pressburg zusammen mit irgendwelchen Kaufleuten zurückgelegt, denen er eine schöne Summe Geld hatte zahlen müssen, damit sie ihn auf ihr Gefährt hinauf nahmen, doch die fuhren dann allesamt nach Wien weiter.

»Einen so weiten Weg habt Ihr auf Euch genommen, nur um die Krönung mitzuerleben?«, hörte ich Vaters heisere Stimme hinter mir. Er stand irgendwo im Halbdunkel, dort, wohin das Licht der Kerzen nicht mehr reichte.

»Aber gewiss reist Ihr nicht gleich nach der Krönungsfeier

wieder nach Leutschau zurück? Ihr werdet doch noch einige Zeit hier in der Stadt bleiben?«, und dabei sah ich ihn schon beinahe flehentlich an, wie ein kleines Mädchen, das darum bettelt, man möge ihm etwas erzählen. Ich bemerkte, wie sehr ihn das rührte, jetzt lächelte er schon ganz so, als nähme er angenehm überrascht zur Kenntnis, welch geschätzte Person er in den Augen anderer Leute ist.

»Ja, Orsika, es könnte leicht sein, dass ich sogar für immer hier hängen bleibe und Ihr mich lange zu ertragen habt!«, und er sah mich ein wenig neckisch an, als wollte er ein Kind mit einer unerwarteten freudigen Nachricht trösten. »Stellt Euch vor«, fuhr er, sich ereifernd, fort, ich erfuhr vom Geistlichen Herrn – Ihr müsst wissen, Orsika, unser jetziger Pastor hat sich von hier, also aus Nemeskér, nach Leutschau verdingt, und von ihm erfuhr ich, dass für die Lateinschule in Ödenburg ein Lehrer gesucht wird … Ich dachte, wenn ich schon einmal hier bin, so will ich es versuchen …«, er räusperte sich verlegen und spähte mich aus den Augenwinkeln an, um zu sehen, wie ich es aufnehme …

»Und Eure Familie, Mátyás? Denn gewiss habt Ihr ja inzwischen geheiratet …«, fragte ich gesenkten Blicks und errötete dabei vielleicht sogar. Nein, nein, beteuerte er heftig, er habe nicht geheiratet. Einmal hätte er fast die Witwe eines Buchbinders geehelicht, doch die Frau sei noch vor der Heirat gestorben, 1611 bei der großen Pestilenz.

Ich hörte, dass sich Vater hinten im Halbdunkel zu schaffen machte.

»Dann will ich um Wein hinuntergehen«, sagte er heiser und machte sich auf den Weg, der Unglückselige griff noch nach seinem Arm und versuchte ihn davon abzubringen, seinetwillen solle sich Vater doch nicht bemühen. Vater aber, als hätte er den Einwand nicht gehört, schüttelte die Hand des Gastes ab und ging, ohne ihn anzusehen, wie ein Schlafwandler aus der Stube.

Nun, da wir unter uns geblieben waren, merkte ich, dass Lang versuchte, all seinen Mut zusammenzunehmen, um diese ihm unvermutet in den Schoß gefallene Gelegenheit zu nutzen.

»Orsika, es hat mich seinerzeit sehr geschmerzt«, so begann

er und sah mich mit seinen großen runden Augen unterwürfig an, »als Ihr mit dem Vater sang- und klanglos aus der Stadt verschwunden seid! Vielleicht erinnert Ihr Euch, ich war damals gerade unterwegs, und als ich zurückkehrte, fand sich keine Spur mehr von Euch und Eurem Vater.«

»Ja«, antwortete ich, »natürlich erinnere ich mich daran, aber auch für uns kam alles so plötzlich, dass Vater die Apotheke hier erbte, und was hätte ich tun sollen?«, und ich sah ihn demütig, mit Verzeihung heischendem Blick an. »Als sich Vater entschloss zu übersiedeln, musste ich halt mitgehen…«

»Danach hörte ich«, fuhr er vorwurfsvoll fort, »dass Euch noch auf dem Weg hierher Schlimmes widerfahren ist und Ihr in Ödenburg gar nicht mehr angekommen seid. Ich kann Euch gar nicht sagen, wie sehr mich diese Nachricht niedergeschmettert hat«, berichtete er mit vor Ergriffenheit bebender Stimme und fasste ganz mutig nach meiner Hand. Ich zuckte zusammen, ließ aber zu, dass er seine Hand kurz an die meine schmiegte. »Hätte ich gewusst, dass Ihr am Leben seid, ich wäre schon viel früher einmal hier gewesen… Es ist mir ganz unbegreiflich, wie es zu solch einem Irrtum kommen konnte… Der Person, von der ich die Nachricht bekam, könnte vielleicht die Verwechslung unterlaufen sein, weil Ihr und Eure Stiefmutter denselben Namen trugt. Und so war ich der Meinung, Ihr wärt es gewesen, die ums Leben kam…«

»Nein, Mátyás, ich war nicht die, die ums Leben kam!«, blitzte ich ihn übermütig schäkernd an. »Es war die andere Orsolya, die starb, nicht ich… Ich lebe, wie Ihr seht!« Und ich lachte übermütig boshaft auf. Mein Lachen ließ den Unglückseligen zurückweichen, und ich sah, dass ihn einen Augenblick lang Angst überkam. Also senkte ich den Blick und ließ ihn zu der Überzeugung kommen, dass vorher seine Phantasie mit ihm durchgegangen war.

»Und wie kommt es, Orsika, dass Ihr nicht geheiratet habt?«, fing er wieder an, doch jetzt schon etwas verstimmter, vorsichtiger. »Oder wart Ihr verehelicht und seid nun wieder Witwe?«

»Nein, nein«, schüttelte ich den Kopf wie er vorhin, »ich war niemals verheiratet.«

»Vater brauchte mich«, fügte ich erklärend hinzu und sah ihm ernst in die Augen.

»Ja, ja, er hing immer sehr an Euch«, räumte er ein, nun schon etwas beruhigter. »Seinerzeit habe ich mir auch gedacht, womit rechnet er, zu welchem Zweck hält er Euch wohl zurück…«, fügte er mit quengelnder Stimme hinzu, und seine Lippe wölbte sich gekränkt nach unten, denn er hatte die Zurückweisung von damals, wie es schien, bis heute nicht verwinden können.

»Nun ist es schon egal«, sagte er ein wenig aufgeräumter und legte seine Kappe, die er bis jetzt in der Linken zerknüllt hatte, auf das nahebei stehende Tischchen. »Wenn es der liebe Gott so gewollt hat…«

»Ihr zerbrecht Euch über diese Dinge immer noch den Kopf so sehr, Mátyás? Warum Gott all das Schlechte und dergleichen Dinge zulässt?«, und ich sah ihm mit plötzlich erwachter Neugier ins Gesicht, er brummelte verlegen schmunzelnd vor sich hin.

»Schau an, Orsika, wie gut Ihr Euch an solche alten Sachen noch erinnern könnt… Wisst Ihr, wenn man erst einmal in die Jahre gekommen ist – ich meine damit mich, denn Ihr seid immer noch sehr jung –, also, später rebelliert man nicht mehr so gegen die Ordnung der Welt wie in jüngeren Jahren. Man begreift mit der Zeit, dass man niemals wissen kann, wofür dieses oder jenes gut ist, und es kann nicht unsere Aufgabe sein, Gottes Absicht zu ergründen… Ihr seht, auch jetzt hat er uns wieder zusammengeführt«, sagte er und blinzelte mich erneut demütig an.

Da kam Vater mit dem Wein zurück. Ich sprang auf und holte Gläser, dann setzten wir uns um den runden Tisch, und Vater goss uns allen dreien ein. Jetzt taute auch er etwas auf und fing an, unseren Gast über die Zustände in Leutschau auszufragen, und der berichtete eifrig und weitschweifig über alles, später schon mit schwerer Zunge, denn Vater goss ihm immer wieder nach. Ob nur deswegen oder auch sonst, ich weiß es nicht, jedenfalls fasste Lang bald so viel Mut, dass er unter dem Tisch meine Hand ergriff und sie kräftig drückte, was ich, wenn auch schwach, erwiderte. Danach berichtete er Vater auch weiterhin, doch mehrmals richtete er seine demütigen, doch vor Glück und Triumph strahlenden Augen auf mich.

Eine Zeit lang war ich nur Zuhörerin ihres Zwiegesprächs, doch dann löste sich auch meine Zunge: Mal wollte ich dieses oder jenes über Bekannte in Leutschau wissen, ob sie noch am Leben waren, welches Schicksal ihnen beschieden war. Mal erwähnte ich auch allerlei Nebensächliches von damals, als wir an so manchem Abend zu viert mit Helena gewürfelt haben … »Was für schöne Zeiten!«, seufzte ich. »Sie könnten wiederkehren«, meinte der Unglückselige und sah mir bedeutungsvoll in die Augen. Allmählich ereiferte sich auch Vater im Gespräch, ihm fiel mancherlei ein, längst vergessen geglaubte unwichtige Begebenheiten aus alten Zeiten, und schließlich schwatzten und lachten wir alle drei schon so selbstvergessen wie einst, bis vom Turm das mitternächtliche Hornsignal der Wache ertönte.

»Es wird Zeit, schlafen zu gehen«, meldete sich Vater mit düsterer Miene zu Wort und sah mich an. Unser Gast, der Arme, versuchte nach Vaters mahnendem Hinweis, vom Stuhl aufzuspringen, doch seine wankenden Beine schafften es nicht mehr, und er musste sich am Tischrand festklammern. Er habe heute noch eine wichtige Unterredung mit Herrn Lehmann, beteuerte er mit schwerer Zunge und suchte meinen Blick.

»Geh du schlafen, Orsolya!«, mahnte Vater mich, nun wieder mit der dumpfen, hohl klingenden Stimme, mit der er den Gast bei seiner Ankunft begrüßt hatte, und ich erhob mich, als wäre ich noch das kleine Mädchen.

»Gute Nacht!«, flüsterte ich und wandte mich der rückwärtigen Stube zu. Der Unglückselige versuchte noch einmal, meinen Blick zu erhaschen, doch ich senkte die Augen, sah zu Boden und legte den Weg bis zur Stubentür fast im Laufschritt zurück. Dann schloss ich die Tür hinter mir, lehnte mich dagegen und glaubte, das Hämmern meines eigenen Herzens zu hören. Eilig zog ich mich aus und schlüpfte ins Bett, zog mir die Decke über den Kopf und schlief im nächsten Augenblick.

Ich fuhr hoch und öffnete die Augen, weil im Dunkeln jemand neben dem Bett stand, mein Herz raste, doch ich schrie nicht auf und empfand nebelhaft, ich hätte dasselbe schon einmal erlebt in dieser Nacht: Ich wäre aufgeschreckt, weil jemand in der Stube war.

»Steh auf!«, hörte ich Vaters Stimme in der Dunkelheit. »Du musst mir helfen. Allein schaffe ich ihn nicht…«

Langsam schälte ich mich aus meiner Decke, setzte mich auf die Bettkante und begann mit zitternder Hand auf dem Tischchen neben dem Bett nach der Kerze zu tasten.

»Mach kein Licht!«, hörte ich erneut Vaters Stimme. »Es ist mondhell…«

Und tatsächlich, als ich Vater in die vordere Stube folgte, sah ich, dass zwischen den einen Spaltbreit offenen Läden das Mondlicht ein längliches, blasses Rechteck auf die Dielen warf. Der helle Streifen kroch über den Ledersitz des einen Armstuhls, ließ die aufs Leder gemalten, verblassten Blumen glänzen, das vergoldete Schwarz der Ziernägel glitzern. Das Licht schnitt die Platte des runden Tischchens entzwei und spiegelte sich kalt und dunkel schimmernd auf dem Zinn der Becher, von dort kroch es auf der anderen Seite des Tisches hinab und endete plötzlich inmitten der Stube. Jenseits des Lichtstreifens, im Schatten, lag etwas Dunkles, dessen Form meine sich selbst im dichten Dämmerlicht zwischen den Stubenmöbeln gut zurechtfindenden Augen ungewöhnlich fanden. Als ich näher trat, sah ich, dass es der große Orientteppich war, den Vater noch zu Lebzeiten meiner Stiefmutter in Leutschau gekauft hatte, eines der wenigen Stücke, die wir von dort mitgebracht und der jetzt zusammengerollt dort lag. Vater beugte sich hinunter, griff nach dem einen Ende des Teppichs und bedeutete mir, das andere zu nehmen. Als ich es anhob, musste ich leise aufschreien, denn der in den Teppich gerollte Körper war überraschend schwer, so wie uns auch ein Kind, das wir im Arm halten, doppelt schwer vorkommt, sobald es schläft. Und selbst durch diesen dicken Teppich war schon eine sich widersetzende Starre zu spüren, ähnlich wie ich sie in meiner Kindheit an meiner verendeten Katze festgestellt hatte, als ich ihren in ein Tuch gedrehten toten Körper in das am Ende des Hofs gegrabene kleine Loch bettete.

Vater stieß mit dem Rücken die Tür auf und trippelte vorsichtigen Schrittes rückwärts über den Arkadengang. Es war eine wolkenlose Nacht, der Mond stand schon hoch, und als wir die Stufen erreichten, begann ich zu zittern, weil sein zwischen den Säulen einfallendes Licht unsere Schatten scharf und schwarz auf die weiße Wand warf, und ich sah uns wie in einem Zauberspiegel, in dem die Lebenden zu Schattenwesen werden: zwei gebeugte, hinkend schleichende Schatten, wie sie sich, einander gegenüberstehend, langsam schreitend rückwärts bewegen, aus einem hellen, vom Gewölbe gekrönten Quadrat, den Schatten der Säule querend, ins nächste bläulich-weiß dämmernde Quadrat eintauchen. Meine Füße in den Pantoffeln, in die ich geschlüpft war, rutschten auf den abgetretenen Kanten der Stufen mehrfach aus, einmal kam ich arg ins Wanken, und hätte ich mich nicht an der nächsten Säule festgeklammert, wäre ich die Treppe hinabgestürzt. Meine Last schlug vor meinen Füßen hart auf die Stufe, und als ich sie erneut anhob, spürte ich wieder diese unheimliche Starre und Schwere.

Als wir auch die finstere Kellerstiege hinabgestolpert waren, stieß Vater mit dem Fuß die halb geöffnete Kellertür weiter auf, und ich schob sie hinter uns mit dem Rücken zu. Drinnen legten wir unsere Last auf dem Boden ab, und Vater machte Licht, er pappte die Kerze auf den Rand eines Fasses. Beim Licht des flackernden Flämmchens kam es mir vor, als würden die Schnitzereien auf den Fassböden lebendig: Der Bärtige mit dem Lockenkopf und dem Kind auf der Schulter schien zwischen den hölzernen Wellenkämmen auf uns zuzukommen, und die heilige Anna, das offene Buch im Schoß, neigte sich zu Maria, dem Kind, das an ihrem Knie kauert und ins braungeäderte, glänzend zimtfarbene Antlitz der Mutter blickt. Mit einiger Erleichterung sah ich beim Licht der Kerze auch, dass ein schwarzes Loch vor der schimmelnden Kellerwand klaffte, daneben der Haufen herausgeworfener Erde.

»Geh jetzt!«, sagte mein Vater, »geh hinauf, sonst erkältest du dich hier unten in dem dünnen Hemd! Ich komme jetzt schon allein zurecht.«

Bis ich hinaufkam, war der mondbeschienene Streifen schon ein wenig weiter gewandert, und ich nahm etwas wahr, was ich beim Hinausgehen noch nicht gesehen hatte, weil es sich im Schatten verlor: Auf dem Nussholztisch lag eine zerknüllte Kappe. Ich nahm sie und versteckte sie hastig in der kleinen Truhe, wo ich Stofffetzen zum Kleiderflicken aufbewahrte. Im Winter würde ich sie in einem unbeobachteten Augenblick ins Feuer werfen, dachte ich.

Am nächsten Morgen erwachte ich bei himmlisch schöner Musik. Ich eilte zum Fenster und sah, dass sich unten auf dem Platz der Krönungszug zu der aus der Kirche ertönenden Orgelmusik bereits zum weit geöffneten Kirchenportal hin in Bewegung setzte. Bald darauf kam auch Vater aus der hinteren Stube heran, zerzaust, mit aufgequollenen Augen, und stellte sich neben mich. Wir sahen uns zusammen an, wie die festlich gekleideten Deputierten, Edelleute und Hofdamen langsam und würdevoll zur Kirche hin schritten. Vorneweg der Palatin mit dem Reichsapfel, dahinter der Oberste Landesrichter mit dem Szepter, dann kam der Oberhofmeister mit dem Krönungsschwert. Die Krönungsinsignien, edelsteingeschmückte Degenscheiden, die Goldknöpfe und Schnüre an den Überwürfen der Herren, der perlenverzierte Kopfputz der Hofdamen, ihr Hals- und Armschmuck, das feierliche Silberkleid der Oberhofmeisterin, der Gräfin Portia – all das glitzerte, funkelte und blendete im Schein der Morgensonne. Ich weiß nicht, wie lange wir da am offenen Fenster gestanden und hinuntergeschaut haben, bis das Tedeum erklang und sich die auf dem Platz drängende Menge teilte, um der nun schon gekrönten Königin und ihrem Gefolge, die wieder über den Hauptplatz zum Rathaus zogen, den Weg frei zu machen.

Oft habe ich darüber gegrübelt, viel später, als ich mir nicht mehr mit Gewalt einzureden versuchte, ich hätte all das nur geträumt, was in der Nacht vor der Krönungsfeier geschehen war, von welchen Kleinigkeiten manchmal das Leben eines Menschen abhängt... Wenn ich an jenem Abend die Tür nicht geöffnet hätte, wenn ich den Besucher durchs Fenster rechtzeitig wahrgenommen, Krankheit vorgetäuscht hätte und in der rückwärtigen Stube geblieben wäre, könnte der Arme vielleicht heute noch am Leben sein: Er wäre in Frieden nach Leutschau zurückgekehrt, und wir hätten ihn nie wieder gesehen. Der Lehrerposten in der Lateinschule wäre ihm sowieso verwehrt geblieben: Wir erfuhren später, dass für die Stelle längst ein anderer ins Auge gefasst war, ein entfernter Verwandter des Stadtnotars nämlich.

Nicht lange nach den oben beschriebenen Begebenheiten wurde ich sehr krank, zwar hätte ich nicht sagen können, in welches Organ meines Körpers sich das Leiden eingenistet hat, denn ich empfand keinen Schmerz, doch war mir, als hätte ich alle meine Kraft eingebüßt. In der Früh war ich nicht im Stande, aus dem Bett aufzustehen, so als wäre mir mein Wille, der sonst meine Glieder steuerte, abhanden gekommen, denn an Armen und Beinen fehlte mir nichts. Wenn ich es mit Gewalt versuchte, überkam mich ein Herzjagen, und ich kämpfte wie ein Ertrinkender um jeden Atemzug. Die ganze äußere Welt, jedes Geräusch, grelles Licht hatten auf mich eine Wirkung wie Salz auf der Wunde eines Blessierten, zudem war ich mir auch selbst zur Last, und in mir breitete sich eine düstere Verdrossenheit aus, in der mir der Tod als einziges Heilmittel erschien.

Der alte Doktor war damals bereits eine ganze Weile tot. In der letzten Zeit, als er seine Kräfte bereits hatte schwinden sehen, holte er zu seiner Entlastung seinen Neffen zu sich, eben jenen Sohn seiner in Güns lebenden Schwester, den ich seinerzeit noch als Schüler kennengelernt hatte; damals befanden wir uns, von Lenzendorf kommend, auf dem Weg nach Ödenburg, und auf dem letzten Abschnitt unserer Reise war er unser Weggefährte. Die Erinnerung an die Fahrt stieg immer wieder in mir auf, sooft ich dem jungen Arzt auf der Gasse begegnet bin. Aber wir haben ihn nie zu uns gerufen, die Mehrzahl der Lutheraner unter den Bürgern konnte sich nicht damit anfreunden, dass er dem papistischen Glauben anhing. Man vertraute sich, wenn man einen Arzt benötigte, lieber dem ein paar Jahre zuvor in die Stadt gekommenen Chirurgus an, dessen Heilkunst sich zwar nicht annähernd mit der des alten Doktors messen konnte, der aber Lutheraner war.

In Ermangelung eines anderen Arztes ließ Vater diesen Chirurgus auch zu mir holen, nachdem ich aus dem oben beschriebenen Zustand der Ermattung zu mir gekommen war und sich zu meinem vorigen Leiden auch noch ein anderes gesellte, ich konnte nämlich nicht mehr in den Schlaf finden. Eine Nacht nach der anderen lag ich wach, wälzte mich herum, und in diesen schlaflosen Stunden bis zum Morgengrauen, wenn ich endlich für kurze Zeit einnicken konnte, quälte mich eine so übermächtige Folter, eine so unendliche Verzweiflung, als schmorte ich bereits in den Flammen der Hölle.

Der Chirurgus war noch verhältnismäßig jung, ein lauter und rechthaberischer Mensch, der seine mangelhafte ärztliche Erfahrung mit pausenlosem, lautem Geschwätz zu überspielen versuchte, er kam und fragte mich mit wichtigtuerischer Miene allerlei, doch ich sah, er hatte nicht die geringste Ahnung, wie es um mich stand. Er redete viel verworrenes und verwirrendes Zeug über die kraftspendenden Spiritusse, die gewissermaßen die Seele des Blutes bildeten und deren Mangel in den Gliedern vermutlich mein Leiden verursachten, und zwar wären die Kanäle der Spiritusse bei mir verstopft, und all dies rühre von der kalten und lethargischen Feuchtigkeit her. Er riet mir, Umschläge aus gekochten und zu Brei gestampften Senfkörnern im Nacken aufzulegen, die matten Glieder mit Steinöl, Dachs- oder Katzenfett einzureiben. Vater verzog bei seinen Empfehlungen zwar den Mund, aber in meiner Not griff ich schließlich doch darauf zurück, geholfen hat all das natürlich nicht.

Ich schlug vor, dass wir vielleicht doch den jungen Doktor kommen lassen sollten... Ich weiß nicht, ob ich bei ihm auf größeres Wissen hoffte oder darauf, dass er schließlich der Neffe unseres alten Doktors war, oder vielleicht wirkte auch die Erinnerung an sein nettes jugendliches Aussehen in mir nach, sicher war, dass ich in meiner verzweifelten Lage nichts unversucht lassen wollte. Mein Vater, bei dem das neunmalkluge Geschwätz des Chirurgus nichts als Abneigung ausgelöst hatte, war gleich bereit, den Neffen unseres guten alten Doktors zu rufen, auch wenn er noch so sehr Papist war. Er selbst ging in die Vorstadt, ihn zu holen. (Das alte Haus des Doktors mit den auf die Wände gemalten tanzenden Figuren hatte die in der Stadt Steinamanger lebende Tochter des Arztes geerbt, die es dann bald verkaufte. Der gar nicht wohlhabende junge Doktor aber wohnte draußen in der Vorstadt, wahrscheinlich hat es ihn auch gar nicht gereut, denn die meisten seiner papistischen Patienten waren ebenfalls dort zu Hause.)

Als ein paar Stunden später der junge Arzt bei uns anklopfte, freute ich mich, dass ich Vater veranlasst hatte, ihn zu holen, denn seine Stimme und sein Aussehen, besonders die sanften, an einen treuen Hund erinnernden, großen braunen Augen, erschienen mir noch ansprechender und gewinnender, als ich sie in Erinnerung hatte. Schon als Kind war er hoch aufgeschossen und hatte sich in der Zwischenzeit zu einem wahren Riesen ausgewachsen, doch sein Gesicht war immer noch, wiewohl er auch schon über dreißig sein musste, von einem mädchenhaft zarten Rosa.

»Wir sind uns schon einmal begegnet!«, sagte ich als Begrüßung zu ihm, auf die gemeinsame Wagenfahrt von einst anspielend. Meine Worte ließen ihn, wie damals als Knabe, erröten, als hätte ich ein heikles Geheimnis angesprochen. Und als er mein Handgelenk umfasste, um mit seinem Finger nach meinem Puls zu suchen, spürte ich, dass seine Hand, die die meine hielt, leicht zitterte.

Auf meine alten Tage verbringe ich die Zeit oft mit Lektüre, und ich muss gestehen, keineswegs nur mit frommer Lektüre, die der seelischen und geistigen Erbauung dienen könnte, sondern auch mit Schäferdichtung, Weiberulk und anderer Sudelei. Was auf diese erste Untersuchung folgte, wäre auch in einem Schäferstück gut aufgehoben, und ich weiß mich gar nicht anders als voller Scham daran zu erinnern, wiewohl mir, wenn ich ehrlich bin, in keinem anderen Abschnitt meines Lebens so viel Wonne zuteil geworden ist (aber auch nie so viel Angst, quälende Befürchtungen und Herzschmerz). Kurzum, jenem ersten Besuch folgte eine Reihe weiterer, obwohl das Übel, unter dem ich litt, bereits nach der ersten Konsultation wie durch einen Zauberstreich geheilt war. Ich muss zugeben, dass ich diese Wendung meines Zustands zum Besseren vor dem jungen Doktor lange Zeit verheimlicht habe, im Gegenteil, ich begann, über allerlei starke Schmerzen zu klagen, die mich angeblich an verschiedenen Körperstellen quälten, obgleich mir in Wahrheit gar nichts mehr fehlte, doch wollte ich ihn eben sehen, seine Blicke, die Berührung seiner Hand spüren. Auch er, so glaube ich, sehnte sich danach, mich wieder aufzusuchen, doch hätte es allein bei ihm gelegen, er wäre der Versuchung wohl aus dem Weg gegangen, ich aber wollte es unbedingt und empfand maßlose Angst davor, auf sein Kommen einmal ganz verzichten zu müssen. Ich fürchtete, mein früherer qualvoller Zustand, der sich viel weniger dank des von ihm empfohlenen Euphorbiums oder Baldrians gebessert hatte als vielmehr durch ihn selbst, könnte gleich wiederkehren.

Zum ersten Mal fielen wir auf meinem Bett in der rückwärtigen Stube übereinander her, und das hieß, ich weiß es, Gott versuchen, denn mein Vater hätte jeden Augenblick aus der Apotheke heraufkommen und die Tür öffnen können. Eine Versuchung Gottes war es auch, dass ich nach diesem ersten Mal – als der arme junge Mensch, von Gewissensbissen geplagt, beteuert hatte, nie wieder einen Fuß über unsere Schwelle tun zu wollen, und kopflos davonrannte – einige Tage später, den neugierigen Blicken und bösen Mäulern zum Trotz, selbst zu ihm ins Haus in der Vorstadt ging und um weitere Zusammenkünfte flehte, die zu verweigern er entweder nicht die Kraft oder den Mut hatte. Von da an kamen wir immer wieder außerhalb der Stadt zusammen, in den Weingärten, im Kastanienhain oder auf einer Waldlichtung, an die ich mich noch von meinen Streifzügen in der Umgebung her erinnerte. Und diese Zusammenkünfte bescherten mir eine unbeschreibliche Wonne, wiewohl ich für dieses Glück bitter bezahlen musste, denn immer wenn wir uns ein paar Tage nicht sehen konnten, plagte mich eine eifersüchtige Angst, er würde sich bald eine freie und jüngere Person finden, die er, wenn er dies wünschte, vor Gott und den Menschen auch ehelichen könnte. Der Gedanke, dass ich gezwungen war, mich auch weiterhin als verheiratete Frau auszugeben, brachte mich fast um den Verstand, weil es nicht einmal die Wirklichkeit war, sondern ein durch mich selbst geschaffenes Hindernis, das mich um mein Glück brachte. In dieser Zeit sah ich in meinem Vater nichts als meinen verhassten Sklavenhalter, und ich hinterging ihn ohne die geringste Spur von Gewissensbissen. Dabei war mir das etwas beschränkte und übel beleumdete Mädchen behilflich, das seit einiger Zeit bei uns diente und das ich gelegentlich mit Hilfe eines bestickten Rocks oder eines Seidentüchleins zu meiner Mitwisserin und Helfershelferin machte, damit sie Vater, wenn ich mich von daheim davonmachte, um mich mit dem Geliebten zu treffen, belog.

Der junge Doktor, der Arme, versuchte, seit er seiner eigenen Schwäche nachgegeben und meinen Praktiken erlegen war, sich immer wieder von mir zu befreien. Oft bettelte er mit Tränen in den Augen, ich solle ihn freigeben, er fürchtete, sowohl hier auf Erden als auch dereinst im Jenseits bitter büßen zu müssen für das, was wir taten. Ich hörte nicht auf sein Flehen, redete mir ein, er wolle nur weg von mir, weil er glaube, wir betrieben Ehebruch, doch wenn er die Wahrheit erführe oder wenigstens den Teil der Wahrheit, der ihn von der angenommenen Schuld befreien würde, wäre er mir genauso verbunden wie ich ihm. Ich werde es nicht zulassen, beteuerte ich mir selbst, dass er, weil ich ihm die Wahrheit nicht aufdecken kann, uns beide unglücklich macht. Im Grunde meines Herzens habe ich, wie ich glaube, aber auch damals schon gewusst, dass es ihn bei weitem nicht so unglücklich machen würde, meine Liebe zu verlieren, wie mich der Verzicht auf ihn träfe. Da ich außer ihm ja nichts zu verlieren hatte, erschreckte mich die Möglichkeit, unsere sündige Beziehung könnte ans Tageslicht kommen, viel weniger als ihn, und wenn er mich wegschicken wollte, drohte ich ihm sogar mehrmals damit, ich würde, bevor ich ihn freigäbe, unsere Sünde beim Rat der Stadt öffentlich machen, denn lieber ginge ich zusammen mit ihm zugrunde, als ohne ihn zu leben. Ich wusste, mehr noch als den Tod fürchtete er wohl, seiner in Güns lebenden Mutter Kummer zu bereiten, und ihr wäre eine derartige Wendung der Dinge ja kaum verborgen geblieben. Heute denke ich mit wehem Herzen daran zurück, wie sich seine freundlichen, treuen Augen bei meinen Drohungen verschleierten, und wie oft stand ihm dumpfe Verzweiflung und hoffnungslose Enttäuschung ins Gesicht geschrieben, doch damals rührte mich das nicht.

Um ihn ein wenig zu beruhigen, spiegelte ich ihm vor, dass die Verbindung, in der ich lebte, nie eine richtige Ehe gewesen sei, und wenn ich vor Gericht ginge, so würde sie mit Sicherheit für nichtig erklärt, doch solange ich mit ihm als meinem angetrauten Gatten unter einem Dach lebe, könnte ich es aus Angst vor seiner Rache nicht wagen, die Auflösung zu betreiben, erst wenn wir in eine andere Stadt flüchteten, würde ich es tun und dann vor Gott und der Welt seine Frau werden. Sobald die Idee, in einer anderen Stadt mit ihm als Mann und Frau zusammenzuleben, in meinem Kopf Wurzeln geschlagen hatte, ließ sie sich nicht mehr vertreiben, und ich flehte ihn an, sobald wie möglich mit mir aus Ödenburg zu fliehen, bevor unsere sündige Verbindung ans Licht käme. Der Arme schreckte anfangs vor solch einem Entschluss zurück, doch später, nach endlosem Gejammer von mir – und ich fürchte, ich habe ihn mit meinen Vorwürfen und Drohungen erschreckt –, willigte er schließlich ein. Nach langem Grübeln und Abwägen beschlossen wir, nach Güns zu gehen, in die Geburtsstadt meines Geliebten, wo ich vor der Welt und vor seiner Mutter als die Tochter des Apothekers von Ödenburg auftreten könnte. Wir beschlossen, oder besser, ich beschloss, und dem Armen fehlte der Mut, sich zu sträuben, dass ich meinen Taufschein an mich nehmen sollte – beziehungsweise den meiner Stieftochter, so habe ich es ihm erklärt –, damit wir erforderlichenfalls heiraten könnten, des Weiteren für die Kosten des Weges und für den Fall, dass sich die Umstände nicht in der geplanten Weise entwickelten, auch einen Teil von Vaters Ersparnissen.

In all dem waren wir uns, wie gesagt, zumindest in mündlicher Absprache, einig, nur zögerte mein Geliebter die Sache mal mit dieser, dann mit jener Ausrede hinaus, offenbar hoffte er auf eine unvorhergesehene Wende, die ihn vor diesem schicksalhaften Schritt bewahren könnte. Ich dagegen drängte immer ungeduldiger, einerseits weil es schon auf den Herbst zuging und ich fürchten musste, bei schlechtem Wetter könnten wir uns nicht mehr im Wald oder im Kastanienhain treffen und ich würde ihn dann vielleicht monatelang nicht sehen. Wenn ich mir das ausmalte, brachten mich Verzweiflung und Eifersucht fast um den Verstand. Aber es gab auch noch einen anderen Grund, warum ich so heftig zur Flucht drängte. Zwar gelang es mir, Vater zu täuschen, zumindest glaubte ich das, doch möglich war auch, dass er nun, da es tatsächlich zu dem gekommen war, was er schon immer befürchtet hatte, in Wahrheit gar keine Gewissheit haben wollte. Ich erinnere mich, wie oft er sich mit erschrockener und verwirrter Miene von mir abwandte, als hätte nur er Grund, sich zu schämen, während ich ihm frech in die Augen sah und ihm vorlog, wo ich gewesen und zu welchem Zweck. Vielleicht hätte er mich wieder geschlagen, wenn er mir auf die Schliche gekommen wäre, aber er war körperlich nicht mehr in guter Verfassung, und vielleicht ahnte er auch, dass er dadurch nichts mehr bewirken konnte. Stattdessen machte er sich in der Nacht viel häufiger an mich heran, nachdem er mich vorher ein ganzes Jahr nicht angerührt hatte, und er achtete nun auch nicht wie früher darauf, mich nicht zu schwängern, im Gegenteil, er schien es geradezu darauf anzulegen. Ich glaube, damit versuchte er, mich an sich zu binden, denn er spürte, dass ihm alle anderen Mittel, mich zu halten, ausgegangen waren.

Einmal, gegen Ende des Erntemondes, konnte ich aus gewissen Zeichen schließen, dass er sein Ziel erreicht hatte. Ein paar Tage lang quälte mich eine unbeschreibliche Verzweiflung, und ich dachte schon, jetzt sei alles aus. So werde ich also doch für immer eine Gefangene bleiben, sagte ich mir verbittert, als ich wieder schlaflos an seiner Seite im Ehebett lag und seinem vom Schnarchen unterbrochenen Atem lauschte, viel fehlte nicht, und ich hätte ihm in meinem ohnmächtigen Zorn das Kissen aufs Gesicht gedrückt, um ihn zu ersticken. Während die Tage verstrichen, ohne dass etwas geschah, das meinen Verdacht zerstreut hätte, stieg in meinem Herzen ein trotziger Zorn gegen alle und alles auf, gegen den Vater, gegen meinen Liebhaber und die ganze Welt, und ich beschloss, dass auch diese Wendung der Dinge mich von meiner ursprünglichen Absicht nicht abbringen sollte, ja ich würde sogar Nutzen daraus ziehen. Wir könnten die Flucht nun nicht länger hinausschieben, unterbrach ich meinen Geliebten, als der Arme auf mein Drängen hin wieder mit irgendwelchen Ausreden kam, denn bald würde unser sündiges Tun auf jeden Fall offenbar werden. Als er begriffen hatte, wovon ich sprach, sah er mich totenbleich an und willigte schließlich ein, noch im selben Monat die Stadt gemeinsam mit mir zu verlassen, um nach Güns, ins deutsche Land, zu gehen. Wir mussten uns nur noch einig werden, an welchem Tag wir aufbrechen wollten: Am günstigsten schien uns der zweite Donnerstag nach Mariä Geburt, weil ich wusste, dass Vater sich an diesem Tag schon frühmorgens in einer geschäftlichen Angelegenheit auf den Weg machen und erst irgendwann am Nachmittag zurückkehren wollte. Wenn wir morgens rechtzeitig aufbrechen und ein Stück über die Felder zu Fuß gehen, dann den Wald durchqueren würden, damit sich auf jeden Fall unsere Spur verlor, könnten wir gegen Mittag in Deutschkreuz sein oder auch schon weiter, wo wir uns einen Wagen mieten könnten, der uns nach Güns brächte.

In der Früh des ausgemachten Tages und nach einer schlaflosen Nacht, von der ich dachte, sie wäre meine letzte in Ödenburg, eilte ich, bald nachdem das Stadttor geöffnet worden war, zum kleinen Hain, in dem ich mich auch früher schon mit meinem Geliebten zu treffen pflegte. Wir hatten ausgemacht, einander zu verständigen, falls etwas Unvorhergesehenes das Gelingen unseres Planes gefährden sollte. Doch nichts dergleichen geschah: In aller Frühe hatte ich Vater noch eine Wegzehrung gerichtet und ihn zum Wagen hinausbegleitet. Kurz angebunden verabschiedete er sich, doch als er bereits aufgesessen war, lehnte er sich noch einmal zu mir heraus und fragte:

»Willst du nicht mitkommen, Orsolya? Früher wolltest du doch auch immer mit.«

Ich stammelte etwas über all das, was ich an diesem Tag im und ums Haus zu erledigen hätte und dass man auch das Mädchen nicht allein lassen könne, weil es gar so ungeschickt und unzuverlässig sei... Vater zuckte die Achseln: »Das musst du wissen...«, sagte er und gab dem Kutscher das Zeichen zum Aufbruch. Ich stand noch eine Weile, von Gewissensbissen geplagt, und winkte mit meinem Tüchlein, obwohl ich am liebsten sogleich losgerannt wäre hinaus aus der Stadt, hin zu dem kleinen Hain, wo mein Geliebter und ich uns treffen wollten. Als der Wagen um die Ecke gebogen war, wartete ich noch einige Augenblicke, damit ich ihn nur ja nicht einholte, dann lief ich zum verabredeten Platz, wo mein Geliebter schon auf mich wartete.

Wir vereinbarten, dass wir die nötigsten Sachen mitnehmen und uns in spätestens einer Stunde an dieser Stelle wieder treffen würden. Nach flüchtiger Verabschiedung eilte ich davon, über den Weinberg bergab auf den Weg zur Inneren Stadt. Als ich vom Hügel hinunterschaute, sah ich, ungefähr von der Langen Zeile her, eine hohe schwarze Rauchsäule aufsteigen. Gleich darauf waren auch schon die Hornsignale der Feuerwächter zu vernehmen, die einen Brand meldeten, sie ertönten unaufhörlich, doch in meiner Erregung kümmerte es mich nicht, vielleicht drang das Geräusch gar nicht bis zu meinen Sinnen vor. Als ich die Wieden, die vom Friedhofshügel hinab zum Fuß der Anhöhe führende, breite Straße erreichte und ins Kirchgässlein einbiegen wollte, denn das war mein kürzester Weg nach Hause, hörte ich Schreie, Wagengerassel, Gebrüll von Tieren und das Getrappel stampfender Füße, und ich sah, dass aus dem schmalen Gässchen eine ganze Schar Menschen herausquoll, mir entgegen, zu Fuß, manche auf Wagen, andere trieben Pferde, Kühe oder eine Ziege vor sich her. Ich rannte auf den Strom zu und versuchte, mich zwischen Menschen, Tieren und Wagen durchzuschlängeln, doch ich kam nicht weit, denn plötzlich packte mich jemand am Arm und begann, mich in die entgegengesetzte Richtung zu zerren.

»He, zurück! Seid doch gescheit!«, schrie mich dieser große, starke Mensch an, vermutlich einer der wohlhabenden Wirtschaftsbürger, und er hielt mich fest: »Wollt Ihr ins Feuer laufen? Schaut doch, es breitet sich von dieser Richtung her aus!«

»Aber ich muss dorthin!«, schrie ich verzweifelt und riss an meinem Arm, um mich aus seinem Griff zu befreien, doch umsonst. Er zog mich noch bis zur Einmündung der Gasse mit, dann ließ er mich los, nachdem er mich empört gemustert hatte, und er fasste sich an die Stirn, zum Zeichen, dass ich wohl verrückt sei. Ich lief also weiter den breiten abschüssigen Weg hinunter, der vom Friedhof zur Inneren Stadt führte, versuchte immer wieder, in ein schmales Verbindungsgässchen einzubiegen, um so auf die Straße zu gelangen, die zu unserem Hause führte, doch vergeblich: Von überallher kamen sie mir entgegen, Tiere, Menschen, und rissen mich mit, zurück in die breitere Gasse, von der ich doch abbiegen wollte. Schließlich, schon unten am Fuße des Hügels, in ein schmales Gässchen gelangt, kam mir endlich nichts mehr entgegen: nur eine einzelne, scheinbar zu spät aufgebrochene Frau in Pantoffeln und einem dünnen Hemd, sie floh, vielleicht aus dem Schlaf hochgeschreckt, mit einem Bündel, in dem sie ihre bescheidene Habe zu retten versuchte. Während sie rannte, löste sich ein Zipfel des nur notdürftig verknoteten Bettlakens, und ein abgetragener bunter Rock fiel in den Schmutz. Einen Augenblick lang schaute ihn die Person verwirrt an, bückte sich dann doch nicht danach und rannte weiter, im Laufen verlor sie Hemdchen und Kissenbezüge, die ihr der Wind von hinten ein Stück weit hinterherwehte, es sah aus, als wären diese seelenlosen Dinge zum Leben erwacht und strebten ihren Gefährten nach.

Ich stürmte das kurze hohle Gässchen entlang und wollte an seinem Ende in die Gasse der Fleischhacker einbiegen, die

die ganze Innere Stadt durchquerte und auf den Hauptplatz mündete, wo auch unser Haus stand. Doch als ich einbog, schlugen mir starke Hitze und Loderasche ins Gesicht, dazu ein Geräusch wie das Brausen des Windes, in das sich ein Knistern und Krachen mischte, das ich wohl schon die ganze Zeit gehört, aber nicht beachtet hatte. Im nächsten Augenblick sah ich auch vom anderen Ende der Gasse her in Dachhöhe die sich rasch heranwälzende gelbe Flammenwelle. Ich drehte mich um und rannte durch das schmale Seitengässchen, aus dem ich gerade gekommen war, zurück, gab aber meine Absicht, auf einem anderen Weg doch noch bis zu unserem Haus zu gelangen, nicht auf. Nun bog ich in entgegengesetzter Richtung von dem bis an den Fuß des Hanges führenden breiten Weg ab und lief auf das Hintere Tor zu, denn mir fiel ein, dass ich die Rosengasse, die ich sonst möglichst gemieden habe, überqueren und dann über die Bachbrücke in ein anderes Seitengässchen gelangen könnte, das an ihrem anderen Ende ebenfalls in die Gasse der Fleischhacker mündet, wo sich das Feuer womöglich schon ausgetobt hatte und von wo ich vielleicht zwischen den ausgebrannten Häusern bis nach Hause gelangen würde.

Auch in die Gasse der Nymphchen musste die Kunde von der nahenden Gefahr schon vorgedrungen sein, denn ein paar von ihnen standen verschlafen und mit abgestumpften, gleichgültigen Gesichtern vor dem Frauenhaus in einer Gruppe beisammen. Aufgetakelt und in ihren schreiend bunten Fetzen, die bei Tag noch kläglicher erschienen, wirkten sie besonders schäbig, und sie warteten ergeben, wie die Sache ausgehen würde, ob sie eine Gasse oder eine Stadt weiterziehen müssten oder ob die Feuersbrunst ihre ärmlichen Quartiere diesmal verschonte. Ich erinnere mich, eine von ihnen, eine hochgewachsene Person mit kräftiger Kinnlade, die mit Kopftuch und einem einigermaßen anständigen Rock eher wie eine Haushälterin aussah, sah mich mit hochgezogenen Brauen erstaunt an, dann sagte sie etwas zu einer untersetzten Kollegin mit strubbeligen Haaren, beide schüttelten den Kopf über mich. Die größere schrie mir nach:

»Nicht geh' da, von da kommt doch das Feuer!« Ich aber rannte weiter.

Nachdem ich den Bach überquert hatte und in das schmale Gässchen einbog, das in die Gasse der Fleischhacker mündete, sah ich, dass es an seinem Ende ebenfalls brannte und die Stadtwachen gerade dabei waren, eine Frau vom Eingang eines Hauses wegzuzerren, in das sie mit Gewalt hineinstrebte – vielleicht wollte sie noch irgendeinen für sie kostbaren Gegenstand holen oder gar ihr Kind aus dem brennenden Gebäude retten. Schreiend rang sie mit den Wachen, doch die hatten sie fest im Griff und zogen sie in meine Richtung. Ich dachte, sie würden auch mich nicht mehr durchlassen, und bog, um ihnen auszuweichen, in einen noch schmaleren Durchgang ein. Doch auch hier standen am Ende die Häuser schon in Flammen, ich hoffte aber, ich könnte, wenn ich dazwischen durchrannte, noch dorthin gelangen, wo sich der Brand schon ausgetobt hatte, und mit dem Mut des Irrsinns lief ich zwischen den brennenden Häusern los. Unerträgliche Hitze schlug mir von beiden Seiten entgegen, ein Windstoß fegte einen Funkenregen auf mich, ich fürchtete, meine Kleider würden in Flammen aufgehen. In einem der Häuser miaute eine eingeschlossene Katze jämmerlich, ein Dach brach knirschend und krachend nieder, ein lodernder Dachbalken stürzte auf die Gasse und versperrte mir den Weg, fast wie der Engel mit dem Flammenschwert Adam und Eva das Tor zum Paradies.

Ich drehte um und rannte in die entgegengesetzte Richtung. Erreichte gerade noch rechtzeitig das schmale Gässchen, aus dem ich zuvor gekommen war, denn durch den heftigen Wind breitete sich das Flammenmeer immer schneller aus. Kaum lag die enge Häuserflucht hinter mir, hatten die Flammen auch schon das Ende dieses Fluchtwegs erreicht. Die Feuerwalze im Rücken, hetzte ich die nächste Gasse entlang, überquerte den Bach, in dem wenigen, dunklen Wasser spiegelte sich bereits das flackernde Feuerrot, ich rannte weiter, die nun leer gefegte Rosengasse dorthin zurück, von wo ich gekommen war. Auch dort erblickte ich keine Seele mehr, und einen Augenblick lang wähnte ich mich allein in der leeren Stadt mit den sich blitzartig nähernden Flammen auf den Fersen. Dann aber sah ich im Weiterlaufen da und dort schon Männer, die die Holzschindeln von den Dächern ihrer Häuser schlugen, in der Hoffnung, dass die Feuersbrunst sie dann nicht erfassen könnte. Und als ich endlich auf dem Scheitel der Anhöhe war, hatte ich den langen Zug der Menschen vor mir auf dem Weg, Menschen, die mit ihren schweren Bündeln, den vollgepackten Schubkarren in Richtung der Weingärten gingen, um die wenige dem Feuer entrissene Habe vor dem Zugriff der Flammen zu retten. Gänzlich atemlos erreichte ich das Ende des Zuges und schloss mich ihm an. Unter den Fliehenden erkannte ich die Mädchen des Frauenhauses, die ich auf dem Hinweg noch in der Rosengasse vor ihren Quartieren hatte herumstehen sehen. Sie erkannten mich ebenfalls: Das große, kräftige Weibsbild musterte mich kopfschüttelnd, und ich sah erst jetzt, ihren Blicken folgend, dass meine Kleider in Unordnung und von schwarzer Flugasche übersät, die Hände voller Ruß und vermutlich auch mein Gesicht rußverschmiert war.

»Siehst du, wir haben dir doch gesagt, du kannst nicht mehr hineingehen«, sagte die Größere und sah mich mitleidig an. »Was wolltest du denn noch in der Stadt, warum bist du geradewegs in die Flammen hineingerannt?«

»Mein Großvater war zurückgeblieben«, antwortete ich und musste weinen. Die Tränen zogen eine dünne Schneise durch mein rußiges Gesicht und benetzten meine schmutzigen Hände, als ich mir über die Wangen wischte.

Ich war voll Sorge, dass mein Geliebter und ich uns in dem Trubel verfehlen könnten, doch das war nicht so: Er erwartete mich, auf seiner Reisekiste sitzend, am besprochenen Platz auf der Lichtung. Als er mich zerzaust und rußverschmiert und ohne etwas kommen sah, verdüsterte sich sein Gesicht; welche Gefühle ihn bewegten, ob er erleichtert war oder nun auch seine letzte Hoffnung schwinden sah, konnte ich nicht erkennen. Er setzte mich auf seine Truhe, goss aus seiner Feldflasche Wasser auf ein Tuch und säuberte damit mein Gesicht. Er habe befürchtet, ich würde nicht mehr herauskommen, dass mir das Feuer den Rückweg versperre, sagte er, dann saßen wir eine Weile nur da auf dem Hügel und beobachteten, wie sich der heranwälzende gelbe Feuerflecken immer größere Stücke aus den ineinander fließenden schrägen Rechtecken der Dächer fraß. Dann bemerkten wir plötzlich, dass auch am anderen Ende der Stadt, auf der Seite, die bislang vom Feuer verschont geblieben war, eine schwarze Rauchsäule aufstieg und sich bald von diesem Ausgangspunkt gelbes Licht verbreitete. Wir standen auf, fassten uns an den Händen und gingen los, über die Felder, durch den Wald, auf Deutschkreuz zu.

Wie wir nach Güns kamen, auf welche Weise mir mein Geliebter dort am Stadtrand im Haus einer Witwe ein Zimmer mietete, weil er anfangs und noch lange danach zögerte, mich zu seiner Mutter zu bringen, wie dann meine Tage mit dem Warten auf ihn vergingen, wie mir meine Zimmerwirtin, eine alte Frau, aus Mitleid dann und wann einen Teller Suppe gab, weil das wenige Geld, das ich von meinem Liebhaber bekam, früher aufgebraucht war, als ich ihn wiedersah, wie ich ihn mit viel Weinen und Drohungen dazu brachte, mich doch nach Hause zu seiner Mutter zu bringen, und wie die mit mir, ihrer Schwiegertochter, die nichts hatte und auch noch älter war als ihr Sohn, bis ans Ende ihres Lebens umging, wie ich es später durchsetzte, dass ein Papistenpfarrer, dem ich einredete, alle meine Legitimationen und der Taufschein seien bei der Feuersbrunst in Ödenburg verbrannt, uns zusammengab, wie ich dann im Haus meines Gatten lebte, den ich wegen seines langen Zögerns und weil er nicht wagte, gegen seine Mutter für mich einzustehen, aber ebenso, weil ich wusste, wie sehr auch ich mich an ihm versündigt hatte, mit der Zeit zu hassen begann und mit meinen Launen, Klagen und Vorwürfen in den fünfzehn Jahren, die ihm noch vom Leben blieben, seit er mich in sein Haus genommen, viel gequält habe, bis schließlich eine schwere Verkühlung den Armen fortraffte und ich mit drei Kindern zurückblieb – über all das und noch vieles mehr könnte ich auf diesen Seiten berichten, doch scheint es mir müßig, das im Einzelnen auszubreiten. Diese späteren Jahre sind in meiner Erinnerung längst nicht mehr so lebendig wie der Zeitabschnitt davor, und überdies gibt es außer mir und meinen drei Söhnen, von denen ich nicht sicher weiß, ob sie leben oder tot sind, noch zahlreiche Zeugen in Güns und andernorts. Meine Eheschließung und die Geburt der Kinder sind in den Büchern des Günser Domkapitels eingetragen, und sollten nicht auch sie einem Brand zum Opfer fallen, kann sie dort jedermann einsehen, mein Leben in Leutschau und Ödenburg hingegen hat, außer in meiner Erinnerung, keinerlei Spuren hinterlassen, und sie werden mit mir zusammen wie die Flamme einer verglimmenden Kerze in dieser Welt der Bitternis für immer verlöschen, als hätte es sie nie gegeben. Manchmal weiß ich selbst nicht mehr, ist all das tatsächlich mit mir geschehen oder habe ich es mir eingebildet, in schlaflosen Nächten ausgebrütet, um die paar Stunden bis zum Morgen hinter mich zu bringen, denn in letzter Zeit flieht mich wieder fortwährend der Schlaf. Wenn ich dann aber auf die vielen vollgeschriebenen Seiten blicke, wenn ich weiß, dass sie von meiner Hand stammen, wird mir doch die Gewissheit zuteil, dass all das tatsächlich geschehen ist und das Ganze nicht die Ausgeburt meiner schlaftrunkenen, verwirrten Sinne ist, eine Fata Morgana, Dunst und Rauch…

Schon in jener ersten Nacht, die ich in einer Dorfeinkehr, an der Seite meines Geliebten liegend und Schlaf vortäuschend, verbrachte, quälte mich unaufhörlich der Gedanke, was wohl geschehen ist, als Vater gegen Mittag zurückkehrte… Ob er noch durch das Vordere Tor in die Innere Stadt hineingekommen ist oder ob auch er umkehren musste. Und wenn er hineingelangte, konnte er dann noch rechtzeitig entfliehen, oder ist er in den Flammen umgekommen? Ob er wohl herausgefunden hat, dass ich weggegangen bin, oder fand er nur noch die rauchenden Trümmer des Hauses und all seiner irdischen Habe vor? Ob er dann, zwischen Mauerresten umherirrend, mit seinem Stock in Schutt und Trümmern wühlend, nach meinen verschmorten Knochen suchte? Manchmal konnte ich mir einreden, dass es so geschehen sei, habe ihn leibhaftig vor mir gesehen: Seine zerzausten, nassen Haare hängen ihm ins rußverschmierte Gesicht, er verbrennt sich die Hände, als er die rauchenden Steine eines eingestürzten Mauerteils anhebt in der Hoffnung, darunter zu finden, was von mir geblieben ist … Ein andermal stellte ich mir vor, dass er das Haus noch unversehrt fand, als er zurückkam, und, während er von Zimmer zu Zimmer gehend nach mir suchte, gar nicht merkte, dass die Flammen vom Nachbardach auf unseres überschlugen. Ich sah ihn, wie er zwischen den in Flammen stehenden Teppichen den Fluchtweg sucht, wie seine Haare, Kleider Feuer fangen und er, schon lichterloh brennend, in die glühende Tür stolpert und zusammenbricht … Dann wieder stellte ich mir vor, ihm wäre kein Haar gekrümmt worden bei dem Brand, und sogar unser Haus sei unter den wenigen, die unversehrt geblieben sind, und dass dort auch heute noch alles so ist, wie es gewesen, und ich jederzeit dorthin zurückkehren könnte, wenn ich nur wollte … Doch es könnte auch sein, so grübelte ich, dass er alles verkauft hat und jetzt von Dorf zu Dorf zieht, suchend, nachforschend, ob niemand ein junges Weib zu Fuß oder auf einem Wagen hier durchziehen sah, und vielleicht wird er eines Tages am Haus meines Mannes anklopfen, um mich heimzuholen. Bisweilen zuckte ich bei diesem Gedanken schaudernd zusammen, dann wieder wartete ich beinahe darauf, ja ich sehnte mich sogar danach, dass es so käme, und wenn ich auf der Straße jemanden sah, der mich aus der Ferne an ihn erinnerte, lief ich auf ihn zu, und wenn ich dann der Person, die ich für Vater gehalten hatte, aus der Nähe ins Gesichte schaute, sackte mir das Herz förmlich in die Beine, sobald ich begriff, dass die Ähnlichkeit nichts anderes als eine Sinnestäuschung oder eingebildet war.

Während der ersten Jahre in Güns hatte ich oft einen Traum, anfangs fast jede Nacht, später seltener, monatlich, zweimonatlich, bis er dann endgültig ausblieb. Im Traum renne ich wieder wie an jenem letzten Morgen im brennenden Ödenburg auf der breiten, steilen Straße, die vom Friedhofshügel in die Innere

Stadt führt, den sich im Wind rasch ausbreitenden Flammen entgegen, und als ich in den ersten schmalen Durchgang einbiege, schlägt mir unerträgliche Hitze entgegen, und die Flugasche wirbelt mir ins Gesicht, ich höre das Brausen des Feuers wie einen unaufhörlichen starken Sturm. Genauso ergeht es mir im zweiten, dritten und zehnten Seitengässchen, bis ich schließlich in einen finsteren, engen Durchgang gelange, in dem das Toben der Flammen endet, wo ich ihre sengende Hitze nicht mehr spüre, das Brausen nicht mehr vernehme, sondern eine feuchte Kälte empfinde wie in einer Grube unter der Erde. Und es ist dunkel, ich kann kaum etwas erkennen, während ich mich an den kalten Wänden zu beiden Seiten vorwärtstaste und fast schon jede Hoffnung aufgegeben habe, noch irgendwann einmal heim zu kommen, lange, sehr lange danach kommt von vorn das ersehnte Licht, und wie ich noch zwei, drei Schritte mache, stehe ich plötzlich vor unserem Haus, seltsamerweise ist es eine Mischung aus unserem Haus in Leutschau und dem in Ödenburg oder beiden zugleich. Ich stoße das Tor auf und stelle mit ziemlich erleichtertem Herzen fest, dass dieses Haus tatsächlich kein Raub der Flammen geworden ist, und ich renne atemlos die Treppe hinauf. Vor der Tür zu den Wohnräumen oben aber überkommt mich wieder die Angst vor dem, was ich drinnen vorfinden werde, als ich mich endlich entschließe, einzutreten, wage ich fast nicht, mich umzusehen. Als hätten hier gar nicht die Flammen, sondern Räuber oder feindliches Soldatenvolk gewütet, liegt alles durcheinander und übereinander, durchwühlt, in Stücke zerfetzt und verschmutzt, kaum etwas ist heil geblieben. Die Verfluchten haben alles zugrunde gerichtet, denke ich fast weinend, als ich auf einem Haufen aus Schmutz und Schutt etwas Buntes, Schimmerndes erblicke, so als sei dieser aufgehäufte Berg aus Dreck und Schimmel, modernden Holzstücken und zerfallendem Stoff zum Blühen gekommen. Im Nähertreten sehe ich staunend, dass da Mutters geblümtes Umhängetuch liegt, das sie sich an kühlen Abenden immer um die Schultern legte. Ich habe es schon an die dreißig Jahre nicht mehr gesehen und staune jetzt, dass es von keinem Schmutzfleck oder Riss verunziert ist. Und ich nehme das

Tuch an mich, gehe weiter, denn da sind offenbar viele Zimmer in diesem Haus, in Wirklichkeit waren es nur zwei, der Reihe nach schaue ich in jedes hinein, werde immer mutloser, weil ich nicht die Spur von Leben finde. Ich bin schon fast entschlossen, die vergebliche Suche aufzugeben und umzukehren, als ich in der Ecke eines Raums eine kleine, niedrige, eisenbeschlagene Tür entdecke, welche eher an einen Abgang in den Weinkeller erinnert. Zögernd stehe ich eine Weile davor, weil wieder Angst in mir hochkommt, doch dann nehme ich all meinen Mut zusammen und drücke die Klinke hinunter.

Drinnen herrscht völlige Dunkelheit, und sicher wäre ich nach den ersten vorsichtigen Schritten umgekehrt, hätte ich nicht von irgendwo weiter hinten, vom anderen Ende des Raums gehört, wie mich Vater leise ruft.

»Hier, komm her, Orsolya!«, sagt er mit seltsam dünner, klagender Stimme, die aber doch unverwechselbar seine ist. »Da in der Ecke bin ich…«

Ich mache mich in die Richtung auf, aus der seine Stimme kam, doch es dauert eine Weile, bis ich die andere Ecke des Raumes erreiche, und meine ausgestreckte Hand stößt an die nackte Wand.

»Auf dem Tisch findest du eine Kerze«, höre ich wieder seine schwache, klägliche Stimme in Höhe meines Knies, im nächsten Augenblick stößt meine tastende Hand tatsächlich zuerst an die Tischkante, dann an den Messingleuchter, der in Ödenburg neben unserer Bettstatt auf dem Nussholztischchen stand. Nach mehreren Versuchen gelingt es mir, Licht zu machen, beim Aufflackern der Kerze erkenne ich unsere vordere Stube in Leutschau, sie ist unverändert. Vater aber entdecke ich nirgends, vergeblich halte ich den Kerzenleuchter immer höher und bewege ihn hin und her: Im wandernden, wogenden Lichtfleck schweben aus der Tiefe der Dunkelheit immer nur leblose Gegenstände an die Oberfläche, geschnitzte Stuhllehnen, die Troddeln des Tischläufers, die Kante des Nussholztischchens, von dem ich den Kerzenleuchter genommen habe, ein menschliches Wesen sehe ich nirgends.

»Hier unten bin ich!«, meldet sich recht ungehalten dieses schmächtige, jammernde Stimmchen wieder, und als ich mit der Kerze in die Ecke leuchte, erblicke ich endlich meinen Vater, doch ist er kaum größer als ein Säugling. Wahrscheinlich hat es damit zu tun, dass er versengt, im Feuer geschrumpft ist, denke ich, dabei weist sein Gesicht keinerlei Verletzung auf, im Gegenteil, er sieht jetzt viel jünger aus, als ich ihn aus den letzten Jahren in Erinnerung habe. Beim genaueren Hinsehen merke ich, dass seine aus dem Hemdsärmel herausragende Hand schwarz wie Kohle ist und dass die Finger zusammengeschrumpft und, wie oft bei Brandopfern, nach innen gebogen sind.

»Schau, was man mir angetan hat!«, meldet sich Vater wieder vorwurfsvoll und winkt zornig, aber zugleich hoffnungslos ab, wie er das auch im Leben tat.

»Ich friere sehr, das ist das Schlimmste!«, sagt er voll drängender Ungeduld. »So hilf mir doch!«

Mein Blick fällt auf das geblümte Tuch, das ich noch immer in der Hand halte. Ich beuge mich hinab und breite es Vater über die Schultern, dann nehme ich den ins Tuch gehüllten kleinen Körper vorsichtig hoch und gehe mit ihm auf meinen Armen aus dem Haus, eile mit ihm fort, hinaus aus der Stadt; jetzt habe ich denselben Weg zu gehen, auf dem ich gekommen bin. Sooft ich um die Ecke biege, sehe ich mich dem Feuer gegenüber: Wieder schlägt mir seine Hitze ins Gesicht, sein Brausen dröhnt in meinem Ohr, plötzlich habe ich auch die sich nähernde Flammenwand vor mir. Ich mache kehrt, kopflos beginne ich zu rennen, doch gleich darauf erblicke ich vor mir schon wieder den gelbroten Schein. Erneut wende ich und laufe, die sich heranwälzenden Flammen im Rücken, blind hinein ins Unbekannte, mit geschlossenen Augen, um das nahende Ende wenigstens bis zu dem Augenblick, da es mich einholt, nicht zu sehen. Ich laufe, ohne anzuhalten, den kleinen Körper in meinen Armen, laufe schon lange mit geschlossenen Augen und spüre immer noch nicht die beißenden Flammen auf meiner Haut, auch nicht den Gestank meiner brennenden Haare, und mir scheint, auch das Prasseln des Feuers ist verhallt. Zaghaft öffne ich die Augen einen Spalt weit, und siehe da: Ich laufe auf einem schmalen Pfad, der zu beiden Seiten von grünenden Getreidefeldern gesäumt ist, doch es ist, als wären sie aus Marmor geformt, keine Ähre regt sich, sie stehen steif und unbewegt im frühabendlichen Dämmerlicht. Vor mir versinkt ein Tannenwald ins Dunkel, und hinter dem Wipfel der höchsten Fichte taucht gerade die gelbe Scheibe des Vollmonds auf…

Viel Zeit war vergangen, vielleicht sogar zehn Jahre, bis sich eine Gelegenheit ergab, mit Leuten aus Ödenburg zu sprechen und mich nach unserem Haus und dem Schicksal meines Vaters zu erkundigen. Ein Mann glaubte sich zu erinnern, dass weder dem Haus noch dem Apotheker etwas geschehen war, dass Vater die Apotheke noch eine Zeit lang weiterführte, sie jedoch, da sie in der fast gänzlich abgebrannten Stadt kaum noch etwas einbrachte, verkauft habe und weggezogen sei, vielleicht zurück nach Leutschau. Nein, ich glaube du irrst, fiel ihm sein Eheweib ins Wort, du meinst den Weißen Engel, diese Apotheke blieb vom Feuer verschont, die Löwen-Apotheke, der Goldene Löwe, ist völlig ausgebrannt, und auch der Apotheker ist darin umgekommen: Er war einer jener zwölf Bürger, die bei der Feuersbrunst verbrannt sind. So ist es, mischte sich die Schwester der Frau ein, doch der Apotheker ist, soviel ich weiß, nicht in seinem Haus ums Leben gekommen, ein herabstürzender Balken hat ihn erschlagen, in der Vorstadt, als er ein Kind aus einem brennenden Haus retten wollte… Gelegentlich begegnete ich auch anderen Menschen aus Ödenburg, die dort schon zur Zeit der Feuersbrunst gelebt hatten, doch so viele ich fragte, so vielerlei Antworten bekam ich auf meine Frage, was damals geschehen ist und was mit meinem Vater und mit dem Haus war, bis ich schließlich, schon aufgrund der inzwischen verstrichenen Zeit, sicher sein konnte, dass ich ihn, auch wenn ihm durch das Feuer oder kurz danach kein Unglück geschehen war, nirgends mehr finden würde, weder in Ödenburg noch sonst wo auf dieser irdischen Welt.

Damit endet auch schon meine Geschichte, die ich vom rasch sinkenden Schiff meines Lebens gern als Erinnerung in andere

Zeiten hinüberretten wollte. Ich lösche die stetig schwindende Kerze und lege mich schlafen. Morgen mache ich mich schon ganz früh zum Kräutersammeln auf, denn später, wenn die Sonne hoch oben steht, werde ich schwindlig, und meine schwächer werdenden Augen leiden im starken Sonnenlicht. Wenn ich sie schließe, tanzen noch lange die Formen der äußeren Welt als purpurne Kleckse vor ihnen, und sobald ich sie öffne, sehe ich eine Weile dort, wo eigentlich gar nichts ist, rote Flämmchen von Löwenmäulchen im Gras. Jetzt, in der Nacht, weiß ich noch ganz genau, dass meine Quartiergeberin mich, wenn ich heimkomme, misstrauisch und voll Widerwillen ansehen wird, dass mir die Kinder aus unserer Gasse in respektvollem Abstand nachlaufen und »Hexe« hinter mir herrufen oder mich, hinterm Zaun versteckt, mit faulen Äpfeln oder anderem ekligem Zeug bewerfen. Ich weiß auch, dass früher oder später jemand mein sonderbares Tun beim Rat melden wird und mich dann mein hohes Alter nicht vor Verhör, Kerker, ja vielleicht nicht einmal vor dem Scheiterhaufen bewahren wird… Hier in der Finsternis meines Stübchens weiß ich all das ganz genau, doch weiß ich auch, dass ich es bis zum Aufstehen in der Früh vergessen habe oder jedenfalls versuche zu vergessen, weil mich meine Sehnsucht nach dem bescheidenen Erwerb und nach den paar Erdbeeren – die ich auf der kleinen runden, von Himbeersträuchern gesäumten Lichtung, wo ich ihre Blätter schon im zeitigen Frühjahr entdeckt habe, zu finden hoffe – unwiderstehlich hinauszieht.

Ich liege unter meiner dünnen Decke auf dem Rücken und warte auf den Schlaf. Der grüne Streifen des Mondlichts schneidet das Bett entzwei, und ich sehe zwei gefaltete Hände auf der Schlafdecke ruhen, zwei sehr alte Hände, die ich nur mit Mühe als die meinen zu erkennen vermag. Dann steigt die Mondscheibe höher den Himmel hinauf, der Lichtstreif erlischt, und ich sehe nichts mehr – für immer nichts.